U0116836

宇迪汽车维修系列丛书

国产轿车四轮定位规范及调整手册（一）

陆耀迪　主编

机械工业出版社

本手册集成了 20 世纪 80 年代以来国产轿车原厂四轮定位数据规范，是作者在系统总结多年四轮定位调修实践经验的基础上编写而成。本书涵盖国内 39 个汽车制造商生产的 350 款车型。本书依据汽车制造商名称分成 39 章，每章均包括汽车四轮定位数据规范和调修规范。

　　本书图文并茂，重在实用，内容侧重于四轮定位调修实践中最关心、最常见的问题，精心组织材料，人性化谋篇，便于汽车维修人员、汽车维修企业有关人员查询使用，也可供大中专院校师生和汽车爱好者参考。

图书在版编目(CIP)数据

国产轿车四轮定位规范及调整手册(一)/陆耀迪主编. —北京：机械工业出版社，2008.9
(宇迪汽车维修系列丛书)
ISBN 978-7-111-24573-5

Ⅰ. 国…　Ⅱ. 陆…　Ⅲ. 轿车—车轮—定位—规范—技术手册　Ⅳ. U463.34-65

中国版本图书馆 CIP 数据核字(2008)第 099648 号

机械工业出版社(北京市百万庄大街 22 号　邮政编码 100037)
责任编辑：徐　巍　责任校对：陈延翔
封面设计：王伟光　责任印制：洪汉军
北京铭成印刷有限公司印刷
2008 年 9 月第 1 版第 1 次印刷
184mm×260mm·29.25 印张·721 千字
0001—4000 册
标准书号：ISBN 978-7-111-24573-5
定价：55.00 元

凡购本书，如有缺页、倒页、脱页，由本社发行部调换
销售服务热线电话：(010)68326294
购书热线电话：(010)88379639 88379641 88379643
编辑热线电话：(010)88379368
封面无防伪标均为盗版

编 写 人 员

主　　编　　陆耀迪
副 主 编　　肖喜岩　　牛其康
参编人员　　李桂芝　　乔洪斌　　刘　延　　李恒鑫　　牛其康　　张伟东
　　　　　　郝　静　　付　琨　　刘红涛　　郝春秋　　陶　佳　　齐　明
　　　　　　潘永鑫　　孙　瑜　　马　磊　　朱龙成　　初可心　　王红壮
　　　　　　艾汉华　　谭立梅　　杨淑荣　　张春霞　　杨桂芝　　高玉彬
　　　　　　王淑香　　刘兰君　　李淑凡　　杨秀娟　　刘湛海　　董　兵
　　　　　　鲁克智　　张子荣　　灵国民　　李玉芬　　刘庆春　　刘学华
　　　　　　宋淑杰　　张学英　　于秀梅　　张　淯　　付万海　　肖永柱
　　　　　　张春丽　　孙庆文　　朱春艳　　夏庆玉　　郭玉华　　吕文科
　　　　　　王革新　　耿　安　　王　红　　丁　琰　　牟　佳　　宿茂刚
　　　　　　谷丽晶　　王绍程　　王森璞　　郝向红　　程喜萍　　陈永刚
　　　　　　李景彦

前　言

　　近十年来，国内汽车保有量与日俱增，人们对汽车养护和行车安全意识也不断提高，对于汽车四轮定位这一特殊养护内容，从业人员和车主也越来越重视，市场潜力巨大。

　　面对雨后春笋般不断涌现出来的新车型，其四轮定位规范的准确性、及时性和完整性，以及定位调修的专业性，成为困扰广大从业人员的难题。针对这一现状，作者愿意将多年来从事四轮定位工作的实践经验和调修知识，奉献给广大读者。

　　为查询方便，制造商名称按汉语拼音中的英文字母先后顺序排列，车型名按车型系列分类，车型年份按时间由新到老排列。

　　每个具体车型，主要有"车轮定位规范"和"进行定位调整"两部分内容，简捷实用。定位调整所涉及的图例，是按车型构造类别划分。本书所列定位参数中，角度单位以度(°)和分(′)来表示，其中：1° ＝60′；线性单位以毫米(mm)来表示。

　　为阅读方便，针对常用定位参数配有中英文对照。

　　由于车型不断增加或更新，本书再版时，亦会反映当时最新信息。

　　由于水平有限，不足之处，诚望广大读者指正。

编　者

目　　录

四轮定位参数定义

参数	图示	参数	图示
主销后倾角（Caster）		车轮最大内转角 （Max Turn Inside）	
车轮外倾角（Camber）		车轮最大外转角 （Max Turn Outside）	
主销内倾角（SAI）		前束曲线调整 （Toe Curve Adjust）	
单侧前束角（Individual Toe）		前束曲线控制 （Toe Curve Control）	
总前束角（Total Toe）		车身高度（Ride Height）	
包容角（Included Angle）		车轴偏角（Setback）	
转向前展角 （Toe Out On Turns）		最大推进角 （Max Thrust Angle）	

第1章 宝龙汽车

1.1 菱骏

2005 款菱骏车型

1. 车轮定位规范

2005 款菱骏车轮定位规范见表 1-1。

表 1-1 2005 款菱骏车轮定位数据表

前车轮(Front)：

定位参数 \ 定位规范	左侧(Left) 最小值(Min.)	理想值(Pref.)	最大值(Max.)	左右差(Cross)	右侧(Right) 最小值(Min.)	理想值(Pref.)	最大值(Max.)	调整提示(Adjusting)
主销后倾角(Caster)	1°15′	2°30′	3°45′	0°30′	1°15′	2°30′	3°45′	
车轮外倾角(Camber)	−0°50′	0′	0°50′	0°30′	−0°50′	0′	0°50′	
主销内倾角(SAI)	—	—	—		—	—	—	
单侧前束角(Individual Toe)	−0°05′	0′	0°05′		−0°05′	0′	0°05′	
总前束角(Total Toe)		最小值(Min.) −0°10′	理想值(Pref.) 0′	最大值(Max.) 0°10′				
包容角(Included Angle)	—	—	—		—	—	—	
转向前展角(Toe Out On Turns)	—	—	—		—	—	—	
车轮最大内转角(Max Turn Inside)	—	—	—		—	—	—	
车轮最大外转角(Max Turn Outside)	—	—	—		—	—	—	
车身高度(Ride Height)/mm	—	—	—		—	—	—	
车轴偏角(Setback)/mm	−8	0	8		−8	0	8	

后车轮(Rear)：

定位参数 \ 定位规范	左侧(Left) 最小值(Min.)	理想值(Pref.)	最大值(Max.)	左右差(Cross)	右侧(Right) 最小值(Min.)	理想值(Pref.)	最大值(Max.)	调整提示(Adjusting)
车轮外倾角(Camber)	−1°10′	−0°16′	0°38′	0°30′	−1°10′	−0°16′	0°38′	
单侧前束角(Individual Toe)	0°05′	0°08′	0°10′		0°05′	0°08′	0°10′	
总前束角(Total Toe)		最小值(Min.) 0°10′	理想值(Pref.) 0°15′	最大值(Max.) 0°20′				
最大推进角(Max Thrust Angle)			0°15′					
车身高度(Ride Height)/mm	—	—	—		—	—	—	
车轴偏角(Setback)/mm	−8	0	8		−8	0	8	

注：—为制造商未提供或不涉及此项目。全书同。

2. 进行定位调整

制造商未提供或不涉及此项目。

1.2 菱惠

2004 款菱惠车型

1. 车轮定位规范

2004 款菱惠车轮定位规范见表 1-2。

表 1-2　2004 款菱惠车轮定位数据表

前车轮（Front）：

定位参数	左侧（Left）			左右差（Cross）	右侧（Right）			调整提示（Adjusting）
	最小值（Min.）	理想值（Pref.）	最大值（Max.）		最小值（Min.）	理想值（Pref.）	最大值（Max.）	
主销后倾角（Caster）	1°15′	2°30′	3°45′	0°30′	1°15′	2°30′	3°45′	
车轮外倾角（Camber）	−0°50′	0′	0°50′	0°30′	−0°50′	0′	0°50′	
主销内倾角（SAI）	—	—	—		—	—	—	
单侧前束角（Individual Toe）	−0°05′	0′	0°05′		−0°05′	0′	0°05′	
总前束角（Total Toe）	最小值（Min.）	理想值（Pref.）	最大值（Max.）					
	−0°10′	0′	0°10′					
包容角（Included Angle）	—	—	—		—	—	—	
转向前展角（Toe Out On Turns）	—	—	—		—	—	—	
车轮最大内转角（Max Turn Inside）	—	—	—		—	—	—	
车轮最大外转角（Max Turn Outside）	—	—	—		—	—	—	
车身高度（Ride Height）/mm	—	—	—		—	—	—	
车轴偏角（Setback）/mm	−8	0	8		−8	0	8	

后车轮（Rear）：

定位参数	左侧（Left）			左右差（Cross）	右侧（Right）			调整提示（Adjusting）
	最小值（Min.）	理想值（Pref.）	最大值（Max.）		最小值（Min.）	理想值（Pref.）	最大值（Max.）	
车轮外倾角（Camber）	−1°10′	−0°16′	0°38′	0°30′	−1°10′	−0°16′	0°38′	
单侧前束角（Individual Toe）	0°05′	0°08′	0°10′		0°05′	0°18′	0°10′	
总前束角（Total Toe）	最小值（Min.）	理想值（Pref.）	最大值（Max.）					
	0°10′	0°15′	0°20′					
最大推进角（Max Thrust Angle）		0°15′						
车身高度（Ride Height）/mm	—	—	—		—	—	—	
车轴偏角（Setback）/mm	−8	0	8		−8	0	8	

2. 进行定位调整

制造商未提供或不涉及此项目。

1.3　菱麒

2004 款菱麒车型

1. 车轮定位规范

2004 款菱麒车轮定位规范见表 1-3。

表 1-3　2004 款菱麒车轮定位数据表

前车轮(Front):

定位参数 \ 定位规范	左侧(Left)			左右差(Cross)	右侧(Right)			调整提示(Adjusting)
	最小值(Min.)	理想值(Pref.)	最大值(Max.)		最小值(Min.)	理想值(Pref.)	最大值(Max.)	
主销后倾角(Caster)	1°15′	2°30′	3°45′	0°30′	1°15′	2°30′	3°45′	
车轮外倾角(Camber)	−0°50′	0′	0°50′	0°30′	−0°50′	0′	0°50′	
主销内倾角(SAI)	—	—	—		—	—	—	
单侧前束角(Individual Toe)	−0°05′	0′	0°05′		−0°05′	0′	0°05′	
总前束角(Total Toe)		最小值(Min.)	理想值(Pref.)	最大值(Max.)				
		−0°10′	0′	0°10′				
包容角(Included Angle)	—	—	—		—	—	—	
转向前展角(Toe Out On Turns)								
车轮最大内转角(Max Turn Inside)	—	—	—		—	—	—	
车轮最大外转角(Max Turn Outside)	—	—	—		—	—	—	
车身高度(Ride Height)/mm	—	—	—		—	—	—	
车轴偏角(Setback)/mm	−8	0	8		−8	0	8	

后车轮(Rear):

定位参数 \ 定位规范	左侧(Left)			左右差(Cross)	右侧(Right)			调整提示(Adjusting)
	最小值(Min.)	理想值(Pref.)	最大值(Max.)		最小值(Min.)	理想值(Pref.)	最大值(Max.)	
车轮外倾角(Camber)	−1°10′	−0°16′	0°38′	0°30′	−1°10′	−0°16′	0°38′	
单侧前束角(Individual Toe)	0°05′	0°08′	0°10′		0°05′	0°08′	0°10′	
总前束角(Total Toe)		最小值(Min.)	理想值(Pref.)	最大值(Max.)				
		0°10′	0°15′	0°20′				
最大推进角(Max Thrust Angle)				0°15′				
车身高度(Ride Height)/mm	—	—	—		—	—	—	
车轴偏角(Setback)/mm	−8	0	8		−8	0	8	

2. 进行定位调整

制造商未提供或不涉及此项目。

1.4 天马座

1.4.1 2004款天马座491车型

1. 车轮定位规范

2004款天马座491车轮定位规范见表1-4。

表1-4 2004款天马座491车轮定位数据表

前车轮(Front):

定位参数＼定位规范	左侧(Left) 最小值(Min.)	理想值(Pref.)	最大值(Max.)	左右差(Cross)	右侧(Right) 最小值(Min.)	理想值(Pref.)	最大值(Max.)	调整提示(Adjusting)
主销后倾角(Caster)	1°15′	2°30′	3°45′	0°30′	1°15′	2°30′	3°45′	
车轮外倾角(Camber)	−0°50′	0′	0°50′	0°30′	−0°50′	0′	0°50′	
主销内倾角(SAI)	—	—	—					
单侧前束角(Individual Toe)	−0°05′	0′	0°05′		−0°05′	0′	0°05′	
总前束角(Total Toe)	最小值(Min.) −0°10′	理想值(Pref.) 0′	最大值(Max.) 0°10′					
包容角(Included Angle)	—	—	—		—	—	—	
转向前展角(Toe Out On Turns)	—	—	—		—	—	—	
车轮最大内转角(Max Turn Inside)								
车轮最大外转角(Max Turn Outside)								
车身高度(Ride Height)/mm	—	—	—		—	—	—	
车轴偏角(Setback)/mm	−8	0	8		−8	0	8	

后车轮(Rear):

定位参数＼定位规范	左侧(Left) 最小值(Min.)	理想值(Pref.)	最大值(Max.)	左右差(Cross)	右侧(Right) 最小值(Min.)	理想值(Pref.)	最大值(Max.)	调整提示(Adjusting)
车轮外倾角(Camber)	−1°10′	−0°16′	0°38′	0°30′	−1°10′	−0°16′	0°38′	
单侧前束角(Individual Toe)	0°05′	0°08′	0°10′		0°05′	0°08′	0°10′	
总前束角(Total Toe)	最小值(Min.) 0°10′	理想值(Pref.) 0°15′	最大值(Max.) 0°20′					
最大推进角(Max Thrust Angle)		0°15′						
车身高度(Ride Height)/mm	—	—	—		—	—	—	
车轴偏角(Setback)/mm	−8	0	8		−8	0	8	

2. 进行定位调整

制造商未提供或不涉及此项目。

1.4.2　2004 款天马座 4G63 车型

1. 车轮定位规范

2004 款天马座 4G63 车轮定位规范见表 1-5。

表 1-5　2004 款天马座 4G63 车轮定位数据表

前车轮(Front):

定位规范 / 定位参数	左侧(Left)			左右差 (Cross)	右侧(Right)			调整提示 (Adjusting)
	最小值 (Min.)	理想值 (Pref.)	最大值 (Max.)		最小值 (Min.)	理想值 (Pref.)	最大值 (Max.)	
主销后倾角(Caster)	1°15′	2°30′	3°45′	0°30′	1°15′	2°30′	3°45′	
车轮外倾角(Camber)	−0°50′	0′	0°50′	0°30′	−0°50′	0′	0°50′	
主销内倾角(SAI)	—	—	—		—	—	—	
单侧前束角 (Individual Toe)	−0°05′	0′	0°05′		−0°05′	0′	0°05′	
总前束角(Total Toe)	最小值 (Min.)	理想值 (Pref.)	最大值 (Max.)					
	−0°10′	0′	0°10′					
包容角(Included Angle)	—	—	—		—	—	—	
转向前展角 (Toe Out On Turns)	—	—	—		—	—	—	
车轮最大内转角 (Max Turn Inside)	—	—	—		—	—	—	
车轮最大外转角 (Max Turn Outside)	—	—	—		—	—	—	
车身高度(Ride Height)/mm	—	—	—		—	—	—	
车轴偏角(Setback)/mm	−8	0	8		−8	0	8	

后车轮(Rear):

定位规范 / 定位参数	左侧(Left)			左右差 (Cross)	右侧(Right)			调整提示 (Adjusting)
	最小值 (Min.)	理想值 (Pref.)	最大值 (Max.)		最小值 (Min.)	理想值 (Pref.)	最大值 (Max.)	
车轮外倾角(Camber)	−1°10′	−0°16′	0°38′	0°30′	−1°10′	−0°16′	0°38′	
单侧前束角 (Individual Toe)	0°05′	0°08′	0°10′		0°05′	0°08′	0°10′	
总前束角(Total Toe)	最小值 (Min.)	理想值 (Pref.)	最大值 (Max.)					
	0°10′	0°15′	0°20′					
最大推进角 (Max Thrust Angle)		0°15′						
车身高度(Ride Height)/mm	—	—	—		—	—	—	
车轴偏角(Setback)/mm	−8	0	8		−8	0	8	

2. 进行定位调整

制造商未提供或不涉及此项目。

第 2 章 北 京 北 方

1992 款北方 BFC6110 车型

1. 车轮定位规范

1992 款北方 BFC6110 车轮定位规范见表 2-1。

表 2-1 1992 款北方 BFC6110 车轮定位数据表

前车轮（Front）：

定位参数 \ 定位规范	左侧（Left）			左右差（Cross）	右侧（Right）			调整提示（Adjusting）
	最小值（Min.）	理想值（Pref.）	最大值（Max.）		最小值（Min.）	理想值（Pref.）	最大值（Max.）	
主销后倾角（Caster）	−0°30′	0′	0°30′	0°30′	−0°30′	0′	0°30′	
车轮外倾角（Camber）	−0°12′	0′	0°12′	0°12′	−0°12′	0′	0°12′	
主销内倾角（SAI）	—	—	—		—	—	—	
单侧前束角（Individual Toe）	−0°03′	0′	0°03′		−0°03′	0′	0°03′	
总前束角（Total Toe）			最小值（Min.）	理想值（Pref.）	最大值（Max.）			
			−0°06′	0′	0°06′			
包容角（Included Angle）	—	—	—		—	—	—	
转向前展角（Toe Out On Turns）	—	—	—		—	—	—	
车轮最大内转角（Max Turn Inside）	—	—	—		—	—	—	
车轮最大外转角（Max Turn Outside）	—	—	—		—	—	—	
车身高度（Ride Height）/mm								
车轴偏角（Setback）/mm	−8	0	8		−8	0	8	

后车轮（Rear）：

定位参数 \ 定位规范	左侧（Left）			左右差（Cross）	右侧（Right）			调整提示（Adjusting）
	最小值（Min.）	理想值（Pref.）	最大值（Max.）		最小值（Min.）	理想值（Pref.）	最大值（Max.）	
车轮外倾角（Camber）	−0°12′	0′	0°12′	0°12′	−0°12′	0′	0°12′	
单侧前束角（Individual Toe）	−0°03′	0′	0°03′		−0°03′	0′	0°03′	
总前束角（Total Toe）			最小值（Min.）	理想值（Pref.）	最大值（Max.）			
			−0°06′	0′	0°06′			
最大推进角（Max Thrust Angle）				0°15′				
车身高度（Ride Height）/mm	—	—	—		—	—	—	
车轴偏角（Setback）/mm	−8	0	8		−8	0	8	

2. 进行定位调整

制造商未提供或不涉及此项目。

第3章 北京奔驰-戴克

3.1 克莱斯勒 300C 2007 款 2.7L/3.5L V6 车型

1. 车轮定位规范

2007 款克莱斯勒 300C 2.7L/3.5L V6 车轮定位规范见表 3-1。

表 3-1　2007 款克莱斯勒 300C 2.7L/3.5L V6 车轮定位数据表

前车轮(Front)：

定位参数 \ 定位规范	左侧(Left)			左右差(Cross)	右侧(Right)			调整提示(Adjusting)
	最小值(Min.)	理想值(Pref.)	最大值(Max.)		最小值(Min.)	理想值(Pref.)	最大值(Max.)	
主销后倾角(Caster)	9°24′	9°54′	10°24′	0°20′	9°24′	9°54′	10°24′	
车轮外倾角(Camber)	−0°18′	−0°06′	0°06′	0°10′	−0°18′	−0°06′	0°06′	
主销内倾角(SAI)	—	—	—		—	—	—	
单侧前束角(Individual Toe)	−0°02′	0′	0°02′		−0°02′	0′	0°02′	
总前束角(Total Toe)		最小值(Min.)	理想值(Pref.)	最大值(Max.)				
		−0°04′	0′	0°04′				
包容角(Included Angle)	—	—	—		—	—	—	
转向前展角(Toe Out On Turns)	—	—	—		—	—	—	
车轮最大内转角(Max Turn Inside)	—	—	—		—	—	—	
车轮最大外转角(Max Turn Outside)	—	—	—		—	—	—	
车身高度(Ride Height)/mm	—	—	—		—	—	—	
车轴偏角(Setback)/mm	−8	0	8		−8	0	8	

后车轮(Rear)：

定位参数 \ 定位规范	左侧(Left)			左右差(Cross)	右侧(Right)			调整提示(Adjusting)
	最小值(Min.)	理想值(Pref.)	最大值(Max.)		最小值(Min.)	理想值(Pref.)	最大值(Max.)	
车轮外倾角(Camber)	−1°15′	−0°39′	−0°03′	0°20′	−1°15′	−0°39′	−0°03′	
单侧前束角(Individual Toe)	0°01′	0°02′	0°03′		0°01′	0°02′	0°03′	
总前束角(Total Toe)		最小值(Min.)	理想值(Pref.)	最大值(Max.)				
		0°01′	0°04′	0°06′				
最大推进角(Max Thrust Angle)				0°15′				
车身高度(Ride Height)/mm	—	—	—		—	—	—	
车轴偏角(Setback)/mm	−8	0	8		−8	0	8	

2. 进行定位调整

制造商未提供或不涉及此项目。

3.2 克莱斯勒300C 2007 款 5.7L V8 车型

1. 车轮定位规范

2007 款克莱斯勒300C 5.7L V8 车轮定位规范见表 3-2。

表 3-2 2007 款克莱斯勒 300C 5.7L V8 车轮定位数据表

前车轮(Front)：

定位规范 / 定位参数	左侧(Left)			左右差(Cross)	右侧(Right)			调整提示(Adjusting)
	最小值(Min.)	理想值(Pref.)	最大值(Max.)		最小值(Min.)	理想值(Pref.)	最大值(Max.)	
主销后倾角(Caster)	9°24′	9°54′	10°24′	0°30′	9°24′	9°54′	10°24′	
车轮外倾角(Camber)	−0°18′	−0°06′	0°06′	0°10′	−0°18′	−0°06′	0°06′	
主销内倾角(SAI)	—	—	—		—	—	—	
单侧前束角(Individual Toe)	−0°02′	0′	0°02′		−0°02′	0′	0°02′	
总前束角(Total Toe)		最小值(Min.)	理想值(Pref.)	最大值(Max.)				
		−0°04′	0′	0°04′				
包容角(Included Angle)	—	—	—		—	—	—	
转向前展角(Toe Out On Turns)	—	—	—		—	—	—	
车轮最大内转角(Max Turn Inside)	—	—	—		—	—	—	
车轮最大外转角(Max Turn Outside)	—	—	—		—	—	—	
车身高度(Ride Height)/mm	—	—	—		—	—	—	
车轴偏角(Setback)/mm	−8	0	8		−8	0	8	

后车轮(Rear)：

定位规范 / 定位参数	左侧(Left)			左右差(Cross)	右侧(Right)			调整提示(Adjusting)
	最小值(Min.)	理想值(Pref.)	最大值(Max.)		最小值(Min.)	理想值(Pref.)	最大值(Max.)	
车轮外倾角(Camber)	−1°15′	−0°39′	−0°03′	0°20′	−1°15′	−0°39′	−0°03′	
单侧前束角(Individual Toe)	0°01′	0°02′	0°03′		0°01′	0°02′	0°03′	
总前束角(Total Toe)		最小值(Min.)	理想值(Pref.)	最大值(Max.)				
		0°01′	0°04′	0°06′				
最大推进角(Max Thrust Angle)			0°15′					
车身高度(Ride Height)/mm	—	—	—		—	—	—	
车轴偏角(Setback)/mm	−8	0	8		−8	0	8	

2. 进行定位调整

制造商未提供或不涉及此项目。

第4章 北京吉普

4.1 欧兰德

4.1.1 2006款2.4L MT车型

1. 车轮定位规范

2006款欧兰德2.4L MT车轮定位规范见表4-1。

表4-1 2006款欧兰德2.4L MT车轮定位数据表

前车轮（Front）：

定位参数 / 定位规范	左侧（Left）			左右差（Cross）	右侧（Right）			调整提示（Adjusting）
	最小值（Min.）	理想值（Pref.）	最大值（Max.）		最小值（Min.）	理想值（Pref.）	最大值（Max.）	
主销后倾角（Caster）	2°40′	3°10′	3°40′	0°20′	2°40′	3°10′	3°40′	
车轮外倾角（Camber）	−0°30′	0′	0°30′	0°20′	−0°30′	0′	0°30′	
主销内倾角（SAI）	10°35′	12°05′	13°35′		10°35′	12°05′	13°35′	
单侧前束角（Individual Toe）	−0°02′	0°02′	0°07′		−0°02′	0°02′	0°07′	见定位调整
总前束角（Total Toe）				最小值（Min.）	理想值（Pref.）	最大值（Max.）		
				−0°05′	0°04′	0°13′		
包容角（Included Angle）	—	—	—		—	—	—	
转向前展角（Toe Out On Turns）	—	—	—		—	—	—	
车轮最大内转角（Max Turn Inside）	33°20′	34°50′	36°20′		33°20′	34°50′	36°20′	.
车轮最大外转角（Max Turn Outside）	—	29°20′	—		—	29°20′	—	
车身高度（Ride Height）/mm	—	—	—		—	—	—	
车轴偏角（Setback）/mm	−8	0	8		−8	0	8	

后车轮（Rear）：

定位参数 / 定位规范	左侧（Left）			左右差（Cross）	右侧（Right）			调整提示（Adjusting）
	最小值（Min.）	理想值（Pref.）	最大值（Max.）		最小值（Min.）	理想值（Pref.）	最大值（Max.）	
车轮外倾角（Camber）	−1°10′	−0°40′	−0°10′	0°20′	−1°10′	−0°40′	−0°10′	
单侧前束角（Individual Toe）	0°02′	0°06′	0°10′		0°02′	0°06′	0°10′	
总前束角（Total Toe）				最小值（Min.）	理想值（Pref.）	最大值（Max.）		
				0°04′	0°12′	0°20′		
最大推进角（Max Thrust Angle）				0°15′				
车身高度（Ride Height）/mm	—	—	—		—	—	—	
车轴偏角（Setback）/mm	−8	0	8		−8	0	8	

2. 进行定位调整

前车轮前束调整(可调式转向横拉杆)方法为:

1) 调整指导 调整前束角时,拧松转向拉杆锁止螺母,用扳手转动转向拉杆直至获得满意的前束角读数,见图4-1。

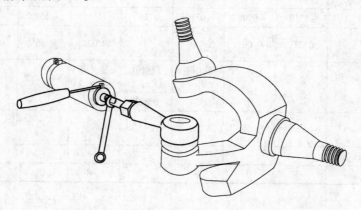

图4-1 前轮前束调整(可调式横拉杆)

2) 调整所及部件 无备件需求,无需更改零件。

3) 专用工具 使用常规工具,无需专用工具。

4.1.2 2006 款 2.4L MT(时尚版)车型

1. 车轮定位规范

2006 款欧兰德2.4L MT(时尚版)车轮定位规范见表4-2。

表4-2 2006 款欧兰德 2.4L MT(时尚版)车轮定位数据表

前车轮(Front):

定位参数 \ 定位规范	左侧(Left) 最小值(Min.)	理想值(Pref.)	最大值(Max.)	左右差(Cross)	右侧(Right) 最小值(Min.)	理想值(Pref.)	最大值(Max.)	调整提示(Adjusting)
主销后倾角(Caster)	2°40′	3°10′	3°40′	0°15′	2°40′	3°10′	3°40′	
车轮外倾角(Camber)	−0°30′	0′	0°30′	0°15′	−0°30′	0′	0°30′	
主销内倾角(SAI)	10°35′	12°05′	13°35′		10°35′	12°05′	13°35′	
单侧前束角(Individual Toe)	−0°02′	0°02′	0°07′		−0°02′	0°02′	0°07′	见定位调整
总前束角(Total Toe)	最小值(Min.) −0°05′	理想值(Pref.) 0°04′	最大值(Max.) 0°13′					
包容角(Included Angle)	—	—	—			—	—	—
转向前展角(Toe Out On Turns)	—	—	—			—	—	—
车轮最大内转角(Max Turn Inside)	33°20′	34°50′	36°20′		33°20′	34°50′	36°20′	
车轮最大外转角(Max Turn Outside)		29°20′				29°20′		
车身高度(Ride Height)/mm	—	—				—	—	
车轴偏角(Setback)/mm	−8	0	8		−8	0	8	

(续)

后车轮(Rear):

定位规范 / 定位参数	左侧(Left) 最小值(Min.)	理想值(Pref.)	最大值(Max.)	左右差(Cross)	右侧(Right) 最小值(Min.)	理想值(Pref.)	最大值(Max.)	调整提示(Adjusting)
车轮外倾角(Camber)	-1°10′	-0°40′	-0°10′	0°20′	-1°10′	-0°40′	-0°10′	
单侧前束角(Individual Toe)	0°02′	0°06′	0°10′		0°02′	0°06′	0°10′	
总前束角(Total Toe)			最小值(Min.) 0°04′	理想值(Pref.) 0°12′	最大值(Max.) 0°20′			
最大推进角(Max Thrust Angle)				0°15′				
车身高度(Ride Height)/mm	—	—	—		—			
车轴偏角(Setback)/mm	-8	0	8		-8	0	8	

2. 进行定位调整

与欧兰德2006款2.4L MT车型调整方法相同。

4.1.3 2006款2.4L AT车型

1. 车轮定位规范

2006款欧兰德2.4L AT车轮定位规范见表4-3。

表4-3 2006款欧兰德2.4L AT车轮定位数据表

前车轮(Front):

定位规范 / 定位参数	左侧(Left) 最小值(Min.)	理想值(Pref.)	最大值(Max.)	左右差(Cross)	右侧(Right) 最小值(Min.)	理想值(Pref.)	最大值(Max.)	调整提示(Adjusting)
主销后倾角(Caster)	2°40′	3°10′	3°40′	0°20′	2°40′	3°10′	3°40′	
车轮外倾角(Camber)	-0°30′	0′	0°30′	0°20′	-0°30′	0′	0°30′	
主销内倾角(SAI)	10°35′	12°05′	13°35′		10°35′	12°05′	13°35′	
单侧前束角(Individual Toe)	-0°02′	0°02′	0°07′		-0°02′	0°02′	0°07′	见定位调整
总前束角(Total Toe)			最小值(Min.) -0°05′	理想值(Pref.) 0°04′	最大值(Max.) 0°13′			
包容角(Included Angle)	—	—	—		—	—	—	
转向前展角(Toe Out On Turns)								
车轮最大内转角(Max Turn Inside)	33°20′	34°50′	36°20′		33°20′	34°50′	36°20′	
车轮最大外转角(Max Turn Outside)	—	29°20′	—		—	29°20′	—	
车身高度(Ride Height)/mm	—	—	—		—	—	—	
车轴偏角(Setback)/mm	-8	0	8		-8	0	8	

（续）

后车轮（Rear）：

定位参数 \ 定位规范	左侧（Left）			左右差（Cross）	右侧（Right）			调整提示（Adjusting）
	最小值（Min.）	理想值（Pref.）	最大值（Max.）		最小值（Min.）	理想值（Pref.）	最大值（Max.）	
车轮外倾角（Camber）	−1°10′	−0°40′	−0°10′	0°20′	−1°10′	−0°40′	−0°10′	
单侧前束角（Individual Toe）	0°02′	0°06′	0°10′		0°02′	0°06′	0°10′	
总前束角（Total Toe）			最小值（Min.）	理想值（Pref.）	最大值（Max.）			
			0°04′	0°12′	0°20′			
最大推进角（Max Thrust Angle）				0°15′				
车身高度（Ride Height）/mm	—	—	—		—	—	—	
车轴偏角（Setback）/mm	−8	0	8		−8	0	8	

2. 进行定位调整

与欧兰德2006款2.4L MT车型调整方法相同。

4.1.4　2004款欧兰德车型

1. 车轮定位规范

2004款欧兰德车轮定位规范见表4-4。

表 4-4　2004款欧兰德车轮定位数据表

前车轮（Front）：

定位参数 \ 定位规范	左侧（Left）			左右差（Cross）	右侧（Right）			调整提示（Adjusting）
	最小值（Min.）	理想值（Pref.）	最大值（Max.）		最小值（Min.）	理想值（Pref.）	最大值（Max.）	
主销后倾角（Caster）	2°40′	3°10′	3°40′	0°20′	2°40′	3°10′	3°40′	
车轮外倾角（Camber）	−0°30′	0′	0°30′	0°20′	−0°30′	0′	0°30′	
主销内倾角（SAI）	10°35′	12°05′	13°35′		10°35′	12°05′	13°35′	
单侧前束角（Individual Toe）	−0°02′	0°02′	0°07′		−0°02′	0°02′	0°07′	见定位调整
总前束角（Total Toe）			最小值（Min.）	理想值（Pref.）	最大值（Max.）			
			−0°05′	0°04′	0°13′			
包容角（Included Angle）	—	—	—		—	—	—	
转向前展角（Toe Out On Turns）								
车轮最大内转角（Max Turn Inside）	33°20′	34°50′	36°20′		33°20′	34°50′	36°20′	
车轮最大外转角（Max Turn Outside）	—	29°20′	—		—	29°20′	—	
车身高度（Ride Height）/mm	—	—	—		—	—	—	
车轴偏角（Setback）/mm	−8	0	8		−8	0	8	

（续）

后车轮（Rear）：

定位规范 定位参数	左侧（Left）			左右差 （Cross）	右侧（Right）			调整提示 （Adjusting）
	最小值 （Min.）	理想值 （Pref.）	最大值 （Max.）		最小值 （Min.）	理想值 （Pref.）	最大值 （Max.）	
车轮外倾角（Camber）	−1°10′	−0°40′	−0°10′	0°20′	−1°10′	−0°40′	−0°10′	
单侧前束角 （Individual Toe）	0°02′	0°06′	0°10′		0°02′	0°06′	0°10′	
总前束角（Total Toe）		最小值 （Min.）	理想值 （Pref.）	最大值 （Max.）				
		0°04′	0°12′	0°20′				
最大推进角 （Max Thrust Angle）				0°15′				
车身高度（Ride Height）/mm		—	—		—	—	—	
车轴偏角（Setback）/mm	−8	0	8		−8	0	8	

2. 进行定位调整

与欧兰德 2006 款 2.4L MT 车型调整方法相同。

4.2　JEEP2500

4.2.1　2005 款 JEEP2500 2.4L/2.5L 车型

1. 车轮定位规范

2005 款 JEEP2500 2.4L(4×2)、2.5L(4×2)、2.5L(4×4)车型车轮定位规范见表 4-5。

表 4-5　2005 款 JEEP2500 2.4L(4×2)、2.5L(4×2)、2.5L(4×4)车型车轮定位数据表

前车轮（Front）：

定位规范 定位参数	左侧（Left）			左右差 （Cross）	右侧（Right）			调整提示 （Adjusting）
	最小值 （Min.）	理想值 （Pref.）	最大值 （Max.）		最小值 （Min.）	理想值 （Pref.）	最大值 （Max.）	
主销后倾角（Caster）	5°00′	6°00′	7°00′	0°30′	5°00′	6°00′	7°00′	见定位 调整(1)
车轮外倾角（Camber）	−0°30′	0′	0°30′	0°20′	−0°30′	0′	0°30′	
主销内倾角（SAI）	—	—	—		—	—	—	
单侧前束角 （Individual Toe）	−0°04′	0′	0°04′		−0°04′	0′	0°04′	见定位 调整(2)
总前束角（Total Toe）		最小值 （Min.）	理想值 （Pref.）	最大值 （Max.）				
		−0°08′	0′	0°08′				
包容角（Included Angle）	—	—	—		—	—	—	
转向前展角 （Toe Out On Turns）	—	—	—		—	—	—	
车轮最大内转角 （Max Turn Inside）	—	—	—		—	—	—	
车轮最大外转角 （Max Turn Outside）	—	—	—		—	—	—	
车身高度（Ride Height）/mm	—	—	—		—	—	—	
车轴偏角（Setback）/mm	−8	0	8		−8	0	8	

（续）

后车轮（Rear）：

定位规范 定位参数	左侧（Left）			左右差 （Cross）	右侧（Right）			调整提示 （Adjusting）
	最小值 （Min.）	理想值 （Pref.）	最大值 （Max.）		最小值 （Min.）	理想值 （Pref.）	最大值 （Max.）	
车轮外倾角（Camber）	−1°00′	0′	1°00′	0°30′	−1°00′	0′	1°00′	
单侧前束角 （Individual Toe）	−0°15′	0′	0°15′		−0°15′	0′	0°15′	
总前束角（Total Toe）			最小值 （Min.）	理想值 （Pref.）	最大值 （Max.）			
			−0°30′	0′	0°30′			
最大推进角 （Max Thrust Angle）				0°15′				
车身高度（Ride Height）/mm	—	—	—		—	—	—	
车轴偏角（Setback）/mm	−8	0	8		−8	0	8	

2. 进行定位调整

（1）主销后倾角调整（径向臂垫片包）

1）调整指导。调整主销后倾角时，松开下径向臂轴销保持螺栓，增加或拆除调整垫片，见图 4-2。

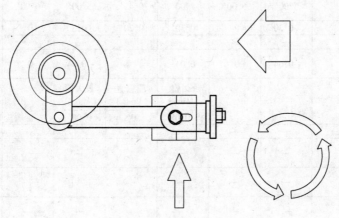

图 4-2　主销后倾角调整（径向臂垫片包）

2）调整所及部件。需使用汽车制造商（OEM）提供或推荐的调整垫片，无需更改零件。

3）专用工具。使用常规工具，无需专用工具。

（2）前轮前束调整

1）调整指导。拧松夹紧螺栓，通过转动套管来调整总前束，通过纵向拉杆对正转向盘，见图 4-3。

2）调整所及部件：无备件需求，无需更改零件。

3）专用工具。使用常规工具，无需专用工具。

4.2.2　2005 款 JEEP2500 2.7L 车型

1. 车轮定位规范

2005 款 JEEP2500 2.7L 车轮定位规范见表 4-6。

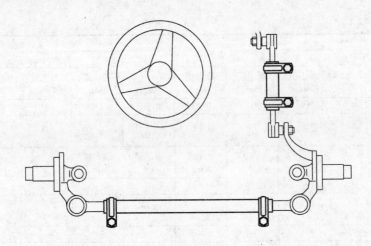

图 4-3　前轮前束调整

表 4-6　2005 款 JEEP2500 2.7L 车轮定位数据表

前车轮(Front):

定位规范 定位参数	左侧(Left)			左右差 (Cross)	右侧(Right)			调整提示 (Adjusting)
	最小值 (Min.)	理想值 (Pref.)	最大值 (Max.)		最小值 (Min.)	理想值 (Pref.)	最大值 (Max.)	
主销后倾角(Caster)	5°00′	6°00′	7°00′	0°45′	5°00′	6°00′	7°00′	见定位 调整(1)
车轮外倾角(Camber)	-0°30′	0′	0°30′	0°20′	-0°30′	0′	0°30′	
主销内倾角(SAI)	—	—	—		—	—	—	
单侧前束角 (Individual Toe)	-0°04′	0′	0°04′		-0°04′	0′	0°04′	见定位 调整(2)
总前束角(Total Toe)		最小值 (Min.)	理想值 (Pref.)	最大值 (Max.)				
		-0°08′	0′	0°08′				
包容角(Included Angle)	—	—	—		—	—	—	
转向前展角 (Toe Out On Turns)	—	—	—		—	—	—	
车轮最大内转角 (Max Turn Inside)	—	—	—		—	—	—	
车轮最大外转角 (Max Turn Outside)	—	—	—		—	—	—	
车身高度(Ride Height)/mm	—	—	—		—	—	—	
车轴偏角(Setback)/mm	-8	0	8		-8	0	8	

后车轮(Rear):

定位规范 定位参数	左侧(Left)			左右差 (Cross)	右侧(Right)			调整提示 (Adjusting)
	最小值 (Min.)	理想值 (Pref.)	最大值 (Max.)		最小值 (Min.)	理想值 (Pref.)	最大值 (Max.)	
车轮外倾角(Camber)	-1°00′	0′	1°00′	0°30′	-1°00′	0′	1°00′	
单侧前束角 (Individual Toe)	-0°15′	0′	0°15′		-0°15′	0′	0°15′	
总前束角(Total Toe)		最小值 (Min.)	理想值 (Pref.)	最大值 (Max.)				
		-0°30′	0′	0°30′				
最大推进角 (Max Thrust Angle)			0°15′					
车身高度(Ride Height)/mm	—	—	—		—	—	—	
车轴偏角(Setback)/mm	-8	0	8		-8	0	8	

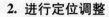

2. 进行定位调整

与 2005 款 JEEP2500 2.4L/2.5L 车型调整方法相同。

4.2.3　2005 款 JEEP2700 车型

1. 车轮定位规范

2005 款 JEEP2700 车轮定位规范见表4-7。

表 4-7　2005 款 JEEP2700 车轮定位数据表

前车轮（Front）：

定位规范 / 定位参数	左侧（Left）			左右差（Cross）	右侧（Right）			调整提示（Adjusting）
	最小值（Min.）	理想值（Pref.）	最大值（Max.）		最小值（Min.）	理想值（Pref.）	最大值（Max.）	
主销后倾角（Caster）	5°00′	6°00′	7°00′	0°45′	5°00′	6°00′	7°00′	见定位调整（1）
车轮外倾角（Camber）	−0°30′	0′	0°30′	0°20′	−0°30′	0′	0°30′	
主销内倾角（SAI）	—	—	—		—	—	—	
单侧前束角（Individual Toe）	−0°04′	0′	0°04′		−0°04′	0′	0°04′	见定位调整（2）
总前束角（Total Toe）		最小值（Min.）	理想值（Pref.）	最大值（Max.）				
		−0°08′	0′	0°08′				
包容角（Included Angle）	—	—	—		—	—	—	
转向前展角（Toe Out On Turns）	—	—	—		—	—	—	
车轮最大内转角（Max Turn Inside）	—	—	—		—	—	—	
车轮最大外转角（Max Turn Outside）	—	—	—		—	—	—	
车身高度（Ride Height）/mm	—	—	—		—	—	—	
车轴偏角（Setback）/mm	−8	0	8		−8	0	8	

后车轮（Rear）：

定位规范 / 定位参数	左侧（Left）			左右差（Cross）	右侧（Right）			调整提示（Adjusting）
	最小值（Min.）	理想值（Pref.）	最大值（Max.）		最小值（Min.）	理想值（Pref.）	最大值（Max.）	
车轮外倾角（Camber）	−1°00′	0′	1°00′	0°30′	−1°00′	0′	1°00′	
单侧前束角（Individual Toe）	−0°15′	0′	0°15′		−0°15′	0′	0°15′	
总前束角（Total Toe）		最小值（Min.）	理想值（Pref.）	最大值（Max.）				
		−0°30′	0′	0°30′				
最大推进角（Max Thrust Angle）			0°15′					
车身高度（Ride Height）/mm	—	—	—		—	—	—	
车轴偏角（Setback）/mm	−8	0	8		−8	0	8	

2. 进行定位调整

与 2005 款 JEEP2500 2.4L/2.5L 车型调整方法相同。

4.2.4　2003 款 JEEP2500 车型

1. 车轮定位规范

2003 款 JEEP2500 车轮定位规范见表4-8。

表 4-8 2003 款 JEEP2500 车轮定位数据表

前车轮(Front):

定位规范 / 定位参数	左侧(Left)			左右差(Cross)	右侧(Right)			调整提示(Adjusting)
	最小值(Min.)	理想值(Pref.)	最大值(Max.)		最小值(Min.)	理想值(Pref.)	最大值(Max.)	
主销后倾角(Caster)	5°00′	6°00′	7°00′	0°30′	5°00′	6°00′	7°00′	见定位调整(1)
车轮外倾角(Camber)	−0°30′	0′	0°30′	0°20′	−0°30′	0′	0°30′	
主销内倾角(SAI)	—	—	—		—	—	—	
单侧前束角(Individual Toe)	−0°04′	0′	0°04′		−0°04′	0′	0°04′	见定位调整(2)
总前束角(Total Toe)	最小值(Min.)	理想值(Pref.)	最大值(Max.)					
	−0°08′	0′	0°08′					
包容角(Included Angle)	—	—	—		—	—	—	
转向前展角(Toe Out On Turns)	—	—	—		—	—	—	
车轮最大内转角(Max Turn Inside)	—	—	—		—	—	—	
车轮最大外转角(Max Turn Outside)	—	—	—		—	—	—	
车身高度(Ride Height)/mm	—	—	—		—	—	—	
车轴偏角(Setback)/mm	−8	0	8		−8	0	8	

后车轮(Rear):

定位规范 / 定位参数	左侧(Left)			左右差(Cross)	右侧(Right)			调整提示(Adjusting)
	最小值(Min.)	理想值(Pref.)	最大值(Max.)		最小值(Min.)	理想值(Pref.)	最大值(Max.)	
车轮外倾角(Camber)	−1°00′	0′	1°00′	0°30′	−1°00′	0′	1°00′	
单侧前束角(Individual Toe)	−0°15′	0′	0°15′		−0°15′	0′	0°15′	
总前束角(Total Toe)	最小值(Min.)	理想值(Pref.)	最大值(Max.)					
	−0°30′	0′	0°30′					
最大推进角(Max Thrust Angle)				0°15′				
车身高度(Ride Height)/mm	—	—	—		—	—	—	
车轴偏角(Setback)/mm	−8	0	8		−8	0	8	

2. 进行定位调整

与 2005 款 JEEP2500 2.4L/2.5L 车型调整方法相同。

4.3 帕杰罗-速跑

2003 款帕杰罗-速跑车型

1. 车轮定位规范

2003 款帕杰罗-速跑车轮定位规范见表 4-9。

表4-9 2003 款帕杰罗-速跑车轮定位数据表

前车轮（Front）：

定位规范 定位参数	左侧（Left）			左右差 （Cross）	右侧（Right）			调整提示 （Adjusting）
	最小值 （Min.）	理想值 （Pref.）	最大值 （Max.）		最小值 （Min.）	理想值 （Pref.）	最大值 （Max.）	
主销后倾角（Caster）	1°40′	2°40′	3°40′	0°30′	1°40′	2°40′	3°40′	见定位 调整（1）
车轮外倾角（Camber）	0°10′	0°40′	1°10′	0°20′	0°10′	0°40′	1°10′	见定位 调整（1）
主销内倾角（SAI）	13°50′	14°50′	15°50′		13°50′	14°50′	15°50′	
单侧前束角 （Individual Toe）	0′	0°08′	0°16′		0′	0°08′	0°16′	见定位 调整（2）
总前束角（Total Toe）				最小值 （Min.） 0′	理想值 （Pref.） 0°16′	最大值 （Max.） 0°32′		
包容角（Included Angle）	—	—	—		—	—	—	
转向前展角 （Toe Out On Turns）	—	1°18′	—		—	1°18′	—	
车轮最大内转角 （Max Turn Inside）	—	—	—		—	—	—	
车轮最大外转角 （Max Turn Outside）	—	—	—		—	—	—	
车身高度（Ride Height）/mm	—	—	—		—	—	—	
车轴偏角（Setback）/mm	−8	0	8		−8	0	8	

后车轮（Rear）：

定位规范 定位参数	左侧（Left）			左右差 （Cross）	右侧（Right）			调整提示 （Adjusting）
	最小值 （Min.）	理想值 （Pref.）	最大值 （Max.）		最小值 （Min.）	理想值 （Pref.）	最大值 （Max.）	
车轮外倾角（Camber）	−1°00′	0′	1°00′	0°30′	−1°00′	0′	1°00′	
单侧前束角 （Individual Toe）	−0°15′	0′	0°15′		−0°15′	0′	0°15′	
总前束角（Total Toe）				最小值 （Min.） −0°30′	理想值 （Pref.） 0′	最大值 （Max.） 0°30′		
最大推进角 （Max Thrust Angle）				0°15′				
车身高度（Ride Height）/mm	—	—	—		—	—	—	
车轴偏角（Setback）/mm	−8	0	8		−8	0	8	

2. 进行定位调整

（1）采用上控制臂调整后倾角和外倾角（双偏心凸轮式）

1）调整指导。要减小主销后倾角，可通过转动前凸轮螺栓来向前移动控制臂内侧，转动后凸轮螺栓来向后等量移动控制臂外侧，见图4-4。

要增大主销后倾角，可通过转动前凸轮螺栓来向前移动控制臂外侧，转动后凸轮螺栓来向后等量移动控制臂内侧。

要减小车轮外倾角，可通过转动前后两个凸轮螺栓等值移动控制臂内侧。

要增大车轮外倾角，可通过转动前后两个凸轮螺栓等值移动控制臂外侧。

2）调整所及部件。无备件需求，无需更改零件。

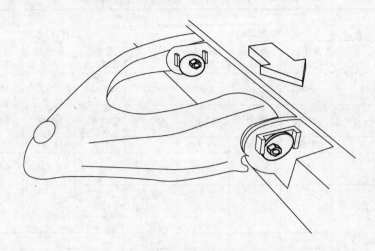

图4-4　采用双偏心凸轮式上控制臂调整后倾角和外倾角

3）专用工具。使用常规工具，无需专用工具。

（2）前轮前束调整（可调式横拉杆）

1）调整指导。调整前束角时，拧松转向拉杆锁止螺母，用扳手转动转向拉杆直至获得满意的前束角读数，见图4-1。

2）调整所及部件。无备件需求，无需更改零件。

3）专用工具。使用常规工具，无需专用工具。

4.4　切诺基

4.4.1　2000款大切诺基车型

1. 车轮定位规范

2000款大切诺基车轮定位规范见表4-10。

表4-10　2000款大切诺基车轮定位数据表

前车轮(Front)： 定位参数＼定位规范	左侧(Left)			左右差 (Cross)	右侧(Right)			调整提示 (Adjusting)
	最小值 (Min.)	理想值 (Pref.)	最大值 (Max.)		最小值 (Min.)	理想值 (Pref.)	最大值 (Max.)	
主销后倾角(Caster)	6°00′	7°00′	8°00′	0°30′	6°00′	7°00′	8°00′	见定位 调整(1)
车轮外倾角(Camber)	−0°30′	−0°15′	0′	0°10′	−0°30′	−0°15′	0′	
主销内倾角(SAI)	—							
单侧前束角 (Individual Toe)	0′	0°08′	0°15′		0′	0°08′	0°15′	见定位 调整(2)
总前束角(Total Toe)	最小值 (Min.)	理想值 (Pref.)	最大值 (Max.)					
	0′	0°15′	0°30′					
包容角(Included Angle)	—				—			

（续）

前车轮（Front）：

定位规范 定位参数	左侧（Left）			左右差 （Cross）	右侧（Right）			调整提示 （Adjusting）
	最小值 （Min.）	理想值 （Pref.）	最大值 （Max.）		最小值 （Min.）	理想值 （Pref.）	最大值 （Max.）	
转向前展角 （Toe Out On Turns）	—	—	—		—	—	—	
车轮最大内转角 （Max Turn Inside）	—	—	—		—	—	—	
车轮最大外转角 （Max Turn Outside）	—	—	—		—	—	—	
车身高度（Ride Height）/mm	—	—	—		—	—	—	
车轴偏角（Setback）/mm	−8	0	8		−8	0	8	

后车轮（Rear）：

定位规范 定位参数	左侧（Left）			左右差 （Cross）	右侧（Right）			调整提示 （Adjusting）
	最小值 （Min.）	理想值 （Pref.）	最大值 （Max.）		最小值 （Min.）	理想值 （Pref.）	最大值 （Max.）	
车轮外倾角（Camber）	−0°30′	−0°15′	0′	0°10′	−0°30′	−0°15′	0′	
单侧前束角 （Individual Toe）	0′	0°08′	0°15′		0′	0°08′	0°15′	
总前束角（Total Toe）				最小值 （Min.） 0′	理想值 （Pref.） 0°15′	最大值 （Max.） 0°30′		
最大推进角 （Max Thrust Angle）				0°15′				
车身高度（Ride Height）/mm	—	—	—		—	—	—	
车轴偏角（Setback）/mm	−8	0	8		−8	0	8	

2. 进行定位调整

（1）主销后倾角调整

1）调整指导。

① 拧松前悬架下联接臂偏心凸轮的锁止螺母，见图4-5。

② 转动标有刻度的偏心凸轮螺栓，增大或减小主销后倾角至想要的值。

③ 拧紧凸轮锁止螺母。

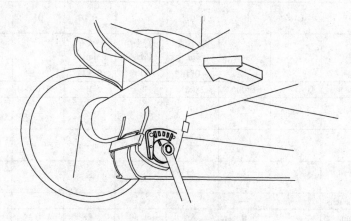

图4-5　主销后倾角调整

2）调整所及部件。无备件需求，无需更改零件。

3）专用工具。使用常规工具，无需专用工具。

（2）前轮前束调整（可调式横拉杆套管）

1）调整指导。

调整单侧前束时，拧松横拉杆套管夹块的固定螺栓，转动轴套直至得到满意读数，见图4-6。

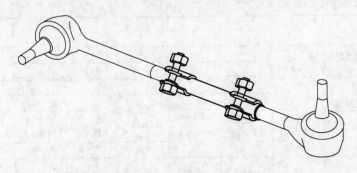

图 4-6 前轮前束调整（可调式横拉杆套管）

2）调整所及部件。无备件需求，无需更改零件。

3）专用工具。使用常规工具，无需专用工具。

4.4.2 1998 款切诺基 BJ-XJ2021 车型

1. 车轮定位规范

1998 款切诺基 BJ-XJ2021 车轮定位规范见表4-11。

表 4-11 1998 款切诺基 BJ-XJ2021 车轮定位数据表

前车轮（Front）：定位规范 / 定位参数	左侧（Left）最小值（Min.）	左侧（Left）理想值（Pref.）	左侧（Left）最大值（Max.）	左右差（Cross）	右侧（Right）最小值（Min.）	右侧（Right）理想值（Pref.）	右侧（Right）最大值（Max.）	调整提示（Adjusting）
主销后倾角（Caster）	2°00′	4°00′	6°00′	0°45′	2°00′	4°00′	6°00′	
车轮外倾角（Camber）	−1°00′	0′	1°00′	0°30′	−1°00′	0′	1°00′	
主销内倾角（SAI）	0′	1°00′	2°00′		0′	1°00′	2°00′	
单侧前束角（Individual Toe）	−0°07′	0′	0°07′		−0°07′	0′	0°07′	
总前束角（Total Toe）		最小值（Min.）−0°14′	理想值（Pref.）0′	最大值（Max.）0°14′				
包容角（Included Angle）	0′	1°00′	2°00′		0′	1°00′	2°00′	
转向前展角（Toe Out On Turns）	—	—	—		—	—	—	
车轮最大内转角（Max Turn Inside）	—	—	—		—	—	—	
车轮最大外转角（Max Turn Outside）	—	—	—		—	—	—	
车身高度（Ride Height）/mm	—	—	—		—	—	—	
车轴偏角（Setback）/mm	−8	0	8		−8	0	8	

（续）

后车轮（Rear）：

定位参数　　定位规范	左侧（Left）			左右差（Cross）	右侧（Right）			调整提示（Adjusting）
	最小值（Min.）	理想值（Pref.）	最大值（Max.）		最小值（Min.）	理想值（Pref.）	最大值（Max.）	
车轮外倾角（Camber）	0′	1°30′	3°00′	0°30′	0′	1°30′	3°00′	
单侧前束角（Individual Toe）	0°14′	0°22′	0°29′		0°14′	0°22′	0°29′	
总前束角（Total Toe）			最小值（Min.）	理想值（Pref.）	最大值（Max.）			
			0°29′	0°44′	0°59′			
最大推进角（Max Thrust Angle）				0°15′				
车身高度（Ride Height）/mm	—	—	—		—	—	—	
车轴偏角（Setback）/mm	−8	0	8		−8	0	8	

2. 进行定位调整

制造商未提供或不涉及此项目。

4.4.3　1998 款切诺基 BJ1041 车型

1. 车轮定位规范

1998 款切诺基 BJ1041 车轮定位规范见表 4-12。

表 4-12　1998 款切诺基 BJ1041 车轮定位数据表

前车轮（Front）：

定位参数　　定位规范	左侧（Left）			左右差（Cross）	右侧（Right）			调整提示（Adjusting）
	最小值（Min.）	理想值（Pref.）	最大值（Max.）		最小值（Min.）	理想值（Pref.）	最大值（Max.）	
主销后倾角（Caster）	2°00′	2°30′	3°00′	0°20′	2°00′	2°30′	3°00′	
车轮外倾角（Camber）	1°00′	2°00′	3°00′	0°30′	1°00′	2°00′	3°00′	
主销内倾角（SAI）	0′	1°00′	2°00′		0′	1°00′	2°00′	
单侧前束角（Individual Toe）	0′	0°22′	0°44′		0′	0°22′	0°44′	
总前束角（Total Toe）			最小值（Min.）	理想值（Pref.）	最大值（Max.）			
			0′	0°44′	1°29′			
包容角（Included Angle）	2°00′	3°00′	4°00′		2°00′	3°00′	4°00′	
转向前展角（Toe Out On Turns）	—	—	—		—	—	—	
车轮最大内转角（Max Turn Inside）	—	—	—		—	—	—	
车轮最大外转角（Max Turn Outside）	—	—	—		—	—	—	
车身高度（Ride Height）/mm	—	—	—		—	—	—	
车轴偏角（Setback）/mm	−8	0	8		−8	0	8	

（续）

后车轮（Rear）：

定位规范 / 定位参数	左侧（Left）			左右差（Cross）	右侧（Right）			调整提示（Adjusting）
	最小值（Min.）	理想值（Pref.）	最大值（Max.）		最小值（Min.）	理想值（Pref.）	最大值（Max.）	
车轮外倾角（Camber）	0′	2°00′	4°00′	0°45′	0′	2°00′	4°00′	
单侧前束角（Individual Toe）	0′	0°22′	0°44′		0′	0°22′	0°44′	
总前束角（Total Toe）			最小值（Min.）	理想值（Pref.）	最大值（Max.）			
			0′	0°44′	1°29′			
最大推进角（Max Thrust Angle）				0°15′				
车身高度（Ride Height）/mm	—	—	—		—	—	—	
车轴偏角（Setback）/mm	−8	0	8		−8	0	8	

2. 进行定位调整

制造商未提供或不涉及此项目。

4.4.4　1995 款切诺基 BJ2021/BJ7250 车型

1. 车轮定位规范

1995 款切诺基 BJ2021A6/BJ2021E6Y/BJ2021E/BJ2021EY/BJ7250 车轮定位规范见表 4-13。

表 4-13　1995 款切诺基 BJ2021/BJ7250 车轮定位数据表

前车轮（Front）：

定位规范 / 定位参数	左侧（Left）			左右差（Cross）	右侧（Right）			调整提示（Adjusting）
	最小值（Min.）	理想值（Pref.）	最大值（Max.）		最小值（Min.）	理想值（Pref.）	最大值（Max.）	
主销后倾角（Caster）	4°46′	5°16′	5°46′	0°20′	4°46′	5°16′	5°46′	
车轮外倾角（Camber）	−1°27′	−1°15′	−1°03′	0°08′	−1°27′	−1°15′	−1°03′	
主销内倾角（SAI）	—	—	—		—	—	—	
单侧前束角（Individual Toe）	−0°08′	−0°05′	−0°02′		−0°08′	−0°05′	−0°02′	
总前束角（Total Toe）			最小值（Min.）	理想值（Pref.）	最大值（Max.）			
			−0°16′	−0°10′	−0°04′			
包容角（Included Angle）	—	—	—		—	—	—	
转向前展角（Toe Out On Turns）								
车轮最大内转角（Max Turn Inside）	—	—	—		—	—	—	
车轮最大外转角（Max Turn Outside）	—	—	—		—	—	—	
车身高度（Ride Height）/mm	—	—	—		—	—	—	
车轴偏角（Setback）/mm	−8	0	8		−8	0	8	

（续）

后车轮（Rear）：

定位规范　　定位参数	左侧（Left）			左右差（Cross）	右侧（Right）			调整提示（Adjusting）
	最小值（Min.）	理想值（Pref.）	最大值（Max.）		最小值（Min.）	理想值（Pref.）	最大值（Max.）	
车轮外倾角（Camber）	−0°12′	0′	0°12′	0°08′	−0°12′	0′	0°12′	
单侧前束角（Individual Toe）	−0°03′	0′	0°03′		−0°03′	0′	0°03′	
总前束角（Total Toe）			最小值（Min.）	理想值（Pref.）	最大值（Max.）			
			−0°06′	0′	0°06′			
最大推进角（Max Thrust Angle）				0°15′				
车身高度（Ride Height）/mm	—	—	—		—	—	—	
车轴偏角（Setback）/mm	−8	0	8		−8	0	8	

2. 进行定位调整

制造商未提供或不涉及此项目。

4.4.5　1995 款切诺基 BJ-XJ2021 车型

1. 车轮定位规范

1995 款切诺基 BJ-XJ2021 车轮定位规范见表 4-14。

表 4-14　1995 款切诺基 BJ-XJ2021 车轮定位数据表

前车轮（Front）：

定位规范　　定位参数	左侧（Left）			左右差（Cross）	右侧（Right）			调整提示（Adjusting）
	最小值（Min.）	理想值（Pref.）	最大值（Max.）		最小值（Min.）	理想值（Pref.）	最大值（Max.）	
主销后倾角（Caster）	7°00′	7°30′	8°00′	0°20′	7°00′	7°30′	8°00′	
车轮外倾角（Camber）	−0°30′	0′	0°30′	0°20′	−0°30′	0′	0°30′	
主销内倾角（SAI）	—	—	—		—	—	—	
单侧前束角（Individual Toe）	−0°02′	0′	0°02′		−0°02′	0′	0°02′	
总前束角（Total Toe）			最小值（Min.）	理想值（Pref.）	最大值（Max.）			
			−0°04′	0′	0°04′			
包容角（Included Angle）	—	—	—		—	—	—	
转向前展角（Toe Out On Turns）	—	—	—		—	—	—	
车轮最大内转角（Max Turn Inside）	—	—	—		—	—	—	
车轮最大外转角（Max Turn Outside）	—	—	—		—	—	—	
车身高度（Ride Height）/mm	—	—	—		—	—	—	
车轴偏角（Setback）/mm	−8	0	8		−8	0	8	

（续）

后车轮(Rear)：

定位规范 定位参数	左侧(Left)			左右差 (Cross)	右侧(Right)			调整提示 (Adjusting)
	最小值 (Min.)	理想值 (Pref.)	最大值 (Max.)		最小值 (Min.)	理想值 (Pref.)	最大值 (Max.)	
车轮外倾角(Camber)	-0°12′	0′	0°12′	0°10′	-0°12′	0′	0°12′	
单侧前束角 (Individual Toe)	-0°03′	0′	0°03′		-0°03′	0′	0°03′	
总前束角(Total Toe)			最小值 (Min.)	理想值 (Pref.)	最大值 (Max.)			
			-0°06′	0′	0°06′			
最大推进角 (Max Thrust Angle)				0°15′				
车身高度(Ride Height)/mm	—	—	—		—	—	—	
车轴偏角(Setback)/mm	-8	0	8		-8	0	8	

2. 进行定位调整

制造商未提供或不涉及此项目。

4.4.6 1992 款切诺基 BJ2021/BJ7250 车型

1. 车轮定位规范

1992 款切诺基 BJ2021/BJ2021A6/BJ2021E6Y/BJ2021EY/BJ2021M6/BJ7250 车轮定位规范见表4-15。

表 4-15 1992 款切诺基 BJ2021/BJ7250 车轮定位数据表

前车轮(Front)：

定位规范 定位参数	左侧(Left)			左右差 (Cross)	右侧(Right)			调整提示 (Adjusting)
	最小值 (Min.)	理想值 (Pref.)	最大值 (Max.)		最小值 (Min.)	理想值 (Pref.)	最大值 (Max.)	
主销后倾角(Caster)	5°15′	6°37′	8°00′	0°45′	5°15′	6°37′	8°00′	
车轮外倾角(Camber)	-0°45′	-0°07′	0°30′	0°20′	-0°45′	-0°07′	0°30′	
主销内倾角(SAI)	—	—	—		—	—	—	
单侧前束角 (Individual Toe)	-0°03′	0°01′	0°04′		-0°03′	0°01′	0°04′	
总前束角(Total Toe)			最小值 (Min.)	理想值 (Pref.)	最大值 (Max.)			
			-0°06′	0°01′	0°08′			
包容角(Included Angle)	—	—	—		—	—	—	
转向前展角 (Toe Out On Turns)								
车轮最大内转角 (Max Turn Inside)	—	—	—		—	—	—	
车轮最大外转角 (Max Turn Outside)	—	—	—		—	—	—	
车身高度(Ride Height)/mm	—	—	—		—	—	—	
车轴偏角(Setback)/mm	-8	0	8		-8	0	8	

（续）

后车轮（Rear）：

定位规范　　定位参数	左侧（Left）			左右差（Cross）	右侧（Right）			调整提示（Adjusting）
	最小值（Min.）	理想值（Pref.）	最大值（Max.）		最小值（Min.）	理想值（Pref.）	最大值（Max.）	
车轮外倾角（Camber）	−0°12′	0′	0°12′	0°10′	−0°12′	0′	0°12′	
单侧前束角（Individual Toe）	−0°03′	0′	0°03′		−0°03′	0′	0°03′	
总前束角（Total Toe）			最小值（Min.）	理想值（Pref.）	最大值（Max.）			
			−0°06′	0′	0°06′			
最大推进角（Max Thrust Angle）				0°15′				
车身高度（Ride Height）/mm	—	—	—		—	—	—	
车轴偏角（Setback）/mm	−8	0	8		−8	0	8	

2. 进行定位调整

制造商未提供或不涉及此项目。

4.4.7　1992 款切诺基 BJ2021E 车型

1. 车轮定位规范

1992 款切诺基 BJ2021E 车轮定位规范见表 4-16。

表 4-16　1992 款切诺基 BJ2021E 车轮定位数据表

前车轮（Front）：

定位规范　　定位参数	左侧（Left）			左右差（Cross）	右侧（Right）			调整提示（Adjusting）
	最小值（Min.）	理想值（Pref.）	最大值（Max.）		最小值（Min.）	理想值（Pref.）	最大值（Max.）	
主销后倾角（Caster）	5°15′	6°37′	8°00′	0°45′	5°15′	6°37′	8°00′	
车轮外倾角（Camber）	−0°45′	−0°07′	0°30′	0°20′	−0°45′	−0°07′	0°30′	
主销内倾角（SAI）	—							
单侧前束角（Individual Toe）	−0°04′	0°01′	0°05′		−0°04′	0°01′	0°05′	
总前束角（Total Toe）			最小值（Min.）	理想值（Pref.）	最大值（Max.）			
			−0°07′	0°01′	0°10′			
包容角（Included Angle）	—	—	—		—	—	—	
转向前展角（Toe Out On Turns）	—	—	—		—	—	—	
车轮最大内转角（Max Turn Inside）								
车轮最大外转角（Max Turn Outside）								
车身高度（Ride Height）/mm								
车轴偏角（Setback）/mm	−8	0	8		−8	0	8	

（续）

后车轮（Rear）：

定位规范 定位参数	左侧（Left）			左右差 （Cross）	右侧（Right）			调整提示 （Adjusting）
	最小值 （Min.）	理想值 （Pref.）	最大值 （Max.）		最小值 （Min.）	理想值 （Pref.）	最大值 （Max.）	
车轮外倾角（Camber）	−0°12′	0′	0°12′	0°10′	−0°12′	0′	0°12′	
单侧前束角 （Individual Toe）	−0°03′	0′	0°03′		−0°03′	0′	0°03′	
总前束角（Total Toe）		最小值 （Min.）	理想值 （Pref.）	最大值 （Max.）				
		−0°06′	0′	0°06′				
最大推进角 （Max Thrust Angle）				0°15′				
车身高度（Ride Height）/mm	—	—	—					
车轴偏角（Setback）/mm	−8	0	8		−8	0	8	

2. 进行定位调整

制造商未提供或不涉及此项目。

4.4.8　1990 款切诺基车型

1. 车轮定位规范

1990 款切诺基车轮定位规范见表4-17。

表4-17　1990 款切诺基车轮定位数据表

前车轮（Front）：

定位规范 定位参数	左侧（Left）			左右差 （Cross）	右侧（Right）			调整提示 （Adjusting）
	最小值 （Min.）	理想值 （Pref.）	最大值 （Max.）		最小值 （Min.）	理想值 （Pref.）	最大值 （Max.）	
主销后倾角（Caster）	5°00′	6°00′	7°00′	0°30′	5°00′	6°00′	7°00′	见定位 调整（1）
车轮外倾角（Camber）	−0°30′	0′	0°30′	0°20′	−0°30′	0′	0°30′	
主销内倾角（SAI）	—	—	—		—	—	—	
单侧前束角 （Individual Toe）	−0°04′	0′	0°04′		−0°04′	0′	0°04′	见定位 调整（2）
总前束角（Total Toe）		最小值 （Min.）	理想值 （Pref.）	最大值 （Max.）				
		−0°08′	0′	0°08′				
包容角（Included Angle）	—	—	—		—	—	—	
转向前展角 （Toe Out On Turns）								
车轮最大内转角 （Max Turn Inside）	—	—	—		—	—	—	
车轮最大外转角 （Max Turn Outside）								
车身高度（Ride Height）/mm	—	—	—		—	—	—	
车轴偏角（Setback）/mm	−8	0	8		−8	0	8	

（续）

后车轮（Rear）：

定位规范 定位参数	左侧（Left）			左右差 （Cross）	右侧（Right）			调整提示 （Adjusting）
	最小值 （Min.）	理想值 （Pref.）	最大值 （Max.）		最小值 （Min.）	理想值 （Pref.）	最大值 （Max.）	
车轮外倾角（Camber）	−1°00′	0′	1°00′	0°30′	−1°00′	0′	1°00′	
单侧前束角 （Individual Toe）	−0°15′	0′	0°15′		−0°15′	0′	0°15′	
总前束角（Total Toe）			最小值 （Min.）	理想值 （Pref.）	最大值 （Max.）			
			−0°30′	0′	0°30′			
最大推进角 （Max Thrust Angle）				0°15′				
车身高度（Ride Height）/mm	—	—	—		—	—	—	
车轴偏角（Setback）/mm	−8	0	8		−8	0	8	

2. 进行定位调整

与 2005 款 JEEP2500 2.4L/2.5L 车型调整方法相同。

4.5　吉普

4.5.1　1998 款吉普 BJ213 车型

1. 车轮定位规范

1998 款吉普 BJ213 车轮定位规范见表 4-18。

表 4-18　1998 款吉普 BJ213 车轮定位数据表

前车轮（Front）：

定位规范 定位参数	左侧（Left）			左右差 （Cross）	右侧（Right）			调整提示 （Adjusting）
	最小值 （Min.）	理想值 （Pref.）	最大值 （Max.）		最小值 （Min.）	理想值 （Pref.）	最大值 （Max.）	
主销后倾角（Caster）	2°00′	4°00′	6°00′	0°45′	2°00′	4°00′	6°00′	
车轮外倾角（Camber）	−1°00′	0′	1°00′	0°30′	−1°00′	0′	1°00′	
主销内倾角（SAI）	0′	1°00′	2°00′		0′	1°00′	2°00′	
单侧前束角 （Individual Toe）	−0°04′	0′	0°04′		−0°04′	0′	0°04′	
总前束角（Total Toe）			最小值 （Min.）	理想值 （Pref.）	最大值 （Max.）			
			−0°08′	0′	0°08′			
包容角（Included Angle）	0′	1°00′	2°00′		0′	1°00′	2°00′	
转向前展角 （Toe Out On Turns）	—	—	—		—	—	—	
车轮最大内转角 （Max Turn Inside）	—	—	—		—	—	—	
车轮最大外转角 （Max Turn Outside）	—	—	—		—	—	—	
车身高度（Ride Height）/mm	—	—	—		—	—	—	
车轴偏角（Setback）/mm	−8	0	8		−8	0	8	

(续)

后车轮(Rear):

定位参数＼定位规范	左侧(Left)			左右差 (Cross)	右侧(Right)			调整提示 (Adjusting)
	最小值 (Min.)	理想值 (Pref.)	最大值 (Max.)		最小值 (Min.)	理想值 (Pref.)	最大值 (Max.)	
车轮外倾角(Camber)	0′	1°30′	3°00′	0°45′	0′	1°30′	3°00′	
单侧前束角 (Individual Toe)	0°15′	0°22′	0°30′		0°15′	0°22′	0°30′	
总前束角(Total Toe)			最小值 (Min.)	理想值 (Pref.)	最大值 (Max.)			
			0°29′	0°44′	0°59′			
最大推进角 (Max Thrust Angle)				0°15′				
车身高度(Ride Height)/mm	—	—	—		—	—	—	
车轴偏角(Setback)/mm	−8	0	8		−8	0	8	

2. 进行定位调整

制造商未提供或不涉及此项目。

4.5.2　1995 款吉普 BJ212A 车型

1. 车轮定位规范

1995 款吉普 BJ212A 车轮定位规范见表 4-19。

表 4-19　1995 款吉普 BJ212A 车轮定位数据表

前车轮(Front):

定位参数＼定位规范	左侧(Left)			左右差 (Cross)	右侧(Right)			调整提示 (Adjusting)
	最小值 (Min.)	理想值 (Pref.)	最大值 (Max.)		最小值 (Min.)	理想值 (Pref.)	最大值 (Max.)	
主销后倾角(Caster)	2°30′	3°00′	3°30′	0°20′	2°30′	3°00′	3°30′	
车轮外倾角(Camber)	1°06′	1°18′	1°30′	0°10′	1°06′	1°18′	1°30′	
主销内倾角(SAI)	—	—	—		—	—	—	
单侧前束角 (Individual Toe)	0°08′	0°10′	0°13′		0°08′	0°10′	0°13′	
总前束角(Total Toe)			最小值 (Min.)	理想值 (Pref.)	最大值 (Max.)			
			0°16′	0°20′	0°26′			
包容角(Included Angle)	2°00′	3°00′	4°00′		2°00′	3°00′	4°00′	
转向前展角 (Toe Out On Turns)	—	—	—		—	—	—	
车轮最大内转角 (Max Turn Inside)	—	—	—		—	—	—	
车轮最大外转角 (Max Turn Outside)	—	—	—		—	—	—	
车身高度(Ride Height)/mm	—	—	—		—	—	—	
车轴偏角(Setback)/mm	−8	0	8		−8	0	8	

（续）

后车轮（Rear）：

定位规范 定位参数	左侧（Left）			左右差 （Cross）	右侧（Right）			调整提示 （Adjusting）
	最小值 （Min.）	理想值 （Pref.）	最大值 （Max.）		最小值 （Min.）	理想值 （Pref.）	最大值 （Max.）	
车轮外倾角（Camber）	-0°12′	0′	0°12′	0°10′	-0°12′	0′	0°12′	
单侧前束角 （Individual Toe）	-0°03′	0′	0°03′		-0°03′	0′	0°03′	
总前束角（Total Toe）			最小值 （Min.）	理想值 （Pref.）	最大值 （Max.）			
			-0°06′	0′	0°06′			
最大推进角 （Max Thrust Angle）				0°15′				
车身高度（Ride Height）/mm	—	—	—		—	—	—	
车轴偏角（Setback）/mm	-8	0	8		-8	0	8	

2. 进行定位调整

制造商未提供或不涉及此项目。

4.5.3 1995 款吉普 BJ2020 车型

1. 车轮定位规范

1995 款吉普 BJ2020 车轮定位规范见表 4-20。

表 4-20 1995 款吉普 BJ2020 车轮定位数据表

前车轮（Front）：

定位规范 定位参数	左侧（Left）			左右差 （Cross）	右侧（Right）			调整提示 （Adjusting）
	最小值 （Min.）	理想值 （Pref.）	最大值 （Max.）		最小值 （Min.）	理想值 （Pref.）	最大值 （Max.）	
主销后倾角（Caster）	2°30′	3°00′	3°30′	0°20′	2°30′	3°00′	3°30′	
车轮外倾角（Camber）	1°06′	1°18′	1°30′	0°10′	1°06′	1°18′	1°30′	
主销内倾角（SAI）	—	—	—		—	—	—	
单侧前束角 （Individual Toe）	0°02′	0°07′	0°11′		0°02′	0°07′	0°11′	
总前束角（Total Toe）			最小值 （Min.）	理想值 （Pref.）	最大值 （Max.）			
			0°05′	0°13′	0°21′			
包容角（Included Angle）	—	—	—		—	—	—	
转向前展角 （Toe Out On Turns）								
车轮最大内转角 （Max Turn Inside）								
车轮最大外转角 （Max Turn Outside）								
车身高度（Ride Height）/mm	—	—	—		—	—	—	
车轴偏角（Setback）/mm	-8	0	8		-8	0	8	

（续）

后车轮（Rear）：

定位规范 定位参数	左侧（Left）			左右差 （Cross）	右侧（Right）			调整提示 （Adjusting）
	最小值 （Min.）	理想值 （Pref.）	最大值 （Max.）		最小值 （Min.）	理想值 （Pref.）	最大值 （Max.）	
车轮外倾角（Camber）	−0°12′	0′	0°12′	0°10′	−0°12′	0′	0°12′	
单侧前束角 （Individual Toe）	−0°03′	0′	0°03′		−0°03′	0′	0°03′	
总前束角（Total Toe）	最小值 （Min.）	理想值 （Pref.）	最大值 （Max.）					
	−0°06′	0′	0°06′					
最大推进角 （Max Thrust Angle）				0°15′				
车身高度（Ride Height）/mm	—	—	—		—	—	—	
车轴偏角（Setback）/mm	−8	0	8		−8	0	8	

2. 进行定位调整

制造商未提供或不涉及此项目。

4.5.4　1994 款吉普 BJ212A 车型

1. 车轮定位规范

1994 款吉普 BJ212A 车轮定位规范见表 4-21。

表 4-21　1994 款吉普 BJ212A 车轮定位数据表

前车轮（Front）：

定位规范 定位参数	左侧（Left）			左右差 （Cross）	右侧（Right）			调整提示 （Adjusting）
	最小值 （Min.）	理想值 （Pref.）	最大值 （Max.）		最小值 （Min.）	理想值 （Pref.）	最大值 （Max.）	
主销后倾角（Caster）	2°00′	2°30′	3°00′	0°20′	2°00′	2°30′	3°00′	
车轮外倾角（Camber）	1°00′	2°00′	3°00′	0°30′	1°00′	2°00′	3°00′	
主销内倾角（SAI）	0′	1°00′	2°00′		0′	1°00′	2°00′	
单侧前束角 （Individual Toe）	0′	0°22′	0°44′		0′	0°22′	0°44′	
总前束角（Total Toe）	最小值 （Min.）	理想值 （Pref.）	最大值 （Max.）					
	0′	0°44′	1°29′					
包容角（Included Angle）	2°00′	3°00′	4°00′		2°00′	3°00′	4°00′	
转向前展角 （Toe Out On Turns）	—	—	—		—	—	—	
车轮最大内转角 （Max Turn Inside）	—	—	—		—	—	—	
车轮最大外转角 （Max Turn Outside）	—	—	—		—	—	—	
车身高度（Ride Height）/mm								
车轴偏角（Setback）/mm	−8	0	8		−8	0	8	

（续）

后车轮（Rear）：

定位参数	左侧（Left）			左右差（Cross）	右侧（Right）			调整提示（Adjusting）
	最小值（Min.）	理想值（Pref.）	最大值（Max.）		最小值（Min.）	理想值（Pref.）	最大值（Max.）	
车轮外倾角（Camber）	0′	2°00′	4°00′	0°45′	0′	2°00′	4°00′	
单侧前束角（Individual Toe）	0′	0°22′	0°44′		0′	0°22′	0°44′	
总前束角（Total Toe）			最小值（Min.）0′	理想值（Pref.）0°44′	最大值（Max.）1°29′			
最大推进角（Max Thrust Angle）				0°15′				
车身高度（Ride Height）/mm	—	—	—		—	—	—	
车轴偏角（Setback）/mm	−8	0	8		−8	0	8	

2. 进行定位调整

制造商未提供或不涉及此项目。

4.5.5 1990 款吉普 BJ2020 车型

1. 车轮定位规范

1990 款吉普 BJ2020 车轮定位规范见表 4-22。

表 4-22　1990 款吉普 BJ2020 车轮定位数据表

前车轮（Front）：

定位参数	左侧（Left）			左右差（Cross）	右侧（Right）			调整提示（Adjusting）
	最小值（Min.）	理想值（Pref.）	最大值（Max.）		最小值（Min.）	理想值（Pref.）	最大值（Max.）	
主销后倾角（Caster）	2°00′	2°30′	3°30′	0°30′	2°00′	2°30′	3°30′	
车轮外倾角（Camber）	1°00′	2°00′	3°00′	0°30′	1°00′	2°00′	3°00′	
主销内倾角（SAI）	0′	1°00′	2°00′		0′	1°00′	2°00′	
单侧前束角（Individual Toe）	0′	0°22′	0°44′		0′	0°22′	0°44′	
总前束角（Total Toe）			最小值（Min.）0′	理想值（Pref.）0°44′	最大值（Max.）1°29′			
包容角（Included Angle）	2°00′	3°00′	4°00′		2°00′	3°00′	4°00′	
转向前展角（Toe Out On Turns）	—	—	—		—	—	—	
车轮最大内转角（Max Turn Inside）	—	—	—		—	—	—	
车轮最大外转角（Max Turn Outside）	—	—	—		—	—	—	
车身高度（Ride Height）/mm	—	—	—		—	—	—	
车轴偏角（Setback）/mm	−8	0	8		−8	0	8	

(续)

后车轮(Rear):

定位规范 / 定位参数	左侧(Left) 最小值(Min.)	理想值(Pref.)	最大值(Max.)	左右差(Cross)	右侧(Right) 最小值(Min.)	理想值(Pref.)	最大值(Max.)	调整提示(Adjusting)
车轮外倾角(Camber)	0′	2°00′	4°00′	0°30′	0′	2°00′	4°00′	
单侧前束角(Individual Toe)	0′	0°22′	0°44′		0′	0°22′	0°44′	
总前束角(Total Toe)				最小值(Min.) 0′	理想值(Pref.) 0°44′	最大值(Max.) 1°29′		
最大推进角(Max Thrust Angle)				0°15′				
车身高度(Ride Height)/mm	—	—	—		—	—	—	
车轴偏角(Setback)/mm	−8	0	8		−8	0	8	

2. 进行定位调整

制造商未提供或不涉及此项目。

4.5.6 1980 款吉普 BJ2020 车型

1. 车轮定位规范

1980 款吉普 BJ2020 车轮定位规范见表 4-23。

表 4-23 1980 款吉普 BJ2020 车轮定位数据表

前车轮(Front):

定位规范 / 定位参数	左侧(Left) 最小值(Min.)	理想值(Pref.)	最大值(Max.)	左右差(Cross)	右侧(Right) 最小值(Min.)	理想值(Pref.)	最大值(Max.)	调整提示(Adjusting)
主销后倾角(Caster)	0′	1°00′	2°00′	0°30′	0′	1°00′	2°00′	
车轮外倾角(Camber)	0′	0°30′	1°00′	0°20′	0′	0°30′	1°00′	
主销内倾角(SAI)	—	—	—		—	—	—	
单侧前束角(Individual Toe)	−0°03′	0′	0°03′		−0°03′	0′	0°03′	见定位调整
总前束角(Total Toe)				最小值(Min.) −0°06′	理想值(Pref.) 0′	最大值(Max.) 0°06′		
包容角(Included Angle)	—	—	—		—	—	—	
转向前展角(Toe Out On Turns)	—	—	—		—	—	—	
车轮最大内转角(Max Turn Inside)	—	—	—		—	—	—	
车轮最大外转角(Max Turn Outside)	—	—	—		—	—	—	
车身高度(Ride Height)/mm	—	—	—		—	—	—	
车轴偏角(Setback)/mm	−8	0	8		−8	0	8	

（续）

后车轮（Rear）：

定位规范 定位参数	左侧（Left）			左右差 （Cross）	右侧（Right）			调整提示 （Adjusting）
	最小值 （Min.）	理想值 （Pref.）	最大值 （Max.）		最小值 （Min.）	理想值 （Pref.）	最大值 （Max.）	
车轮外倾角（Camber）	−1°00′	0′	1°00′	0°30′	−1°00′	0′	1°00′	
单侧前束角 （Individual Toe）	−0°15′	0′	0°15′		−0°15′	0′	0°15′	
总前束角（Total Toe）			最小值 （Min.）	理想值 （Pref.）	最大值 （Max.）			
			−0°30′	0′	0°30′			
最大推进角 （Max Thrust Angle）				0°15′				
车身高度（Ride Height）/mm	—	—	—		—	—	—	
车轴偏角（Setback）/mm	−8	0	8		−8	0	8	

2. 进行定位调整

前车轮前束调整（可调式转向横拉杆）

1）调整指导。调整前束角时，拧松转向拉杆锁止螺母，用扳手转动转向拉杆直至获得满意的前束角读数，见图 4-1。

2）调整所及部件。无备件需求，无需更改零件。

3）专用工具。使用常规工具，无需专用工具。

第5章 北京现代

5.1 御翔

5.1.1 2006款御翔NF 2.0L车型

1. 车轮定位规范

2006款御翔NF 2.0L车轮定位规范见表5-1。

表5-1 2006款御翔NF 2.0L车轮定位数据表

前车轮(Front):

定位参数 \ 定位规范	左侧(Left)			左右差(Cross)	右侧(Right)			调整提示(Adjusting)
	最小值(Min.)	理想值(Pref.)	最大值(Max.)		最小值(Min.)	理想值(Pref.)	最大值(Max.)	
主销后倾角(Caster)	4°05′	4°50′	5°35′	0°30′	4°05′	4°50′	5°35′	
车轮外倾角(Camber)	−0°30′	0′	0°30′	0°20′	−0°30′	0′	0°30′	
主销内倾角(SAI)	9°00′	9°27′	10°00′		9°00′	9°27′	10°00′	
单侧前束角(Individual Toe)	−0°08′	0′	0°08′		−0°08′	0′	0°08′	见定位调整(1)
总前束角(Total Toe)	最小值(Min.)	理想值(Pref.)	最大值(Max.)					
	−0°16′	0′	0°16′					
包容角(Included Angle)	—	—	—		—	—	—	
转向前展角(Toe Out On Turns)	—	—	—		—	—	—	
车轮最大内转角(Max Turn Inside)	—	—	—		—	—	—	
车轮最大外转角(Max Turn Outside)	—	—	—		—	—	—	
车身高度(Ride Height)/mm	—	—	—		—	—	—	
车轴偏角(Setback)/mm	−8	0	8		−8	0	8	

后车轮(Rear):

定位参数 \ 定位规范	左侧(Left)			左右差(Cross)	右侧(Right)			调整提示(Adjusting)
	最小值(Min.)	理想值(Pref.)	最大值(Max.)		最小值(Min.)	理想值(Pref.)	最大值(Max.)	
车轮外倾角(Camber)	−1°00′	−0°30′	0′	0°20′	−1°00′	−0°30′	0′	
单侧前束角(Individual Toe)	0′	0°08′	0°16′		0′	0°08′	0°16′	见定位调整(2)
总前束角(Total Toe)	最小值(Min.)	理想值(Pref.)	最大值(Max.)					
	0′	0°16′	0°32′					
最大推进角(Max Thrust Angle)		0°15′						
车身高度(Ride Height)/mm	—	—	—		—	—	—	
车轴偏角(Setback)/mm	−8	0	8		−8	0	8	

2. 进行定位调整

（1）前轮前束调整（可调式横拉杆）

1）调整指导。调整前束角时，拧松转向拉杆锁止螺母，用扳手转动转向拉杆直至获得满意的前束角读数，见图5-1。

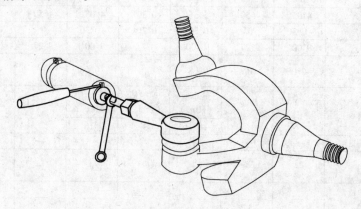

图5-1　前轮前束调整（可调式横拉杆）

2）调整所及部件。无备件需求，无需更改零件。

3）专用工具。使用常规工具，无需专用工具。

（2）后轮前束调整（调整内控制臂枢轴）

1）调整指导。调整单侧前束时，拧松下控制臂内侧枢轴螺栓/螺母，转动凸轮/棘轮直至前束值达到想要的值，见图5-2。

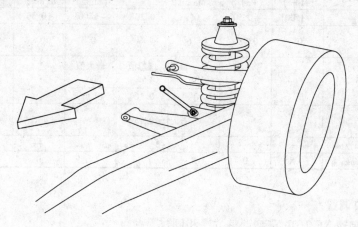

图5-2　前束调整（调整内控制臂枢轴）

2）调整所及部件。无备件需求，无需更改零件。

3）专用工具：扳手。

5.1.2　2006 款御翔 NF 2.4L 车型

1. 车轮定位规范

2006 款御翔 NF 2.4L 车轮定位规范见表5-2。

表5-2　2006款御翔NF 2.4L车轮定位数据表

前车轮(Front)：

定位规范 定位参数	左侧(Left)			左右差 (Cross)	右侧(Right)			调整提示 (Adjusting)
	最小值 (Min.)	理想值 (Pref.)	最大值 (Max.)		最小值 (Min.)	理想值 (Pref.)	最大值 (Max.)	
主销后倾角(Caster)	4°05′	4°50′	5°35′	0°30′	4°05′	4°50′	5°35′	
车轮外倾角(Camber)	−0°30′	0′	0°30′	0°20′	−0°30′	0′	0°30′	
主销内倾角(SAI)	9°00′	9°27′	10°00′		9°00′	9°27′	10°00′	
单侧前束角 (Individual Toe)	−0°08′	0′	0°08′		−0°08′	0′	0°08′	见定位 调整(1)
总前束角(Total Toe)		最小值 (Min.)	理想值 (Pref.)	最大值 (Max.)				
		−0°16′	0′	0°16′				
包容角(Included Angle)	—	—	—		—	—	—	
转向前展角 (Toe Out On Turns)	—	—	—		—	—	—	
车轮最大内转角 (Max Turn Inside)	—	—	—		—	—	—	
车轮最大外转角 (Max Turn Outside)	—	—	—		—	—	—	
车身高度(Ride Height)/mm	—	—	—		—	—	—	
车轴偏角(Setback)/mm	−8	0	8		−8	0	8	

后车轮(Rear)：

定位规范 定位参数	左侧(Left)			左右差 (Cross)	右侧(Right)			调整提示 (Adjusting)
	最小值 (Min.)	理想值 (Pref.)	最大值 (Max.)		最小值 (Min.)	理想值 (Pref.)	最大值 (Max.)	
车轮外倾角(Camber)	−1°00′	−0°30′	0′	0°20′	−1°00′	−0°30′	0′	
单侧前束角 (Individual Toe)	0′	0°08′	0°16′		0′	0°08′	0°16′	见定位 调整(2)
总前束角(Total Toe)		最小值 (Min.)	理想值 (Pref.)	最大值 (Max.)				
		0′	0°16′	0°32′				
最大推进角 (Max Thrust Angle)		0°15′						
车身高度(Ride Height)/mm	—							
车轴偏角(Setback)/mm	−8	0	8		−8	0	8	

2. 进行定位调整

与2006款御翔NF 2.0L车型调整方法相同。

5.2　雅绅特

5.2.1　2006款雅绅特车型

1. 车轮定位规范

2006款雅绅特车轮定位规范见表5-3。

表5-3　2006款雅绅特车轮定位数据表

前车轮(Front)：

定位规范　　定位参数	左侧(Left)			左右差(Cross)	右侧(Right)			调整提示(Adjusting)
	最小值(Min.)	理想值(Pref.)	最大值(Max.)		最小值(Min.)	理想值(Pref.)	最大值(Max.)	
主销后倾角(Caster)	3°30′	4°00′	4°30′	0°20′	3°30′	4°00′	4°30′	见定位调整(1)
车轮外倾角(Camber)	−0°30′	0′	0°30′	0°20′	−0°30′	0′	0°30′	见定位调整(2)
主销内倾角(SAI)	12°30′	13°00′	13°30′		12°30′	13°00′	13°30′	
单侧前束角(Individual Toe)	−0°05′	0′	0°05′		−0°05′	0′	0°05′	见定位调整(3)
总前束角(Total Toe)		最小值(Min.)	理想值(Pref.)	最大值(Max.)				
		−0°10′	0′	0°10′				
包容角(Included Angle)	—	—	—		—	—	—	
转向前展角(Toe Out On Turns)	—	—	—		—	—	—	
车轮最大内转角(Max Turn Inside)	—	—	—		—	—	—	
车轮最大外转角(Max Turn Outside)	—	—	—		—	—	—	
车身高度(Ride Height)/mm	—	—	—		—	—	—	
车轴偏角(Setback)/mm	−8	0	8		−8	0	8	

后车轮(Rear)：

定位规范　　定位参数	左侧(Left)			左右差(Cross)	右侧(Right)			调整提示(Adjusting)
	最小值(Min.)	理想值(Pref.)	最大值(Max.)		最小值(Min.)	理想值(Pref.)	最大值(Max.)	
车轮外倾角(Camber)	−1°30′	−1°00′	−0°30′	0°20′	−1°30′	−1°00′	−0°30′	见定位调整(2)
单侧前束角(Individual Toe)	0°05′	0°10′	0°14′		0°05′	0°10′	0°14′	见定位调整(4)
总前束角(Total Toe)		最小值(Min.)	理想值(Pref.)	最大值(Max.)				
		0°10′	0°19′	0°29′				
最大推进角(Max Thrust Angle)			0°15′					
车身高度(Ride Height)/mm	—	—	—		—	—	—	
车轴偏角(Setback)/mm	−8	0	8		−8	0	8	

2. 进行定位调整

（1）主销后倾角调整（更换下臂支架）

1）调整指导。需使用 TOYOTA 更换支架，无需更改零件，见图 5-3。A、B、C、D 位置的定位参数为：

位置	外倾角	主销后倾角
A.	0	0
B.	0	1.5°
C.	1.5°	1.5°
D.	1.5°	0

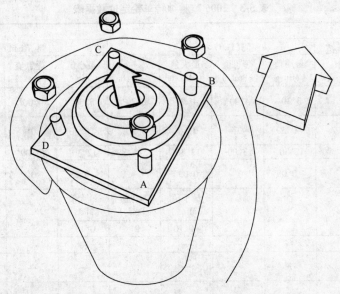

图5-3 主销后倾角调整(更换下臂支架)

2) 调整所及部件: 无备件需求。

3) 专用工具。使用常规工具, 无需专用工具。

(2) 前轮外倾角调整(可调式减振器支柱/转向节支架)

1) 调整指导。调整外倾角时, 拆下支柱与转向节用于固定的上螺栓, 松开下螺栓, 在转向节和支柱体间插入楔形件, 采用更小直径的上螺栓。通过向下打入楔形件来向正值方向调整外倾角, 见图5-4。

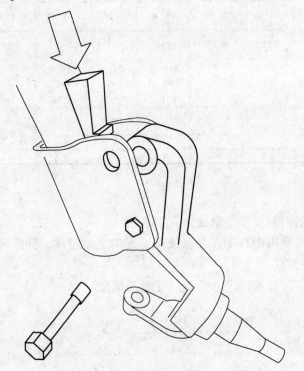

图5-4 前轮外倾角调整(可调式减振器支柱/转向节支架)

提示：安装楔形件时，注意不要损伤制动管路。

2）调整所及部件：需使用楔形件，无需更改零件。

3）专用工具。使用常规工具，无需专用工具。

注意：在安装配件时，要遵守相关法令。

（3）前轮前束调整

1）调整指导。拧松横拉杆锁紧螺母，转动内侧横拉杆至正确前束，见图5-5。

提示：相关固定夹紧件可能必须松开，防止损坏胶套。

2）调整所及部件：无备件需求，无需更改零件。

3）专用工具。使用常规工具，无需专用工具。

（4）后轮前束调整（可调式下控制臂枢轴）

1）调整指导。调整单侧前束时，松开下控制臂内侧枢轴连接螺栓/螺母，转动偏心凸轮/棘轮直至达到想要的值，见图5-6。

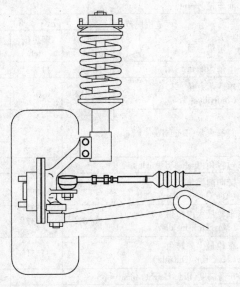

图5-5 前轮前束调整

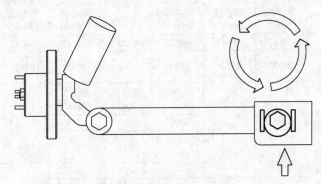

图5-6 后轮前束调整（可调式下控制臂枢轴）

2）调整所及部件：无备件需求，无需更改零件。

3）专用工具。使用常规工具，无需专用工具。

5.2.2 2006款雅绅特1.4L MT车型

1. 车轮定位规范

2006款雅绅特1.4L MT，基本版/舒适版/时尚版/豪华版车轮定位规范见表5-4。

表5-4 2006款雅绅特1.4L MT车轮定位数据表

前车轮（Front）: 定位参数 \ 定位规范	左侧（Left）			左右差（Cross）	右侧（Right）			调整提示（Adjusting）
	最小值（Min.）	理想值（Pref.）	最大值（Max.）		最小值（Min.）	理想值（Pref.）	最大值（Max.）	
主销后倾角（Caster）	1°18′	1°48′	2°18′	0°20′	1°18′	1°48′	2°18′	
车轮外倾角（Camber）	−0°30′	0′	0°30′	0°20′	−0°30′	0′	0°30′	

（续）

前车轮（Front）：

定位规范 定位参数	左侧（Left）			左右差 （Cross）	右侧（Right）			调整提示 （Adjusting）
	最小值 （Min.）	理想值 （Pref.）	最大值 （Max.）		最小值 （Min.）	理想值 （Pref.）	最大值 （Max.）	
主销内倾角（SAI）	10°36′	11°06′	11°36′		10°36′	11°06′	11°36′	
单侧前束角 （Individual Toe）	−0°12′	0′	0°12′		−0°12′	0′	0°12′	见定位 调整（1）
总前束角（Total Toe）		最小值 （Min.）	理想值 （Pref.）	最大值 （Max.）				
		−0°24′	0′	0°24′				
包容角（Included Angle）	—	—	—		—	—	—	
转向前展角 （Toe Out On Turns）	—	—	—		—	—	—	
车轮最大内转角 （Max Turn Inside）	36°07′	37°37′	39°07′		36°07′	37°37′	39°07′	
车轮最大外转角 （Max Turn Outside）	—	31°51′	—		—	31°51′	—	
车身高度（Ride Height）/mm	—	—	—		—	—	—	
车轴偏角（Setback）/mm	−8	0	8		−8	0	8	

后车轮（Rear）：

定位规范 定位参数	左侧（Left）			左右差 （Cross）	右侧（Right）			调整提示 （Adjusting）
	最小值 （Min.）	理想值 （Pref.）	最大值 （Max.）		最小值 （Min.）	理想值 （Pref.）	最大值 （Max.）	
车轮外倾角（Camber）	−1°12′	−0°42′	−0°12′	0°20′	−1°12′	−0°42′	−0°12′	
单侧前束角 （Individual Toe）	0°05′	0°12′	0°20′		0°05′	0°12′	0°20′	见定位 调整（2）
总前束角（Total Toe）		最小值 （Min.）	理想值 （Pref.）	最大值 （Max.）				
		0°09′	0°24′	0°39′				
最大推进角 （Max Thrust Angle）			0°15′					
车身高度（Ride Height）/mm	—	—	—		—	—	—	
车轴偏角（Setback）/mm	−8	0	8		−8	0	8	

2. 进行定位调整

（1）前轮前束调整（可调式横拉杆）

1）调整指导。调整前束角时，拧松转向拉杆锁止螺母，用扳手转动转向拉杆直至获得满意的前束角读数，见图5-1。

2）调整所及部件：无备件需求，无需更改零件。

3）专用工具。使用常规工具，无需专用工具。

（2）后轮前束调整

1）调整指导。调整单侧前束时：

① 拧松联接臂偏心凸轮螺栓。

② 顺时针或逆时针转动偏心凸轮，直至达到想要的前束值。

③ 拧紧偏心凸轮螺栓，见图5-7。

2）调整所及部件：无备件需求，无需更改零件。

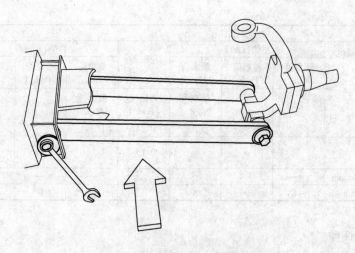

图 5-7 后轮前束调整

3) 专用工具。使用常规工具，无需专用工具。

5.2.3 2006 款雅绅特 1.4L(AT)车型

1. 车轮定位规范

2006 款雅绅特 1.4L(AT,舒适版/豪华版/尊贵版)车轮定位规范见表 5-5。

表 5-5 2006 款雅绅特 1.4L(AT)车轮定位数据表

前车轮(Front):

定位规范 定位参数	左侧(Left)			左右差 (Cross)	右侧(Right)			调整提示 (Adjusting)
	最小值 (Min.)	理想值 (Pref.)	最大值 (Max.)		最小值 (Min.)	理想值 (Pref.)	最大值 (Max.)	
主销后倾角(Caster)	1°18′	1°48′	2°18′	0°20′	1°18′	1°48′	2°18′	
车轮外倾角(Camber)	−0°30′	0′	0°30′	0°20′	−0°30′	0′	0°30′	
主销内倾角(SAI)	10°36′	11°06′	11°36′		10°36′	11°06′	11°36′	
单侧前束角 (Individual Toe)	−0°12′	0′	0°12′		−0°12′	0′	0°12′	见定位 调整(1)
总前束角(Total Toe)		最小值 (Min.)	理想值 (Pref.)	最大值 (Max.)				
		−0°24′	0′	0°24′				
包容角(Included Angle)	—	—	—	—	—	—	—	
转向前展角 (Toe Out On Turns)								
车轮最大内转角 (Max Turn Inside)	36°07′	37°37′	39°07′		36°07′	37°37′	39°07′	
车轮最大外转角 (Max Turn Outside)		31°51′				31°51′		
车身高度(Ride Height)/mm	—	—	—		—	—	—	
车轴偏角(Setback)/mm	−8	0	8		−8	0	8	

后车轮(Rear):

定位规范 定位参数	左侧(Left)			左右差 (Cross)	右侧(Right)			调整提示 (Adjusting)
	最小值 (Min.)	理想值 (Pref.)	最大值 (Max.)		最小值 (Min.)	理想值 (Pref.)	最大值 (Max.)	
车轮外倾角(Camber)	−1°12′	−0°42′	−0°12′	0°20′	−1°12′	−0°42′	−0°12′	
单侧前束角 (Individual Toe)	0°05′	0°12′	0°20′		0°05′	0°12′	0°20′	见定位 调整(2)

(续)

后车轮(Rear):

定位规范 定位参数	左侧(Left)			左右差 (Cross)	右侧(Right)			调整提示 (Adjusting)
	最小值 (Min.)	理想值 (Pref.)	最大值 (Max.)		最小值 (Min.)	理想值 (Pref.)	最大值 (Max.)	
总前束角(Total Toe)		最小值 (Min.)	理想值 (Pref.)	最大值 (Max.)				
		0°09′	0°24′	0°39′				
最大推进角 (Max Thrust Angle)				0°15′				
车身高度(Ride Height)/mm	—	—	—		—	—	—	
车轴偏角(Setback)/mm	-8	0	8		-8	0	8	

2. 进行定位调整

与 2006 款雅绅特 1.4L MT 车型调整方法相同。

5.2.4　2006 款雅绅特 1.6L(AT)车型

1. 车轮定位规范

2006 款雅绅特 1.6L(AT,豪华版)车轮定位规范见表 5-6。

表 5-6　2006 款雅绅特 1.6L(AT)车轮定位数据表

前车轮(Front):

定位规范 定位参数	左侧(Left)			左右差 (Cross)	右侧(Right)			调整提示 (Adjusting)
	最小值 (Min.)	理想值 (Pref.)	最大值 (Max.)		最小值 (Min.)	理想值 (Pref.)	最大值 (Max.)	
主销后倾角(Caster)	1°18′	1°48′	2°18′	0°20′	1°18′	1°48′	2°18′	
车轮外倾角(Camber)	-0°30′	0′	0°30′	0°20′	-0°30′	0′	0°30′	
主销内倾角(SAI)	10°36′	11°06′	11°36′		10°36′	11°06′	11°36′	
单侧前束角 (Individual Toe)	-0°12′	0′	0°12′		-0°12′	0′	0°12′	见定位 调整(1)
总前束角(Total Toe)		最小值 (Min.)	理想值 (Pref.)	最大值 (Max.)				
		-0°24′	0′	0°24′				
包容角(Included Angle)	—	—	—		—	—	—	
转向前展角 (Toe Out On Turns)								
车轮最大内转角 (Max Turn Inside)	36°07′	37°37′	39°07′		36°07′	37°37′	39°07′	
车轮最大外转角 (Max Turn Outside)		31°51′				31°51′		
车身高度(Ride Height)/mm	—	—	—		—	—	—	
车轴偏角(Setback)/mm	-8	0	8		-8	0	8	

后车轮(Rear):

定位规范 定位参数	左侧(Left)			左右差 (Cross)	右侧(Right)			调整提示 (Adjusting)
	最小值 (Min.)	理想值 (Pref.)	最大值 (Max.)		最小值 (Min.)	理想值 (Pref.)	最大值 (Max.)	
车轮外倾角(Camber)	-1°12′	-0°42′	-0°12′	0°20′	-1°12′	-0°42′	-0°12′	
单侧前束角 (Individual Toe)	0°05′	0°12′	0°20′		0°05′	0°12′	0°20′	见定位 调整(2)

（续）

后车轮（Rear）：

定位规范＼定位参数	左侧（Left）最小值（Min.）	理想值（Pref.）	最大值（Max.）	左右差（Cross）	右侧（Right）最小值（Min.）	理想值（Pref.）	最大值（Max.）	调整提示（Adjusting）
总前束角（Total Toe）		最小值（Min.）	理想值（Pref.）	最大值（Max.）				
		0°09′	0°24′	0°39′				
最大推进角（Max Thrust Angle）				0°15′				
车身高度（Ride Height）/mm	—	—	—		—	—	—	
车轴偏角（Setback）/mm	−8	0	8		−8	0	8	

2. 进行定位调整

与 2006 款雅绅特 1.4L MT 车型调整方法相同。

5.3　途胜

5.3.1　2005 款途胜车型

1. 车轮定位规范

2005 款途胜车轮定位规范见表 5-7。

表 5-7　2005 款途胜车轮定位数据表

前车轮（Front）：

定位规范＼定位参数	左侧（Left）最小值（Min.）	理想值（Pref.）	最大值（Max.）	左右差（Cross）	右侧（Right）最小值（Min.）	理想值（Pref.）	最大值（Max.）	调整提示（Adjusting）
主销后倾角（Caster）	3°02′	3°32′	4°02′	0°20′	3°02′	3°32′	4°02′	
车轮外倾角（Camber）	−0°30′	0′	0°30′	0°20′	−0°30′	0′	0°30′	
主销内倾角（SAI）	12°16′	12°46′	13°16′		12°16′	12°46′	13°16′	
单侧前束角（Individual Toe）	−0°05′	0′	0°05′		−0°05′		0°05′	见调整说明
总前束角（Total Toe）		最小值（Min.）	理想值（Pref.）	最大值（Max.）				
		−0°10′	0′	0°10′				
包容角（Included Angle）	—	—	—	—	—	—	—	
转向前展角（Toe Out On Turns）	—	—	—	—	—	—	—	
车轮最大内转角（Max Turn Inside）	—	—	—	—	—	—	—	
车轮最大外转角（Max Turn Outside）	—	—	—	—	—	—	—	
车身高度（Ride Height）/mm	—	—	—		—	—	—	
车轴偏角（Setback）/mm	−8	0	8		−8	0	8	

后车轮（Rear）：

定位规范＼定位参数	左侧（Left）最小值（Min.）	理想值（Pref.）	最大值（Max.）	左右差（Cross）	右侧（Right）最小值（Min.）	理想值（Pref.）	最大值（Max.）	调整提示（Adjusting）
车轮外倾角（Camber）	0°25′	0°55′	1°25′	0°20′	0°25′	0°55′	1°25′	

（续）

后车轮（Rear）：

定位规范 / 定位参数	左侧（Left）			左右差（Cross）	右侧（Right）			调整提示（Adjusting）
	最小值（Min.）	理想值（Pref.）	最大值（Max.）		最小值（Min.）	理想值（Pref.）	最大值（Max.）	
单侧前束角（Individual Toe）	0°09′	0°11′	0°18′		0°09′	0°11′	0°18′	
总前束角（Total Toe）		最小值（Min.）	理想值（Pref.）	最大值（Max.）				
		0°17′	0°22′	0°37′				
最大推进角（Max Thrust Angle）				0°15′				
车身高度（Ride Height）/mm	—	—	—		—	—	—	
车轴偏角（Setback）/mm	−8	0	8		−8	0	8	

2. 进行定位调整

前轮前束调整（可调式横拉杆）

1）调整指导。调整前束角时，拧松转向拉杆锁止螺母，用扳手转动转向拉杆直至获得满意的前束角读数，见图5-1。

2）调整所及部件：无备件需求，无需更改零件。

3）专用工具。使用常规工具，无需专用工具。

5.3.2　2005款途胜2.0L车型

1. 车轮定位规范

2005款途胜2.0L(时尚版/豪华版)车轮定位规范见表5-8。

表5-8　2005款途胜2.0L车轮定位数据表

前车轮（Front）：

定位规范 / 定位参数	左侧（Left）			左右差（Cross）	右侧（Right）			调整提示（Adjusting）
	最小值（Min.）	理想值（Pref.）	最大值（Max.）		最小值（Min.）	理想值（Pref.）	最大值（Max.）	
主销后倾角（Caster）	3°02′	3°32′	4°02′	0°20′	3°02′	3°32′	4°02′	
车轮外倾角（Camber）	−0°30′	0′	0°30′	0°20′	−0°30′	0′	0°30′	
主销内倾角（SAI）	12°16′	12°46′	13°16′		12°16′	12°46′	13°16′	
单侧前束角（Individual Toe）	−0°05′	0′	0°05′		−0°05′	0′	0°05′	见调整说明
总前束角（Total Toe）		最小值（Min.）	理想值（Pref.）	最大值（Max.）				
		−0°10′	0′	0°10′				
包容角（Included Angle）	—	—	—	—	—	—	—	
转向前展角（Toe Out On Turns）	—	—	—	—	—	—	—	
车轮最大内转角（Max Turn Inside）	—	—	—	—	—	—	—	
车轮最大外转角（Max Turn Outside）	—	—	—	—	—	—	—	
车身高度（Ride Height）/mm	—	—	—		—	—	—	
车轴偏角（Setback）/mm	−8	0	8		−8	0	8	

（续）

后车轮（Rear）：

定位规范 定位参数	左侧（Left）			左右差 （Cross）	右侧（Right）			调整提示 （Adjusting）
	最小值 （Min.）	理想值 （Pref.）	最大值 （Max.）		最小值 （Min.）	理想值 （Pref.）	最大值 （Max.）	
车轮外倾角（Camber）	−1°25′	−0°55′	−0°25′	0°20′	−1°25′	−0°55′	−0°25′	
单侧前束角 （Individual Toe）	0°09′	0°11′	0°18′		0°09′	0°11′	0°18′	
总前束角（Total Toe）	最小值 （Min.） 0°17′	理想值 （Pref.） 0°22′	最大值 （Max.） 0°37′					
最大推进角 （Max Thrust Angle）		0°15′						
车身高度（Ride Height）/mm	—	—	—		—	—	—	
车轴偏角（Setback）/mm	−8	0	8		−8	0	8	

2. 进行定位调整

与 2005 款途胜车型调整方法相同。

5.3.3　2005 款途胜 2.7L 车型

1. 车轮定位规范

2005 款途胜 2.7L 车轮定位规范见表 5-9。

表 5-9　2005 款途胜 2.7L 车轮定位数据表

前车轮（Front）：

定位规范 定位参数	左侧（Left）			左右差 （Cross）	右侧（Right）			调整提示 （Adjusting）
	最小值 （Min.）	理想值 （Pref.）	最大值 （Max.）		最小值 （Min.）	理想值 （Pref.）	最大值 （Max.）	
主销后倾角（Caster）	3°02′	3°32′	4°02′	0°20′	3°02′	3°32′	4°02′	
车轮外倾角（Camber）	−0°30′	0′	0°30′	0°20′	−0°30′	0′	0°30′	
主销内倾角（SAI）	12°16′	12°46′	13°16′		12°16′	12°46′	13°16′	
单侧前束角 （Individual Toe）	−0°05′	0′	0°05′		−0°05′	0′	0°05′	见调整 说明
总前束角（Total Toe）	最小值 （Min.） −0°10′	理想值 （Pref.） 0′	最大值 （Max.） 0°10′					
包容角（Included Angle）	—	—	—		—	—	—	
转向前展角 （Toe Out On Turns）	—	—	—		—	—	—	
车轮最大内转角 （Max Turn Inside）	—	—	—		—	—	—	
车轮最大外转角 （Max Turn Outside）	—	—	—		—	—	—	
车身高度（Ride Height）/mm	—	—	—		—	—	—	
车轴偏角（Setback）/mm	−8	0	8		−8	0	8	

后车轮（Rear）：

定位规范 定位参数	左侧（Left）			左右差 （Cross）	右侧（Right）			调整提示 （Adjusting）
	最小值 （Min.）	理想值 （Pref.）	最大值 （Max.）		最小值 （Min.）	理想值 （Pref.）	最大值 （Max.）	
车轮外倾角（Camber）	−1°25′	−0°55′	−0°25′	0°20′	−1°25′	−0°55′	−0°25′	

（续）

后车轮(Rear)：

定位规范 定位参数	左侧(Left)			左右差 (Cross)	右侧(Right)			调整提示 (Adjusting)
	最小值 (Min.)	理想值 (Pref.)	最大值 (Max.)		最小值 (Min.)	理想值 (Pref.)	最大值 (Max.)	
单侧前束角 (Individual Toe)	0°09′	0°11′	0°18′		0°09′	0°11′	0°18′	
总前束角(Total Toe)			最小值 (Min.)	理想值 (Pref.)	最大值 (Max.)			
			0°17′	0°22′	0°37′			
最大推进角 (Max Thrust Angle)				0°15′				
车身高度(Ride Height)/mm	—	—	—		—	—	—	
车轴偏角(Setback)/mm	−8	0	8		−8	0	8	

2. 进行定位调整

与 2005 款途胜车型调整方法相同。

5.4　伊兰特

5.4.1　2003 款伊兰特 1.6L 车型

1. 车轮定位规范

2003 款伊兰特 1.6L(舒适版/豪华版)车轮定位规范见表 5-10。

表 5-10　2003 款伊兰特 1.6L 车轮定位数据表

前车轮(Front)：

定位规范 定位参数	左侧(Left)			左右差 (Cross)	右侧(Right)			调整提示 (Adjusting)
	最小值 (Min.)	理想值 (Pref.)	最大值 (Max.)		最小值 (Min.)	理想值 (Pref.)	最大值 (Max.)	
主销后倾角(Caster)	2°19′	2°49′	3°19′	0°20′	2°19′	2°49′	3°19′	
车轮外倾角(Camber)	−0°30′	0′	0°30′	0°20′	−0°30′	0′	0°30′	
主销内倾角(SAI)	11°40′	12°10′	12°40′		11°40′	12°10′	12°40′	
单侧前束角 (Individual Toe)	−0°08′	0′	0°08′		−0°08′	0′	0°08′	见定位 调整(1)
总前束角(Total Toe)			最小值 (Min.)	理想值 (Pref.)	最大值 (Max.)			
			−0°16′	0′	0°16′			
包容角(Included Angle)	—							
转向前展角 (Toe Out On Turns)	—							
车轮最大内转角 (Max Turn Inside)	—							
车轮最大外转角 (Max Turn Outside)	—							
车身高度(Ride Height)/mm	—							
车轴偏角(Setback)/mm	−8	0	8		−8	0	8	

（续）

后车轮（Rear）：

定位规范 定位参数	左侧（Left）			左右差 （Cross）	右侧（Right）			调整提示 （Adjusting）
	最小值 （Min.）	理想值 （Pref.）	最大值 （Max.）		最小值 （Min.）	理想值 （Pref.）	最大值 （Max.）	
车轮外倾角（Camber）	−1°25′	−0°55′	−0°25′	0°20′	−1°25′	−0°55′	−0°25′	
单侧前束角 （Individual Toe）	0°11′	0°16′	0°27′		0°11′	0°16′	0°27′	见定位 调整（2）
总前束角（Total Toe）			最小值 （Min.）	理想值 （Pref.）	最大值 （Max.）			
			0°23′	0°31′	0°54′			
最大推进角 （Max Thrust Angle）				0°15′				
车身高度（Ride Height）/mm	—	—	—		—	—	—	
车轴偏角（Setback）/mm	−8	0	8		−8	0	8	

2. 进行定位调整

（1）前轮前束调整（可调式横拉杆）

1）调整指导。调整前束角时，拧松转向拉杆锁止螺母，用扳手转动转向拉杆直至获得满意的前束角读数，见图5-1。

2）调整所及部件：无备件需求，无需更改零件。

3）专用工具。使用常规工具，无需专用工具。

（2）后车轮前束调整

1）调整指导。拧松调整凸轮锁止螺母，转动偏心凸轮直至得到正确的后车轮前束，见图5-8。

2）调整所及部件：无备件需求，无需更改零件。

3）专用工具。使用常规工具，无需专用工具。

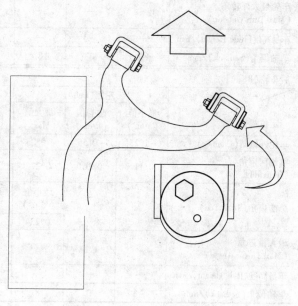

图 5-8 后车轮前束调整

5.4.2 2003 款伊兰特 1.8L 车型

1. 车轮定位规范

2003 款伊兰特 1.8L（豪华版）车轮定位规范见表 5-11。

表 5-11 2003 款伊兰特 1.8L 车轮定位数据表

前车轮（Front）：

定位规范 定位参数	左侧（Left）			左右差 （Cross）	右侧（Right）			调整提示 （Adjusting）
	最小值 （Min.）	理想值 （Pref.）	最大值 （Max.）		最小值 （Min.）	理想值 （Pref.）	最大值 （Max.）	
主销后倾角（Caster）	2°19′	2°49′	3°19′	0°20′	2°19′	2°49′	3°19′	
车轮外倾角（Camber）	−0°30′	0′	0°30′	0°20′	−0°30′	0′	0°30′	

(续)

前车轮(Front):

定位规范 定位参数	左侧(Left)			左右差 (Cross)	右侧(Right)			调整提示 (Adjusting)
	最小值 (Min.)	理想值 (Pref.)	最大值 (Max.)		最小值 (Min.)	理想值 (Pref.)	最大值 (Max.)	
主销内倾角(SAI)	11°40′	12°10′	12°40′		11°40′	12°10′	12°40′	
单侧前束角 (Individual Toe)	−0°08′	0′	0°08′		−0°08′	0′	0°08′	见定位 调整(1)
总前束角(Total Toe)		最小值 (Min.)	理想值 (Pref.)	最大值 (Max.)				
		−0°16′	0′	0°16′				
包容角(Included Angle)	—	—	—		—	—	—	
转向前展角 (Toe Out On Turns)	—	—	—		—	—	—	
车轮最大内转角 (Max Turn Inside)	—	—	—		—	—	—	
车轮最大外转角 (Max Turn Outside)	—	—	—		—	—	—	
车身高度(Ride Height)/mm	—	—	—		—	—	—	
车轴偏角(Setback)/mm	−8	0	8		−8	0	8	

后车轮(Rear):

定位规范 定位参数	左侧(Left)			左右差 (Cross)	右侧(Right)			调整提示 (Adjusting)
	最小值 (Min.)	理想值 (Pref.)	最大值 (Max.)		最小值 (Min.)	理想值 (Pref.)	最大值 (Max.)	
车轮外倾角(Camber)	−1°25′	−0°55′	−0°25′	0°20′	−1°25′	−0°55′	−0°25′	
单侧前束角 (Individual Toe)	0°11′	0°16′	0°27′		0°11′	0°16′	0°27′	见定位 调整(2)
总前束角(Total Toe)		最小值 (Min.)	理想值 (Pref.)	最大值 (Max.)				
		0°23′	0°31′	0°54′				
最大推进角 (Max Thrust Angle)			0°15′					
车身高度(Ride Height)/mm	—	—	—		—	—	—	
车轴偏角(Setback)/mm	−8	0	8		−8	0	8	

2. 进行定位调整

与 2003 款伊兰特 1.6L 车型调整方法相同。

5.5 索纳塔

5.5.1 2002 款索纳塔 2.0L(MT)车型

1. 车轮定位规范

2002 款索纳塔 2.0L-GL/GLS MT 车轮定位规范见表 5-12。

表 5-12　2002 款索纳塔 2.0L-GL/GLS MT 车轮定位数据表

前车轮（Front）：

定位规范 定位参数	左侧（Left）			左右差 （Cross）	右侧（Right）			调整提示 （Adjusting）
	最小值 （Min.）	理想值 （Pref.）	最大值 （Max.）		最小值 （Min.）	理想值 （Pref.）	最大值 （Max.）	
主销后倾角（Caster）	2°15′	3°15′	4°15′	0°30′	2°15′	3°15′	4°15′	
车轮外倾角（Camber）	−0°30′	0′	0°30′	0°20′	−0°30′	0′	0°30′	
主销内倾角（SAI）	8°00′	8°30′	9°00′		8°00′	8°30′	9°00′	
单侧前束角 （Individual Toe）	−0°07′	0′	0°07′		−0°07′	0′	0°07′	见定位 调整（1）
总前束角（Total Toe）		最小值 （Min.）	理想值 （Pref.）	最大值 （Max.）				
		−0°14′	0′	0°14′				
包容角（Included Angle）	—	—	—			—	—	—
转向前展角 （Toe Out On Turns）	—	2°18′	—		—	2°18′	—	
车轮最大内转角 （Max Turn Inside）	—	—	—		—	—	—	
车轮最大外转角 （Max Turn Outside）	—	—	—		—	—	—	
车身高度（Ride Height）/mm	—	—	—		—	—	—	
车轴偏角（Setback）/mm	−8	0	8		−8	0	8	

后车轮（Rear）：

定位规范 定位参数	左侧（Left）			左右差 （Cross）	右侧（Right）			调整提示 （Adjusting）
	最小值 （Min.）	理想值 （Pref.）	最大值 （Max.）		最小值 （Min.）	理想值 （Pref.）	最大值 （Max.）	
车轮外倾角（Camber）	−1°00′	−0°30′	0′	0°20′	−1°00′	−0°30′	0′	
单侧前束角 （Individual Toe）	0′	0°08′	0°16′		0′	0°08′	0°16′	见定位 调整（2）
总前束角（Total Toe）		最小值 （Min.）	理想值 （Pref.）	最大值 （Max.）				
		0′	0°16′	0°32′				
最大推进角 （Max Thrust Angle）			0°15′					
车身高度（Ride Height）/mm	—	—	—		—	—	—	
车轴偏角（Setback）/mm	−8	0	8		−8	0	8	

2. 进行定位调整

（1）前轮前束调整（可调式横拉杆）

1）调整指导。调整前束角时，拧松转向拉杆锁止螺母，用扳手转动转向拉杆直至获得满意的前束角读数，见图 5-1。

2）调整所及部件：无备件需求，无需更改零件。

3）专用工具。使用常规工具，无需专用工具。

（2）后轮前束调整

1）调整指导。调整单侧前束时：

① 拧松联接臂偏心凸轮螺栓。

② 顺时针或逆时针转动偏心凸轮，直至达到想要的前束值。

③ 拧紧偏心凸轮螺栓，见图 5-7。

2）调整所及部件：无备件需求，无需更改零件。

3）专用工具。使用常规工具，无需专用工具。

5.5.2　2002款索纳塔2.0L(AT)车型

1. 车轮定位规范

2002款索纳塔 2.0L GL /GLS(AT,豪华版)车轮定位规范见表 5-13。

表 5-13　2002 款索纳塔 2.0L AT 车轮定位数据表

前车轮(Front)：

定位参数＼定位规范	左侧(Left)			左右差(Cross)	右侧(Right)			调整提示(Adjusting)
	最小值(Min.)	理想值(Pref.)	最大值(Max.)		最小值(Min.)	理想值(Pref.)	最大值(Max.)	
主销后倾角(Caster)	2°15′	3°15′	4°15′	0°30′	2°15′	3°15′	4°15′	
车轮外倾角(Camber)	−0°30′	0′	0°30′	0°20′	−0°30′	0′	0°30′	
主销内倾角(SAI)	8°00′	8°30′	9°00′		8°00′	8°30′	9°00′	
单侧前束角(Individual Toe)	−0°07′	0′	0°07′		−0°07′	0′	0°07′	见定位调整(1)
总前束角(Total Toe)	最小值(Min.)	理想值(Pref.)	最大值(Max.)					
	−0°14′	0′	0°14′					
包容角(Included Angle)	—	—	—		—	—	—	
转向前展角(Toe Out On Turns)	—	2°18′	—		—	2°18′	—	
车轮最大内转角(Max Turn Inside)	—	—	—		—	—	—	
车轮最大外转角(Max Turn Outside)	—	—	—		—	—	—	
车身高度(Ride Height)/mm	—	—	—		—	—	—	
车轴偏角(Setback)/mm	−8	0	8		−8	0	8	

后车轮(Rear)：

定位参数＼定位规范	左侧(Left)			左右差(Cross)	右侧(Right)			调整提示(Adjusting)
	最小值(Min.)	理想值(Pref.)	最大值(Max.)		最小值(Min.)	理想值(Pref.)	最大值(Max.)	
车轮外倾角(Camber)	−1°00′	−0°30′	0′	0°20′	−1°00′	−0°30′	0′	
单侧前束角(Individual Toe)	0′	0°08′	0°16′		0′	0°08′	0°16′	见定位调整(2)
总前束角(Total Toe)	最小值(Min.)	理想值(Pref.)	最大值(Max.)					
	0′	0°16′	0°32′					
最大推进角(Max Thrust Angle)		0°15′						
车身高度(Ride Height)/mm	—	—	—		—	—	—	
车轴偏角(Setback)/mm	−8	0	8		−8	0	8	

2. 进行定位调整

与2002款索纳塔 2.0L(MT)车型调整方法一样。

第6章 北客红叶

6.1 红叶旅行车

1995 款红叶旅行车车型

1. 车轮定位规范

1995 款红叶旅行车车轮定位规范见表6-1。

表 6-1 1995~2002 年红叶旅行车车轮定位数据表

前车轮（Front）：

定位规范 / 定位参数	左侧（Left）			左右差（Cross）	右侧（Right）			调整提示（Adjusting）
	最小值（Min.）	理想值（Pref.）	最大值（Max.）		最小值（Min.）	理想值（Pref.）	最大值（Max.）	
主销后倾角（Caster）	0°40′	1°32′	2°24′	0°30′	0°40′	1°32′	2°24′	
车轮外倾角（Camber）	−0°30′	0°15′	1°00′	0°30′	−0°30′	0°15′	1°00′	
主销内倾角（SAI）	8°30′	9°30′	10°30′		8°30′	9°30′	10°30′	
单侧前束角（Individual Toe）	−0°01′	0°01′	0°02′		−0°01′	0°01′	0°02′	
总前束角（Total Toe）			最小值（Min.） −0°01′	理想值（Pref.） 0°02′	最大值（Max.） 0°04′			
包容角（Included Angle）	8°45′	9°45′	10°45′		8°45′	9°45′	10°45′	
转向前展角（Toe Out On Turns）	—	—	—		—	—	—	
车轮最大内转角（Max Turn Inside）	—	—	—		—	—	—	
车轮最大外转角（Max Turn Outside）	—	—	—		—	—	—	
车身高度（Ride Height）/mm								
车轴偏角（Setback）/mm	−8	0	8		−8	0	8	

后车轮（Rear）：

定位规范 / 定位参数	左侧（Left）			左右差（Cross）	右侧（Right）			调整提示（Adjusting）
	最小值（Min.）	理想值（Pref.）	最大值（Max.）		最小值（Min.）	理想值（Pref.）	最大值（Max.）	
车轮外倾角（Camber）	−0°12′	0′	0°12′	0°10′	−0°12′	0′	0°12′	
单侧前束角（Individual Toe）	−0°03′	0′	0°03′		−0°03′	0′	0°03′	
总前束角（Total Toe）			最小值（Min.） −0°06′	理想值（Pref.） 0′	最大值（Max.） 0°06′			
最大推进角（Max Thrust Angle）				0°15′				
车身高度（Ride Height）/mm	—	—	—		—	—	—	
车轴偏角（Setback）/mm	−8	0	8		−8	0	8	

2. 进行定位调整

制造商未提供或不涉及此项目。

6.2　红叶微客

1995 款红叶微客车型

1. 车轮定位规范

1995 款红叶微型客车车轮定位规范见表6-2。

表6-2　1995~2002 年红叶微型客车车轮定位数据表

前车轮(Front)：

定位规范 定位参数	左侧(Left)			左右差 (Cross)	右侧(Right)			调整提示 (Adjusting)
	最小值 (Min.)	理想值 (Pref.)	最大值 (Max.)		最小值 (Min.)	理想值 (Pref.)	最大值 (Max.)	
主销后倾角(Caster)	0°55′	1°40′	2°25′	0°30′	0°55′	1°40′	2°25′	
车轮外倾角(Camber)	−0°30′	0′	0°30′	0°20′	−0°30′	0′	0°30′	
主销内倾角(SAI)	0′	0′	0′		0′	0′	0′	
单侧前束角 (Individual Toe)	−0°01′	0°01′	0°03′		−0°01′	0°01′	0°03′	
总前束角(Total Toe)			最小值 (Min.)	理想值 (Pref.)	最大值 (Max.)			
			−0°02′	0°02′	0°07′			
包容角(Included Angle)	8°45′	9°45′	10°45′		8°45′	9°45′	10°45′	
转向前展角 (Toe Out On Turns)	—	—	—		—	—	—	
车轮最大内转角 (Max Turn Inside)	—	—	—		—	—	—	
车轮最大外转角 (Max Turn Outside)	—	—	—		—	—	—	
车身高度(Ride Height)/mm	—	—	—		—	—	—	
车轴偏角(Setback)/mm	−8	0	8		−8	0	8	

后车轮(Rear)：

定位规范 定位参数	左侧(Left)			左右差 (Cross)	右侧(Right)			调整提示 (Adjusting)
	最小值 (Min.)	理想值 (Pref.)	最大值 (Max.)		最小值 (Min.)	理想值 (Pref.)	最大值 (Max.)	
车轮外倾角(Camber)	−0°30′	0′	0°30′	0°20′	−0°30′	0′	0°30′	
单侧前束角 (Individual Toe)	−0°04′	0′	0°04′		−0°04′	0′	0°04′	
总前束角(Total Toe)			最小值 (Min.)	理想值 (Pref.)	最大值 (Max.)			
			−0°07′	0′	0°07′			
最大推进角 (Max Thrust Angle)				0°15′				
车身高度(Ride Height)/mm	—	—	—		—	—	—	
车轴偏角(Setback)/mm	−8	0	8		−8	0	8	

2. 进行定位调整

制造商未提供或不涉及此项目。

第 7 章 北 汽 福 田

7.1 风景爱尔法

2003 款风景爱尔法车型

1. 车轮定位规范

2003 款风景爱尔法车轮定位规范见表 7-1。

表 7-1 2003 款风景爱尔法车轮定位数据表

前车轮(Front)：

定位规范 / 定位参数	左侧(Left)			左右差(Cross)	右侧(Right)			调整提示(Adjusting)
	最小值(Min.)	理想值(Pref.)	最大值(Max.)		最小值(Min.)	理想值(Pref.)	最大值(Max.)	
主销后倾角(Caster)	0°45′	1°15′	2°00′	0°30′	0°45′	1°15′	2°00′	见定位调整(1)
车轮外倾角(Camber)	−1°05′	−0°20′	0°25′	0°30′	−1°05′	−0°20′	0°25′	见定位调整(2)
主销内倾角(SAI)	10°05′	10°50′	11°35′		10°05′	10°50′	11°35′	
单侧前束角(Individual Toe)	0°02′	0°07′	0°12′		0°02′	0°07′	0°12′	见定位调整(3)
总前束角(Total Toe)		最小值(Min.)	理想值(Pref.)	最大值(Max.)				
		0°05′	0°14′	0°24′				
包容角(Included Angle)	—	—	—			—	—	
转向前展角(Toe Out On Turns)								
车轮最大内转角(Max Turn Inside)	—	—	—			—	—	
车轮最大外转角(Max Turn Outside)	—	—	—			—	—	
车身高度(Ride Height)/mm	—	—	—		—	—	—	
车轴偏角(Setback)/mm	−8	0	8		−8	0	8	

后车轮(Rear)：

定位规范 / 定位参数	左侧(Left)			左右差(Cross)	右侧(Right)			调整提示(Adjusting)
	最小值(Min.)	理想值(Pref.)	最大值(Max.)		最小值(Min.)	理想值(Pref.)	最大值(Max.)	
车轮外倾角(Camber)	−1°00′	0′	1°00′	0°30′	−1°00′	0′	1°00′	
单侧前束角(Individual Toe)	−0°15′	0′	0°15′		−0°15′	0′	0°15′	
总前束角(Total Toe)		最小值(Min.)	理想值(Pref.)	最大值(Max.)				
		−0°30′	0′	0°30′				

（续）

后车轮(Rear)：

定位规范 定位参数	左侧(Left)			左右差 (Cross)	右侧(Right)			调整提示 (Adjusting)
	最小值 (Min.)	理想值 (Pref.)	最大值 (Max.)		最小值 (Min.)	理想值 (Pref.)	最大值 (Max.)	
最大推进角 (Max Thrust Angle)				0°15′				
车身高度(Ride Height)/mm	—	—	—		—	—	—	
车轴偏角(Setback)/mm	−8	0	8		−8	0	8	

2. 进行定位调整

（1）主销后倾角调整（可调式纵向拉杆）

1）调整指导。增大后倾角时，拧松纵向拉杆衬套固定螺栓（图7-1 中内侧箭头），缩短纵向拉杆。减小后倾角时，拧松纵向拉杆衬套固定螺栓，伸长纵向拉杆。

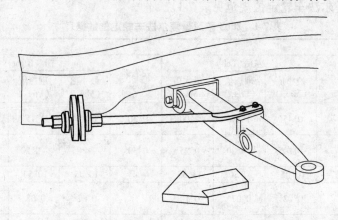

图 7-1　主销后倾角调整（可调式纵向拉杆）

2）调整所及部件：有些车辆可能会需要使用备件。有关备件改动，见套件说明。

3）专用工具。使用常规工具，无需专用工具。

（2）下控制臂调整外倾角（可调式单偏心轮）

1）调整指导。减小外倾角时，拧松控制臂枢轴固定螺栓，向外转动偏心螺栓直至得到想要的外倾角值。增大外倾角时，拧松控制臂枢轴固定螺栓，向内转动偏心螺栓直至得到想要的外倾角值，见图7-2。

2）调整所及部件：有些车型可能需要使用偏心轮套件。根据套件制造商的说明修改备件。

3）专用工具：使用常规工具，无需专用工具。有些备件套件或改动件是否适合法规要求，在改动悬架系统前请查询相关法规。

（3）前车轮前束调整（可调式转向横拉杆）

1）调整指导。调整前束角时，拧松转向拉杆锁止螺母，用扳手转动转向拉杆直至获得满意的前束角读数，见图7-3。

2）调整所及部件：无备件需求，无需更改零件。

3）专用工具：使用常规工具，无需专用工具。

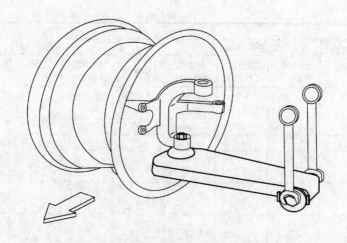

图7-2 下控制臂调整外倾角(可调式单偏心轮)

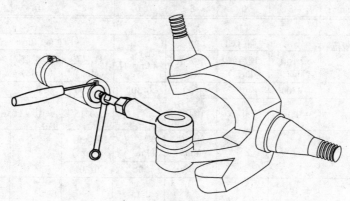

图7-3 前车轮前束调整(可调式转向横拉杆)

7.2 风景冲浪

2003 款风景冲浪车型

1. 车轮定位规范

2003 款风景冲浪车轮定位规范见表7-2。

表7-2 2003 款风景冲浪车轮定位数据表

前车轮(Front):								
定位规范 定位参数	左侧(Left)			左右差 (Cross)	右侧(Right)			调整提示 (Adjusting)
	最小值 (Min.)	理想值 (Pref.)	最大值 (Max.)		最小值 (Min.)	理想值 (Pref.)	最大值 (Max.)	
主销后倾角(Caster)	1°00′	1°30′	2°00′	0°20′	1°00′	1°30′	2°00′	
车轮外倾角(Camber)	0′	0°30′	1°00′	0°20′	0′	0°30′	1°00′	
主销内倾角(SAI)	9°00′	10°00′	11°00′		9°00′	10°00′	11°00′	
单侧前束角 (Individual Toe)	0′	0°04′	0°07′		0′	0°04′	0°07′	见定位 调整

（续）

前车轮(Front)：

定位规范 定位参数	左侧(Left)			左右差 (Cross)	右侧(Right)			调整提示 (Adjusting)
	最小值 (Min.)	理想值 (Pref.)	最大值 (Max.)		最小值 (Min.)	理想值 (Pref.)	最大值 (Max.)	
总前束角(Total Toe)			最小值 (Min.) 0′	理想值 (Pref.) 0°07′	最大值 (Max.) 0°14′			
包容角(Included Angle)	—	—	—		—	—	—	
转向前展角 (Toe Out On Turns)	—	—	—		—	—	—	
车轮最大内转角 (Max Turn Inside)	—	—	—		—	—	—	
车轮最大外转角 (Max Turn Outside)	—	—	—		—	—	—	
车身高度(Ride Height)/mm	—	—	—		—	—	—	
车轴偏角(Setback)/mm	−8	0	8		−8	0	8	

后车轮(Rear)：

定位规范 定位参数	左侧(Left)			左右差 (Cross)	右侧(Right)			调整提示 (Adjusting)
	最小值 (Min.)	理想值 (Pref.)	最大值 (Max.)		最小值 (Min.)	理想值 (Pref.)	最大值 (Max.)	
车轮外倾角(Camber)	−1°00′	0′	1°00′	0°30′	−1°00′	0′	1°00′	
单侧前束角 (Individual Toe)	−0°15′	0′	0°15′		−0°15′	0′	0°15′	
总前束角(Total Toe)			最小值 (Min.) −0°30′	理想值 (Pref.) 0′	最大值 (Max.) 0°30′			
最大推进角 (Max Thrust Angle)				0°15′				
车身高度(Ride Height)/mm	—	—	—		—	—	—	
车轴偏角(Setback)/mm	−8	0	8		−8	0	8	

2. 进行定位调整

前车轮前束调整(可调式转向横拉杆)：

1) 调整指导。调整前束角时，拧松转向拉杆锁止螺母，用扳手转动转向拉杆直至获得满意的前束角读数，见图7-3。

2) 调整所及部件。无备件需求。无需更改零件。

3) 专用工具。使用常规工具，无需专用工具。

7.3　风景海狮

2000 款风景海狮车型

1. 车轮定位规范

2000 款风景海狮车轮定位规范见表7-3。

表 7-3　2000 款风景海狮车轮定位数据表

前车轮(Front):

定位规范 / 定位参数	左侧(Left) 最小值(Min.)	理想值(Pref.)	最大值(Max.)	左右差(Cross)	右侧(Right) 最小值(Min.)	理想值(Pref.)	最大值(Max.)	调整提示(Adjusting)
主销后倾角(Caster)	0°30′	1°12′	2°00′	0°30′	0°30′	1°12′	2°00′	见定位调整(1)
车轮外倾角(Camber)	−1°06′	−0°18′	0°24′	0°30′	−1°06′	−0°18′	0°24′	见定位调整(2)
主销内倾角(SAI)	—	10°40′	—			10°40′	—	
单侧前束角(Individual Toe)	−0°02′	0°03′	0°08′		−0°02′	0°03′	0°08′	见定位调整(3)
总前束角(Total Toe)			最小值(Min.) −0°05′	理想值(Pref.) 0°06′	最大值(Max.) 0°17′			
包容角(Included Angle)	—	—	—		—	—	—	
转向前展角(Toe Out On Turns)	—	—	—		—	—	—	
车轮最大内转角(Max Turn Inside)	—	—	—		—	—	—	
车轮最大外转角(Max Turn Outside)	—	—	—		—	—	—	
车身高度(Ride Height)/mm	—	—	—		—	—	—	
车轴偏角(Setback)/mm	−8	0	8		−8	0	8	

后车轮(Rear):

定位规范 / 定位参数	左侧(Left) 最小值(Min.)	理想值(Pref.)	最大值(Max.)	左右差(Cross)	右侧(Right) 最小值(Min.)	理想值(Pref.)	最大值(Max.)	调整提示(Adjusting)
车轮外倾角(Camber)	−1°00′	0′	1°00′	0°30′	−1°00′	0′	1°00′	
单侧前束角(Individual Toe)	−0°15′	0′	0°15′		−0°15′	0′	0°15′	
总前束角(Total Toe)			最小值(Min.) −0°30′	理想值(Pref.) 0′	最大值(Max.) 0°30′			
最大推进角(Max Thrust Angle)				0°15′				
车身高度(Ride Height)/mm	—	—	—		—	—	—	
车轴偏角(Setback)/mm	−8	0	8		−8	0	8	

2. 进行定位调整

与 2003 款风景爱尔法车型调整方法相同。

7.4　阳光皮卡

2000 款阳光皮卡车型

1. 车轮定位规范

2000 款阳光皮卡车轮定位规范见表 7-4。

表 7-4　2000 款阳光皮卡车轮定位数据表

前车轮(Front)：

定位规范 定位参数	左侧(Left)			左右差 (Cross)	右侧(Right)			调整提示 (Adjusting)
	最小值 (Min.)	理想值 (Pref.)	最大值 (Max.)		最小值 (Min.)	理想值 (Pref.)	最大值 (Max.)	
主销后倾角(Caster)	1°00′	1°30′	2°00′	0°20′	1°00′	1°30′	2°00′	
车轮外倾角(Camber)	0′	0°30′	1°00′	0°20′	0′	0°30′	1°00′	
主销内倾角(SAI)	9°00′	10°00′	11°00′		9°00′	10°00′	11°00′	
单侧前束角 (Individual Toe)	0′	0°04′	0°07′		0′	0°04′	0°07′	见定位 调整
总前束角(Total Toe)			最小值 (Min.)	理想值 (Pref.)	最大值 (Max.)			
			0′	0°07′	0°14′			
包容角(Included Angle)	—	—	—		—	—	—	
转向前展角 (Toe Out On Turns)	—	—	—		—	—	—	
车轮最大内转角 (Max Turn Inside)	—	—	—		—	—	—	
车轮最大外转角 (Max Turn Outside)	—	—	—		—	—	—	
车身高度(Ride Height)/mm	—	—	—		—	—	—	
车轴偏角(Setback)/mm	−8	0	8		−8	0	8	

后车轮(Rear)：

定位规范 定位参数	左侧(Left)			左右差 (Cross)	右侧(Right)			调整提示 (Adjusting)
	最小值 (Min.)	理想值 (Pref.)	最大值 (Max.)		最小值 (Min.)	理想值 (Pref.)	最大值 (Max.)	
车轮外倾角(Camber)	−1°00′	0′	1°00′	0°20′	−1°00′	0′	1°00′	
单侧前束角 (Individual Toe)	−0°15′	0′	0°15′		−0°15′	0′	0°15′	
总前束角(Total Toe)			最小值 (Min.)	理想值 (Pref.)	最大值 (Max.)			
			−0°30′	0′	0°30′			
最大推进角 (Max Thrust Angle)				0°15′				
车身高度(Ride Height)/mm	—	—	—		—	—	—	
车轴偏角(Setback)/mm	−8	0	8		−8	0	8	

2. 进行定位调整

与 2003 款风景冲浪车型调整方法相同。

第8章 比亚迪汽车

8.1 比亚迪 F6

2005 款比亚迪 F6 2.0L/2.4L 车型

1. 车轮定位规范

2005 款比亚迪 F6 2.0L/2.4L 车轮定位规范见表 8-1。

表 8-1 2005 款比亚迪 F6 2.0L/2.4L 车轮定位数据表

前车轮(Front)：

定位规范 / 定位参数	左侧(Left)			左右差(Cross)	右侧(Right)			调整提示(Adjusting)
	最小值(Min.)	理想值(Pref.)	最大值(Max.)		最小值(Min.)	理想值(Pref.)	最大值(Max.)	
主销后倾角(Caster)	0′	0′	0′	—	0′	0′	0′	
车轮外倾角(Camber)	-1°24′	-0°33′	0°30′	0°30′	-1°24′	-0°33′	0°30′	
主销内倾角(SAI)	0′	0′	0′		0′	0′	0′	
单侧前束角(Individual Toe)	-0°04′	0°02′	0°08′		-0°04′	0°02′	0°08′	
总前束角(Total Toe)		最小值(Min.)	理想值(Pref.)	最大值(Max.)				
		-0°09′	0°04′	0°17′				
包容角(Included Angle)	—	—	—		—	—		
转向前展角(Toe Out On Turns)								
车轮最大内转角(Max Turn Inside)								
车轮最大外转角(Max Turn Outside)								
车身高度(Ride Height)/mm	—	—	—		—	—		
车轴偏角(Setback)/mm	-8	0	8		-8	0	8	

后车轮(Rear)：

定位规范 / 定位参数	左侧(Left)			左右差(Cross)	右侧(Right)			调整提示(Adjusting)
	最小值(Min.)	理想值(Pref.)	最大值(Max.)		最小值(Min.)	理想值(Pref.)	最大值(Max.)	
车轮外倾角(Camber)	-1°30′	-0°51′	-0°12′	0°20′	-1°30′	-0°51′	-0°12′	
单侧前束角(Individual Toe)	-0°02′	0°03′	0°09′		-0°02′	0°03′	0°09′	
总前束角(Total Toe)		最小值(Min.)	理想值(Pref.)	最大值(Max.)				
		-0°05′	0°07′	0°18′				
最大推进角(Max Thrust Angle)				0°15′				
车身高度(Ride Height)/mm	—	—	—		—	—	—	
车轴偏角(Setback)/mm	-8	0	8		-8	0	8	

2. 进行定位调整

制造商未提供或不涉及此项目。

8.2 比亚迪 F3R

8.2.1 2007 款比亚迪 F3R 1.5L 车型

1. 车轮定位规范

2007 款比亚迪 F3R 1.5L 车轮定位规范见表8-2。

表 8-2 2007 款比亚迪 F3R 1.5L 车轮定位数据表

前车轮(Front):

定位参数 \ 定位规范	左侧(Left) 最小值(Min.)	理想值(Pref.)	最大值(Max.)	左右差(Cross)	右侧(Right) 最小值(Min.)	理想值(Pref.)	最大值(Max.)	调整提示(Adjusting)
主销后倾角(Caster)	1°56′	2°41′	3°26′	0°30′	1°56′	2°41′	3°26′	
车轮外倾角(Camber)	−1°02′	−0°17′	0°28′	0°30′	−1°02′	−0°17′	0°28′	见定位调整(1)
主销内倾角(SAI)	0′	10°50′	0′		0′	10°50′	0′	
单侧前束角(Individual Toe)	−0°03′	0°03′	0°09′		−0°03′	0°03′	0°09′	见定位调整(2)
总前束角(Total Toe)		最小值(Min.) −0°06′	理想值(Pref.) 0°06′	最大值(Max.) 0°18′				
包容角(Included Angle)	—	—	—		—	—	—	
转向前展角(Toe Out On Turns)	—	—	—		—	—	—	
车轮最大内转角(Max Turn Inside)	37°06′	39°06′	41°06′		37°06′	39°06′	41°06′	
车轮最大外转角(Max Turn Outside)	—	33°11′	—		—	33°11′	—	
车身高度(Ride Height)/mm	—	68	—		—	68	—	
车轴偏角(Setback)/mm	−8	0	8		−8	0	8	

后车轮(Rear):

定位参数 \ 定位规范	左侧(Left) 最小值(Min.)	理想值(Pref.)	最大值(Max.)	左右差(Cross)	右侧(Right) 最小值(Min.)	理想值(Pref.)	最大值(Max.)	调整提示(Adjusting)
车轮外倾角(Camber)	−1°30′	−1°00′	−0°30′	0°30′	−1°30′	−1°00′	−0°30′	
单侧前束角(Individual Toe)	−0°04′	0°03′	0°11′		−0°04′	0°03′	0°11′	见定位调整(3)
总前束角(Total Toe)		最小值(Min.) −0°09′	理想值(Pref.) 0°06′	最大值(Max.) 0°21′				
最大推进角(Max Thrust Angle)			0°15′					
车身高度(Ride Height)/mm	—	25	—		—	25	—	
车轴偏角(Setback)/mm	−8	0	8		−8	0	8	

2. 进行定位调整

（1）前轮外倾角备件调整（下滑柱支架偏心件）

1）调整指导。调整外倾角时，准备好偏心套件备件，如果需要，可根据套件制造商的说明将滑柱与转向节的安装孔进行加长和扩孔，插入偏心件和偏心螺栓到扩展孔中，通过转动偏心螺栓来调整外倾角，见图 8-1。

提示：对有些车辆，套件可能安装在上部螺栓位置上。

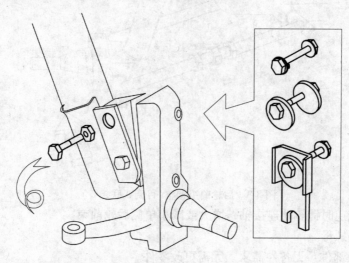

图 8-1　前轮外倾角备件调整（下滑柱支架偏心件）

2）调整所及部件：需要使用偏心凸轮套件。需要对滑柱安装孔进行扩孔。

3）专用工具：需使用圆形锉刀。有些备件套件或改动件是否适合法规要求，在改动悬架系统前请查询相关法规。

（2）前轮前束调整（可调式横拉杆）

1）调整指导。调整前束角时，拧松转向拉杆锁止螺母，用扳手转动转向拉杆直至获得满意的前束角读数，见图 8-2。

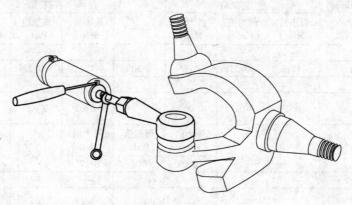

图 8-2　前轮前束调整（可调式横拉杆）

2）调整所及部件：无备件需求，无需更改零件。

3）专用工具：使用常规工具，无需专用工具。

（3）后轮前束调整（可调式联接臂）

1）调整指导：

① 拧松锁紧螺母，见图8-3。

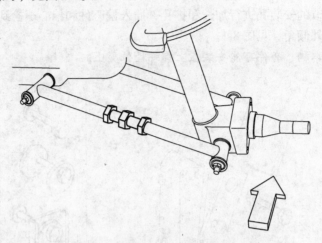

图8-3　后轮前束调整（可调式联接臂）

② 顺时针或逆时针转动连接轴，增大或减小单侧后轮前束。

③ 拧紧锁止螺母。

2）调整所及部件：无备件需求。无需更改零件。

3）专用工具：使用常规工具，无需专用工具。

8.2.2　2005 款比亚迪 F3R 车型

1. 车轮定位规范

2005 款比亚迪 F3R（活力版/休闲版/时尚版）车轮定位规范见表 8-3。

表 8-3　2005 款比亚迪 F3R 车轮定位数据表

前车轮（Front）：定位参数 \ 定位规范	左侧（Left）			左右差（Cross）	右侧（Right）			调整提示（Adjusting）
	最小值（Min.）	理想值（Pref.）	最大值（Max.）		最小值（Min.）	理想值（Pref.）	最大值（Max.）	
主销后倾角（Caster）	—	—	—	—	—	—	—	
车轮外倾角（Camber）	−1°12′	−0°27′	0°18′	0°30′	−1°12′	−0°27′	0°18′	
主销内倾角（SAI）	—	—	—	—	—	—	—	
单侧前束角（Individual Toe）	−0°03′	0°02′	0°08′		−0°03′	0°02′	0°08′	
总前束角（Total Toe）	最小值（Min.）	理想值（Pref.）	最大值（Max.）					
	−0°09′	0°04′	0°17′					
包容角（Included Angle）	—	—	—	—	—	—	—	
转向前展角（Toe Out On Turns）	—	—	—	—	—	—	—	
车轮最大内转角（Max Turn Inside）	—	—	—	—	—	—	—	
车轮最大外转角（Max Turn Outside）	—	—	—	—	—	—	—	

（续）

前车轮（Front）：

定位规范＼定位参数	左侧（Left）			左右差（Cross）	右侧（Right）			调整提示（Adjusting）
	最小值（Min.）	理想值（Pref.）	最大值（Max.）		最小值（Min.）	理想值（Pref.）	最大值（Max.）	
车身高度（Ride Height）/mm	—	—	—		—	—	—	
车轴偏角（Setback）/mm	−8	0	8		−8	0	8	

后车轮（Rear）：

定位规范＼定位参数	左侧（Left）			左右差（Cross）	右侧（Right）			调整提示（Adjusting）
	最小值（Min.）	理想值（Pref.）	最大值（Max.）		最小值（Min.）	理想值（Pref.）	最大值（Max.）	
车轮外倾角（Camber）	−1°30′	−0°51′	−0°12′	0°30′	−1°30′	−0°51′	−0°12′	
单侧前束角（Individual Toe）	−0°02′	0°03′	0°09′		−0°02′	0°03′	0°09′	
总前束角（Total Toe）	最小值（Min.） −0°05′	理想值（Pref.） 0°07′	最大值（Max.） 0°18′					
最大推进角（Max Thrust Angle）			0°15′					
车身高度（Ride Height）/mm	—	—	—		—	—	—	
车轴偏角（Setback）/mm	−8	0	8		−8	0	8	

2. 进行定位调整

制造商未提供或不涉及此项目。

8.3　比亚迪 F3

8.3.1　2006 款比亚迪 F3 车型

1. 车轮定位规范

2006 款比亚迪 F3 车轮定位规范见表 8-4。

表 8-4　2006 款比亚迪 F3 车轮定位数据表

前车轮（Front）：

定位规范＼定位参数	左侧（Left）			左右差（Cross）	右侧（Right）			调整提示（Adjusting）
	最小值（Min.）	理想值（Pref.）	最大值（Max.）		最小值（Min.）	理想值（Pref.）	最大值（Max.）	
主销后倾角（Caster）	1°56′	2°41′	3°26′	0°30′	1°56′	2°41′	3°26′	
车轮外倾角（Camber）	−1°02′	−0°17′	0°28′	0°30′	−1°02′	−0°17′	0°28′	见定位调整(1)
主销内倾角（SAI）	—	10°50′	—		—	10°50′	—	
单侧前束角（Individual Toe）	−0°03′	0°03′	0°09′		−0°03′	0°03′	0°09′	见定位调整(2)
总前束角（Total Toe）	最小值（Min.） −0°06′	理想值（Pref.） 0°06′	最大值（Max.） 0°18′					
包容角（Included Angle）	—	—	—		—	—	—	
转向前展角（Toe Out On Turns）	—	—	—		—	—	—	

(续)

前车轮(Front):

定位规范 定位参数	左侧(Left)			左右差 (Cross)	右侧(Right)			调整提示 (Adjusting)
	最小值 (Min.)	理想值 (Pref.)	最大值 (Max.)		最小值 (Min.)	理想值 (Pref.)	最大值 (Max.)	
车轮最大内转角 (Max Turn Inside)	37°06′	39°06′	41°06′		37°06′	39°06′	41°06′	
车轮最大外转角 (Max Turn Outside)	—	33°11′	—		—	33°11′	—	
车身高度 (Ride Height)/mm	—	68	—		—	68	—	
车轴偏角(Setback)/mm	−8	0	8		−8	0	8	

后车轮(Rear):

定位规范 定位参数	左侧(Left)			左右差 (Cross)	右侧(Right)			调整提示 (Adjusting)
	最小值 (Min.)	理想值 (Pref.)	最大值 (Max.)		最小值 (Min.)	理想值 (Pref.)	最大值 (Max.)	
车轮外倾角(Camber)	−1°30′	−1°00′	−0°30′	0°30′	−1°30′	−1°00′	−0°30′	
单侧前束角 (Individual Toe)	−0°04′	0°03′	0°11′		−0°04′	0°03′	0°11′	见定位 调整(3)
总前束角(Total Toe)		最小值 (Min.)	理想值 (Pref.)	最大值 (Max.)				
		−0°09′	0°06′	0°21′				
最大推进角 (Max Thrust Angle)			0°15′					
车身高度 (Ride Height)/mm	—	25	—		—	25	—	
车轴偏角(Setback)/mm	−8	0	8		−8	0	8	

2. 进行定位调整

与 2007 款比亚迪 F3R 1.5L 车型调整方法相同。

8.3.2　2005 款比亚迪 F3 车型

1. 车轮定位规范

2005 款比亚迪 F3(G-i,GLX-i,GLX-i-NAVI,GL-i)车轮定位规范见表 8-5。

表 8-5　2005 款比亚迪 F3 车轮定位数据表

前车轮(Front):

定位规范 定位参数	左侧(Left)			左右差 (Cross)	右侧(Right)			调整提示 (Adjusting)
	最小值 (Min.)	理想值 (Pref.)	最大值 (Max.)		最小值 (Min.)	理想值 (Pref.)	最大值 (Max.)	
主销后倾角(Caster)	—	—	—	—	—	—	—	
车轮外倾角(Camber)	−1°12′	−0°27′	0°18′	0°30′	−1°12′	−0°27′	0°18′	
主销内倾角(SAI)	—	—	—	—	—	—	—	
单侧前束角 (Individual Toe)	−0°03′	0°02′	0°08′		−0°03′	0°02′	0°08′	
总前束角(Total Toe)		最小值 (Min.)	理想值 (Pref.)	最大值 (Max.)				
		−0°06′	0°04′	0°15′				
包容角(Included Angle)	—							

（续）

前车轮（Front）：

定位参数 \ 定位规范	左侧（Left）			左右差（Cross）	右侧（Right）			调整提示（Adjusting）
	最小值（Min.）	理想值（Pref.）	最大值（Max.）		最小值（Min.）	理想值（Pref.）	最大值（Max.）	
转向前展角（Toe Out On Turns）	—	—	—		—	—	—	
车轮最大内转角（Max Turn Inside）	—	—	—		—	—	—	
车轮最大外转角（Max Turn Outside）	—	—	—		—	—	—	
车身高度（Ride Height）/mm								
车轴偏角（Setback）/mm	－8	0	8		－8	0	8	

后车轮（Rear）：

定位参数 \ 定位规范	左侧（Left）			左右差（Cross）	右侧（Right）			调整提示（Adjusting）
	最小值（Min.）	理想值（Pref.）	最大值（Max.）		最小值（Min.）	理想值（Pref.）	最大值（Max.）	
车轮外倾角（Camber）	－1°30′	－0°51′	－0°12′	0°30′	－1°30′	－0°51′	－0°12′	
单侧前束角（Individual Toe）	－0°02′	0°03′	0°09′		－0°02′	0°03′	0°09′	
总前束角（Total Toe）	最小值（Min.）	理想值（Pref.）	最大值（Max.）					
	－0°05′	0°07′	0°18′					
最大推进角（Max Thrust Angle）		0°15′						
车身高度（Ride Height）/mm	—	—	—		—	—	—	
车轴偏角（Setback）/mm	－8	0	8		－8	0	8	

2. 进行定位调整

制造商未提供或不涉及此项目。

8.3.3　2005 款比亚迪 F3 1.8L 车型

1. 车轮定位规范

2005 款比亚迪 F3 1.8L（尊贵版／旗舰版）车轮定位规范见表 8-6。

表 8-6　2005 款比亚迪 F3 1.8L 车轮定位数据表

前车轮（Front）：

定位参数 \ 定位规范	左侧（Left）			左右差（Cross）	右侧（Right）			调整提示（Adjusting）
	最小值（Min.）	理想值（Pref.）	最大值（Max.）		最小值（Min.）	理想值（Pref.）	最大值（Max.）	
主销后倾角（Caster）	—	—	—		—	—	—	
车轮外倾角（Camber）	－1°12′	－0°27′	0°18′	0°30′	－1°12′	－0°27′	0°18′	
主销内倾角（SAI）	—	—	—		—	—	—	
单侧前束角（Individual Toe）	－0°03′	0°02′	0°08′		－0°03′	0°02′	0°08′	
总前束角（Total Toe）	最小值（Min.）	理想值（Pref.）	最大值（Max.）					
	－0°06′	0°04′	0°15′					
包容角（Included Angle）	—							

（续）

前车轮（Front）：

定位规范　　　定位参数	左侧（Left）			左右差（Cross）	右侧（Right）			调整提示（Adjusting）
	最小值（Min.）	理想值（Pref.）	最大值（Max.）		最小值（Min.）	理想值（Pref.）	最大值（Max.）	
转向前展角（Toe Out On Turns）	—	—	—		—	—	—	
车轮最大内转角（Max Turn Inside）	—	—	—		—	—	—	
车轮最大外转角（Max Turn Outside）	—	—	—		—	—	—	
车身高度（Ride Height）/mm	—	—	—		—	—	—	
车轴偏角（Setback）/mm	−8	0	8		−8	0	8	

后车轮（Rear）：

定位规范　　　定位参数	左侧（Left）			左右差（Cross）	右侧（Right）			调整提示（Adjusting）
	最小值（Min.）	理想值（Pref.）	最大值（Max.）		最小值（Min.）	理想值（Pref.）	最大值（Max.）	
车轮外倾角（Camber）	−1°30′	−0°51′	−0°12′	0°30′	−1°30′	−0°51′	−0°12′	
单侧前束角（Individual Toe）	−0°02′	0°03′	0°09′		−0°02′	0°03′	0°09′	
总前束角（Total Toe）			最小值（Min.）	理想值（Pref.）	最大值（Max.）			
			−0°05′	0°07′	0°18′			
最大推进角（Max Thrust Angle）				0°15′				
车身高度（Ride Height）/mm	—	—	—		—	—	—	
车轴偏角（Setback）/mm	−8	0	8		−8	0	8	

2. 进行定位调整

制造商未提供或不涉及此项目。

8.4　Hybrid-S

2004 款 Hybrid-S 车型

1. 车轮定位规范

2004 款 Hybrid-S 车轮定位规范见表 8-7。

表 8-7　2004 款 Hybrid-S 车轮定位数据表

前车轮（Front）：

定位规范　　　定位参数	左侧（Left）			左右差（Cross）	右侧（Right）			调整提示（Adjusting）
	最小值（Min.）	理想值（Pref.）	最大值（Max.）		最小值（Min.）	理想值（Pref.）	最大值（Max.）	
主销后倾角（Caster）	1°30′	2°00′	2°30′	0°20′	1°30′	2°00′	2°30′	
车轮外倾角（Camber）	0°30′	1°00′	1°30′	0°20′	0°30′	1°00′	1°30′	
主销内倾角（SAI）	—	—	—		—	—	—	
单侧前束角（Individual Toe）	0′	0°06′	0°12′		0′	0°06′	0°12′	

（续）

前车轮（Front）：

定位规范　　　定位参数	左侧（Left）			左右差（Cross）	右侧（Right）			调整提示（Adjusting）
	最小值（Min.）	理想值（Pref.）	最大值（Max.）		最小值（Min.）	理想值（Pref.）	最大值（Max.）	
总前束角（Total Toe）				最小值（Min.）	理想值（Pref.）	最大值（Max.）		
				0′	0°12′	0°24′		
包容角（Included Angle）	—	—	—		—	—	—	
转向前展角（Toe Out On Turns）	—	—	—		—	—	—	
车轮最大内转角（Max Turn Inside）	—	—	—		—	—	—	
车轮最大外转角（Max Turn Outside）	—	—	—		—	—	—	
车身高度（Ride Height）/mm	—	—	—		—	—	—	
车轴偏角（Setback）/mm	−8	0	8		−8	0	8	

后车轮（Rear）：

定位规范　　　定位参数	左侧（Left）			左右差（Cross）	右侧（Right）			调整提示（Adjusting）
	最小值（Min.）	理想值（Pref.）	最大值（Max.）		最小值（Min.）	理想值（Pref.）	最大值（Max.）	
车轮外倾角（Camber）	—	—	—		—	—	—	
单侧前束角（Individual Toe）	—	—	—		—	—	—	
总前束角（Total Toe）				最小值（Min.）	理想值（Pref.）	最大值（Max.）		
				—				
最大推进角（Max Thrust Angle）				0°15′				
车身高度（Ride Height）/mm	—	—	—		—	—	—	
车轴偏角（Setback）/mm	−8	0	8		−8	0	8	

2. 进行定位调整

制造商未提供或不涉及此项目。

8.5　福莱尔

8.5.1　2003 款福莱尔车型

1. 车轮定位规范

2003 款福莱尔车轮定位规范见表 8-8。

表 8-8　2003 款福莱尔车轮定位数据表

前车轮（Front）：

定位规范　　　定位参数	左侧（Left）			左右差（Cross）	右侧（Right）			调整提示（Adjusting）
	最小值（Min.）	理想值（Pref.）	最大值（Max.）		最小值（Min.）	理想值（Pref.）	最大值（Max.）	
主销后倾角（Caster）	1°30′	2°00′	2°30′	0°20′	1°30′	2°00′	2°30′	
车轮外倾角（Camber）	0°30′	1°00′	1°30′	0°20′	0°30′	1°00′	1°30′	

（续）

前车轮（Front）：

定位规范 定位参数	左侧（Left）			左右差 （Cross）	右侧（Right）			调整提示 （Adjusting）
	最小值 （Min.）	理想值 （Pref.）	最大值 （Max.）		最小值 （Min.）	理想值 （Pref.）	最大值 （Max.）	
主销内倾角（SAI）	—	—	—		—	—	—	
单侧前束角 （Individual Toe）	0′	0°06′	0°12′		0′	0°06′	0°12′	
总前束角（Total Toe）		最小值 （Min.）	理想值 （Pref.）	最大值 （Max.）				
		0′	0°12′	0°24′				
包容角（Included Angle）	—	—	—		—	—	—	
转向前展角 （Toe Out On Turns）	—	—	—		—	—	—	
车轮最大内转角 （Max Turn Inside）	—	—	—		—	—	—	
车轮最大外转角 （Max Turn Outside）	—	—	—		—	—	—	
车身高度（Ride Height）/mm	—	—	—		—	—	—	
车轴偏角（Setback）/mm	−8	0	8		−8	0	8	

后车轮（Rear）：

定位规范 定位参数	左侧（Left）			左右差 （Cross）	右侧（Right）			调整提示 （Adjusting）
	最小值 （Min.）	理想值 （Pref.）	最大值 （Max.）		最小值 （Min.）	理想值 （Pref.）	最大值 （Max.）	
车轮外倾角（Camber）	—	—	—		—	—	—	
单侧前束角 （Individual Toe）	—	—	—		—	—	—	
总前束角（Total Toe）		最小值 （Min.）	理想值 （Pref.）	最大值 （Max.）				
最大推进角 （Max Thrust Angle）			0°15′					
车身高度（Ride Height）/mm	—	—	—		—	—	—	
车轴偏角（Setback）/mm	−8	0	8		−8	0	8	

2. 进行定位调整

制造商未提供或不涉及此项目。

8.5.2 1990款福莱尔车型

1. 车轮定位规范

1990款福莱尔车轮定位规范见表8-9。

表8-9 1990款福莱尔车轮定位数据表

前车轮（Front）：

定位规范 定位参数	左侧（Left）			左右差 （Cross）	右侧（Right）			调整提示 （Adjusting）
	最小值 （Min.）	理想值 （Pref.）	最大值 （Max.）		最小值 （Min.）	理想值 （Pref.）	最大值 （Max.）	
主销后倾角（Caster）	3°00′	3°30′	4°00′	0°20′	3°00′	3°30′	4°00′	
车轮外倾角（Camber）	0′	0°30′	1°00′	0°20′	0′	0°30′	1°00′	

（续）

前车轮（Front）：

定位规范 定位参数	左侧（Left）			左右差 （Cross）	右侧（Right）			调整提示 （Adjusting）
	最小值 （Min.）	理想值 （Pref.）	最大值 （Max.）		最小值 （Min.）	理想值 （Pref.）	最大值 （Max.）	
主销内倾角（SAI）	11°50′	12°20′	12°50′		11°50′	12°20′	12°50′	
单侧前束角 （Individual Toe）	−0°02′	0°02′	0°07′		−0°02′	0°02′	0°07′	见定位 调整
总前束角（Total Toe）			最小值 （Min.） −0°05′	理想值 （Pref.） 0°05′	最大值 （Max.） 0°14′			
包容角（Included Angle）	—	—	—		—	—	—	
转向前展角 （Toe Out On Turns）	—	—	—		—	—	—	
车轮最大内转角 （Max Turn Inside）	—	—	—		—	—	—	
车轮最大外转角 （Max Turn Outside）	—	—	—		—	—	—	
车身高度（Ride Height）/mm	—	—	—		—	—	—	
车轴偏角（Setback）/mm	−8	0	8		−8	0	8	

后车轮（Rear）：

定位规范 定位参数	左侧（Left）			左右差 （Cross）	右侧（Right）			调整提示 （Adjusting）
	最小值 （Min.）	理想值 （Pref.）	最大值 （Max.）		最小值 （Min.）	理想值 （Pref.）	最大值 （Max.）	
车轮外倾角（Camber）	−1°00′	0′	1°00′	0°30′	−1°00′	0′	1°00′	
单侧前束角 （Individual Toe）	−0°15′	0′	0°15′		−0°15′	0′	0°15′	
总前束角（Total Toe）			最小值 （Min.） −0°30′	理想值 （Pref.） 0′	最大值 （Max.） 0°30′			
最大推进角 （Max Thrust Angle）				0°15′				
车身高度（Ride Height）/mm	—	—	—		—	—	—	
车轴偏角（Setback）/mm	−8	0	8		−8	0	8	

2. 进行定位调整

前车轮前束调整（可调式转向横拉杆）：

1）调整指导。调整前束角时，拧松转向拉杆锁止螺母，用扳手转动转向拉杆直至获得满意的前束角读数，见图 8-2。

2）调整所及部件：无备件需求，无需更改零件。

3）专用工具：使用常规工具，无需专用工具。

第9章 昌河铃木

9.1 浪迪

2006 款浪迪车型

1. 车轮定位规范

2006 款浪迪（CH6391/CH6391A /CH6391B）车轮定位规范见表 9-1。

表 9-1　2006 款浪迪车轮定位数据表

前车轮（Front）：

定位规范 / 定位参数	左侧（Left）			左右差（Cross）	右侧（Right）			调整提示（Adjusting）
	最小值（Min.）	理想值（Pref.）	最大值（Max.）		最小值（Min.）	理想值（Pref.）	最大值（Max.）	
主销后倾角（Caster）	−7°00′	−6°00′	−5°00′	0°30′	−7°00′	−6°00′	−5°00′	
车轮外倾角（Camber）	−1°00′	0′	1°00′	0°30′	−1°00′	0′	1°00′	
主销内倾角（SAI）	—	—	—		—	—	—	
单侧前束角（Individual Toe）	0′	0°03′	0°05′		0′	0°03′	0°05′	
总前束角（Total Toe）	最小值（Min.）0′	理想值（Pref.）0°05′	最大值（Max.）0°10′					
包容角（Included Angle）	—	—	—		—	—	—	
转向前展角（Toe Out On Turns）	—	—	—		—	—	—	
车轮最大内转角（Max Turn Inside）	—	—	—		—	—	—	
车轮最大外转角（Max Turn Outside）	—	—	—		—	—	—	
前束曲线调整（Toe Curve Adjust）	—	—	—		—	—	—	
前束曲线控制（Toe Curve Control）	—	—	—		—	—	—	
车身高度（Ride Height）/mm	—	—	—		—	—	—	
车轴偏角（Setback）/mm	−8	0	8		−8	0	8	

后车轮（Rear）：

定位规范 / 定位参数	左侧（Left）			左右差（Cross）	右侧（Right）			调整提示（Adjusting）
	最小值（Min.）	理想值（Pref.）	最大值（Max.）		最小值（Min.）	理想值（Pref.）	最大值（Max.）	
车轮外倾角（Camber）	−1°00′	0′	1°00′	0°30′	−1°00′	0′	1°00′	
单侧前束角（Individual Toe）	−0°07′	0′	0°08′		−0°07′	0′	0°08′	
总前束角（Total Toe）	最小值（Min.）−0°15′	理想值（Pref.）0′	最大值（Max.）0°15′					

（续）

后车轮（Rear）：

定位规范 / 定位参数	左侧（Left）			左右差（Cross）	右侧（Right）			调整提示（Adjusting）
	最小值（Min.）	理想值（Pref.）	最大值（Max.）		最小值（Min.）	理想值（Pref.）	最大值（Max.）	
最大推进角（Max Thrust Angle）				0°15′				
车身高度（Ride Height）/mm	—	—	—		—	—	—	
车轴偏角（Setback）/mm	−8	0	8		−8	0	8	

2. 进行定位调整

制造商未提供或不涉及此项目。

9.2 利亚纳

9.2.1 2006 款利亚纳车型

1. 车轮定位规范

2006 款利亚纳（两厢/三厢，标准版/实用版/豪华版）车轮定位规范见表9-2。

表 9-2 2006 款利亚纳车轮定位数据表

前车轮（Front）：

定位规范 / 定位参数	左侧（Left）			左右差（Cross）	右侧（Right）			调整提示（Adjusting）
	最小值（Min.）	理想值（Pref.）	最大值（Max.）		最小值（Min.）	理想值（Pref.）	最大值（Max.）	
主销后倾角（Caster）	1°09′	2°09′	3°09′	0°30′	1°09′	2°09′	3°09′	
车轮外倾角（Camber）	−1°09′	−0°09′	0°51′	0°30′	−1°09′	−0°09′	0°51′	
主销内倾角（SAI）	11°51′	12°51′	13°51′		11°51′	12°51′	13°51′	
单侧前束角（Individual Toe）	0′	0°05′	0°10′		0′	0°05′	0°10′	
总前束角（Total Toe）	最小值（Min.） 0′	理想值（Pref.） 0°10′	最大值（Max.） 0°19′					
包容角（Included Angle）	—	—	—		—	—	—	
转向前展角（Toe Out On Turns）	—	—	—		—	—	—	
车轮最大内转角（Max Turn Inside）	—	—	—		—	—	—	
车轮最大外转角（Max Turn Outside）	—	—	—		—	—	—	
前束曲线调整（Toe Curve Adjust）	—	—	—		—	—	—	
前束曲线控制（Toe Curve Control）	—	—	—		—	—	—	
车身高度（Ride Height）/mm	—	—	—		—	—	—	
车轴偏角（Setback）/mm	−8	0	8		−8	0	8	

（续）

后车轮（Rear）：

定位参数＼定位规范	左侧（Left）			左右差（Cross）	右侧（Right）			调整提示（Adjusting）
	最小值（Min.）	理想值（Pref.）	最大值（Max.）		最小值（Min.）	理想值（Pref.）	最大值（Max.）	
车轮外倾角（Camber）	−2°14′	−1°14′	−0°14′	0°30′	−2°14′	−1°14′	−0°14′	
单侧前束角（Individual Toe）	0°10′	0°15′	0°19′		0°10′	0°15′	0°19′	
总前束角（Total Toe）		最小值（Min.）	理想值（Pref.）	最大值（Max.）				
		0°19′	0°29′	0°39′				
最大推进角（Max Thrust Angle）			0°15′					
车身高度（Ride Height）/mm	—	—	—		—	—	—	
车轴偏角（Setback）/mm	−8	0	8		−8	0	8	

2. 进行定位调整

制造商未提供或不涉及此项目。

9.2.2　2004 款利亚纳车型

1. 车轮定位规范

2004 款利亚纳车轮定位规范见表9-3。

表 9-3　2004 款利亚纳车轮定位数据表

前车轮（Front）：

定位参数＼定位规范	左侧（Left）			左右差（Cross）	右侧（Right）			调整提示（Adjusting）
	最小值（Min.）	理想值（Pref.）	最大值（Max.）		最小值（Min.）	理想值（Pref.）	最大值（Max.）	
主销后倾角（Caster）	0°11′	2°11′	4°11′	0°45′	0°11′	2°11′	4°11′	
车轮外倾角（Camber）	−0°50′	0°10′	1°10′	0°30′	−0°50′	0°10′	1°10′	
主销内倾角（SAI）	9°52′	11°52′	13°52′		9°52′	11°52′	13°52′	
单侧前束角（Individual Toe）	−0°02′	0′	0°02′		−0°02′	0′	0°02′	见定位调整
总前束角（Total Toe）		最小值（Min.）	理想值（Pref.）	最大值（Max.）				
		−0°05′	0′	0°05′				
包容角（Included Angle）	—	—	—		—	—	—	
转向前展角（Toe Out On Turns）								
车轮最大内转角（Max Turn Inside）	34°30′	37°30′	40°30′		34°30′	37°30′	40°30′	
车轮最大外转角（Max Turn Outside）	29°30′	31°30′	33°30′		29°30′	31°30′	33°30′	
前束曲线调整（Toe Curve Adjust）	—	—	—		—	—	—	
前束曲线控制（Toe Curve Control）								
车身高度（Ride Height）/mm	—	—	—		—	—	—	
车轴偏角（Setback）/mm	−8	0	8		−8	0	8	

（续）

后车轮（Rear）：

定位规范 定位参数	左侧（Left）			左右差 （Cross）	右侧（Right）			调整提示 （Adjusting）
	最小值 （Min.）	理想值 （Pref.）	最大值 （Max.）		最小值 （Min.）	理想值 （Pref.）	最大值 （Max.）	
车轮外倾角（Camber）	−0°24′	0°36′	1°36′	0°30′	−0°24′	0°36′	1°36′	
单侧前束角 （Individual Toe）	0°01′	0°03′	0°05′		0°01′	0°03′	0°05′	
总前束角（Total Toe）		最小值 （Min.）	理想值 （Pref.）	最大值 （Max.）				
		0°01′	0°06′	0°11′				
最大推进角 （Max Thrust Angle）			0°15′					
车身高度（Ride Height）/mm	—	—	—		—	—	—	
车轴偏角（Setback）/mm	−8	0	8		−8	0	8	

2. 进行定位调整

前车轮前束调整（可调式转向横拉杆）：

1）调整指导。调整前束角时，拧松转向拉杆锁止螺母，用扳手转动转向拉杆直至获得满意的前束角读数，见图 9-1。

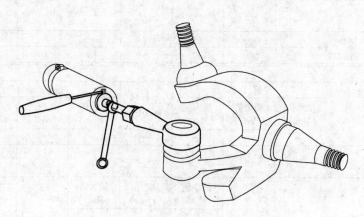

图 9-1　前轮前束调整（可调式转向横拉杆）

2）调整所及部件：无备件需求。无需更改零件。

3）专用工具：使用常规工具，无需专用工具。

9.3　北斗星

9.3.1　2006 款北斗星 CH7140 车型

1. 车轮定位规范

2006 款北斗星 CH7140（标准版/经济版/实用版/豪华版）车轮定位规范见表 9-4。

表 9-4   2006 款北斗星 CH7140 车轮定位数据表

前车轮(Front):

定位规范\定位参数	左侧(Left)			左右差(Cross)	右侧(Right)			调整提示(Adjusting)
	最小值(Min.)	理想值(Pref.)	最大值(Max.)		最小值(Min.)	理想值(Pref.)	最大值(Max.)	
主销后倾角(Caster)	2°00′	3°00′	4°00′	0°30′	2°00′	3°00′	4°00′	
车轮外倾角(Camber)	−1°00′	0′	1°00′	0°30′	−1°00′	0′	1°00′	
主销内倾角(SAI)	10°51′	11°51′	12°51′		10°51′	11°51′	12°51′	
单侧前束角(Individual Toe)	−0°04′	0′	0°05′		−0°04′	0′	0°05′	
总前束角(Total Toe)				最小值(Min.)	理想值(Pref.)	最大值(Max.)		
				−0°09′	0′	0°09′		
包容角(Included Angle)	—	—	—		—	—	—	
转向前展角(Toe Out On Turns)	—	—	—		—	—	—	
车轮最大内转角(Max Turn Inside)	—	—	—		—	—	—	
车轮最大外转角(Max Turn Outside)	—	—	—		—	—	—	
前束曲线调整(Toe Curve Adjust)	—	—	—		—	—	—	
前束曲线控制(Toe Curve Control)	—	—	—		—	—	—	
车身高度(Ride Height)/mm	—	—	—		—	—	—	
车轴偏角(Setback)/mm	−8	0	8		−8	0	8	

后车轮(Rear):

定位规范\定位参数	左侧(Left)			左右差(Cross)	右侧(Right)			调整提示(Adjusting)
	最小值(Min.)	理想值(Pref.)	最大值(Max.)		最小值(Min.)	理想值(Pref.)	最大值(Max.)	
车轮外倾角(Camber)	—	—	—		—	—	—	
单侧前束角(Individual Toe)	—	—	—		—	—	—	
总前束角(Total Toe)				最小值(Min.)	理想值(Pref.)	最大值(Max.)		
				—	—	—		
最大推进角(Max Thrust Angle)				0°15′				
车身高度(Ride Height)/mm	—	—	—		—	—	—	
车轴偏角(Setback)/mm	−8	0	8		−8	0	8	

2. 进行定位调整

制造商未提供或不涉及此项目。

9.3.2   2001 款北斗星车型

1. 车轮定位规范

2001 款北斗星车轮定位规范见表 9-5。

表 9-5　2001 款北斗星车轮定位数据表

前车轮（Front）：

定位规范 定位参数	左侧（Left）			左右差 （Cross）	右侧（Right）			调整提示 （Adjusting）
	最小值 （Min.）	理想值 （Pref.）	最大值 （Max.）		最小值 （Min.）	理想值 （Pref.）	最大值 （Max.）	
主销后倾角（Caster）	2°30′	3°30′	4°30′	0°30′	2°30′	3°30′	4°30′	
车轮外倾角（Camber）	−0°48′	0°12′	1°12′	0°30′	−0°48′	0°12′	1°12′	
主销内倾角（SAI）	11°50′	12°50′	13°50′		11°50′	12°50′	13°50′	
单侧前束角 （Individual Toe）	−0°03′	0′	0°03′		−0°03′	0′	0°03′	见定位 调整
总前束角（Total Toe）		最小值 （Min.）	理想值 （Pref.）	最大值 （Max.）				
		−0°06′	0′	0°06′				
包容角（Included Angle）	2°18′	3°18′	4°18′		2°18′	3°18′	4°18′	
转向前展角 （Toe Out On Turns）	—	—	—		—	—	—	
车轮最大内转角 （Max Turn Inside）	—	—	—		—	—	—	
车轮最大外转角 （Max Turn Outside）	—	—	—		—	—	—	
前束曲线调整 （Toe Curve Adjust）	—	—	—		—	—	—	
前束曲线控制 （Toe Curve Control）	—	—	—		—	—	—	
车身高度（Ride Height）/mm	—	—	—		—	—	—	
车轴偏角（Setback）/mm	−8	0	8		−8	0	8	

后车轮（Rear）：

定位规范 定位参数	左侧（Left）			左右差 （Cross）	右侧（Right）			调整提示 （Adjusting）
	最小值 （Min.）	理想值 （Pref.）	最大值 （Max.）		最小值 （Min.）	理想值 （Pref.）	最大值 （Max.）	
车轮外倾角（Camber）	−0°30′	0′	0°30′	0°18′	−0°30′	0′	0°30′	
单侧前束角 （Individual Toe）	−0°15′	0′	0°15′		−0°15′	0′	0°15′	
总前束角（Total Toe）		最小值 （Min.）	理想值 （Pref.）	最大值 （Max.）				
		−0°30′	0′	0°30′				
最大推进角 （Max Thrust Angle）			0°15′					
车身高度（Ride Height）/mm	—	—	—		—	—	—	
车轴偏角（Setback）/mm	−8	0	8		−8	0	8	

2. 进行定位调整

与 2004 款利亚纳车型调整方法相同。

9.4　昌河铃木

2000 款北斗星车型

1. 车轮定位规范

2000 款北斗星车轮定位规范见表 9-6。

表9-6　2000款北斗星车轮定位数据表

前车轮(Front)：

定位规范 定位参数	左侧(Left)			左右差 (Cross)	右侧(Right)			调整提示 (Adjusting)
	最小值 (Min.)	理想值 (Pref.)	最大值 (Max.)		最小值 (Min.)	理想值 (Pref.)	最大值 (Max.)	
主销后倾角(Caster)	1°00′	2°00′	3°00′	0°30′	1°00′	2°00′	3°00′	
车轮外倾角(Camber)	1°00′	2°18′	3°36′	0°45′	1°00′	2°18′	3°36′	
主销内倾角(SAI)	0′	1°00′	2°00′		0′	1°00′	2°00′	
单侧前束角 (Individual Toe)	0°05′	0°09′	0°13′		0°05′	0°09′	0°13′	
总前束角(Total Toe)	最小值 (Min.) 0°10′	理想值 (Pref.) 0°18′	最大值 (Max.) 0°26′					
包容角(Included Angle)	2°18′	3°18′	4°18′		2°18′	3°18′	4°18′	
转向前展角 (Toe Out On Turns)	—	—	—		—	—	—	
车轮最大内转角 (Max Turn Inside)	—	—	—		—	—	—	
车轮最大外转角 (Max Turn Outside)	—	—	—		—	—	—	
前束曲线调整 (Toe Curve Adjust)	—	—	—		—	—	—	
前束曲线控制 (Toe Curve Control)	—	—	—		—	—	—	
车身高度(Ride Height)/mm	—	—	—		—	—	—	
车轴偏角(Setback)/mm	−8	0	8		−8	0	8	

后车轮(Rear)：

定位规范 定位参数	左侧(Left)			左右差 (Cross)	右侧(Right)			调整提示 (Adjusting)
	最小值 (Min.)	理想值 (Pref.)	最大值 (Max.)		最小值 (Min.)	理想值 (Pref.)	最大值 (Max.)	
车轮外倾角(Camber)	2°00′	2°18′	2°36′	0°10′	2°00′	2°18′	2°36′	
单侧前束角 (Individual Toe)	0°05′	0°09′	0°13′		0°05′	0°09′	0°13′	
总前束角(Total Toe)	最小值 (Min.) 0°10′	理想值 (Pref.) 0°18′	最大值 (Max.) 0°26′					
最大推进角 (Max Thrust Angle)				0°15′				
车身高度(Ride Height)/mm	—	—	—		—	—	—	
车轴偏角(Setback)/mm	−8	0	8		−8	0	8	

2. 进行定位调整

制造商未提供或不涉及此项目。

9.5　昌河

9.5.1　1995款昌河CH6320车型

1. 车轮定位规范

1995款昌河CH6320车轮定位规范见表9-7。

表 9-7 1995 款昌河 CH6320 车轮定位数据表

前车轮（Front）：

定位参数 / 定位规范	左侧（Left）			左右差（Cross）	右侧（Right）			调整提示（Adjusting）
	最小值（Min.）	理想值（Pref.）	最大值（Max.）		最小值（Min.）	理想值（Pref.）	最大值（Max.）	
主销后倾角（Caster）	1°48′	2°18′	2°48′	0°20′	1°48′	2°18′	2°48′	
车轮外倾角（Camber）	0°12′	0°30′	0°48′	0°10′	0°12′	0°30′	0°48′	
主销内倾角（SAI）	—	—	—		—	—	—	
单侧前束角（Individual Toe）	0°02′	0°05′	0°08′		0°02′	0°05′	0°08′	
总前束角（Total Toe）	最小值（Min.）	理想值（Pref.）	最大值（Max.）					
	0°05′	0°11′	0°17′					
包容角（Included Angle）	2°18′	3°18′	4°18′		2°18′	3°18′	4°18′	
转向前展角（Toe Out On Turns）	—	—	—		—	—	—	
车轮最大内转角（Max Turn Inside）	—	—	—		—	—	—	
车轮最大外转角（Max Turn Outside）	—	—	—		—	—	—	
前束曲线调整（Toe Curve Adjust）	—	—	—		—	—	—	
前束曲线控制（Toe Curve Control）	—	—	—		—	—	—	
车身高度（Ride Height）/mm								
车轴偏角（Setback）/mm	−8	0	8		−8	0	8	

后车轮（Rear）：

定位参数 / 定位规范	左侧（Left）			左右差（Cross）	右侧（Right）			调整提示（Adjusting）
	最小值（Min.）	理想值（Pref.）	最大值（Max.）		最小值（Min.）	理想值（Pref.）	最大值（Max.）	
车轮外倾角（Camber）	−0°12′	0′	0°12′	0°10′	−0°12′	0′	0°12′	
单侧前束角（Individual Toe）	−0°03′	0′	0°03′		−0°03′	0′	0°03′	
总前束角（Total Toe）	最小值（Min.）	理想值（Pref.）	最大值（Max.）					
	−0°06′	0′	0°06′					
最大推进角（Max Thrust Angle）				0°15′				
车身高度（Ride Height）/mm	—	—	—					
车轴偏角（Setback）/mm	−8	0	8		−8	0	8	

2. 进行定位调整

制造商未提供或不涉及此项目。

9.5.2 1999 款昌河 CH1010 车型

1. 车轮定位规范

1999 款昌河 CH1010 车轮定位规范见表 9-8。

表 9-8 1999 款昌河 CH1010 车轮定位数据表

前车轮(Front):

定位规范 定位参数	左侧(Left)			左右差 (Cross)	右侧(Right)			调整提示 (Adjusting)
	最小值 (Min.)	理想值 (Pref.)	最大值 (Max.)		最小值 (Min.)	理想值 (Pref.)	最大值 (Max.)	
主销后倾角(Caster)	1°48′	2°18′	2°48′	0°30′	1°48′	2°18′	2°48′	
车轮外倾角(Camber)	0°12′	0°30′	0°48′	0°18′	0°12′	0°30′	0°48′	
主销内倾角(SAI)	—	—	—		—	—	—	
单侧前束角 (Individual Toe)	0°03′	0°06′	0°08′		0°03′	0°06′	0°08′	
总前束角(Total Toe)			最小值 (Min.)	理想值 (Pref.)	最大值 (Max.)			
			0°06′	0°11′	0°17′			
包容角(Included Angle)	2°00′	3°00′	4°00′		2°00′	3°00′	4°00′	
转向前展角 (Toe Out On Turns)	—	—	—		—	—	—	
车轮最大内转角 (Max Turn Inside)	—	—	—		—	—	—	
车轮最大外转角 (Max Turn Outside)	—	—	—		—	—	—	
前束曲线调整 (Toe Curve Adjust)	—	—	—		—	—	—	
前束曲线控制 (Toe Curve Control)	—	—	—		—	—	—	
车身高度(Ride Height)/mm	—	—	—		—	—	—	
车轴偏角(Setback)/mm	-8	0	8		-8	0	8	

后车轮(Rear):

定位规范 定位参数	左侧(Left)			左右差 (Cross)	右侧(Right)			调整提示 (Adjusting)
	最小值 (Min.)	理想值 (Pref.)	最大值 (Max.)		最小值 (Min.)	理想值 (Pref.)	最大值 (Max.)	
车轮外倾角(Camber)	-0°30′	0′	0°30′	0°20′	-0°30′	0′	0°30′	
单侧前束角 (Individual Toe)	-0°04′	0′	0°04′		-0°04′	0′	0°04′	
总前束角(Total Toe)			最小值 (Min.)	理想值 (Pref.)	最大值 (Max.)			
			-0°09′	0′	0°09′			
最大推进角 (Max Thrust Angle)				0°15′				
车身高度(Ride Height)/mm	—	—	—		—	—	—	
车轴偏角(Setback)/mm	-8	0	8		-8	0	8	

2. 进行定位调整

制造商未提供或不涉及此项目。

9.5.3 1995 款昌河 CH6320 车型

1. 车轮定位规范

1995 款昌河 CH6320 车轮定位规范见表 9-9。

表 9-9 1995 款昌河 CH6320 车轮定位数据表

前车轮（Front）：

定位规范 / 定位参数	左侧（Left）最小值（Min.）	左侧（Left）理想值（Pref.）	左侧（Left）最大值（Max.）	左右差（Cross）	右侧（Right）最小值（Min.）	右侧（Right）理想值（Pref.）	右侧（Right）最大值（Max.）	调整提示（Adjusting）
主销后倾角（Caster）	1°48′	2°18′	2°48′	0°20′	1°48′	2°18′	2°48′	
车轮外倾角（Camber）	0°12′	0°30′	0°48′	0°10′	0°12′	0°30′	0°48′	
主销内倾角（SAI）	—	—	—		—	—	—	
单侧前束角（Individual Toe）	0°02′	0°05′	0°08′		0°02′	0°05′	0°08′	
总前束角（Total Toe）			最小值（Min.）0°05′	理想值（Pref.）0°11′	最大值（Max.）0°17′			
包容角（Included Angle）	2°18′	3°18′	4°18′		2°18′	3°18′	4°18′	
转向前展角（Toe Out On Turns）	—	—	—		—	—	—	
车轮最大内转角（Max Turn Inside）	—	—	—		—	—	—	
车轮最大外转角（Max Turn Outside）	—	—	—		—	—	—	
前束曲线调整（Toe Curve Adjust）	—	—	—		—	—	—	
前束曲线控制（Toe Curve Control）	—	—	—		—	—	—	
车身高度（Ride Height）/mm	—	—	—		—	—	—	
车轴偏角（Setback）/mm	− 8	0	8		− 8	0	8	

后车轮（Rear）：

定位规范 / 定位参数	左侧（Left）最小值（Min.）	左侧（Left）理想值（Pref.）	左侧（Left）最大值（Max.）	左右差（Cross）	右侧（Right）最小值（Min.）	右侧（Right）理想值（Pref.）	右侧（Right）最大值（Max.）	调整提示（Adjusting）
车轮外倾角（Camber）	− 0°12′	0′	0°12′	0°10′	− 0°12′	0′	0°12′	
单侧前束角（Individual Toe）	− 0°03′	0′	0°03′		− 0°03′	0′	0°03′	
总前束角（Total Toe）			最小值（Min.）− 0°06′	理想值（Pref.）0′	最大值（Max.）0°06′			
最大推进角（Max Thrust Angle）				0°15′				
车身高度（Ride Height）/mm	—	—	—		—	—	—	
车轴偏角（Setback）/mm	− 8	0	8		− 8	0	8	

2. 进行定位调整

制造商未提供或不涉及此项目。

9.5.4 1995 款昌河 CH6310 车型

1. 车轮定位规范

1995 款昌河 CH6310 车轮定位规范见表 9-10。

表 9-10　1995 款昌河 CH6310 车轮定位数据表

前车轮（Front）：

定位规范 定位参数	左侧（Left）			左右差 （Cross）	右侧（Right）			调整提示 （Adjusting）
	最小值 （Min.）	理想值 （Pref.）	最大值 （Max.）		最小值 （Min.）	理想值 （Pref.）	最大值 （Max.）	
主销后倾角（Caster）	1°48′	2°18′	2°48′	0°20′	1°48′	2°18′	2°48′	
车轮外倾角（Camber）	1°06′	1°18′	1°30′	0°10′	1°06′	1°18′	1°30′	
主销内倾角（SAI）	—	—	—		—	—	—	
单侧前束角 （Individual Toe）	0°06′	0°10′	0°14′		0°06′	0°10′	0°14′	
总前束角（Total Toe）	最小值 （Min.）	理想值 （Pref.）	最大值 （Max.）					
	0°11′	0°20′	0°28′					
包容角（Included Angle）	2°18′	3°18′	4°18′		2°18′	3°18′	4°18′	
转向前展角 （Toe Out On Turns）	—	—	—		—	—	—	
车轮最大内转角 （Max Turn Inside）	—	—	—		—	—	—	
车轮最大外转角 （Max Turn Outside）	—	—	—		—	—	—	
前束曲线调整 （Toe Curve Adjust）	—	—	—		—	—	—	
前束曲线控制 （Toe Curve Control）	—	—	—		—	—	—	
车身高度（Ride Height）/mm	—	—	—		—	—	—	
车轴偏角（Setback）/mm	−8	0	8		−8	0	8	

后车轮（Rear）：

定位规范 定位参数	左侧（Left）			左右差 （Cross）	右侧（Right）			调整提示 （Adjusting）
	最小值 （Min.）	理想值 （Pref.）	最大值 （Max.）		最小值 （Min.）	理想值 （Pref.）	最大值 （Max.）	
车轮外倾角（Camber）	−0°12′	0′	0°12′	0°10′	−0°12′	0′	0°12′	
单侧前束角 （Individual Toe）	−0°03′	0′	0°03′		−0°03′	0′	0°03′	
总前束角（Total Toe）	最小值 （Min.）	理想值 （Pref.）	最大值 （Max.）					
	−0°06′	0′	0°06′					
最大推进角 （Max Thrust Angle）				0°15′				
车身高度（Ride Height）/mm	—	—	—		—	—	—	
车轴偏角（Setback）/mm	−8	0	8		−8	0	8	

2. 进行定位调整

制造商未提供或不涉及此项目。

9.5.5　1995 款昌河 CH1010 车型

1. 车轮定位规范

1995 款昌河 CH1010 车轮定位规范见表 9-11。

表 9-11　1995 款昌河 CH1010 车轮定位数据表

前车轮(Front)：

定位参数 \ 定位规范	左侧(Left)			左右差 (Cross)	右侧(Right)			调整提示 (Adjusting)
	最小值 (Min.)	理想值 (Pref.)	最大值 (Max.)		最小值 (Min.)	理想值 (Pref.)	最大值 (Max.)	
主销后倾角(Caster)	1°00′	2°00′	3°00′	0°30′	1°00′	2°00′	3°00′	
车轮外倾角(Camber)	1°00′	2°18′	3°36′	0°45′	1°00′	2°18′	3°36′	
主销内倾角(SAI)	0′	1°00′	2°00′		0′	1°00′	2°00′	
单侧前束角 (Individual Toe)	0°05′	0°09′	0°13′		0°05′	0°09′	0°13′	
总前束角(Total Toe)			最小值 (Min.)	理想值 (Pref.)	最大值 (Max.)			
			0°10′	0°18′	0°26′			
包容角(Included Angle)	2°18′	3°18′	4°18′		2°18′	3°18′	4°18′	
转向前展角 (Toe Out On Turns)	—	—	—		—	—	—	
车轮最大内转角 (Max Turn Inside)	—	—	—		—	—	—	
车轮最大外转角 (Max Turn Outside)	—	—	—		—	—	—	
前束曲线调整 (Toe Curve Adjust)	—	—	—		—	—	—	
前束曲线控制 (Toe Curve Control)	—	—	—		—	—	—	
车身高度(Ride Height)/mm	—	—	—		—	—	—	
车轴偏角(Setback)/mm	−8	0	8		−8	0	8	

后车轮(Rear)：

定位参数 \ 定位规范	左侧(Left)			左右差 (Cross)	右侧(Right)			调整提示 (Adjusting)
	最小值 (Min.)	理想值 (Pref.)	最大值 (Max.)		最小值 (Min.)	理想值 (Pref.)	最大值 (Max.)	
车轮外倾角(Camber)	2°00′	2°18′	2°36′	0°10′	2°00′	2°18′	2°36′	
单侧前束角 (Individual Toe)	0°05′	0°09′	0°13′		0°05′	0°09′	0°13′	
总前束角(Total Toe)			最小值 (Min.)	理想值 (Pref.)	最大值 (Max.)			
			0°10′	0°18′	0°26′			
最大推进角 (Max Thrust Angle)				0°15′				
车身高度(Ride Height)/mm	—	—	—		—	—	—	
车轴偏角(Setback)/mm	−8	0	8		−8	0	8	

2. 进行定位调整

制造商未提供或不涉及此项目。

9.6　微客

9.6.1　1990 款微客 CH1018D/CH6321D 车型

1. 车轮定位规范

1990 款微客(CH1018D/CH6321D)车轮定位规范见表 9-12。

表9-12　1990 款微客(CH1018D/CH6321D)车轮定位数据表

前车轮(Front):

定位规范 定位参数	左侧(Left)			左右差 (Cross)	右侧(Right)			调整提示 (Adjusting)
	最小值 (Min.)	理想值 (Pref.)	最大值 (Max.)		最小值 (Min.)	理想值 (Pref.)	最大值 (Max.)	
主销后倾角(Caster)	4°30′	5°00′	5°30′	0°20′	4°30′	5°00′	5°30′	
车轮外倾角(Camber)	0°30′	1°00′	1°30′	0°20′	0°30′	1°00′	1°30′	
主销内倾角(SAI)	11°00′	11°30′	12°00′		11°00′	11°30′	12°00′	
单侧前束角 (Individual Toe)	0°10′	0°17′	0°25′		0°10′	0°17′	0°25′	见定位 调整
总前束角(Total Toe)	最小值 (Min.) 0°20′	理想值 (Pref.) 0°35′	最大值 (Max.) 0°50′					
包容角(Included Angle)	—	—	—		—	—	—	
转向前展角 (Toe Out On Turns)	—	—	—		—	—	—	
车轮最大内转角 (Max Turn Inside)	—	—	—		—	—	—	
车轮最大外转角 (Max Turn Outside)	—	—	—		—	—	—	
前束曲线调整 (Toe Curve Adjust)	—	—	—		—	—	—	
前束曲线控制 (Toe Curve Control)	—	—	—		—	—	—	
车身高度(Ride Height)/mm	—	—	—		—	—	—	
车轴偏角(Setback)/mm	−8	0	8		−8	0	8	

后车轮(Rear):

定位规范 定位参数	左侧(Left)			左右差 (Cross)	右侧(Right)			调整提示 (Adjusting)
	最小值 (Min.)	理想值 (Pref.)	最大值 (Max.)		最小值 (Min.)	理想值 (Pref.)	最大值 (Max.)	
车轮外倾角(Camber)	−1°00′	0′	1°00′	0°30′	−1°00′	0′	1°00′	
单侧前束角 (Individual Toe)	−0°15′	0′	0°15′		−0°15′	0′	0°15′	
总前束角(Total Toe)	最小值 (Min.) −0°30′	理想值 (Pref.) 0′	最大值 (Max.) 0°30′					
最大推进角 (Max Thrust Angle)		0°15′						
车身高度(Ride Height)/mm	—	—	—		—	—	—	
车轴偏角(Setback)/mm	−8	0	8		−8	0	8	

2. 进行定位调整

与 2004 款利亚纳车型调整方法相同。

9.6.2　1990 款微客 CH6350 车型

1. 车轮定位规范

1990 款微客 CH6350 车轮定位规范见表9-13。

表 9-13 1990 款微客 CH6350 车轮定位数据表

前车轮（Front）：

定位参数 \ 定位规范	左侧（Left）最小值（Min.）	理想值（Pref.）	最大值（Max.）	左右差（Cross）	右侧（Right）最小值（Min.）	理想值（Pref.）	最大值（Max.）	调整提示（Adjusting）
主销后倾角（Caster）	2°00′	3°00′	4°00′	0°30′	2°00′	3°00′	4°00′	
车轮外倾角（Camber）	−1°00′	0′	1°00′	0°30′	−1°00′	0′	1°00′	
主销内倾角（SAI）	10°48′	11°48′	12°48′		10°48′	11°48′	12°48′	
单侧前束角（Individual Toe）	−0°07′	0′	0°07′		−0°07′	0′	0°07′	见定位调整
总前束角（Total Toe）			最小值（Min.）−0°14′	理想值（Pref.）0′	最大值（Max.）0°14′			
包容角（Included Angle）	—	—	—	—	—	—	—	
转向前展角（Toe Out On Turns）	—	—	—	—	—	—	—	
车轮最大内转角（Max Turn Inside）	—	—	—	—	—	—	—	
车轮最大外转角（Max Turn Outside）	—	—	—	—	—	—	—	
前束曲线调整（Toe Curve Adjust）	—	—	—	—	—	—	—	
前束曲线控制（Toe Curve Control）	—	—	—	—	—	—	—	
车身高度（Ride Height）/mm	—	—	—		—	—	—	
车轴偏角（Setback）/mm	−8	0	8		−8	0	8	

后车轮（Rear）：

定位参数 \ 定位规范	左侧（Left）最小值（Min.）	理想值（Pref.）	最大值（Max.）	左右差（Cross）	右侧（Right）最小值（Min.）	理想值（Pref.）	最大值（Max.）	调整提示（Adjusting）
车轮外倾角（Camber）	−1°00′	0′	1°00′	0°30′	−1°00′	0′	1°00′	
单侧前束角（Individual Toe）	−0°15′	0′	0°15′		−0°15′	0′	0°15′	
总前束角（Total Toe）			最小值（Min.）−0°30′	理想值（Pref.）0′	最大值（Max.）0°30′			
最大推进角（Max Thrust Angle）				0°15′				
车身高度（Ride Height）/mm	—	—	—		—	—	—	
车轴偏角（Setback）/mm	−8	0	8		−8	0	8	

2. 进行定位调整

与 2004 款利亚纳车型调整方法相同。

第 10 章　长安福特马自达

10.1　蒙迪欧-致胜

10.1.1　2008 款蒙迪欧-致胜车型

1. 车轮定位规范

2008 款蒙迪欧-致胜车轮定位规范见表 10-1。

表 10-1　2008 款蒙迪欧-致胜车轮定位数据表

前车轮（Front）：

定位规范 / 定位参数	左侧（Left）			左右差（Cross）	右侧（Right）			调整提示（Adjusting）
	最小值（Min.）	理想值（Pref.）	最大值（Max.）		最小值（Min.）	理想值（Pref.）	最大值（Max.）	
主销后倾角（Caster）	1°55′	2°56′	3°58′	0°30′	1°55′	2°56′	3°58′	
车轮外倾角（Camber）	−1°51′	−0°35′	0°41′	0°30′	−1°51′	−0°35′	0°41′	
主销内倾角（SAI）	11°00′	12°00′	13°00′		11°00′	12°00′	13°00′	
单侧前束角（Individual Toe）	0°02′	0°06′	0°10′		0°02′	0°06′	0°10′	见定位调整
总前束角（Total Toe）		最小值（Min.）	理想值（Pref.）	最大值（Max.）				
		0°04′	0°12′	0°20′				
包容角（Included Angle）	—	—	—		—	—	—	
转向前展角（Toe Out On Turns）	—	—	—		—	—	—	
车轮最大内转角（Max Turn Inside）	—	—	—		—	—	—	
车轮最大外转角（Max Turn Outside）	—	—	—		—	—	—	
前束曲线调整（Toe Curve Adjust）	—	—	—		—	—	—	
前束曲线控制（Toe Curve Control）	—	—	—		—	—	—	
车身高度（Ride Height）/mm	—	—	—		—	—	—	
车轴偏角（Setback）/mm	−8	0	8		−8	0	8	

后车轮（Rear）：

定位规范 / 定位参数	左侧（Left）			左右差（Cross）	右侧（Right）			调整提示（Adjusting）
	最小值（Min.）	理想值（Pref.）	最大值（Max.）		最小值（Min.）	理想值（Pref.）	最大值（Max.）	
车轮外倾角（Camber）	−2°34′	−1°19′	−0°04′	0°30′	−2°34′	−1°19′	−0°04′	
单侧前束角（Individual Toe）	0°08′	0°12′	0°16′		0°08′	0°12′	0°16′	

（续）

后车轮（Rear）：

定位规范　　定位参数	左侧（Left）			左右差（Cross）	右侧（Right）			调整提示（Adjusting）
	最小值（Min.）	理想值（Pref.）	最大值（Max.）		最小值（Min.）	理想值（Pref.）	最大值（Max.）	
总前束角（Total Toe）			最小值（Min.）0°16′	理想值（Pref.）0°24′	最大值（Max.）0°32′			
最大推进角（Max Thrust Angle）				0°15′				
车身高度（Ride Height）/mm	—	—	—		—	—	—	
车轴偏角（Setback）/mm	-8	0	8		-8	0	8	

2. 进行定位调整

前轮前束调整（可调式横拉杆）：

1）调整指导。调整前束角时，拧松转向拉杆锁止螺母，用扳手转动转向拉杆直至获得满意的前束角读数，见图 10-1。

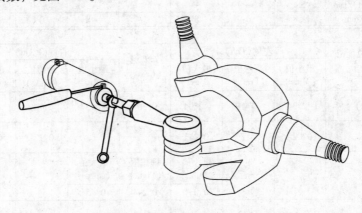

图 10-1　前轮前束调整（可调式横拉杆）

2）调整所及部件：无备件需求。无需更改零件。

3）专用工具：使用常规工具，无需专用工具。

10.1.2　2007 款蒙迪欧-致胜 2.0L 车型

1. 车轮定位规范

2007 款蒙迪欧-致胜 2.0L（舒适版）车轮定位规范见表 10-2。

表 10-2　2007 款蒙迪欧-致胜 2.0L 车轮定位数据表

前车轮（Front）：

定位规范　　定位参数	左侧（Left）			左右差（Cross）	右侧（Right）			调整提示（Adjusting）
	最小值（Min.）	理想值（Pref.）	最大值（Max.）		最小值（Min.）	理想值（Pref.）	最大值（Max.）	
主销后倾角（Caster）	1°55′	2°56′	3°58′	0°30′	1°55′	2°56′	3°58′	
车轮外倾角（Camber）	-1°51′	-0°35′	0°41′	0°30′	-1°51′	-0°35′	0°41′	
主销内倾角（SAI）	11°00′	12°00′	13°00′		11°00′	12°00′	13°00′	
单侧前束角（Individual Toe）	-0°04′	0°06′	0°17′		-0°04′	0°06′	0°17′	

（续）

前车轮（Front）：

定位参数 \ 定位规范	左侧（Left）			左右差（Cross）	右侧（Right）			调整提示（Adjusting）
	最小值（Min.）	理想值（Pref.）	最大值（Max.）		最小值（Min.）	理想值（Pref.）	最大值（Max.）	
总前束角（Total Toe）		最小值（Min.）−0°09′	理想值（Pref.）0°12′	最大值（Max.）0°33′				
包容角（Included Angle）	—	—	—		—	—	—	
转向前展角（Toe Out On Turns）	—	—	—		—	—	—	
车轮最大内转角（Max Turn Inside）	—	—	—		—	—	—	
车轮最大外转角（Max Turn Outside）	—	—	—		—	—	—	
前束曲线调整（Toe Curve Adjust）	—	—	—		—	—	—	
前束曲线控制（Toe Curve Control）	—	—	—		—	—	—	
车身高度（Ride Height）/mm	—	—	—		—	—	—	
车轴偏角（Setback）/mm	−8	0	8		−8	0	8	

后车轮（Rear）：

定位参数 \ 定位规范	左侧（Left）			左右差（Cross）	右侧（Right）			调整提示（Adjusting）
	最小值（Min.）	理想值（Pref.）	最大值（Max.）		最小值（Min.）	理想值（Pref.）	最大值（Max.）	
车轮外倾角（Camber）	−2°34′	−1°19′	−0°04′	0°30′	−2°34′	−1°19′	−0°04′	
单侧前束角（Individual Toe）	0°02′	0°12′	0°23′		0°02′	0°12′	0°23′	
总前束角（Total Toe）		最小值（Min.）0°03′	理想值（Pref.）0°24′	最大值（Max.）0°45′				
最大推进角（Max Thrust Angle）				0°15′				
车身高度（Ride Height）/mm	—	—	—		—	—	—	
车轴偏角（Setback）/mm	−8	0	8		−8	0	8	

2. 进行定位调整

制造商未提供或不涉及此项目。

10.1.3　2007 款蒙迪欧-致胜 2.3L 车型

1. 车轮定位规范

2007 款蒙迪欧-致胜 2.3L（豪华版/豪华运动版/时尚版）车轮定位规范见表 10-3。

表 10-3　2007 款蒙迪欧-致胜 2.3L 车轮定位数据表

前车轮（Front）：

定位参数 \ 定位规范	左侧（Left）			左右差（Cross）	右侧（Right）			调整提示（Adjusting）
	最小值（Min.）	理想值（Pref.）	最大值（Max.）		最小值（Min.）	理想值（Pref.）	最大值（Max.）	
主销后倾角（Caster）	1°55′	2°56′	3°58′	0°30′	1°55′	2°56′	3°58′	
车轮外倾角（Camber）	−1°51′	−0°35′	0°41′	0°30′	−1°51′	−0°35′	0°41′	

（续）

前车轮（Front）：

定位参数 \ 定位规范	左侧（Left）			左右差（Cross）	右侧（Right）			调整提示（Adjusting）
	最小值（Min.）	理想值（Pref.）	最大值（Max.）		最小值（Min.）	理想值（Pref.）	最大值（Max.）	
主销内倾角（SAI）	11°00′	12°00′	13°00′		11°00′	12°00′	13°00′	
单侧前束角（Individual Toe）	−0°04′	0°06′	0°17′		−0°04′	0°06′	0°17′	
总前束角（Total Toe）			最小值（Min.）	理想值（Pref.）	最大值（Max.）			
			−0°09′	0°12′	0°33′			
包容角（Included Angle）	—	—	—		—	—	—	
转向前展角（Toe Out On Turns）	—	—	—		—	—	—	
车轮最大内转角（Max Turn Inside）	—	—	—		—	—	—	
车轮最大外转角（Max Turn Outside）	—	—	—		—	—	—	
前束曲线调整（Toe Curve Adjust）	—	—	—		—	—	—	
前束曲线控制（Toe Curve Control）								
车身高度（Ride Height）/mm	—	—	—		—	—	—	
车轴偏角（Setback）/mm	−8	0	8		−8	0	8	

后车轮（Rear）：

定位参数 \ 定位规范	左侧（Left）			左右差（Cross）	右侧（Right）			调整提示（Adjusting）
	最小值（Min.）	理想值（Pref.）	最大值（Max.）		最小值（Min.）	理想值（Pref.）	最大值（Max.）	
车轮外倾角（Camber）	−2°34′	−1°19′	−0°04′	0°30′	−2°34′	−1°19′	−0°04′	
单侧前束角（Individual Toe）	0°02′	0°12′	0°23′		0°02′	0°12′	0°23′	
总前束角（Total Toe）			最小值（Min.）	理想值（Pref.）	最大值（Max.）			
			0°03′	0°24′	0°45′			
最大推进角（Max Thrust Angle）				0°15′				
车身高度（Ride Height）/mm	—	—	—		—	—	—	
车轴偏角（Setback）/mm	−8	0	8		−8	0	8	

2. 进行定位调整

制造商未提供或不涉及此项目。

10.2　蒙迪欧

10.2.1　2006 款蒙迪欧 2.5L 车型

1. 车轮定位规范

2006 款蒙迪欧 2.5L V6（旗舰版）车轮定位规范见表 10-4。

表 10-4　2006 款蒙迪欧 2.5L V6 车轮定位数据表

前车轮(Front)：

定位规范 定位参数	左侧(Left)			左右差 (Cross)	右侧(Right)			调整提示 (Adjusting)
	最小值 (Min.)	理想值 (Pref.)	最大值 (Max.)		最小值 (Min.)	理想值 (Pref.)	最大值 (Max.)	
主销后倾角(Caster)	1°32′	2°39′	3°46′	0°30′	1°32′	2°39′	3°46′	
车轮外倾角(Camber)	−1°56′	−0°38′	0°40′	0°30′	−1°56′	−0°38′	0°40′	
主销内倾角(SAI)	—	—	—		—	—	—	
单侧前束角 (Individual Toe)	−0°04′	0′	0°04′		−0°04′	0′	0°04′	见定位 调整(1)
总前束角(Total Toe)	最小值 (Min.)	理想值 (Pref.)	最大值 (Max.)					
	−0°08′	0′	0°08′					
包容角(Included Angle)	—	—	—		—	—	—	
转向前展角 (Toe Out On Turns)								
车轮最大内转角 (Max Turn Inside)	35°00′	38°00′	41°00′		35°00′	38°00′	41°00′	
车轮最大外转角 (Max Turn Outside)	29°30′	32°30′	35°30′		29°30′	32°30′	35°30′	
前束曲线调整 (Toe Curve Adjust)								
前束曲线控制 (Toe Curve Control)								
车身高度(Ride Height)/mm	—	—	—		—	—	—	
车轴偏角(Setback)/mm	−8	0	8		−8	0	8	

后车轮(Rear)：

定位规范 定位参数	左侧(Left)			左右差 (Cross)	右侧(Right)			调整提示 (Adjusting)
	最小值 (Min.)	理想值 (Pref.)	最大值 (Max.)		最小值 (Min.)	理想值 (Pref.)	最大值 (Max.)	
车轮外倾角(Camber)	−2°56′	−1°12′	0°14′	0°30′	−2°56′	−1°12′	0°14′	
单侧前束角 (Individual Toe)	0°02′	0°08′	0°14′		0°02′	0°08′	0°14′	见定位 调整(2)
总前束角(Total Toe)	最小值 (Min.)	理想值 (Pref.)	最大值 (Max.)					
	0°03′	0°15′	0°27′					
最大推进角 (Max Thrust Angle)				0°15′				
车身高度(Ride Height)/mm	—	—	—		—	—	—	
车轴偏角(Setback)/mm	−8	0	8		−8	0	8	

2. 进行定位调整

（1）前轮前束调整(可调式横拉杆)

1）调整指导。调整前束角时，拧松转向拉杆锁止螺母，用扳手转动转向拉杆直至获得满意的前束角读数，见图 10-1。

2）调整所及部件：无备件需求，无需更改零件。

3）专用工具：使用常规工具，无需专用工具。

（2）后车轮前束调整

1）调整指导。

调整单侧前束时：

① 拧松连接臂偏心凸轮螺栓，见图 10-2。

② 顺时针或逆时针转动偏心凸轮，直至达到想要的前束值。

③ 拧紧偏心凸轮螺栓。

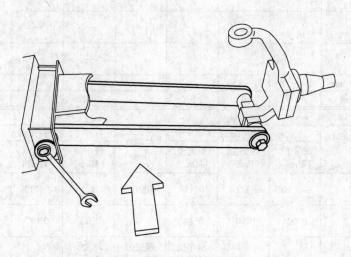

图 10-2　后车轮前束调整

2）调整所及部件：无备件需求，无需更改零件。

3）专用工具。使用常规工具，无需专用工具。

10.2.2　2006 款蒙迪欧 2.0L 车型

1. 车轮定位规范

2006 款蒙迪欧 2.0L（精英版/经典手动版/尊贵版）车轮定位规范见表 10-5。

表 10-5　2006 款蒙迪欧 2.0L 车轮定位数据表

前车轮（Front）： 定位规范 定位参数	左侧（Left）			左右差 （Cross）	右侧（Right）			调整提示 （Adjusting）
	最小值 （Min.）	理想值 （Pref.）	最大值 （Max.）		最小值 （Min.）	理想值 （Pref.）	最大值 （Max.）	
主销后倾角（Caster）	1°32′	2°39′	3°46′	0°30′	1°32′	2°39′	3°46′	
车轮外倾角（Camber）	−1°56′	−0°38′	0°40′	0°30′	−1°56′	−0°38′	0°40′	
主销内倾角（SAI）	—	—	—		—	—	—	
单侧前束角 （Individual Toe）	−0°04′	0′	0°04′		−0°04′	0′	0°04′	见定位 调整(1)
总前束角（Total Toe）	最小值 （Min.）	理想值 （Pref.）	最大值 （Max.）					
	−0°08′	0′	0°08′					
包容角（Included Angle）	—	—	—					
转向前展角 （Toe Out On Turns）	—	—	—					

（续）

前车轮（Front）：

定位规范 定位参数	左侧（Left）			左右差 （Cross）	右侧（Right）			调整提示 （Adjusting）
	最小值 （Min.）	理想值 （Pref.）	最大值 （Max.）		最小值 （Min.）	理想值 （Pref.）	最大值 （Max.）	
车轮最大内转角 （Max Turn Inside）	35°00′	38°00′	41°00′		35°00′	38°00′	41°00′	
车轮最大外转角 （Max Turn Outside）	29°30′	32°30′	35°30′		29°30′	32°30′	35°30′	
前束曲线调整 （Toe Curve Adjust）	—	—	—		—	—	—	
前束曲线控制 （Toe Curve Control）	—	—	—		—	—	—	
车身高度（Ride Height）/mm	—	—	—		—	—	—	
车轴偏角（Setback）/mm	-8	0	8		-8	0	8	

后车轮（Rear）：

定位规范 定位参数	左侧（Left）			左右差 （Cross）	右侧（Right）			调整提示 （Adjusting）
	最小值 （Min.）	理想值 （Pref.）	最大值 （Max.）		最小值 （Min.）	理想值 （Pref.）	最大值 （Max.）	
车轮外倾角（Camber）	-2°56′	-1°12′	0°14′	0°30′	-2°56′	-1°12′	0°14′	
单侧前束角 （Individual Toe）	0°02′	0°08′	0°14′		0°02′	0°08′	0°14′	见定位 调整(2)
总前束角（Total Toe）	最小值 （Min.）	理想值 （Pref.）	最大值 （Max.）					
	0°03′	0°15′	0°27′					
最大推进角 （Max Thrust Angle）				0°15′				
车身高度（Ride Height）/mm	—	—	—		—	—	—	
车轴偏角（Setback）/mm	-8	0	8		-8	0	8	

2. 进行定位调整

与 2006 款蒙迪欧 2.5L 车型调整方法相同。

10.2.3　2003 款蒙迪欧车型

1. 车轮定位规范

2003 款蒙迪欧车轮定位规范见表 10-6。

表 10-6　2003 款蒙迪欧车轮定位数据表

前车轮（Front）：

定位规范 定位参数	左侧（Left）			左右差 （Cross）	右侧（Right）			调整提示 （Adjusting）
	最小值 （Min.）	理想值 （Pref.）	最大值 （Max.）		最小值 （Min.）	理想值 （Pref.）	最大值 （Max.）	
主销后倾角（Caster）	1°32′	2°39′	3°46′	0°30′	1°32′	2°39′	3°46′	
车轮外倾角（Camber）	-1°56′	-0°38′	0°40′	0°30′	-1°56′	-0°38′	0°40′	
主销内倾角（SAI）	—	—	—		—	—	—	
单侧前束角 （Individual Toe）	-0°05′	0′	0°05′		-0°05′	0′	0°05′	见定位 调整(1)

（续）

前车轮（Front）：

定位参数 \ 定位规范	左侧（Left）			左右差（Cross）	右侧（Right）			调整提示（Adjusting）
	最小值（Min.）	理想值（Pref.）	最大值（Max.）		最小值（Min.）	理想值（Pref.）	最大值（Max.）	
总前束角（Total Toe）			最小值（Min.）−0°10′	理想值（Pref.）0′	最大值（Max.）0°10′			
包容角（Included Angle）	—	—	—		—	—	—	
转向前展角（Toe Out On Turns）								
车轮最大内转角（Max Turn Inside）								
车轮最大外转角（Max Turn Outside）	—	—	—		—	—	—	
前束曲线调整（Toe Curve Adjust）								
前束曲线控制（Toe Curve Control）	—	—	—		—	—	—	
车身高度（Ride Height）/mm	—	—	—		—	—	—	
车轴偏角（Setback）/mm	−8	0	8		−8	0	8	

后车轮（Rear）：

定位参数 \ 定位规范	左侧（Left）			左右差（Cross）	右侧（Right）			调整提示（Adjusting）
	最小值（Min.）	理想值（Pref.）	最大值（Max.）		最小值（Min.）	理想值（Pref.）	最大值（Max.）	
车轮外倾角（Camber）	−2°33′	−1°12′	0°09′	0°30′	−2°33′	−1°12′	0°09′	
单侧前束角（Individual Toe）	0°02′	0°08′	0°14′		0°02′	0°08′	0°14′	见定位调整（2）
总前束角（Total Toe）			最小值（Min.）0°03′	理想值（Pref.）0°15′	最大值（Max.）0°27′			
最大推进角（Max Thrust Angle）				0°15′				
车身高度（Ride Height）/mm	—	—	—		—	—	—	
车轴偏角（Setback）/mm	−8	0	8		−8	0	8	

2. 进行定位调整

与 2006 款蒙迪欧 2.5L 车型调整方法相同。

10.3　S-MAX

2007 款 S-MAX 2.3L 车型

1. 车轮定位规范

2007 款 S-MAX 2.3L（标准版/豪华版）车轮定位规范见表 10-7。

表 10-7　2007 款 S-MAX 2.3L 车轮定位数据表

前车轮(Front)：

定位规范　　定位参数	左侧(Left)			左右差(Cross)	右侧(Right)			调整提示(Adjusting)
	最小值(Min.)	理想值(Pref.)	最大值(Max.)		最小值(Min.)	理想值(Pref.)	最大值(Max.)	
主销后倾角(Caster)	2°22′	3°23′	4°25′	0°30′	2°22′	3°23′	4°25′	
车轮外倾角(Camber)	−1°57′	−0°41′	0°35′	0°30′	−1°57′	−0°41′	0°35′	
主销内倾角(SAI)	—	0′	—		—	0′	—	
单侧前束角(Individual Toe)	0°02′	0°06′	0°10′		0°02′	0°06′	0°10′	见定位调整
总前束角(Total Toe)		最小值(Min.)	理想值(Pref.)	最大值(Max.)				
		0°04′	0°12′	0°20′				
包容角(Included Angle)	—	—	—		—	—	—	
转向前展角(Toe Out On Turns)	—	—	—		—	—	—	
车轮最大内转角(Max Turn Inside)	—	—	—		—	—	—	
车轮最大外转角(Max Turn Outside)	—	—	—		—	—	—	
前束曲线调整(Toe Curve Adjust)	—	—	—		—	—	—	
前束曲线控制(Toe Curve Control)	—	—	—		—	—	—	
车身高度(Ride Height)/mm	—	—	—		—	—	—	
车轴偏角(Setback)/mm	−8	0	8		−8	0	8	

后车轮(Rear)：

定位规范　　定位参数	左侧(Left)			左右差(Cross)	右侧(Right)			调整提示(Adjusting)
	最小值(Min.)	理想值(Pref.)	最大值(Max.)		最小值(Min.)	理想值(Pref.)	最大值(Max.)	
车轮外倾角(Camber)	−2°53′	−1°37′	−0°21′	0°30′	−2°53′	−1°37′	−0°21′	
单侧前束角(Individual Toe)	0°08′	0°12′	0°16′		0°08′	0°12′	0°16′	
总前束角(Total Toe)		最小值(Min.)	理想值(Pref.)	最大值(Max.)				
		0°16′	0°24′	0°32′				
最大推进角(Max Thrust Angle)			0°15′					
车身高度(Ride Height)/mm	—	—	—		—	—	—	
车轴偏角(Setback)/mm	−8	0	8		−8	0	8	

2. 进行定位调整

前轮前束调整(可调式横拉杆)：

1) 调整指导。

调整前束角时，拧松转向拉杆锁止螺母，用扳手转动转向拉杆直至获得满意的前束角读数，见图 10-1。

2) 调整所及部件：无备件需求，无需更改零件。

3) 专用工具：使用常规工具，无需专用工具。

10.4 福克斯

10.4.1 2006 款福克斯 1.8L MT 车型

1. 车轮定位规范

2006 款福克斯 1.8L(MT,舒适型)车轮定位规范见表 10-8。

表 10-8 2006 款福克斯 1.8L MT 车轮定位数据表

前车轮(Front):

定位规范 \ 定位参数	左侧(Left)			左右差 (Cross)	右侧(Right)			调整提示 (Adjusting)
	最小值 (Min.)	理想值 (Pref.)	最大值 (Max.)		最小值 (Min.)	理想值 (Pref.)	最大值 (Max.)	
主销后倾角(Caster)	3°01′	3°49′	4°37′	0°20′	3°01′	3°49′	4°37′	
车轮外倾角(Camber)	-1°36′	-0°57′	-0°18′	0°20′	-1°36′	-0°57′	-0°18′	
主销内倾角(SAI)	—	13°00′	—		—	13°00′	—	
单侧前束角 (Individual Toe)	-0°02′	0°03′	0°08′		-0°02′	0°03′	0°08′	见定位 调整(1)
总前束角(Total Toe)		最小值 (Min.)	理想值 (Pref.)	最大值 (Max.)				
		-0°04′	0°06′	0°16′				
包容角(Included Angle)	—	—	—		—	—	—	
转向前展角 (Toe Out On Turns)	—	—	—		—	—	—	
车轮最大内转角 (Max Turn Inside)	35°00′	38°00′	41°00′		35°00′	38°00′	41°00′	
车轮最大外转角 (Max Turn Outside)	29°00′	32°00′	35°00′		29°00′	32°00′	35°00′	
前束曲线调整 (Toe Curve Adjust)	—	—	—		—	—	—	
前束曲线控制 (Toe Curve Control)	—	—	—		—	—	—	
车身高度(Ride Height)/mm	—	—	—		—	—	—	
车轴偏角(Setback)/mm	-8	0	8		-8	0	8	

后车轮(Rear):

定位规范 \ 定位参数	左侧(Left)			左右差 (Cross)	右侧(Right)			调整提示 (Adjusting)
	最小值 (Min.)	理想值 (Pref.)	最大值 (Max.)		最小值 (Min.)	理想值 (Pref.)	最大值 (Max.)	
车轮外倾角(Camber)	-2°43′	-1°55′	-1°07′	0°20′	-2°43′	-1°55′	-1°07′	见定位 调整(2)
单侧前束角 (Individual Toe)	0°04′	0°09′	0°14′		0°04′	0°09′	0°14′	见定位 调整(2)
总前束角(Total Toe)		最小值 (Min.)	理想值 (Pref.)	最大值 (Max.)				
		0°08′	0°18′	0°28′				
最大推进角 (Max Thrust Angle)			0°15′					
车身高度(Ride Height)/mm	—	—	—		—	—	—	
车轴偏角(Setback)/mm	-8	0	8		-8	0	8	

2. 进行定位调整

（1）前轮前束调整（可调式横拉杆）

1）调整指导。调整前束角时，拧松转向拉杆锁止螺母，用扳手转动转向拉杆直至获得满意的前束角读数，见图10-1。

2）调整所及部件：无备件需求。无需更改零件。

3）专用工具：使用常规工具，无需专用工具。

（2）后轮前束或外倾角调整（可调式偏心凸轮）

1）调整指导。调整单侧前束或外倾角时，拧松枢轴螺栓，转动偏心凸轮直至获得理想读数。定位仪画面会显示出所进行的调整是在调整外倾角或前束，见图10-3。

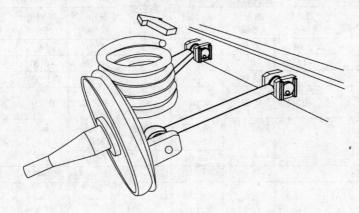

图10-3　后轮前束或外倾角调整（可调式偏心凸轮）

2）调整所及部件：无备件需求。无需更改零件。

3）专用工具：使用常规工具，无需专用工具。

10.4.2　2006款福克斯1.8L AT车型

1. 车轮定位规范

2006款福克斯1.8L（AT,时尚型）车轮定位规范见表10-9。

表10-9　2006款福克斯1.8L AT车轮定位数据表

前车轮（Front）:								
定位规范 定位参数	左侧（Left）			左右差 （Cross）	右侧（Right）			调整提示 （Adjusting）
	最小值 （Min.）	理想值 （Pref.）	最大值 （Max.）		最小值 （Min.）	理想值 （Pref.）	最大值 （Max.）	
主销后倾角（Caster）	3°01′	3°49′	4°37′	0°20′	3°01′	3°49′	4°37′	
车轮外倾角（Camber）	−1°36′	−0°57′	−0°18′	0°20′	−1°36′	−0°57′	−0°18′	
主销内倾角（SAI）	—	13°00′	—		—	13°00′	—	
单侧前束角 （Individual Toe）	−0°02′	0°03′	0°08′		−0°02′	0°03′	0°08′	见定位 调整(1)
总前束角（Total Toe）			最小值 （Min.）	理想值 （Pref.）	最大值 （Max.）			
			−0°04′	0°06′	0°16′			
包容角（Included Angle）	—	—	—		—	—	—	
转向前展角 （Toe Out On Turns）								

（续）

前车轮（Front）：

定位规范／定位参数	左侧（Left）			左右差（Cross）	右侧（Right）			调整提示（Adjusting）
	最小值（Min.）	理想值（Pref.）	最大值（Max.）		最小值（Min.）	理想值（Pref.）	最大值（Max.）	
车轮最大内转角（Max Turn Inside）	35°00′	38°00′	41°00′		35°00′	38°00′	41°00′	
车轮最大外转角（Max Turn Outside）	29°00′	32°00′	35°00′		29°00′	32°00′	35°00′	
前束曲线调整（Toe Curve Adjust）	—	—	—		—	—	—	
前束曲线控制（Toe Curve Control）	—	—	—		—	—	—	
车身高度（Ride Height）/mm	—	—	—		—	—	—	
车轴偏角（Setback）/mm	−8	0	8		−8	0	8	

后车轮（Rear）：

定位规范／定位参数	左侧（Left）			左右差（Cross）	右侧（Right）			调整提示（Adjusting）
	最小值（Min.）	理想值（Pref.）	最大值（Max.）		最小值（Min.）	理想值（Pref.）	最大值（Max.）	
车轮外倾角（Camber）	−2°43′	−1°55′	−1°07′	0°20′	−2°43′	−1°55′	−1°07′	见定位调整（2）
单侧前束角（Individual Toe）	0°04′	0°09′	0°14′		0°04′	0°09′	0°14′	见定位调整（2）
总前束角（Total Toe）	最小值（Min.） 0°08′	理想值（Pref.） 0°18′	最大值（Max.） 0°28′					
最大推进角（Max Thrust Angle）	0°15′							
车身高度（Ride Height）/mm	—	—	—		—	—	—	
车轴偏角（Setback）/mm	−8	0	8		−8	0	8	

2. 进行定位调整

与 2006 款福克斯 1.8L MT 车型调整方法相同。

10.4.3　2006 款福克斯 2.0L AT 车型

1. 车轮定位规范

2006 款福克斯 2.0L（AT，豪华型）车轮定位规范见表 10-10。

表 10-10　2006 款福克斯 2.0L AT 车轮定位数据表

前车轮（Front）：

定位规范／定位参数	左侧（Left）			左右差（Cross）	右侧（Right）			调整提示（Adjusting）
	最小值（Min.）	理想值（Pref.）	最大值（Max.）		最小值（Min.）	理想值（Pref.）	最大值（Max.）	
主销后倾角（Caster）	3°01′	3°49′	4°37′	0°20′	3°01′	3°49′	4°37′	
车轮外倾角（Camber）	−1°36′	−0°57′	−0°18′	0°20′	−1°36′	−0°57′	−0°18′	
主销内倾角（SAI）	—	13°00′	—		—	13°00′	—	
单侧前束角（Individual Toe）	−0°02′	0°03′	0°08′		−0°02′	0°03′	0°08′	见定位调整（1）

（续）

前车轮(Front)：

定位参数 \ 定位规范	左侧(Left)			左右差(Cross)	右侧(Right)			调整提示(Adjusting)
	最小值(Min.)	理想值(Pref.)	最大值(Max.)		最小值(Min.)	理想值(Pref.)	最大值(Max.)	
总前束角(Total Toe)			最小值(Min.)	理想值(Pref.)	最大值(Max.)			
			−0°04′	0°06′	0°16′			
包容角(Included Angle)	—	—	—		—	—	—	
转向前展角(Toe Out On Turns)	—	—	—		—	—	—	
车轮最大内转角(Max Turn Inside)	35°00′	38°00′	41°00′		35°00′	38°00′	41°00′	
车轮最大外转角(Max Turn Outside)	29°00′	32°00′	35°00′		29°00′	32°00′	35°00′	
前束曲线调整(Toe Curve Adjust)	—	—	—		—	—	—	
前束曲线控制(Toe Curve Control)	—	—	—		—	—	—	
车身高度(Ride Height)/mm								
车轴偏角(Setback)/mm	−8	0	8		−8	0	8	

后车轮(Rear)：

定位参数 \ 定位规范	左侧(Left)			左右差(Cross)	右侧(Right)			调整提示(Adjusting)
	最小值(Min.)	理想值(Pref.)	最大值(Max.)		最小值(Min.)	理想值(Pref.)	最大值(Max.)	
车轮外倾角(Camber)	−2°43′	−1°55′	−1°07′	0°20′	−2°43′	−1°55′	−1°07′	见定位调整(2)
单侧前束角(Individual Toe)	0°04′	0°09′	0°14′		0°04′	0°09′	0°14′	见定位调整(2)
总前束角(Total Toe)			最小值(Min.)	理想值(Pref.)	最大值(Max.)			
			0°08′	0°18′	0°28′			
最大推进角(Max Thrust Angle)			0°15′					
车身高度(Ride Height)/mm	—	—	—		—	—	—	
车轴偏角(Setback)/mm	−8	0	8		−8	0	8	

2. 进行定位调整

与 2006 款福克斯 1.8L MT 车型调整方法相同。

10.5　沃尔沃 S40

10.5.1　2006 款沃尔沃 S40 T5 车型

1. 车轮定位规范

2006 款沃尔沃 S40 T5 车轮定位规范见表 10-11。

表 10-11　2006 款沃尔沃 S40 T5 车轮定位数据表

前车轮（Front）：

定位规范 / 定位参数	左侧（Left）最小值（Min.）	左侧（Left）理想值（Pref.）	左侧（Left）最大值（Max.）	左右差（Cross）	右侧（Right）最小值（Min.）	右侧（Right）理想值（Pref.）	右侧（Right）最大值（Max.）	调整提示（Adjusting）
主销后倾角（Caster）	2°30′	4°00′	5°30′	0°20′	2°30′	4°00′	5°30′	
车轮外倾角（Camber）	−1°36′	−0°54′	−0°12′	0°20′	−1°36′	−0°54′	−0°12′	
主销内倾角（SAI）	—	—	—		—	—	—	
单侧前束角（Individual Toe）	0°03′	0°06′	0°09′		0°03′	0°06′	0°09′	见定位调整
总前束角（Total Toe）		最小值（Min.）0°06′	理想值（Pref.）0°12′	最大值（Max.）0°18′				
包容角（Included Angle）								
转向前展角（Toe Out On Turns）	—	—	—					
车轮最大内转角（Max Turn Inside）	—	—	—					
车轮最大外转角（Max Turn Outside）	—	—	—					
前束曲线调整（Toe Curve Adjust）								
前束曲线控制（Toe Curve Control）								
车身高度（Ride Height）/mm	—	—	—		—	—	—	
车轴偏角（Setback）/mm	−8	0	8		−8	0	8	

后车轮（Rear）：

定位规范 / 定位参数	左侧（Left）最小值（Min.）	左侧（Left）理想值（Pref.）	左侧（Left）最大值（Max.）	左右差（Cross）	右侧（Right）最小值（Min.）	右侧（Right）理想值（Pref.）	右侧（Right）最大值（Max.）	调整提示（Adjusting）
车轮外倾角（Camber）	−2°54′	−1°54′	−0°54′	0°20′	−2°54′	−1°54′	−0°54′	
单侧前束角（Individual Toe）	0°06′	0°09′	0°12′		0°06′	0°09′	0°12′	
总前束角（Total Toe）		最小值（Min.）0°12′	理想值（Pref.）0°18′	最大值（Max.）0°24′				
最大推进角（Max Thrust Angle）				0°15′				
车身高度（Ride Height）/mm	—	—	—		—	—	—	
车轴偏角（Setback）/mm	−8	0	8		−8	0	8	

2. 进行定位调整

前轮前束调整（可调式横拉杆）：

1）调整指导。调整前束角时，拧松转向拉杆锁止螺母，用扳手转动转向拉杆直至获得满意的前束角读数，见图 10-1。

2）调整所及部件：无备件需求，无需更改零件。

3）专用工具：使用常规工具，无需专用工具。

10.5.2　2006 款沃尔沃 S40 2.4i 车型

1. 车轮定位规范

2006 款沃尔沃 S40 2.4i 车轮定位规范见表 10-12。

表 10-12　2006 款沃尔沃 S40 2.4i 车轮定位数据表

前车轮（Front）：

定位参数 \ 定位规范	左侧（Left）			左右差（Cross）	右侧（Right）			调整提示（Adjusting）
	最小值（Min.）	理想值（Pref.）	最大值（Max.）		最小值（Min.）	理想值（Pref.）	最大值（Max.）	
主销后倾角（Caster）	2°06′	3°36′	5°06′	0°20′	2°06′	3°36′	5°06′	
车轮外倾角（Camber）	−1°18′	−0°36′	0°06′	0°20′	−1°18′	−0°36′	0°06′	
主销内倾角（SAI）	—	—	—	—	—	—	—	
单侧前束角（Individual Toe）	0°03′	0°06′	0°09′		0°03′	0°06′	0°09′	见定位调整
总前束角（Total Toe）			最小值（Min.）	理想值（Pref.）	最大值（Max.）			
			0°06′	0°12′	0°18′			
包容角（Included Angle）	—	—	—		—	—	—	
转向前展角（Toe Out On Turns）	—	—	—		—	—	—	
车轮最大内转角（Max Turn Inside）	—	—	—		—	—	—	
车轮最大外转角（Max Turn Outside）	—	—	—		—	—	—	
前束曲线调整（Toe Curve Adjust）	—	—	—		—	—	—	
前束曲线控制（Toe Curve Control）	—	—	—		—	—	—	
车身高度（Ride Height）/mm	—	—	—		—	—	—	
车轴偏角（Setback）/mm	−8	0	8		−8	0	8	

后车轮（Rear）：

定位参数 \ 定位规范	左侧（Left）			左右差（Cross）	右侧（Right）			调整提示（Adjusting）
	最小值（Min.）	理想值（Pref.）	最大值（Max.）		最小值（Min.）	理想值（Pref.）	最大值（Max.）	
车轮外倾角（Camber）	−2°30′	−1°30′	−0°30′	0°20′	−2°30′	−1°30′	−0°30′	
单侧前束角（Individual Toe）	0°06′	0°09′	0°12′		0°06′	0°09′	0°12′	
总前束角（Total Toe）			最小值（Min.）	理想值（Pref.）	最大值（Max.）			
			0°12′	0°18′	0°24′			
最大推进角（Max Thrust Angle）				0°15′				
车身高度（Ride Height）/mm	—	—	—		—	—	—	
车轴偏角（Setback）/mm	−8	0	8		−8	0	8	

2. 进行定位调整

前轮前束调整（可调式横拉杆）：

1）调整指导。调整前束角时，拧松转向拉杆锁止螺母，用扳手转动转向拉杆直至获得满意的前束角读数, 见图 10-1。

2) 调整所及部件: 无备件需求, 无需更改零件。

3) 专用工具: 使用常规工具, 无需专用工具。

10.6　马自达 2

2007 款马自达 2-1.3L 车型

1. 车轮定位规范

2007 款马自达 2-1.3L(标准版/时尚版)车轮定位规范见表 10-13。

表 10-13　2007 款马自达 2-1.3L 车轮定位数据表

前车轮(Front):

定位参数 定位规范	左侧(Left)			左右差 (Cross)	右侧(Right)			调整提示 (Adjusting)
	最小值 (Min.)	理想值 (Pref.)	最大值 (Max.)		最小值 (Min.)	理想值 (Pref.)	最大值 (Max.)	
主销后倾角(Caster)	2°18′	3°18′	4°18′	0°30′	2°18′	3°18′	4°18′	
车轮外倾角(Camber)	-2°06′	-0°44′	0°39′	0°30′	-2°06′	-0°44′	0°39′	
主销内倾角(SAI)	—	0′				0′	—	
单侧前束角 (Individual Toe)	-0°03′	0′	0°03′		-0°03′	0′	0°03′	
总前束角(Total Toe)			最小值 (Min.)	理想值 (Pref.)	最大值 (Max.)			
			-0°06′	0′	0°06′			
包容角 (Included Angle)	—	—	—		—	—	—	
转向前展角 (Toe Out On Turns)	—	—	—		—	—	—	
车轮最大内转角 (Max Turn Inside)	—	—	—		—	—	—	
车轮最大外转角 (Max Turn Outside)	—	—	—		—	—	—	
前束曲线调整 (Toe Curve Adjust)	—	—	—		—	—	—	
前束曲线控制 (Toe Curve Control)	—	—	—		—	—	—	
车身高度(Ride Height)/mm	—	—	—		—	—	—	
车轴偏角(Setback)/mm	-8	0	8		-8	0	8	

后车轮(Rear):

定位参数 定位规范	左侧(Left)			左右差 (Cross)	右侧(Right)			调整提示 (Adjusting)
	最小值 (Min.)	理想值 (Pref.)	最大值 (Max.)		最小值 (Min.)	理想值 (Pref.)	最大值 (Max.)	
车轮外倾角(Camber)	-2°29′	-1°11′	0°07′	0°30′	-2°29′	-1°11′	0°07′	
单侧前束角 (Individual Toe)	0°03′	0°11′	0°15′		0°03′	0°11′	0°15′	

(续)

后车轮(Rear):

定位参数 / 定位规范	左侧(Left) 最小值(Min.)	理想值(Pref.)	最大值(Max.)	左右差(Cross)	右侧(Right) 最小值(Min.)	理想值(Pref.)	最大值(Max.)	调整提示(Adjusting)
总前束角(Total Toe)	最小值(Min.) 0°07′	理想值(Pref.) 0°22′	最大值(Max.) 0°31′					
最大推进角(Max Thrust Angle)				0°15′				
车身高度(Ride Height)/mm	—	—	—		—	—	—	
车轴偏角(Setback)/mm	−8	0	8		−8	0	8	

2. 进行定位调整

制造商未提供或不涉及此项目。

10.7 马自达3

2006 款马自达 3-2.0L 车型

1. 车轮定位规范

2006 款马自达 3-2.0L(标准版/豪华版)车轮定位规范见表 10-14。

表 10-14 2006 款马自达 3-2.0L 车轮定位数据表

前车轮(Front):

定位参数 / 定位规范	左侧(Left) 最小值(Min.)	理想值(Pref.)	最大值(Max.)	左右差(Cross)	右侧(Right) 最小值(Min.)	理想值(Pref.)	最大值(Max.)	调整提示(Adjusting)
主销后倾角(Caster)	2°04′	3°04′	4°04′	0°30′	2°04′	3°04′	4°04′	
车轮外倾角(Camber)	−1°41′	−0°41′	0°19′	0°30′	−1°41′	−0°41′	0°19′	
主销内倾角(SAI)	—	14°02′			—	14°02′		
单侧前束角(Individual Toe)	−0°05′	0°06′	0°17′		−0°05′	0°06′	0°17′	见定位调整
总前束角(Total Toe)	最小值(Min.) −0°11′	理想值(Pref.) 0°11′	最大值(Max.) 0°33′					
包容角(Included Angle)	—	—	—		—	—	—	
转向前展角(Toe Out On Turns)								
车轮最大内转角(Max Turn Inside)	36°48′	39°48′	42°48′		36°48′	39°48′	42°48′	
车轮最大外转角(Max Turn Outside)	29°48′	32°48′	35°48′		29°48′	32°48′	35°48′	
前束曲线调整(Toe Curve Adjust)	—	—	—		—	—	—	
前束曲线控制(Toe Curve Control)	—	—	—		—	—	—	
车身高度(Ride Height)/mm	—	—	—		—	—	—	
车轴偏角(Setback)/mm	−8	0	8		−8	0	8	

（续）

后车轮（Rear）：

定位规范　　定位参数	左侧（Left）			左右差（Cross）	右侧（Right）			调整提示（Adjusting）
	最小值（Min.）	理想值（Pref.）	最大值（Max.）		最小值（Min.）	理想值（Pref.）	最大值（Max.）	
车轮外倾角（Camber）	−2°19′	−1°19′	−0°19′	0°30′	−2°19′	−1°19′	−0°19′	
单侧前束角（Individual Toe）	−0°05′	0°06′	0°17′		−0°05′	0°06′	0°17′	
总前束角（Total Toe）			最小值（Min.）	理想值（Pref.）	最大值（Max.）			
			−0°11′	0°11′	0°33′			
最大推进角（Max Thrust Angle）				0°15′				
车身高度（Ride Height）/mm	—	—	—		—	—	—	
车轴偏角（Setback）/mm	−8	0	8		−8	0	8	

2. 进行定位调整

前轮前束调整（可调式横拉杆）

1）调整指导。调整前束角时，拧松转向拉杆锁止螺母，用扳手转动转向拉杆直至获得满意的前束角读数，见图 10-1。

2）调整所及部件：无备件需求，无需更改零件。

3）专用工具：使用常规工具，无需专用工具。

10.8　福特-嘉年华

10.8.1　2005 款福特-嘉年华 1.6L 车型

1. 车轮定位规范

2005 款福特-嘉年华 1.6L 车轮定位规范见表 10-15。

表 10-15　2005 款福特-嘉年华 1.6L 车轮定位数据表

前车轮（Front）：

定位规范　　定位参数	左侧（Left）			左右差（Cross）	右侧（Right）			调整提示（Adjusting）
	最小值（Min.）	理想值（Pref.）	最大值（Max.）		最小值（Min.）	理想值（Pref.）	最大值（Max.）	
主销后倾角（Caster）	0°30′	1°48′	3°06′	0°30′	0°30′	1°48′	3°06′	
车轮外倾角（Camber）	−1°06′	0′	1°06′	0°30′	−1°06′	0′	1°06′	
主销内倾角（SAI）	—				—			
单侧前束角（Individual Toe）	−0°10′	−0°06′	−0°01′		−0°10′	−0°06′	−0°01′	
总前束角（Total Toe）			最小值（Min.）	理想值（Pref.）	最大值（Max.）			
			−0°21′	−0°12′	−0°03′			
包容角（Included Angle）	—	—	—		—	—	—	
转向前展角（Toe Out On Turns）	—	—	—		—	—	—	

(续)

前车轮(Front):

定位规范 / 定位参数	左侧(Left)			左右差(Cross)	右侧(Right)			调整提示(Adjusting)
	最小值(Min.)	理想值(Pref.)	最大值(Max.)		最小值(Min.)	理想值(Pref.)	最大值(Max.)	
车轮最大内转角(Max Turn Inside)	—	—	—		—	—	—	
车轮最大外转角(Max Turn Outside)	—	—	—		—	—	—	
前束曲线调整(Toe Curve Adjust)	—	—	—		—	—	—	
前束曲线控制(Toe Curve Control)	—	—	—		—	—	—	
车身高度(Ride Height)/mm	—	—	—		—	—	—	
车轴偏角(Setback)/mm	−8	0	8		−8	0	8	

后车轮(Rear):

定位规范 / 定位参数	左侧(Left)			左右差(Cross)	右侧(Right)			调整提示(Adjusting)
	最小值(Min.)	理想值(Pref.)	最大值(Max.)		最小值(Min.)	理想值(Pref.)	最大值(Max.)	
车轮外倾角(Camber)	−2°00′	−1°00′	−0°03′	0°30′	−2°00′	−1°00′	−0°03′	
单侧前束角(Individual Toe)	−0°01′	0°09′	0°20′		−0°01′	0°09′	0°20′	
总前束角(Total Toe)			最小值(Min.) −0°03′	理想值(Pref.) 0°18′	最大值(Max.) 0°39′			
最大推进角(Max Thrust Angle)				0°15′				
车身高度(Ride Height)/mm	—	—	—		—	—	—	
车轴偏角(Setback)/mm	−8	0	8		−8	0	8	

2. 进行定位调整

制造商未提供或不涉及此项目。

10.8.2 2003 款福特-嘉年华车型

1. 车轮定位规范

2003 款福特-嘉年华车轮定位规范见表 10-16。

表 10-16 2003 款福特-嘉年华车轮定位数据表

前车轮(Front):

定位规范 / 定位参数	左侧(Left)			左右差(Cross)	右侧(Right)			调整提示(Adjusting)
	最小值(Min.)	理想值(Pref.)	最大值(Max.)		最小值(Min.)	理想值(Pref.)	最大值(Max.)	
主销后倾角(Caster)	0°35′	1°50′	3°05′	0°45′	0°35′	1°50′	3°05′	
车轮外倾角(Camber)	−1°07′	−0°01′	1°05′	0°45′	−1°07′	−0°01′	1°05′	
主销内倾角(SAI)	—	—	—		—	—	—	
单侧前束角(Individual Toe)	−0°19′	−0°06′	0°07′		−0°19′	−0°06′	0°07′	见定位调整

（续）

前车轮（Front）：

定位规范 定位参数	左侧（Left）			左右差 （Cross）	右侧（Right）			调整提示 （Adjusting）
	最小值 （Min.）	理想值 （Pref.）	最大值 （Max.）		最小值 （Min.）	理想值 （Pref.）	最大值 （Max.）	
总前束角（Total Toe）			最小值 （Min.） $-0°37'$	理想值 （Pref.） $-0°12'$	最大值 （Max.） $0°13'$			
包容角（Included Angle）	—	—	—		—	—	—	
转向前展角 （Toe Out On Turns）	—	—	—		—	—	—	
车轮最大内转角 （Max Turn Inside）	—	—	—		—	—	—	
车轮最大外转角 （Max Turn Outside）	—	—	—		—	—	—	
前束曲线调整 （Toe Curve Adjust）	—	—	—		—	—	—	
前束曲线控制 （Toe Curve Control）	—	—	—		—	—	—	
车身高度（Ride Height）/mm	—	—	—		—	—	—	
车轴偏角（Setback）/mm	-8	0	8		-8	0	8	

后车轮（Rear）：

定位规范 定位参数	左侧（Left）			左右差 （Cross）	右侧（Right）			调整提示 （Adjusting）
	最小值 （Min.）	理想值 （Pref.）	最大值 （Max.）		最小值 （Min.）	理想值 （Pref.）	最大值 （Max.）	
车轮外倾角 （Camber）	$-2°02'$	$-1°02'$	$-0°32'$	$0°20'$	$-2°02'$	$-1°02'$	$-0°32'$	
单侧前束角 （Individual Toe）	$-0°01'$	$0°09'$	$0°20'$		$-0°01'$	$0°09'$	$0°20'$	
总前束角（Total Toe）			最小值 （Min.） $-0°03'$	理想值 （Pref.） $0°18'$	最大值 （Max.） $0°39'$			
最大推进角 （Max Thrust Angle）				$0°15'$				
车身高度（Ride Height）/mm	—	—	—		—	—	—	
车轴偏角（Setback）/mm	-8	0	8		-8	0	8	

2. 进行定位调整

前轮前束调整（可调式横拉杆）

1）调整指导。调整前束角时，拧松转向拉杆锁止螺母，用扳手转动转向拉杆直至获得满意的前束角读数，见图 10-1。

2）调整所及部件：无备件需求，无需更改零件。

3）专用工具：使用常规工具，无需专用工具。

第 11 章　长 安 铃 木

11.1　天语 SX4

11.1.1　2007 款天语 SX4 1.6L 车型

1. 车轮定位规范

2007 款天语 SX4 1.6L 车轮定位规范见表 11-1。

表 11-1　2007 款天语 SX4 1.6L 车轮定位数据表

前车轮(Front)：

定位规范 / 定位参数	左侧(Left)			左右差 (Cross)	右侧(Right)			调整提示 (Adjusting)
	最小值 (Min.)	理想值 (Pref.)	最大值 (Max.)		最小值 (Min.)	理想值 (Pref.)	最大值 (Max.)	
主销后倾角(Caster)	1°40′	3°40′	5°40′	0°45′	1°40′	3°40′	5°40′	
车轮外倾角(Camber)	−1°22′	−0°22′	0°38′	0°30′	−1°22′	−0°22′	0°38′	
主销内倾角(SAI)	—	—	—		—	—	—	
单侧前束角 (Individual Toe)	0′	0°02′	0°05′		0′	0°02′	0°05′	见定位 调整
总前束角(Total Toe)			最小值 (Min.)	理想值 (Pref.)	最大值 (Max.)			
			0′	0°05′	0°10′			
包容角(Included Angle)	—	—	—		—	—	—	
转向前展角 (Toe Out On Turns)	—	—	—		—	—	—	
车轮最大内转角 (Max Turn Inside)	34°00′	36°00′	38°00′		34°00′	36°00′	38°00′	
车轮最大外转角 (Max Turn Outside)	—	32°06′	—		—	32°06′	—	
前束曲线调整 (Toe Curve Adjust)	—	—	—		—	—	—	
前束曲线控制 (Toe Curve Control)	—	—	—		—	—	—	
车身高度(Ride Height)/mm	—	—	—		—	—	—	
车轴偏角(Setback)/mm	−8	0	8		−8	0	8	

后车轮(Rear)：

定位规范 / 定位参数	左侧(Left)			左右差 (Cross)	右侧(Right)			调整提示 (Adjusting)
	最小值 (Min.)	理想值 (Pref.)	最大值 (Max.)		最小值 (Min.)	理想值 (Pref.)	最大值 (Max.)	
车轮外倾角(Camber)	−2°00′	−1°00′	0′	0°30′	−2°00′	−1°00′	0′	
单侧前束角 (Individual Toe)	0′	0°01′	0°02′		0′	0°01′	0°02′	

（续）

后车轮（Rear）：

定位规范 定位参数	左侧（Left）			左右差 （Cross）	右侧（Right）			调整提示 （Adjusting）
	最小值 （Min.）	理想值 （Pref.）	最大值 （Max.）		最小值 （Min.）	理想值 （Pref.）	最大值 （Max.）	
总前束角（Total Toe）		最小值 （Min.）	理想值 （Pref.）	最大值 （Max.）				
		0′	0°02′	0°05′				
最大推进角 （Max Thrust Angle）			0°15′					
车身高度（Ride Height）/mm	—	—	—		—	—	—	
车轴偏角（Setback）/mm	−8	0	8		−8	0	8	

2. 进行定位调整

前轮前束调整（可调式横拉杆）：

1）调整指导。调整前束角时，拧松转向拉杆锁止螺母，用扳手转动转向拉杆直至获得满意的前束角读数，见图 11-1。

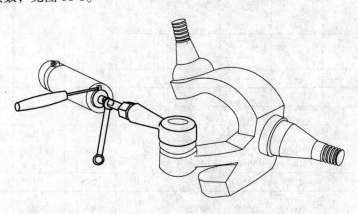

图 11-1　前轮前束调整（可调式横拉杆）

2）调整所及部件：无备件需求，无需更改零件。

3）专用工具：使用常规工具，无需专用工具。

11.1.2　2006 款天语 SX4 1.6L 车型

1. 车轮定位规范

2006 款天语 SX4 1.6L 车轮定位规范见表 11-2。

表 11-2　2006 款天语 SX4 1.6L 车轮定位数据表

前车轮（Front）：

定位规范 定位参数	左侧（Left）			左右差 （Cross）	右侧（Right）			调整提示 （Adjusting）
	最小值 （Min.）	理想值 （Pref.）	最大值 （Max.）		最小值 （Min.）	理想值 （Pref.）	最大值 （Max.）	
主销后倾角（Caster）	1°40′	3°40′	4°40′	0°30′	1°40′	3°40′	4°40′	
车轮外倾角（Camber）	−1°22′	−0°22′	0°38′	0°30′	−1°22′	−0°22′	0°38′	
主销内倾角（SAI）	—							

(续)

前车轮(Front):

定位规范　　定位参数	左侧(Left)			左右差(Cross)	右侧(Right)			调整提示(Adjusting)
	最小值(Min.)	理想值(Pref.)	最大值(Max.)		最小值(Min.)	理想值(Pref.)	最大值(Max.)	
单侧前束角(Individual Toe)	0′	0°02′	0°05′		0′	0°02′	0°05′	见定位调整
总前束角(Total Toe)		最小值(Min.)	理想值(Pref.)	最大值(Max.)				
		0′	0°05′	0°10′				
包容角(Included Angle)	—	—	—		—	—	—	
转向前展角(Toe Out On Turns)								
车轮最大内转角(Max Turn Inside)	34°00′	36°00′	38°00′		34°00′	36°00′	38°00′	
车轮最大外转角(Max Turn Outside)	—	32°06′			—	32°06′		
前束曲线调整(Toe Curve Adjust)	—	—	—		—	—	—	
前束曲线控制(Toe Curve Control)								
车身高度(Ride Height)/mm	—	—	—		—	—	—	
车轴偏角(Setback)/mm	−8	0	8		−8	0	8	

后车轮(Rear):

定位规范　　定位参数	左侧(Left)			左右差(Cross)	右侧(Right)			调整提示(Adjusting)
	最小值(Min.)	理想值(Pref.)	最大值(Max.)		最小值(Min.)	理想值(Pref.)	最大值(Max.)	
车轮外倾角(Camber)	−2°00′	−1°00′	0′	0°30′	−2°00′	−1°00′	0′	
单侧前束角(Individual Toe)	0′	0°01′	0°02′		0′	0°01′	0°02′	
总前束角(Total Toe)		最小值(Min.)	理想值(Pref.)	最大值(Max.)				
		0′	0°02′	0°05′				
最大推进角(Max Thrust Angle)				0°15′				
车身高度(Ride Height)/mm	—	—	—		—	—	—	
车轴偏角(Setback)/mm	−8	0	8		−8	0	8	

2. 进行定位调整

前轮前束调整(可调式横拉杆):

1)调整指导。调整前束角时,拧松转向拉杆锁止螺母,用扳手转动转向拉杆直至获得满意的前束角读数,见图11-1。

2)调整所及部件:无备件需求,无需更改零件。

3)专用工具:使用常规工具,无需专用工具。

11.2 雨燕

2005 款雨燕车型

1. 车轮定位规范

2005 款雨燕车轮定位规范见表 11-3。

表 11-3 2005 款雨燕车轮定位数据表

前车轮（Front）：

定位参数 \ 定位规范	左侧（Left）			左右差（Cross）	右侧（Right）			调整提示（Adjusting）
	最小值（Min.）	理想值（Pref.）	最大值（Max.）		最小值（Min.）	理想值（Pref.）	最大值（Max.）	
主销后倾角（Caster）	2°44′	3°44′	4°44′	0°30′	2°44′	3°44′	4°44′	见定位调整
车轮外倾角（Camber）	−1°00′	0′	1°00′	0°30′	−1°00′	0′	1°00′	
主销内倾角（SAI）	—	13°01′	—		—	13°01′	—	
单侧前束角（Individual Toe）	−0°09′	−0°06′	−0°03′		−0°09′	−0°06′	−0°03′	
总前束角（Total Toe）	最小值（Min.）−0°17′	理想值（Pref.）−0°12′	最大值（Max.）−0°06′					
包容角（Included Angle）	—	—	—		—	—	—	
转向前展角（Toe Out On Turns）	—	—	—		—	—	—	
车轮最大内转角（Max Turn Inside）	—	—	—		—	—	—	
车轮最大外转角（Max Turn Outside）	—	—	—		—	—	—	
前束曲线调整（Toe Curve Adjust）	—	—	—		—	—	—	
前束曲线控制（Toe Curve Control）	—	—	—		—	—	—	
车身高度（Ride Height）/mm	—	—	—		—	—	—	
车轴偏角（Setback）/mm	−8	0	8		−8	0	8	

后车轮（Rear）：

定位参数 \ 定位规范	左侧（Left）			左右差（Cross）	右侧（Right）			调整提示（Adjusting）
	最小值（Min.）	理想值（Pref.）	最大值（Max.）		最小值（Min.）	理想值（Pref.）	最大值（Max.）	
车轮外倾角（Camber）	−0°30′	0′	0°30′	0°20′	−0°30′	0′	0°30′	
单侧前束角（Individual Toe）	−0°15′	0′	0°15′		−0°15′	0′	0°15′	
总前束角（Total Toe）	最小值（Min.）−0°30′	理想值（Pref.）0′	最大值（Max.）0°30′					
最大推进角（Max Thrust Angle）				0°15′				
车身高度（Ride Height）/mm	—	—	—		—	—	—	
车轴偏角（Setback）/mm	−8	0	8		−8	0	8	

2. 进行定位调整

前轮前束调整(可调式横拉杆):

1) 调整指导。调整前束角时,拧松转向拉杆锁止螺母,用扳手转动转向拉杆直至获得满意的前束角读数,见图11-1。

2) 调整所及部件:无备件需求,无需更改零件。

3) 专用工具:使用常规工具,无需专用工具。

11.3 羚羊

11.3.1 1998 款羚羊 SC7100 车型

1. 车轮定位规范

1998~2001 年羚羊 SC7100 车轮定位规范见表11-4。

表 11-4 1998~2001 年羚羊 SC7100 车轮定位数据表

前车轮(Front):

定位规范 / 定位参数	左侧(Left)			左右差(Cross)	右侧(Right)			调整提示(Adjusting)
	最小值(Min.)	理想值(Pref.)	最大值(Max.)		最小值(Min.)	理想值(Pref.)	最大值(Max.)	
主销后倾角(Caster)	1°40′	3°10′	4°40′	0°45′	1°40′	3°10′	4°40′	
车轮外倾角(Camber)	−0°45′	0°15′	1°15′	0°30′	−0°45′	0°15′	1°15′	
主销内倾角(SAI)	—	—	—		—	—	—	
单侧前束角(Individual Toe)	0°03′	0°06′	0°08′		0°03′	0°06′	0°08′	
总前束角(Total Toe)			最小值(Min.)	理想值(Pref.)	最大值(Max.)			
			0°06′	0°11′	0°17′			
包容角(Included Angle)	2°18′	3°18′	4°18′		2°18′	3°18′	4°18′	
转向前展角(Toe Out On Turns)	—	—	—	—	—	—	—	
车轮最大内转角(Max Turn Inside)								
车轮最大外转角(Max Turn Outside)								
前束曲线调整(Toe Curve Adjust)								
前束曲线控制(Toe Curve Control)	—	—	—		—	—	—	
车身高度(Ride Height)/mm								
车轴偏角(Setback)/mm	−8	0	8		−8	0	8	

后车轮(Rear):

定位规范 / 定位参数	左侧(Left)			左右差(Cross)	右侧(Right)			调整提示(Adjusting)
	最小值(Min.)	理想值(Pref.)	最大值(Max.)		最小值(Min.)	理想值(Pref.)	最大值(Max.)	
车轮外倾角(Camber)								
单侧前束角(Individual Toe)								

（续）

后车轮（Rear）：

定位规范 定位参数	左侧（Left）			左右差 （Cross）	右侧（Right）			调整提示 （Adjusting）
	最小值 （Min.）	理想值 （Pref.）	最大值 （Max.）		最小值 （Min.）	理想值 （Pref.）	最大值 （Max.）	
总前束角（Total Toe）				最小值 （Min.） —	理想值 （Pref.） —	最大值 （Max.） —		
最大推进角 （Max Thrust Angle）				0°15′				
车身高度（Ride Height）/mm	—	—	—		—	—	—	
车轴偏角（Setback）/mm	-8	0	8		-8	0	8	

2. 进行定位调整

制造商未提供或不涉及此项目。

11.3.2 1995 款羚羊世纪星车型

1. 车轮定位规范

1995～2002 年羚羊世纪星车轮定位规范见表 11-5。

表 11-5 1995～2002 年羚羊世纪星车轮定位数据表

前车轮（Front）：

定位规范 定位参数	左侧（Left）			左右差 （Cross）	右侧（Right）			调整提示 （Adjusting）
	最小值 （Min.）	理想值 （Pref.）	最大值 （Max.）		最小值 （Min.）	理想值 （Pref.）	最大值 （Max.）	
主销后倾角（Caster）	1°10′	3°05′	5°00′	0°45′	1°10′	3°05′	5°00′	
车轮外倾角（Camber）	-0°45′	0°15′	1°15′	0°30′	-0°45′	0°15′	1°15′	
主销内倾角（SAI）	—							
单侧前束角 （Individual Toe）	-0°01′	0′	0°01′		-0°01′	0′	0°01′	
总前束角（Total Toe）				最小值 （Min.） -0°02′	理想值 （Pref.） 0′	最大值 （Max.） 0°02′		
包容角（Included Angle）	2°18′	3°18′	4°18′		2°18′	3°18′	4°18′	
转向前展角 （Toe Out On Turns）	—	—	—		—	—	—	
车轮最大内转角 （Max Turn Inside）	—	—	—		—	—	—	
车轮最大外转角 （Max Turn Outside）	—	—	—		—	—	—	
前束曲线调整 （Toe Curve Adjust）	—	—	—		—	—	—	
前束曲线控制 （Toe Curve Control）	—	—	—		—	—	—	
车身高度（Ride Height）/mm	—	—	—		—	—	—	
车轴偏角（Setback）/mm	-8	0	8		-8	0	8	

（续）

后车轮（Rear）：

定位规范／定位参数	左侧（Left）最小值（Min.）	理想值（Pref.）	最大值（Max.）	左右差（Cross）	右侧（Right）最小值（Min.）	理想值（Pref.）	最大值（Max.）	调整提示（Adjusting）
车轮外倾角（Camber）	−0°12′	0′	0°12′	0°10′	−0°12′	0′	0°12′	
单侧前束角（Individual Toe）	−0°03′	0′	0°03′		−0°03′	0′	0°03′	
总前束角（Total Toe）			最小值（Min.）−0°06′	理想值（Pref.）0′	最大值（Max.）0°06′			
最大推进角（Max Thrust Angle）				0°15′				
车身高度（Ride Height）/mm	—	—	—		—	—	—	
车轴偏角（Setback）/mm	−8	0	8		−8	0	8	

2. 进行定位调整

制造商未提供或不涉及此项目。

11.4　奥拓

11.4.1　2005 款奥拓车型

1. 车轮定位规范

2005 款奥拓车轮定位规范见表 11-6。

表 11-6　2005 款奥拓车轮定位数据表

前车轮（Front）：

定位规范／定位参数	左侧（Left）最小值（Min.）	理想值（Pref.）	最大值（Max.）	左右差（Cross）	右侧（Right）最小值（Min.）	理想值（Pref.）	最大值（Max.）	调整提示（Adjusting）
主销后倾角（Caster）	2°30′	3°30′	4°30′	0°30′	2°30′	3°30′	4°30′	
车轮外倾角（Camber）	−0°30′	0°30′	1°30′	0°30′	−0°30′	0°30′	1°30′	
主销内倾角（SAI）								
单侧前束角（Individual Toe）	−0°03′	0°03′	0°08′		−0°03′	0°03′	0°08′	
总前束角（Total Toe）			最小值（Min.）−0°06′	理想值（Pref.）0°06′	最大值（Max.）0°15′			
包容角（Included Angle）	—	—	—		—	—	—	
转向前展角（Toe Out On Turns）	—	—	—		—	—	—	
车轮最大内转角（Max Turn Inside）	—	—	—		—	—	—	
车轮最大外转角（Max Turn Outside）	—	—	—		—	—	—	
前束曲线调整（Toe Curve Adjust）	—	—	—		—	—	—	

（续）

前车轮（Front）：

定位规范 / 定位参数	左侧（Left）			左右差（Cross）	右侧（Right）			调整提示（Adjusting）
	最小值（Min.）	理想值（Pref.）	最大值（Max.）		最小值（Min.）	理想值（Pref.）	最大值（Max.）	
前束曲线控制（Toe Curve Control）	—	—	—		—	—	—	
车身高度（Ride Height）/mm	—	—	—		—	—	—	
车轴偏角（Setback）/mm	−8	0	8		−8	0	8	

后车轮（Rear）：

定位规范 / 定位参数	左侧（Left）			左右差（Cross）	右侧（Right）			调整提示（Adjusting）
	最小值（Min.）	理想值（Pref.）	最大值（Max.）		最小值（Min.）	理想值（Pref.）	最大值（Max.）	
车轮外倾角（Camber）	−1°00′	0′	1°00′	0°30′	−1°00′	0′	1°00′	
单侧前束角（Individual Toe）	−0°15′	0′	0°15′		−0°15′	0′	0°15′	
总前束角（Total Toe）			最小值（Min.）	理想值（Pref.）	最大值（Max.）			
			−0°30′	0′	0°30′			
最大推进角（Max Thrust Angle）			0°15′					
车身高度（Ride Height）/mm	—	—	—		—	—	—	
车轴偏角（Setback）/mm	−8	0	8		−8	0	8	

2. 进行定位调整

制造商未提供或不涉及此项目。

11.4.2 2000 款奥拓 QCJ7080 车型

1. 车轮定位规范

2000 ~ 2003 年奥拓 QCJ7080 车轮定位规范见表 11-7。

表 11-7 2000 ~ 2003 年奥拓 QCJ7080 车轮定位数据表

前车轮（Front）：

定位规范 / 定位参数	左侧（Left）			左右差（Cross）	右侧（Right）			调整提示（Adjusting）
	最小值（Min.）	理想值（Pref.）	最大值（Max.）		最小值（Min.）	理想值（Pref.）	最大值（Max.）	
主销后倾角（Caster）	3°00′	3°30′	4°00′	0°20′	3°00′	3°30′	4°00′	
车轮外倾角（Camber）	−1°00′	−0°18′	0°24′	0°30′	−1°00′	−0°18′	0°24′	
主销内倾角（SAI）	—	—	—		—	—	—	
单侧前束角（Individual Toe）	−0°08′	0′	0°08′		−0°08′	0′	0°08′	
总前束角（Total Toe）			最小值（Min.）	理想值（Pref.）	最大值（Max.）			
			−0°17′	0′	0°17′			
包容角（Included Angle）	2°18′	3°18′	4°18′		2°18′	3°18′	4°18′	
转向前展角（Toe Out On Turns）								
车轮最大内转角（Max Turn Inside）	—	—	—		—	—	—	

(续)

前车轮(Front):

定位规范 定位参数	左侧(Left)			左右差 (Cross)	右侧(Right)			调整提示 (Adjusting)
	最小值 (Min.)	理想值 (Pref.)	最大值 (Max.)		最小值 (Min.)	理想值 (Pref.)	最大值 (Max.)	
车轮最大外转角 (Max Turn Outside)	—	—	—		—	—	—	
前束曲线调整 (Toe Curve Adjust)	—	—	—		—	—	—	
前束曲线控制 (Toe Curve Control)	—	—	—		—	—	—	
车身高度(Ride Height)/mm	—	—	—		—	—	—	
车轴偏角(Setback)/mm	−8	0	8		−8	0	8	

后车轮(Rear):

定位规范 定位参数	左侧(Left)			左右差 (Cross)	右侧(Right)			调整提示 (Adjusting)
	最小值 (Min.)	理想值 (Pref.)	最大值 (Max.)		最小值 (Min.)	理想值 (Pref.)	最大值 (Max.)	
车轮外倾角(Camber)	—	—	—		—	—	—	
单侧前束角 (Individual Toe)	—	—	—		—	—	—	
总前束角(Total Toe)			最小值 (Min.)	理想值 (Pref.)	最大值 (Max.)			
最大推进角 (Max Thrust Angle)				0°15′				
车身高度(Ride Height)/mm	—	—	—		—	—	—	
车轴偏角(Setback)/mm	−8	0	8		−8	0	8	

2. 进行定位调整

制造商未提供或不涉及此项目。

11.4.3 2000 款奥拓车型

1. 车轮定位规范

2000～2002 年奥拓车轮定位规范见表 11-8。

表 11-8 2000～2002 年奥拓车轮定位数据表

前车轮(Front):

定位规范 定位参数	左侧(Left)			左右差 (Cross)	右侧(Right)			调整提示 (Adjusting)
	最小值 (Min.)	理想值 (Pref.)	最大值 (Max.)		最小值 (Min.)	理想值 (Pref.)	最大值 (Max.)	
主销后倾角(Caster)	−1°45′	0′	1°45′	0°45′	−1°45′	0′	1°45′	
车轮外倾角(Camber)	−0°15′	0′	0°15′	0°10′	−0°15′	0′	0°15′	
主销内倾角(SAI)	—	—	—		—	—	—	
单侧前束角 (Individual Toe)	−0°02′	0°03′	0°08′		−0°02′	0°03′	0°08′	
总前束角(Total Toe)			最小值 (Min.)	理想值 (Pref.)	最大值 (Max.)			
			−0°05′	0°05′	0°16′			
包容角(Included Angle)	2°18′	3°18′	4°18′		2°18′	3°18′	4°18′	

（续）

前车轮（Front）：

定位规范 / 定位参数	左侧（Left）			左右差（Cross）	右侧（Right）			调整提示（Adjusting）
	最小值（Min.）	理想值（Pref.）	最大值（Max.）		最小值（Min.）	理想值（Pref.）	最大值（Max.）	
转向前展角（Toe Out On Turns）	—	—	—		—	—	—	
车轮最大内转角（Max Turn Inside）	—	—	—		—	—	—	
车轮最大外转角（Max Turn Outside）	—	—	—		—	—	—	
前束曲线调整（Toe Curve Adjust）	—	—	—		—	—	—	
前束曲线控制（Toe Curve Control）	—	—	—		—	—	—	
车身高度（Ride Height）/mm	—	—	—		—	—	—	
车轴偏角（Setback）/mm	−8	0	8		−8	0	8	

后车轮（Rear）：

定位规范 / 定位参数	左侧（Left）			左右差（Cross）	右侧（Right）			调整提示（Adjusting）
	最小值（Min.）	理想值（Pref.）	最大值（Max.）		最小值（Min.）	理想值（Pref.）	最大值（Max.）	
车轮外倾角（Camber）	−0°12′	0′	0°12′	0°10′	−0°12′	0′	0°12′	
单侧前束角（Individual Toe）	−0°03′	0′	0°03′		−0°03′	0′	0°03′	
总前束角（Total Toe）	最小值（Min.） −0°06′	理想值（Pref.） 0′	最大值（Max.） 0°06′					
最大推进角（Max Thrust Angle）			0°15′					
车身高度（Ride Height）/mm	—	—	—		—	—	—	
车轴偏角（Setback）/mm	−8	0	8		−8	0	8	

2. 进行定位调整

制造商未提供或不涉及此项目。

11.4.4　1995 款奥拓 GL368Q 车型

1. 车轮定位规范

1995 款奥拓 GL368Q 车轮定位规范见表 11-9。

表 11-9　1995 款奥拓 GL368Q 车轮定位数据表

前车轮（Front）：

定位规范 / 定位参数	左侧（Left）			左右差（Cross）	右侧（Right）			调整提示（Adjusting）
	最小值（Min.）	理想值（Pref.）	最大值（Max.）		最小值（Min.）	理想值（Pref.）	最大值（Max.）	
主销后倾角（Caster）	0′	1°45′	3°30′	0°45′	0′	1°45′	3°30′	
车轮外倾角（Camber）	0′	0°15′	0°30′	0°10′	0′	0°15′	0°30′	
主销内倾角（SAI）	—	—	—		—	—	—	
单侧前束角（Individual Toe）	−0°02′	0°02′	0°08′		−0°02′	0°02′	0°08′	

（续）

前车轮（Front）：

定位规范 定位参数	左侧（Left）			左右差 （Cross）	右侧（Right）			调整提示 （Adjusting）
	最小值 （Min.）	理想值 （Pref.）	最大值 （Max.）		最小值 （Min.）	理想值 （Pref.）	最大值 （Max.）	
总前束角（Total Toe）		最小值 （Min.）	理想值 （Pref.）	最大值 （Max.）				
		$-0°05'$	$0°05'$	$0°16'$				
包容角（Included Angle）	—	—	—		—	—	—	
转向前展角 （Toe Out On Turns）	—	—	—		—	—	—	
车轮最大内转角 （Max Turn Inside）	—	—	—		—	—	—	
车轮最大外转角 （Max Turn Outside）	—	—	—		—	—	—	
前束曲线调整 （Toe Curve Adjust）	—	—	—		—	—	—	
前束曲线控制 （Toe Curve Control）	—	—	—		—	—	—	
车身高度（Ride Height）/mm	—	—	—		—	—	—	
车轴偏角（Setback）/mm	-8	0	8		-8	0	8	

后车轮（Rear）：

定位规范 定位参数	左侧（Left）			左右差 （Cross）	右侧（Right）			调整提示 （Adjusting）
	最小值 （Min.）	理想值 （Pref.）	最大值 （Max.）		最小值 （Min.）	理想值 （Pref.）	最大值 （Max.）	
车轮外倾角（Camber）	$-0°12'$	$0'$	$0°12'$	$0°10'$	$-0°12'$	$0'$	$0°12'$	
单侧前束角 （Individual Toe）	$-0°03'$	$0'$	$0°03'$		$-0°03'$	$0'$	$0°03'$	
总前束角（Total Toe）		最小值 （Min.）	理想值 （Pref.）	最大值 （Max.）				
		$-0°06'$	$0'$	$0°06'$				
最大推进角 （Max Thrust Angle）				$0°15'$				
车身高度（Ride Height）/mm	—	—	—		—	—	—	
车轴偏角（Setback）/mm	-8	0	8		-8	0	8	

2. 进行定位调整

制造商未提供或不涉及此项目。

11.4.5　1995 款奥拓 SC7080 车型

1. 车轮定位规范

1995 款奥拓 SC7080 车轮定位规范见表 11-10。

表 11-10　1995 款奥拓 SC7080 车轮定位数据表

前车轮（Front）：

定位规范 定位参数	左侧（Left）			左右差 （Cross）	右侧（Right）			调整提示 （Adjusting）
	最小值 （Min.）	理想值 （Pref.）	最大值 （Max.）		最小值 （Min.）	理想值 （Pref.）	最大值 （Max.）	
主销后倾角（Caster）	$2°48'$	$3°18'$	$3°48'$	$0°20'$	$2°48'$	$3°18'$	$3°48'$	

（续）

前车轮（Front）：

定位规范 定位参数	左侧（Left）			左右差 （Cross）	右侧（Right）			调整提示 （Adjusting）
	最小值 （Min.）	理想值 （Pref.）	最大值 （Max.）		最小值 （Min.）	理想值 （Pref.）	最大值 （Max.）	
车轮外倾角（Camber）	1°06′	1°18′	1°30′	0°10′	1°06′	1°18′	1°30′	
主销内倾角（SAI）	—	—	—		—	—	—	
单侧前束角 （Individual Toe）	−0°02′	0°02′	0°08′		−0°02′	0°02′	0°08′	
总前束角（Total Toe）			最小值 （Min.）	理想值 （Pref.）	最大值 （Max.）			
			−0°05′	0°05′	0°16′			
包容角（Included Angle）	—	—	—		—	—	—	
转向前展角 （Toe Out On Turns）								
车轮最大内转角 （Max Turn Inside）								
车轮最大外转角 （Max Turn Outside）								
前束曲线调整 （Toe Curve Adjust）	—	—	—		—	—	—	
前束曲线控制 （Toe Curve Control）	—	—	—		—	—	—	
车身高度（Ride Height）/mm	—	—	—		—	—	—	
车轴偏角（Setback）/mm	−8	0	8		−8	0	8	

后车轮（Rear）：

定位规范 定位参数	左侧（Left）			左右差 （Cross）	右侧（Right）			调整提示 （Adjusting）
	最小值 （Min.）	理想值 （Pref.）	最大值 （Max.）		最小值 （Min.）	理想值 （Pref.）	最大值 （Max.）	
车轮外倾角（Camber）	−0°12′	0′	0°12′	0°10′	−0°12′	0′	0°12′	
单侧前束角（Individual Toe）	−0°03′	0′	0°03′		−0°03′	0′	0°03′	
总前束角（Total Toe）			最小值 （Min.）	理想值 （Pref.）	最大值 （Max.）			
			−0°06′	0′	0°06′			
最大推进角 （Max Thrust Angle）				0°15′				
车身高度（Ride Height）/mm	—	—	—		—	—	—	
车轴偏角（Setback）/mm	−8	0	8		−8	0	8	

2. 进行定位调整

制造商未提供或不涉及此项目。

11.5 长安

1995 款长安 SC1010 车型

1. 车轮定位规范

1995 款长安 SC1010 车轮定位规范见表 11-11。

表 11-11　1995 款长安 SC1010 车轮定位数据表

前车轮(Front)：

定位规范 定位参数	左侧(Left)			左右差 (Cross)	右侧(Right)			调整提示 (Adjusting)
	最小值 (Min.)	理想值 (Pref.)	最大值 (Max.)		最小值 (Min.)	理想值 (Pref.)	最大值 (Max.)	
主销后倾角(Caster)	2°48′	3°18′	3°48′	0°20′	2°48′	3°18′	3°48′	
车轮外倾角(Camber)	1°06′	1°18′	1°30′	0°10′	1°06′	1°18′	1°30′	
主销内倾角(SAI)	—	—	—		—	—	—	
单侧前束角 (Individual Toe)	−0°02′	0°02′	0°08′		−0°02′	0°02′	0°08′	
总前束角(Total Toe)			最小值 (Min.)	理想值 (Pref.)	最大值 (Max.)			
			−0°05′	0°05′	0°16′			
包容角(Included Angle)	—	—	—		—	—	—	
转向前展角 (Toe Out On Turns)	—	—	—		—	—	—	
车轮最大内转角 (Max Turn Inside)	—	—	—		—	—	—	
车轮最大外转角 (Max Turn Outside)	—	—	—		—	—	—	
前束曲线调整 (Toe Curve Adjust)	—	—	—		—	—	—	
前束曲线控制 (Toe Curve Control)	—	—	—		—	—	—	
车身高度(Ride Height)/mm	—	—	—		—	—	—	
车轴偏角(Setback)/mm	−8	0	8		−8	0	8	

后车轮(Rear)：

定位规范 定位参数	左侧(Left)			左右差 (Cross)	右侧(Right)			调整提示 (Adjusting)
	最小值 (Min.)	理想值 (Pref.)	最大值 (Max.)		最小值 (Min.)	理想值 (Pref.)	最大值 (Max.)	
车轮外倾角(Camber)	−0°12′	0′	0°12′	0°10′	−0°12′	0′	0°12′	
单侧前束角 (Individual Toe)	−0°03′	0′	0°03′		−0°03′	0′	0°03′	
总前束角(Total Toe)			最小值 (Min.)	理想值 (Pref.)	最大值 (Max.)			
			−0°06′	0′	0°06′			
最大推进角 (Max Thrust Angle)				0°15′				
车身高度(Ride Height)/mm	—	—	—		—	—	—	
车轴偏角(Setback)/mm	−8	0	8		−8	0	8	

2. 进行定位调整

制造商未提供或不涉及此项目。

第12章 长安汽车

12.1 奔奔

2006 款奔奔车型

1. 车轮定位规范

2006 款奔奔(F1/F2/F3)车轮定位规范见表 12-1。

表 12-1　2006 款奔奔(F1/F2/F3)车轮定位数据表

前车轮(Front)：

定位规范 / 定位参数	左侧(Left)			左右差(Cross)	右侧(Right)			调整提示(Adjusting)
	最小值(Min.)	理想值(Pref.)	最大值(Max.)		最小值(Min.)	理想值(Pref.)	最大值(Max.)	
主销后倾角(Caster)	2°45′	3°15′	3°45′	0°20′	2°45′	3°15′	3°45′	
车轮外倾角(Camber)	−0°30′	0′	0°30′	0°20′	−0°30′	0′	0°30′	
主销内倾角(SAI)	—	—	—		—	—	—	
单侧前束角(Individual Toe)	−0°07′	0′	0°07′		−0°07′	0′	0°07′	
总前束角(Total Toe)	最小值(Min.) −0°14′	理想值(Pref.) 0′	最大值(Max.) 0°14′					
包容角(Included Angle)	—	—	—		—	—	—	
转向前展角(Toe Out On Turns)	—	—	—		—	—	—	
车轮最大内转角(Max Turn Inside)	—	—	—		—	—	—	
车轮最大外转角(Max Turn Outside)	—	—	—		—	—	—	
前束曲线调整(Toe Curve Adjust)	—	—	—		—	—	—	
前束曲线控制(Toe Curve Control)	—	—	—		—	—	—	
车身高度(Ride Height)/mm	—	—	—		—	—	—	
车轴偏角(Setback)/mm	−8	0	8		−8	0	8	

后车轮(Rear)：

定位规范 / 定位参数	左侧(Left)			左右差(Cross)	右侧(Right)			调整提示(Adjusting)
	最小值(Min.)	理想值(Pref.)	最大值(Max.)		最小值(Min.)	理想值(Pref.)	最大值(Max.)	
车轮外倾角(Camber)	—	—	—		—	—	—	
单侧前束角(Individual Toe)	—	—	—		—	—	—	
总前束角(Total Toe)	最小值(Min.) —	理想值(Pref.) —	最大值(Max.) —					

（续）

后车轮(Rear)：

定位规范 定位参数	左侧(Left)			左右差 (Cross)	右侧(Right)			调整提示 (Adjusting)
	最小值 (Min.)	理想值 (Pref.)	最大值 (Max.)		最小值 (Min.)	理想值 (Pref.)	最大值 (Max.)	
最大推进角 (Max Thrust Angle)				0°15′				
车身高度(Ride Height)/mm	—	—	—		—	—	—	
车轴偏角(Setback)/mm	−8	0	8		−8	0	8	

2. 进行定位调整

制造商未提供或不涉及此项目。

12.2　长安之星

12.2.1　2006 款长安之星车型

1. 车轮定位规范

2006 款长安之星车轮定位规范见表 12-2。

表 12-2　2006 款长安之星车轮定位数据表

前车轮(Front)：

定位规范 定位参数	左侧(Left)			左右差 (Cross)	右侧(Right)			调整提示 (Adjusting)
	最小值 (Min.)	理想值 (Pref.)	最大值 (Max.)		最小值 (Min.)	理想值 (Pref.)	最大值 (Max.)	
主销后倾角(Caster)	1°00′	3°00′	5°00′	0°30′	1°00′	3°00′	5°00′	
车轮外倾角(Camber)	−1°00′	0′	1°00′	0°30′	−1°00′	0′	1°00′	
主销内倾角(SAI)	—	—	—		—	—	—	
单侧前束角 (Individual Toe)	−0°04′	0′	0°05′		−0°04′	0′	0°05′	
总前束角(Total Toe)	最小值 (Min.) −0°09′	理想值 (Pref.) 0′	最大值 (Max.) 0°09′					
包容角(Included Angle)	—	—	—		—	—	—	
转向前展角 (Toe Out On Turns)	—	—	—		—	—	—	
车轮最大内转角 (Max Turn Inside)	—	—	—		—	—	—	
车轮最大外转角 (Max Turn Outside)	—	—	—		—	—	—	
前束曲线调整 (Toe Curve Adjust)	—	—	—		—	—	—	
前束曲线控制 (Toe Curve Control)	—	—	—		—	—	—	
车身高度(Ride Height)/mm	—	—	—		—	—	—	
车轴偏角(Setback)/mm	−8	0	8		−8	0	8	

（续）

后车轮（Rear）：

定位参数	左侧（Left）最小值（Min.）	理想值（Pref.）	最大值（Max.）	左右差（Cross）	右侧（Right）最小值（Min.）	理想值（Pref.）	最大值（Max.）	调整提示（Adjusting）
车轮外倾角（Camber）	—	—	—	—	—	—	—	
单侧前束角（Individual Toe）	0′	0°05′	0°09′		0′	0°05′	0°09′	
总前束角（Total Toe）			最小值（Min.）0′	理想值（Pref.）0°09′	最大值（Max.）0°18′			
最大推进角（Max Thrust Angle）				0°15′				
车身高度（Ride Height）/mm	—	—	—		—	—	—	
车轴偏角（Setback）/mm	−8	0	8		−8	0	8	

2. 进行定位调整

制造商未提供或不涉及此项目。

12. 2. 2　1999 款长安之星 SC6350/SC6015 车型

1. 车轮定位规范

1999～2001 年长安之星 SC6350/SC6015 车轮定位规范见表 12-3。

表 12-3　1999～2001 年长安之星 SC6350/SC6015 车轮定位数据表

前车轮（Front）：

定位参数	左侧（Left）最小值（Min.）	理想值（Pref.）	最大值（Max.）	左右差（Cross）	右侧（Right）最小值（Min.）	理想值（Pref.）	最大值（Max.）	调整提示（Adjusting）
主销后倾角（Caster）	2°00′	3°00′	4°00′	0°30′	2°00′	3°00′	4°00′	
车轮外倾角（Camber）	0°31′	1°16′	2°00′	0°30′	0°31′	1°16′	2°00′	
主销内倾角（SAI）	—	—	—		—	—	—	
单侧前束角（Individual Toe）	−0°08′	0′	0°08′		−0°08′	0′	0°08′	
总前束角（Total Toe）			最小值（Min.）−0°16′	理想值（Pref.）0′	最大值（Max.）0°16′			
包容角（Included Angle）	2°18′	3°18′	4°18′		2°18′	3°18′	4°18′	
转向前展角（Toe Out On Turns）								
车轮最大内转角（Max Turn Inside）								
车轮最大外转角（Max Turn Outside）	—	—	—		—	—	—	
前束曲线调整（Toe Curve Adjust）								
前束曲线控制（Toe Curve Control）								
车身高度（Ride Height）/mm	—	—	—		—	—	—	
车轴偏角（Setback）/mm	−8	0	8		−8	0	8	

（续）

后车轮（Rear）：

定位规范　定位参数	左侧（Left）			左右差（Cross）	右侧（Right）			调整提示（Adjusting）
	最小值（Min.）	理想值（Pref.）	最大值（Max.）		最小值（Min.）	理想值（Pref.）	最大值（Max.）	
车轮外倾角（Camber）	−0°12′	0′	0°12′	0°10′	−0°12′	0′	0°12′	
单侧前束角（Individual Toe）	−0°03′	0′	0°03′		−0°03′	0′	0°03′	
总前束角（Total Toe）			最小值（Min.）	理想值（Pref.）	最大值（Max.）			
			−0°06′	0′	0°06′			
最大推进角（Max Thrust Angle）				0°15′				
车身高度（Ride Height）/mm	—	—	—		—	—	—	
车轴偏角（Setback）/mm	−8	0	8		−8	0	8	

2. 进行定位调整

制造商未提供或不涉及此项目。

12.3　长安

12.3.1　1998 款长安 SC1010 车型

1. 车轮定位规范

1998～2002 年长安 SC1010 车轮定位规范见表 12-4。

表 12-4　1998～2002 年长安 SC1010 车轮定位数据表

前车轮（Front）：

定位规范　定位参数	左侧（Left）			左右差（Cross）	右侧（Right）			调整提示（Adjusting）
	最小值（Min.）	理想值（Pref.）	最大值（Max.）		最小值（Min.）	理想值（Pref.）	最大值（Max.）	
主销后倾角（Caster）	2°00′	2°18′	2°36′	0°10′	2°00′	2°18′	2°36′	
车轮外倾角（Camber）	1°00′	1°30′	2°00′	0°20′	1°00′	1°30′	2°00′	
主销内倾角（SAI）	—	—	—		—	—	—	
单侧前束角（Individual Toe）	0°05′	0°09′	0°13′		0°05′	0°09′	0°13′	
总前束角（Total Toe）			最小值（Min.）	理想值（Pref.）	最大值（Max.）			
			0°10′	0°18′	0°26′			
包容角（Included Angle）	2°18′	3°18′	4°18′		2°18′	3°18′	4°18′	
转向前展角（Toe Out On Turns）	—	—	—		—	—	—	
车轮最大内转角（Max Turn Inside）	—	—	—		—	—	—	
车轮最大外转角（Max Turn Outside）	—	—	—		—	—	—	
前束曲线调整（Toe Curve Adjust）	—	—	—		—	—	—	

（续）

前车轮（Front）：

定位参数 / 定位规范	左侧（Left）			左右差（Cross）	右侧（Right）			调整提示（Adjusting）
	最小值（Min.）	理想值（Pref.）	最大值（Max.）		最小值（Min.）	理想值（Pref.）	最大值（Max.）	
前束曲线控制（Toe Curve Control）	—	—	—		—	—	—	
车身高度（Ride Height）/mm	—	—	—		—	—	—	
车轴偏角（Setback）/mm	−8	0	8		−8	0	8	

后车轮（Rear）：

定位参数 / 定位规范	左侧（Left）			左右差（Cross）	右侧（Right）			调整提示（Adjusting）
	最小值（Min.）	理想值（Pref.）	最大值（Max.）		最小值（Min.）	理想值（Pref.）	最大值（Max.）	
车轮外倾角（Camber）	−0°12′	0′	0°12′	0°10′	−0°12′	0′	0°12′	
单侧前束角（Individual Toe）	−0°03′	0′	0°03′		−0°03′	0′	0°03′	
总前束角（Total Toe）				最小值（Min.） −0°06′	理想值（Pref.） 0′	最大值（Max.） 0°06′		
最大推进角（Max Thrust Angle）				0°15′				
车身高度（Ride Height）/mm	—	—	—		—	—	—	
车轴偏角（Setback）/mm	−8	0	8		−8	0	8	

2. 进行定位调整

制造商未提供或不涉及此项目。

12.3.2 1998 款长安 SC6331/SC1014X 车型

1. 车轮定位规范

1998~2003 年长安 SC6331/SC1014X 车轮定位规范见表 12-5。

表 12-5　1998~2003 年长安 SC6331/SC1014X 车轮定位数据表

前车轮（Front）：

定位参数 / 定位规范	左侧（Left）			左右差（Cross）	右侧（Right）			调整提示（Adjusting）
	最小值（Min.）	理想值（Pref.）	最大值（Max.）		最小值（Min.）	理想值（Pref.）	最大值（Max.）	
主销后倾角（Caster）	−1°15′	0′	1°15′	0°45′	−1°15′	0′	1°15′	
车轮外倾角（Camber）	−0°45′	0′	0°45′	0°30′	−0°45′	0′	0°45′	
主销内倾角（SAI）	—	—	—		—	—	—	
单侧前束角（Individual Toe）	0°29′	0°34′	0°39′		0°29′	0°34′	0°39′	
总前束角（Total Toe）				最小值（Min.） 0°58′	理想值（Pref.） 1°08′	最大值（Max.） 1°18′		
包容角（Included Angle）	2°18′	3°18′	4°18′		2°18′	3°18′	4°18′	
转向前展角（Toe Out On Turns）	—	—	—		—	—	—	
车轮最大内转角（Max Turn Inside）	—	—	—		—	—	—	
车轮最大外转角（Max Turn Outside）	—	—	—		—	—	—	

(续)

前车轮(Front):

定位规范 定位参数	左侧(Left)			左右差 (Cross)	右侧(Right)			调整提示 (Adjusting)
	最小值 (Min.)	理想值 (Pref.)	最大值 (Max.)		最小值 (Min.)	理想值 (Pref.)	最大值 (Max.)	
前束曲线调整 (Toe Curve Adjust)	—	—	—		—	—	—	
前束曲线控制 (Toe Curve Control)	—	—	—		—	—	—	
车身高度(Ride Height)/mm	—	—	—		—	—	—	
车轴偏角(Setback)/mm	-8	0	8		-8	0	8	

后车轮(Rear):

定位规范 定位参数	左侧(Left)			左右差 (Cross)	右侧(Right)			调整提示 (Adjusting)
	最小值 (Min.)	理想值 (Pref.)	最大值 (Max.)		最小值 (Min.)	理想值 (Pref.)	最大值 (Max.)	
车轮外倾角(Camber)	-0°12′	0′	0°12′	0°10′	-0°12′	0′	0°12′	
单侧前束角(Individual Toe)	-0°03′	0′	0°03′		-0°03′	0′	0°03′	
总前束角(Total Toe)				最小值 (Min.)	理想值 (Pref.)	最大值 (Max.)		
				-0°06′	0′	0°06′		
最大推进角 (Max Thrust Angle)				0°15′				
车身高度(Ride Height)/mm	—	—	—		—	—	—	
车轴偏角(Setback)/mm	-8	0	8		-8	0	8	

2. 进行定位调整

制造商未提供或不涉及此项目。

12.3.3　1995 款长安 SC6330E/SC6330F 车型

1. 车轮定位规范

1995～2003 年长安 SC6330E/SC6330F 车轮定位规范见表 12-6。

表 12-6　1995～2003 年长安 SC6330E/SC6330F 车轮定位数据表

前车轮(Front):

定位规范 定位参数	左侧(Left)			左右差 (Cross)	右侧(Right)			调整提示 (Adjusting)
	最小值 (Min.)	理想值 (Pref.)	最大值 (Max.)		最小值 (Min.)	理想值 (Pref.)	最大值 (Max.)	
主销后倾角(Caster)	-2°30′	0′	2°30′	0°45′	-2°30′	0′	2°30′	
车轮外倾角(Camber)	-0°30′	0′	0°30′	0°20′	-0°30′	0′	0°30′	
主销内倾角(SAI)	—	—	—		—	—	—	
单侧前束角(Individual Toe)	0°05′	0°09′	0°13′		0°05′	0°09′	0°13′	
总前束角(Total Toe)				最小值 (Min.)	理想值 (Pref.)	最大值 (Max.)		
				0°10′	0°18′	0°26′		
包容角(Included Angle)	2°18′	3°18′	4°18′		2°18′	3°18′	4°18′	
转向前展角 (Toe Out On Turns)								
车轮最大内转角 (Max Turn Inside)	—	—	—		—	—	—	

（续）

前车轮（Front）：

定位规范 定位参数	左侧（Left）			左右差 （Cross）	右侧（Right）			调整提示 （Adjusting）
	最小值 （Min.）	理想值 （Pref.）	最大值 （Max.）		最小值 （Min.）	理想值 （Pref.）	最大值 （Max.）	
车轮最大外转角 （Max Turn Outside）	—	—	—		—	—	—	
前束曲线调整 （Toe Curve Adjust）	—	—	—		—	—	—	
前束曲线控制 （Toe Curve Control）	—	—	—		—	—	—	
车身高度（Ride Height）/mm	—	—	—		—	—	—	
车轴偏角（Setback）/mm	− 8	0	8		− 8	0	8	

后车轮（Rear）：

定位规范 定位参数	左侧（Left）			左右差 （Cross）	右侧（Right）			调整提示 （Adjusting）
	最小值 （Min.）	理想值 （Pref.）	最大值 （Max.）		最小值 （Min.）	理想值 （Pref.）	最大值 （Max.）	
车轮外倾角（Camber）	− 0°12′	0′	0°12′	0°10′	− 0°12′	0′	0°12′	
单侧前束角（Individual Toe）	− 0°03′	0′	0°03′		− 0°03′	0′	0°03′	
总前束角（Total Toe）		最小值 （Min.） − 0°06′	理想值 （Pref.） 0′	最大值 （Max.） 0°06′				
最大推进角 （Max Thrust Angle）			0°15′					
车身高度（Ride Height）/mm	—	—	—		—	—	—	
车轴偏角（Setback）/mm	− 8	0	8		− 8	0	8	

2. 进行定位调整

制造商未提供或不涉及此项目。

12. 3. 4　2004 款长安 CM8 车型

1. 车轮定位规范

2004 款长安 CM8 车轮定位规范见表 12-7。

表 12-7　2004 款长安 CM8 车轮定位数据表

前车轮（Front）：

定位规范 定位参数	左侧（Left）			左右差 （Cross）	右侧（Right）			调整提示 （Adjusting）
	最小值 （Min.）	理想值 （Pref.）	最大值 （Max.）		最小值 （Min.）	理想值 （Pref.）	最大值 （Max.）	
主销后倾角（Caster）	2°00′	2°30′	3°00′	0°20′	2°00′	2°30′	3°00′	
车轮外倾角（Camber）	0′	0°46′	1°32′	0°30′	0′	0°46′	1°32′	
主销内倾角（SAI）	—	—	—		—	—	—	
单侧前束角（Individual Toe）	− 0°02′	0°02′	0°07′		− 0°02′	0°02′	0°07′	
总前束角（Total Toe）		最小值 （Min.） − 0°05′	理想值 （Pref.） 0°05′	最大值 （Max.） 0°14′				
包容角（Included Angle）	—	—	—		—	—	—	
转向前展角 （Toe Out On Turns）	—	—	—		—	—	—	
车轮最大内转角 （Max Turn Inside）	—	—	—		—	—	—	

(续)

前车轮(Front):

定位参数 \ 定位规范	左侧(Left)			左右差(Cross)	右侧(Right)			调整提示(Adjusting)
	最小值(Min.)	理想值(Pref.)	最大值(Max.)		最小值(Min.)	理想值(Pref.)	最大值(Max.)	
车轮最大外转角(Max Turn Outside)	—	—	—		—	—	—	
前束曲线调整(Toe Curve Adjust)	—	—	—		—	—	—	
前束曲线控制(Toe Curve Control)	—	—	—		—	—	—	
车身高度(Ride Height)/mm	—	—	—		—	—	—	
车轴偏角(Setback)/mm	-8	0	8		-8	0	8	

后车轮(Rear):

定位参数 \ 定位规范	左侧(Left)			左右差(Cross)	右侧(Right)			调整提示(Adjusting)
	最小值(Min.)	理想值(Pref.)	最大值(Max.)		最小值(Min.)	理想值(Pref.)	最大值(Max.)	
车轮外倾角(Camber)	-0°30′	0′	0°30′	0°20′	-0°30′	0′	0°30′	
单侧前束角(Individual Toe)	-0°02′	0°02′	0°07′		-0°02′	0°02′	0°07′	
总前束角(Total Toe)				最小值(Min.)	理想值(Pref.)	最大值(Max.)		
				-0°05′	0°05′	0°14′		
最大推进角(Max Thrust Angle)				0°15′				
车身高度(Ride Height)/mm	—	—	—		—	—	—	
车轴偏角(Setback)/mm	-8	0	8		-8	0	8	

2. 进行定位调整

制造商未提供或不涉及此项目。

12.4　欧雅

2001 款欧雅车型

1. 车轮定位规范

2001 款欧雅车轮定位规范见表 12-8。

表 12-8　2001 款欧雅车轮定位数据表

前车轮(Front):

定位参数 \ 定位规范	左侧(Left)			左右差(Cross)	右侧(Right)			调整提示(Adjusting)
	最小值(Min.)	理想值(Pref.)	最大值(Max.)		最小值(Min.)	理想值(Pref.)	最大值(Max.)	
主销后倾角(Caster)	2°00′	3°00′	4°00′	0°30′	2°00′	3°00′	4°00′	
车轮外倾角(Camber)	0′	1°00′	2°00′	0°30′	0′	1°00′	2°00′	
主销内倾角(SAI)	—							
单侧前束角(Individual Toe)	0°05′	0°07′	0°10′		0°05′	0°07′	0°10′	

（续）

前车轮（Front）：

定位参数	左侧（Left）最小值（Min.）	理想值（Pref.）	最大值（Max.）	左右差（Cross）	右侧（Right）最小值（Min.）	理想值（Pref.）	最大值（Max.）	调整提示（Adjusting）
总前束角（Total Toe）			最小值（Min.）0°10′	理想值（Pref.）0°14′	最大值（Max.）0°19′			
包容角（Included Angle）	—	—	—		—			
转向前展角（Toe Out On Turns）								
车轮最大内转角（Max Turn Inside）	—	—	—		—			
车轮最大外转角（Max Turn Outside）	—	—	—		—			
前束曲线调整（Toe Curve Adjust）	—	—	—		—			
前束曲线控制（Toe Curve Control）	—	—	—		—			
车身高度（Ride Height）/mm	—	—	—		—			
车轴偏角（Setback）/mm	−8	0	8		−8	0	8	

后车轮（Rear）：

定位参数	左侧（Left）最小值（Min.）	理想值（Pref.）	最大值（Max.）	左右差（Cross）	右侧（Right）最小值（Min.）	理想值（Pref.）	最大值（Max.）	调整提示（Adjusting）
车轮外倾角（Camber）	−1°32′	0′	1°32′	0°45′	−1°32′	0′	1°32′	
单侧前束角（Individual Toe）	0°05′	0°07′	0°10′		0°05′	0°07′	0°10′	
总前束角（Total Toe）			最小值（Min.）0°10′	理想值（Pref.）0°14′	最大值（Max.）0°19′			
最大推进角（Max Thrust Angle）				0°15′				
车身高度（Ride Height）/mm	—	—	—		—			
车轴偏角（Setback）/mm	−8	0	8		−8	0	8	

2. 进行定位调整

制造商未提供或不涉及此项目。

12.5　快乐王子

1999 款快乐王子车型

1. 车轮定位规范

1999 款快乐王子车轮定位规范见表 12-9。

表 12-9　1999 款快乐王子车轮定位数据表

前车轮（Front）：

定位参数 / 定位规范	左侧（Left）			左右差（Cross）	右侧（Right）			调整提示（Adjusting）
	最小值（Min.）	理想值（Pref.）	最大值（Max.）		最小值（Min.）	理想值（Pref.）	最大值（Max.）	
主销后倾角（Caster）	3°00′	3°30′	4°00′	0°18′	3°00′	3°30′	4°00′	
车轮外倾角（Camber）	0′	0°30′	1°00′	0°20′	0′	0°30′	1°00′	
主销内倾角（SAI）	11°50′	12°20′	12°50′		11°50′	12°20′	12°50′	
单侧前束角（Individual Toe）	−0°05′	0°02′	0°10′		−0°05′	0°02′	0°10′	
总前束角（Total Toe）				最小值（Min.）	理想值（Pref.）	最大值（Max.）		
				−0°10′	0°05′	0°20′		
包容角（Included Angle）	2°18′	3°48′	5°18′		2°18′	3°48′	5°18′	
转向前展角（Toe Out On Turns）	—	—	—		—	—	—	
车轮最大内转角（Max Turn Inside）	—	—	—		—	—	—	
车轮最大外转角（Max Turn Outside）	—	—	—		—	—	—	
前束曲线调整（Toe Curve Adjust）	—	—	—		—	—	—	
前束曲线控制（Toe Curve Control）	—	—	—		—	—	—	
车身高度（Ride Height）/mm	—	—	—		—	—	—	
车轴偏角（Setback）/mm	−8	0	8		−8	0	8	

后车轮（Rear）：

定位参数 / 定位规范	左侧（Left）			左右差（Cross）	右侧（Right）			调整提示（Adjusting）
	最小值（Min.）	理想值（Pref.）	最大值（Max.）		最小值（Min.）	理想值（Pref.）	最大值（Max.）	
车轮外倾角（Camber）	−1°00′	0′	1°00′	0°30′	−1°00′	0′	1°00′	
单侧前束角（Individual Toe）	−0°06′	0′	0°06′		−0°06′	0′	0°06′	
总前束角（Total Toe）				最小值（Min.）	理想值（Pref.）	最大值（Max.）		
				−0°12′	0′	0°12′		
最大推进角（Max Thrust Angle）				0°15′				
车身高度（Ride Height）/mm	—	—	—		—	—	—	
车轴偏角（Setback）/mm	−8	0	8		−8	0	8	

2. 进行定位调整

制造商未提供或不涉及此项目。

12.6　羚羊

1998 款羚羊 SC7100 车型

1. 车轮定位规范

1998 款羚羊 SC7100 车轮定位规范见表 12-10。

表 12-10　1998 款羚羊 SC7100 车轮定位数据表

前车轮(Front)：

定位规范／定位参数	左侧(Left)			左右差(Cross)	右侧(Right)			调整提示(Adjusting)
	最小值(Min.)	理想值(Pref.)	最大值(Max.)		最小值(Min.)	理想值(Pref.)	最大值(Max.)	
主销后倾角(Caster)	1°00′	3°00′	5°00′	0°45′	1°00′	3°00′	5°00′	
车轮外倾角(Camber)	−1°00′	0°	1°00′	0°30′	−1°00′	0°	1°00′	
主销内倾角(SAI)	9°55′	12°55′	15°55′		9°55′	12°55′	15°55′	
单侧前束角(Individual Toe)	−0°09′	0°	0°09′		−0°09′	0°	0°09′	见定位调整(1)
总前束角(Total Toe)				最小值(Min.) −0°18′	理想值(Pref.) 0′	最大值(Max.) 0°18′		
包容角(Included Angle)	—	12°00′	—		—	12°00′	—	
转向前展角(Toe Out On Turns)	—	—	—		—	—	—	
车轮最大内转角(Max Turn Inside)	—	38°00′	—		—	38°00′	—	
车轮最大外转角(Max Turn Outside)	—	32°00′	—		—	32°00′	—	
前束曲线调整(Toe Curve Adjust)	—	—	—		—	—	—	
前束曲线控制(Toe Curve Control)	—	—	—		—	—	—	
车身高度(Ride Height)/mm	—	—	—		—	—	—	
车轴偏角(Setback)/mm	−8	0	8		−8	0	8	

后车轮(Rear)：

定位规范／定位参数	左侧(Left)			左右差(Cross)	右侧(Right)			调整提示(Adjusting)
	最小值(Min.)	理想值(Pref.)	最大值(Max.)		最小值(Min.)	理想值(Pref.)	最大值(Max.)	
车轮外倾角(Camber)	—	—	—		—	—	—	
单侧前束角(Individual Toe)	0′	0°05′	0°10′		0′	0°05′	0°10′	见定位调整(2)
总前束角(Total Toe)				最小值(Min.) 0′	理想值(Pref.) 0°10′	最大值(Max.) 0°20′		
最大推进角(Max Thrust Angle)				0°15′				
车身高度(Ride Height)/mm	—	—	—		—	—	—	
车轴偏角(Setback)/mm	−8	0	8		−8	0	8	

2. 进行定位调整

（1）前轮前束调整(可调式横拉杆)

1）调整指导。调整前束角时，拧松转向拉杆锁止螺母，用扳手转动转向拉杆直至获得满意的前束角读数，见图 12-1。

2）调整所及部件：无备件需求，无需更改零件。

3）专用工具：使用常规工具，无需专用工具。

（2）后轮前束调整

1) 调整指导。

调整单侧前束时：

① 拧松联接臂偏心凸轮螺栓，见图 12-2。

② 顺时针或逆时针转动偏心凸轮，直至达到想要的前束值。

③ 拧紧偏心凸轮螺栓。

2) 调整所及部件：无备件需求，无需更改零件。

3) 专用工具：使用常规工具，无需专用工具。

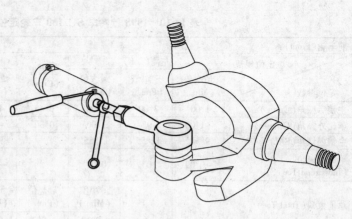

图 12-1　前轮前束调整(可调式横拉杆)

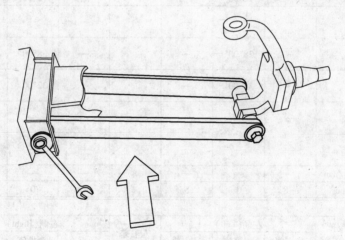

图 12-2　后轮前束调整

12.7　长安微客

12.7.1　1990 款长安微客 SSC1010/SC1014 车型

1. 车轮定位规范

1990 款长安微客 SSC1010/SC1014 车轮定位规范见表 12-11。

表 12-11　1990 款长安微客 SSC1010/SC1014 车轮定位数据表

前车轮(Front)： 定位参数 ＼ 定位规范	左侧(Left)			左右差 (Cross)	右侧(Right)			调整提示 (Adjusting)
	最小值 (Min.)	理想值 (Pref.)	最大值 (Max.)		最小值 (Min.)	理想值 (Pref.)	最大值 (Max.)	
主销后倾角(Caster)	2°00′	2°30′	3°00′	0°20′	2°00′	2°30′	3°00′	
车轮外倾角(Camber)	1°00′	1°30′	2°00′	0°20′	1°00′	1°30′	2°00′	
主销内倾角(SAI)	12°00′	12°30′	13°00′		12°00′	12°30′	13°00′	
单侧前束角 (Individual Toe)	−0°04′	0°06′	0°16′		−0°04′	0°06′	0°16′	见定位 调整

（续）

前车轮（Front）：

定位参数 \ 定位规范	左侧（Left）			左右差（Cross）	右侧（Right）			调整提示（Adjusting）
	最小值（Min.）	理想值（Pref.）	最大值（Max.）		最小值（Min.）	理想值（Pref.）	最大值（Max.）	
总前束角（Total Toe）			最小值（Min.） −0°08′	理想值（Pref.） 0°12′	最大值（Max.） 0°32′			
包容角（Included Angle）	—	—	—		—	—	—	
转向前展角（Toe Out On Turns）	—	—	—		—	—	—	
车轮最大内转角（Max Turn Inside）	—	—	—		—	—	—	
车轮最大外转角（Max Turn Outside）	—	—	—		—	—	—	
前束曲线调整（Toe Curve Adjust）	—	—	—		—	—	—	
前束曲线控制（Toe Curve Control）	—	—	—		—	—	—	
车身高度（Ride Height）/mm	—	—	—		—	—	—	
车轴偏角（Setback）/mm	−8	0	8		−8	0	8	

后车轮（Rear）：

定位参数 \ 定位规范	左侧（Left）			左右差（Cross）	右侧（Right）			调整提示（Adjusting）
	最小值（Min.）	理想值（Pref.）	最大值（Max.）		最小值（Min.）	理想值（Pref.）	最大值（Max.）	
车轮外倾角（Camber）	−1°00′	0′	1°00′	0°30′	−1°00′	0′	1°00′	
单侧前束角（Individual Toe）	−0°15′	0′	0°15′		−0°15′	0′	0°15′	
总前束角（Total Toe）			最小值（Min.） −0°30′	理想值（Pref.） 0′	最大值（Max.） 0°30′			
最大推进角（Max Thrust Angle）				0°15′				
车身高度（Ride Height）/mm	—	—	—		—	—	—	
车轴偏角（Setback）/mm	−8	0	8		−8	0	8	

2. 进行定位调整

前轮前束调整（可调式横拉杆）：

1）调整指导。调整前束角时，拧松转向拉杆锁止螺母，用扳手转动转向拉杆直至获得满意的前束角读数，见图12-1。

2）调整所及部件：无备件需求，无需更改零件。

3）专用工具：使用常规工具，无需专用工具。

12.7.2　1990 款长安微客 SC6320/SC6331/SC6336 车型

1. 车轮定位规范

1990 款长安微客 SC6320/SC6331/SC6336 车轮定位规范见表12-12。

表 12-12　1990 款长安微客 SC6320/SC6331/SC6336 车轮定位数据表

前车轮(Front)：

定位规范 定位参数	左侧(Left)			左右差 (Cross)	右侧(Right)			调整提示 (Adjusting)
	最小值 (Min.)	理想值 (Pref.)	最大值 (Max.)		最小值 (Min.)	理想值 (Pref.)	最大值 (Max.)	
主销后倾角(Caster)	1°00′	3°00′	5°00′	0°45′	1°00′	3°00′	5°00′	
车轮外倾角(Camber)	−1°00′	0′	1°00′	0°30′	−1°00′	0′	1°00′	
主销内倾角(SAI)	11°54′	12°54′	13°54′		11°54′	12°54′	13°54′	
单侧前束角 (Individual Toe)	−0°05′	0′	0°05′		−0°05′	0′	0°05′	见定位 调整
总前束角(Total Toe)		最小值 (Min.)	理想值 (Pref.)	最大值 (Max.)				
		−0°10′	0′	0°10′				
包容角(Included Angle)	—	—	—		—	—	—	
转向前展角 (Toe Out On Turns)	—	—	—		—	—	—	
车轮最大内转角 (Max Turn Inside)	—	—	—		—	—	—	
车轮最大外转角 (Max Turn Outside)	—	—	—		—	—	—	
前束曲线调整 (Toe Curve Adjust)	—	—	—		—	—	—	
前束曲线控制 (Toe Curve Control)	—	—	—		—	—	—	
车身高度(Ride Height)/mm	—	—	—		—	—	—	
车轴偏角(Setback)/mm	−8	0	8		−8	0	8	

后车轮(Rear)：

定位规范 定位参数	左侧(Left)			左右差 (Cross)	右侧(Right)			调整提示 (Adjusting)
	最小值 (Min.)	理想值 (Pref.)	最大值 (Max.)		最小值 (Min.)	理想值 (Pref.)	最大值 (Max.)	
车轮外倾角(Camber)	−1°00′	0′	1°00′	0°30′	−1°00′	0′	1°00′	
单侧前束角 (Individual Toe)	−0°15′	0′	0°15′		−0°15′	0′	0°15′	
总前束角(Total Toe)		最小值 (Min.)	理想值 (Pref.)	最大值 (Max.)				
		−0°30′	0′	0°30′				
最大推进角 (Max Thrust Angle)			0°15′					
车身高度(Ride Height)/mm	—	—	—		—	—	—	
车轴偏角(Setback)/mm	−8	0	8		−8	0	8	

2. 进行定位调整

与 1990 款长安微客 SSC1010/SC1014 车型调整方法相同。

12.8 长安客车

1990 款长安客车 SC6350/SC1015 车型

1. 车轮定位规范

1990 款长安客车 SC6350/SC1015 车轮定位规范见表 12-13。

表 12-13 1990 款长安客车 SC6350/SC1015 车轮定位数据表

前车轮(Front)：

定位参数 / 定位规范	左侧(Left) 最小值(Min.)	理想值(Pref.)	最大值(Max.)	左右差(Cross)	右侧(Right) 最小值(Min.)	理想值(Pref.)	最大值(Max.)	调整提示(Adjusting)
主销后倾角(Caster)	2°00′	2°30′	3°00′	0°30′	2°00′	2°30′	3°00′	
车轮外倾角(Camber)	1°00′	1°30′	2°00′	0°20′	1°00′	1°30′	2°00′	
主销内倾角(SAI)	7°30′	8°00′	8°30′		7°30′	8°00′	8°30′	
单侧前束角(Individual Toe)	0′	0°12′	0°24′		0′	0°12′	0°24′	见定位调整
总前束角(Total Toe)	最小值(Min.) 0′	理想值(Pref.) 0°24′	最大值(Max.) 0°48′					
包容角(Included Angle)	—	—	—		—	—	—	
转向前展角(Toe Out On Turns)	—	—	—		—	—	—	
车轮最大内转角(Max Turn Inside)	—	—	—		—	—	—	
车轮最大外转角(Max Turn Outside)	—	—	—		—	—	—	
前束曲线调整(Toe Curve Adjust)	—	—	—		—	—	—	
前束曲线控制(Toe Curve Control)	—	—	—		—	—	—	
车身高度(Ride Height)/mm	—	—	—		—	—	—	
车轴偏角(Setback)/mm	−8	0	8		−8	0	8	

后车轮(Rear)：

定位参数 / 定位规范	左侧(Left) 最小值(Min.)	理想值(Pref.)	最大值(Max.)	左右差(Cross)	右侧(Right) 最小值(Min.)	理想值(Pref.)	最大值(Max.)	调整提示(Adjusting)
车轮外倾角(Camber)	−1°00′	0′	1°00′	0°30′	−1°00′	0′	1°00′	
单侧前束角(Individual Toe)	−0°15′	0′	0°15′		−0°15′	0′	0°15′	
总前束角(Total Toe)	最小值(Min.) −0°30′	理想值(Pref.) 0′	最大值(Max.) 0°30′					
最大推进角(Max Thrust Angle)				0°15′				

（续）

后车轮(Rear)：

定位规范 定位参数	左侧(Left)			左右差 (Cross)	右侧(Right)			调整提示 (Adjusting)
	最小值 (Min.)	理想值 (Pref.)	最大值 (Max.)		最小值 (Min.)	理想值 (Pref.)	最大值 (Max.)	
车身高度(Ride Height)/mm	—	—	—		—	—	—	
车轴偏角(Setback)/mm	−8	0	8		−8	0	8	

2. 进行定位调整

与 1990 款长安微客 SSC1010/SC1014 车型调整方法相同。

第 13 章　长　城　汽　车

13.1　哈弗

2005 款哈弗车型

1. 车轮定位规范

2005 款哈弗(HOVER)车轮定位规范见表 13-1。

表 13-1　2005 款哈弗车轮定位数据表

前车轮(Front):

定位规范／定位参数	左侧(Left)			左右差 (Cross)	右侧(Right)			调整提示 (Adjusting)
	最小值 (Min.)	理想值 (Pref.)	最大值 (Max.)		最小值 (Min.)	理想值 (Pref.)	最大值 (Max.)	
主销后倾角(Caster)	1°45′	2°30′	3°15′	0°30′	1°45′	2°30′	3°15′	见定位 调整(1)
车轮外倾角(Camber)	−0°30′	0′	0°30′	0°20′	−0°30′	0′	0°30′	见定位 调整(1)
主销内倾角(SAI)	12°00′	12°30′	13°00′		12°00′	12°30′	13°00′	
单侧前束角 (Individual Toe)	−0°05′	0′	0°05′		−0°05′	0′	0°05′	见定位 调整(2)
总前束角(Total Toe)			最小值 (Min.)	理想值 (Pref.)	最大值 (Max.)			
			−0°10′	0′	0°10′			
包容角(Included Angle)	—	—	—		—	—	—	
转向前展角 (Toe Out On Turns)	—	—	—		—	—	—	
车轮最大内转角 (Max Turn Inside)	—	—	—		—	—	—	
车轮最大外转角 (Max Turn Outside)	—	—	—		—	—	—	
前束曲线调整 (Toe Curve Adjust)	—	—	—		—	—	—	
前束曲线控制 (Toe Curve Control)	—	—	—		—	—	—	
车身高度(Ride Height)/mm	114	119	124		114	119	124	
车轴偏角(Setback)/mm	−8	0	8		−8	0	8	

后车轮(Rear):

定位规范／定位参数	左侧(Left)			左右差 (Cross)	右侧(Right)			调整提示 (Adjusting)
	最小值 (Min.)	理想值 (Pref.)	最大值 (Max.)		最小值 (Min.)	理想值 (Pref.)	最大值 (Max.)	
车轮外倾角(Camber)	−1°00′	0′	1°00′	0°30′	−1°00′	0′	1°00′	
单侧前束角 (Individual Toe)	−0°12′	0′	0°12′		−0°12′	0′	0°12′	

（续）

后车轮（Rear）：

定位规范 定位参数	左侧（Left）			左右差 （Cross）	右侧（Right）			调整提示 （Adjusting）
	最小值 （Min.）	理想值 （Pref.）	最大值 （Max.）		最小值 （Min.）	理想值 （Pref.）	最大值 （Max.）	
总前束角（Total Toe）			最小值 （Min.） −0°24′	理想值 （Pref.） 0′	最大值 （Max.） 0°24′			
最大推进角 （Max Thrust Angle）				0°15′				
车身高度（Ride Height）/mm	—	—	—		—	—	—	
车轴偏角（Setback）/mm	−8	0	8		−8	0	8	

2. 进行定位调整

（1）车架内侧双垫片调整

1）调整指导：

减小主销后倾角时，将调整垫片从后向前移动，见图13-1。

增大主销后倾角时，将调整垫片从前向后移动。

减小车轮外倾角时，在两个垫片组上等量增加调整垫片。

增大车轮外倾角时，在两个垫片组上等量拆除调整垫片。

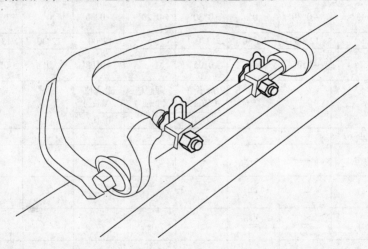

图13-1 车架内侧双垫片调整

2）调整所及部件：无备件需求。

3）专用工具：可选插座套件。

（2）前车轮前束调整（可调式转向横拉杆）

1）调整指导。调整前束角时，拧松转向拉杆锁止螺母，用扳手转动转向拉杆直至获得满意的前束角读数，见图13-2。

2）调整所及部件：无备件需求，无需更改零件。

3）专用工具：使用常规工具，无需专用工具。

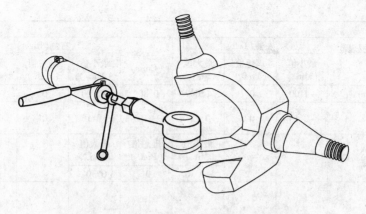

图 13-2　前车轮前束调整(可调式转向横拉杆)

13.2　赛影

13.2.1　2003 款赛影(非动力转向型)车型

1. 车轮定位规范

2003 款赛影(非动力转向型)车轮定位规范见表 13-2。

表 13-2　2003 款赛影(非动力转向型)车轮定位数据表

前车轮(Front):

定位参数　　定位规范	左侧(Left)			左右差(Cross)	右侧(Right)			调整提示(Adjusting)
	最小值(Min.)	理想值(Pref.)	最大值(Max.)		最小值(Min.)	理想值(Pref.)	最大值(Max.)	
主销后倾角(Caster)	1°35′	1°50′	2°05′	0°10′	1°35′	1°50′	2°05′	
车轮外倾角(Camber)	0°10′	0°30′	0°50′	0°10′	0°10′	0°30′	0°50′	
主销内倾角(SAI)	8°45′	9°30′	10°15′		8°45′	9°30′	10°15′	
单侧前束角(Individual Toe)	0′	0°02′	0°05′		0′	0°02′	0°05′	见定位调整
总前束角(Total Toe)		最小值(Min.)	理想值(Pref.)	最大值(Max.)				
		0′	0°05′	0°10′				
包容角(Included Angle)	—	—	—		—	—	—	
转向前展角(Toe Out On Turns)	—	—	—		—	—	—	
车轮最大内转角(Max Turn Inside)	—	—	—		—	—	—	
车轮最大外转角(Max Turn Outside)	—	—	—		—	—	—	
前束曲线调整(Toe Curve Adjust)	—	—	—		—	—	—	
前束曲线控制(Toe Curve Control)	—	—	—		—	—	—	
车身高度(Ride Height)/mm	—	—	—		—	—	—	
车轴偏角(Setback)/mm	−8	0	8		−8	0	8	

（续）

后车轮(Rear)：

定位规范 定位参数	左侧(Left)			左右差 (Cross)	右侧(Right)			调整提示 (Adjusting)
	最小值 (Min.)	理想值 (Pref.)	最大值 (Max.)		最小值 (Min.)	理想值 (Pref.)	最大值 (Max.)	
车轮外倾角(Camber)	−1°00′	0′	1°00′	0°30′	−1°00′	0′	1°00′	
单侧前束角 (Individual Toe)	−0°15′	0′	0°15′		−0°15′	0′	0°15′	
总前束角(Total Toe)			最小值 (Min.)	理想值 (Pref.)	最大值 (Max.)			
			−0°30′	0′	0°30′			
最大推进角 (Max Thrust Angle)				0°15′				
车身高度(Ride Height)/mm	—	—	—		—	—	—	
车轴偏角(Setback)/mm	−8	0	8		−8	0	8	

2. 进行定位调整

前车轮前束调整(可调式转向横拉杆)

1）调整指导。调整前束角时，拧松转向拉杆锁止螺母，用扳手转动转向拉杆直至获得满意的前束角读数，见图13-2。

2）调整所及部件：无备件需求，无需更改零件。

3）专用工具：使用常规工具，无需专用工具。

13.2.2 2003款赛影(动力转向型)车型

1. 车轮定位规范

2003款赛影(动力转向型)车轮定位规范见表13-3。

表13-3 2003款赛影(动力转向型)车轮定位数据表

前车轮(Front)：

定位规范 定位参数	左侧(Left)			左右差 (Cross)	右侧(Right)			调整提示 (Adjusting)
	最小值 (Min.)	理想值 (Pref.)	最大值 (Max.)		最小值 (Min.)	理想值 (Pref.)	最大值 (Max.)	
主销后倾角(Caster)	2°30′	2°45′	3°00′	0°10′	2°30′	2°45′	3°00′	
车轮外倾角(Camber)	−0°05′	0°05′	0°15′	0°08′	−0°05′	0°05′	0°15′	
主销内倾角(SAI)	8°45′	9°30′	10°15′		8°45′	9°30′	10°15′	
单侧前束角 (Individual Toe)	0′	0°02′	0°05′		0′	0°02′	0°05′	见定位 调整
总前束角(Total Toe)			最小值 (Min.)	理想值 (Pref.)	最大值 (Max.)			
			0′	0°05′	0°10′			
包容角(Included Angle)	—	—	—		—	—	—	
转向前展角 (Toe Out On Turns)	—	—	—		—	—	—	
车轮最大内转角 (Max Turn Inside)	—	—	—		—	—	—	

（续）

前车轮（Front）:

定位参数 \ 定位规范	左侧（Left）			左右差（Cross）	右侧（Right）			调整提示（Adjusting）
	最小值（Min.）	理想值（Pref.）	最大值（Max.）		最小值（Min.）	理想值（Pref.）	最大值（Max.）	
车轮最大外转角（Max Turn Outside）	—	—	—		—	—	—	
前束曲线调整（Toe Curve Adjust）	—	—	—		—	—	—	
前束曲线控制（Toe Curve Control）	—	—	—		—	—	—	
车身高度（Ride Height）/mm	—	—	—		—	—	—	
车轴偏角（Setback）/mm	− 8	0	8		− 8	0	8	

后车轮（Rear）:

定位参数 \ 定位规范	左侧（Left）			左右差（Cross）	右侧（Right）			调整提示（Adjusting）
	最小值（Min.）	理想值（Pref.）	最大值（Max.）		最小值（Min.）	理想值（Pref.）	最大值（Max.）	
车轮外倾角（Camber）	− 1°00′	0′	1°00′	0°30′	− 1°00′	0′	1°00′	
单侧前束角（Individual Toe）	− 0°15′	0′	0°15′		− 0°15′	0′	0°15′	
总前束角（Total Toe）			最小值（Min.） − 0°30′	理想值（Pref.） 0′	最大值（Max.） 0°30′			
最大推进角（Max Thrust Angle）				0°15′				
车身高度（Ride Height）/mm	—	—	—		—	—	—	
车轴偏角（Setback）/mm	− 8	0	8		− 8	0	8	

2. 进行定位调整

与 2003 款赛影（非动力转向型）车型调整方法相同。

13.3　赛弗

2002 款赛弗车型

1. 车轮定位规范

2002 款赛弗（两驱/四驱）车轮定位规范见表 13-4。

表 13-4　2002 款赛弗车轮定位数据表

前车轮（Front）:

定位参数 \ 定位规范	左侧（Left）			左右差（Cross）	右侧（Right）			调整提示（Adjusting）
	最小值（Min.）	理想值（Pref.）	最大值（Max.）		最小值（Min.）	理想值（Pref.）	最大值（Max.）	
主销后倾角（Caster）	2°00′	2°30′	3°00′	0°20′	2°00′	2°30′	3°00′	
车轮外倾角（Camber）	0°25′	0°45′	1°05′	0°10′	0°25′	0°45′	1°05′	
主销内倾角（SAI）	10°45′	11°30′	12°15′		10°45′	11°30′	12°15′	
单侧前束角（Individual Toe）	0′	0°02′	0°05′		0′	0°02′	0°05′	见定位调整

（续）

前车轮（Front）：

定位规范 定位参数	左侧（Left）			左右差 （Cross）	右侧（Right）			调整提示 （Adjusting）
	最小值 （Min.）	理想值 （Pref.）	最大值 （Max.）		最小值 （Min.）	理想值 （Pref.）	最大值 （Max.）	
总前束角（Total Toe）				最小值 （Min.） 0′	理想值 （Pref.） 0°05′	最大值 （Max.） 0°10′		
包容角（Included Angle）	—	—	—		—	—	—	
转向前展角 （Toe Out On Turns）	—	—	—		—	—	—	
车轮最大内转角 （Max Turn Inside）	—	—	—		—	—	—	
车轮最大外转角 （Max Turn Outside）	—	—	—		—	—	—	
前束曲线调整 （Toe Curve Adjust）	—	—	—		—	—	—	
前束曲线控制 （Toe Curve Control）	—	—	—		—	—	—	
车身高度（Ride Height）/mm	—	—	—		—	—	—	
车轴偏角（Setback）/mm	−8	0	8		−8	0	8	

后车轮（Rear）：

定位规范 定位参数	左侧（Left）			左右差 （Cross）	右侧（Right）			调整提示 （Adjusting）
	最小值 （Min.）	理想值 （Pref.）	最大值 （Max.）		最小值 （Min.）	理想值 （Pref.）	最大值 （Max.）	
车轮外倾角（Camber）	−1°00′	0′	1°00′	0°30′	−1°00′	0′	1°00′	
单侧前束角 （Individual Toe）	−0°15′	0′	0°15′		−0°15′	0′	0°15′	
总前束角（Total Toe）				最小值 （Min.） −0°30′	理想值 （Pref.） 0′	最大值 （Max.） 0°30′		
最大推进角 （Max Thrust Angle）				0°15′				
车身高度（Ride Height）/mm	—	—	—		—	—	—	
车轴偏角（Setback）/mm	−8	0	8		−8	0	8	

2. 进行定位调整

前车轮前束调整（可调式转向横拉杆）

1）调整指导。调整前束角时，拧松转向拉杆锁止螺母，用扳手转动转向拉杆直至获得满意的前束角读数，见图 13-2。

2）调整所及部件：无备件需求，无需更改零件。

3）专用工具：使用常规工具，无需专用工具。

13.4　赛铃

13.4.1　1999 款赛铃（非动力转向型）车型

1. 车轮定位规范

1999 款赛铃（非动力转向型）车轮定位规范见表 13-5。

表 13-5　1999 款赛铃(非动力转向型)车轮定位数据表

前车轮(Front)：

定位规范 定位参数	左侧(Left)			左右差 (Cross)	右侧(Right)			调整提示 (Adjusting)
	最小值 (Min.)	理想值 (Pref.)	最大值 (Max.)		最小值 (Min.)	理想值 (Pref.)	最大值 (Max.)	
主销后倾角(Caster)	1°35′	1°50′	2°05′	0°10′	1°35′	1°50′	2°05′	
车轮外倾角(Camber)	0°10′	0°30′	0°50′	0°10′	0°10′	0°30′	0°50′	
主销内倾角(SAI)	8°45′	9°30′	10°15′		8°45′	9°30′	10°15′	
单侧前束角 (Individual Toe)	0′	0°02′	0°05′		0′	0°02′	0°05′	见定位 调整
总前束角(Total Toe)	最小值 (Min.) 0′	理想值 (Pref.) 0°05′	最大值 (Max.) 0°10′					
包容角(Included Angle)	—	—	—		—	—	—	
转向前展角 (Toe Out On Turns)	—	—	—		—	—	—	
车轮最大内转角 (Max Turn Inside)	—	—	—		—	—	—	
车轮最大外转角 (Max Turn Outside)	—	—	—		—	—	—	
前束曲线调整 (Toe Curve Adjust)	—	—	—		—	—	—	
前束曲线控制 (Toe Curve Control)	—	—	—		—	—	—	
车身高度(Ride Height)/mm								
车轴偏角(Setback)/mm	−8	0	8		−8	0	8	

后车轮(Rear)：

定位规范 定位参数	左侧(Left)			左右差 (Cross)	右侧(Right)			调整提示 (Adjusting)
	最小值 (Min.)	理想值 (Pref.)	最大值 (Max.)		最小值 (Min.)	理想值 (Pref.)	最大值 (Max.)	
车轮外倾角(Camber)	−1°00′	0′	1°00′	0°30′	−1°00′	0′	1°00′	
单侧前束角 (Individual Toe)	−0°15′	0′	0°15′		−0°15′	0′	0°15′	
总前束角(Total Toe)	最小值 (Min.) −0°30′	理想值 (Pref.) 0′	最大值 (Max.) 0°30′					
最大推进角 (Max Thrust Angle)			0°15′					
车身高度(Ride Height)/mm	—	—	—		—	—	—	
车轴偏角(Setback)/mm	−8	0	8		−8	0	8	

2. 进行定位调整

前车轮前束调整(可调式转向横拉杆)

1) 调整指导。调整前束角时，拧松转向拉杆锁止螺母，用扳手转动转向拉杆直至获得满意的前束角读数，见图 13-2。

2) 调整所及部件：无备件需求，无需更改零件。

3) 专用工具：使用常规工具，无需专用工具。

13.4.2 1999 款赛铃(动力转向型)车型

1. 车轮定位规范

1999 款赛铃(动力转向型)车轮定位规范见表 13-6。

表 13-6 1999 款赛铃(动力转向型)车轮定位数据表

前车轮(Front):

定位参数／定位规范	左侧(Left)			左右差(Cross)	右侧(Right)			调整提示(Adjusting)
	最小值(Min.)	理想值(Pref.)	最大值(Max.)		最小值(Min.)	理想值(Pref.)	最大值(Max.)	
主销后倾角(Caster)	2°30′	2°45′	3°00′	0°10′	2°30′	2°45′	3°00′	
车轮外倾角(Camber)	−0°05′	0°05′	0°15′	0°08′	−0°05′	0°05′	0°15′	
主销内倾角(SAI)	8°45′	9°30′	10°15′		8°45′	9°30′	10°15′	
单侧前束角(Individual Toe)	0′	0°02′	0°05′		0′	0°02′	0°05′	见定位调整
总前束角(Total Toe)		最小值(Min.)	理想值(Pref.)	最大值(Max.)				
		0′	0°05′	0°10′				
包容角(Included Angle)	—	—	—		—	—	—	
转向前展角(Toe Out On Turns)	—	—	—		—	—	—	
车轮最大内转角(Max Turn Inside)	—	—	—		—	—	—	
车轮最大外转角(Max Turn Outside)	—	—	—		—	—	—	
前束曲线调整(Toe Curve Adjust)	—	—	—		—	—	—	
前束曲线控制(Toe Curve Control)	—	—	—		—	—	—	
车身高度(Ride Height)/mm	—	—	—		—	—	—	
车轴偏角(Setback)/mm	−8	0	8		−8	0	8	

后车轮(Rear):

定位参数／定位规范	左侧(Left)			左右差(Cross)	右侧(Right)			调整提示(Adjusting)
	最小值(Min.)	理想值(Pref.)	最大值(Max.)		最小值(Min.)	理想值(Pref.)	最大值(Max.)	
车轮外倾角(Camber)	−1°00′	0′	1°00′	0°30′	−1°00′	0′	1°00′	
单侧前束角(Individual Toe)	−0°15′	0′	0°15′		−0°15′	0′	0°15′	
总前束角(Total Toe)		最小值(Min.)	理想值(Pref.)	最大值(Max.)				
		−0°30′	0′	0°30′				
最大推进角(Max Thrust Angle)				0°15′				
车身高度(Ride Height)/mm	—	—	—		—	—	—	
车轴偏角(Setback)/mm	−8	0	8		−8	0	8	

2. 进行定位调整

与 1999 款赛铃(非动力转向型)车型调整方法相同。

13.5 大脚兽

13.5.1 1998 款大脚兽 CC1020ADY 车型

1. 车轮定位规范

1998 款大脚兽 CC1020ADY 车轮定位规范见表 13-7。

表 13-7 1998 款大脚兽 CC1020ADY 车轮定位数据表

前车轮（Front）：

定位规范 / 定位参数	左侧（Left）			左右差（Cross）	右侧（Right）			调整提示（Adjusting）
	最小值（Min.）	理想值（Pref.）	最大值（Max.）		最小值（Min.）	理想值（Pref.）	最大值（Max.）	
主销后倾角（Caster）	2°00′	2°30′	3°00′	0°20′	2°00′	2°30′	3°00′	
车轮外倾角（Camber）	0°35′	0°50′	1°05′	0°10′	0°35′	0°50′	1°05′	
主销内倾角（SAI）	10°45′	11°30′	12°15′		10°45′	11°30′	12°15′	
单侧前束角（Individual Toe）	0′	0°03′	0°05′		0′	0°03′	0°05′	见定位调整
总前束角（Total Toe）	最小值（Min.）	理想值（Pref.）	最大值（Max.）					
	0′	0°05′	0°10′					
包容角（Included Angle）	—	—	—		—	—	—	
转向前展角（Toe Out On Turns）	—	—	—		—	—	—	
车轮最大内转角（Max Turn Inside）	—	—	—		—	—	—	
车轮最大外转角（Max Turn Outside）	—	—	—		—	—	—	
前束曲线调整（Toe Curve Adjust）	—	—	—		—	—	—	
前束曲线控制（Toe Curve Control）	—	—	—		—	—	—	
车身高度（Ride Height）/mm	—	—	—		—	—	—	
车轴偏角（Setback）/mm	−8	0	8		−8	0	8	

后车轮（Rear）：

定位规范 / 定位参数	左侧（Left）			左右差（Cross）	右侧（Right）			调整提示（Adjusting）
	最小值（Min.）	理想值（Pref.）	最大值（Max.）		最小值（Min.）	理想值（Pref.）	最大值（Max.）	
车轮外倾角（Camber）	−0°12′	0′	0°12′	0°10′	−0°12′	0′	0°12′	
单侧前束角（Individual Toe）	−0°03′	0′	0°03′		−0°03′	0′	0°03′	
总前束角（Total Toe）	最小值（Min.）	理想值（Pref.）	最大值（Max.）					
	−0°06′	0′	0°06′					
最大推进角（Max Thrust Angle）		0°15′						
车身高度（Ride Height）/mm	—	—	—		—	—	—	
车轴偏角（Setback）/mm	−8	0	8		−8	0	8	

2. 进行定位调整

前车轮前束调整(可调式转向横拉杆)

1)调整指导。调整前束角时,拧松转向拉杆锁止螺母,用扳手转动转向拉杆直至获得满意的前束角读数,见图 13-2。

2)调整所及部件:无备件需求,无需更改零件。

3)专用工具:使用常规工具,无需专用工具。

13.5.2 1990 款大脚兽 CC1020ADY-4WD 车型

1. 车轮定位规范

1990 款大脚兽 CC1020ADY-4WD 车轮定位规范见表 13-8。

表 13-8 1990 款大脚兽 CC1020ADY-4WD 车轮定位数据表

前车轮(Front):

定位规范 定位参数	左侧(Left)			左右差 (Cross)	右侧(Right)			调整提示 (Adjusting)
	最小值 (Min.)	理想值 (Pref.)	最大值 (Max.)		最小值 (Min.)	理想值 (Pref.)	最大值 (Max.)	
主销后倾角(Caster)	2°00′	2°30′	3°00′	0°20′	2°00′	2°30′	3°00′	
车轮外倾角(Camber)	0°25′	0°45′	1°05′	0°10′	0°25′	0°45′	1°05′	
主销内倾角(SAI)	10°45′	11°30′	12°15′		10°45′	11°30′	12°15′	
单侧前束角 (Individual Toe)	0′	0°02′	0°05′		0′	0°02′	0°05′	见定位 调整
总前束角(Total Toe)	最小值 (Min.)	理想值 (Pref.)	最大值 (Max.)					
	0′	0°05′	0°10′					
包容角(Included Angle)	—	—	—		—	—	—	
转向前展角 (Toe Out On Turns)								
车轮最大内转角 (Max Turn Inside)								
车轮最大外转角 (Max Turn Outside)								
前束曲线调整 (Toe Curve Adjust)								
前束曲线控制 (Toe Curve Control)								
车身高度(Ride Height)/mm	—	—	—		—	—	—	
车轴偏角(Setback)/mm	−8	0	8		−8	0	8	

后车轮(Rear):

定位规范 定位参数	左侧(Left)			左右差 (Cross)	右侧(Right)			调整提示 (Adjusting)
	最小值 (Min.)	理想值 (Pref.)	最大值 (Max.)		最小值 (Min.)	理想值 (Pref.)	最大值 (Max.)	
车轮外倾角(Camber)	−1°00′	0′	1°00′	0°30′	−1°00′	0′	1°00′	
单侧前束角 (Individual Toe)	−0°15′	0′	0°15′		−0°15′	0′	0°15′	
总前束角(Total Toe)	最小值 (Min.)	理想值 (Pref.)	最大值 (Max.)					
	−0°30′	0′	0°30′					
最大推进角 (Max Thrust Angle)				0°15′				
车身高度(Ride Height)/mm	—	—	—		—	—	—	
车轴偏角(Setback)/mm	−8	0	8		−8	0	8	

2. 进行定位调整

与 1998 款大脚兽 CC1020ADY 车型调整方法相同。

13.6 迪尔

13.6.1 1990 款迪尔(非动力转向型)车型

1. 车轮定位规范

1990 款迪尔(非动力转向型)车轮定位规范见表 13-9。

表 13-9 1990 款迪尔(非动力转向型)车轮定位数据表

前车轮(Front):

定位参数 \ 定位规范	左侧(Left)			左右差(Cross)	右侧(Right)			调整提示(Adjusting)
	最小值(Min.)	理想值(Pref.)	最大值(Max.)		最小值(Min.)	理想值(Pref.)	最大值(Max.)	
主销后倾角(Caster)	1°35′	1°50′	2°05′	0°10′	1°35′	1°50′	2°05′	
车轮外倾角(Camber)	0°10′	0°30′	0°50′	0°10′	0°10′	0°30′	0°50′	
主销内倾角(SAI)	8°45′	9°30′	10°15′		8°45′	9°30′	10°15′	
单侧前束角(Individual Toe)	0′	0°02′	0°05′		0′	0°02′	0°05′	见定位调整
总前束角(Total Toe)				最小值(Min.)	理想值(Pref.)	最大值(Max.)		
				0′	0°05′	0°10′		
包容角(Included Angle)	—	—	—		—	—	—	
转向前展角(Toe Out On Turns)	—	—	—		—	—	—	
车轮最大内转角(Max Turn Inside)	—	—	—		—	—	—	
车轮最大外转角(Max Turn Outside)	—	—	—		—	—	—	
前束曲线调整(Toe Curve Adjust)	—	—	—		—	—	—	
前束曲线控制(Toe Curve Control)	—	—	—		—	—	—	
车身高度(Ride Height)/mm								
车轴偏角(Setback)/mm	−8	0	8		−8	0	8	

后车轮(Rear):

定位参数 \ 定位规范	左侧(Left)			左右差(Cross)	右侧(Right)			调整提示(Adjusting)
	最小值(Min.)	理想值(Pref.)	最大值(Max.)		最小值(Min.)	理想值(Pref.)	最大值(Max.)	
车轮外倾角(Camber)	−1°00′	0′	1°00′	0°30′	−1°00′	0′	1°00′	
单侧前束角(Individual Toe)	−0°15′	0′	0°15′		−0°15′	0′	0°15′	
总前束角(Total Toe)				最小值(Min.)	理想值(Pref.)	最大值(Max.)		
				−0°30′	0′	0°30′		
最大推进角(Max Thrust Angle)				0°15′				
车身高度(Ride Height)/mm	—	—	—		—	—	—	
车轴偏角(Setback)/mm	−8	0	8		−8	0	8	

2. 进行定位调整

前车轮前束调整(可调式转向横拉杆)

1) 调整指导。调整前束时，拧松横拉杆锁止螺母，转动横拉杆直至得到想要的读数，见图 13-2。

2) 调整所及部件：无备件需求，无需更改零件。

3) 专用工具：使用常规工具，无需专用工具。

13.6.2　1990 款迪尔(动力转向型)车型

1. 车轮定位规范

1990 款迪尔(动力转向型)车轮定位规范见表 13-10。

表 13-10　1990 款迪尔(动力转向型)车轮定位数据表

前车轮(Front)：

定位规范 定位参数	左侧(Left)			左右差 (Cross)	右侧(Right)			调整提示 (Adjusting)
	最小值 (Min.)	理想值 (Pref.)	最大值 (Max.)		最小值 (Min.)	理想值 (Pref.)	最大值 (Max.)	
主销后倾角(Caster)	2°30′	2°45′	3°00′	0°10′	2°30′	2°45′	3°00′	
车轮外倾角(Camber)	−0°05′	0°05′	0°15′	0°10′	−0°05′	0°05′	0°15′	
主销内倾角(SAI)	8°45′	9°30′	10°15′		8°45′	9°30′	10°15′	
单侧前束角 (Individual Toe)	0′	0°02′	0°05′		0′	0°02′	0°05′	见定位 调整
总前束角(Total Toe)		最小值 (Min.)	理想值 (Pref.)	最大值 (Max.)				
		0′	0°05′	0°10′				
包容角(Included Angle)	—	—	—		—	—	—	
转向前展角 (Toe Out On Turns)	—	—	—		—	—	—	
车轮最大内转角 (Max Turn Inside)	—	—	—		—	—	—	
车轮最大外转角 (Max Turn Outside)	—	—	—		—	—	—	
前束曲线调整 (Toe Curve Adjust)	—	—	—		—	—	—	
前束曲线控制 (Toe Curve Control)	—	—	—		—	—	—	
车身高度(Ride Height)/mm	—	—	—		—	—	—	
车轴偏角(Setback)/mm	−8	0	8		−8	0	8	

后车轮(Rear)：

定位规范 定位参数	左侧(Left)			左右差 (Cross)	右侧(Right)			调整提示 (Adjusting)
	最小值 (Min.)	理想值 (Pref.)	最大值 (Max.)		最小值 (Min.)	理想值 (Pref.)	最大值 (Max.)	
车轮外倾角(Camber)	−1°00′	0′	1°00′	0°30′	−1°00′	0′	1°00′	
单侧前束角(Individual Toe)	−0°15′	0′	0°15′		−0°15′	0′	0°15′	
总前束角(Total Toe)		最小值 (Min.)	理想值 (Pref.)	最大值 (Max.)				
		−0°30′	0′	0°30′				
最大推进角 (Max Thrust Angle)				0°15′				
车身高度(Ride Height)/mm	—	—	—		—	—	—	
车轴偏角(Setback)/mm	−8	0	8		−8	0	8	

2. 进行定位调整

与 1990 款迪尔(非动力转向型)车型调整方法相同。

13.7　皮卡

13.7.1　1990 款皮卡 CC1021(非动力转向型)车型

1. 车轮定位规范

1990 款皮卡 CC1021(非动力转向型)车轮定位规范见表 13-11。

表 13-11　1990 款皮卡 CC1021(非动力转向型)车轮定位数据表

前车轮(Front):

定位规范 定位参数	左侧(Left)			左右差 (Cross)	右侧(Right)			调整提示 (Adjusting)
	最小值 (Min.)	理想值 (Pref.)	最大值 (Max.)		最小值 (Min.)	理想值 (Pref.)	最大值 (Max.)	
主销后倾角(Caster)	1°30′	1°50′	2°20′	0°25′	1°30′	1°50′	2°20′	
车轮外倾角(Camber)	0°10′	0°30′	0°50′	0°20′	0°10′	0°30′	0°50′	
主销内倾角(SAI)	8°45′	9°30′	10°15′		8°45′	9°30′	10°15′	
单侧前束角 (Individual Toe)	0′	0°02′	0°05′			0°02′	0°05′	见定位 调整
总前束角(Total Toe)			最小值 (Min.) 0′	理想值 (Pref.) 0°05′	最大值 (Max.) 0°10′			
包容角(Included Angle)	—	—	—		—	—	—	
转向前展角 (Toe Out On Turns)	—	—	—		—	—	—	
车轮最大内转角 (Max Turn Inside)	—	—	—		—	—	—	
车轮最大外转角 (Max Turn Outside)	—	—	—		—	—	—	
前束曲线调整 (Toe Curve Adjust)	—	—	—		—	—	—	
前束曲线控制 (Toe Curve Control)	—	—	—		—	—	—	
车身高度(Ride Height)/mm	—	—	—		—	—	—	
车轴偏角(Setback)/mm	−8	0	8		−8	0	8	

后车轮(Rear):

定位规范 定位参数	左侧(Left)			左右差 (Cross)	右侧(Right)			调整提示 (Adjusting)
	最小值 (Min.)	理想值 (Pref.)	最大值 (Max.)		最小值 (Min.)	理想值 (Pref.)	最大值 (Max.)	
车轮外倾角(Camber)	−1°00′	0′	1°00′	0°30′	−1°00′	0′	1°00′	
单侧前束角(Individual Toe)	−0°15′	0′	0°15′		−0°15′	0′	0°15′	
总前束角(Total Toe)			最小值 (Min.) −0°30′	理想值 (Pref.) 0′	最大值 (Max.) 0°30′			
最大推进角 (Max Thrust Angle)			0°15′					
车身高度(Ride Height)/mm	—	—	—		—	—	—	
车轴偏角(Setback)/mm	−8	0	8		−8	0	8	

2. 进行定位调整

前车轮前束调整(可调式转向横拉杆)

1)调整指导。调整前束角时,拧松转向拉杆锁止螺母,用扳手转动转向拉杆直至获得满意的前束角读数,见图13-2。

2)调整所及部件:无备件需求,无需更改零件。

3)专用工具:使用常规工具,无需专用工具。

13.7.2　1990 款皮卡 CC1021(动力转向型)车型

1. 车轮定位规范

1990 款皮卡 CC1021(动力转向型)车轮定位规范见表13-12。

表13-12　1990 款皮卡 CC1021(动力转向型)车轮定位数据表

前车轮(Front):

定位规范 定位参数	左侧(Left)			左右差 (Cross)	右侧(Right)			调整提示 (Adjusting)
	最小值 (Min.)	理想值 (Pref.)	最大值 (Max.)		最小值 (Min.)	理想值 (Pref.)	最大值 (Max.)	
主销后倾角(Caster)	2°30′	2°45′	3°00′	0°10′	2°30′	2°45′	3°00′	
车轮外倾角(Camber)	−0°05′	0°05′	0°15′	0°08′	−0°05′	0°05′	0°15′	
主销内倾角(SAI)	8°45′	9°30′	10°15′		8°45′	9°30′	10°15′	
单侧前束角 (Individual Toe)	0′	0°02′	0°05′		0′	0°02′	0°05′	见定位 调整
总前束角(Total Toe)			最小值 (Min.) 0′	理想值 (Pref.) 0°05′	最大值 (Max.) 0°10′			
包容角(Included Angle)	—	—	—		—	—	—	
转向前展角 (Toe Out On Turns)	—	—	—		—	—	—	
车轮最大内转角 (Max Turn Inside)	—	—	—		—	—	—	
车轮最大外转角 (Max Turn Outside)	—	—	—		—	—	—	
前束曲线调整 (Toe Curve Adjust)	—	—	—		—	—	—	
前束曲线控制 (Toe Curve Control)	—	—	—		—	—	—	
车身高度(Ride Height)/mm	—	—	—		—	—	—	
车轴偏角(Setback)/mm	−8	0	8		−8	0	8	

后车轮(Rear):

定位规范 定位参数	左侧(Left)			左右差 (Cross)	右侧(Right)			调整提示 (Adjusting)
	最小值 (Min.)	理想值 (Pref.)	最大值 (Max.)		最小值 (Min.)	理想值 (Pref.)	最大值 (Max.)	
车轮外倾角(Camber)	−1°00′	0′	1°00′	0°30′	−1°00′	0′	1°00′	
单侧前束角 (Individual Toe)	−0°15′	0′	0°15′		−0°15′	0′	0°15′	
总前束角(Total Toe)			最小值 (Min.) −0°30′	理想值 (Pref.) 0′	最大值 (Max.) 0°30′			

（续）

后车轮（Rear）：定位规范	左侧（Left）			左右差（Cross）	右侧（Right）			调整提示（Adjusting）
定位参数	最小值（Min.）	理想值（Pref.）	最大值（Max.）		最小值（Min.）	理想值（Pref.）	最大值（Max.）	
最大推进角（Max Thrust Angle）				0°15′				
车身高度（Ride Height）/mm	—	—	—		—	—	—	
车轴偏角（Setback）/mm	− 8	0	8		− 8	0	8	

2. 进行定位调整

与 1990 款皮卡 CC1021（非动力转向型）车型调整方法相同。

第14章 长丰猎豹

14.1 猎豹

14.1.1 2005款猎豹V73车型

1. 车轮定位规范

2005款猎豹V73车轮定位规范见表14-1。

表 14-1 2005 款猎豹 V73 车轮定位数据表

前车轮（Front）：

定位参数 \ 定位规范	左侧（Left）			左右差（Cross）	右侧（Right）			调整提示（Adjusting）
	最小值（Min.）	理想值（Pref.）	最大值（Max.）		最小值（Min.）	理想值（Pref.）	最大值（Max.）	
主销后倾角（Caster）	2°50′	3°50′	4°50′	0°30′	2°50′	3°50′	4°50′	见定位调整（1）
车轮外倾角（Camber）	−0°30′	0°15′	1°00′	0°30′	−0°30′	0°15′	1°00′	见定位调整（1）
主销内倾角（SAI）	—	11°30′	—			11°30′	—	
单侧前束角（Individual Toe）	0′	0°05′	0°11′		0′	0°05′	0°11′	见定位调整（2）
总前束角（Total Toe）		最小值（Min.）	理想值（Pref.）	最大值（Max.）				
		0′	0°11′	0°22′				
包容角（Included Angle）	—	—	—		—	—	—	
转向前展角（Toe Out On Turns）	—	—	—		—	—	—	
车轮最大内转角（Max Turn Inside）	—	—	—		—	—	—	
车轮最大外转角（Max Turn Outside）	—	—	—		—	—	—	
前束曲线调整（Toe Curve Adjust）	—	—	—		—	—	—	
前束曲线控制（Toe Curve Control）	—	—	—		—	—	—	
车身高度（Ride Height）/mm	—	—	—		—	—	—	
车轴偏角（Setback）/mm	−8	0	8		−8	0	8	

后车轮（Rear）：

定位参数 \ 定位规范	左侧（Left）			左右差（Cross）	右侧（Right）			调整提示（Adjusting）
	最小值（Min.）	理想值（Pref.）	最大值（Max.）		最小值（Min.）	理想值（Pref.）	最大值（Max.）	
车轮外倾角（Camber）	−0°30′	0′	0°30′	0°20′	−0°30′	0′	0°30′	见定位调整（3）

（续）

后车轮（Rear）：

定位规范 / 定位参数	左侧（Left）			左右差（Cross）	右侧（Right）			调整提示（Adjusting）
	最小值（Min.）	理想值（Pref.）	最大值（Max.）		最小值（Min.）	理想值（Pref.）	最大值（Max.）	
单侧前束角（Individual Toe）	0′	0°07′	0°13′		0′	0°07′	0°13′	见定位调整（4）
总前束角（Total Toe）		最小值（Min.）	理想值（Pref.）	最大值（Max.）				
		0′	0°13′	0°26′				
最大推进角（Max Thrust Angle）				0°15′				
车身高度（Ride Height）/mm	—	—	—		—	—	—	
车轴偏角（Setback）/mm	−8	0	8		−8	0	8	

2. 进行定位调整

（1）主销后倾角及外倾角调整

1）调整指导：

拧松凸轮式调整螺栓，按照所校正主销后倾角的相反方向转动凸轮，见图 14-1。

拧松凸轮式调整螺栓，按照所校正车轮外倾角的相同方向转动凸轮。

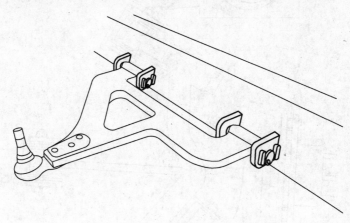

图 14-1　主销后倾角及外倾角调整

2）调整所及部件：无备件需求，无需更改零件。

3）专用工具：使用常规工具，无需专用工具。

（2）前轮前束调整（可调式横拉杆）

1）调整指导。

调整前束角时，拧松转向拉杆锁止螺母，用扳手转动转向拉杆直至获得满意的前束角读数，见图 14-2。

2）调整所及部件：无备件需求，无需更改零件。

3）专用工具：使用常规工具，无需专用工具。

（3）后轮外倾角调整（可调式双连杆）

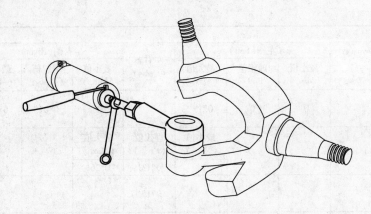

图 14-2　前轮前束调整(可调式横拉杆)

1) 调整指导。调整外倾角时，拧松车架端后连杆，转动凸轮螺栓直至获得满意的外倾角读数，见图 14-3。

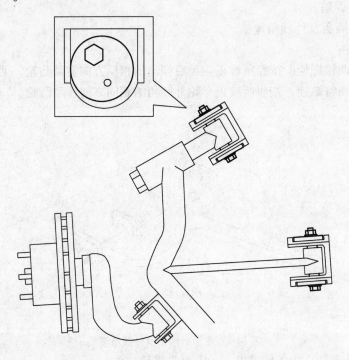

图 14-3　后轮外倾角调整(可调式双连杆)

2) 调整所及部件：无备件需求，无需更改零件。

3) 专用工具：使用常规工具，无需专用工具。

(4) 后轮前束角调整(可调式双连杆)

1) 调整指导。调整单侧前束时，拧松前连杆前端，转动凸轮螺栓直至获得满意的前束读数，见图 14-4。

2) 调整所及部件：无备件需求，无需更改零件。

3) 专用工具：使用常规工具，无需专用工具。

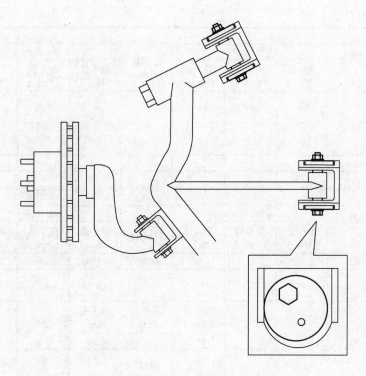

图 14-4　后轮前束角调整（可调式双连杆）

14.1.2　1993 款猎豹 V31/V33 车型

1. 车轮定位规范

1993 款猎豹 V31/V33 车轮定位规范见表 14-2。

表 14-2　1993 款猎豹 V31/V33 车轮定位数据表

前车轮（Front）：

定位规范 定位参数	左侧（Left）			左右差 （Cross）	右侧（Right）			调整提示 （Adjusting）
	最小值 （Min.）	理想值 （Pref.）	最大值 （Max.）		最小值 （Min.）	理想值 （Pref.）	最大值 （Max.）	
主销后倾角（Caster）	2°00′	3°00′	4°00′	0°30′	2°00′	3°00′	4°00′	
车轮外倾角（Camber）	0°10′	0°40′	1°10′	0°20′	0°10′	0°40′	1°10′	见定位 调整（1）
主销内倾角（SAI）	—	14°52′	—		—	14°52′	—	
单侧前束角 （Individual Toe）	0′	0°08′	0°17′		0′	0°08′	0°17′	见定位 调整（2）
总前束角（Total Toe）	最小值 （Min.） 0′	理想值 （Pref.） 0°17′	最大值 （Max.） 0°33′					
包容角（Included Angle）	—	—	—		—	—	—	
转向前展角 （Toe Out On Turns）	—	—	—		—	—	—	
车轮最大内转角 （Max Turn Inside）	—	—	—		—	—	—	
车轮最大外转角 （Max Turn Outside）	—	—	—		—	—	—	

（续）

前车轮（Front）：

定位参数	左侧（Left）			左右差（Cross）	右侧（Right）			调整提示（Adjusting）
	最小值（Min.）	理想值（Pref.）	最大值（Max.）		最小值（Min.）	理想值（Pref.）	最大值（Max.）	
前束曲线调整（Toe Curve Adjust）	—	—	—		—	—	—	
前束曲线控制（Toe Curve Control）	—	—	—		—	—	—	
车身高度（Ride Height）/mm	—	—	—		—	—	—	
车轴偏角（Setback）/mm	−8	0	8		−8	0	8	

后车轮（Rear）：

定位参数	左侧（Left）			左右差（Cross）	右侧（Right）			调整提示（Adjusting）
	最小值（Min.）	理想值（Pref.）	最大值（Max.）		最小值（Min.）	理想值（Pref.）	最大值（Max.）	
车轮外倾角（Camber）	−1°00′	0′	1°00′	0°30′	−1°00′	0′	1°00′	
单侧前束角（Individual Toe）	−0°15′	0′	0°15′		−0°15′	0′	0°15′	
总前束角（Total Toe）	最小值（Min.）	理想值（Pref.）	最大值（Max.）					
	−0°30′	0′	0°30′					
最大推进角（Max Thrust Angle）		0°15′						
车身高度（Ride Height）/mm	—	—	—		—	—	—	
车轴偏角（Setback）/mm	−8	0	8		−8	0	8	

2. 进行定位调整

（1）前轮外倾角调整（枢轴垫片调整组）

1）调整指导：

增大车轮外倾角时，从调整垫片组中拆除垫片，见图14-5。

减小车轮外倾角时，向调整垫片组中增加垫片。

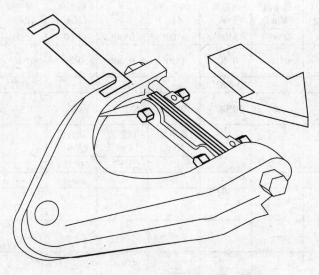

图14-5　前轮外倾角调整（枢轴垫片调整包）

2）调整所及部件：需用 OEM 推荐或指定的调整垫片。无需更改零件。

3）专用工具：使用常规工具，无需专用工具。

（2）前轮前束调整（可调式横拉杆套管）

1）调整指导。调整单侧前束时，拧松横拉杆套筒夹块的锁紧螺栓，转动横拉杆套筒直至得到满意的前束值，见图 14-6。

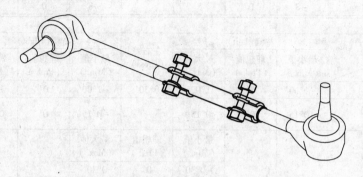

图 14-6　前轮前束调整（可调式横拉杆套管）

2）调整所及部件：无备件需求，无需更改零件。

3）专用工具：使用常规工具，无需专用工具。

14.1.3　2003 款猎豹-飞腾车型

1. 车轮定位规范

2003 款猎豹-飞腾车轮定位规范见表 14-3。

表 14-3　2003 款猎豹-飞腾车轮定位数据表

前车轮（Front）： 定位参数 \ 定位规范	左侧（Left）			左右差（Cross）	右侧（Right）			调整提示（Adjusting）
	最小值（Min.）	理想值（Pref.）	最大值（Max.）		最小值（Min.）	理想值（Pref.）	最大值（Max.）	
主销后倾角（Caster）	2°30′	3°00′	3°30′	0°20′	2°30′	3°00′	3°30′	
车轮外倾角（Camber）	−1°00′	−0°30′	0′	0°20′	−1°00′	−0°30′	0′	
主销内倾角（SAI）	10°04′	11°04′	12°04′		10°04′	11°04′	12°04′	
单侧前束角（Individual Toe）	0′	0°06′	0°12′		0′	0°06′	0°12′	见定位调整
总前束角（Total Toe）		最小值（Min.）	理想值（Pref.）	最大值（Max.）				
		0′	0°12′	0°25′				
包容角（Included Angle）	—	—	—		—	—	—	
转向前展角（Toe Out On Turns）	—	—	—		—	—	—	
车轮最大内转角（Max Turn Inside）	—	—	—		—	—	—	
车轮最大外转角（Max Turn Outside）	—	—	—		—	—	—	
前束曲线调整（Toe Curve Adjust）	—	—	—		—	—	—	
前束曲线控制（Toe Curve Control）	—	—	—		—	—	—	

(续)

前车轮(Front):

定位参数 \ 定位规范	左侧(Left)			左右差(Cross)	右侧(Right)			调整提示(Adjusting)
	最小值(Min.)	理想值(Pref.)	最大值(Max.)		最小值(Min.)	理想值(Pref.)	最大值(Max.)	
车身高度(Ride Height)/mm	—	—	—		—	—	—	
车轴偏角(Setback)/mm	−8	0	8		−8	0	8	

后车轮(Rear):

定位参数 \ 定位规范	左侧(Left)			左右差(Cross)	右侧(Right)			调整提示(Adjusting)
	最小值(Min.)	理想值(Pref.)	最大值(Max.)		最小值(Min.)	理想值(Pref.)	最大值(Max.)	
车轮外倾角(Camber)	−1°00′	0′	1°00′	0°30′	−1°00′	0′	1°00′	
单侧前束角(Individual Toe)	−0°15′	0′	0°15′		−0°15′	0′	0°15′	
总前束角(Total Toe)			最小值(Min.)	理想值(Pref.)	最大值(Max.)			
			−0°30′	0′	0°30′			
最大推进角(Max Thrust Angle)				0°15′				
车身高度(Ride Height)/mm	—	—	—		—	—	—	
车轴偏角(Setback)/mm	−8	0	8		−8	0	8	

2. 进行定位调整

前轮前束调整(可调式横拉杆)

1)调整指导。调整前束角时,拧松转向拉杆锁止螺母,用扳手转动转向拉杆直至获得满意的前束角读数,见图14-2。

2)调整所及部件:无备件需求,无需更改零件。

3)专用工具:使用常规工具,无需专用工具。

14.2 帕杰罗

14.2.1 2004 款帕杰罗 V77-3.8L 车型

1. 车轮定位规范

2004 款帕杰罗 V77-3.8L 车轮定位规范见表14-4。

表 14-4 2004 款帕杰罗 V77-3.8L 车轮定位数据表

前车轮(Front):

定位参数 \ 定位规范	左侧(Left)			左右差(Cross)	右侧(Right)			调整提示(Adjusting)
	最小值(Min.)	理想值(Pref.)	最大值(Max.)		最小值(Min.)	理想值(Pref.)	最大值(Max.)	
主销后倾角(Caster)	2°50′	3°50′	4°50′	0°30′	2°50′	3°50′	4°50′	见定位调整(1)
车轮外倾角(Camber)	−0°30′	0′	0°30′	0°20′	−0°30′	0′	0°30′	见定位调整(1)
主销内倾角(SAI)	—	11°30′	—		—	11°30′	—	

（续）

前车轮(Front)：

定位规范 定位参数	左侧(Left)			左右差 (Cross)	右侧(Right)			调整提示 (Adjusting)
	最小值 (Min.)	理想值 (Pref.)	最大值 (Max.)		最小值 (Min.)	理想值 (Pref.)	最大值 (Max.)	
单侧前束角 (Individual Toe)	0′	0°05′	0°11′		0′	0°05′	0°11′	见定位 调整(2)
总前束角(Total Toe)			最小值 (Min.)	理想值 (Pref.)	最大值 (Max.)			
			0′	0°11′	0°22′			
包容角(Included Angle)	—	—	—		—	—	—	
转向前展角 (Toe Out On Turns)	—	—	—		—	—	—	
车轮最大内转角 (Max Turn Inside)	—	—	—		—	—	—	
车轮最大外转角 (Max Turn Outside)	—	—	—		—	—	—	
前束曲线调整 (Toe Curve Adjust)	—	—	—		—	—	—	
前束曲线控制 (Toe Curve Control)	—	—	—		—	—	—	
车身高度(Ride Height)/mm	—	—	—		—	—	—	
车轴偏角(Setback)/mm	−8	0	8		−8	0	8	

后车轮(Rear)：

定位规范 定位参数	左侧(Left)			左右差 (Cross)	右侧(Right)			调整提示 (Adjusting)
	最小值 (Min.)	理想值 (Pref.)	最大值 (Max.)		最小值 (Min.)	理想值 (Pref.)	最大值 (Max.)	
车轮外倾角(Camber)	−0°30′	0′	0°30′	0°20′	−0°30′	0′	0°30′	见定位 调整(3)
单侧前束角 (Individual Toe)	0′	0°07′	0°13′		0′	0°07′	0°13′	见定位 调整(4)
总前束角(Total Toe)			最小值 (Min.)	理想值 (Pref.)	最大值 (Max.)			
			0′	0°13′	0°26′			
最大推进角 (Max Thrust Angle)				0°15′				
车身高度(Ride Height)/mm	—	—	—		—	—	—	
车轴偏角(Setback)/mm	−8	0	8		−8	0	8	

2. 进行定位调整

（1）主销后倾角及外倾角调整

1）调整指导：

拧松凸轮式调整螺栓，按照所校正主销后倾角的相反方向转动凸轮，见图14-1。

拧松凸轮式调整螺栓，按照所校正车轮外倾角的相同方向转动凸轮。

2）调整所及部件：无备件需求，无需更改零件。

3）专用工具：使用常规工具，无需专用工具。

（2）前轮前束调整(可调式横拉杆)

1）调整指导。调整前束角时，拧松转向拉杆锁止螺母，用扳手转动转向拉杆直至获得满意的前束角读数，见图 14-2。

2）调整所及部件：无备件需求，无需更改零件。

3）专用工具：使用常规工具，无需专用工具。

（3）后轮外倾角调整（可调式双连杆）

1）调整指导。调整外倾角时，拧松车架端后连杆，转动凸轮螺栓直至获得满意的外倾角读数，见图 14-3。

2）调整所及部件：无备件需求，无需更改零件。

3）专用工具：使用常规工具，无需专用工具。

（4）后轮前束角调整（可调式双连杆）

1）调整指导。调整单侧前束时，拧松前连杆前端，转动凸轮螺栓直至获得满意的前束读数，见图 14-4。

2）调整所及部件：无备件需求，无需更改零件。

3）专用工具：使用常规工具，无需专用工具。

14.2.2　2003 款帕杰罗 V73-3.0L 车型

1. 车轮定位规范

2003 款帕杰罗 V73-3.0L 车轮定位规范见表 14-5。

表 14-5　2003 款帕杰罗 V73-3.0L 车轮定位数据表

前车轮(Front)：

定位规范 / 定位参数	左侧(Left) 最小值(Min.)	理想值(Pref.)	最大值(Max.)	左右差(Cross)	右侧(Right) 最小值(Min.)	理想值(Pref.)	最大值(Max.)	调整提示(Adjusting)
主销后倾角(Caster)	2°50′	3°50′	4°50′	0°30′	2°50′	3°50′	4°50′	见定位调整(1)
车轮外倾角(Camber)	−0°30′	0°15′	1°00′	0°30′	−0°30′	0°15′	1°00′	见定位调整(1)
主销内倾角(SAI)	—	11°30′	—		—	11°30′	—	
单侧前束角(Individual Toe)	0′	0°05′	0°11′		0′	0°05′	0°11′	见定位调整(2)
总前束角(Total Toe)			最小值(Min.) 0′	理想值(Pref.) 0°11′	最大值(Max.) 0°22′			
包容角(Included Angle)	—	—	—		—	—	—	
转向前展角(Toe Out On Turns)	—	—	—		—	—	—	
车轮最大内转角(Max Turn Inside)	—	—	—		—	—	—	
车轮最大外转角(Max Turn Outside)	—	—	—		—	—	—	
前束曲线调整(Toe Curve Adjust)	—	—	—		—	—	—	
前束曲线控制(Toe Curve Control)	—	—	—		—	—	—	
车身高度(Ride Height)/mm	—	—	—		—	—	—	
车轴偏角(Setback)/mm	−8	0	8		−8	0	8	

（续）

后车轮(Rear)：

定位规范 定位参数	左侧(Left)			左右差 (Cross)	右侧(Right)			调整提示 (Adjusting)
	最小值 (Min.)	理想值 (Pref.)	最大值 (Max.)		最小值 (Min.)	理想值 (Pref.)	最大值 (Max.)	
车轮外倾角(Camber)	−0°30′	0′	0°30′	0°20′	−0°30′	0′	0°30′	见定位 调整(3)
单侧前束角 (Individual Toe)	0′	0°07′	0°13′		0′	0°07′	0°13′	见定位 调整(4)
总前束角(Total Toe)			最小值 (Min.)	理想值 (Pref.)	最大值 (Max.)			
			0′	0°13′	0°26′			
最大推进角 (Max Thrust Angle)				0°15′				
车身高度(Ride Height)/mm	—	—	—		—	—	—	
车轴偏角(Setback)/mm	−8	0	8		−8	0	8	

2. 进行定位调整

与 2004 款帕杰罗 V77-3.8L 车型调整方法相同。

第15章 大迪汽车

15.1 霸道

15.1.1 2003 款霸道（非动力转向）车型

1. 车轮定位规范

2003 款霸道（非动力转向）车轮定位规范见表 15-1。

表 15-1 2003 款霸道（非动力转向）车轮定位数据表

前车轮（Front）：

定位规范 \ 定位参数	左侧（Left）			左右差（Cross）	右侧（Right）			调整提示（Adjusting）
	最小值（Min.）	理想值（Pref.）	最大值（Max.）		最小值（Min.）	理想值（Pref.）	最大值（Max.）	
主销后倾角（Caster）	1°30′	1°50′	2°10′	0°10′	1°30′	1°50′	2°10′	
车轮外倾角（Camber）	0°10′	0°30′	0°50′	0°10′	0°10′	0°30′	0°50′	
主销内倾角（SAI）	8°45′	9°30′	10°15′		8°45′	9°30′	10°15′	
单侧前束角（Individual Toe）	0′	0°02′	0°05′		0′	0°02′	0°05′	见定位调整
总前束角（Total Toe）		最小值（Min.）0′	理想值（Pref.）0°05′	最大值（Max.）0°10′				
包容角（Included Angle）	—	—	—		—	—	—	
转向前展角（Toe Out On Turns）	—	—	—		—	—	—	
车轮最大内转角（Max Turn Inside）	—	—	—		—	—	—	
车轮最大外转角（Max Turn Outside）	—	—	—		—	—	—	
前束曲线调整（Toe Curve Adjust）	—	—	—		—	—	—	
前束曲线控制（Toe Curve Control）	—	—	—		—	—	—	
车身高度（Ride Height）/mm	—	—	—		—	—	—	
车轴偏角（Setback）/mm	-8	0	8		-8	0	8	

后车轮（Rear）：

定位规范 \ 定位参数	左侧（Left）			左右差（Cross）	右侧（Right）			调整提示（Adjusting）
	最小值（Min.）	理想值（Pref.）	最大值（Max.）		最小值（Min.）	理想值（Pref.）	最大值（Max.）	
车轮外倾角（Camber）	-1°00′	0′	1°00′	0°30′	-1°00′	0′	1°00′	
单侧前束角（Individual Toe）	-0°15′	0′	0°15′		-0°15′	0′	0°15′	

（续）

后车轮（Rear）：

定位规范 定位参数	左侧（Left）			左右差 （Cross）	右侧（Right）			调整提示 （Adjusting）
	最小值 （Min.）	理想值 （Pref.）	最大值 （Max.）		最小值 （Min.）	理想值 （Pref.）	最大值 （Max.）	
总前束角（Total Toe）			最小值 （Min.）	理想值 （Pref.）	最大值 （Max.）			
			−0°30′	0′	0°30′			
最大推进角 （Max Thrust Angle）				0°15′				
车身高度（Ride Height）/mm	—	—	—		—	—	—	
车轴偏角（Setback）/mm	−8	0	8		−8	0	8	

2. 进行定位调整

前车轮前束调整（可调式转向横拉杆）

1）调整指导。调整前束角时，拧松转向拉杆锁止螺母，用扳手转动转向拉杆直至获得满意的前束角读数，见图 15-1。

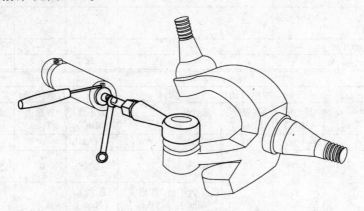

图 15-1　前车轮前束调整（可调式转向横拉杆）

2）调整所及部件：无备件需求，无需更改零件。

3）专用工具：使用常规工具，无需专用工具。

15.1.2　2003 款霸道（动力转向）车型

1. 车轮定位规范

2003 款霸道（动力转向）车轮定位规范见表 15-2。

表 15-2　2003 款霸道（动力转向）车轮定位数据表

前车轮（Front）：

定位规范 定位参数	左侧（Left）			左右差 （Cross）	右侧（Right）			调整提示 （Adjusting）
	最小值 （Min.）	理想值 （Pref.）	最大值 （Max.）		最小值 （Min.）	理想值 （Pref.）	最大值 （Max.）	
主销后倾角（Caster）	2°30′	2°45′	3°00′	0°10′	2°30′	2°45′	3°00′	
车轮外倾角（Camber）	0°30′	0°40′	0°50′	0°05′	0°30′	0°40′	0°50′	
主销内倾角（SAI）	8°45′	9°30′	10°15′		8°45′	9°30′	10°15′	

(续)

前车轮(Front):

定位规范 定位参数	左侧(Left)			左右差 (Cross)	右侧(Right)			调整提示 (Adjusting)
	最小值 (Min.)	理想值 (Pref.)	最大值 (Max.)		最小值 (Min.)	理想值 (Pref.)	最大值 (Max.)	
单侧前束角 (Individual Toe)	0′	0°02′	0°05′		0′	0°02′	0°05′	见定位 调整
总前束角(Total Toe)			最小值 (Min.) 0′	理想值 (Pref.) 0°05′	最大值 (Max.) 0°10′			
包容角(Included Angle)	—	—	—		—	—	—	
转向前展角 (Toe Out On Turns)	—	—	—		—	—	—	
车轮最大内转角 (Max Turn Inside)	—	—	—		—	—	—	
车轮最大外转角 (Max Turn Outside)	—	—	—		—	—	—	
前束曲线调整 (Toe Curve Adjust)								
前束曲线控制 (Toe Curve Control)								
车身高度(Ride Height)/mm	—	—	—		—	—	—	
车轴偏角(Setback)/mm	−8	0	8		−8	0	8	

后车轮(Rear):

定位规范 定位参数	左侧(Left)			左右差 (Cross)	右侧(Right)			调整提示 (Adjusting)
	最小值 (Min.)	理想值 (Pref.)	最大值 (Max.)		最小值 (Min.)	理想值 (Pref.)	最大值 (Max.)	
车轮外倾角(Camber)	−1°00′	0′	1°00′	0°30′	−1°00′	0′	1°00′	
单侧前束角 (Individual Toe)	−0°15′	0′	0°15′		−0°15′	0′	0°15′	
总前束角(Total Toe)			最小值 (Min.) −0°30′	理想值 (Pref.) 0′	最大值 (Max.) 0°30′			
最大推进角 (Max Thrust Angle)				0°15′				
车身高度(Ride Height)/mm	—	—	—		—	—	—	
车轴偏角(Setback)/mm	−8	0	8		−8	0	8	

2. 进行定位调整

与 2003 款霸道(非动力转向)车型调整方法相同。

15.2 大迪

2003 款大迪(商务车)车型

1. 车轮定位规范

2003 款大迪(商务车)车轮定位规范见表 15-3。

表 15-3　2003 款大迪（商务车）车轮定位数据表

前车轮（Front）：

定位规范 定位参数	左侧（Left）			左右差 （Cross）	右侧（Right）			调整提示 （Adjusting）
	最小值 （Min.）	理想值 （Pref.）	最大值 （Max.）		最小值 （Min.）	理想值 （Pref.）	最大值 （Max.）	
主销后倾角（Caster）	2°00′	3°00′	4°00′	0°30′	2°00′	3°00′	4°00′	见定位 调整（1）
车轮外倾角（Camber）	0°30′	0°40′	0°50′	0°05′	0°30′	0°40′	0°50′	见定位 调整（1）
主销内倾角（SAI）	14°40′	14°55′	15°10′		14°40′	14°55′	15°10′	
单侧前束角 （Individual Toe）	0′	0°02′	0°05′		0′	0°02′	0°05′	见定位 调整（2）
总前束角（Total Toe）			最小值 （Min.）	理想值 （Pref.）	最大值 （Max.）			
			0′	0°05′	0°10′			
包容角（Included Angle）	—	—	—		—	—	—	
转向前展角 （Toe Out On Turns）	—	—	—		—	—	—	
车轮最大内转角 （Max Turn Inside）	—	—	—		—	—	—	
车轮最大外转角 （Max Turn Outside）	—	—	—		—	—	—	
前束曲线调整 （Toe Curve Adjust）	—	—	—		—	—	—	
前束曲线控制 （Toe Curve Control）	—	—	—		—	—	—	
车身高度（Ride Height）/mm	114	119	124		114	119	124	
车轴偏角（Setback）/mm	−8	0	8		−8	0	8	

后车轮（Rear）：

定位规范 定位参数	左侧（Left）			左右差 （Cross）	右侧（Right）			调整提示 （Adjusting）
	最小值 （Min.）	理想值 （Pref.）	最大值 （Max.）		最小值 （Min.）	理想值 （Pref.）	最大值 （Max.）	
车轮外倾角（Camber）	−1°00′	0′	1°00′	0°30′	−1°00′	0′	1°00′	
单侧前束角 （Individual Toe）	−0°12′	0′	0°12′		−0°12′	0′	0°12′	
总前束角（Total Toe）			最小值 （Min.）	理想值 （Pref.）	最大值 （Max.）			
			−0°24′	0′	0°24′			
最大推进角 （Max Thrust Angle）				0°15′				
车身高度（Ride Height）/mm	—	—	—		—	—	—	
车轴偏角（Setback）/mm	−8	0	8		−8	0	8	

2. 进行定位调整

（1）车架内侧双垫片调整

1）调整指导：

减小主销后倾角时，将调整垫片从后向前移动，见图 15-2。

增大主销后倾角时，将调整垫片从前向后移动。

减小车轮外倾角时，在两个垫片组上等量增加调整垫片。

增大车轮外倾角时，在两个垫片组上等量拆除调整垫片。

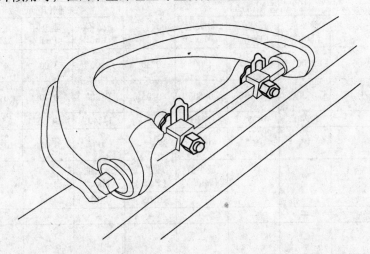

图 15-2　车架内侧双垫片调整

2）调整所及部件：无备件需求。

3）专用工具：可选插座套件。

（2）前车轮前束调整（可调式转向横拉杆）

1）调整指导。调整前束角时，拧松转向拉杆锁止螺母，用扳手转动转向拉杆直至获得满意的前束角读数，见图 15-1。

2）调整所及部件：无备件需求，无需更改零件。

3）专用工具：使用常规工具，无需专用工具。

第16章 东风本田

16.1 思威

16.1.1 2007款思威CR-V 2.0L车型

1. 车轮定位规范

2007款思威CR-V 2.0L(AT)车轮定位规范见表16-1。

表16-1 2007款思威CR-V 2.0L(AT)车轮定位数据表

前车轮(Front)：

定位参数 \ 定位规范	左侧(Left)			左右差(Cross)	右侧(Right)			调整提示(Adjusting)
	最小值(Min.)	理想值(Pref.)	最大值(Max.)		最小值(Min.)	理想值(Pref.)	最大值(Max.)	
主销后倾角(Caster)	0°45′	1°45′	2°45′	0°30′	0°45′	1°45′	2°45′	
车轮外倾角(Camber)	-0°45′	0′	0°45′	0°30′	-0°45′	0′	0°45′	见定位调整(1)
主销内倾角(SAI)	12°30′	13°30′	14°30′		12°30′	13°30′	14°30′	
单侧前束角(Individual Toe)	-0°05′	0′	0°05′		-0°05′	0′	0°05′	见定位调整(2)
总前束角(Total Toe)			最小值(Min.)	理想值(Pref.)	最大值(Max.)			
			-0°10′	0′	0°10′			
包容角(Included Angle)	—	—	—		—	—	—	
转向前展角(Toe Out On Turns)	—	—	—		—	—	—	
车轮最大内转角(Max Turn Inside)	—	—	—		—	—	—	
车轮最大外转角(Max Turn Outside)	—	—	—		—	—	—	
前束曲线调整(Toe Curve Adjust)								
前束曲线控制(Toe Curve Control)								
车身高度(Ride Height)/mm	—				—			
车轴偏角(Setback)/mm	-8	0	8		-8	0	8	

后车轮(Rear)：

定位参数 \ 定位规范	左侧(Left)			左右差(Cross)	右侧(Right)			调整提示(Adjusting)
	最小值(Min.)	理想值(Pref.)	最大值(Max.)		最小值(Min.)	理想值(Pref.)	最大值(Max.)	
车轮外倾角(Camber)	-1°45′	-1°00′	-0°15′	0°30′	-1°45′	-1°00′	-0°15′	见定位调整(3)

（续）

后车轮(Rear)：

定位参数 \ 定位规范	左侧(Left) 最小值 (Min.)	理想值 (Pref.)	最大值 (Max.)	左右差 (Cross)	右侧(Right) 最小值 (Min.)	理想值 (Pref.)	最大值 (Max.)	调整提示 (Adjusting)
单侧前束角 (Individual Toe)	0°03′	0°05′	0°13′		0°03′	0°05′	0°13′	见定位调整(3)
总前束角(Total Toe)				最小值 (Min.)	理想值 (Pref.)	最大值 (Max.)		
				0°05′	0°10′	0°26′		
最大推进角 (Max Thrust Angle)				0°15′				
车身高度(Ride Height)/mm	—	—	—		—	—	—	
车轴偏角(Setback)/mm	−8	0	8		−8	0	8	

2. 进行定位调整

（1）前车轮外倾角调整

1）调整指导。拆下并更换滑柱与转向节固定螺栓，按照更换螺栓制造商推荐，选择更换螺栓并按相应扭紧力矩规范拧紧，见图 16-1。

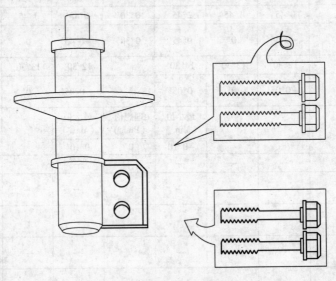

图 16-1　前车轮外倾角调整

2）调整所及部件：指定的细径螺栓。无需更改零件。

3）专用工具：使用常规工具，无需专用工具。

（2）前轮前束调整（可调式横拉杆）

1）调整指导。调整前束角时，拧松转向拉杆锁止螺母，用扳手转动转向拉杆直至获得满意的前束角读数，见图 16-2。

2）调整所及部件：无备件需求，无需更改零件。

3）专用工具：使用常规工具，无需专用工具。

（3）前束或外倾角调整（可调式偏心凸轮）

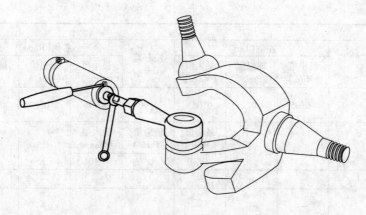

图 16-2 前轮前束调整（可调式横拉杆）

1）调整指导：

调整单侧前束或外倾角时，拧松枢轴螺栓，转动偏心凸轮直至获得理想读数，见图 16-3。定位仪画面会显示出所进行的调整是在调整外倾角或前束。

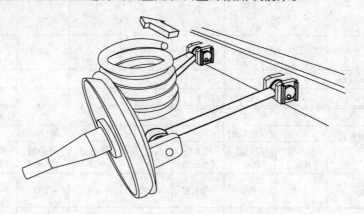

图 16-3 前束或外倾角调整（可调式偏心凸轮）

2）调整所及部件：无备件需求，无需更改零件。

3）专用工具：使用常规工具，无需专用工具。

16.1.2 2007 款思威 CR-V 2.4L 车型

1. 车轮定位规范

2007 款思威 CR-V 2.4L 车轮定位规范见表 16-2。

表 16-2 2007 款思威 CR-V 2.4L 车轮定位数据表

前车轮（Front）：

定位规范 定位参数	左侧（Left）			左右差 （Cross）	右侧（Right）			调整提示 （Adjusting）
	最小值 （Min.）	理想值 （Pref.）	最大值 （Max.）		最小值 （Min.）	理想值 （Pref.）	最大值 （Max.）	
主销后倾角（Caster）	0°45′	1°45′	2°45′	0°30′	0°45′	1°45′	2°45′	
车轮外倾角（Camber）	−0°45′	0′	0°45′	0°30′	−0°45′	0′	0°45′	见定位 调整（1）
主销内倾角（SAI）	12°30′	13°30′	14°30′		12°30′	13°30′	14°30′	

（续）

前车轮（Front）：

定位规范 定位参数	左侧(Left)			左右差 (Cross)	右侧(Right)			调整提示 (Adjusting)
	最小值 (Min.)	理想值 (Pref.)	最大值 (Max.)		最小值 (Min.)	理想值 (Pref.)	最大值 (Max.)	
单侧前束角 (Individual Toe)	−0°05′	0′	0°05′		−0°05′	0′	0°05′	见定位 调整(2)
总前束角(Total Toe)	最小值 (Min.)	理想值 (Pref.)	最大值 (Max.)					
	−0°10′	0′	0°10′					
包容角(Included Angle)	—	—	—		—	—	—	
转向前展角 (Toe Out On Turns)	—	—	—		—	—	—	
车轮最大内转角 (Max Turn Inside)	—	—	—		—	—	—	
车轮最大外转角 (Max Turn Outside)	—	—	—		—	—	—	
前束曲线调整 (Toe Curve Adjust)	—	—	—		—	—	—	
前束曲线控制 (Toe Curve Control)	—	—	—		—	—	—	
车身高度(Ride Height)/mm	—	—	—		—	—	—	
车轴偏角(Setback)/mm	−8	0	8		−8	0	8	

后车轮（Rear）：

定位规范 定位参数	左侧(Left)			左右差 (Cross)	右侧(Right)			调整提示 (Adjusting)
	最小值 (Min.)	理想值 (Pref.)	最大值 (Max.)		最小值 (Min.)	理想值 (Pref.)	最大值 (Max.)	
车轮外倾角(Camber)	−1°45′	−1°00′	−0°15′	0°30′	−1°45′	−1°00′	−0°15′	见定位 调整(3)
单侧前束角 (Individual Toe)	0°03′	0°05′	0°13′		0°03′	0°05′	0°13′	见定位 调整(3)
总前束角(Total Toe)	最小值 (Min.)	理想值 (Pref.)	最大值 (Max.)					
	0°05′	0°10′	0°26′					
最大推进角 (Max Thrust Angle)		0°15′						
车身高度(Ride Height)/mm	—	—	—		—	—	—	
车轴偏角(Setback)/mm	−8	0	8		−8	0	8	

2. 进行定位调整

与 2007 款思威 CR-V 2.0L 车型调整方法相同。

16.1.3　2005 款思威 CR-V 2.0L 车型

1. 车轮定位规范

2005 款思威 CR-V 2.0L 车轮定位规范见表 16-3。

表 16-3　2005 款思威 CR-V 2.0L 车轮定位数据表

前车轮（Front）：

定位规范 定位参数	左侧（Left）			左右差 （Cross）	右侧（Right）			调整提示 （Adjusting）
	最小值 （Min.）	理想值 （Pref.）	最大值 （Max.）		最小值 （Min.）	理想值 （Pref.）	最大值 （Max.）	
主销后倾角（Caster）	0°45′	1°45′	2°45′	0°30′	0°45′	1°45′	2°45′	
车轮外倾角（Camber）	−0°45′	0′	0°45′	0°30′	−0°45′	0′	0°45′	见定位 调整（1）
主销内倾角（SAI）	12°30′	13°30′	14°30′		12°30′	13°30′	14°30′	
单侧前束角 （Individual Toe）	−0°05′	0′	0°05′		−0°05′	0′	0°05′	见定位 调整（2）
总前束角（Total Toe）			最小值 （Min.） −0°10′	理想值 （Pref.） 0′	最大值 （Max.） 0°10′			
包容角（Included Angle）	—	—	—	—	—	—	—	
转向前展角 （Toe Out On Turns）	—	—	—		—	—	—	
车轮最大内转角 （Max Turn Inside）	—	—	—		—	—	—	
车轮最大外转角 （Max Turn Outside）	—	—	—		—	—	—	
前束曲线调整 （Toe Curve Adjust）	—	—	—		—	—	—	
前束曲线控制 （Toe Curve Control）	—	—	—		—	—	—	
车身高度（Ride Height）/mm	—	—	—		—	—	—	
车轴偏角（Setback）/mm	−8	0	8		−8	0	8	

后车轮（Rear）：

定位规范 定位参数	左侧（Left）			左右差 （Cross）	右侧（Right）			调整提示 （Adjusting）
	最小值 （Min.）	理想值 （Pref.）	最大值 （Max.）		最小值 （Min.）	理想值 （Pref.）	最大值 （Max.）	
车轮外倾角 （Camber）	−1°45′	−1°00′	−0°15′	0°30′	−1°45′	−1°00′	−0°15′	见定位 调整（3）
单侧前束角 （Individual Toe）	0°03′	0°05′	0°13′		0°03′	0°05′	0°13′	见定位 调整（3）
总前束角（Total Toe）			最小值 （Min.） 0°05′	理想值 （Pref.） 0°10′	最大值 （Max.） 0°26′			
最大推进角 （Max Thrust Angle）				0°15′				
车身高度（Ride Height）/mm	—	—	—		—	—	—	
车轴偏角（Setback）/mm	−8	0	8		−8	0	8	

2. 进行定位调整

与 2007 款思威 CR-V 2.0L 车型调整方法相同。

16.1.4 2005 款思威 CR-V 2.4L 车型

1. 车轮定位规范

2005 款思威 CR-V 2.4L(MT/AT/NAVI)车轮定位规范见表 16-4。

表 16-4 2005 款思威 CR-V 2.4L(MT/AT/NAVI)车轮定位数据表

前车轮(Front):

定位参数	左侧(Left) 最小值(Min.)	理想值(Pref.)	最大值(Max.)	左右差(Cross)	右侧(Right) 最小值(Min.)	理想值(Pref.)	最大值(Max.)	调整提示(Adjusting)
主销后倾角(Caster)	0°45′	1°45′	2°45′	0°30′	0°45′	1°45′	2°45′	
车轮外倾角(Camber)	−0°45′	0′	0°45′	0°30′	−0°45′	0′	0°45′	见定位调整(1)
主销内倾角(SAI)	12°30′	13°30′	14°30′		12°30′	13°30′	14°30′	
单侧前束角(Individual Toe)	−0°05′	0′	0°05′		−0°05′	0′	0°05′	见定位调整(2)
总前束角(Total Toe)		最小值(Min.) −0°10′	理想值(Pref.) 0′	最大值(Max.) 0°10′				
包容角(Included Angle)	—	—	—		—	—	—	
转向前展角(Toe Out On Turns)	—	—	—		—	—	—	
车轮最大内转角(Max Turn Inside)	—	—	—		—	—	—	
车轮最大外转角(Max Turn Outside)	—	—	—		—	—	—	
前束曲线调整(Toe Curve Adjust)	—	—	—		—	—	—	
前束曲线控制(Toe Curve Control)	—	—	—		—	—	—	
车身高度(Ride Height)/mm	—	—	—		—	—	—	
车轴偏角(Setback)/mm	−8	0	8		−8	0	8	

后车轮(Rear):

定位参数	左侧(Left) 最小值(Min.)	理想值(Pref.)	最大值(Max.)	左右差(Cross)	右侧(Right) 最小值(Min.)	理想值(Pref.)	最大值(Max.)	调整提示(Adjusting)
车轮外倾角(Camber)	−1°45′	−1°00′	−0°15′	0°30′	−1°45′	−1°00′	−0°15′	见定位调整(3)
单侧前束角(Individual Toe)	0°03′	0°05′	0°13′		0°03′	0°05′	0°13′	见定位调整(3)
总前束角(Total Toe)		最小值(Min.) 0°05′	理想值(Pref.) 0°10′	最大值(Max.) 0°26′				
最大推进角(Max Thrust Angle)			0°15′					
车身高度(Ride Height)/mm	—	—	—		—	—	—	
车轴偏角(Setback)/mm	−8	0	8		−8	0	8	

2. 进行定位调整

与 2007 款思威 CR-V 2.0L 车型调整方法相同。

16.2 思域

16.2.1 2006 款思域（CIVIC）车型

1. 车轮定位规范

2006 款思域车轮定位规范见表 16-5。

表 16-5 2006 款思域车轮定位数据表

前车轮（Front）：

定位规范 定位参数	左侧（Left）			左右差 （Cross）	右侧（Right）			调整提示 （Adjusting）
	最小值 （Min.）	理想值 （Pref.）	最大值 （Max.）		最小值 （Min.）	理想值 （Pref.）	最大值 （Max.）	
主销后倾角（Caster）	0°33′	1°33′	2°33′	0°30′	0°33′	1°33′	2°33′	
车轮外倾角（Camber）	−0°45′	0′	0°45′	0°30′	−0°45′	0′	0°45′	见定位 调整（1）
主销内倾角（SAI）	—	—	—		—	—	—	
单侧前束角 （Individual Toe）	−0°07′	0′	0°07′		−0°07′	0′	0°07′	见定位 调整（2）
总前束角（Total Toe）				最小值 （Min.） −0°14′	理想值 （Pref.） 0′	最大值 （Max.） 0°14′		
包容角（Included Angle）	5°30′	6°30′	7°30′		5°30′	6°30′	7°30′	
转向前展角 （Toe Out On Turns）	—	—	—		—	—	—	
车轮最大内转角 （Max Turn Inside）	38°00′	40°00′	42°00′		38°00′	40°00′	42°00′	
车轮最大外转角 （Max Turn Outside）	—	31°00′	—		—	31°00′	—	
前束曲线调整 （Toe Curve Adjust）	—	—	—		—	—	—	
前束曲线控制 （Toe Curve Control）	—	—	—		—	—	—	
车身高度（Ride Height）/mm	—	—	—		—	—	—	
车轴偏角（Setback）/mm	−8	0	8		−8	0	8	

后车轮（Rear）：

定位规范 定位参数	左侧（Left）			左右差 （Cross）	右侧（Right）			调整提示 （Adjusting）
	最小值 （Min.）	理想值 （Pref.）	最大值 （Max.）		最小值 （Min.）	理想值 （Pref.）	最大值 （Max.）	
车轮外倾角（Camber）	−1°30′	−0°45′	0′	0°15′	−1°30′	−0°45′	0′	见定位 调整（3）
单侧前束角 （Individual Toe）	0°02′	0°05′	0°10′		0°02′	0°05′	0°10′	
总前束角（Total Toe）				最小值 （Min.） 0°05′	理想值 （Pref.） 0°10′	最大值 （Max.） 0°19′		
最大推进角 （Max Thrust Angle）				0°15′				
车身高度（Ride Height）/mm	—	—	—		—	—	—	
车轴偏角（Setback）/mm	−8	0	8		−8	0	8	

2. 进行定位调整

（1）车轮外倾角调整

1）调整指导。拆下并更换滑柱与转向节固定螺栓（图 16-1）。按照更换螺栓制造商推荐，选择更换螺栓并按相应扭紧力矩规范拧紧。

2）调整所及部件：指定的细径螺栓，无需更改零件。

3）专用工具：使用常规工具，无需专用工具。

（2）前轮前束调整（可调式横拉杆）

1）调整指导。调整前束角时，拧松转向拉杆锁止螺母，用扳手转动转向拉杆直至获得满意的前束角读数（图 16-2）。

2）调整所及部件：无备件需求，无需更改零件。

3）专用工具：使用常规工具，无需专用工具。

（3）前束调整（可调式补偿臂）

1）调整指导。调整单侧前束时，拧松补偿臂固定螺栓（图 16-4）。向内侧滑动补偿臂可增大前束内收，向外侧滑动补偿臂可减小前束内收。

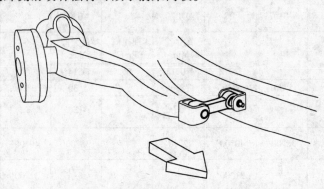

图 16-4　前束调整（可调式补偿臂）

2）调整所及部件：无备件需求，无需更改零件。

3）专用工具：使用常规工具，无需专用工具。

16.2.2　2006 款思域 EXi 车型

1. 车轮定位规范

2006 款思域 EXi 车轮定位规范见表 16-6。

表 16-6　2006 款思域 EXi 车轮定位数据表

前车轮（Front）：

定位规范 定位参数	左侧（Left）			左右差 （Cross）	右侧（Right）			调整提示 （Adjusting）
	最小值 （Min.）	理想值 （Pref.）	最大值 （Max.）		最小值 （Min.）	理想值 （Pref.）	最大值 （Max.）	
主销后倾角（Caster）	0°33′	1°33′	2°33′	0°30′	0°33′	1°33′	2°33′	
车轮外倾角（Camber）	−0°45′	0′	0°45′	0°30′	−0°45′	0′	0°45′	见定位 调整(1)
主销内倾角（SAI）	—	—	—		—	—	—	

（续）

前车轮（Front）：

定位规范 定位参数	左侧（Left）			左右差 （Cross）	右侧（Right）			调整提示 （Adjusting）
	最小值 （Min.）	理想值 （Pref.）	最大值 （Max.）		最小值 （Min.）	理想值 （Pref.）	最大值 （Max.）	
单侧前束角 （Individual Toe）	−0°14′	0′	0°15′		−0°14′	0′	0°15′	见定位 调整（2）
总前束角（Total Toe）		最小值 （Min.） −0°29′	理想值 （Pref.） 0′	最大值 （Max.） 0°29′				
包容角（Included Angle）	5°30′	6°30′	7°30′		5°30′	6°30′	7°30′	
转向前展角 （Toe Out On Turns）	—	—	—		—	—	—	
车轮最大内转角 （Max Turn Inside）	—	—	—		—	—	—	
车轮最大外转角 （Max Turn Outside）	—	—	—		—	—	—	
前束曲线调整 （Toe Curve Adjust）	—	—	—		—	—	—	
前束曲线控制 （Toe Curve Control）	—	—	—		—	—	—	
车身高度（Ride Height）/mm	—	—	—		—	—	—	
车轴偏角（Setback）/mm	−8	0	8		−8	0	8	

后车轮（Rear）：

定位规范 定位参数	左侧（Left）			左右差 （Cross）	右侧（Right）			调整提示 （Adjusting）
	最小值 （Min.）	理想值 （Pref.）	最大值 （Max.）		最小值 （Min.）	理想值 （Pref.）	最大值 （Max.）	
车轮外倾角（Camber）	−1°25′	−0°45′	0′	0°15′	−1°25′	−0°45′	0′	见定位 调整（3）
单侧前束角 （Individual Toe）	−0°05′	0°10′	0°24′		−0°05′	0°10′	0°24′	
总前束角（Total Toe）		最小值 （Min.） −0°10′	理想值 （Pref.） 0°19′	最大值 （Max.） 0°48′				
最大推进角 （Max Thrust Angle）			0°15′					
车身高度（Ride Height）/mm	—	—	—		—	—	—	
车轴偏角（Setback）/mm	−8	0	8		−8	0	8	

2. 进行定位调整

与 2006 款思域车型调整方法相同。

16.2.3　2006 款思域 VTi、VTi-S 车型

1. 车轮定位规范

2006 款思域 VTi/VTi-S 车轮定位规范见表 16-7。

表 16-7　2006 款思域 VTi/VTi-S 车轮定位数据表

前车轮(Front)：

定位参数＼定位规范	左侧(Left)			左右差(Cross)	右侧(Right)			调整提示(Adjusting)
	最小值(Min.)	理想值(Pref.)	最大值(Max.)		最小值(Min.)	理想值(Pref.)	最大值(Max.)	
主销后倾角(Caster)	0°33′	1°33′	2°33′	0°30′	0°33′	1°33′	2°33′	
车轮外倾角(Camber)	−0°45′	0′	0°45′	0°30′	−0°45′	0′	0°45′	
主销内倾角(SAI)	—	—	—		—	—	—	
单侧前束角(Individual Toe)	−0°14′	0′	0°15′		−0°14′	0′	0°15′	
总前束角(Total Toe)			最小值(Min.)	理想值(Pref.)	最大值(Max.)			
			−0°29′	0′	0°29′			
包容角(Included Angle)	5°30′	6°30′	7°30′		5°30′	6°30′	7°30′	
转向前展角(Toe Out On Turns)	—	—	—		—	—	—	
车轮最大内转角(Max Turn Inside)	—	—	—		—	—	—	
车轮最大外转角(Max Turn Outside)	—	—	—		—	—	—	
前束曲线调整(Toe Curve Adjust)	—	—	—		—	—	—	
前束曲线控制(Toe Curve Control)	—	—	—		—	—	—	
车身高度(Ride Height)/mm	—	—	—		—	—	—	
车轴偏角(Setback)/mm	−8	0	8		−8	0	—	

后车轮(Rear)：

定位参数＼定位规范	左侧(Left)			左右差(Cross)	右侧(Right)			调整提示(Adjusting)
	最小值(Min.)	理想值(Pref.)	最大值(Max.)		最小值(Min.)	理想值(Pref.)	最大值(Max.)	
车轮外倾角(Camber)	−1°25′	−0°45′	0′	0°30′	−1°25′	−0°45′	0′	
单侧前束角(Individual Toe)	−0°05′	0°10′	0°24′		−0°05′	0°10′	0°24′	
总前束角(Total Toe)			最小值(Min.)	理想值(Pref.)	最大值(Max.)			
			−0°10′	0°19′	0°48′			
最大推进角(Max Thrust Angle)				0°15′				
车身高度(Ride Height)/mm	—	—	—		—	—	—	
车轴偏角(Setback)/mm	−8	0	8		−8	0	8	

2. 进行定位调整

与 2006 款思域车型调整方法相同。

第 17 章　东　风　标　致

17.1　标致 206

17.1.1　2006 款标致 206 车型

1. 车轮定位规范

2006 款标致 206 车轮定位规范见表 17-1。

表 17-1　2006 款标致 206 车轮定位数据表

前车轮（Front）：

定位规范 定位参数	左侧（Left）			左右差 （Cross）	右侧（Right）			调整提示 （Adjusting）
	最小值 （Min.）	理想值 （Pref.）	最大值 （Max.）		最小值 （Min.）	理想值 （Pref.）	最大值 （Max.）	
主销后倾角（Caster）	2°45′	3°15′	3°45′	0°20′	2°45′	3°15′	3°45′	
车轮外倾角（Camber）	−0°30′	0′	0°30′	0°20′	−0°30′	0′	0°30′	
主销内倾角（SAI）	9°12′	9°42′	10°12′		9°12′	9°42′	10°12′	
单侧前束角 （Individual Toe）	−0°10′	−0°06′	−0°02′		−0°10′	−0°06′	−0°02′	见定位 调整
总前束角（Total Toe）	最小值 （Min.） −0°20′	理想值 （Pref.） −0°12′	最大值 （Max.） −0°04′					
包容角（Included Angle）	—	—	—		—	—	—	
转向前展角 （Toe Out On Turns）								
车轮最大内转角 （Max Turn Inside）								
车轮最大外转角 （Max Turn Outside）								
前束曲线调整 （Toe Curve Adjust）	—	—	—		—	—	—	
前束曲线控制 （Toe Curve Control）	—	—	—		—	—	—	
车身高度（Ride Height）/mm	123	133	145		123	133	145	
车轴偏角（Setback）/mm	−8	0	8		−8	0	8	

后车轮（Rear）：

定位规范 定位参数	左侧（Left）			左右差 （Cross）	右侧（Right）			调整提示 （Adjusting）
	最小值 （Min.）	理想值 （Pref.）	最大值 （Max.）		最小值 （Min.）	理想值 （Pref.）	最大值 （Max.）	
车轮外倾角（Camber）	−1°30′	−1°00′	−0°30′	0°20′	−1°30′	−1°00′	−0°30′	
单侧前束角 （Individual Toe）	0°11′	0°15′	0°19′		0°11′	0°15′	0°19′	

(续)

后车轮(Rear)：

定位规范 / 定位参数	左侧(Left)			左右差 (Cross)	右侧(Right)			调整提示 (Adjusting)
	最小值 (Min.)	理想值 (Pref.)	最大值 (Max.)		最小值 (Min.)	理想值 (Pref.)	最大值 (Max.)	
总前束角(Total Toe)			最小值 (Min.) 0°22′	理想值 (Pref.) 0°30′	最大值 (Max.) 0°38′			
最大推进角 (Max Thrust Angle)				0°15′				
车身高度(Ride Height)/mm	123	133	145		123	133	145	
车轴偏角(Setback)/mm	−8	0	8		−8	0	8	

2. 进行定位调整

前轮前束调整(可调式横拉杆)

1)调整指导。调整前束角时，拧松转向拉杆锁止螺母，用扳手转动转向拉杆直至获得满意的前束角读数，见图 17-1。

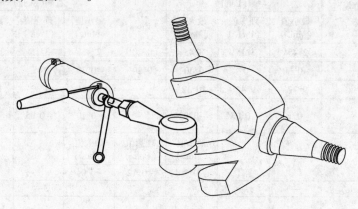

图 17-1　前轮前束调整(可调式横拉杆)

2)调整所及部件：无备件需求，无需更改零件。

3)专用工具：使用常规工具，无需专用工具。

17.1.2　2006 款标致 206-ETEC 1.4L 车型

1. 车轮定位规范

2006 款标致 206-ETEC 1.4L 车轮定位规范见表 17-2。

表 17-2　2006 款标致 206-ETEC 1.4L 车轮定位数据表

前车轮(Front)：

定位规范 / 定位参数	左侧(Left)			左右差 (Cross)	右侧(Right)			调整提示 (Adjusting)
	最小值 (Min.)	理想值 (Pref.)	最大值 (Max.)		最小值 (Min.)	理想值 (Pref.)	最大值 (Max.)	
主销后倾角(Caster)	2°30′	3°00′	3°30′	0°20′	2°30′	3°00′	3°30′	
车轮外倾角(Camber)	−0°30′	0′	0°30′	0°20′	−0°30′	0′	0°30′	
主销内倾角(SAI)	9°05′	9°35′	10°05′		9°05′	9°35′	10°05′	

（续）

前车轮（Front）：

定位规范 定位参数	左侧（Left）			左右差 （Cross）	右侧（Right）			调整提示 （Adjusting）
	最小值 （Min.）	理想值 （Pref.）	最大值 （Max.）		最小值 （Min.）	理想值 （Pref.）	最大值 （Max.）	
单侧前束角 （Individual Toe）	0°03′	0°06′	0°09′		0°03′	0°06′	0°09′	见定位 调整
总前束角（Total Toe）			最小值 （Min.）	理想值 （Pref.）	最大值 （Max.）			
			0°06′	0°12′	0°18′			
包容角（Included Angle）	—	—	—		—	—	—	
转向前展角 （Toe Out On Turns）	—	—	—		—	—	—	
车轮最大内转角 （Max Turn Inside）	—	—	—		—	—	—	
车轮最大外转角 （Max Turn Outside）	—	—	—		—	—	—	
前束曲线调整 （Toe Curve Adjust）	—	—	—		—	—	—	
前束曲线控制 （Toe Curve Control）	—	—	—		—	—	—	
车身高度（Ride Height）/mm	123	133	145		123	133	145	
车轴偏角（Setback）/mm	−8	0	8		−8	0	8	

后车轮（Rear）：

定位规范 定位参数	左侧（Left）			左右差 （Cross）	右侧（Right）			调整提示 （Adjusting）
	最小值 （Min.）	理想值 （Pref.）	最大值 （Max.）		最小值 （Min.）	理想值 （Pref.）	最大值 （Max.）	
车轮外倾角（Camber）	−1°30′	−1°00′	−0°30′	0°20′	−1°30′	−1°00′	−0°30′	
单侧前束角 （Individual Toe）	0°11′	0°16′	0°21′		0°11′	0°16′	0°21′	
总前束角（Total Toe）			最小值 （Min.）	理想值 （Pref.）	最大值 （Max.）			
			0°22′	0°32′	0°42′			
最大推进角 （Max Thrust Angle）				0°15′				
车身高度（Ride Height）/mm	123	133	145		123	133	145	
车轴偏角（Setback）/mm	−8	0	8		−8	0	8	

2. 进行定位调整

与 2006 款标致 206 车型调整方法相同。

17.1.3 2006 款标致 206-S 1.4L/1.6L 车型

1. 车轮定位规范

2006 款标致 206-S 1.4L/1.6L 车轮定位规范见表 17-3。

表 17-3 2006 款标致 206-S 1.4L/1.6L 车轮定位数据表

前车轮(Front):

定位规范 定位参数	左侧(Left)			左右差 (Cross)	右侧(Right)			调整提示 (Adjusting)
	最小值 (Min.)	理想值 (Pref.)	最大值 (Max.)		最小值 (Min.)	理想值 (Pref.)	最大值 (Max.)	
主销后倾角(Caster)	2°30′	3°00′	3°30′	0°20′	2°30′	3°00′	3°30′	
车轮外倾角(Camber)	−0°30′	0′	0°30′	0°20′	−0°30′	0′	0°30′	
主销内倾角(SAI)	9°05′	9°35′	10°05′		9°05′	9°35′	10°05′	
单侧前束角 (Individual Toe)	0°03′	0°06′	0°09′		0°03′	0°06′	0°09′	见定位 调整
总前束角(Total Toe)		最小值 (Min.)	理想值 (Pref.)	最大值 (Max.)				
		0°06′	0°12′	0°18′				
包容角(Included Angle)	—	—	—		—	—	—	
转向前展角 (Toe Out On Turns)	—	—	—		—	—	—	
车轮最大内转角 (Max Turn Inside)	—	—	—		—	—	—	
车轮最大外转角 (Max Turn Outside)	—	—	—		—	—	—	
前束曲线调整 (Toe Curve Adjust)	—	—	—		—	—	—	
前束曲线控制 (Toe Curve Control)	—	—	—		—	—	—	
车身高度(Ride Height)/mm	123	133	145		123	133	145	
车轴偏角(Setback)/mm	−8	0	8		−8	0	8	

后车轮(Rear):

定位规范 定位参数	左侧(Left)			左右差 (Cross)	右侧(Right)			调整提示 (Adjusting)
	最小值 (Min.)	理想值 (Pref.)	最大值 (Max.)		最小值 (Min.)	理想值 (Pref.)	最大值 (Max.)	
车轮外倾角(Camber)	−1°30′	−1°00′	−0°30′	0°20′	−1°30′	−1°00′	−0°30′	
单侧前束角 (Individual Toe)	0°11′	0°16′	0°21′		0°11′	0°16′	0°21′	
总前束角(Total Toe)		最小值 (Min.)	理想值 (Pref.)	最大值 (Max.)				
		0°22′	0°32′	0°42′				
最大推进角 (Max Thrust Angle)		0°15′						
车身高度(Ride Height)/mm	123	133	145		123	133	145	
车轴偏角(Setback)/mm	−8	0	8		−8	0	8	

2. 进行定位调整

与 2006 款标致 206 车型调整方法相同。

17.1.4 2006 款标致 206-S Pack 1.6L 车型

1. 车轮定位规范

2006 款标致 206-S Pack 1.6L 车轮定位规范见表 17-4。

表 17-4　2006 款标致 206-S Pack 1.6L 车轮定位数据表

前车轮(Front)：

定位规范／定位参数	左侧(Left)			左右差(Cross)	右侧(Right)			调整提示(Adjusting)
	最小值(Min.)	理想值(Pref.)	最大值(Max.)		最小值(Min.)	理想值(Pref.)	最大值(Max.)	
主销后倾角(Caster)	2°30′	3°00′	3°30′	0°20′	2°30′	3°00′	3°30′	
车轮外倾角(Camber)	−0°30′	0′	0°30′	0°20′	−0°30′	0′	0°30′	
主销内倾角(SAI)	9°05′	9°35′	10°05′		9°05′	9°35′	10°05′	
单侧前束角(Individual Toe)	0°03′	0°06′	0°09′		0°03′	0°06′	0°09′	见定位调整
总前束角(Total Toe)	最小值(Min.)	理想值(Pref.)	最大值(Max.)					
	0°06′	0°12′	0°18′					
包容角(Included Angle)	—	—	—		—	—	—	
转向前展角(Toe Out On Turns)	—	—	—		—	—	—	
车轮最大内转角(Max Turn Inside)	—	—	—		—	—	—	
车轮最大外转角(Max Turn Outside)	—	—	—		—	—	—	
前束曲线调整(Toe Curve Adjust)	—	—	—		—	—	—	
前束曲线控制(Toe Curve Control)	—	—	—		—	—	—	
车身高度(Ride Height)/mm	123	133	145		123	133	145	
车轴偏角(Setback)/mm	−8	0	8		−8	0	8	

后车轮(Rear)：

定位规范／定位参数	左侧(Left)			左右差(Cross)	右侧(Right)			调整提示(Adjusting)
	最小值(Min.)	理想值(Pref.)	最大值(Max.)		最小值(Min.)	理想值(Pref.)	最大值(Max.)	
车轮外倾角(Camber)	−1°30′	−1°00′	−0°30′	0°20′	−1°30′	−1°00′	−0°30′	
单侧前束角(Individual Toe)	0°11′	0°16′	0°21′		0°11′	0°16′	0°21′	
总前束角(Total Toe)	最小值(Min.)	理想值(Pref.)	最大值(Max.)					
	0°22′	0°32′	0°42′					
最大推进角(Max Thrust Angle)				0°15′				
车身高度(Ride Height)/mm	123	133	145		123	133	145	
车轴偏角(Setback)/mm	−8	0	8		−8	0	8	

2. 进行定位调整

与 2006 款标致 206 车型调整方法相同。

17.1.5　2006 款标致 206-XR 1.6L 车型

1. 车轮定位规范

2006 款标致 206-XR 1.6L 车轮定位规范见表 17-5。

表 17-5 2006 款标致 206-XR 1.6L 车轮定位数据表

前车轮(Front):

定位参数 \ 定位规范	左侧(Left)			左右差(Cross)	右侧(Right)			调整提示(Adjusting)
	最小值(Min.)	理想值(Pref.)	最大值(Max.)		最小值(Min.)	理想值(Pref.)	最大值(Max.)	
主销后倾角(Caster)	2°30′	3°00′	3°30′	0°20′	2°30′	3°00′	3°30′	
车轮外倾角(Camber)	−0°30′	0′	0°30′	0°20′	−0°30′	0′	0°30′	
主销内倾角(SAI)	9°05′	9°35′	10°05′		9°05′	9°35′	10°05′	
单侧前束角(Individual Toe)	0°03′	0°06′	0°09′		0°03′	0°06′	0°09′	见定位调整
总前束角(Total Toe)		最小值(Min.)	理想值(Pref.)	最大值(Max.)				
		0°06′	0°12′	0°18′				
包容角(Included Angle)	—	—	—		—	—	—	
转向前展角(Toe Out On Turns)	—	—	—		—	—	—	
车轮最大内转角(Max Turn Inside)	—	—	—		—	—	—	
车轮最大外转角(Max Turn Outside)	—	—	—		—	—	—	
前束曲线调整(Toe Curve Adjust)	—	—	—		—	—	—	
前束曲线控制(Toe Curve Control)	—	—	—		—	—	—	
车身高度(Ride Height)/mm	123	133	145		123	133	145	
车轴偏角(Setback)/mm	−8	0	8		−8	0	8	

后车轮(Rear):

定位参数 \ 定位规范	左侧(Left)			左右差(Cross)	右侧(Right)			调整提示(Adjusting)
	最小值(Min.)	理想值(Pref.)	最大值(Max.)		最小值(Min.)	理想值(Pref.)	最大值(Max.)	
车轮外倾角(Camber)	−1°30′	−1°00′	−0°30′	0°20′	−1°30′	−1°00′	−0°30′	
单侧前束角(Individual Toe)	0°11′	0°16′	0°21′		0°11′	0°16′	0°21′	
总前束角(Total Toe)		最小值(Min.)	理想值(Pref.)	最大值(Max.)				
		0°22′	0°32′	0°42′				
最大推进角(Max Thrust Angle)				0°15′				
车身高度(Ride Height)/mm	123	133	145		123	133	145	
车轴偏角(Setback)/mm	−8	0	8		−8	0	8	

2. 进行定位调整

与 2006 款标致 206 车型调整方法相同。

17.1.6 2006 款标致 206 XT 1.6L 车型

1. 车轮定位规范

2006 款标致 206 XT 1.6L 车轮定位规范见表 17-6。

表 17-6　2006 款标致 206 XT 1.6L 车轮定位数据表

前车轮(Front)：

定位规范 定位参数	左侧(Left)			左右差 (Cross)	右侧(Right)			调整提示 (Adjusting)
	最小值 (Min.)	理想值 (Pref.)	最大值 (Max.)		最小值 (Min.)	理想值 (Pref.)	最大值 (Max.)	
主销后倾角(Caster)	2°30′	3°00′	3°30′	0°20′	2°30′	3°00′	3°30′	
车轮外倾角(Camber)	−0°30′	0′	0°30′	0°20′	−0°30′	0′	0°30′	
主销内倾角(SAI)	9°05′	9°35′	10°05′		9°05′	9°35′	10°05′	
单侧前束角 (Individual Toe)	0°03′	0°06′	0°09′		0°03′	0°06′	0°09′	见定位 调整
总前束角(Total Toe)				最小值 (Min.)	理想值 (Pref.)	最大值 (Max.)		
				0°06′	0°12′	0°18′		
包容角(Included Angle)	—	—	—		—	—	—	
转向前展角 (Toe Out On Turns)	—	—	—		—	—	—	
车轮最大内转角 (Max Turn Inside)	—	—	—		—	—	—	
车轮最大外转角 (Max Turn Outside)	—	—	—		—	—	—	
前束曲线调整 (Toe Curve Adjust)	—	—	—		—	—	—	
前束曲线控制 (Toe Curve Control)	—	—	—		—	—	—	
车身高度(Ride Height)/mm	123	133	145		123	133	145	
车轴偏角(Setback)/mm	−8	0	8		−8	0	8	

后车轮(Rear)：

定位规范 定位参数	左侧(Left)			左右差 (Cross)	右侧(Right)			调整提示 (Adjusting)
	最小值 (Min.)	理想值 (Pref.)	最大值 (Max.)		最小值 (Min.)	理想值 (Pref.)	最大值 (Max.)	
车轮外倾角(Camber)	−1°30′	−1°00′	−0°30′	0°20′	−1°30′	−1°00′	−0°30′	
单侧前束角 (Individual Toe)	0°11′	0°16′	0°21′		0°11′	0°16′	0°21′	
总前束角(Total Toe)				最小值 (Min.)	理想值 (Pref.)	最大值 (Max.)		
				0°22′	0°32′	0°42′		
最大推进角 (Max Thrust Angle)				0°15′				
车身高度(Ride Height)/mm	123	133	145		123	133	145	
车轴偏角(Setback)/mm	−8	0	8		−8	0	8	

2. 进行定位调整

与 2006 款标致 206 车型调整方法相同。

17.2　标致 307

17.2.1　2006 款标致 307 2.0L 车型

1. 车轮定位规范

2006 款标致 307 2.0L(驾御版)车轮定位规范见表 17-7。

表 17-7　2006 款标致 307 2.0L(驾御版)车轮定位数据表

前车轮(Front):

定位规范 定位参数	左侧(Left)			左右差 (Cross)	右侧(Right)			调整提示 (Adjusting)
	最小值 (Min.)	理想值 (Pref.)	最大值 (Max.)		最小值 (Min.)	理想值 (Pref.)	最大值 (Max.)	
主销后倾角(Caster)	4°48′	5°18′	5°48′	0°20′	4°48′	5°18′	5°48′	
车轮外倾角(Camber)	−0°30′	0′	0°30′	0°20′	−0°30′	0′	0°30′	
主销内倾角(SAI)	10°36′	11°36′	12°36′		10°36′	11°36′	12°36′	
单侧前束角 (Individual Toe)	−0°13′	−0°09′	−0°05′		−0°13′	−0°09′	−0°05′	见定位 调整
总前束角(Total Toe)			最小值 (Min.) −0°26′	理想值 (Pref.) −0°18′	最大值 (Max.) −0°10′			
包容角(Included Angle)	—	—	—		—	—	—	
转向前展角 (Toe Out On Turns)	—	—	—		—	—	—	
车轮最大内转角 (Max Turn Inside)	—	—	—		—	—	—	
车轮最大外转角 (Max Turn Outside)	—	—	—		—	—	—	
前束曲线调整 (Toe Curve Adjust)	—	—	—		—	—	—	
前束曲线控制 (Toe Curve Control)	—	—	—		—	—	—	
车身高度(Ride Height)/mm	—	156	—		—	156	—	
车轴偏角(Setback)/mm	−8	0	8		−8	0	8	

后车轮(Rear):

定位规范 定位参数	左侧(Left)			左右差 (Cross)	右侧(Right)			调整提示 (Adjusting)
	最小值 (Min.)	理想值 (Pref.)	最大值 (Max.)		最小值 (Min.)	理想值 (Pref.)	最大值 (Max.)	
车轮外倾角(Camber)	−1°48′	−1°18′	−0°48′	0°20′	−1°48′	−1°18′	−0°48′	
单侧前束角 (Individual Toe)	0°23′	0°27′	0°31′		0°23′	0°27′	0°31′	
总前束角(Total Toe)			最小值 (Min.) 0°46′	理想值 (Pref.) 0°54′	最大值 (Max.) 1°02′			
最大推进角 (Max Thrust Angle)				0°15′				
车身高度(Ride Height)/mm	—	150	—		—	150	—	
车轴偏角(Setback)/mm	−8	0	8		−8	0	8	

2. 进行定位调整

与 2006 款标致 206 车型调整方法相同。

17.2.2　2006 款标致 307 XS 1.6L 车型

1. 车轮定位规范

2006 款标致 307 XS 1.6L 车轮定位规范见表 17-8。

表 17-8 2006 款标致 307 XS 1.6L 车轮定位数据表

前车轮(Front):

定位规范 / 定位参数	左侧(Left)			左右差(Cross)	右侧(Right)			调整提示(Adjusting)
	最小值(Min.)	理想值(Pref.)	最大值(Max.)		最小值(Min.)	理想值(Pref.)	最大值(Max.)	
主销后倾角(Caster)	4°48′	5°18′	5°48′	0°20′	4°48′	5°18′	5°48′	
车轮外倾角(Camber)	−0°30′	0′	0°30′	0°20′	−0°30′	0′	0°30′	
主销内倾角(SAI)	10°36′	11°36′	12°36′		10°36′	11°36′	12°36′	
单侧前束角(Individual Toe)	−0°13′	−0°09′	−0°05′		−0°13′	−0°09′	−0°05′	见定位调整
总前束角(Total Toe)	最小值(Min.) −0°26′	理想值(Pref.) −0°18′	最大值(Max.) −0°10′					
包容角(Included Angle)	—	—	—		—	—	—	
转向前展角(Toe Out On Turns)	—	—	—		—	—	—	
车轮最大内转角(Max Turn Inside)	—	—	—		—	—	—	
车轮最大外转角(Max Turn Outside)	—	—	—		—	—	—	
前束曲线调整(Toe Curve Adjust)	—	—	—		—	—	—	
前束曲线控制(Toe Curve Control)	—	—	—		—	—	—	
车身高度(Ride Height)/mm	—	156	—		—	156	—	
车轴偏角(Setback)/mm	−8	0	8		−8	0	8	

后车轮(Rear):

定位规范 / 定位参数	左侧(Left)			左右差(Cross)	右侧(Right)			调整提示(Adjusting)
	最小值(Min.)	理想值(Pref.)	最大值(Max.)		最小值(Min.)	理想值(Pref.)	最大值(Max.)	
车轮外倾角(Camber)	−1°48′	−1°18′	−0°48′	0°20′	−1°48′	−1°18′	−0°48′	
单侧前束角(Individual Toe)	0°23′	0°27′	0°31′		0°23′	0°27′	0°31′	
总前束角(Total Toe)	最小值(Min.) 0°46′	理想值(Pref.) 0°54′	最大值(Max.) 1°02′					
最大推进角(Max Thrust Angle)				0°15′				
车身高度(Ride Height)/mm	—	150	—		—	150	—	
车轴偏角(Setback)/mm	−8	0	8		−8	0	8	

2. 进行定位调整

与 2006 款标致 206 车型调整方法相同。

17.2.3 2006 款标致 307 XT 1.6L 车型

1. 车轮定位规范

2006 款标致 307 XT 1.6L 车轮定位规范见表 17-9。

表 17-9　2006 款标致 307 XT 1.6L 车轮定位数据表

前车轮(Front)：

定位规范 定位参数	左侧(Left)			左右差 (Cross)	右侧(Right)			调整提示 (Adjusting)
	最小值 (Min.)	理想值 (Pref.)	最大值 (Max.)		最小值 (Min.)	理想值 (Pref.)	最大值 (Max.)	
主销后倾角(Caster)	4°48′	5°18′	5°48′	0°20′	4°48′	5°18′	5°48′	
车轮外倾角(Camber)	−0°30′	0′	0°30′	0°20′	−0°30′	0′	0°30′	
主销内倾角(SAI)	10°36′	11°36′	12°36′		10°36′	11°36′	12°36′	
单侧前束角 (Individual Toe)	−0°13′	−0°09′	−0°05′		−0°13′	−0°09′	−0°05′	见定位 调整
总前束角(Total Toe)	最小值 (Min.)	理想值 (Pref.)	最大值 (Max.)					
	−0°26′	−0°18′	−0°10′					
包容角(Included Angle)	—	—	—		—	—	—	
转向前展角 (Toe Out On Turns)	—	—	—		—	—	—	
车轮最大内转角 (Max Turn Inside)	—	—	—		—	—	—	
车轮最大外转角 (Max Turn Outside)	—	—	—		—	—	—	
前束曲线调整 (Toe Curve Adjust)	—	—	—		—	—	—	
前束曲线控制 (Toe Curve Control)	—	—	—		—	—	—	
车身高度(Ride Height)/mm	—	156	—		—	156	—	
车轴偏角(Setback)/mm	−8	0	8		−8	0	8	

后车轮(Rear)：

定位规范 定位参数	左侧(Left)			左右差 (Cross)	右侧(Right)			调整提示 (Adjusting)
	最小值 (Min.)	理想值 (Pref.)	最大值 (Max.)		最小值 (Min.)	理想值 (Pref.)	最大值 (Max.)	
车轮外倾角(Camber)	−1°48′	−1°18′	−0°48′	0°30′	−1°48′	−1°18′	−0°48′	
单侧前束角 (Individual Toe)	0°23′	0°27′	0°31′		0°23′	0°27′	0°31′	
总前束角(Total Toe)	最小值 (Min.)	理想值 (Pref.)	最大值 (Max.)					
	0°46′	0°54′	1°02′					
最大推进角 (Max Thrust Angle)		0°15′						
车身高度(Ride Height)/mm	—	150	—		—	150	—	
车轴偏角(Setback)/mm	−8	0	8		−8	0	8	

2. 进行定位调整

与 2006 款标致 206 车型调整方法相同。

17.2.4　2006 款标致 307 XT 2.0L 车型

1. 车轮定位规范

2006 款标致 307 XT 2.0L 车轮定位规范见表 17-10。

表 17-10　2006 款标致 307 XT 2.0L 车轮定位数据表

前车轮（Front）：

定位规范 定位参数	左侧（Left）			左右差 （Cross）	右侧（Right）			调整提示 （Adjusting）
	最小值 （Min.）	理想值 （Pref.）	最大值 （Max.）		最小值 （Min.）	理想值 （Pref.）	最大值 （Max.）	
主销后倾角（Caster）	4°48′	5°18′	5°48′	0°30′	4°48′	5°18′	5°48′	
车轮外倾角（Camber）	−0°30′	0′	0°30′	0°30′	−0°30′	0′	0°30′	
主销内倾角（SAI）	10°36′	11°36′	12°36′		10°36′	11°36′	12°36′	
单侧前束角 （Individual Toe）	−0°13′	−0°09′	−0°05′		−0°13′	−0°09′	−0°05′	见定位调整
总前束角（Total Toe）	最小值 （Min.）	理想值 （Pref.）	最大值 （Max.）					
	−0°26′	−0°18′	−0°10′					
包容角（Included Angle）	—	—	—		—	—	—	
转向前展角 （Toe Out On Turns）	—	—	—		—	—	—	
车轮最大内转角 （Max Turn Inside）	—	—	—		—	—	—	
车轮最大外转角 （Max Turn Outside）	—	—	—		—	—	—	
前束曲线调整 （Toe Curve Adjust）	—	—	—		—	—	—	
前束曲线控制 （Toe Curve Control）	—	—	—		—	—	—	
车身高度（Ride Height）/mm	—	156	—		—	156	—	
车轴偏角（Setback）/mm	−8	0	8		−8	0	8	

后车轮（Rear）：

定位规范 定位参数	左侧（Left）			左右差 （Cross）	右侧（Right）			调整提示 （Adjusting）
	最小值 （Min.）	理想值 （Pref.）	最大值 （Max.）		最小值 （Min.）	理想值 （Pref.）	最大值 （Max.）	
车轮外倾角（Camber）	−1°48′	−1°18′	−0°48′	0°30′	−1°48′	−1°18′	−0°48′	
单侧前束角 （Individual Toe）	0°23′	0°27′	0°31′		0°23′	0°27′	0°31′	
总前束角（Total Toe）	最小值 （Min.）	理想值 （Pref.）	最大值 （Max.）					
	0°46′	0°54′	1°02′					
最大推进角 （Max Thrust Angle）		0°15′						
车身高度（Ride Height）/mm	—	150	—		—	150	—	
车轴偏角（Setback）/mm	−8	0	8		−8	0	8	

2. 进行定位调整

与 2006 款标致 206 车型调整方法相同。

17.2.5　2004 款标致 307 车型

1. 车轮定位规范

2004 款标致 307 车轮定位规范见表 17-11。

表 17-11　2004 款标致 307 车轮定位数据表

前车轮(Front):

定位规范 定位参数	左侧(Left)			左右差 (Cross)	右侧(Right)			调整提示 (Adjusting)
	最小值 (Min.)	理想值 (Pref.)	最大值 (Max.)		最小值 (Min.)	理想值 (Pref.)	最大值 (Max.)	
主销后倾角(Caster)	4°48′	5°18′	5°48′	0°30′	4°48′	5°18′	5°48′	
车轮外倾角(Camber)	−0°30′	0′	0°30′	0°30′	−0°30′	0′	0°30′	
主销内倾角(SAI)	10°36′	11°36′	12°36′		10°36′	11°36′	12°36′	
单侧前束角 (Individual Toe)	−0°13′	−0°09′	−0°05′		−0°13′	−0°09′	−0°05′	见定位 调整
总前束角(Total Toe)		最小值 (Min.) −0°26′	理想值 (Pref.) −0°18′	最大值 (Max.) −0°10′				
包容角(Included Angle)	—	—	—		—	—	—	
转向前展角 (Toe Out On Turns)	—	—	—		—	—	—	
车轮最大内转角 (Max Turn Inside)	—	—	—		—	—	—	
车轮最大外转角 (Max Turn Outside)	—	—	—		—	—	—	
前束曲线调整 (Toe Curve Adjust)	—	—	—		—	—	—	
前束曲线控制 (Toe Curve Control)	—	—	—		—	—	—	
车身高度(Ride Height)/mm	—	156	—		—	156	—	
车轴偏角(Setback)/mm	−8	0	8		−8	0	8	

后车轮(Rear):

定位规范 定位参数	左侧(Left)			左右差 (Cross)	右侧(Right)			调整提示 (Adjusting)
	最小值 (Min.)	理想值 (Pref.)	最大值 (Max.)		最小值 (Min.)	理想值 (Pref.)	最大值 (Max.)	
车轮外倾角(Camber)	−1°45′	−1°15′	−0°45′	0°30′	−1°45′	−1°15′	−0°45′	
单侧前束角 (Individual Toe)	0°23′	0°27′	0°31′		0°23′	0°27′	0°31′	
总前束角(Total Toe)		最小值 (Min.) 0°46′	理想值 (Pref.) 0°54′	最大值 (Max.) 1°02′				
最大推进角 (Max Thrust Angle)				0°15′				
车身高度(Ride Height)/mm	—	150	—		—	150	—	
车轴偏角(Setback)/mm	−8	0	8		−8	0	8	

2. 进行定位调整

与 2006 款标致 206 车型调整方法相同。

第18章 东风汽车

18.1 小王子

18.1.1 2003 款小王子 EQ7080BP/EQ7100BP 车型

1. 车轮定位规范

2003 款小王子 EQ7080BP/EQ7100BP 车轮定位规范见表 18-1。

表 18-1 2003 款小王子 EQ7080BP/EQ7100BP 车轮定位数据表

前车轮(Front):

定位规范 / 定位参数	左侧(Left) 最小值 (Min.)	理想值 (Pref.)	最大值 (Max.)	左右差 (Cross)	右侧(Right) 最小值 (Min.)	理想值 (Pref.)	最大值 (Max.)	调整提示 (Adjusting)
主销后倾角(Caster)	1°18′	1°48′	2°18′	—	1°18′	1°48′	2°18′	
车轮外倾角(Camber)	−0°30′	0′	0°30′	—	−0°30′	0′	0°30′	
主销内倾角 (SAI)	5°00′	5°30′	6°00′		5°00′	5°30′	6°00′	
单侧前束角 (Individual Toe)	0′	0°04′	0°08′		0′	0°04′	0°08′	
总前束角(Total Toe)		最小值 (Min.) 0′	理想值 (Pref.) 0°08′	最大值 (Max.) 0°17′				
包容角 (Included Angle)	—	—	—	—	—	—	—	
转向前展角 (Toe Out On Turns)	—	—	—	—	—	—	—	
车轮最大内转角 (Max Turn Inside)	—	—	—	—	—	—	—	
车轮最大外转角 (Max Turn Outside)	—	—	—	—	—	—	—	
前束曲线调整 (Toe Curve Adjust)								
前束曲线控制 (Toe Curve Control)								
车身高度(Ride Height)/mm	—	—	—	—	—	—	—	
车轴偏角(Setback)/mm	−8	0	8		−8	0	8	

后车轮(Rear):

定位规范 / 定位参数	左侧(Left) 最小值 (Min.)	理想值 (Pref.)	最大值 (Max.)	左右差 (Cross)	右侧(Right) 最小值 (Min.)	理想值 (Pref.)	最大值 (Max.)	调整提示 (Adjusting)
车轮外倾角(Camber)	—	—	—	—	—	—	—	
单侧前束角 (Individual Toe)	—	—	—	—	—	—	—	

(续)

后车轮(Rear):

定位规范 定位参数	左侧(Left)			左右差 (Cross)	右侧(Right)			调整提示 (Adjusting)
	最小值 (Min.)	理想值 (Pref.)	最大值 (Max.)		最小值 (Min.)	理想值 (Pref.)	最大值 (Max.)	
总前束角(Total Toe)			最小值 (Min.) —	理想值 (Pref.) —	最大值 (Max.)			
最大推进角 (Max Thrust Angle)				0°15′				
车身高度(Ride Height)/mm	—	—	—		—	—	—	
车轴偏角(Setback)/mm	−8	0	8		−8	0	8	

2. 进行定位调整

制造商未提供或不涉及此项目。

18.1.2 2003 款小王子 EQ7081BP/EQ7101BP 车型

1. 车轮定位规范

2003 款小王子 EQ7081BP/EQ7101BP 车轮定位规范见表 18-2。

表 18-2 2003 款小王子 EQ7081BP/EQ7101BP 车轮定位数据表

前车轮(Front):

定位规范 定位参数	左侧(Left)			左右差 (Cross)	右侧(Right)			调整提示 (Adjusting)
	最小值 (Min.)	理想值 (Pref.)	最大值 (Max.)		最小值 (Min.)	理想值 (Pref.)	最大值 (Max.)	
主销后倾角(Caster)	1°18′	1°48′	2°18′	—	1°18′	1°48′	2°18′	
车轮外倾角(Camber)	−0°30′	0′	0°30′	—	−0°30′	0′	0°30′	
主销内倾角(SAI)	5°00′	5°30′	6°00′		5°00′	5°30′	6°00′	
单侧前束角 (Individual Toe)	0′	0°04′	0°08′		0′	0°04′	0°08′	
总前束角(Total Toe)			最小值 (Min.) 0′	理想值 (Pref.) 0°08′	最大值 (Max.) 0°17′			
包容角(Included Angle)	—	—	—		—	—	—	
转向前展角 (Toe Out On Turns)								
车轮最大内转角 (Max Turn Inside)								
车轮最大外转角 (Max Turn Outside)	—	—	—		—	—	—	
前束曲线调整 (Toe Curve Adjust)								
前束曲线控制 (Toe Curve Control)								
车身高度(Ride Height)/mm	—	—	—		—	—	—	
车轴偏角(Setback)/mm	−8	0	8		−8	0	8	

（续）

后车轮（Rear）：

定位规范 定位参数	左侧（Left）			左右差 （Cross）	右侧（Right）			调整提示 （Adjusting）
	最小值 （Min.）	理想值 （Pref.）	最大值 （Max.）		最小值 （Min.）	理想值 （Pref.）	最大值 （Max.）	
车轮外倾角（Camber）	—	—	—		—	—	—	
单侧前束角 （Individual Toe）	—	—	—		—	—	—	
总前束角（Total Toe）	最小值 （Min.） —	理想值 （Pref.） —	最大值 （Max.） —					
最大推进角 （Max Thrust Angle）				0°15′				
车身高度（Ride Height）/mm	—	—	—		—	—	—	
车轴偏角（Setback）/mm	−8	0	8		−8	0	8	

2. 进行定位调整

制造商未提供或不涉及此项目。

18.2　风行

1999 款风行车型

1. 车轮定位规范

1999～2004 年风行（FUTURE）车轮定位规范见表 18-3。

表 18-3　1999～2004 年风行（FUTURE）车轮定位数据表

前车轮（Front）：

定位规范 定位参数	左侧（Left）			左右差 （Cross）	右侧（Right）			调整提示 （Adjusting）
	最小值 （Min.）	理想值 （Pref.）	最大值 （Max.）		最小值 （Min.）	理想值 （Pref.）	最大值 （Max.）	
主销后倾角（Caster）	3°00′	3°30′	4°00′	0°30′	3°00′	3°30′	4°00′	见定位 调整（1）
车轮外倾角（Camber）	−0°30′	0′	0°30′	0°30′	−0°30′	0′	0°30′	见定位 调整（1）
主销内倾角（SAI）	—	—	—		—	—	—	
单侧前束角 （Individual Toe）	−0°07′	0′	0°07′		−0°07′	0′	0°07′	见定位 调整（2）
总前束角（Total Toe）	最小值 （Min.） −0°14′	理想值 （Pref.） 0′	最大值 （Max.） 0°14′					
包容角（Included Angle）	—	—	—					
转向前展角 （Toe Out On Turns）	—	—	—					
车轮最大内转角 （Max Turn Inside）	—	—	—					
车轮最大外转角 （Max Turn Outside）	—	—	—					

（续）

前车轮（Front）：

定位规范 定位参数	左侧（Left）			左右差 （Cross）	右侧（Right）			调整提示 （Adjusting）
	最小值 （Min.）	理想值 （Pref.）	最大值 （Max.）		最小值 （Min.）	理想值 （Pref.）	最大值 （Max.）	
前束曲线调整 （Toe Curve Adjust）	—	—	—		—	—	—	
前束曲线控制 （Toe Curve Control）	—	—	—		—	—	—	
车身高度（Ride Height）/mm	—	—	—		—	—	—	
车轴偏角（Setback）/mm	−8	0	8		−8	0	8	

后车轮（Rear）：

定位规范 定位参数	左侧（Left）			左右差 （Cross）	右侧（Right）			调整提示 （Adjusting）
	最小值 （Min.）	理想值 （Pref.）	最大值 （Max.）		最小值 （Min.）	理想值 （Pref.）	最大值 （Max.）	
车轮外倾角（Camber）	−1°00′	0′	1°00′	1°00′	−1°00′	0′	1°00′	
单侧前束角 （Individual Toe）	−0°15′	0′	0°15′		−0°15′	0′	0°15′	
总前束角（Total Toe）		最小值 （Min.） −0°30′	理想值 （Pref.） 0′	最大值 （Max.） 0°30′				
最大推进角 （Max Thrust Angle）			0°15′					
车身高度（Ride Height）/mm	—	—	—		—	—	—	
车轴偏角（Setback）/mm	−8	0	8		−8	0	8	

2. 进行定位调整

（1）主销后倾角/车轮外倾角调整

1）调整指导：

拧松凸轮式调整螺栓，按照所校正主销后倾角的相反方向转动凸轮，见图18-1。

拧松凸轮式调整螺栓，按照所校正车轮外倾角的相同方向转动凸轮。

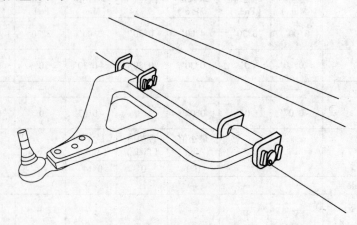

图18-1　主销后倾角/车轮外倾角调整

2）调整所及部件：无备件需求，无需更改零件。

3）专用工具：使用常规工具，无需专用工具。

（2）前轮前束调整（可调式转向横拉杆）

1）调整指导。调整前束角时，拧松转向拉杆锁止螺母，用扳手转动转向拉杆直至获得满意的前束角读数，见图18-2。

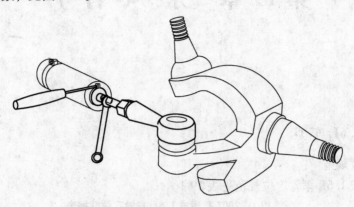

图18-2 前轮前束调整（可调式转向横拉杆）

2）调整所及部件：无备件需求，无需更改零件。

3）专用工具：使用常规工具，无需专用工具。

第 19 章 东风日产

19.1 骊威

2007 款骊威 1.6L 车型

1. 车轮定位规范

2007 款骊威 1.6L 车轮定位规范见表 19-1。

表 19-1　2007 款骊威 1.6L 车轮定位数据表

前车轮(Front)：

定位规范 定位参数	左侧(Left)			左右差 (Cross)	右侧(Right)			调整提示 (Adjusting)
	最小值 (Min.)	理想值 (Pref.)	最大值 (Max.)		最小值 (Min.)	理想值 (Pref.)	最大值 (Max.)	
主销后倾角 (Caster)	4°00′	4°45′	5°30′	—	4°00′	4°45′	5°30′	
车轮外倾角(Camber)	−0°40′	0°05′	0°50′	—	−0°40′	0°05′	0°50′	
主销内倾角(SAI)	—	—	—		—	—	—	
单侧前束角 (Individual Toe)	0′	0°02′	0°04′		0′	0°02′	0°04′	
总前束角(Total Toe)			最小值 (Min.)	理想值 (Pref.)	最大值 (Max.)			
			0′	0°04′	0°08′			
包容角(Included Angle)	—	—	—		—	—	—	
转向前展角 (Toe Out On Turns)	—	—	—		—	—	—	
车轮最大内转角 (Max Turn Inside)	—	—	—		—	—	—	
车轮最大外转角 (Max Turn Outside)	—	—	—		—	—	—	
前束曲线调整 (Toe Curve Adjust)	—	—	—		—	—	—	
前束曲线控制 (Toe Curve Control)	—	—	—		—	—	—	
车身高度(Ride Height)/mm	—	—	—		—	—	—	
车轴偏角(Setback)/mm	−8	0	8		−8	0	8	

后车轮(Rear)：

定位规范 定位参数	左侧(Left)			左右差 (Cross)	右侧(Right)			调整提示 (Adjusting)
	最小值 (Min.)	理想值 (Pref.)	最大值 (Max.)		最小值 (Min.)	理想值 (Pref.)	最大值 (Max.)	
车轮外倾角(Camber)	—	—	—		—	—	—	
单侧前束角 (Individual Toe)	—	—	—		—	—		

（续）

后车轮（Rear）：

定位规范 定位参数	左侧（Left）			左右差 （Cross）	右侧（Right）			调整提示 （Adjusting）
	最小值 （Min.）	理想值 （Pref.）	最大值 （Max.）		最小值 （Min.）	理想值 （Pref.）	最大值 （Max.）	
总前束角（Total Toe）			最小值 （Min.）	理想值 （Pref.）	最大值 （Max.）			
			—		—			
最大推进角 （Max Thrust Angle）				0°15′				
车身高度 （Ride Height）/mm	—	—	—		—	—	—	
车轴偏角 （Setback）/mm	−8	0	8		−8	0	8	

2. 进行定位调整

制造商未提供或不涉及此项目。

19.2 新天籁

19.2.1 2006 款新天籁 200JK 车型

1. 车轮定位规范

2006 款新天籁 200JK 车轮定位规范见表 19-2。

表 19-2 2006 款新天籁 200JK 车轮定位数据表

前车轮（Front）：

定位规范 定位参数	左侧（Left）			左右差 （Cross）	右侧（Right）			调整提示 （Adjusting）
	最小值 （Min.）	理想值 （Pref.）	最大值 （Max.）		最小值 （Min.）	理想值 （Pref.）	最大值 （Max.）	
主销后倾角（Caster）	2°05′	2°50′	3°35′	0°45′	2°05′	2°50′	3°35′	
车轮外倾角（Camber）	0′	0°15′	0°30′	—	0′	0°15′	0°30′	
主销内倾角（SAI）	13°50′	14°35′	15°20′		13°50′	14°35′	15°20′	
单侧前束角 （Individual Toe）	0′	0°10′	0°19′		0′	0°10′	0°19′	
总前束角（Total Toe）			最小值 （Min.）	理想值 （Pref.）	最大值 （Max.）			
			0′	0°19′	0°38′			
包容角（Included Angle）	—	—	—		—	—	—	
转向前展角 （Toe Out On Turns）	—	—	—		—	—	—	
车轮最大内转角 （Max Turn Inside）	—	—	—		—	—	—	
车轮最大外转角 （Max Turn Outside）	—	—	—		—	—	—	
前束曲线调整 （Toe Curve Adjust）	—	—	—		—	—	—	

（续）

前车轮（Front）：

定位规范 定位参数	左侧（Left）			左右差 （Cross）	右侧（Right）			调整提示 （Adjusting）
	最小值 （Min.）	理想值 （Pref.）	最大值 （Max.）		最小值 （Min.）	理想值 （Pref.）	最大值 （Max.）	
前束曲线控制 （Toe Curve Control）	—	—	—		—	—	—	
车身高度（Ride Height）/mm	—	—	—		—	—	—	
车轴偏角（Setback）/mm	−8	0	8		−8	0	8	

后车轮（Rear）：

定位规范 定位参数	左侧（Left）			左右差 （Cross）	右侧（Right）			调整提示 （Adjusting）
	最小值 （Min.）	理想值 （Pref.）	最大值 （Max.）		最小值 （Min.）	理想值 （Pref.）	最大值 （Max.）	
车轮外倾角（Camber）	0°10′	0°40′	1°10′	—	0°10′	0°40′	1°10′	
单侧前束角 （Individual Toe）	0°06′	0°14′	0°22′		0°06′	0°14′	0°22′	
总前束角（Total Toe）				最小值 （Min.） 0°11′	理想值 （Pref.） 0°27′	最大值 （Max.） 0°43′		
最大推进角 （Max Thrust Angle）				0°15′				
车身高度（Ride Height）/mm	—	—	—		—	—	—	
车轴偏角（Setback）/mm	−8	0	8		−8	0	8	

2. 进行定位调整

制造商未提供或不涉及此项目。

19.2.2　2006款新天籁230JK车型

1. 车轮定位规范

2006款新天籁230JK车轮定位规范见表19-3。

表19-3　2006款新天籁230JK车轮定位数据表

前车轮（Front）：

定位规范 定位参数	左侧（Left）			左右差 （Cross）	右侧（Right）			调整提示 （Adjusting）
	最小值 （Min.）	理想值 （Pref.）	最大值 （Max.）		最小值 （Min.）	理想值 （Pref.）	最大值 （Max.）	
主销后倾角（Caster）	2°05′	2°50′	3°35′	0°45′	2°05′	2°50′	3°35′	
车轮外倾角（Camber）	0′	0°15′	0°30′	—	0′	0°15′	0°30′	
主销内倾角（SAI）	13°50′	14°35′	15°20′		13°50′	14°35′	15°20′	
单侧前束角 （Individual Toe）	0′	0°10′	0°19′		0′	0°10′	0°19′	
总前束角（Total Toe）				最小值 （Min.） 0′	理想值 （Pref.） 0°19′	最大值 （Max.） 0°38′		
包容角（Included Angle）								
转向前展角 （Toe Out On Turns）	—							
车轮最大内转角 （Max Turn Inside）								

（续）

前车轮（Front）：

定位规范 定位参数	左侧（Left）			左右差 （Cross）	右侧（Right）			调整提示 （Adjusting）
	最小值 （Min.）	理想值 （Pref.）	最大值 （Max.）		最小值 （Min.）	理想值 （Pref.）	最大值 （Max.）	
车轮最大外转角 （Max Turn Outside）	—	—	—		—	—	—	
前束曲线调整 （Toe Curve Adjust）	—	—	—		—	—	—	
前束曲线控制 （Toe Curve Control）	—	—	—		—	—	—	
车身高度（Ride Height）/mm	—	—	—		—	—	—	
车轴偏角（Setback）/mm	−8	0	8		−8	0	8	

后车轮（Rear）：

定位规范 定位参数	左侧（Left）			左右差 （Cross）	右侧（Right）			调整提示 （Adjusting）
	最小值 （Min.）	理想值 （Pref.）	最大值 （Max.）		最小值 （Min.）	理想值 （Pref.）	最大值 （Max.）	
车轮外倾角 （Camber）	0°10′	0°40′	1°10′	—	0°10′	0°40′	1°10′	
单侧前束角 （Individual Toe）	0°06′	0°14′	0°22′		0°06′	0°14′	0°22′	
总前束角（Total Toe）		最小值 （Min.）	理想值 （Pref.）	最大值 （Max.）				
		0°11′	0°27′	0°43′				
最大推进角 （Max Thrust Angle）			0°15′					
车身高度（Ride Height）/mm	—	—	—		—	—	—	
车轴偏角（Setback）/mm	−8	0	8		−8	0	8	

2. 进行定位调整

制造商未提供或不涉及此项目。

19.2.3　2006 款新天籁 230 JM/JM-S/JM-VIP 车型

1. 车轮定位规范

2006 款新天籁 230 JM/JM-S/JM-VIP 车轮定位规范见表 19-4。

表 19-4　2006 款新天籁 230 JM/JM-S/JM-VIP 车轮定位数据表

前车轮（Front）：

定位规范 定位参数	左侧（Left）			左右差 （Cross）	右侧（Right）			调整提示 （Adjusting）
	最小值 （Min.）	理想值 （Pref.）	最大值 （Max.）		最小值 （Min.）	理想值 （Pref.）	最大值 （Max.）	
主销后倾角（Caster）	2°05′	2°50′	3°35′	0°45′	2°05′	2°50′	3°35′	
车轮外倾角（Camber）	0′	0°15′	0°30′	—	0′	0°15′	0°30′	
主销内倾角（SAI）	13°50′	14°35′	15°20′		13°50′	14°35′	15°20′	
单侧前束角 （Individual Toe）	0′	0°10′	0°19′		0′	0°10′	0°19′	

(续)

前车轮(Front):

定位参数 \ 定位规范	左侧(Left)			左右差(Cross)	右侧(Right)			调整提示(Adjusting)
	最小值(Min.)	理想值(Pref.)	最大值(Max.)		最小值(Min.)	理想值(Pref.)	最大值(Max.)	
总前束角(Total Toe)			最小值(Min.)	理想值(Pref.)	最大值(Max.)			
			0′	0°19′	0°38′			
包容角(Included Angle)	—	—	—		—	—	—	
转向前展角(Toe Out On Turns)	—	—	—		—	—	—	
车轮最大内转角(Max Turn Inside)	—	—	—		—	—	—	
车轮最大外转角(Max Turn Outside)	—	—	—		—	—	—	
前束曲线调整(Toe Curve Adjust)	—	—	—		—	—	—	
前束曲线控制(Toe Curve Control)	—	—	—		—	—	—	
车身高度(Ride Height)/mm	—	—	—		—	—	—	
车轴偏角(Setback)/mm	−8	0	8		−8	0	8	

后车轮(Rear):

定位参数 \ 定位规范	左侧(Left)			左右差(Cross)	右侧(Right)			调整提示(Adjusting)
	最小值(Min.)	理想值(Pref.)	最大值(Max.)		最小值(Min.)	理想值(Pref.)	最大值(Max.)	
车轮外倾角(Camber)	0°10′	0°40′	1°10′	—	0°10′	0°40′	1°10′	
单侧前束角(Individual Toe)	0°06′	0°14′	0°22′		0°06′	0°14′	0°22′	
总前束角(Total Toe)			最小值(Min.)	理想值(Pref.)	最大值(Max.)			
			0°11′	0°27′	0°43′			
最大推进角(Max Thrust Angle)				0°15′				
车身高度(Ride Height)/mm	—	—	—		—	—	—	
车轴偏角(Setback)/mm	−8	0	8		−8	0	8	

2. 进行定位调整

制造商未提供或不涉及此项目。

19.3 天籁

2004 款天籁车型

1. 车轮定位规范

2004 款天籁车轮定位规范见表 19-5。

表 19-5　2004 款天籁车轮定位数据表

前车轮(Front)：

定位规范 / 定位参数	左侧(Left)			左右差 (Cross)	右侧(Right)			调整提示 (Adjusting)
	最小值 (Min.)	理想值 (Pref.)	最大值 (Max.)		最小值 (Min.)	理想值 (Pref.)	最大值 (Max.)	
主销后倾角(Caster)	2°05′	2°50′	3°35′	—	2°05′	2°50′	3°35′	
车轮外倾角(Camber)	−1°05′	−0°20′	0°25′	—	−1°05′	−0°20′	0°25′	
主销内倾角(SAI)	—	14°40′	—		—	14°40′	—	
单侧前束角 (Individual Toe)	0°01′	0°02′	0°05′		0°01′	0°02′	0°05′	见定位 调整(1)
总前束角(Total Toe)		最小值 (Min.)	理想值 (Pref.)	最大值 (Max.)				
		0°01′	0°05′	0°09′				
包容角(Included Angle)	—	—	—		—	—	—	
转向前展角 (Toe Out On Turns)	—	—	—		—	—	—	
车轮最大内转角 (Max Turn Inside)	—	—	—		—	—	—	
车轮最大外转角 (Max Turn Outside)	—	—	—		—	—	—	
前束曲线调整 (Toe Curve Adjust)	—	—	—		—	—	—	
前束曲线控制 (Toe Curve Control)	—	—	—		—	—	—	
车身高度(Ride Height)/mm	—	—	—		—	—	—	
车轴偏角(Setback)/mm	−8	0	8		−8	0	8	

后车轮(Rear)：

定位规范 / 定位参数	左侧(Left)			左右差 (Cross)	右侧(Right)			调整提示 (Adjusting)
	最小值 (Min.)	理想值 (Pref.)	最大值 (Max.)		最小值 (Min.)	理想值 (Pref.)	最大值 (Max.)	
车轮外倾角(Camber)	−1°09′	−0°39′	−0°09′	—	−1°09′	−0°39′	−0°09′	见定位 调整(2)
单侧前束角 (Individual Toe)	0°04′	0°08′	0°13′		0°04′	0°08′	0°13′	见定位 调整(2)
总前束角(Total Toe)		最小值 (Min.)	理想值 (Pref.)	最大值 (Max.)				
		0°08′	0°17′	0°25′				
最大推进角 (Max Thrust Angle)			0°15′					
车身高度(Ride Height)/mm	—	—	—		—	—	—	
车轴偏角(Setback)/mm	−8	0	8		−8	0	8	

2. 进行定位调整

（1）前轮前束调整(可调式横拉杆)

1）调整指导。调整前束角时，拧松转向拉杆锁止螺母，用扳手转动转向拉杆直至获得满意的前束角读数，见图 19-1。

2）调整所及部件：无备件需求，无需更改零件。

3）专用工具：使用常规工具，无需专用工具。

（2）前束或外倾角调整(可调式偏心凸轮)

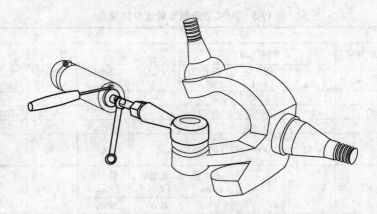

图 19-1　前轮前束调整(可调式横拉杆)

1)调整指导。调整单侧前束或外倾角时,拧松枢轴螺栓,转动偏心凸轮直至获得理想读数。定位仪画面会显示出所进行的调整是在调整外倾角或前束,见图 19-2。

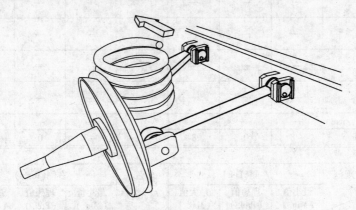

图 19-2　前束或外倾角调整(可调式偏心凸轮)

2)调整所及部件:无备件需求,无需更改零件。

3)专用工具:使用常规工具,无需专用工具。

19.4　骏逸

2006 款骏逸 1.8L XE 车型

1. 车轮定位规范

2006 款骏逸 1.8L XE 车轮定位规范见表 19-6。

表 19-6　2006 款骏逸 1.8L XE 车轮定位数据表

前车轮(Front):								
定位规范　　定位参数	左侧(Left)			左右差 (Cross)	右侧(Right)			调整提示 (Adjusting)
	最小值 (Min.)	理想值 (Pref.)	最大值 (Max.)		最小值 (Min.)	理想值 (Pref.)	最大值 (Max.)	
主销后倾角(Caster)	3°45′	4°30′	5°15′	0°30′	3°45′	4°30′	5°15′	
车轮外倾角(Camber)	−0°45′	0′	0°45′	0°30′	−0°45′	0′	0°45′	

（续）

前车轮（Front）：

定位规范 定位参数	左侧（Left）			左右差 （Cross）	右侧（Right）			调整提示 （Adjusting）
	最小值 （Min.）	理想值 （Pref.）	最大值 （Max.）		最小值 （Min.）	理想值 （Pref.）	最大值 （Max.）	
主销内倾角（SAI）	8°55′	9°40′	10°25′		8°55′	9°40′	10°25′	
单侧前束角 （Individual Toe）	0′	0°02′	0°03′		0′	0°02′	0°03′	见定位 调整
总前束角（Total Toe）			最小值 （Min.）	理想值 （Pref.）	最大值 （Max.）			
			0′	0°03′	0°06′			
包容角（Included Angle）	—	—	—	—	—	—	—	
转向前展角 （Toe Out On Turns）	—	—	—	—	—	—	—	
车轮最大内转角 （Max Turn Inside）	—	—	—	—	—	—	—	
车轮最大外转角 （Max Turn Outside）	—	—	—	—	—	—	—	
前束曲线调整 （Toe Curve Adjust）								
前束曲线控制 （Toe Curve Control）	—	—	—	—	—	—	—	
车身高度（Ride Height）/mm	—	—	—		—	—	—	
车轴偏角（Setback）/mm	−8	0	8		−8	0	8	

后车轮（Rear）：

定位规范 定位参数	左侧（Left）			左右差 （Cross）	右侧（Right）			调整提示 （Adjusting）
	最小值 （Min.）	理想值 （Pref.）	最大值 （Max.）		最小值 （Min.）	理想值 （Pref.）	最大值 （Max.）	
车轮外倾角 （Camber）	−2°01′	−1°31′	−1°01′	0°30′	−2°01′	−1°31′	−1°01′	
单侧前束角 （Individual Toe）	−0°22′	−0°12′	−0°02′		−0°22′	−0°12′	−0°02′	
总前束角（Total Toe）			最小值 （Min.）	理想值 （Pref.）	最大值 （Max.）			
			−0°43′	−0°24′	−0°05′			
最大推进角 （Max Thrust Angle）				0°15′				
车身高度（Ride Height）/mm	—	—	—		—	—	—	
车轴偏角（Setback）/mm	−8	0	8		−8	0	8	

2. 进行定位调整

前轮前束调整（可调式横拉杆）

1）调整指导。调整前束角时，拧松转向拉杆锁止螺母，用扳手转动转向拉杆直至获得满意的前束角读数，见图 19-1。

2）调整所及部件：无备件需求，无需更改零件。

3）专用工具：使用常规工具，无需专用工具。

19.5 轩逸

19.5.1 2006 款轩逸 1.6L XE 车型

1. 车轮定位规范

2006 款轩逸 1.6L XE 车轮定位规范见表 19-7。

表 19-7 2006 款轩逸 1.6L XE 车轮定位数据表

前车轮(Front):

定位参数 \ 定位规范	左侧(Left)			左右差(Cross)	右侧(Right)			调整提示(Adjusting)
	最小值(Min.)	理想值(Pref.)	最大值(Max.)		最小值(Min.)	理想值(Pref.)	最大值(Max.)	
主销后倾角(Caster)	4°00′	4°48′	5°30′	0°30′	4°00′	4°48′	5°30′	
车轮外倾角(Camber)	−0°48′	−0°06′	0°42′	0°30′	−0°48′	−0°06′	0°42′	
主销内倾角(SAI)	9°06′	9°48′	10°36′		9°06′	9°48′	10°36′	
单侧前束角(Individual Toe)	0′	0°02′	0°03′		0′	0°02′	0°03′	见定位调整
总前束角(Total Toe)				最小值(Min.)	理想值(Pref.)	最大值(Max.)		
				0′	0°03′	0°06′		
包容角(Included Angle)	—	—	—		—	—	—	
转向前展角(Toe Out On Turns)	—	—	—		—	—	—	
车轮最大内转角(Max Turn Inside)	—	—	—		—	—	—	
车轮最大外转角(Max Turn Outside)	—	—	—		—	—	—	
前束曲线调整(Toe Curve Adjust)	—	—	—		—	—	—	
前束曲线控制(Toe Curve Control)	—	—	—		—	—	—	
车身高度(Ride Height)/mm	—	—	—		—	—	—	
车轴偏角(Setback)/mm	−8	0	8		−8	0	8	

后车轮(Rear):

定位参数 \ 定位规范	左侧(Left)			左右差(Cross)	右侧(Right)			调整提示(Adjusting)
	最小值(Min.)	理想值(Pref.)	最大值(Max.)		最小值(Min.)	理想值(Pref.)	最大值(Max.)	
车轮外倾角(Camber)	−2°01′	−1°31′	−1°01′	—	−2°01′	−1°31′	−1°01′	
单侧前束角(Individual Toe)	−0°14′	−0°08′	−0°02′		−0°14′	−0°08′	−0°02′	
总前束角(Total Toe)				最小值(Min.)	理想值(Pref.)	最大值(Max.)		
				−0°27′	−0°15′	−0°03′		
最大推进角(Max Thrust Angle)				0°15′				
车身高度(Ride Height)/mm	—	—	—		—	—	—	
车轴偏角(Setback)/mm	−8	0	8		−8	0	8	

2. 进行定位调整

与 2006 款骏逸 1.8L XE 车型调整方法相同。

19.5.2 2006 款轩逸 2.0L(XE/XL/XV)车型

1. 车轮定位规范

2006 款轩逸 2.0L(XE/XL/XV)车轮定位规范见表 19-8。

表 19-8　2006 款轩逸 2.0L(XE/XL/XV)车轮定位数据表

前车轮(Front)：

定位规范 定位参数	左侧(Left)			左右差 (Cross)	右侧(Right)			调整提示 (Adjusting)
	最小值 (Min.)	理想值 (Pref.)	最大值 (Max.)		最小值 (Min.)	理想值 (Pref.)	最大值 (Max.)	
主销后倾角(Caster)	4°00′	4°48′	5°30′	0°30′	4°00′	4°48′	5°30′	
车轮外倾角(Camber)	−0°48′	−0°06′	0°42′	0°30′	−0°48′	−0°06′	0°42′	
主销内倾角 (SAI)	9°06′	9°48′	10°36′		9°06′	9°48′	10°36′	
单侧前束角 (Individual Toe)	0′	0°02′	0°03′		0′	0°02′	0°03′	见定位 调整
总前束角(Total Toe)		最小值 (Min.)	理想值 (Pref.)	最大值 (Max.)				
		0′	0°03′	0°06′				
包容角(Included Angle)	—	—	—		—	—	—	
转向前展角 (Toe Out On Turns)								
车轮最大内转角 (Max Turn Inside)								
车轮最大外转角 (Max Turn Outside)								
前束曲线调整 (Toe Curve Adjust)								
前束曲线控制 (Toe Curve Control)								
车身高度(Ride Height)/mm	—	—	—		—	—	—	
车轴偏角(Setback)/mm	−8	0	8		−8	0	8	

后车轮(Rear)：

定位规范 定位参数	左侧(Left)			左右差 (Cross)	右侧(Right)			调整提示 (Adjusting)
	最小值 (Min.)	理想值 (Pref.)	最大值 (Max.)		最小值 (Min.)	理想值 (Pref.)	最大值 (Max.)	
车轮外倾角 (Camber)	−2°01′	−1°31′	−1°01′		−2°01′	−1°31′	−1°01′	
单侧前束角 (Individual Toe)	−0°14′	−0°08′	−0°02′		−0°14′	−0°08′	−0°02′	
总前束角(Total Toe)		最小值 (Min.)	理想值 (Pref.)	最大值 (Max.)				
		−0°27′	−0°15′	−0°03′				
最大推进角 (Max Thrust Angle)			0°15′					
车身高度(Ride Height)/mm	—	—	—		—	—	—	
车轴偏角(Setback)/mm	−8	0	8		−8	0	8	

2. 进行定位调整

与 2006 款骏逸 1.8L XE 车型调整方法相同。

19.6 颐达

19.6.1 2006 款颐达 1.6L(J/JE) 车型

1. 车轮定位规范

2006 款颐达 1.6L(J/JE) 车轮定位规范见表 19-9。

表 19-9 2006 款颐达 1.6L(J/JE) 车轮定位数据表

前车轮(Front):

定位参数 \ 定位规范	左侧(Left) 最小值(Min.)	理想值(Pref.)	最大值(Max.)	左右差(Cross)	右侧(Right) 最小值(Min.)	理想值(Pref.)	最大值(Max.)	调整提示(Adjusting)
主销后倾角(Caster)	3°55′	4°40′	5°25′	0°45′	3°55′	4°40′	5°25′	
车轮外倾角(Camber)	−0°55′	−0°10′	0°35′	0°45′	−0°55′	−0°10′	0°35′	见定位调整(1)
主销内倾角(SAI)	9°10′	9°55′	10°40′		9°10′	9°55′	10°40′	
单侧前束角(Individual Toe)	0′	0°03′	0°06′		0′	0°03′	0°06′	见定位调整(2)
总前束角(Total Toe)		最小值(Min.) 0′	理想值(Pref.) 0°06′	最大值(Max.) 0°12′				
包容角(Included Angle)	—	—	—		—	—	—	
转向前展角(Toe Out On Turns)	—	—	—		—	—	—	
车轮最大内转角(Max Turn Inside)	40°45′	42°45′	44°45′		40°45′	42°45′	44°45′	
车轮最大外转角(Max Turn Outside)	—	36°21′	—		—	36°21′	—	
前束曲线调整(Toe Curve Adjust)	—	—	—		—	—	—	
前束曲线控制(Toe Curve Control)	—	—	—		—	—	—	
车身高度(Ride Height)/mm		114				114		
车轴偏角(Setback)/mm	−8	0	8		−8	0	8	

后车轮(Rear):

定位参数 \ 定位规范	左侧(Left) 最小值(Min.)	理想值(Pref.)	最大值(Max.)	左右差(Cross)	右侧(Right) 最小值(Min.)	理想值(Pref.)	最大值(Max.)	调整提示(Adjusting)
车轮外倾角(Camber)	−2°01′	−1°31′	−1°01′	—	−2°01′	−1°31′	−1°01′	
单侧前束角(Individual Toe)	0°03′	0°14′	0°25′		0°03′	0°14′	0°25′	
总前束角(Total Toe)		最小值(Min.) 0°05′	理想值(Pref.) 0°27′	最大值(Max.) 0°49′				

（续）

后车轮（Rear）：

定位规范 定位参数	左侧(Left)			左右差 (Cross)	右侧(Right)			调整提示 (Adjusting)
	最小值 (Min.)	理想值 (Pref.)	最大值 (Max.)		最小值 (Min.)	理想值 (Pref.)	最大值 (Max.)	
最大推进角 (Max Thrust Angle)				0°15′				
车身高度 (Ride Height)/mm	—	-2	—		—	-2	—	
车轴偏角(Setback)/mm	-8	0	8		-8	0	8	

2. 进行定位调整

（1）外倾角备件调整（下滑柱支架偏心件）

1）调整指导。调整外倾角时，准备好偏心套件备件，如果需要，可根据套件制造商的说明将滑柱与转向节的安装孔进行加长扩孔，插入偏心件和偏心螺栓到扩展孔中，通过转动偏心螺栓来调整外倾角（图 19-3）。

提示：对有些车辆，备件可能安装在上部螺栓位置。

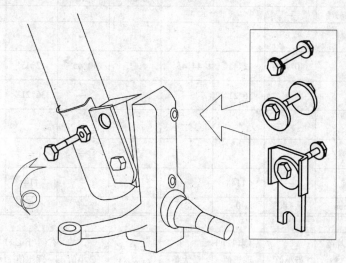

图 19-3　外倾角备件调整（下滑柱支架偏心件）

2）调整所及部件：需要使用偏心凸轮套件。需要对滑柱安装孔进行扩孔。

3）专用工具：需使用圆形锉刀。有些备件套件或改动件是否适合法规要求，在改动悬架系统前请查询相关法规。

（2）前轮前束调整（可调式横拉杆）

1）调整指导。调整前束角时，拧松转向拉杆锁止螺母，用扳手转动转向拉杆直至获得满意的前束角读数，见图 19-1。

2）调整所及部件：无备件需求，无需更改零件。

3）专用工具：使用常规工具，无需专用工具。

19.6.2 2006 款颐达 1.6L JS 车型

1. 车轮定位规范

2006 款颐达 1.6L JS 车轮定位规范见表 19-10。

表 19-10 2006 款颐达 1.6L JS 车轮定位数据表

前车轮(Front):

定位规范 定位参数	左侧(Left)			左右差 (Cross)	右侧(Right)			调整提示 (Adjusting)
	最小值 (Min.)	理想值 (Pref.)	最大值 (Max.)		最小值 (Min.)	理想值 (Pref.)	最大值 (Max.)	
主销后倾角(Caster)	3°55′	4°40′	5°25′	0°45′	3°55′	4°40′	5°25′	
车轮外倾角(Camber)	−0°55′	−0°10′	0°35′	0°45′	−0°55′	−0°10′	0°35′	见定位 调整(1)
主销内倾角(SAI)	9°10′	9°55′	10°40′		9°10′	9°55′	10°40′	
单侧前束角 (Individual Toe)	0′	0°03′	0°06′		0′	0°03′	0°06′	见定位 调整(2)
总前束角(Total Toe)				最小值 (Min.)	理想值 (Pref.)	最大值 (Max.)		
				0′	0°06′	0°12′		
包容角(Included Angle)	—	—	—		—	—	—	
转向前展角 (Toe Out On Turns)	—	—	—		—	—	—	
车轮最大内转角 (Max Turn Inside)	40°45′	42°45′	44°45′		40°45′	42°45′	44°45′	
车轮最大外转角 (Max Turn Outside)	—	36°21′	—		—	36°21′	—	
前束曲线调整 (Toe Curve Adjust)								
前束曲线控制 (Toe Curve Control)								
车身高度 (Ride Height)/mm	—	114	—		—	114	—	
车轴偏角(Setback)/mm	−8	0	8		−8	0	8	

后车轮(Rear):

定位规范 定位参数	左侧(Left)			左右差 (Cross)	右侧(Right)			调整提示 (Adjusting)
	最小值 (Min.)	理想值 (Pref.)	最大值 (Max.)		最小值 (Min.)	理想值 (Pref.)	最大值 (Max.)	
车轮外倾角(Camber)	−2°01′	−1°31′	−1°01′	—	−2°01′	−1°31′	−1°01′	
单侧前束角 (Individual Toe)	0°03′	0°14′	0°25′		0°03′	0°14′	0°25′	
总前束角(Total Toe)				最小值 (Min.)	理想值 (Pref.)	最大值 (Max.)		
				0°05′	0°27′	0°49′		
最大推进角 (Max Thrust Angle)				0°15′				
车身高度 (Ride Height)/mm	—	−2	—		—	−2	—	
车轴偏角(Setback)/mm	−8	0	8		−8	0	8	

2. 进行定位调整

与 2006 款颐达 1.6L(J/JE)车型调整方法相同。

19.6.3 2005 款颐达车型

1. 车轮定位规范

2005 款颐达车轮定位规范见表 19-11。

表 19-11 2005 款颐达车轮定位数据表

前车轮(Front):

定位参数 \ 定位规范	左侧(Left)			左右差(Cross)	右侧(Right)			调整提示(Adjusting)
	最小值(Min.)	理想值(Pref.)	最大值(Max.)		最小值(Min.)	理想值(Pref.)	最大值(Max.)	
主销后倾角(Caster)	3°55′	4°40′	5°25′	0°30′	3°55′	4°40′	5°25′	
车轮外倾角(Camber)	−0°55′	−0°10′	0°35′	0°30′	−0°55′	−0°10′	0°35′	见定位调整(1)
主销内倾角(SAI)	9°10′	9°55′	10°40′		9°10′	9°55′	10°40′	
单侧前束角(Individual Toe)	0′	0°02′	0°03′		0′	0°02′	0°03′	见定位调整(2)
总前束角(Total Toe)			最小值(Min.)	理想值(Pref.)	最大值(Max.)			
			0′	0°03′	0°06′			
包容角(Included Angle)	—	—	—		—	—	—	
转向前展角(Toe Out On Turns)	—	—	—		—	—	—	
车轮最大内转角(Max Turn Inside)	40°45′	42°45′	44°45′		40°45′	42°45′	44°45′	
车轮最大外转角(Max Turn Outside)	—	36°21′	—		—	36°21′		
前束曲线调整(Toe Curve Adjust)	—	—	—		—	—	—	
前束曲线控制(Toe Curve Control)	—	—	—		—	—	—	
车身高度(Ride Height)/mm	—	114	—		—	114	—	
车轴偏角(Setback)/mm	−8	0	8		−8	0	8	

后车轮(Rear):

定位参数 \ 定位规范	左侧(Left)			左右差(Cross)	右侧(Right)			调整提示(Adjusting)
	最小值(Min.)	理想值(Pref.)	最大值(Max.)		最小值(Min.)	理想值(Pref.)	最大值(Max.)	
车轮外倾角(Camber)	−2°01′	−1°31′	−1°01′	—	−2°01′	−1°31′	−1°01′	
单侧前束角(Individual Toe)	0°02′	0°12′	0°22′		0°02′	0°12′	0°22′	
总前束角(Total Toe)			最小值(Min.)	理想值(Pref.)	最大值(Max.)			
			0°05′	0°24′	0°43′			
最大推进角(Max Thrust Angle)				0°15′				
车身高度(Ride Height)/mm	—	−2	—		—	−2	—	
车轴偏角(Setback)/mm	−8	0	8		−8	0	8	

2. 进行定位调整

与 2006 款颐达 1.6L(J/JE)车型调整方法相同。

19.7 骐达

19.7.1 2006 款骐达 1.6L G 车型

1. 车轮定位规范

2006 款骐达 1.6L G 车轮定位规范见表 19-12。

表 19-12 2006 款骐达 1.6L G 车轮定位数据表

前车轮(Front):

定位参数 / 定位规范	左侧(Left) 最小值(Min.)	理想值(Pref.)	最大值(Max.)	左右差(Cross)	右侧(Right) 最小值(Min.)	理想值(Pref.)	最大值(Max.)	调整提示(Adjusting)
主销后倾角(Caster)	3°55′	4°40′	5°25′	0°45′	3°55′	4°40′	5°25′	
车轮外倾角(Camber)	−0°55′	−0°10′	0°35′	0°45′	−0°55′	−0°10′	0°35′	见定位调整(1)
主销内倾角(SAI)	9°10′	9°55′	10°40′		9°10′	9°55′	10°40′	
单侧前束角(Individual Toe)	0′	0°03′	0°06′		0′	0°03′	0°06′	见定位调整(2)
总前束角(Total Toe)		最小值(Min.) 0′	理想值(Pref.) 0°06′	最大值(Max.) 0°12′				
包容角(Included Angle)	—	—	—		—	—	—	
转向前展角(Toe Out On Turns)	—	—	—		—	—	—	
车轮最大内转角(Max Turn Inside)	40°45′	42°45′	44°45′		40°45′	42°45′	44°45′	
车轮最大外转角(Max Turn Outside)	—	36°21′	—		—	36°21′	—	
前束曲线调整(Toe Curve Adjust)	—	—	—		—	—	—	
前束曲线控制(Toe Curve Control)	—	—	—		—	—	—	
车身高度(Ride Height)/mm		114				114		
车轴偏角(Setback)/mm	−8	0	8		−8	0	8	

后车轮(Rear):

定位参数 / 定位规范	左侧(Left) 最小值(Min.)	理想值(Pref.)	最大值(Max.)	左右差(Cross)	右侧(Right) 最小值(Min.)	理想值(Pref.)	最大值(Max.)	调整提示(Adjusting)
车轮外倾角(Camber)	−2°01′	−1°31′	−1°01′	—	−2°01′	−1°31′	−1°01′	
单侧前束角(Individual Toe)	0°03′	0°14′	0°25′		0°03′	0°14′	0°25′	
总前束角(Total Toe)		最小值(Min.) 0°05′	理想值(Pref.) 0°27′	最大值(Max.) 0°49′				

（续）

后车轮（Rear）：

定位规范 定位参数	左侧（Left）			左右差 （Cross）	右侧（Right）			调整提示 （Adjusting）
	最小值 （Min.）	理想值 （Pref.）	最大值 （Max.）		最小值 （Min.）	理想值 （Pref.）	最大值 （Max.）	
最大推进角 （Max Thrust Angle）				0°15′				
车身高度 （Ride Height）/mm	—	−2	—		—	−2	—	
车轴偏角（Setback）/mm	−8	0	8		−8	0	8	

2. 进行定位调整

与 2006 款颐达 1.6L（J/JE）车型调整方法相同。

19.7.2　2006 款骐达 1.6L GE 车型

1. 车轮定位规范

2006 款骐达 1.6L GE 车轮定位规范见表 19-13。

表 19-13　2006 款骐达 1.6L GE 车轮定位数据表

前车轮（Front）：

定位规范 定位参数	左侧（Left）			左右差 （Cross）	右侧（Right）			调整提示 （Adjusting）
	最小值 （Min.）	理想值 （Pref.）	最大值 （Max.）		最小值 （Min.）	理想值 （Pref.）	最大值 （Max.）	
主销后倾角（Caster）	3°55′	4°40′	5°25′	0°45′	3°55′	4°40′	5°25′	
车轮外倾角（Camber）	−0°55′	−0°10′	0°35′	0°45′	−0°55′	−0°10′	0°35′	见定位 调整(1)
主销内倾角（SAI）	9°10′	9°55′	10°40′		9°10′	9°55′	10°40′	
单侧前束角 （Individual Toe）	0′	0°03′	0°06′		0′	0°03′	0°06′	见定位 调整(2)
总前束角（Total Toe）				最小值 （Min.）	理想值 （Pref.）	最大值 （Max.）		
				0′	0°06′	0°12′		
包容角（Included Angle）	—	—	—		—	—	—	
转向前展角 （Toe Out On Turns）	—	—	—		—	—	—	
车轮最大内转角 （Max Turn Inside）	40°45′	42°45′	44°45′		40°45′	42°45′	44°45′	
车轮最大外转角 （Max Turn Outside）	—	36°21′	—		—	36°21′	—	
前束曲线调整 （Toe Curve Adjust）	—	—	—		—	—	—	
前束曲线控制 （Toe Curve Control）	—	—	—		—	—	—	
车身高度 （Ride Height）/mm	—	114	—		—	114	—	
车轴偏角（Setback）/mm	−8	0	8		−8	0	8	

(续)

后车轮(Rear):

定位规范 定位参数	左侧(Left)			左右差 (Cross)	右侧(Right)			调整提示 (Adjusting)
	最小值 (Min.)	理想值 (Pref.)	最大值 (Max.)		最小值 (Min.)	理想值 (Pref.)	最大值 (Max.)	
车轮外倾角(Camber)	$-2°01'$	$-1°31'$	$-1°01'$	—	$-2°01'$	$-1°31'$	$-1°01'$	
单侧前束角 (Individual Toe)	$0°03'$	$0°14'$	$0°25'$		$0°03'$	$0°14'$	$0°25'$	
总前束角(Total Toe)			最小值 (Min.)	理想值 (Pref.)	最大值 (Max.)			
			$0°05'$	$0°27'$	$0°49'$			
最大推进角 (Max Thrust Angle)				$0°15'$				
车身高度 (Ride Height)/mm	—	-2	—		—	-2	—	
车轴偏角(Setback)/mm	-8	0	8		-8	0	8	

2. 进行定位调整

与2006款颐达1.6L(J/JE)车型调整方法相同。

19.7.3 2006 款骐达 1.6L GS 车型

1. 车轮定位规范

2006 款骐达 1.6L GS 车轮定位规范见表 19-14。

表 19-14 2006 款骐达 1.6L GS 车轮定位数据表

前车轮(Front):

定位规范 定位参数	左侧(Left)			左右差 (Cross)	右侧(Right)			调整提示 (Adjusting)
	最小值 (Min.)	理想值 (Pref.)	最大值 (Max.)		最小值 (Min.)	理想值 (Pref.)	最大值 (Max.)	
主销后倾角(Caster)	$3°55'$	$4°40'$	$5°25'$	$0°45'$	$3°55'$	$4°40'$	$5°25'$	
车轮外倾角(Camber)	$-0°55'$	$-0°10'$	$0°35'$	$0°45'$	$-0°55'$	$-0°10'$	$0°35'$	见定位 调整(1)
主销内倾角(SAI)	$9°10'$	$9°55'$	$10°40'$		$9°10'$	$9°55'$	$10°40'$	
单侧前束角 (Individual Toe)	$0'$	$0°03'$	$0°06'$		$0'$	$0°03'$	$0°06'$	见定位 调整(2)
总前束角(Total Toe)			最小值 (Min.)	理想值 (Pref.)	最大值 (Max.)			
			$0'$	$0°06'$	$0°12'$			
包容角(Included Angle)	—	—	—		—	—	—	
转向前展角 (Toe Out On Turns)								
车轮最大内转角 (Max Turn Inside)	$40°45'$	$42°45'$	$44°45'$		$40°45'$	$42°45'$	$44°45'$	
车轮最大外转角 (Max Turn Outside)	—	$36°21'$	—		—	$36°21'$	—	
前束曲线调整 (Toe Curve Adjust)								
前束曲线控制 (Toe Curve Control)	—	—	—		—	—	—	

（续）

前车轮（Front）：

定位规范 定位参数	左侧（Left）			左右差 （Cross）	右侧（Right）			调整提示 （Adjusting）
	最小值 （Min.）	理想值 （Pref.）	最大值 （Max.）		最小值 （Min.）	理想值 （Pref.）	最大值 （Max.）	
车身高度 （Ride Height）/mm	—	114	—		—	114	—	
车轴偏角（Setback）/mm	−8	0	8		−8	0	8	

后车轮（Rear）：

定位规范 定位参数	左侧（Left）			左右差 （Cross）	右侧（Right）			调整提示 （Adjusting）
	最小值 （Min.）	理想值 （Pref.）	最大值 （Max.）		最小值 （Min.）	理想值 （Pref.）	最大值 （Max.）	
车轮外倾角（Camber）	−2°01′	−1°31′	−1°01′	—	−2°01′	−1°31′	−1°01′	
单侧前束角 （Individual Toe）	0°03′	0°14′	0°25′		0°03′	0°14′	0°25′	
总前束角（Total Toe）				最小值 （Min.）	理想值 （Pref.）	最大值 （Max.）		
				0°05′	0°27′	0°49′		
最大推进角 （Max Thrust Angle）				0°15′				
车身高度 （Ride Height）/mm	—	−2	—		—	−2	—	
车轴偏角（Setback）/mm	−8	0	8		−8	0	8	

2. 进行定位调整

与 2006 款颐达 1.6L（J/JE）车型调整方法相同。

19.7.4 2005 款骐达车型

1. 车轮定位规范

2005 款骐达车轮定位规范见表 19-15。

表 19-15 2005 款骐达车轮定位数据表

前车轮（Front）：

定位规范 定位参数	左侧（Left）			左右差 （Cross）	右侧（Right）			调整提示 （Adjusting）
	最小值 （Min.）	理想值 （Pref.）	最大值 （Max.）		最小值 （Min.）	理想值 （Pref.）	最大值 （Max.）	
主销后倾角（Caster）	3°55′	4°40′	5°25′	0°30′	3°55′	4°40′	5°25′	
车轮外倾角（Camber）	−0°55′	−0°10′	0°35′	0°30′	−0°55′	−0°10′	0°35′	见定位 调整（1）
主销内倾角（SAI）	9°10′	9°55′	10°40′		9°10′	9°55′	10°40′	
单侧前束角 （Individual Toe）	0′	0°02′	0°03′		0′	0°02′	0°03′	见定位 调整（2）
总前束角（Total Toe）				最小值 （Min.）	理想值 （Pref.）	最大值 （Max.）		
				0′	0°03′	0°06′		
包容角（Included Angle）	—				—			
转向前展角 （Toe Out On Turns）								
车轮最大内转角 （Max Turn Inside）	40°45′	42°45′	44°45′		40°45′	42°45′	44°45′	

(续)

前车轮(Front):

定位规范 / 定位参数	左侧(Left)			左右差 (Cross)	右侧(Right)			调整提示 (Adjusting)
	最小值 (Min.)	理想值 (Pref.)	最大值 (Max.)		最小值 (Min.)	理想值 (Pref.)	最大值 (Max.)	
车轮最大外转角 (Max Turn Outside)	—	36°21′	—		—	36°21′	—	
前束曲线调整 (Toe Curve Adjust)	—	—	—		—	—	—	
前束曲线控制 (Toe Curve Control)	—	—	—		—	—	—	
车身高度 (Ride Height)/mm		114	—		—	114		
车轴偏角(Setback)/mm	—8	0	8		—8	0	8	

后车轮(Rear):

定位规范 / 定位参数	左侧(Left)			左右差 (Cross)	右侧(Right)			调整提示 (Adjusting)
	最小值 (Min.)	理想值 (Pref.)	最大值 (Max.)		最小值 (Min.)	理想值 (Pref.)	最大值 (Max.)	
车轮外倾角(Camber)	—2°01′	—1°31′	—1°01′	—	—2°01′	—1°31′	—1°01′	
单侧前束角 (Individual Toe)	0°02′	0°12′	0°22′		0°02′	0°12′	0°22′	
总前束角(Total Toe)			最小值 (Min.) 0°05′	理想值 (Pref.) 0°24′	最大值 (Max.) 0°43′			
最大推进角 (Max Thrust Angle)			0°15′					
车身高度 (Ride Height)/mm	—	—2	—		—	—2	—	
车轴偏角(Setback)/mm	—8	0	8		—8	0	8	

2. 进行定位调整

与 2006 款颐达 1.6L(J/JE)车型调整方法相同。

19.8 阳光

19.8.1 2005 款新阳光 Sunny 2.0E 车型

1. 车轮定位规范

2005 款新阳光 Sunny 2.0E 车轮定位规范见表 19-16。

表 19-16 2005 款新阳光 Sunny 2.0E 车轮定位数据表

前车轮(Front):

定位规范 / 定位参数	左侧(Left)			左右差 (Cross)	右侧(Right)			调整提示 (Adjusting)
	最小值 (Min.)	理想值 (Pref.)	最大值 (Max.)		最小值 (Min.)	理想值 (Pref.)	最大值 (Max.)	
主销后倾角(Caster)	0°48′	1°33′	2°18′	0°45′	0°48′	1°33′	2°18′	
车轮外倾角(Camber)	—0°59′	—0°14′	0°31′	0°45′	—0°59′	—0°14′	0°31′	
主销内倾角(SAI)	13°44′	14°29′	15°14′		13°44′	14°29′	15°14′	

（续）

前车轮（Front）：

定位参数 \ 定位规范	左侧（Left）			左右差（Cross）	右侧（Right）			调整提示（Adjusting）
	最小值（Min.）	理想值（Pref.）	最大值（Max.）		最小值（Min.）	理想值（Pref.）	最大值（Max.）	
单侧前束角（Individual Toe）	0°05′	0°10′	0°15′		0°05′	0°10′	0°15′	
总前束角（Total Toe）			最小值（Min.）	理想值（Pref.）	最大值（Max.）			
			0°09′	0°19′	0°29′			
包容角（Included Angle）	—	—	—		—	—	—	
转向前展角（Toe Out On Turns）	—	—	—		—	—	—	
车轮最大内转角（Max Turn Inside）	—	—	—		—	—	—	
车轮最大外转角（Max Turn Outside）	—	—	—		—	—	—	
前束曲线调整（Toe Curve Adjust）	—	—	—		—	—	—	
前束曲线控制（Toe Curve Control）	—	—	—		—	—	—	
车身高度（Ride Height）/mm	—	—	—		—	—	—	
车轴偏角（Setback）/mm	-8	0	8		-8	0	8	

后车轮（Rear）：

定位参数 \ 定位规范	左侧（Left）			左右差（Cross）	右侧（Right）			调整提示（Adjusting）
	最小值（Min.）	理想值（Pref.）	最大值（Max.）		最小值（Min.）	理想值（Pref.）	最大值（Max.）	
车轮外倾角（Camber）	-1°45′	-1°00′	-0°15′	—	-1°45′	-1°00′	-0°15′	
单侧前束角（Individual Toe）	-0°14′	0°05′	0°25′		-0°14′	0°05′	0°25′	
总前束角（Total Toe）			最小值（Min.）	理想值（Pref.）	最大值（Max.）			
			-0°29′	0°10′	0°49′			
最大推进角（Max Thrust Angle）				0°15′				
车身高度（Ride Height）/mm	—	—	—		—	—	—	
车轴偏角（Setback）/mm	-8	0	8		-8	0	8	

2. 进行定位调整

制造商未提供或不涉及此项目。

19.8.2　2005 款新阳光 Sunny 2.0LS NAVI 车型

1. 车轮定位规范

2005 款新阳光 Sunny 2.0LS NAVI 车轮定位规范见表 19-17。

表 19-17　2005 款新阳光 Sunny 2.0LS NAVI 车轮定位数据表

前车轮(Front)：

定位参数	左侧(Left)			左右差 (Cross)	右侧(Right)			调整提示 (Adjusting)
	最小值 (Min.)	理想值 (Pref.)	最大值 (Max.)		最小值 (Min.)	理想值 (Pref.)	最大值 (Max.)	
主销后倾角(Caster)	0°48′	1°33′	2°18′	0°45′	0°48′	1°33′	2°18′	
车轮外倾角(Camber)	−0°59′	−0°14′	0°31′	0°45′	−0°59′	−0°14′	0°31′	
主销内倾角(SAI)	13°44′	14°29′	15°14′		13°44′	14°29′	15°14′	
单侧前束角 (Individual Toe)	0°05′	0°10′	0°15′		0°05′	0°10′	0°15′	
总前束角(Total Toe)			最小值 (Min.) 0°09′	理想值 (Pref.) 0°19′	最大值 (Max.) 0°29′			
包容角(Included Angle)	—	—	—		—	—	—	
转向前展角 (Toe Out On Turns)	—	—	—		—	—	—	
车轮最大内转角 (Max Turn Inside)	—	—	—		—	—	—	
车轮最大外转角 (Max Turn Outside)	—	—	—		—	—	—	
前束曲线调整 (Toe Curve Adjust)	—	—	—		—	—	—	
前束曲线控制 (Toe Curve Control)	—	—	—		—	—	—	
车身高度(Ride Height)/mm	—	—	—		—	—	—	
车轴偏角(Setback)/mm	−8	0	8		−8	0	8	

后车轮(Rear)：

定位参数	左侧(Left)			左右差 (Cross)	右侧(Right)			调整提示 (Adjusting)
	最小值 (Min.)	理想值 (Pref.)	最大值 (Max.)		最小值 (Min.)	理想值 (Pref.)	最大值 (Max.)	
车轮外倾角(Camber)	−1°45′	−1°00′	−0°15′	—	−1°45′	−1°00′	−0°15′	
单侧前束角 (Individual Toe)	−0°14′	0°05′	0°25′		−0°14′	0°05′	0°25′	
总前束角(Total Toe)			最小值 (Min.) −0°29′	理想值 (Pref.) 0°10′	最大值 (Max.) 0°49′			
最大推进角 (Max Thrust Angle)				0°15′				
车身高度(Ride Height)/mm	—	—	—		—	—	—	
车轴偏角(Setback)/mm	−8	0	8		−8	0	8	

2. 进行定位调整

制造商未提供或不涉及此项目。

19.8.3　2003 款阳光 Sunny 车型

1. 车轮定位规范

2003 款阳光 Sunny 车轮定位规范见表 19-18。

表 19-18　2003 款阳光 Sunny 车轮定位数据表

前车轮(Front)：

定位规范 定位参数	左侧(Left)			左右差 (Cross)	右侧(Right)			调整提示 (Adjusting)
	最小值 (Min.)	理想值 (Pref.)	最大值 (Max.)		最小值 (Min.)	理想值 (Pref.)	最大值 (Max.)	
主销后倾角(Caster)	0°48′	1°33′	2°18′	—	0°48′	1°33′	2°18′	
车轮外倾角(Camber)	−0°59′	−0°14′	0°31′	—	−0°59′	−0°14′	0°31′	见定位 调整(1)
主销内倾角(SAI)	13°44′	14°29′	15°14′		13°44′	14°29′	15°14′	
单侧前束角 (Individual Toe)	0°03′	0°05′	0°08′		0°03′	0°05′	0°08′	见定位 调整(2)
总前束角(Total Toe)			最小值 (Min.)	理想值 (Pref.)	最大值 (Max.)			
			0°06′	0°11′	0°17′			
包容角(Included Angle)	—	—	—	—	—	—	—	
转向前展角 (Toe Out On Turns)	—	—	—		—	—	—	
车轮最大内转角 (Max Turn Inside)	—	—	—		—	—	—	
车轮最大外转角 (Max Turn Outside)	—	—	—		—	—	—	
前束曲线调整 (Toe Curve Adjust)	—	—	—		—	—	—	
前束曲线控制 (Toe Curve Control)	—	—	—		—	—	—	
车身高度 (Ride Height)/mm	—	213	—		—	213		
车轴偏角(Setback)/mm	−8	0	8		−8	0	8	

后车轮(Rear)：

定位规范 定位参数	左侧(Left)			左右差 (Cross)	右侧(Right)			调整提示 (Adjusting)
	最小值 (Min.)	理想值 (Pref.)	最大值 (Max.)		最小值 (Min.)	理想值 (Pref.)	最大值 (Max.)	
车轮外倾角(Camber)	−1°45′	−1°00′	−0°15′	—	−1°45′	−1°00′	−0°15′	见定位 调整(1)
单侧前束角 (Individual Toe)	−0°08′	0°03′	0°13′		−0°08′	0°03′	0°13′	
总前束角(Total Toe)			最小值 (Min.)	理想值 (Pref.)	最大值 (Max.)			
			−0°16′	0°05′	0°26′			
最大推进角 (Max Thrust Angle)				0°15′				
车身高度 (Ride Height)/mm	—	213	—		—	213	—	
车轴偏角(Setback)/mm	−8	0	8		−8	0	8	

2. 进行定位调整

与 2006 款颐达 1.6L(J/JE)车型调整方法相同。

19.9 蓝鸟

19.9.1 2006款新蓝鸟2.0L车型

1. 车轮定位规范

2006款新蓝鸟2.0L车轮定位规范见表19-19。

表19-19 2006款新蓝鸟2.0L车轮定位数据表

前车轮(Front):

定位规范\定位参数	左侧(Left)			左右差(Cross)	右侧(Right)			调整提示(Adjusting)
	最小值(Min.)	理想值(Pref.)	最大值(Max.)		最小值(Min.)	理想值(Pref.)	最大值(Max.)	
主销后倾角(Caster)	1°50′	2°35′	3°20′	—	1°50′	2°35′	3°20′	
车轮外倾角(Camber)	−1°05′	−0°20′	0°25′	—	−1°05′	−0°20′	0°25′	
主销内倾角(SAI)	13°15′	14°00′	14°45′		13°15′	14°00′	14°45′	
单侧前束角(Individual Toe)	0′	0°05′	0°10′		0′	0°05′	0°10′	
总前束角(Total Toe)		最小值(Min.)	理想值(Pref.)	最大值(Max.)				
		0′	0°10′	0°20′				
包容角(Included Angle)	—	—	—		—	—	—	
转向前展角(Toe Out On Turns)	—	—	—		—	—	—	
车轮最大内转角(Max Turn Inside)	—	—	—		—	—	—	
车轮最大外转角(Max Turn Outside)	—	—	—		—	—	—	
前束曲线调整(Toe Curve Adjust)	—	—	—		—	—	—	
前束曲线控制(Toe Curve Control)	—	—	—		—	—	—	
车身高度(Ride Height)/mm	—	—	—		—	—	—	
车轴偏角(Setback)/mm	−8	0	8		−8	0	8	

后车轮(Rear):

定位规范\定位参数	左侧(Left)			左右差(Cross)	右侧(Right)			调整提示(Adjusting)
	最小值(Min.)	理想值(Pref.)	最大值(Max.)		最小值(Min.)	理想值(Pref.)	最大值(Max.)	
车轮外倾角(Camber)	−2°00′	−0°45′	0°30′	—	−2°00′	−0°45′	0°30′	
单侧前束角(Individual Toe)	0°06′	0°11′	0°16′		0°06′	0°11′	0°16′	
总前束角(Total Toe)		最小值(Min.)	理想值(Pref.)	最大值(Max.)				
		0°11′	0°21′	0°31′				
最大推进角(Max Thrust Angle)			0°15′					
车身高度(Ride Height)/mm	—	—	—		—	—	—	
车轴偏角(Setback)/mm	−8	0	8		−8	0	8	

2. 进行定位调整

制造商未提供或不涉及此项目。

19.9.2 2004 款蓝鸟-至尊车型

1. 车轮定位规范

2004 款蓝鸟-至尊车轮定位规范见表 19-20。

表 19-20 2004 款蓝鸟-至尊车轮定位数据表

前车轮(Front)：

定位规范 定位参数	左侧(Left)			左右差 (Cross)	右侧(Right)			调整提示 (Adjusting)
	最小值 (Min.)	理想值 (Pref.)	最大值 (Max.)		最小值 (Min.)	理想值 (Pref.)	最大值 (Max.)	
主销后倾角(Caster)	1°50′	2°35′	3°20′	—	1°50′	2°35′	3°20′	
车轮外倾角(Camber)	−1°05′	−0°20′	0°25′	—	−1°05′	−0°20′	0°25′	
主销内倾角(SAI)	13°15′	14°00′	14°45′		13°15′	14°00′	14°45′	
单侧前束角 (Individual Toe)	0′	0°05′	0°10′		0′	0°05′	0°10′	
总前束角(Total Toe)			最小值 (Min.)	理想值 (Pref.)	最大值 (Max.)			
			0′	0°10′	0°20′			
包容角(Included Angle)	—	—	—		—	—	—	
转向前展角 (Toe Out On Turns)	—	—	—		—	—	—	
车轮最大内转角 (Max Turn Inside)	—	—	—		—	—	—	
车轮最大外转角 (Max Turn Outside)	—	—	—		—	—	—	
前束曲线调整 (Toe Curve Adjust)	—	—	—		—	—	—	
前束曲线控制 (Toe Curve Control)	—	—	—		—	—	—	
车身高度(Ride Height)/mm	—	—	—		—	—	—	
车轴偏角(Setback)/mm	−8	0	8		−8	0	8	

后车轮(Rear)：

定位规范 定位参数	左侧(Left)			左右差 (Cross)	右侧(Right)			调整提示 (Adjusting)
	最小值 (Min.)	理想值 (Pref.)	最大值 (Max.)		最小值 (Min.)	理想值 (Pref.)	最大值 (Max.)	
车轮外倾角(Camber)	−2°00′	−0°45′	0°30′	—	−2°00′	−0°45′	0°30′	
单侧前束角 (Individual Toe)	0°06′	0°11′	0°16′		0°06′	0°11′	0°16′	
总前束角(Total Toe)			最小值 (Min.)	理想值 (Pref.)	最大值 (Max.)			
			0°11′	0°21′	0°31′			
最大推进角 (Max Thrust Angle)				0°15′				
车身高度(Ride Height)/mm	—	—	—		—	—	—	
车轴偏角(Setback)/mm	−8	0	8		−8	0	8	

2. 进行定位调整

制造商未提供或不涉及此项目。

19.9.3 1998 款蓝鸟 Bluebird 车型

1. 车轮定位规范

1998 款蓝鸟(Bluebird)车轮定位规范见表 19-21。

表 19-21 1998 款蓝鸟(Bluebird)车轮定位数据表

前车轮(Front):

定位规范 / 定位参数	左侧(Left) 最小值(Min.)	左侧(Left) 理想值(Pref.)	左侧(Left) 最大值(Max.)	左右差(Cross)	右侧(Right) 最小值(Min.)	右侧(Right) 理想值(Pref.)	右侧(Right) 最大值(Max.)	调整提示(Adjusting)
主销后倾角(Caster)	1°50′	2°35′	3°20′	—	1°50′	2°35′	3°20′	—
车轮外倾角(Camber)	−0°55′	−0°10′	0°35′	—	−0°55′	−0°10′	0°35′	见定位调整(1)
主销内倾角(SAI)	13°15′	14°00′	14°45′		13°15′	14°00′	14°45′	
单侧前束角(Individual Toe)	−0°03′	0°03′	0°09′		−0°03′	0°03′	0°09′	见定位调整(2)
总前束角(Total Toe)	最小值(Min.) −0°06′	理想值(Pref.) 0°06′	最大值(Max.) 0°18′					
包容角(Included Angle)	—	—	—		—	—	—	
转向前展角(Toe Out On Turns)								
车轮最大内转角(Max Turn Inside)	—	—	—		—	—	—	
车轮最大外转角(Max Turn Outside)	—	—	—		—	—	—	
前束曲线调整(Toe Curve Adjust)	—	—	—		—	—	—	
前束曲线控制(Toe Curve Control)								
车身高度(Ride Height)/mm	—	213	—		—	213	—	
车轴偏角(Setback)/mm	−8	0	8		−8	0	8	

后车轮(Rear):

定位规范 / 定位参数	左侧(Left) 最小值(Min.)	左侧(Left) 理想值(Pref.)	左侧(Left) 最大值(Max.)	左右差(Cross)	右侧(Right) 最小值(Min.)	右侧(Right) 理想值(Pref.)	右侧(Right) 最大值(Max.)	调整提示(Adjusting)
车轮外倾角(Camber)	−2°00′	−0°45′	0°30′	—	−2°00′	−0°45′	0°30′	
单侧前束角(Individual Toe)	0°02′	0°05′	0°08′		0°02′	0°05′	0°08′	
总前束角(Total Toe)	最小值(Min.) 0°05′	理想值(Pref.) 0°10′	最大值(Max.) 0°15′					
最大推进角(Max Thrust Angle)				0°15′				
车身高度(Ride Height)/mm	—	213	—		—	213	—	
车轴偏角(Setback)/mm	−8	0	8		−8	0	8	

2. 进行定位调整

与 2006 款颐达 1.6L(J/JE)车型调整方法相同。

第 20 章　东风雪铁龙

20.1　C2

20.1.1　2006 款 C2 EX 1.6L 车型

1. 车轮定位规范

2006 款 C2 EX 1.6L 车轮定位规范见表 20-1。

表 20-1　2006 款 C2 EX 1.6L 车轮定位数据表

前车轮（Front）：

定位规范 定位参数	左侧（Left）			左右差 （Cross）	右侧（Right）			调整提示 （Adjusting）
	最小值 （Min.）	理想值 （Pref.）	最大值 （Max.）		最小值 （Min.）	理想值 （Pref.）	最大值 （Max.）	
主销后倾角（Caster）	2°24′	2°54′	3°24′	0°18′	2°24′	2°54′	3°24′	
车轮外倾角（Camber）	−0°30′	0′	0°30′	0°18′	−0°30′	0′	0°30′	
主销内倾角（SAI）	8°48′	9°18′	9°48′		8°48′	9°18′	9°48′	
单侧前束角 （Individual Toe）	−0°08′	−0°05′	−0°03′		−0°08′	−0°05′	−0°03′	见定位调整
总前束角（Total Toe）		最小值 （Min.）	理想值 （Pref.）	最大值 （Max.）				
		−0°15′	−0°10′	−0°05′				
包容角（Included Angle）	—	—	—		—	—	—	
转向前展角 （Toe Out On Turns）	—	—	—		—	—	—	
车轮最大内转角 （Max Turn Inside）	—	—	—		—	—	—	
车轮最大外转角 （Max Turn Outside）	—	—	—		—	—	—	
前束曲线调整 （Toe Curve Adjust）	—	—	—		—	—	—	
前束曲线控制 （Toe Curve Control）	—	—	—		—	—	—	
车身高度 （Ride Height）/mm	151	152	153		151	152	153	
车轴偏角（Setback）/mm	−8	0	8		−8	0	8	

后车轮（Rear）：

定位规范 定位参数	左侧（Left）			左右差 （Cross）	右侧（Right）			调整提示 （Adjusting）
	最小值 （Min.）	理想值 （Pref.）	最大值 （Max.）		最小值 （Min.）	理想值 （Pref.）	最大值 （Max.）	
车轮外倾角（Camber）	−2°00′	−1°30′	−1°00′	0°18′	−2°00′	−1°30′	−1°00′	
单侧前束角 （Individual Toe）	0°06′	0°08′	0°11′		0°06′	0°08′	0°11′	

(续)

后车轮(Rear):

定位规范 定位参数	左侧(Left)			左右差 (Cross)	右侧(Right)			调整提示 (Adjusting)
	最小值 (Min.)	理想值 (Pref.)	最大值 (Max.)		最小值 (Min.)	理想值 (Pref.)	最大值 (Max.)	
总前束角(Total Toe)				最小值 (Min.) 0°11′	理想值 (Pref.) 0°16′	最大值 (Max.) 0°21′		
最大推进角 (Max Thrust Angle)					0°15′			
车身高度 (Ride Height)/mm	41	42	43		41	42	43	
车轴偏角(Setback)/mm	-8	0	8		-8	0	8	

2. 进行定位调整

前轮前束调整(可调式横拉杆)

1) 调整指导。调整前束角时,拧松转向拉杆锁止螺母,用扳手转动转向拉杆直至获得满意的前束角读数,见图 20-1。

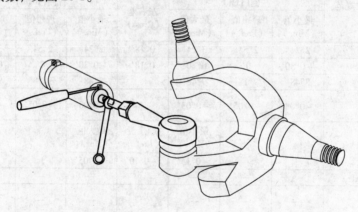

图 20-1　前轮前束调整(可调式横拉杆)

2) 调整所及部件:无备件需求,无需更改零件。

3) 专用工具:使用常规工具,无需专用工具。

20.1.2　2006 款 C2 SX 1.4L 车型

1. 车轮定位规范

2006 款 C2 SX 1.4L 车轮定位规范见表 20-2。

表 20-2　2006 款 C2 SX 1.4L 车轮定位数据表

前车轮(Front):

定位规范 定位参数	左侧(Left)			左右差 (Cross)	右侧(Right)			调整提示 (Adjusting)
	最小值 (Min.)	理想值 (Pref.)	最大值 (Max.)		最小值 (Min.)	理想值 (Pref.)	最大值 (Max.)	
主销后倾角(Caster)	2°24′	2°54′	3°24′	0°18′	2°24′	2°54′	3°24′	
车轮外倾角(Camber)	-0°30′	0′	0°30′	0°18′	-0°30′	0′	0°30′	
主销内倾角(SAI)	8°48′	9°18′	9°48′		8°48′	9°18′	9°48′	

（续）

前车轮（Front）：

定位规范／定位参数	左侧（Left）			左右差（Cross）	右侧（Right）			调整提示（Adjusting）
	最小值（Min.）	理想值（Pref.）	最大值（Max.）		最小值（Min.）	理想值（Pref.）	最大值（Max.）	
单侧前束角（Individual Toe）	$-0°08'$	$-0°05'$	$-0°03'$		$-0°08'$	$-0°05'$	$-0°03'$	见定位调整
总前束角（Total Toe）			最小值（Min.）	理想值（Pref.）	最大值（Max.）			
			$-0°15'$	$-0°10'$	$-0°05'$			
包容角（Included Angle）	—	—	—		—	—	—	
转向前展角（Toe Out On Turns）	—	—	—		—	—	—	
车轮最大内转角（Max Turn Inside）	—	—	—		—	—	—	
车轮最大外转角（Max Turn Outside）	—	—	—		—	—	—	
前束曲线调整（Toe Curve Adjust）	—	—	—		—	—	—	
前束曲线控制（Toe Curve Control）	—	—	—		—	—	—	
车身高度（Ride Height）/mm	151	152	153		151	152	153	
车轴偏角（Setback）/mm	-8	0	8		-8	0	8	

后车轮（Rear）：

定位规范／定位参数	左侧（Left）			左右差（Cross）	右侧（Right）			调整提示（Adjusting）
	最小值（Min.）	理想值（Pref.）	最大值（Max.）		最小值（Min.）	理想值（Pref.）	最大值（Max.）	
车轮外倾角（Camber）	$-2°00'$	$-1°30'$	$-1°00'$	$0°18'$	$-2°00'$	$-1°30'$	$-1°00'$	
单侧前束角（Individual Toe）	$0°06'$	$0°08'$	$0°11'$		$0°06'$	$0°08'$	$0°11'$	
总前束角（Total Toe）			最小值（Min.）	理想值（Pref.）	最大值（Max.）			
			$0°11'$	$0°16'$	$0°21'$			
最大推进角（Max Thrust Angle）				$0°15'$				
车身高度（Ride Height）/mm	41	42	43		41	42	43	
车轴偏角（Setback）/mm	-8	0	8		-8	0	8	

2. 进行定位调整

与 2006 款 C2 EX 1.6L 车型调整方法相同。

20.1.3　2006 款 C2 SX 1.6L 车型

1. 车轮定位规范

2006 款 C2 SX 1.6L 车轮定位规范见表 20-3。

表 20-3 2006 款 C2 SX 1.6L 车轮定位数据表

前车轮(Front):

定位规范 定位参数	左侧(Left)			左右差 (Cross)	右侧(Right)			调整提示 (Adjusting)
	最小值 (Min.)	理想值 (Pref.)	最大值 (Max.)		最小值 (Min.)	理想值 (Pref.)	最大值 (Max.)	
主销后倾角(Caster)	2°24′	2°54′	3°24′	0°18′	2°24′	2°54′	3°24′	
车轮外倾角(Camber)	−0°30′	0′	0°30′	0°18′	−0°30′	0′	0°30′	
主销内倾角(SAI)	8°48′	9°18′	9°48′		8°48′	9°18′	9°48′	
单侧前束角 (Individual Toe)	−0°08′	−0°05′	−0°03′		−0°08′	−0°05′	−0°03′	见定位调整
总前束角(Total Toe)				最小值 (Min.)	理想值 (Pref.)	最大值 (Max.)		
				−0°15′	−0°10′	−0°05′		
包容角(Included Angle)	—	—	—		—	—	—	
转向前展角 (Toe Out On Turns)	—	—	—		—	—	—	
车轮最大内转角 (Max Turn Inside)	—	—	—		—	—	—	
车轮最大外转角 (Max Turn Outside)	—	—	—		—	—	—	
前束曲线调整 (Toe Curve Adjust)	—	—	—		—	—	—	
前束曲线控制 (Toe Curve Control)	—	—	—		—	—	—	
车身高度 (Ride Height)/mm	151	152	153		151	152	153	
车轴偏角(Setback)/mm	−8	0	8		−8	0	8	

后车轮(Rear):

定位规范 定位参数	左侧(Left)			左右差 (Cross)	右侧(Right)			调整提示 (Adjusting)
	最小值 (Min.)	理想值 (Pref.)	最大值 (Max.)		最小值 (Min.)	理想值 (Pref.)	最大值 (Max.)	
车轮外倾角(Camber)	−2°00′	−1°30′	−1°00′	0°18′	−2°00′	−1°30′	−1°00′	
单侧前束角 (Individual Toe)	0°06′	0°08′	0°11′		0°06′	0°08′	0°11′	
总前束角(Total Toe)				最小值 (Min.)	理想值 (Pref.)	最大值 (Max.)		
				0°11′	0°16′	0°21′		
最大推进角 (Max Thrust Angle)				0°15′				
车身高度 (Ride Height)/mm	41	42	43		41	42	43	
车轴偏角(Setback)/mm	−8	0	8		−8	0	8	

2. 进行定位调整

与 2006 款 C2 EX 1.6L 车型调整方法相同。

20.1.4 2006 款 C2 VTS SX 1.4L 车型

1. 车轮定位规范

2006 款 C2 VTS SX 1.4L 车轮定位规范见表 20-4。

表 20-4　2006 款 C2 VTS SX 1.4L 车轮定位数据表

前车轮（Front）：

定位规范 定位参数	左侧（Left）			左右差 （Cross）	右侧（Right）			调整提示 （Adjusting）
	最小值 （Min.）	理想值 （Pref.）	最大值 （Max.）		最小值 （Min.）	理想值 （Pref.）	最大值 （Max.）	
主销后倾角（Caster）	2°24′	2°54′	3°24′	0°18′	2°24′	2°54′	3°24′	
车轮外倾角（Camber）	−0°30′	0′	0°30′	0°18′	−0°30′	0′	0°30′	
主销内倾角（SAI）	8°48′	9°18′	9°48′		8°48′	9°18′	9°48′	
单侧前束角 （Individual Toe）	−0°08′	−0°05′	−0°03′		−0°08′	−0°05′	−0°03′	见定位调整
总前束角（Total Toe）			最小值 （Min.）	理想值 （Pref.）	最大值 （Max.）			
			−0°15′	−0°10′	−0°05′			
包容角（Included Angle）	—	—	—		—	—	—	
转向前展角 （Toe Out On Turns）								
车轮最大内转角 （Max Turn Inside）								
车轮最大外转角 （Max Turn Outside）								
前束曲线调整 （Toe Curve Adjust）	—	—	—		—	—	—	
前束曲线控制 （Toe Curve Control）	—	—	—		—	—	—	
车身高度 （Ride Height）/mm	151	152	153		151	152	153	
车轴偏角（Setback）/mm	−8	0	8		−8	0	8	

后车轮（Rear）：

定位规范 定位参数	左侧（Left）			左右差 （Cross）	右侧（Right）			调整提示 （Adjusting）
	最小值 （Min.）	理想值 （Pref.）	最大值 （Max.）		最小值 （Min.）	理想值 （Pref.）	最大值 （Max.）	
车轮外倾角（Camber）	−2°00′	−1°30′	−1°00′	0°18′	−2°00′	−1°30′	−1°00′	
单侧前束角 （Individual Toe）	0°06′	0°08′	0°11′		0°06′	0°08′	0°11′	
总前束角（Total Toe）			最小值 （Min.）	理想值 （Pref.）	最大值 （Max.）			
			0°11′	0°16′	0°21′			
最大推进角 （Max Thrust Angle）				0°15′				
车身高度 （Ride Height）/mm	41	42	43		41	42	43	
车轴偏角（Setback）/mm	−8	0	8		−8	0	8	

2. 进行定位调整

与 2006 款 C2 EX 1.6L 车型调整方法相同。

20.1.5　2006 款 C2 VTS SX 1.6L 车型

1. 车轮定位规范

2006 款 C2 VTS SX 1.6L 车轮定位规范见表 20-5。

表 20-5　2006 款 C2 VTS SX 1.6L 车轮定位数据表

前车轮(Front)：

定位规范 定位参数	左侧(Left)			左右差 (Cross)	右侧(Right)			调整提示 (Adjusting)
	最小值 (Min.)	理想值 (Pref.)	最大值 (Max.)		最小值 (Min.)	理想值 (Pref.)	最大值 (Max.)	
主销后倾角(Caster)	2°24′	2°54′	3°24′	0°18′	2°24′	2°54′	3°24′	
车轮外倾角(Camber)	−0°30′	0′	0°30′	0°18′	−0°30′	0′	0°30′	
主销内倾角(SAI)	8°48′	9°18′	9°48′		8°48′	9°18′	9°48′	
单侧前束角 (Individual Toe)	−0°08′	−0°05′	−0°03′		−0°08′	−0°05′	−0°03′	见定位调整
总前束角(Total Toe)		最小值 (Min.)	理想值 (Pref.)	最大值 (Max.)				
		−0°15′	−0°10′	−0°05′				
包容角(Included Angle)	—	—	—		—	—	—	
转向前展角 (Toe Out On Turns)	—	—	—		—	—	—	
车轮最大内转角 (Max Turn Inside)	—	—	—		—	—	—	
车轮最大外转角 (Max Turn Outside)	—	—	—		—	—	—	
前束曲线调整 (Toe Curve Adjust)	—	—	—		—	—	—	
前束曲线控制 (Toe Curve Control)	—	—	—		—	—	—	
车身高度 (Ride Height)/mm	151	152	153		151	152	153	
车轴偏角(Setback)/mm	−8	0	8		−8	0	8	

后车轮(Rear)：

定位规范 定位参数	左侧(Left)			左右差 (Cross)	右侧(Right)			调整提示 (Adjusting)
	最小值 (Min.)	理想值 (Pref.)	最大值 (Max.)		最小值 (Min.)	理想值 (Pref.)	最大值 (Max.)	
车轮外倾角(Camber)	−2°00′	−1°30′	−1°00′	0°18′	−2°00′	−1°30′	−1°00′	
单侧前束角 (Individual Toe)	0°06′	0°08′	0°11′		0°06′	0°08′	0°11′	
总前束角(Total Toe)		最小值 (Min.)	理想值 (Pref.)	最大值 (Max.)				
		0°11′	0°16′	0°21′				
最大推进角 (Max Thrust Angle)				0°15′				
车身高度 (Ride Height)/mm	41	42	43		41	42	43	
车轴偏角(Setback)/mm	−8	0	8		−8	0	8	

2. 进行定位调整

与 2006 款 C2 EX 1.6L 车型调整方法相同。

20.2　凯旋

20.2.1　2007 款凯旋 2.0L 车型

1. 车轮定位规范

2007 款凯旋 2.0L 车轮定位规范见表 20-6。

表 20-6　2007 款凯旋 2.0L 车轮定位数据表

前车轮(Front)：

定位规范 / 定位参数	左侧(Left)			左右差(Cross)	右侧(Right)			调整提示(Adjusting)
	最小值(Min.)	理想值(Pref.)	最大值(Max.)		最小值(Min.)	理想值(Pref.)	最大值(Max.)	
主销后倾角(Caster)	4°39′	5°09′	5°39′	—	4°39′	5°09′	5°39′	
车轮外倾角(Camber)	−0°30′	0′	0°30′	—	−0°30′	0′	0°30′	
主销内倾角(SAI)	11°11′	11°41′	12°11′		11°11′	11°41′	12°11′	
单侧前束角(Individual Toe)	−0°09′	−0°05′	0°09′		−0°09′	−0°05′	0°09′	见定位调整
总前束角(Total Toe)			最小值(Min.)	理想值(Pref.)	最大值(Max.)			
			−0°19′	−0°10′	0°19′			
包容角(Included Angle)	—	—	—	—	—	—	—	
转向前展角(Toe Out On Turns)	—	—	—	—	—	—	—	
车轮最大内转角(Max Turn Inside)	—	—	—	—	—	—	—	
车轮最大外转角(Max Turn Outside)	—	—	—	—	—	—	—	
前束曲线调整(Toe Curve Adjust)	—	—	—	—	—	—	—	
前束曲线控制(Toe Curve Control)	—	—	—	—	—	—	—	
车身高度(Ride Height)/mm	—	—	—		—	—	—	
车轴偏角(Setback)/mm	−8	0	8		−8	0	8	

后车轮(Rear)：

定位规范 / 定位参数	左侧(Left)			左右差(Cross)	右侧(Right)			调整提示(Adjusting)
	最小值(Min.)	理想值(Pref.)	最大值(Max.)		最小值(Min.)	理想值(Pref.)	最大值(Max.)	
车轮外倾角(Camber)	−1°45′	−1°15′	−0°45′	—	−1°45′	−1°15′	−0°45′	
单侧前束角(Individual Toe)	0°05′	0°10′	0°14′		0°05′	0°10′	0°14′	
总前束角(Total Toe)			最小值(Min.)	理想值(Pref.)	最大值(Max.)			
			0°11′	0°20′	0°29′			
最大推进角(Max Thrust Angle)				0°15′				
车身高度(Ride Height)/mm	—	—	—		—	—	—	
车轴偏角(Setback)/mm	−8	0	8		−8	0	8	

2. 进行定位调整

与 2006 款 C2 EX 1.6L 车型调整方法相同。

20.2.2 2005 款凯旋车型

1. 车轮定位规范

2005 款凯旋车轮定位规范见表 20-7。

表 20-7 2005 款凯旋车轮定位数据表

前车轮(Front):

定位规范 定位参数	左侧(Left)			左右差 (Cross)	右侧(Right)			调整提示 (Adjusting)
	最小值 (Min.)	理想值 (Pref.)	最大值 (Max.)		最小值 (Min.)	理想值 (Pref.)	最大值 (Max.)	
主销后倾角(Caster)	4°36′	5°06′	5°36′	0°18′	4°36′	5°06′	5°36′	
车轮外倾角(Camber)	−0°12′	0°18′	0°48′	0°18′	−0°12′	0°18′	0°48′	
主销内倾角(SAI)	11°00′	11°30′	12°00′		11°00′	11°30′	12°00′	
单侧前束角 (Individual Toe)	−0°06′	−0°03′	0′		−0°06′	−0°03′	0′	见定位调整
总前束角(Total Toe)			最小值 (Min.)	理想值 (Pref.)	最大值 (Max.)			
			−0°12′	−0°06′	0′			
包容角(Included Angle)	—	—	—		—	—	—	
转向前展角 (Toe Out On Turns)	—	—	—		—	—	—	
车轮最大内转角 (Max Turn Inside)	—	—	—		—	—	—	
车轮最大外转角 (Max Turn Outside)	—	—	—		—	—	—	
前束曲线调整 (Toe Curve Adjust)	—	—	—		—	—	—	
前束曲线控制 (Toe Curve Control)	—	—	—		—	—	—	
车身高度 (Ride Height)/mm	155	156	157		155	156	157	
车轴偏角(Setback)/mm	−8	0	8		−8	0	8	

后车轮(Rear):

定位规范 定位参数	左侧(Left)			左右差 (Cross)	右侧(Right)			调整提示 (Adjusting)
	最小值 (Min.)	理想值 (Pref.)	最大值 (Max.)		最小值 (Min.)	理想值 (Pref.)	最大值 (Max.)	
车轮外倾角(Camber)	−2°00′	−1°30′	−1°00′	0°18′	−2°00′	−1°30′	−1°00′	
单侧前束角 (Individual Toe)	0°06′	0°08′	0°11′		0°06′	0°08′	0°11′	
总前束角(Total Toe)			最小值 (Min.)	理想值 (Pref.)	最大值 (Max.)			
			0°11′	0°16′	0°21′			
最大推进角 (Max Thrust Angle)				0°15′				
车身高度 (Ride Height)/mm	59	60	61		59	60	61	
车轴偏角(Setback)/mm	−8	0	8		−8	0	8	

2. 进行定位调整

与 2006 款 C2 EX 1.6L 车型调整方法相同。

20.3 萨拉-毕加索

2006 款萨拉-毕加索车型

1. 车轮定位规范

2006 款萨拉-毕加索车轮定位规范见表 20-8。

表 20-8　2006 款萨拉-毕加索车轮定位数据表

前车轮（Front）：

定位规范 / 定位参数	左侧（Left）			左右差（Cross）	右侧（Right）			调整提示（Adjusting）
	最小值（Min.）	理想值（Pref.）	最大值（Max.）		最小值（Min.）	理想值（Pref.）	最大值（Max.）	
主销后倾角（Caster）	2°34′	2°54′	3°14′	0°18′	2°34′	2°54′	3°14′	
车轮外倾角（Camber）	−0°10′	0°20′	0°50′	0°18′	−0°10′	0°20′	0°50′	
主销内倾角（SAI）	9°36′	10°06′	10°36′		9°36′	10°06′	10°36′	
单侧前束角（Individual Toe）	0°03′	0°05′	0°07′		0°03′	0°05′	0°07′	见定位调整
总前束角（Total Toe）		最小值（Min.） 0°05′	理想值（Pref.） 0°10′	最大值（Max.） 0°15′				
包容角（Included Angle）	—	11°00′	—		—	11°00′	—	
转向前展角（Toe Out On Turns）	—	—	—		—	—	—	
车轮最大内转角（Max Turn Inside）	—	—	—		—	—	—	
车轮最大外转角（Max Turn Outside）	—	—	—		—	—	—	
前束曲线调整（Toe Curve Adjust）	—	—	—		—	—	—	
前束曲线控制（Toe Curve Control）	—	—	—		—	—	—	
车身高度（Ride Height）/mm	89	90	91		89	90	91	
车轴偏角（Setback）/mm	−8	0	8		−8	0	8	

后车轮（Rear）：

定位规范 / 定位参数	左侧（Left）			左右差（Cross）	右侧（Right）			调整提示（Adjusting）
	最小值（Min.）	理想值（Pref.）	最大值（Max.）		最小值（Min.）	理想值（Pref.）	最大值（Max.）	
车轮外倾角（Camber）	0°45′	1°05′	1°25′	0°18′	0°45′	1°05′	1°25′	
单侧前束角（Individual Toe）	0′	0°03′	0°05′		0′	0°03′	0°05′	
总前束角（Total Toe）		最小值（Min.） 0′	理想值（Pref.） 0°05′	最大值（Max.） 0°10′				

（续）

后车轮（Rear）：

定位规范 定位参数	左侧（Left）			左右差 （Cross）	右侧（Right）			调整提示 （Adjusting）
	最小值 （Min.）	理想值 （Pref.）	最大值 （Max.）		最小值 （Min.）	理想值 （Pref.）	最大值 （Max.）	
最大推进角 （Max Thrust Angle）				0°15′				
车身高度 （Ride Height）/mm	7	8	9		7	8	9	
车轴偏角（Setback）/mm	−8	0	8		−8	0	8	

2. 进行定位调整

与 2006 款 C2 EX 1.6L 车型调整方法相同。

20.4 萨拉

2003 款萨拉 XSARA 车型

1. 车轮定位规范

2003 款萨拉 XSARA 车轮定位规范见表 20-9。

表 20-9 2003 款萨拉 XSARA 车轮定位数据表

前车轮（Front）：

定位规范 定位参数	左侧（Left）			左右差 （Cross）	右侧（Right）			调整提示 （Adjusting）
	最小值 （Min.）	理想值 （Pref.）	最大值 （Max.）		最小值 （Min.）	理想值 （Pref.）	最大值 （Max.）	
主销后倾角（Caster）	2°20′	3°00′	3°40′	0°18′	2°20′	3°00′	3°40′	
车轮外倾角（Camber）	−1°00′	0′	1°00′	0°18′	−1°00′	0′	1°00′	
主销内倾角（SAI）	10°00′	11°00′	12°00′		10°00′	11°00′	12°00′	
单侧前束角 （Individual Toe）	−0°08′	−0°05′	−0°01′		−0°08′	−0°05′	−0°01′	见定位调整
总前束角（Total Toe）	最小值 （Min.）	理想值 （Pref.）	最大值 （Max.）					
	−0°15′	−0°09′	−0°03′					
包容角（Included Angle）	—	11°00′	—		—	11°00′	—	
转向前展角 （Toe Out On Turns）	—	—	—		—	—	—	
车轮最大内转角 （Max Turn Inside）	—	—	—		—	—	—	
车轮最大外转角 （Max Turn Outside）	—	—	—		—	—	—	
前束曲线调整 （Toe Curve Adjust）	—	—	—		—	—	—	
前束曲线控制 （Toe Curve Control）	—	—	—		—	—	—	
车身高度 （Ride Height）/mm	—	198	—		—	198	—	

（续）

前车轮（Front）：

定位规范 / 定位参数	左侧（Left）			左右差（Cross）	右侧（Right）			调整提示（Adjusting）
	最小值（Min.）	理想值（Pref.）	最大值（Max.）		最小值（Min.）	理想值（Pref.）	最大值（Max.）	
车轴偏角（Setback）/mm	−8	0	8		−8	0	8	

后车轮（Rear）：

定位规范 / 定位参数	左侧（Left）			左右差（Cross）	右侧（Right）			调整提示（Adjusting）
	最小值（Min.）	理想值（Pref.）	最大值（Max.）		最小值（Min.）	理想值（Pref.）	最大值（Max.）	
车轮外倾角（Camber）	−2°30′	−1°30′	−0°30′	1°00′	−2°30′	−1°30′	−0°30′	
单侧前束角（Individual Toe）	0°08′	0°11′	0°14′		0°08′	0°11′	0°14′	
总前束角（Total Toe）		最小值（Min.）	理想值（Pref.）	最大值（Max.）				
		0°15′	0°22′	0°28′				
最大推进角（Max Thrust Angle）			0°15′					
车身高度（Ride Height）/mm	—	272	—		—	272	—	
车轴偏角（Setback）/mm	−8	0	8		−8	0	8	

2. 进行定位调整

与 2006 款 C2 EX 1.6L 车型调整方法相同。

20.5　毕加索

2000 款毕加索车型

1. 车轮定位规范

2000 款毕加索车轮定位规范见表 20-10。

表 20-10　2000 款毕加索车轮定位数据表

前车轮（Front）：

定位规范 / 定位参数	左侧（Left）			左右差（Cross）	右侧（Right）			调整提示（Adjusting）
	最小值（Min.）	理想值（Pref.）	最大值（Max.）		最小值（Min.）	理想值（Pref.）	最大值（Max.）	
主销后倾角（Caster）	2°36′	2°56′	3°16′	—	2°36′	2°56′	3°16′	
车轮外倾角（Camber）	−0°23′	0°07′	0°37′	—	−0°23′	0°07′	0°37′	
主销内倾角（SAI）	10°15′	10°45′	11°15′		10°15′	10°45′	11°15′	
单侧前束角（Individual Toe）	0′	0°02′	0°05′		0′	0°02′	0°05′	见定位调整
总前束角（Total Toe）		最小值（Min.）	理想值（Pref.）	最大值（Max.）				
		0′	0°05′	0°10′				
包容角（Included Angle）	—	11°00′	—		—	11°00′	—	
转向前展角（Toe Out On Turns）								

（续）

前车轮（Front）：

定位参数 \ 定位规范	左侧（Left）最小值（Min.）	理想值（Pref.）	最大值（Max.）	左右差（Cross）	右侧（Right）最小值（Min.）	理想值（Pref.）	最大值（Max.）	调整提示（Adjusting）
车轮最大内转角（Max Turn Inside）	—	—	—		—	—	—	
车轮最大外转角（Max Turn Outside）	—	—	—		—	—	—	
前束曲线调整（Toe Curve Adjust）	—	—	—		—	—	—	
前束曲线控制（Toe Curve Control）	—	—	—		—	—	—	
车身高度（Ride Height）/mm	—	198	—		—	198	—	
车轴偏角（Setback）/mm	−8	0	8		−8	0	8	

后车轮（Rear）：

定位参数 \ 定位规范	左侧（Left）最小值（Min.）	理想值（Pref.）	最大值（Max.）	左右差（Cross）	右侧（Right）最小值（Min.）	理想值（Pref.）	最大值（Max.）	调整提示（Adjusting）
车轮外倾角（Camber）	−1°34′	−1°14′	−0°54′	—	−1°34′	−1°14′	−0°54′	
单侧前束角（Individual Toe）	0°07′	0°09′	0°11′		0°07′	0°09′	0°11′	
总前束角（Total Toe）	最小值（Min.） 0°13′	理想值（Pref.） 0°18′	最大值（Max.） 0°23′					
最大推进角（Max Thrust Angle）		0°15′						
车身高度（Ride Height）/mm	—	272	—		—	272	—	
车轴偏角（Setback）/mm	−8	0	8		−8	0	8	

2. 进行定位调整

与 2006 款 C2 EX 1.6L 车型调整方法相同。

20.6　爱丽舍

2002 款爱丽舍车型

1. 车轮定位规范

2002 款爱丽舍车轮定位规范见表 20-11。

表 20-11　2002 款爱丽舍车轮定位数据表

前车轮（Front）：

定位参数 \ 定位规范	左侧（Left）最小值（Min.）	理想值（Pref.）	最大值（Max.）	左右差（Cross）	右侧（Right）最小值（Min.）	理想值（Pref.）	最大值（Max.）	调整提示（Adjusting）
主销后倾角（Caster）	2°34′	2°54′	3°14′	—	2°34′	2°54′	3°14′	
车轮外倾角（Camber）	0′	0°20′	0°40′	—	0′	0°20′	0°40′	

（续）

前车轮（Front）：

定位规范　　定位参数	左侧（Left）			左右差（Cross）	右侧（Right）			调整提示（Adjusting）
	最小值（Min.）	理想值（Pref.）	最大值（Max.）		最小值（Min.）	理想值（Pref.）	最大值（Max.）	
主销内倾角（SAI）	9°36′	10°06′	10°36′		9°36′	10°06′	10°36′	
单侧前束角（Individual Toe）	0°04′	0°06′	0°08′		0°04′	0°06′	0°08′	见定位调整
总前束角（Total Toe）		最小值（Min.）	理想值（Pref.）	最大值（Max.）				
		0°07′	0°12′	0°17′				
包容角（Included Angle）	—	11°00′	—		—	11°00′	—	
转向前展角（Toe Out On Turns）								
车轮最大内转角（Max Turn Inside）								
车轮最大外转角（Max Turn Outside）								
前束曲线调整（Toe Curve Adjust）	—	—	—		—	—	—	
前束曲线控制（Toe Curve Control）	—	—	—		—	—	—	
车身高度（Ride Height）/mm	—	198	—		—	198	—	
车轴偏角（Setback）/mm	−8	0	8		−8	0	8	

后车轮（Rear）：

定位规范　　定位参数	左侧（Left）			左右差（Cross）	右侧（Right）			调整提示（Adjusting）
	最小值（Min.）	理想值（Pref.）	最大值（Max.）		最小值（Min.）	理想值（Pref.）	最大值（Max.）	
车轮外倾角（Camber）	−1°53′	−1°33′	−1°13′	—	−1°53′	−1°33′	−1°13′	
单侧前束角（Individual Toe）	−0°02′	0′	0°02′		−0°02′	0′	0°02′	
总前束角（Total Toe）		最小值（Min.）	理想值（Pref.）	最大值（Max.）				
		−0°05′	0′	0°05′				
最大推进角（Max Thrust Angle）			0°15′					
车身高度（Ride Height）/mm	—	272	—		—	272	—	
车轴偏角（Setback）/mm	−8	0	8		−8	0	8	

2. 进行定位调整

与 2006 款 C2 EX 1.6L 车型调整方法相同。

20.7　奥丽

1995 款奥丽 AURA 车型

1. 车轮定位规范

1995 款奥丽 AURA 车轮定位规范见表 20-12。

表 20-12　1995 款奥丽 AURA 车轮定位数据表

前车轮(Front)：

定位规范 定位参数	左侧(Left)			左右差 (Cross)	右侧(Right)			调整提示 (Adjusting)
	最小值 (Min.)	理想值 (Pref.)	最大值 (Max.)		最小值 (Min.)	理想值 (Pref.)	最大值 (Max.)	
主销后倾角(Caster)	1°00′	1°30′	2°00′	0°30′	1°00′	1°30′	2°00′	
车轮外倾角(Camber)	−0°12′	0′	0°12′	0°12′	−0°12′	0′	0°12′	
主销内倾角(SAI)	—	—	—		—	—	—	
单侧前束角 (Individual Toe)	−0°01′	0°02′	0°06′		−0°01′	0°02′	0°06′	
总前束角(Total Toe)	最小值 (Min.) −0°01′	理想值 (Pref.) 0°05′	最大值 (Max.) 0°11′					
包容角(Included Angle)	—	—	—		—	—	—	
转向前展角 (Toe Out On Turns)	—	—	—		—	—	—	
车轮最大内转角 (Max Turn Inside)	—	—	—		—	—	—	
车轮最大外转角 (Max Turn Outside)	—	—	—		—	—	—	
前束曲线调整 (Toe Curve Adjust)	—	—	—		—	—	—	
前束曲线控制 (Toe Curve Control)	—	—	—		—	—	—	
车身高度(Ride Height)/mm	—	—	—		—	—	—	
车轴偏角(Setback)/mm	−8	0	8		−8	0	8	

后车轮(Rear)：

定位规范 定位参数	左侧(Left)			左右差 (Cross)	右侧(Right)			调整提示 (Adjusting)
	最小值 (Min.)	理想值 (Pref.)	最大值 (Max.)		最小值 (Min.)	理想值 (Pref.)	最大值 (Max.)	
车轮外倾角(Camber)	−1°40′	−1°00′	−0°20′	0°40′	−1°40′	−1°00′	−0°20′	
单侧前束角 (Individual Toe)	−0°05′	0′	0°05′		−0°05′	0′	0°05′	
总前束角(Total Toe)	最小值 (Min.) −0°10′	理想值 (Pref.) 0′	最大值 (Max.) 0°10′					
最大推进角 (Max Thrust Angle)				0°15′				
车身高度(Ride Height)/mm	—	—	—		—	—	—	
车轴偏角(Setback)/mm	−8	0	8		−8	0	8	

2. 进行定位调整

制造商未提供或不涉及此项目。

20.8　富莱/万达

1995 款富莱万达车型

1. 车轮定位规范

1995 款富莱万达车轮定位规范见表 20-13。

表 20-13　1995 款富莱万达车轮定位数据表

前车轮（Front）：

定位参数 \ 定位规范	左侧（Left）			左右差（Cross）	右侧（Right）			调整提示（Adjusting）
	最小值（Min.）	理想值（Pref.）	最大值（Max.）		最小值（Min.）	理想值（Pref.）	最大值（Max.）	
主销后倾角（Caster）	0′	0°45′	1°30′	0°45′	0′	0°45′	1°30′	
车轮外倾角（Camber）	−0°12′	0′	0°12′	0°12′	−0°12′	0′	0°12′	
主销内倾角（SAI）	—	—	—		—	—	—	
单侧前束角（Individual Toe）	0°02′	0°05′	0°08′		0°02′	0°05′	0°08′	
总前束角（Total Toe）				最小值（Min.） 0°05′	理想值（Pref.） 0°10′	最大值（Max.） 0°16′		
包容角（Included Angle）	—	—	—		—	—	—	
转向前展角（Toe Out On Turns）	—	—	—		—	—	—	
车轮最大内转角（Max Turn Inside）	—	—	—		—	—	—	
车轮最大外转角（Max Turn Outside）	—	—	—		—	—	—	
前束曲线调整（Toe Curve Adjust）	—	—	—		—	—	—	
前束曲线控制（Toe Curve Control）	—	—	—		—	—	—	
车身高度（Ride Height）/mm	—	—	—		—	—	—	
车轴偏角（Setback）/mm	−8	0	8		−8	0	8	

后车轮（Rear）：

定位参数 \ 定位规范	左侧（Left）			左右差（Cross）	右侧（Right）			调整提示（Adjusting）
	最小值（Min.）	理想值（Pref.）	最大值（Max.）		最小值（Min.）	理想值（Pref.）	最大值（Max.）	
车轮外倾角（Camber）	−0°12′	0′	0°12′	0°12′	−0°12′	0′	0°12′	
单侧前束角（Individual Toe）	−0°03′	0′	0°03′		−0°03′	0′	0°03′	
总前束角（Total Toe）				最小值（Min.） −0°06′	理想值（Pref.） 0′	最大值（Max.） 0°06′		
最大推进角（Max Thrust Angle）				0°15′				
车身高度（Ride Height）/mm	—	—	—		—	—	—	
车轴偏角（Setback）/mm	−8	0	8		−8	0	8	

2. 进行定位调整

制造商未提供或不涉及此项目。

20.9　神龙富康

20.9.1　2002 款神龙富康 988 A/R/Z 车型

1. 车轮定位规范

2002 款神龙富康 988 A/R/Z 车轮定位规范见表 20-14。

表 20-14 2002 款神龙富康 988 A/R/Z 车轮定位数据表

前车轮(Front):

定位规范 / 定位参数	左侧(Left)			左右差 (Cross)	右侧(Right)			调整提示 (Adjusting)
	最小值 (Min.)	理想值 (Pref.)	最大值 (Max.)		最小值 (Min.)	理想值 (Pref.)	最大值 (Max.)	
主销后倾角(Caster)	2°30′	3°00′	3°30′	0°30′	2°30′	3°00′	3°30′	
车轮外倾角(Camber)	−0°30′	0′	0°30′	0°30′	−0°30′	0′	0°30′	
主销内倾角(SAI)	—	—	—		—	—	—	
单侧前束角 (Individual Toe)	0°02′	0°05′	0°08′		0°02′	0°05′	0°08′	
总前束角(Total Toe)			最小值 (Min.)	理想值 (Pref.)	最大值 (Max.)			
			0°05′	0°10′	0°16′			
包容角(Included Angle)	7°58′	8°58′	9°58′		7°58′	8°58′	9°58′	
转向前展角 (Toe Out On Turns)	—	—	—		—	—	—	
车轮最大内转角 (Max Turn Inside)	—	—	—		—	—	—	
车轮最大外转角 (Max Turn Outside)	—	—	—		—	—	—	
前束曲线调整 (Toe Curve Adjust)	—	—	—		—	—	—	
前束曲线控制 (Toe Curve Control)	—	—	—		—	—	—	
车身高度(Ride Height)/mm	—	—	—		—	—	—	
车轴偏角(Setback)/mm	−8	0	8		−8	0	8	

后车轮(Rear):

定位规范 / 定位参数	左侧(Left)			左右差 (Cross)	右侧(Right)			调整提示 (Adjusting)
	最小值 (Min.)	理想值 (Pref.)	最大值 (Max.)		最小值 (Min.)	理想值 (Pref.)	最大值 (Max.)	
车轮外倾角(Camber)	−1°30′	−1°00′	−0°30′	0°30′	−1°30′	−1°00′	−0°30′	
单侧前束角 (Individual Toe)	−0°05′	0′	0°05′		−0°05′	0′	0°05′	
总前束角(Total Toe)			最小值 (Min.)	理想值 (Pref.)	最大值 (Max.)			
			−0°10′	0′	0°10′			
最大推进角 (Max Thrust Angle)				0°15′				
车身高度(Ride Height)/mm	—	—	—		—	—	—	
车轴偏角(Setback)/mm	−8	0	8		−8	0	8	

2. 进行定位调整

制造商未提供或不涉及此项目。

20.9.2 2002 款神龙富康 988 EL/ET 车型

1. 车轮定位规范

2002 款神龙富康 988 EL/ET 车轮定位规范见表 20-15。

表 20-15 2002 款神龙富康 988 EL/ET 车轮定位数据表

前车轮（Front）：

定位参数	左侧（Left）最小值（Min.）	理想值（Pref.）	最大值（Max.）	左右差（Cross）	右侧（Right）最小值（Min.）	理想值（Pref.）	最大值（Max.）	调整提示（Adjusting）
主销后倾角（Caster）	2°18′	3°00′	3°42′	0°42′	2°18′	3°00′	3°42′	
车轮外倾角（Camber）	−0°30′	0′	0°30′	0°30′	−0°30′	0′	0°30′	
主销内倾角（SAI）	—	—	—		—	—	—	
单侧前束角（Individual Toe）	−0°04′	0′	0°04′		−0°04′	0′	0°04′	
总前束角（Total Toe）			最小值（Min.）−0°08′	理想值（Pref.）0′	最大值（Max.）0°08′			
包容角（Included Angle）	7°58′	8°58′	9°58′		7°58′	8°58′	9°58′	
转向前展角（Toe Out On Turns）	—	—	—		—	—	—	
车轮最大内转角（Max Turn Inside）	—	—	—		—	—	—	
车轮最大外转角（Max Turn Outside）	—	—	—		—	—	—	
前束曲线调整（Toe Curve Adjust）	—	—	—		—	—	—	
前束曲线控制（Toe Curve Control）	—	—	—		—	—	—	
车身高度（Ride Height）/mm	—	—	—		—	—	—	
车轴偏角（Setback）/mm	−8	0	8		−8	0	8	

后车轮（Rear）：

定位参数	左侧（Left）最小值（Min.）	理想值（Pref.）	最大值（Max.）	左右差（Cross）	右侧（Right）最小值（Min.）	理想值（Pref.）	最大值（Max.）	调整提示（Adjusting）
车轮外倾角（Camber）	−1°19′	−0°59′	−0°39′	0°20′	−1°19′	−0°59′	−0°39′	
单侧前束角（Individual Toe）	−0°05′	0′	0°05′		−0°05′	0′	0°05′	
总前束角（Total Toe）			最小值（Min.）−0°11′	理想值（Pref.）0′	最大值（Max.）0°11′			
最大推进角（Max Thrust Angle）				0°15′				
车身高度（Ride Height）/mm	—	—	—		—	—	—	
车轴偏角（Setback）/mm	−8	0	8		−8	0	8	

2. 进行定位调整

制造商未提供或不涉及此项目。

20.9.3 1995 款富康 XANTIA AS 车型

1. 车轮定位规范

1995 款富康 XANTIA AS 车轮定位规范见表 20-16。

表 20-16 1995 款富康 XANTIA AS 车轮定位数据表

前车轮(Front):

定位规范 定位参数	左侧(Left)			左右差 (Cross)	右侧(Right)			调整提示 (Adjusting)
	最小值 (Min.)	理想值 (Pref.)	最大值 (Max.)		最小值 (Min.)	理想值 (Pref.)	最大值 (Max.)	
主销后倾角(Caster)	−0°30′	0′	0°30′	0°30′	−0°30′	0′	0°30′	
车轮外倾角(Camber)	2°50′	3°20′	3°50′	0°30′	2°50′	3°20′	3°50′	
主销内倾角(SAI)	—	—	—		—	—	—	
单侧前束角 (Individual Toe)	−0°08′	−0°04′	0′		−0°08′	−0°04′	0′	
总前束角(Total Toe)		最小值 (Min.) −0°16′	理想值 (Pref.) −0°08′	最大值 (Max.) 0′				
包容角(Included Angle)	—	—	—		—	—	—	
转向前展角 (Toe Out On Turns)	—	—	—		—	—	—	
车轮最大内转角 (Max Turn Inside)	—	—	—		—	—	—	
车轮最大外转角 (Max Turn Outside)	—	—	—		—	—	—	
前束曲线调整 (Toe Curve Adjust)	—	—	—		—	—	—	
前束曲线控制 (Toe Curve Control)	—	—	—		—	—	—	
车身高度(Ride Height)/mm	—	—	—		—	—	—	
车轴偏角(Setback)/mm	−8	0	8		−8	0	8	

后车轮(Rear):

定位规范 定位参数	左侧(Left)			左右差 (Cross)	右侧(Right)			调整提示 (Adjusting)
	最小值 (Min.)	理想值 (Pref.)	最大值 (Max.)		最小值 (Min.)	理想值 (Pref.)	最大值 (Max.)	
车轮外倾角(Camber)	−1°33′	−1°15′	−0°57′	0°18′	−1°33′	−1°15′	−0°57′	
单侧前束角 (Individual Toe)	0°03′	0°04′	0°05′		0°03′	0°04′	0°05′	
总前束角(Total Toe)		最小值 (Min.) 0°06′	理想值 (Pref.) 0°08′	最大值 (Max.) 0°10′				
最大推进角 (Max Thrust Angle)				0°15′				
车身高度(Ride Height)/mm	—	—	—		—	—	—	
车轴偏角(Setback)/mm	−8	0	8		−8	0	8	

2. 进行定位调整

制造商未提供或不涉及此项目。

20.9.4 1999 款神龙富康 AG/AL 车型

1. 车轮定位规范

1999 款神龙富康 AG/AL 车轮定位规范见表 20-17。

表20-17　1999款神龙富康 AG/AL 车轮定位数据表

前车轮（Front）：

定位规范 定位参数	左侧（Left）			左右差 （Cross）	右侧（Right）			调整提示 （Adjusting）
	最小值 （Min.）	理想值 （Pref.）	最大值 （Max.）		最小值 （Min.）	理想值 （Pref.）	最大值 （Max.）	
主销后倾角（Caster）	2°25′	2°55′	3°25′	0°30′	2°25′	2°55′	3°25′	
车轮外倾角（Camber）	−0°38′	−0°08′	0°22′	0°18′	−0°38′	−0°08′	0°22′	
主销内倾角（SAI）	9°55′	10°25′	10°55′		9°55′	10°25′	10°55′	
单侧前束角 （Individual Toe）	−0°07′	−0°05′	−0°02′		−0°07′	−0°05′	−0°02′	见定位调整
总前束角（Total Toe）		最小值 （Min.） −0°14′	理想值 （Pref.） −0°10′	最大值 （Max.） 0°05′				
包容角（Included Angle）	7°58′	8°58′	9°58′		7°58′	8°58′	9°58′	
转向前展角 （Toe Out On Turns）	—	—	—		—	—	—	
车轮最大内转角 （Max Turn Inside）	—	—	—		—	—	—	
车轮最大外转角 （Max Turn Outside）	—	—	—		—	—	—	
前束曲线调整 （Toe Curve Adjust）	—	—	—		—	—	—	
前束曲线控制 （Toe Curve Control）	—	—	—		—	—	—	
车身高度 （Ride Height）/mm	—	198	—		—	198	—	
车轴偏角（Setback）/mm	−8	0	8		−8	0	8	

后车轮（Rear）：

定位规范 定位参数	左侧（Left）			左右差 （Cross）	右侧（Right）			调整提示 （Adjusting）
	最小值 （Min.）	理想值 （Pref.）	最大值 （Max.）		最小值 （Min.）	理想值 （Pref.）	最大值 （Max.）	
车轮外倾角（Camber）	−1°35′	−1°20′	−1°05′	0°15′	−1°35′	−1°20′	−1°05′	
单侧前束角 （Individual Toe）	−0°10′	−0°07′	−0°05′		−0°10′	−0°07′	−0°05′	
总前束角（Total Toe）		最小值 （Min.） −0°19′	理想值 （Pref.） −0°14′	最大值 （Max.） −0°10′				
最大推进角 （Max Thrust Angle）			0°15′					
车身高度 （Ride Height）/mm	—	272	—		—	272	—	
车轴偏角（Setback）/mm	−8	0	8		−8	0	8	

2. 进行定位调整

与 2006 款 C2 EX 1.6L 车型调整方法相同。

20.9.5　1995 款神龙富康 ZX 车型

1. 车轮定位规范

1995 款神龙富康 ZX 车轮定位规范见表 20-18。

表 20-18　1995 款神龙富康 ZX 车轮定位数据表

前车轮(Front)：

定位规范 定位参数	左侧(Left)			左右差 (Cross)	右侧(Right)			调整提示 (Adjusting)
	最小值 (Min.)	理想值 (Pref.)	最大值 (Max.)		最小值 (Min.)	理想值 (Pref.)	最大值 (Max.)	
主销后倾角(Caster)	−0°06′	0°18′	0°42′	0°24′	−0°06′	0°18′	0°42′	
车轮外倾角(Camber)	0′	0°18′	0°36′	0°18′	0′	0°18′	0°36′	
主销内倾角(SAI)	—	—	—		—	—	—	
单侧前束角 (Individual Toe)	−0°05′	−0°02′	0′		−0°05′	−0°02′	0′	
总前束角(Total Toe)		最小值 (Min.)	理想值 (Pref.)	最大值 (Max.)				
		−0°10′	−0°05′	0′				
包容角(Included Angle)	—	—	—		—	—	—	
转向前展角 (Toe Out On Turns)	—	—	—		—	—	—	
车轮最大内转角 (Max Turn Inside)	—	—	—		—	—	—	
车轮最大外转角 (Max Turn Outside)	—	—	—		—	—	—	
前束曲线调整 (Toe Curve Adjust)	—	—	—		—	—	—	
前束曲线控制 (Toe Curve Control)	—	—	—		—	—	—	
车身高度(Ride Height)/mm	—	—	—		—	—	—	
车轴偏角(Setback)/mm	−8	0	8		−8	0	8	

后车轮(Rear)：

定位规范 定位参数	左侧(Left)			左右差 (Cross)	右侧(Right)			调整提示 (Adjusting)
	最小值 (Min.)	理想值 (Pref.)	最大值 (Max.)		最小值 (Min.)	理想值 (Pref.)	最大值 (Max.)	
车轮外倾角(Camber)	−1°18′	−1°00′	−0°42′	0°18′	−1°18′	−1°00′	−0°42′	
单侧前束角 (Individual Toe)	−0°02′	0′	0°02′		−0°02′	0′	0°02′	
总前束角(Total Toe)		最小值 (Min.)	理想值 (Pref.)	最大值 (Max.)				
		−0°05′	0′	0°05′				
最大推进角 (Max Thrust Angle)				0°15′				
车身高度(Ride Height)/mm	—	—	—		—	—	—	
车轴偏角(Setback)/mm	−8	0	8		−8	0	8	

2. 进行定位调整

制造商未提供或不涉及此项目。

20.9.6　1992 款神龙富康 ZX 车型

1. 车轮定位规范

1992 款神龙富康 ZX 车轮定位规范见表 20-19。

表 20-19　1992 款神龙富康 ZX 车轮定位数据表

前车轮（Front）:

定位规范 / 定位参数	左侧（Left）			左右差（Cross）	右侧（Right）			调整提示（Adjusting）
	最小值（Min.）	理想值（Pref.）	最大值（Max.）		最小值（Min.）	理想值（Pref.）	最大值（Max.）	
主销后倾角（Caster）	1°00′	1°30′	2°00′	0′	1°00′	1°30′	2°00′	
车轮外倾角（Camber）	0′	0°30′	1°00′	0′	0′	0°30′	1°00′	
主销内倾角（SAI）	10°12′	10°42′	11°12′		10°12′	10°42′	11°12′	
单侧前束角（Individual Toe）	−0°10′	−0°05′	0′		−0°10′	−0°05′	0′	见定位调整
总前束角（Total Toe）		最小值（Min.）	理想值（Pref.）	最大值（Max.）				
		−0°20′	−0°10′	0′				
包容角（Included Angle）	—	11°00′	—		—	11°00′	—	
转向前展角（Toe Out On Turns）	—	—	—		—	—	—	
车轮最大内转角（Max Turn Inside）	—	—	—		—	—	—	
车轮最大外转角（Max Turn Outside）	—	—	—		—	—	—	
前束曲线调整（Toe Curve Adjust）	—	—	—		—	—	—	
前束曲线控制（Toe Curve Control）	—	—	—		—	—	—	
车身高度（Ride Height）/mm		198				198		
车轴偏角（Setback）/mm	−8	0	8		−8	0	8	

后车轮（Rear）:

定位规范 / 定位参数	左侧（Left）			左右差（Cross）	右侧（Right）			调整提示（Adjusting）
	最小值（Min.）	理想值（Pref.）	最大值（Max.）		最小值（Min.）	理想值（Pref.）	最大值（Max.）	
车轮外倾角（Camber）	−1°18′	−1°00′	−0°42′	0′	−1°18′	−1°00′	−0°42′	
单侧前束角（Individual Toe）	−0°08′	0°02′	0°13′		−0°08′	0°02′	0°13′	
总前束角（Total Toe）		最小值（Min.）	理想值（Pref.）	最大值（Max.）				
		−0°15′	0°05′	0°25′				
最大推进角（Max Thrust Angle）		0°15′						
车身高度（Ride Height）/mm	—	272	—		—	272	—	
车轴偏角（Setback）/mm	−8	0	8		−8	0	8	

2. 进行定位调整

与 2006 款 C2 EX 1.6L 车型调整方法相同。

20.10　雪铁龙

20.10.1　1995 款雪铁龙 XM（1.8L/2.0L/2.5L）车型

1. 车轮定位规范

1995 款雪铁龙 XM（1.8L/2.0L/2.5L）车轮定位规范见表 20-20。

表 20-20　1995 款雪铁龙 XM(1.8L/2.0L/2.5L)车轮定位数据表

前车轮(Front)：

定位规范 定位参数	左侧(Left)			左右差 (Cross)	右侧(Right)			调整提示 (Adjusting)
	最小值 (Min.)	理想值 (Pref.)	最大值 (Max.)		最小值 (Min.)	理想值 (Pref.)	最大值 (Max.)	
主销后倾角(Caster)	1°30′	2°00′	2°30′	0°30′	1°30′	2°00′	2°30′	
车轮外倾角(Camber)	−1°12′	−1°00′	−0°48′	0°12′	−1°12′	−1°00′	−0°48′	
主销内倾角(SAI)	—	—	—		—	—	—	
单侧前束角 (Individual Toe)	−0°11′	−0°08′	−0°05′		−0°11′	−0°08′	−0°05′	
总前束角(Total Toe)				最小值 (Min.)	理想值 (Pref.)	最大值 (Max.)		
				−0°22′	−0°16′	−0°10′		
包容角(Included Angle)	—	—	—		—	—	—	
转向前展角 (Toe Out On Turns)	—	—	—		—	—	—	
车轮最大内转角 (Max Turn Inside)	—	—	—		—	—	—	
车轮最大外转角 (Max Turn Outside)	—	—	—		—	—	—	
前束曲线调整 (Toe Curve Adjust)	—	—	—		—	—	—	
前束曲线控制 (Toe Curve Control)	—	—	—		—	—	—	
车身高度(Ride Height)/mm	—	—	—		—	—	—	
车轴偏角(Setback)/mm	−8	0	8		−8	0	8	

后车轮(Rear)：

定位规范 定位参数	左侧(Left)			左右差 (Cross)	右侧(Right)			调整提示 (Adjusting)
	最小值 (Min.)	理想值 (Pref.)	最大值 (Max.)		最小值 (Min.)	理想值 (Pref.)	最大值 (Max.)	
车轮外倾角(Camber)	0°28′	0°40′	0°52′	0°12′	0°28′	0°40′	0°52′	
单侧前束角 (Individual Toe)	−0°02′	0°01′	0°04′		−0°02′	0°01′	0°04′	
总前束角(Total Toe)				最小值 (Min.)	理想值 (Pref.)	最大值 (Max.)		
				−0°04′	0°02′	0°08′		
最大推进角 (Max Thrust Angle)				0°15′				
车身高度(Ride Height)/mm	—	—	—		—	—	—	
车轴偏角(Setback)/mm	−8	0	8		−8	0	8	

2. 进行定位调整

制造商未提供或不涉及此项目。

20.10.2　1995 款雪铁龙 XM 2.9L 车型

1. 车轮定位规范

1995 款雪铁龙 XM 2.9L 车轮定位规范见表20-21。

表 20-21 1995 款雪铁龙 XM 2.9L 车轮定位数据表

前车轮（Front）：

定位规范 定位参数	左侧（Left）			左右差 （Cross）	右侧（Right）			调整提示 （Adjusting）
	最小值 （Min.）	理想值 （Pref.）	最大值 （Max.）		最小值 （Min.）	理想值 （Pref.）	最大值 （Max.）	
主销后倾角（Caster）	2°00′	2°30′	3°00′	0°30′	2°00′	2°30′	3°00′	
车轮外倾角（Camber）	−1°12′	−1°00′	−0°48′	0°12′	−1°12′	−1°00′	−0°48′	
主销内倾角（SAI）	—	—			—			
单侧前束角 （Individual Toe）	−0°11′	−0°08′	−0°05′		−0°11′	−0°08′	−0°05′	
总前束角（Total Toe）			最小值 （Min.）	理想值 （Pref.）	最大值 （Max.）			
			−0°22′	−0°16′	−0°10′			
包容角（Included Angle）	—	—			—	—	—	
转向前展角 （Toe Out On Turns）	—	—			—	—	—	
车轮最大内转角 （Max Turn Inside）	—	—			—	—	—	
车轮最大外转角 （Max Turn Outside）	—	—			—	—	—	
前束曲线调整 （Toe Curve Adjust）								
前束曲线控制 （Toe Curve Control）								
车身高度（Ride Height）/mm	—	—	—		—	—	—	
车轴偏角（Setback）/mm	−8	0	8		−8	0	8	

后车轮（Rear）：

定位规范 定位参数	左侧（Left）			左右差 （Cross）	右侧（Right）			调整提示 （Adjusting）
	最小值 （Min.）	理想值 （Pref.）	最大值 （Max.）		最小值 （Min.）	理想值 （Pref.）	最大值 （Max.）	
车轮外倾角（Camber）	−1°40′	−1°00′	−0°20′	0°40′	−1°40′	−1°00′	−0°20′	
单侧前束角 （Individual Toe）	−0°05′	0′	0°05′		−0°05′	0′	0°05′	
总前束角（Total Toe）			最小值 （Min.）	理想值 （Pref.）	最大值 （Max.）			
			−0°10′	0′	0°10′			
最大推进角 （Max Thrust Angle）				0°15′				
车身高度（Ride Height）/mm	—	—	—		—	—	—	
车轴偏角（Setback）/mm	−8	0	8		−8	0	8	

2. 进行定位调整

制造商未提供或不涉及此项目。

20.10.3 1995 款雪铁龙 AX 车型

1. 车轮定位规范

1995 款雪铁龙 AX 车轮定位规范见表 20-22。

表 20-22 1995 款雪铁龙 AX 车轮定位数据表

前车轮(Front):

定位规范 定位参数	左侧(Left)			左右差 (Cross)	右侧(Right)			调整提示 (Adjusting)
	最小值 (Min.)	理想值 (Pref.)	最大值 (Max.)		最小值 (Min.)	理想值 (Pref.)	最大值 (Max.)	
主销后倾角(Caster)	1°00′	1°30′	2°00′	0°30′	1°00′	1°30′	2°00′	
车轮外倾角(Camber)	−1°12′	−1°00′	−0°48′	0°12′	−1°12′	−1°00′	−0°48′	
主销内倾角(SAI)	—	—	—		—	—	—	
单侧前束角 (Individual Toe)	−0°11′	−0°10′	−0°09′		−0°11′	−0°10′	−0°09′	
总前束角(Total Toe)			最小值 (Min.)	理想值 (Pref.)	最大值 (Max.)			
			−0°22′	−0°20′	−0°18′			
包容角(Included Angle)	—	—	—	—	—	—	—	
转向前展角 (Toe Out On Turns)	—	—	—		—	—	—	
车轮最大内转角 (Max Turn Inside)	—	—	—		—	—	—	
车轮最大外转角 (Max Turn Outside)	—	—	—		—	—	—	
前束曲线调整 (Toe Curve Adjust)	—	—	—		—	—	—	
前束曲线控制 (Toe Curve Control)	—	—	—		—	—	—	
车身高度(Ride Height)/mm	—	—	—		—	—	—	
车轴偏角(Setback)/mm	−8	0	8		−8	0	8	

后车轮(Rear):

定位规范 定位参数	左侧(Left)			左右差 (Cross)	右侧(Right)			调整提示 (Adjusting)
	最小值 (Min.)	理想值 (Pref.)	最大值 (Max.)		最小值 (Min.)	理想值 (Pref.)	最大值 (Max.)	
车轮外倾角(Camber)	−2°30′	−2°02′	−1°35′	0°28′	−2°30′	−2°02′	−1°35′	
单侧前束角 (Individual Toe)	0′	0°03′	0°06′		0′	0°03′	0°06′	
总前束角(Total Toe)			最小值 (Min.)	理想值 (Pref.)	最大值 (Max.)			
			0′	0°06′	0°12′			
最大推进角 (Max Thrust Angle)				0°15′				
车身高度(Ride Height)/mm	—	—	—		—	—	—	
车轴偏角(Setback)/mm	−8	0	8		−8	0	8	

2. 进行定位调整

制造商未提供或不涉及此项目。

20.10.4 1993 款雪铁龙 AX EL 车型

1. 车轮定位规范

1993 款雪铁龙 AX EL 车轮定位规范见表 20-23。

表 20-23　1993 款雪铁龙 AX EL 车轮定位数据表

前车轮（Front）：

定位规范 定位参数	左侧（Left）			左右差 （Cross）	右侧（Right）			调整提示 （Adjusting）
	最小值 （Min.）	理想值 （Pref.）	最大值 （Max.）		最小值 （Min.）	理想值 （Pref.）	最大值 （Max.）	
主销后倾角（Caster）	4°00′	4°15′	4°30′	0°15′	4°00′	4°15′	4°30′	
车轮外倾角（Camber）	−0°19′	0°11′	0°41′	0°30′	−0°19′	0°11′	0°41′	
主销内倾角（SAI）	—	—	—	—	—	—	—	
单侧前束角 （Individual Toe）	−0°03′	0′	0°03′		−0°03′	0′	0°03′	
总前束角（Total Toe）		最小值 （Min.）	理想值 （Pref.）	最大值 （Max.）				
		−0°06′	0′	0°06′				
包容角（Included Angle）	—	—	—		—	—	—	
转向前展角 （Toe Out On Turns）	—	—	—		—	—	—	
车轮最大内转角 （Max Turn Inside）	—	—	—		—	—	—	
车轮最大外转角 （Max Turn Outside）	—	—	—		—	—	—	
前束曲线调整 （Toe Curve Adjust）	—	—	—		—	—	—	
前束曲线控制 （Toe Curve Control）	—	—	—		—	—	—	
车身高度 （Ride Height）/mm								
车轴偏角（Setback）/mm	−8	0	8		−8	0	8	

后车轮（Rear）：

定位规范 定位参数	左侧（Left）			左右差 （Cross）	右侧（Right）			调整提示 （Adjusting）
	最小值 （Min.）	理想值 （Pref.）	最大值 （Max.）		最小值 （Min.）	理想值 （Pref.）	最大值 （Max.）	
车轮外倾角（Camber）	−0°10′	0°10′	0°31′	0°20′	−0°10′	0°10′	0°31′	
单侧前束角 （Individual Toe）	−0°03′	0′	0°03′		−0°03′	0′	0°03′	
总前束角（Total Toe）		最小值 （Min.）	理想值 （Pref.）	最大值 （Max.）				
		−0°06′	0′	0°06′				
最大推进角 （Max Thrust Angle）			0°15′					
车身高度（Ride Height）/mm	—	—	—		—	—	—	
车轴偏角（Setback）/mm	−8	0	8		−8	0	8	

2. 进行定位调整

制造商未提供或不涉及此项目。

20.10.5　1992 款雪铁龙 ZX 车型

1. 车轮定位规范

1992 款雪铁龙 ZX 车轮定位规范见表 20-24。

表 20-24 1992 款雪铁龙 ZX 车轮定位数据表

前车轮（Front）：

定位规范 定位参数	左侧（Left）			左右差 （Cross）	右侧（Right）			调整提示 （Adjusting）
	最小值 （Min.）	理想值 （Pref.）	最大值 （Max.）		最小值 （Min.）	理想值 （Pref.）	最大值 （Max.）	
主销后倾角（Caster）	−0°10′	0°30′	1°10′	0°40′	−0°10′	0°30′	1°10′	
车轮外倾角（Camber）	−0°10′	0°30′	1°10′	0°40′	−0°10′	0°30′	1°10′	
主销内倾角（SAI）	—	—	—		—	—	—	
单侧前束角 （Individual Toe）	−0°05′	−0°02′	0′		−0°05′	−0°02′	0′	
总前束角（Total Toe）			最小值 （Min.）	理想值 （Pref.）	最大值 （Max.）			
			−0°10′	−0°05′	0′			
包容角（Included Angle）	—	—	—		—	—	—	
转向前展角 （Toe Out On Turns）	—	—	—		—	—	—	
车轮最大内转角 （Max Turn Inside）	—	—	—		—	—	—	
车轮最大外转角 （Max Turn Outside）	—	—	—		—	—	—	
前束曲线调整 （Toe Curve Adjust）	—	—	—		—	—	—	
前束曲线控制 （Toe Curve Control）	—	—	—		—	—	—	
车身高度（Ride Height）/mm	—	—	—		—	—	—	
车轴偏角（Setback）/mm	−8	0	8		−8	0	8	

后车轮（Rear）：

定位规范 定位参数	左侧（Left）			左右差 （Cross）	右侧（Right）			调整提示 （Adjusting）
	最小值 （Min.）	理想值 （Pref.）	最大值 （Max.）		最小值 （Min.）	理想值 （Pref.）	最大值 （Max.）	
车轮外倾角（Camber）	−1°40′	−1°00′	−0°20′	0°40′	−1°40′	−1°00′	−0°20′	
单侧前束角 （Individual Toe）	−0°05′	0′	0°05′		−0°05′	0′	0°05′	
总前束角（Total Toe）			最小值 （Min.）	理想值 （Pref.）	最大值 （Max.）			
			−0°10′	0′	0°10′			
最大推进角 （Max Thrust Angle）				0°15′				
车身高度（Ride Height）/mm	—	—	—		—	—	—	
车轴偏角（Setback）/mm	−8	0	8		−8	0	8	

2. 进行定位调整

制造商未提供或不涉及此项目。

20.10.6 1992 款雪铁龙 AX 车型

1. 车轮定位规范

1992 款雪铁龙 AX 车轮定位规范见表 20-25。

表 20-25　1992 款雪铁龙 AX 车轮定位数据表

前车轮（Front）：

定位规范 / 定位参数	左侧（Left）			左右差（Cross）	右侧（Right）			调整提示（Adjusting）
	最小值（Min.）	理想值（Pref.）	最大值（Max.）		最小值（Min.）	理想值（Pref.）	最大值（Max.）	
主销后倾角（Caster）	1°15′	2°15′	3°15′	1°00′	1°15′	2°15′	3°15′	
车轮外倾角（Camber）	−0°30′	0′	0°30′	0°30′	−0°30′	0′	0°30′	
主销内倾角（SAI）	—	—	—		—	—	—	
单侧前束角（Individual Toe）	−0°09′	−0°05′	−0°01′		−0°09′	−0°05′	−0°01′	
总前束角（Total Toe）	最小值（Min.）	理想值（Pref.）	最大值（Max.）					
	−0°18′	−0°10′	−0°02′					
包容角（Included Angle）	—	—	—		—	—	—	
转向前展角（Toe Out On Turns）	—	—	—		—	—	—	
车轮最大内转角（Max Turn Inside）	—	—	—		—	—	—	
车轮最大外转角（Max Turn Outside）	—	—	—		—	—	—	
前束曲线调整（Toe Curve Adjust）	—	—	—		—	—	—	
前束曲线控制（Toe Curve Control）								
车身高度（Ride Height）/mm	—	—	—		—	—	—	
车轴偏角（Setback）/mm	−8	0	8		−8	0	8	

后车轮（Rear）：

定位规范 / 定位参数	左侧（Left）			左右差（Cross）	右侧（Right）			调整提示（Adjusting）
	最小值（Min.）	理想值（Pref.）	最大值（Max.）		最小值（Min.）	理想值（Pref.）	最大值（Max.）	
车轮外倾角（Camber）	−1°35′	−1°15′	−0°55′	0°20′	−1°35′	−1°15′	−0°55′	
单侧前束角（Individual Toe）	0°05′	0°10′	0°14′		0°05′	0°10′	0°14′	
总前束角（Total Toe）	最小值（Min.）	理想值（Pref.）	最大值（Max.）					
	0°10′	0°19′	0°28′					
最大推进角（Max Thrust Angle）		0°15′						
车身高度（Ride Height）/mm	—	—	—		—	—	—	
车轴偏角（Setback）/mm	−8	0	8		−8	0	8	

2. 进行定位调整

制造商未提供或不涉及此项目。

20.10.7　1992 款雪铁龙 XM（1.8L/2.0L/2.5L/2.9L）车型

1. 车轮定位规范

1992 款雪铁龙 XM（1.8L/2.0L/2.5L/2.9L）车轮定位规范见表 20-26。

表 20-26　1992 款雪铁龙 XM(1.8L/2.0L/2.5L/2.9L)车轮定位数据表

前车轮(Front):

定位规范 定位参数	左侧(Left)			左右差 (Cross)	右侧(Right)			调整提示 (Adjusting)
	最小值 (Min.)	理想值 (Pref.)	最大值 (Max.)		最小值 (Min.)	理想值 (Pref.)	最大值 (Max.)	
主销后倾角(Caster)	2°00′	2°30′	3°00′	0°30′	2°00′	2°30′	3°00′	
车轮外倾角(Camber)	−0°30′	0′	0°30′	0°30′	−0°30′	0′	0°30′	
主销内倾角(SAI)	—	—	—		—	—	—	
单侧前束角 (Individual Toe)	−0°08′	−0°04′	0′		−0°08′	−0°04′	0′	
总前束角(Total Toe)		最小值 (Min.) −0°16′	理想值 (Pref.) −0°08′	最大值 (Max.) 0′				
包容角(Included Angle)	—	—	—		—	—	—	
转向前展角 (Toe Out On Turns)	—	—	—		—	—	—	
车轮最大内转角 (Max Turn Inside)	—	—	—		—	—	—	
车轮最大外转角 (Max Turn Outside)	—	—	—		—	—	—	
前束曲线调整 (Toe Curve Adjust)	—	—	—		—	—	—	
前束曲线控制 (Toe Curve Control)	—	—	—		—	—	—	
车身高度(Ride Height)/mm	—	—	—		—	—	—	
车轴偏角(Setback)/mm	−8	0	8		−8	0	8	

后车轮(Rear):

定位规范 定位参数	左侧(Left)			左右差 (Cross)	右侧(Right)			调整提示 (Adjusting)
	最小值 (Min.)	理想值 (Pref.)	最大值 (Max.)		最小值 (Min.)	理想值 (Pref.)	最大值 (Max.)	
车轮外倾角(Camber)	0°30′	0°50′	1°10′	0°20′	0°30′	0°50′	1°10′	
单侧前束角 (Individual Toe)	0°01′	0°09′	0°17′		0°01′	0°09′	0°17′	
总前束角(Total Toe)		最小值 (Min.) 0°02′	理想值 (Pref.) 0°18′	最大值 (Max.) 0°34′				
最大推进角 (Max Thrust Angle)				0°15′				
车身高度(Ride Height)/mm	—	—	—		—	—	—	
车轴偏角(Setback)/mm	−8	0	8		−8	0	8	

2. 进行定位调整

制造商未提供或不涉及此项目。

20.10.8　1985 款雪铁龙 VISA/C15D 车型

1. 车轮定位规范

1985 款雪铁龙 VISA/C15D 车轮定位规范见表 20-27。

表 20-27　1985 款雪铁龙 VISA/C15D 车轮定位数据表

前车轮(Front)：

定位参数	左侧(Left) 最小值(Min.)	理想值(Pref.)	最大值(Max.)	左右差(Cross)	右侧(Right) 最小值(Min.)	理想值(Pref.)	最大值(Max.)	调整提示(Adjusting)
主销后倾角(Caster)	0°25′	0°55′	1°25′	0°30′	0°25′	0°55′	1°25′	
车轮外倾角(Camber)	0′	0°30′	1°00′	0°30′	0′	0°30′	1°00′	
主销内倾角(SAI)	—	—	—		—	—	—	
单侧前束角(Individual Toe)	−0°03′	0′	0°03′		−0°03′	0′	0°03′	
总前束角(Total Toe)			最小值(Min.) −0°06′	理想值(Pref.) 0′	最大值(Max.) 0°06′			
包容角(Included Angle)	—	—	—		—	—	—	
转向前展角(Toe Out On Turns)	—	—	—		—	—	—	
车轮最大内转角(Max Turn Inside)	—	—	—		—	—	—	
车轮最大外转角(Max Turn Outside)	—	—	—		—	—	—	
前束曲线调整(Toe Curve Adjust)	—	—	—		—	—	—	
前束曲线控制(Toe Curve Control)	—	—	—		—	—	—	
车身高度(Ride Height)/mm	—	—	—		—	—	—	
车轴偏角(Setback)/mm	−8	0	8		−8	0	8	

后车轮(Rear)：

定位参数	左侧(Left) 最小值(Min.)	理想值(Pref.)	最大值(Max.)	左右差(Cross)	右侧(Right) 最小值(Min.)	理想值(Pref.)	最大值(Max.)	调整提示(Adjusting)
车轮外倾角(Camber)	−0°29′	−0°09′	0°11′	0°20′	−0°29′	−0°09′	0°11′	
单侧前束角(Individual Toe)	−0°03′	0′	0°03′		−0°03′	0′	0°03′	
总前束角(Total Toe)			最小值(Min.) −0°06′	理想值(Pref.) 0′	最大值(Max.) 0°06′			
最大推进角(Max Thrust Angle)				0°15′				
车身高度(Ride Height)/mm	—	—	—		—	—	—	
车轴偏角(Setback)/mm	−8	0	8		−8	0	8	

2. 进行定位调整

制造商未提供或不涉及此项目。

20.10.9　1985 款雪铁龙 VISA/C15E 车型

1. 车轮定位规范

1985 款雪铁龙 VISA/C15E 车轮定位规范见表 20-28。

表 20-28 1985 款雪铁龙 VISA/C15E 车轮定位数据表

前车轮(Front):

定位参数 \ 定位规范	左侧(Left)			左右差(Cross)	右侧(Right)			调整提示(Adjusting)
	最小值(Min.)	理想值(Pref.)	最大值(Max.)		最小值(Min.)	理想值(Pref.)	最大值(Max.)	
主销后倾角(Caster)	0°51′	1°21′	1°51′	0°30′	0°51′	1°21′	1°51′	
车轮外倾角(Camber)	0°17′	0°47′	1°17′	0°30′	0°17′	0°47′	1°17′	
主销内倾角(SAI)	—	—	—		—	—	—	
单侧前束角(Individual Toe)	−0°03′	0′	0°03′		−0°03′	0′	0°03′	
总前束角(Total Toe)			最小值(Min.)	理想值(Pref.)	最大值(Max.)			
			−0°06′	0′	0°06′			
包容角(Included Angle)	—	—	—		—	—	—	
转向前展角(Toe Out On Turns)	—	—	—		—	—	—	
车轮最大内转角(Max Turn Inside)	—	—	—		—	—	—	
车轮最大外转角(Max Turn Outside)	—	—	—		—	—	—	
前束曲线调整(Toe Curve Adjust)	—	—	—		—	—	—	
前束曲线控制(Toe Curve Control)	—	—	—		—	—	—	
车身高度(Ride Height)/mm	—	—	—		—	—	—	
车轴偏角(Setback)/mm	−8	0	8		−8	0	8	

后车轮(Rear):

定位参数 \ 定位规范	左侧(Left)			左右差(Cross)	右侧(Right)			调整提示(Adjusting)
	最小值(Min.)	理想值(Pref.)	最大值(Max.)		最小值(Min.)	理想值(Pref.)	最大值(Max.)	
车轮外倾角(Camber)	−0°29′	−0°09′	0°11′	0°20′	−0°29′	−0°09′	0°11′	
单侧前束角(Individual Toe)	−0°03′	0′	0°03′		−0°03′	0′	0°03′	
总前束角(Total Toe)			最小值(Min.)	理想值(Pref.)	最大值(Max.)			
			−0°06′	0′	0°06′			
最大推进角(Max Thrust Angle)				0°15′				
车身高度(Ride Height)/mm	—	—	—		—	—	—	
车轴偏角(Setback)/mm	−8	0	8		−8	0	8	

2. 进行定位调整

制造商未提供或不涉及此项目。

20.11 风神

1992 款风神 XM 车型

1. 车轮定位规范

1992 款风神 XM 车轮定位规范见表 20-29。

表 20-29 1992 款风神 XM 车轮定位数据表

前车轮（Front）：

定位规范 / 定位参数	左侧（Left）			左右差（Cross）	右侧（Right）			调整提示（Adjusting）
	最小值（Min.）	理想值（Pref.）	最大值（Max.）		最小值（Min.）	理想值（Pref.）	最大值（Max.）	
主销后倾角（Caster）	2°00′	2°30′	3°00′	—	2°00′	2°30′	3°00′	
车轮外倾角（Camber）	−0°48′	−0°18′	0°12′	—	−0°48′	−0°18′	0°12′	
主销内倾角（SAI）	12°54′	13°24′	13°54′		12°54′	13°24′	13°54′	
单侧前束角（Individual Toe）	−0°14′	−0°07′	0′		−0°14′	−0°07′	0′	见定位调整
总前束角（Total Toe）			最小值（Min.）	理想值（Pref.）	最大值（Max.）			
			−0°28′	−0°14′	0°10′			
包容角（Included Angle）	—	11°00′	—		—	11°00′	—	
转向前展角（Toe Out On Turns）	—	—	—		—	—	—	
车轮最大内转角（Max Turn Inside）	—	—	—		—	—	—	
车轮最大外转角（Max Turn Outside）	—	—	—		—	—	—	
前束曲线调整（Toe Curve Adjust）	—	—	—		—	—	—	
前束曲线控制（Toe Curve Control）	—	—	—		—	—	—	
车身高度（Ride Height）/mm	—	198	—		—	198	—	
车轴偏角（Setback）/mm	−8	0	8		−8	0	8	

后车轮（Rear）：

定位规范 / 定位参数	左侧（Left）			左右差（Cross）	右侧（Right）			调整提示（Adjusting）
	最小值（Min.）	理想值（Pref.）	最大值（Max.）		最小值（Min.）	理想值（Pref.）	最大值（Max.）	
车轮外倾角（Camber）	−1°06′	−0°48′	−0°30′	—	−1°06′	−0°48′	−0°30′	
单侧前束角（Individual Toe）	0°11′	0°16′	0°21′		0°11′	0°16′	0°21′	
总前束角（Total Toe）			最小值（Min.）	理想值（Pref.）	最大值（Max.）			
			0°22′	0°32′	0°42′			
最大推进角（Max Thrust Angle）				0°15′				
车身高度（Ride Height）/mm	—	272	—		—	272	—	
车轴偏角（Setback）/mm	−8	0	8		−8	0	8	

2. 进行定位调整

与 2006 款 C2 EX 1.6L 车型调整方法相同。

第 21 章　东风悦达起亚

21.1　锐欧

21.1.1　2007 款锐欧 RIO 1.4L 车型

1. 车轮定位规范

2007 款锐欧 RIO 1.4L 车轮定位规范见表 21-1。

表 21-1　2007 款锐欧 RIO 1.4L 车轮定位数据表

前车轮（Front）：

定位规范 定位参数	左侧（Left）			左右差 （Cross）	右侧（Right）			调整提示 （Adjusting）
	最小值 （Min.）	理想值 （Pref.）	最大值 （Max.）		最小值 （Min.）	理想值 （Pref.）	最大值 （Max.）	
主销后倾角（Caster）	3°30′	4°00′	4°30′	—	3°30′	4°00′	4°30′	见定位 调整（1）
车轮外倾角（Camber）	−0°30′	0′	0°30′	—	−0°30′	0′	0°30′	见定位 调整（2）
主销内倾角（SAI）	12°30′	13°00′	13°30′		12°30′	13°00′	13°30′	
单侧前束角 （Individual Toe）	−0°05′	0′	0°05′		−0°05′	0′	0°05′	见定位 调整（3）
总前束角（Total Toe）			最小值 （Min.）	理想值 （Pref.）	最大值 （Max.）			
			−0°10′	0′	0°10′			
包容角（Included Angle）	—	—	—		—	—	—	
转向前展角 （Toe Out On Turns）								
车轮最大内转角 （Max Turn Inside）								
车轮最大外转角 （Max Turn Outside）								
前束曲线调整 （Toe Curve Adjust）								
前束曲线控制 （Toe Curve Control）	—	—	—		—	—	—	
车身高度（Ride Height）/mm	—	—	—		—	—	—	
车轴偏角（Setback）/mm	−8	0	8		−8	0	8	

后车轮（Rear）：

定位规范 定位参数	左侧（Left）			左右差 （Cross）	右侧（Right）			调整提示 （Adjusting）
	最小值 （Min.）	理想值 （Pref.）	最大值 （Max.）		最小值 （Min.）	理想值 （Pref.）	最大值 （Max.）	
车轮外倾角（Camber）	−1°30′	−1°00′	−0°30′	—	−1°30′	−1°00′	−0°30′	见定位 调整（2）
单侧前束角 （Individual Toe）	0°05′	0°10′	0°14′		0°05′	0°10′	0°14′	见定位 调整（4）

（续）

后车轮（Rear）：

定位规范 定位参数	左侧（Left）			左右差 （Cross）	右侧（Right）			调整提示 （Adjusting）
	最小值 （Min.）	理想值 （Pref.）	最大值 （Max.）		最小值 （Min.）	理想值 （Pref.）	最大值 （Max.）	
总前束角（Total Toe）				最小值 （Min.）	理想值 （Pref.）	最大值 （Max.）		
				0°10′	0°19′	0°29′		
最大推进角 （Max Thrust Angle）				0°15′				
车身高度（Ride Height）/mm	—	—	—		—	—	—	
车轴偏角（Setback）/mm	-8	0	8		-8	0	8	

2. 进行定位调整

（1）主销后倾角调整（更换下臂支架）

1）调整指导：需使用 TOYOTA 更换支架。无需更改零件，见图 21-1。A、B、C、D 位置的定位参数为：

位置　　外倾角　　后倾角

A.........0.........0

B.........0.........1.5°

C.........1.5°.....1.5°

D.........1.5°.....0

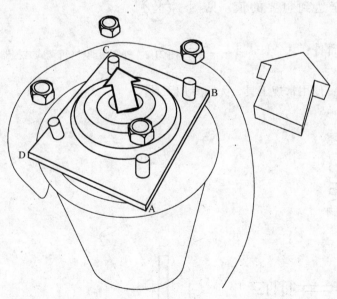

图 21-1　主销后倾角调整（更换下臂支架）

2）调整所及部件：无备件需求。

3）专用工具：使用常规工具，无需专用工具。

（2）外倾角调整（可调式减振器支柱/转向节支架）

1）调整指导。调整外倾角时，拆下支柱与转向节固定上螺栓，松开下螺栓，在转向节和支柱体间插入楔形件，采用更小直径的固定螺栓代替上螺栓。通过向下打入楔形件来向正值方向调整外倾角，见图21-2。

提示：安装楔形件时，注意不要损伤制动管路。

2）调整所及部件：需使用楔形件。无需更改零件。

3）专用工具：使用常规工具，无需专用工具。

（3）前束调整

1）调整指导。拧松横拉杆锁紧螺母，转动内侧横拉杆至正确前束，见图21-3。

提示：相关固定夹紧件必须松开，防止损坏胶套。

2）调整所及部件：无备件需求，无需更改零件。

3）专用工具：使用常规工具，无需专用工具。

（4）前束调整(可调式下控制臂枢轴)

1）调整指导。调整单侧前束时，松开下控制臂内侧枢轴连接螺栓/螺母，转动偏心凸轮/棘轮直至达到想要的值，见图21-4。

2）调整所及部件：无备件需求，无需更改零件。

3）专用工具：使用常规工具，无需专用工具。

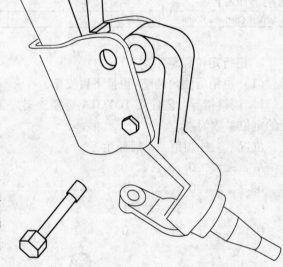

图21-2　外倾角调整(可调式减振器支柱/转向节支架)

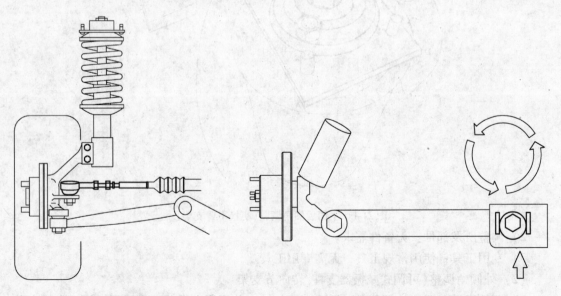

图21-3　前束调整　　　　　　图21-4　前束调整(可调式下控制臂枢轴)

21.1.2　2007 款锐欧 RIO 1.6L Prime 车型

1. 车轮定位规范

2007 款锐欧 RIO 1.6L Prime 车轮定位规范见表 21-2。

表 21-2　2007 款锐欧 RIO 1.6L Prime 车轮定位数据表

前车轮(Front)：

定位参数	左侧(Left)			左右差(Cross)	右侧(Right)			调整提示(Adjusting)
	最小值(Min.)	理想值(Pref.)	最大值(Max.)		最小值(Min.)	理想值(Pref.)	最大值(Max.)	
主销后倾角(Caster)	3°30′	4°00′	4°30′	—	3°30′	4°00′	4°30′	见定位调整(1)
车轮外倾角(Camber)	−0°30′	0′	0°30′		−0°30′	0′	0°30′	见定位调整(2)
主销内倾角(SAI)	12°30′	13°00′	13°30′		12°30′	13°00′	13°30′	
单侧前束角(Individual Toe)	−0°05′	0′	0°05′		−0°05′	0′	0°05′	见定位调整(3)
总前束角(Total Toe)			最小值(Min.)	理想值(Pref.)	最大值(Max.)			
			−0°10′	0′	0°10′			
包容角(Included Angle)	—	—	—		—	—	—	
转向前展角(Toe Out On Turns)	—	—	—		—	—	—	
车轮最大内转角(Max Turn Inside)	—	—	—		—	—	—	
车轮最大外转角(Max Turn Outside)	—	—	—		—	—	—	
前束曲线调整(Toe Curve Adjust)	—	—	—		—	—	—	
前束曲线控制(Toe Curve Control)	—	—	—		—	—	—	
车身高度(Ride Height)/mm	—	—	—		—	—	—	
车轴偏角(Setback)/mm	−8	0	8		−8	0	8	

后车轮(Rear)：

定位参数	左侧(Left)			左右差(Cross)	右侧(Right)			调整提示(Adjusting)
	最小值(Min.)	理想值(Pref.)	最大值(Max.)		最小值(Min.)	理想值(Pref.)	最大值(Max.)	
车轮外倾角(Camber)	−1°30′	−1°00′	−0°30′	—	−1°30′	−1°00′	−0°30′	见定位调整(2)
单侧前束角(Individual Toe)	0°05′	0°10′	0°14′		0°05′	0°10′	0°14′	见定位调整(4)
总前束角(Total Toe)			最小值(Min.)	理想值(Pref.)	最大值(Max.)			
			0°10′	0°19′	0°29′			
最大推进角(Max Thrust Angle)				0°15′				
车身高度(Ride Height)/mm	—	—	—		—	—	—	
车轴偏角(Setback)/mm	−8	0	8		−8	0	8	

2. 进行定位调整

与 2007 款锐欧 RIO 1.4L 车型调整方法相同。

21.1.3 2006 款锐欧 RIO 车型

1. 车轮定位规范

2006 款锐欧 RIO 车轮定位规范见表 21-3。

表 21-3 2006 款锐欧 RIO 车轮定位数据表

前车轮(Front):

定位参数 \ 定位规范	左侧(Left)			左右差(Cross)	右侧(Right)			调整提示(Adjusting)
	最小值(Min.)	理想值(Pref.)	最大值(Max.)		最小值(Min.)	理想值(Pref.)	最大值(Max.)	
主销后倾角(Caster)	3°30′	4°00′	4°30′	—	3°30′	4°00′	4°30′	见定位调整(1)
车轮外倾角(Camber)	−0°30′	0′	0°30′		−0°30′	0′	0°30′	见定位调整(2)
主销内倾角(SAI)	12°30′	13°00′	13°30′		12°30′	13°00′	13°30′	
单侧前束角(Individual Toe)	−0°05′	0′	0°05′		−0°05′	0′	0°05′	见定位调整(3)
总前束角(Total Toe)		最小值(Min.)	理想值(Pref.)	最大值(Max.)				
		−0°10′	0′	0°10′				
包容角(Included Angle)	—	—		—	—	—	—	
转向前展角(Toe Out On Turns)								
车轮最大内转角(Max Turn Inside)								
车轮最大外转角(Max Turn Outside)								
前束曲线调整(Toe Curve Adjust)	—	—	—		—	—	—	
前束曲线控制(Toe Curve Control)	—	—	—		—	—	—	
车身高度(Ride Height)/mm	—	—	—		—	—	—	
车轴偏角(Setback)/mm	−8	0	8		−8	0	8	

后车轮(Rear):

定位参数 \ 定位规范	左侧(Left)			左右差(Cross)	右侧(Right)			调整提示(Adjusting)
	最小值(Min.)	理想值(Pref.)	最大值(Max.)		最小值(Min.)	理想值(Pref.)	最大值(Max.)	
车轮外倾角(Camber)	−1°30′	−1°00′	−0°30′	—	−1°30′	−1°00′	−0°30′	见定位调整(2)
单侧前束角(Individual Toe)	0°05′	0°10′	0°14′		0°05′	0°10′	0°14′	见定位调整(4)
总前束角(Total Toe)		最小值(Min.)	理想值(Pref.)	最大值(Max.)				
		0°10′	0°19′	0°29′				
最大推进角(Max Thrust Angle)				0°15′				
车身高度(Ride Height)/mm	—	—	—		—	—	—	
车轴偏角(Setback)/mm	−8	0	8		−8	0	8	

2. 进行定位调整

与 2007 款锐欧 RIO 1.4L 车型调整方法相同。

21.2 赛拉图

21.2.1 2006 款赛拉图(15″轮圈)车型

1. 车轮定位规范

2006 款赛拉图(15″轮圈)车轮定位规范见表 21-4。

表 21-4 2006 款赛拉图(15″轮圈)车轮定位数据表

前车轮(Front)：

定位参数 \ 定位规范	左侧(Left) 最小值(Min.)	理想值(Pref.)	最大值(Max.)	左右差(Cross)	右侧(Right) 最小值(Min.)	理想值(Pref.)	最大值(Max.)	调整提示(Adjusting)
主销后倾角(Caster)	2°06′	2°36′	3°06′	—	2°06′	2°36′	3°06′	
车轮外倾角(Camber)	−0°30′	0′	0°30′	—	−0°30′	0′	0°30′	
主销内倾角(SAI)	11°40′	12°10′	12°40′		11°40′	12°10′	12°40′	
单侧前束角(Individual Toe)	−0°08′	0′	0°08′		−0°08′	0′	0°08′	见定位调整
总前束角(Total Toe)	最小值(Min.) −0°17′	理想值(Pref.) 0′	最大值(Max.) 0°17′					
包容角(Included Angle)	—	—	—		—	—	—	
转向前展角(Toe Out On Turns)	—	—	—		—	—	—	
车轮最大内转角(Max Turn Inside)	—	—	—		—	—	—	
车轮最大外转角(Max Turn Outside)	—	—	—		—	—	—	
前束曲线调整(Toe Curve Adjust)	—	—	—		—	—	—	
前束曲线控制(Toe Curve Control)	—	—	—		—	—	—	
车身高度(Ride Height)/mm	—	—	—		—	—	—	
车轴偏角(Setback)/mm	−8	0	8		−8	0	8	

后车轮(Rear)：

定位参数 \ 定位规范	左侧(Left) 最小值(Min.)	理想值(Pref.)	最大值(Max.)	左右差(Cross)	右侧(Right) 最小值(Min.)	理想值(Pref.)	最大值(Max.)	调整提示(Adjusting)
车轮外倾角(Camber)	−1°25′	−0°55′	−0°25′	—	−1°25′	−0°55′	−0°25′	
单侧前束角(Individual Toe)	0°08′	0°17′	0°25′		0°08′	0°17′	0°25′	
总前束角(Total Toe)	最小值(Min.) 0°16′	理想值(Pref.) 0°33′	最大值(Max.) 0°50′					
最大推进角(Max Thrust Angle)		0°15′						
车身高度(Ride Height)/mm	—	—	—		—	—	—	
车轴偏角(Setback)/mm	−8	0	8		−8	0	8	

2. 进行定位调整

前轮前束调整(可调式横拉杆)

1) 调整指导。调整前束角时，拧松转向拉杆锁止螺母，用扳手转动转向拉杆直至获得满意的前束角读数，见图21-5。

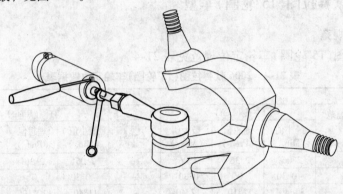

图 21-5 前轮前束调整(可调式横拉杆)

2) 调整所及部件：无备件需求，无需更改零件。

3) 专用工具：使用常规工具，无需专用工具。

21.2.2 2006 款赛拉图(16″轮圈)车型

1. 车轮定位规范

2006 款赛拉图(16″轮圈)车轮定位规范见表21-5。

表 21-5 2006 款赛拉图(16″轮圈)车轮定位数据表

前车轮(Front): 定位规范 ＼ 定位参数	左侧(Left)			左右差 (Cross)	右侧(Right)			调整提示 (Adjusting)
	最小值 (Min.)	理想值 (Pref.)	最大值 (Max.)		最小值 (Min.)	理想值 (Pref.)	最大值 (Max.)	
主销后倾角(Caster)	2°06′	2°36′	3°06′	—	2°06′	2°36′	3°06′	
车轮外倾角(Camber)	−0°30′	0′	0°30′	—	−0°30′	0′	0°30′	
主销内倾角(SAI)	11°40′	12°10′	12°40′		11°40′	12°10′	12°40′	
单侧前束角 (Individual Toe)	−0°08′	0′	0°08′		−0°08′	0′	0°08′	见定位调整
总前束角(Total Toe)	最小值 (Min.)	理想值 (Pref.)	最大值 (Max.)					
	−0°16′	0′	0°16′					
包容角(Included Angle)	—	—	—		—	—	—	
转向前展角 (Toe Out On Turns)	—	—	—		—	—	—	
车轮最大内转角 (Max Turn Inside)	—	—	—		—	—	—	
车轮最大外转角 (Max Turn Outside)	—	—	—		—	—	—	
前束曲线调整 (Toe Curve Adjust)								
前束曲线控制 (Toe Curve Control)								
车身高度(Ride Height)/mm	—	—	—		—	—	—	
车轴偏角(Setback)/mm	−8	0	8		−8	0	8	

（续）

后车轮（Rear）：

定位规范 / 定位参数	左侧（Left） 最小值（Min.）	理想值（Pref.）	最大值（Max.）	左右差（Cross）	右侧（Right） 最小值（Min.）	理想值（Pref.）	最大值（Max.）	调整提示（Adjusting）
车轮外倾角（Camber）	−1°25′	−0°55′	−0°25′	—	−1°25′	−0°55′	−0°25′	
单侧前束角（Individual Toe）	0°08′	0°16′	0°23′		0°08′	0°16′	0°23′	
总前束角（Total Toe）			最小值（Min.）0°15′	理想值（Pref.）0°31′	最大值（Max.）0°47′			
最大推进角（Max Thrust Angle）				0°15′				
车身高度（Ride Height）/mm	—	—	—		—	—	—	
车轴偏角（Setback）/mm	−8	0	8		−8	0	8	

2. 进行定位调整

与2006款赛拉图（15″轮圈）车型调整方法相同。

21.3 远舰

2004款远舰车型

1. 车轮定位规范

2004款远舰车轮定位规范见表21-6。

表21-6 2004款远舰车轮定位数据表

前车轮（Front）：

定位规范 / 定位参数	左侧（Left） 最小值（Min.）	理想值（Pref.）	最大值（Max.）	左右差（Cross）	右侧（Right） 最小值（Min.）	理想值（Pref.）	最大值（Max.）	调整提示（Adjusting）
主销后倾角（Caster）	2°15′	3°15′	4°15′	0°30′	2°15′	3°15′	4°15′	
车轮外倾角（Camber）	−0°30′	0′	0°30′	0°30′	−0°30′	0′	0°30′	
主销内倾角（SAI）	—	8°29′				8°29′	—	
单侧前束角（Individual Toe）	−0°05′	0′	0°05′		−0°05′	0′	0°05′	见定位调整（1）
总前束角（Total Toe）			最小值（Min.）−0°10′	理想值（Pref.）0′	最大值（Max.）0°10′			
包容角（Included Angle）	—	—	—		—	—	—	
转向前展角（Toe Out On Turns）	—	—	—		—	—	—	
车轮最大内转角（Max Turn Inside）	—	—	—		—	—	—	
车轮最大外转角（Max Turn Outside）	—	—	—		—	—	—	
前束曲线调整（Toe Curve Adjust）	—	—	—		—	—	—	

（续）

前车轮(Front)：

定位参数 \ 定位规范	左侧(Left)			左右差(Cross)	右侧(Right)			调整提示(Adjusting)
	最小值(Min.)	理想值(Pref.)	最大值(Max.)		最小值(Min.)	理想值(Pref.)	最大值(Max.)	
前束曲线控制(Toe Curve Control)	—	—	—		—	—	—	
车身高度(Ride Height)/mm	—	—	—		—	—	—	
车轴偏角(Setback)/mm	−8	0	8		−8	0	8	

后车轮(Rear)：

定位参数 \ 定位规范	左侧(Left)			左右差(Cross)	右侧(Right)			调整提示(Adjusting)
	最小值(Min.)	理想值(Pref.)	最大值(Max.)		最小值(Min.)	理想值(Pref.)	最大值(Max.)	
车轮外倾角(Camber)	−1°00′	0′	1°00′	0°30′	−1°00′	0′	1°00′	
单侧前束角(Individual Toe)	0′	0°05′	0°10′		0′	0°05′	0°10′	见定位调整(2)
总前束角(Total Toe)		最小值(Min.)	理想值(Pref.)	最大值(Max.)				
		0′	0°10′	0°20′				
最大推进角(Max Thrust Angle)			0°15′					
车身高度(Ride Height)/mm	—	—	—		—	—	—	
车轴偏角(Setback)/mm	−8	0	8		−8	0	8	

2. 进行定位调整

（1）前轮前束调整（可调式横拉杆）

1）调整指导。调整前束角时，拧松转向拉杆锁止螺母，用扳手转动转向拉杆直至获得满意的前束角读数，见图21-5。

2）调整所及部件：无备件需求，无需更改零件。

3）专用工具：使用常规工具，无需专用工具。

（2）后轮前束调整

1）调整指导。拧松前束联接凸轮螺栓，转动凸轮修正前束，见图21-6。

2）调整所及部件：无备件需求，无需更改零件。

3）专用工具：使用常规工具，无需专用工具。

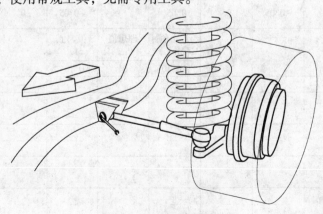

图21-6　后轮前束调整

21.4 嘉华

2004 款嘉华车型

1. 车轮定位规范

2004 款嘉华车轮定位规范见表 21-7。

表 21-7 2004 款嘉华车轮定位数据表

前车轮（Front）：

定位规范 定位参数	左侧（Left）			左右差 （Cross）	右侧（Right）			调整提示 （Adjusting）
	最小值 （Min.）	理想值 （Pref.）	最大值 （Max.）		最小值 （Min.）	理想值 （Pref.）	最大值 （Max.）	
主销后倾角（Caster）	1°35′	1°53′	2°11′	—	1°35′	1°53′	2°11′	
车轮外倾角（Camber）	0°13′	0°31′	0°49′	—	0°13′	0°31′	0°49′	
主销内倾角（SAI）	—	—	—		—	—	—	
单侧前束角 （Individual Toe）	-0°07′	-0°02′	0°03′		-0°07′	-0°02′	0°03′	见定位 调整
总前束角（Total Toe）			最小值 （Min.） -0°15′	理想值 （Pref.） -0°04′	最大值 （Max.） 0°07′			
包容角（Included Angle）	—	—	—		—	—	—	
转向前展角 （Toe Out On Turns）								
车轮最大内转角 （Max Turn Inside）	—	34°11′			—	34°11′		
车轮最大外转角 （Max Turn Outside）	—	29°31′			—	29°31′		
前束曲线调整 （Toe Curve Adjust）								
前束曲线控制 （Toe Curve Control）	—	—	—		—	—	—	
车身高度（Ride Height）/mm	—	—	—		—	—	—	
车轴偏角（Setback）/mm	-8	0	8		-8	0	8	

后车轮（Rear）：

定位规范 定位参数	左侧（Left）			左右差 （Cross）	右侧（Right）			调整提示 （Adjusting）
	最小值 （Min.）	理想值 （Pref.）	最大值 （Max.）		最小值 （Min.）	理想值 （Pref.）	最大值 （Max.）	
车轮外倾角（Camber）	-1°00′	0′	1°00′	—	-1°00′	0′	1°00′	
单侧前束角 （Individual Toe）	-0°15′	0′	0°15′		-0°15′	0′	0°15′	
总前束角（Total Toe）			最小值 （Min.） -0°30′	理想值 （Pref.） 0′	最大值 （Max.） 0°30′			
最大推进角 （Max Thrust Angle）				0°15′				
车身高度（Ride Height）/mm	—	—	—		—	—	—	
车轴偏角（Setback）/mm	-8	0	8		-8	0	8	

2. 进行定位调整

与 2006 款赛拉图（15″轮圈）车型调整方法相同。

21.5　千里马

2003 款千里马车型

1. 车轮定位规范

2003 款千里马车轮定位规范见表 21-8。

表 21-8　2003 款千里马车轮定位数据表

前车轮(Front):

定位参数＼定位规范	左侧(Left)			左右差(Cross)	右侧(Right)			调整提示(Adjusting)
	最小值(Min.)	理想值(Pref.)	最大值(Max.)		最小值(Min.)	理想值(Pref.)	最大值(Max.)	
主销后倾角(Caster)	2°00′	2°30′	3°00′	—	2°00′	2°30′	3°00′	见定位调整(1)
车轮外倾角(Camber)	−0°30′	0′	0°30′	—	−0°30′	0′	0°30′	见定位调整(2)
主销内倾角(SAI)	—	12°30′	—		—	12°30′	—	
单侧前束角(Individual Toe)	−0°07′	0′	0°07′		−0°07′	0′	0°07′	见定位调整(3)
总前束角(Total Toe)		最小值(Min.)	理想值(Pref.)	最大值(Max.)				
		−0°14′	0′	0°14′				
包容角(Included Angle)	—	—	—	—	—	—	—	
转向前展角(Toe Out On Turns)	—	—	—		—	—	—	
车轮最大内转角(Max Turn Inside)	—	—	—		—	—	—	
车轮最大外转角(Max Turn Outside)	—	—	—		—	—	—	
前束曲线调整(Toe Curve Adjust)	—	—	—		—	—	—	
前束曲线控制(Toe Curve Control)	—	—	—		—	—	—	
车身高度(Ride Height)/mm	—	—	—		—	—	—	
车轴偏角(Setback)/mm	−8	0	8		−8	0	8	

后车轮(Rear):

定位参数＼定位规范	左侧(Left)			左右差(Cross)	右侧(Right)			调整提示(Adjusting)
	最小值(Min.)	理想值(Pref.)	最大值(Max.)		最小值(Min.)	理想值(Pref.)	最大值(Max.)	
车轮外倾角(Camber)	−1°12′	−0°42′	−0°12′	—	−1°12′	−0°42′	−0°12′	见定位调整(2)
单侧前束角(Individual Toe)	0°02′	0°07′	0°12′		0°02′	0°07′	0°12′	见定位调整(4)
总前束角(Total Toe)		最小值(Min.)	理想值(Pref.)	最大值(Max.)				
		0°05′	0°14′	0°24′				
最大推进角(Max Thrust Angle)			0°15′					
车身高度(Ride Height)/mm	—	—	—		—	—	—	
车轴偏角(Setback)/mm	−8	0	8		−8	0	8	

2. 进行定位调整

与 2007 款锐欧 RIO 1.4L 车型调整方法相同。

21.6　悦达

2002 款悦达车型

1. 车轮定位规范

2002 款悦达车轮定位规范见表 21-9。

表 21-9　2002 款悦达车轮定位数据表

前车轮(Front)：

定位规范 / 定位参数	左侧(Left)			左右差(Cross)	右侧(Right)			调整提示(Adjusting)
	最小值(Min.)	理想值(Pref.)	最大值(Max.)		最小值(Min.)	理想值(Pref.)	最大值(Max.)	
主销后倾角(Caster)	1°30′	1°54′	2°18′	0°24′	1°30′	1°54′	2°18′	
车轮外倾角(Camber)	0′	0°30′	1°00′	0°30′	0′	0°30′	1°00′	
主销内倾角(SAI)	—	—	—		—	—	—	
单侧前束角(Individual Toe)	−0°02′	0′	0°02′		−0°02′	0′	0°02′	
总前束角(Total Toe)			最小值(Min.)	理想值(Pref.)	最大值(Max.)			
			−0°05′	0′	0°05′			
包容角(Included Angle)	8°06′	9°06′	10°06′		8°06′	9°06′	10°06′	
转向前展角(Toe Out On Turns)	—	—	—		—	—	—	
车轮最大内转角(Max Turn Inside)	—	—	—		—	—	—	
车轮最大外转角(Max Turn Outside)	—	—	—		—	—	—	
前束曲线调整(Toe Curve Adjust)	—	—	—		—	—	—	
前束曲线控制(Toe Curve Control)	—	—	—		—	—	—	
车身高度(Ride Height)/mm								
车轴偏角(Setback)/mm	−8	0	8		−8	0	8	

后车轮(Rear)：

定位规范 / 定位参数	左侧(Left)			左右差(Cross)	右侧(Right)			调整提示(Adjusting)
	最小值(Min.)	理想值(Pref.)	最大值(Max.)		最小值(Min.)	理想值(Pref.)	最大值(Max.)	
车轮外倾角(Camber)	—	—	—		—	—	—	
单侧前束角(Individual Toe)	—	—	—		—	—	—	
总前束角(Total Toe)			最小值(Min.)	理想值(Pref.)	最大值(Max.)			
			—	—	—			
最大推进角(Max Thrust Angle)				0°15′				
车身高度(Ride Height)/mm	—	—	—		—	—	—	
车轴偏角(Setback)/mm	−8	0	8		−8	0	8	

2. 进行定位调整

制造商未提供或不涉及此项目。

21.7 普莱特

1996 款普莱特车型

1. 车轮定位规范
1996～2004 年普莱特车轮定位规范见表 21-10。

表 21-10　1996～2004 年普莱特车轮定位数据表

前车轮（Front）：

定位规范 / 定位参数	左侧（Left）			左右差（Cross）	右侧（Right）			调整提示（Adjusting）
	最小值（Min.）	理想值（Pref.）	最大值（Max.）		最小值（Min.）	理想值（Pref.）	最大值（Max.）	
主销后倾角（Caster）	0°50′	1°35′	2°19′	—	0°50′	1°35′	2°19′	见定位调整（1）
车轮外倾角（Camber）	0°10′	0°40′	1°10′	—	0°10′	0°40′	1°10′	见定位调整（2）
主销内倾角（SAI）	—	14°10′	—		—	14°10′	—	
单侧前束角（Individual Toe）	0′	0°07′	0°14′		0′	0°07′	0°14′	见定位调整（3）
总前束角（Total Toe）		最小值（Min.）	理想值（Pref.）	最大值（Max.）				
		0′	0°14′	0°29′				
包容角（Included Angle）	—	—	—		—	—	—	
转向前展角（Toe Out On Turns）	—	—	—		—	—	—	
车轮最大内转角（Max Turn Inside）	—	—	—		—	—	—	
车轮最大外转角（Max Turn Outside）	—	—	—		—	—	—	
前束曲线调整（Toe Curve Adjust）								
前束曲线控制（Toe Curve Control）								
车身高度（Ride Height）/mm	—	—	—		—	—	—	
车轴偏角（Setback）/mm	−8	0	8		−8	0	8	

后车轮（Rear）：

定位规范 / 定位参数	左侧（Left）			左右差（Cross）	右侧（Right）			调整提示（Adjusting）
	最小值（Min.）	理想值（Pref.）	最大值（Max.）		最小值（Min.）	理想值（Pref.）	最大值（Max.）	
车轮外倾角（Camber）	−1°00′	0′	1°00′	—	−1°00′	0′	1°00′	
单侧前束角（Individual Toe）	−0°15′	0′	0°15′		−0°15′	0′	0°15′	
总前束角（Total Toe）		最小值（Min.）	理想值（Pref.）	最大值（Max.）				
		−0°30′	0′	0°30′				
最大推进角（Max Thrust Angle）		0°15′						
车身高度（Ride Height）/mm	—	—	—		—	—	—	
车轴偏角（Setback）/mm	−8	0	8		−8	0	8	

2. 进行定位调整

（1）主销后倾角调整（可调式纵向拉杆）

1）调整指导。

调整主销后倾角时，拆下纵向拉杆，增加或拆除调整垫片，见图 21-7。

要减小主销后倾角，需在纵向拉杆上增加调整垫片。

要增大主销后倾角，需从纵向拉杆上拆下调整垫片。

提示：垫片的位置因车型而异。

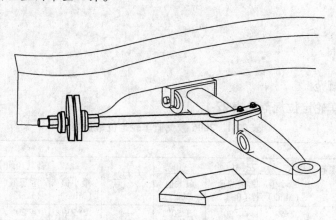

图 21-7　主销后倾角调整（可调式纵向拉杆）

2）调整所及部件：需使用 OEM 推荐或指定的调整垫片。无需更改零件。

3）专用工具：使用常规工具，无需专用工具。

（2）外倾角调整（可调式减振器支柱/转向节支架）

1）调整指导。调整外倾角时，拆下支柱与转向节固定上螺栓，松开下螺栓。在转向节和支柱体间插入楔形件，采用更小直径的固定上螺栓。通过向下打入楔形件来向正值方向调整外倾角，见图 21-2。

提示：安装楔形件时，注意不要损伤制动管路。

2）调整所及部件：需使用楔形件。无需更改零件。

3）专用工具：使用常规工具，无需专用工具。

注意：在安装配件时，要遵守相关法令。

（3）前束调整

1）调整指导。拧松横拉杆锁紧螺母，转动内侧横拉杆至正确前束，见图 21-3。

提示：相关固定夹紧件可能必须松开，防止损坏胶套。

2）调整所及部件：无备件需求，无需更改零件。

3）专用工具：使用常规工具，无需专用工具。

第22章 东南汽车

22.1 戈蓝

2006 款戈蓝车型

1. 车轮定位规范

2006 款戈蓝车轮定位规范见表22-1。

表22-1 2006 款戈蓝车轮定位数据表

前车轮(Front)：

定位参数＼定位规范	左侧(Left)			左右差(Cross)	右侧(Right)			调整提示(Adjusting)
	最小值(Min.)	理想值(Pref.)	最大值(Max.)		最小值(Min.)	理想值(Pref.)	最大值(Max.)	
主销后倾角(Caster)	2°50′	4°20′	5°50′	—	2°50′	4°20′	5°50′	
车轮外倾角(Camber)	-0°20′	0°10′	0°40′	—	-0°20′	0°10′	0°40′	
主销内倾角(SAI)	—	7°20′				7°20′	—	
单侧前束角(Individual Toe)	-0°08′	0′	0°08′		-0°08′	0′	0°08′	见定位调整(1)
总前束角(Total Toe)			最小值(Min.)	理想值(Pref.)	最大值(Max.)			
			-0°16′	0′	0°16′			
包容角(Included Angle)	—	—	—		—	—	—	
转向前展角(Toe Out On Turns)	—	—	—		—	—	—	
车轮最大内转角(Max Turn Inside)	—	—	—		—	—	—	
车轮最大外转角(Max Turn Outside)	—	—	—		—	—	—	
前束曲线调整(Toe Curve Adjust)	—	—	—		—	—	—	
前束曲线控制(Toe Curve Control)	—	—	—		—	—	—	
车身高度(Ride Height)/mm	—	—	—		—	—	—	
车轴偏角(Setback)/mm	-8	0	8		-8	0	8	

后车轮(Rear)：

定位参数＼定位规范	左侧(Left)			左右差(Cross)	右侧(Right)			调整提示(Adjusting)
	最小值(Min.)	理想值(Pref.)	最大值(Max.)		最小值(Min.)	理想值(Pref.)	最大值(Max.)	
车轮外倾角(Camber)	-1°20′	-0°50′	-0°20′	—	-1°20′	-0°50′	-0°20′	
单侧前束角(Individual Toe)	0′	0°08′	0°16′		0′	0°08′	0°16′	见定位调整(2)
总前束角(Total Toe)			最小值(Min.)	理想值(Pref.)	最大值(Max.)			
			0′	0°16′	0°32′			

（续）

后车轮(Rear)：

定位参数　　　　定位规范	左侧(Left)			左右差(Cross)	右侧(Right)			调整提示(Adjusting)
	最小值(Min.)	理想值(Pref.)	最大值(Max.)		最小值(Min.)	理想值(Pref.)	最大值(Max.)	
最大推进角(Max Thrust Angle)				0°15′				
车身高度(Ride Height)/mm	—	—	—		—	—	—	
车轴偏角(Setback)/mm	−8	0	8		−8	0	8	

2. 进行定位调整

（1）前车轮前束调整（可调式转向横拉杆）

1）调整指导。调整前束角时，拧松转向拉杆锁止螺母，用扳手转动转向拉杆直至获得满意的前束角读数，见图22-1。

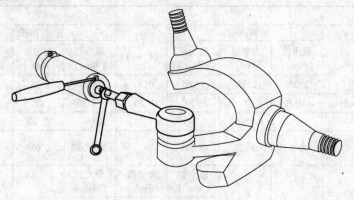

图22-1　前车轮前束调整（可调式转向横拉杆）

2）调整所及部件：无备件需求，无需更改零件。

3）专用工具：使用常规工具，无需专用工具。

（2）后轮前束调整

1）调整指导。调整单侧前束时：

① 拧松连接臂偏心凸轮螺栓，见图22-2。

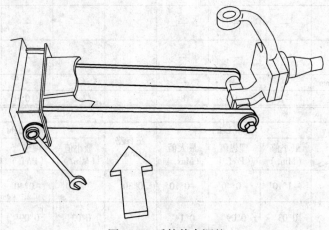

图22-2　后轮前束调整

② 顺时针或逆时针转动偏心凸轮，直至达到想要的前束值。

③ 拧紧偏心凸轮螺栓。

2）调整所及部件：无备件需求，无需更改零件。

3）专用工具：使用常规工具，无需专用工具。

22.2 蓝瑟

2006 款蓝瑟车型

1. 车轮定位规范

2006 款蓝瑟车轮定位规范见表22-2。

表 22-2　2006 款蓝瑟车轮定位数据表

前车轮(Front)：

定位规范 定位参数	左侧(Left)			左右差 (Cross)	右侧(Right)			调整提示 (Adjusting)
	最小值 (Min.)	理想值 (Pref.)	最大值 (Max.)		最小值 (Min.)	理想值 (Pref.)	最大值 (Max.)	
主销后倾角(Caster)	2°05′	2°35′	3°05′	0°30′	2°05′	2°35′	3°05′	
车轮外倾角(Camber)	−0°30′	0′	0°30′	0°30′	−0°30′	0′	0°30′	
主销内倾角(SAI)	—	12°40′	—		—	12°40′	—	
单侧前束角 (Individual Toe)	−0°03′	0°03′	0°09′		−0°03′	0°03′	0°09′	见定位 调整(1)
总前束角(Total Toe)		最小值 (Min.) −0°06′	理想值 (Pref.) 0°06′	最大值 (Max.) 0°17′				
包容角(Included Angle)	—	—	—		—	—	—	
转向前展角 (Toe Out On Turns)	—	—	—		—	—	—	
车轮最大内转角 (Max Turn Inside)	—	—	—		—	—	—	
车轮最大外转角 (Max Turn Outside)	—	—	—		—	—	—	
前束曲线调整 (Toe Curve Adjust)	—	—	—		—	—	—	
前束曲线控制 (Toe Curve Control)	—	—	—		—	—	—	
车身高度(Ride Height)/mm	—	—	—		—	—	—	
车轴偏角(Setback)/mm	−8	0	8		−8	0	8	

后车轮(Rear)：

定位规范 定位参数	左侧(Left)			左右差 (Cross)	右侧(Right)			调整提示 (Adjusting)
	最小值 (Min.)	理想值 (Pref.)	最大值 (Max.)		最小值 (Min.)	理想值 (Pref.)	最大值 (Max.)	
车轮外倾角(Camber)	−1°10′	−0°40′	−0°10′	0°30′	−1°10′	−0°40′	−0°10′	见定位 调整(2)
单侧前束角 (Individual Toe)	0°03′	0°09′	0°14′		0°03′	0°09′	0°14′	见定位 调整(2)

（续）

后车轮（Rear）：

定位规范 / 定位参数	左侧（Left）			左右差（Cross）	右侧（Right）			调整提示（Adjusting）
	最小值（Min.）	理想值（Pref.）	最大值（Max.）		最小值（Min.）	理想值（Pref.）	最大值（Max.）	
总前束角（Total Toe）	最小值（Min.）	理想值（Pref.）	最大值（Max.）					
	0°06′	0°17′	0°29′					
最大推进角（Max Thrust Angle）				0°09′				
车身高度（Ride Height）/mm	—	—	—		—	—	—	
车轴偏角（Setback）/mm	−8	0	8		−8	0	8	

2. 进行定位调整

（1）前车轮前束调整（可调式转向横拉杆）

1）调整指导。调整前束角时，拧松转向拉杆锁止螺母，用扳手转动转向拉杆直至获得满意的前束角读数，见图22-1。

2）调整所及部件：无备件需求，无需更改零件。

3）专用工具：使用常规工具，无需专用工具。

（2）前束或外倾角调整（可调式偏心凸轮）

1）调整指导。调整单侧前束或外倾角时，拧松枢轴螺栓，转动偏心凸轮直至获得理想读数（图22-3）。定位仪画面会显示出所进行的调整是在调整外倾角或前束。

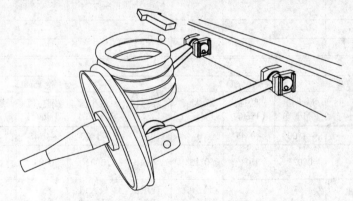

图22-3　前束或外倾角调整（可调式偏心凸轮）

2）调整所及部件：无备件需求，无需更改零件。

3）专用工具：使用常规工具，无需专用工具。

22.3　菱坤

22.3.1　2006款菱坤（EXi/GLXi/SEi）车型

1. 车轮定位规范

2006款菱坤（EXi/GLXi/SEi）车轮定位规范见表22-3。

表 22-3　2006 款菱坤(EXi/GLXi/SEi)车轮定位数据表

前车轮(Front):

定位规范 定位参数	左侧(Left)			左右差 (Cross)	右侧(Right)			调整提示 (Adjusting)
	最小值 (Min.)	理想值 (Pref.)	最大值 (Max.)		最小值 (Min.)	理想值 (Pref.)	最大值 (Max.)	
主销后倾角(Caster)	1°45′	2°45′	3°45′	0°30′	1°45′	2°45′	3°45′	
车轮外倾角(Camber)	−0°30′	0′	0°30′	0°30′	−0°30′	0′	0°30′	
主销内倾角(SAI)	—	13°10′	—		—	13°10′	—	
单侧前束角 (Individual Toe)	−0°08′	0′	0°08′		−0°08′	0′	0°08′	见定位 调整(1)
总前束角(Total Toe)			最小值 (Min.)	理想值 (Pref.)	最大值 (Max.)			
			−0°16′	0′	0°16′			
包容角(Included Angle)	—	—	—		—	—	—	
转向前展角 (Toe Out On Turns)	—	—	—		—	—	—	
车轮最大内转角 (Max Turn Inside)	—	—	—		—	—	—	
车轮最大外转角 (Max Turn Outside)	—	—	—		—	—	—	
前束曲线调整 (Toe Curve Adjust)	—	—	—		—	—	—	
前束曲线控制 (Toe Curve Control)	—	—	—		—	—	—	
车身高度(Ride Height)/mm	—	—	—		—	—	—	
车轴偏角(Setback)/mm	−8	0	8		−8	0	8	

后车轮(Rear):

定位规范 定位参数	左侧(Left)			左右差 (Cross)	右侧(Right)			调整提示 (Adjusting)
	最小值 (Min.)	理想值 (Pref.)	最大值 (Max.)		最小值 (Min.)	理想值 (Pref.)	最大值 (Max.)	
车轮外倾角(Camber)	−1°00′	−0°45′	0′	—	−1°00′	−0°45′	0′	
单侧前束角 (Individual Toe)	0°03′	0°08′	0°13′		0°03′	0°08′	0°13′	见定位 调整(2)
总前束角(Total Toe)			最小值 (Min.)	理想值 (Pref.)	最大值 (Max.)			
			0°05′	0°16′	0°26′			
最大推进角 (Max Thrust Angle)				0°15′				
车身高度(Ride Height)/mm	—	—	—		—	—	—	
车轴偏角(Setback)/mm	−8	0	8		−8	0	8	

2. 进行定位调整

(1) 前车轮前束调整(可调式转向横拉杆)

1) 调整指导。调整前束角时,拧松转向拉杆锁止螺母,用扳手转动转向拉杆直至获得满意的前束角读数,见图 22-1。

2）调整所及部件：无备件需求，无需更改零件。

3）专用工具：使用常规工具，无需专用工具。

（2）后轮前束调整

1）调整指导。拧松调整凸轮锁止螺母，转动偏心凸轮直至得到正确的后车轮前束，见图22-4。

2）调整所及部件：无备件需求，无需更改零件。

3）专用工具：使用常规工具，无需专用工具。

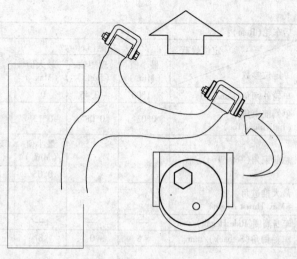

图22-4 后轮前束调整

22.3.2 2004款菱坤车型

1. 车轮定位规范

2004款菱坤车轮定位规范见表22-4。

表22-4 2004款菱坤车轮定位数据表

前车轮（Front）：

定位参数 \ 定位规范	左侧（Left）			左右差（Cross）	右侧（Right）			调整提示（Adjusting）
	最小值（Min.）	理想值（Pref.）	最大值（Max.）		最小值（Min.）	理想值（Pref.）	最大值（Max.）	
主销后倾角（Caster）	1°45′	2°45′	3°45′	0°30′	1°45′	2°45′	3°45′	
车轮外倾角（Camber）	−0°30′	0′	0°30′	0°30′	−0°30′	0′	0°30′	
主销内倾角（SAI）	—	13°10′	—		—	13°10′	—	
单侧前束角（Individual Toe）	−0°08′	0′	0°08′		−0°08′	0′	0°08′	见定位调整(1)
总前束角（Total Toe）				最小值（Min.）	理想值（Pref.）	最大值（Max.）		
				−0°16′	0′	0°16′		
包容角（Included Angle）	—	—	—		—	—	—	
转向前展角（Toe Out On Turns）	—	—	—		—	—	—	
车轮最大内转角（Max Turn Inside）	—	—	—		—	—	—	
车轮最大外转角（Max Turn Outside）	—	—	—		—	—	—	
前束曲线调整（Toe Curve Adjust）	—	—	—		—	—	—	
前束曲线控制（Toe Curve Control）	—	—	—		—	—	—	
车身高度（Ride Height）/mm	—	—	—		—	—	—	
车轴偏角（Setback）/mm	−8	0	8		−8	0	8	

（续）

后车轮(Rear)：

定位规范 定位参数	左侧(Left)			左右差 (Cross)	右侧(Right)			调整提示 (Adjusting)
	最小值 (Min.)	理想值 (Pref.)	最大值 (Max.)		最小值 (Min.)	理想值 (Pref.)	最大值 (Max.)	
车轮外倾角(Camber)	−1°00′	−0°45′	0′	—	−1°00′	−0°45′	0′	
单侧前束角 (Individual Toe)	0°03′	0°08′	0°13′		0°03′	0°08′	0°13′	见定位 调整(2)
总前束角(Total Toe)				最小值 (Min.)	理想值 (Pref.)	最大值 (Max.)		
				0°05′	0°16′	0°26′		
最大推进角 (Max Thrust Angle)				0°15′				
车身高度(Ride Height)/mm	—	—	—		—	—	—	
车轴偏角(Setback)/mm	−8	0	8		−8	0	8	

2. 进行定位调整

与 2006 款菱坤(EXi/GLXi/SEi)车型调整方法相同。

22.4 菱利

2006 款菱利 1.3L/1.6L 车型

1. 车轮定位规范

2006 款菱利 1.3L/1.6L 车轮定位规范见表 22-5。

表 22-5 2006 款菱利 1.3L/1.6L 车轮定位数据表

前车轮(Front)：

定位规范 定位参数	左侧(Left)			左右差 (Cross)	右侧(Right)			调整提示 (Adjusting)
	最小值 (Min.)	理想值 (Pref.)	最大值 (Max.)		最小值 (Min.)	理想值 (Pref.)	最大值 (Max.)	
主销后倾角(Caster)	2°20′	3°20′	4°20′	—	2°20′	3°20′	4°20′	
车轮外倾角(Camber)	0°30′	1°08′	1°45′		0°30′	1°08′	1°45′	
主销内倾角(SAI)	—	0′	—		—	0′	—	
单侧前束角 (Individual Toe)	−0°03′	0°02′	0°06′		−0°03′	0°02′	0°06′	
总前束角(Total Toe)				最小值 (Min.)	理想值 (Pref.)	最大值 (Max.)		
				−0°06′	0°03′	0°12′		
包容角(Included Angle)	—	—	—		—	—	—	
转向前展角 (Toe Out On Turns)	—	—	—		—	—	—	
车轮最大内转角 (Max Turn Inside)	—	—	—		—	—	—	
车轮最大外转角 (Max Turn Outside)	—	—	—		—	—	—	
前束曲线调整 (Toe Curve Adjust)	—	—	—		—	—	—	

（续）

前车轮（Front）：

定位参数＼定位规范	左侧（Left） 最小值（Min.）	理想值（Pref.）	最大值（Max.）	左右差（Cross）	右侧（Right） 最小值（Min.）	理想值（Pref.）	最大值（Max.）	调整提示（Adjusting）
前束曲线控制（Toe Curve Control）	—	—	—		—	—	—	
车身高度（Ride Height）/mm	—	—	—		—	—	—	
车轴偏角（Setback）/mm	-8	0	8		-8	0	8	

后车轮（Rear）：

定位参数＼定位规范	左侧（Left） 最小值（Min.）	理想值（Pref.）	最大值（Max.）	左右差（Cross）	右侧（Right） 最小值（Min.）	理想值（Pref.）	最大值（Max.）	调整提示（Adjusting）
车轮外倾角（Camber）	—	—	—		—	—	—	
单侧前束角（Individual Toe）	—	—	—		—	—	—	
总前束角（Total Toe）			最小值（Min.）—	理想值（Pref.）—	最大值（Max.）—			
最大推进角（Max Thrust Angle）				0°15′				
车身高度（Ride Height）/mm	—	—	—		—	—	—	
车轴偏角（Setback）/mm	-8	0	8		-8	0	8	

2. 进行定位调整

制造商未提供或不涉及此项目。

22.5 菱动

2005 款菱动车型

1. 车轮定位规范

2005 款菱动车轮定位规范见表22-6。

表 22-6　2005 款菱动车轮定位数据表

前车轮（Front）：

定位参数＼定位规范	左侧（Left） 最小值（Min.）	理想值（Pref.）	最大值（Max.）	左右差（Cross）	右侧（Right） 最小值（Min.）	理想值（Pref.）	最大值（Max.）	调整提示（Adjusting）
主销后倾角（Caster）	0°51′	2°21′	3°51′	—	0°51′	2°21′	3°51′	
车轮外倾角（Camber）	-0°30′	0′	0°30′		-0°30′	0′	0°30′	
主销内倾角（SAI）	—	—	—		—	—	—	
单侧前束角（Individual Toe）	-0°03′	0°02′	0°06′		-0°03′	0°02′	0°06′	
总前束角（Total Toe）			最小值（Min.）-0°06′	理想值（Pref.）0°03′	最大值（Max.）0°12′			
包容角（Included Angle）	—							

(续)

前车轮(Front):

定位规范 定位参数	左侧(Left)			左右差 (Cross)	右侧(Right)			调整提示 (Adjusting)
	最小值 (Min.)	理想值 (Pref.)	最大值 (Max.)		最小值 (Min.)	理想值 (Pref.)	最大值 (Max.)	
转向前展角 (Toe Out On Turns)	—	—	—		—	—	—	
车轮最大内转角 (Max Turn Inside)	—	—	—		—	—	—	
车轮最大外转角 (Max Turn Outside)	—	—	—		—	—	—	
前束曲线调整 (Toe Curve Adjust)	—	—	—		—	—	—	
前束曲线控制 (Toe Curve Control)	—	—	—		—	—	—	
车身高度(Ride Height)/mm	—	—	—		—	—	—	
车轴偏角(Setback)/mm	−8	0	8		−8	0	8	

后车轮(Rear):

定位规范 定位参数	左侧(Left)			左右差 (Cross)	右侧(Right)			调整提示 (Adjusting)
	最小值 (Min.)	理想值 (Pref.)	最大值 (Max.)		最小值 (Min.)	理想值 (Pref.)	最大值 (Max.)	
车轮外倾角(Camber)	−0°30′	0′	0°30′		−0°30′	0′	0°30′	
单侧前束角 (Individual Toe)	−0°05′	0°02′	0°10′		−0°05′	0°02′	0°10′	

	最小值 (Min.)	理想值 (Pref.)	最大值 (Max.)			
总前束角(Total Toe)	−0°10′	0°05′	0°19′			
最大推进角 (Max Thrust Angle)		0°15′				
车身高度(Ride Height)/mm	—	—	—	−8	0	8
车轴偏角(Setback)/mm	−8	0	8			

2. 进行定位调整

制造商未提供或不涉及此项目。

22.6 菱帅

22.6.1 2005 款菱帅 1.6L 车型

1. 车轮定位规范

2005 款菱帅 1.6L(Exi/GLXi/Sei)车轮定位规范见表 22-7。

表 22-7 2005 款菱帅 1.6L(Exi/GLXi/Sei)车轮定位数据表

前车轮(Front):

定位规范 定位参数	左侧(Left)			左右差 (Cross)	右侧(Right)			调整提示 (Adjusting)
	最小值 (Min.)	理想值 (Pref.)	最大值 (Max.)		最小值 (Min.)	理想值 (Pref.)	最大值 (Max.)	
主销后倾角(Caster)	3°20′	3°50′	4°20′	0°30′	3°20′	3°50′	4°20′	
车轮外倾角(Camber)	−1°30′	−1°00′	−0°30′	0°30′	−1°30′	−1°00′	−0°30′	

（续）

前车轮（Front）：

定位参数 / 定位规范	左侧（Left）			左右差（Cross）	右侧（Right）			调整提示（Adjusting）
	最小值（Min.）	理想值（Pref.）	最大值（Max.）		最小值（Min.）	理想值（Pref.）	最大值（Max.）	
主销内倾角（SAI）	—	13°25′	—	—	—	13°25′	—	
单侧前束角（Individual Toe）	−0°08′	0′	0°08′		−0°08′	0′	0°08′	见定位调整（1）
总前束角（Total Toe）			最小值（Min.）	理想值（Pref.）	最大值（Max.）			
			−0°17′	0′	0°17′			
包容角（Included Angle）	—	—	—	—	—	—	—	
转向前展角（Toe Out On Turns）	—	—	—	—	—	—	—	
车轮最大内转角（Max Turn Inside）	—	—	—	—	—	—	—	
车轮最大外转角（Max Turn Outside）	—	—	—	—	—	—	—	
前束曲线调整（Toe Curve Adjust）	—	—	—	—	—	—	—	
前束曲线控制（Toe Curve Control）	—	—	—	—	—	—	—	
车身高度（Ride Height）/mm	—	—	—	—	—	—	—	
车轴偏角（Setback）/mm	−8	0	8		−8	0	8	

后车轮（Rear）：

定位参数 / 定位规范	左侧（Left）			左右差（Cross）	右侧（Right）			调整提示（Adjusting）
	最小值（Min.）	理想值（Pref.）	最大值（Max.）		最小值（Min.）	理想值（Pref.）	最大值（Max.）	
车轮外倾角（Camber）	−1°30′	−1°00′	−0°30′	—	−1°30′	−1°00′	−0°30′	见定位调整（2）
单侧前束角（Individual Toe）	0°03′	0°08′	0°14′		0°03′	0°08′	0°14′	见定位调整（2）
总前束角（Total Toe）			最小值（Min.）	理想值（Pref.）	最大值（Max.）			
			0°05′	0°17′	0°28′			
最大推进角（Max Thrust Angle）				0°15′				
车身高度（Ride Height）/mm	—	—	—		—	—	—	
车轴偏角（Setback）/mm	−8	0	8		−8	0	8	

2. 进行定位调整

（1）前车轮前束调整（可调式转向横拉杆）

1）调整指导。调整前束角时，拧松转向拉杆锁止螺母，用扳手转动转向拉杆直至获得满意的前束角读数，见图22-1。

2）调整所及部件：无备件需求，无需更改零件。

3）专用工具：使用常规工具，无需专用工具。

（2）外倾角/前束调整（可调式双连杆）

1）调整指导。调整单侧前束时，拧松前连杆前端，转动凸轮螺栓直至获得满意的前束读数，见图22-5。

　　调整车轮外倾角时，拧松车架端后联接件，转动凸轮螺栓直至外倾角读数达到满意值。

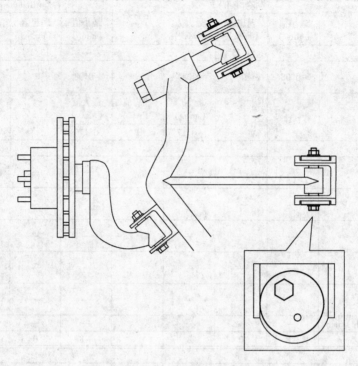

图22-5　外倾角/前束调整(可调式双连杆)

2）调整所及部件：无备件需求，无需更改零件。

3）专用工具：使用常规工具，无需专用工具。

22.6.2　2003款菱帅车型

1. 车轮定位规范

2003款菱帅车轮定位规范见表22-8。

表22-8　2003款菱帅车轮定位数据表

前车轮(Front)：								
定位规范 定位参数	左侧(Left)			左右差 (Cross)	右侧(Right)			调整提示 (Adjusting)
	最小值 (Min.)	理想值 (Pref.)	最大值 (Max.)		最小值 (Min.)	理想值 (Pref.)	最大值 (Max.)	
主销后倾角(Caster)	3°20′	3°50′	4°20′	0°30′	3°20′	3°50′	4°20′	
车轮外倾角(Camber)	−1°30′	−1°00′	−0°30′	0°30′	−1°30′	−1°00′	−0°30′	
主销内倾角(SAI)	—	13°25′	—		—	13°25′		
单侧前束角 (Individual Toe)	−0°08′	0′	0°08′		−0°08′	0′	0°08′	见定位 调整(1)
总前束角(Total Toe)		最小值 (Min.)	理想值 (Pref.)	最大值 (Max.)				
		−0°17′	0′	0°17′				
包容角(Included Angle)	11°30′	12°30′	13°30′		11°30′	12°30′	13°30′	
转向前展角 (Toe Out On Turns)	—	—	—		—	—	—	

（续）

前车轮（Front）：

定位规范 / 定位参数	左侧（Left）			左右差（Cross）	右侧（Right）			调整提示（Adjusting）
	最小值（Min.）	理想值（Pref.）	最大值（Max.）		最小值（Min.）	理想值（Pref.）	最大值（Max.）	
车轮最大内转角（Max Turn Inside）	—	—	—		—	—	—	
车轮最大外转角（Max Turn Outside）	—	—	—		—	—	—	
前束曲线调整（Toe Curve Adjust）	—	—	—		—	—	—	
前束曲线控制（Toe Curve Control）	—	—	—		—	—	—	
车身高度（Ride Height）/mm	—	—	—		—	—	—	
车轴偏角（Setback）/mm	−8	0	8		−8	0	8	

后车轮（Rear）：

定位规范 / 定位参数	左侧（Left）			左右差（Cross）	右侧（Right）			调整提示（Adjusting）
	最小值（Min.）	理想值（Pref.）	最大值（Max.）		最小值（Min.）	理想值（Pref.）	最大值（Max.）	
车轮外倾角（Camber）	−1°30′	−1°00′	−0°30′	—	−1°30′	−1°00′	−0°30′	见定位调整(2)
单侧前束角（Individual Toe）	0°03′	0°08′	0°14′		0°03′	0°08′	0°14′	见定位调整(2)
总前束角（Total Toe）	最小值（Min.） 0°05′	理想值（Pref.） 0°17′	最大值（Max.） 0°28′					
最大推进角（Max Thrust Angle）		0°15′						
车身高度（Ride Height）/mm	—	—	—		—	—	—	
车轴偏角（Setback）/mm	−8	0	8		−8	0	8	

2. 进行定位调整

与2005款菱帅1.6L车型调整方法相同。

22.6.3 2002 款菱帅车型

1. 车轮定位规范

2002～2003年菱帅车轮定位规范见表22-9。

表22-9 2002～2003年菱帅车轮定位数据表

前车轮（Front）：

定位规范 / 定位参数	左侧（Left）			左右差（Cross）	右侧（Right）			调整提示（Adjusting）
	最小值（Min.）	理想值（Pref.）	最大值（Max.）		最小值（Min.）	理想值（Pref.）	最大值（Max.）	
主销后倾角（Caster）	2°20′	3°00′	3°40′	0°40′	2°20′	3°00′	3°40′	
车轮外倾角（Camber）	−0°30′	0′	0°30′	0°30′	−0°30′	0′	0°30′	
主销内倾角（SAI）	—	—	—		—	—	—	
单侧前束角（Individual Toe）	−0°04′	0′	0°04′		−0°04′	0′	0°04′	

（续）

前车轮（Front）：

定位规范　定位参数	左侧（Left）			左右差（Cross）	右侧（Right）			调整提示（Adjusting）
	最小值（Min.）	理想值（Pref.）	最大值（Max.）		最小值（Min.）	理想值（Pref.）	最大值（Max.）	
总前束角（Total Toe）			最小值（Min.） −0°09′	理想值（Pref.） 0′	最大值（Max.） 0°09′			
包容角（Included Angle）	11°30′	12°30′	13°30′		11°30′	12°30′	13°30′	
转向前展角（Toe Out On Turns）	—	—	—		—	—	—	
车轮最大内转角（Max Turn Inside）	—	—	—		—	—	—	
车轮最大外转角（Max Turn Outside）	—	—	—		—	—	—	
前束曲线调整（Toe Curve Adjust）	—	—	—		—	—	—	
前束曲线控制（Toe Curve Control）	—	—	—		—	—	—	
车身高度（Ride Height）/mm	—	—	—		—	—	—	
车轴偏角（Setback）/mm	−8	0	8		−8	0	8	

后车轮（Rear）：

定位规范　定位参数	左侧（Left）			左右差（Cross）	右侧（Right）			调整提示（Adjusting）
	最小值（Min.）	理想值（Pref.）	最大值（Max.）		最小值（Min.）	理想值（Pref.）	最大值（Max.）	
车轮外倾角（Camber）	−1°10′	−0°40′	−0°10′	0°30′	−1°10′	−0°40′	−0°10′	
单侧前束角（Individual Toe）	0°01′	0°05′	0°09′		0°01′	0°05′	0°09′	
总前束角（Total Toe）			最小值（Min.） 0°03′	理想值（Pref.） 0°09′	最大值（Max.） 0°15′			
最大推进角（Max Thrust Angle）				0°15′				
车身高度（Ride Height）/mm	—	—	—		—	—	—	
车轴偏角（Setback）/mm	−8	0	8		−8	0	8	

2. 进行定位调整

制造商未提供或不涉及此项目。

22.7 得利卡

22.7.1 1999 款得利卡 DN6470 车型

1. 车轮定位规范

1999 款得利卡 DN6470 车轮定位规范见表 22-10。

表 22-10　1999 款得利卡 DN6470 车轮定位数据表

前车轮（Front）：

定位参数 \ 定位规范	左侧（Left）			左右差（Cross）	右侧（Right）			调整提示（Adjusting）
	最小值（Min.）	理想值（Pref.）	最大值（Max.）		最小值（Min.）	理想值（Pref.）	最大值（Max.）	
主销后倾角（Caster）	−0°30′	0′	0°30′	0°30′	−0°30′	0′	0°30′	
车轮外倾角（Camber）	−0°42′	−0°30′	−0°18′	0°12′	−0°42′	−0°30′	−0°18′	
主销内倾角（SAI）	—	—	—		—	—	—	
单侧前束角（Individual Toe）	−0°02′	0′	0°02′		−0°02′	0′	0°02′	
总前束角（Total Toe）			最小值（Min.）	理想值（Pref.）	最大值（Max.）			
			−0°05′	0′	0°05′			
包容角（Included Angle）	8°35′	9°35′	10°35′		8°35′	9°35′	10°35′	
转向前展角（Toe Out On Turns）	—	—	—		—	—	—	
车轮最大内转角（Max Turn Inside）	—	—	—		—	—	—	
车轮最大外转角（Max Turn Outside）	—	—	—		—	—	—	
前束曲线调整（Toe Curve Adjust）	—	—	—		—	—	—	
前束曲线控制（Toe Curve Control）	—	—	—		—	—	—	
车身高度（Ride Height）/mm	—	—	—		—	—	—	
车轴偏角（Setback）/mm	−8	0	8		−8	0	8	

后车轮（Rear）：

定位参数 \ 定位规范	左侧（Left）			左右差（Cross）	右侧（Right）			调整提示（Adjusting）
	最小值（Min.）	理想值（Pref.）	最大值（Max.）		最小值（Min.）	理想值（Pref.）	最大值（Max.）	
车轮外倾角（Camber）	−0°12′	0′	0°12′	0°12′	−0°12′	0′	0°12′	
单侧前束角（Individual Toe）	−0°03′	0′	0°03′		−0°03′	0′	0°03′	
总前束角（Total Toe）			最小值（Min.）	理想值（Pref.）	最大值（Max.）			
			−0°06′	0′	0°06′			
最大推进角（Max Thrust Angle）				0°15′				
车身高度（Ride Height）/mm	—	—	—		—	—	—	
车轴偏角（Setback）/mm	−8	0	8		−8	0	8	

2. 进行定位调整

制造商未提供或不涉及此项目。

22.7.2　1997 款得利卡 DN6430CC 车型

1. 车轮定位规范

1997 款得利卡 DN6430CC 车轮定位规范见表 22-11。

表 22-11　1997 款得利卡 DN6430CC 车轮定位数据表

前车轮(Front)：

定位规范 定位参数	左侧(Left)			左右差 (Cross)	右侧(Right)			调整提示 (Adjusting)
	最小值 (Min.)	理想值 (Pref.)	最大值 (Max.)		最小值 (Min.)	理想值 (Pref.)	最大值 (Max.)	
主销后倾角(Caster)	1°00′	2°00′	3°00′	1°00′	1°00′	2°00′	3°00′	
车轮外倾角(Camber)	0°10′	0°35′	1°00′	0°25′	0°10′	0°35′	1°00′	
主销内倾角(SAI)	8°00′	9°00′	10°00′		8°00′	9°00′	10°00′	
单侧前束角 (Individual Toe)	0°01′	0°03′	0°05′		0°01′	0°03′	0°05′	
总前束角(Total Toe)			最小值 (Min.)	理想值 (Pref.)	最大值 (Max.)			
			0°02′	0°06′	0°10′			
包容角(Included Angle)	8°35′	9°35′	10°35′		8°35′	9°35′	10°35′	
转向前展角 (Toe Out On Turns)	—	—	—		—	—	—	
车轮最大内转角 (Max Turn Inside)	—	—	—		—	—	—	
车轮最大外转角 (Max Turn Outside)	—	—	—		—	—	—	
前束曲线调整 (Toe Curve Adjust)	—	—	—		—	—	—	
前束曲线控制 (Toe Curve Control)	—	—	—		—	—	—	
车身高度(Ride Height)/mm	—	—	—		—	—	—	
车轴偏角(Setback)/mm	−8	0	8		−8	0	8	

后车轮(Rear)：

定位规范 定位参数	左侧(Left)			左右差 (Cross)	右侧(Right)			调整提示 (Adjusting)
	最小值 (Min.)	理想值 (Pref.)	最大值 (Max.)		最小值 (Min.)	理想值 (Pref.)	最大值 (Max.)	
车轮外倾角(Camber)	−0°12′	0′	0°12′	0°12′	−0°12′	0′	0°12′	
单侧前束角 (Individual Toe)	−0°03′	0′	0°03′		−0°03′	0′	0°03′	
总前束角(Total Toe)			最小值 (Min.)	理想值 (Pref.)	最大值 (Max.)			
			−0°06′	0′	0°06′			
最大推进角 (Max Thrust Angle)				0°15′				
车身高度(Ride Height)/mm	—	—	—		—	—	—	
车轴偏角(Setback)/mm	−8	0	8		−8	0	8	

2. 进行定位调整

制造商未提供或不涉及此项目。

22.7.3　1990 款得利卡车型

1. 车轮定位规范

1990 款得利卡车轮定位规范见表 22-12。

表 22-12　1990 款得利卡车轮定位数据表

前车轮（Front）：

定位规范 定位参数	左侧（Left）			左右差 （Cross）	右侧（Right）			调整提示 （Adjusting）
	最小值 （Min.）	理想值 （Pref.）	最大值 （Max.）		最小值 （Min.）	理想值 （Pref.）	最大值 （Max.）	
主销后倾角（Caster）	2°36′	3°06′	3°36′	0°30′	2°36′	3°06′	3°36′	
车轮外倾角（Camber）	0′	0°30′	1°00′	0°30′	0′	0°30′	1°00′	见定位 调整（1）
主销内倾角（SAI）	—	10°30′	—	—	—	10°30′	—	
单侧前束角 （Individual Toe）	−0°10′	0′	0°10′		−0°10′	0′	0°10′	见定位 调整（2）
总前束角（Total Toe）		最小值 （Min.）	理想值 （Pref.）	最大值 （Max.）				
		−0°19′	0′	0°19′				
包容角（Included Angle）	—	—	—	—	—	—	—	
转向前展角 （Toe Out On Turns）	—	—	—		—	—	—	
车轮最大内转角 （Max Turn Inside）	—	—	—		—	—	—	
车轮最大外转角 （Max Turn Outside）	—	—	—		—	—	—	
前束曲线调整 （Toe Curve Adjust）								
前束曲线控制 （Toe Curve Control）								
车身高度（Ride Height）/mm	—		—		—		—	
车轴偏角（Setback）/mm	−8	0	8		−8	0	8	

后车轮（Rear）：

定位规范 定位参数	左侧（Left）			左右差 （Cross）	右侧（Right）			调整提示 （Adjusting）
	最小值 （Min.）	理想值 （Pref.）	最大值 （Max.）		最小值 （Min.）	理想值 （Pref.）	最大值 （Max.）	
车轮外倾角（Camber）	−1°00′	0′	1°00′	0′	−1°00′	0′	1°00′	
单侧前束角 （Individual Toe）	−0°15′	0′	0°15′		−0°15′	0′	0°15′	
总前束角（Total Toe）		最小值 （Min.）	理想值 （Pref.）	最大值 （Max.）				
		−0°30′	0′	0°30′				
最大推进角 （Max Thrust Angle）				0°15′				
车身高度（Ride Height）/mm	—		—		—		—	
车轴偏角（Setback）/mm	−8	0′	8		−8	0	8	

2. 进行定位调整

（1）下控制臂调整外倾角（可调式单偏心轮）

1）调整指导：

减小外倾角时，拧松控制臂枢轴固定螺栓，向外转动偏心螺栓直至得到想要的外倾角值，见图 22-6。

增大外倾角时，拧松控制臂枢轴固定螺栓，向内转动偏心螺栓直至得到想要的外倾角值。

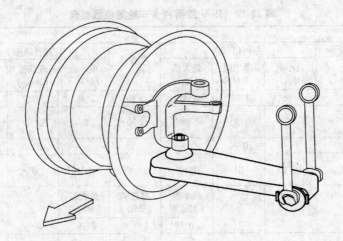

图 22-6 下控制臂调整外倾角(可调式单偏心轮)

2）调整所及部件：有些车型可能需要使用偏心轮套件。请根据套件制造商的说明修改备件。

3）专用工具：使用常规工具，无需专用工具。有些备件套件或改动件是否适合法规要求，在改动悬架系统前请查询相关法规。

（2）前车轮前束调整(可调式转向横拉杆)

1）调整指导。调整前束角时，拧松转向拉杆锁止螺母，用扳手转动转向拉杆直至获得满意的前束角读数，见图 22-1。

2）调整所及部件：无备件需求，无需更改零件。

3）专用工具：使用常规工具，无需专用工具。

22.8 富利卡

22.8.1 1998 款富利卡车型

1. 车轮定位规范

1998 款富利卡车轮定位规范见表 22-13。

表 22-13 1998 款富利卡车轮定位数据表

前车轮(Front)：

定位参数 \ 定位规范	左侧(Left)			左右差(Cross)	右侧(Right)			调整提示(Adjusting)
	最小值(Min.)	理想值(Pref.)	最大值(Max.)		最小值(Min.)	理想值(Pref.)	最大值(Max.)	
主销后倾角(Caster)	0°48′	1°48′	2°48′	1°00′	0°48′	1°48′	2°48′	
车轮外倾角(Camber)	−0°30′	0′	0°30′	1°00′	−0°30′	0′	0°30′	
主销内倾角(SAI)	—	—	—		—	—	—	
单侧前束角(Individual Toe)	−0°15′	0′	0°15′		−0°15′	0′	0°15′	见定位调整
总前束角(Total Toe)	最小值(Min.)	理想值(Pref.)	最大值(Max.)					
	−0°29′	0′	0°29′					

（续）

前车轮（Front）：

定位规范 定位参数	左侧（Left）			左右差 （Cross）	右侧（Right）			调整提示 （Adjusting）
	最小值 （Min.）	理想值 （Pref.）	最大值 （Max.）		最小值 （Min.）	理想值 （Pref.）	最大值 （Max.）	
包容角（Included Angle）	—	—	—		—	—	—	
转向前展角 （Toe Out On Turns）	—	—	—		—	—	—	
车轮最大内转角 （Max Turn Inside）	—	—	—		—	—	—	
车轮最大外转角 （Max Turn Outside）	—	—	—		—	—	—	
前束曲线调整 （Toe Curve Adjust）	—	—	—		—	—	—	
前束曲线控制 （Toe Curve Control）	—	—	—		—	—	—	
车身高度（Ride Height）/mm	—	—	—		—	—	—	
车轴偏角（Setback）/mm	−8	0	8		−8	0	8	

后车轮（Rear）：

定位规范 定位参数	左侧（Left）			左右差 （Cross）	右侧（Right）			调整提示 （Adjusting）
	最小值 （Min.）	理想值 （Pref.）	最大值 （Max.）		最小值 （Min.）	理想值 （Pref.）	最大值 （Max.）	
车轮外倾角（Camber）	−1°00′	0′	1°00′	0′	−1°00′	0′	1°00′	
单侧前束角 （Individual Toe）	−0°15′	0′	0°15′		−0°15′	0′	0°15′	
总前束角（Total Toe）				最小值 （Min.） −0°30′	理想值 （Pref.） 0′	最大值 （Max.） 0°30′		
最大推进角 （Max Thrust Angle）				0°15′				
车身高度（Ride Height）/mm	—	—	—		—	—	—	
车轴偏角（Setback）/mm	−8	0	8		−8	0	8	

2. 进行定位调整

前车轮前束调整（可调式转向横拉杆）

1）调整指导。调整前束角时，拧松转向拉杆锁止螺母，用扳手转动转向拉杆直至获得满意的前束角读数，见图22-1。

2）调整所及部件：无备件需求，无需更改零件。

3）专用工具：使用常规工具，无需专用工具。

22.8.2　1998～2001年富利卡车型

1. 车轮定位规范

1998～2001年富利卡车轮定位规范见表22-14。

表 22-14　1998～2001 年富利卡车轮定位数据表

前车轮（Front）：

定位规范 / 定位参数	左侧（Left）			左右差（Cross）	右侧（Right）			调整提示（Adjusting）
	最小值（Min.）	理想值（Pref.）	最大值（Max.）		最小值（Min.）	理想值（Pref.）	最大值（Max.）	
主销后倾角（Caster）	1°00′	1°30′	2°00′	0°30′	1°00′	1°30′	2°00′	
车轮外倾角（Camber）	0°06′	0°33′	1°00′	0°27′	0°06′	0°33′	1°00′	
主销内倾角（SAI）	—	—	—		—	—	—	
单侧前束角（Individual Toe）	0°03′	0°05′	0°06′		0°03′	0°05′	0°06′	见定位调整
总前束角（Total Toe）			最小值（Min.）0°06′	理想值（Pref.）0°09′	最大值（Max.）0°12′			
包容角（Included Angle）	8°35′	9°35′	10°35′		8°35′	9°35′	10°35′	
转向前展角（Toe Out On Turns）	—	—	—		—	—	—	
车轮最大内转角（Max Turn Inside）	—	—	—		—	—	—	
车轮最大外转角（Max Turn Outside）	—	—	—		—	—	—	
前束曲线调整（Toe Curve Adjust）								
前束曲线控制（Toe Curve Control）								
车身高度（Ride Height）/mm	—	—	—		—	—	—	
车轴偏角（Setback）/mm	−8	0	8		−8	0	8	

后车轮（Rear）：

定位规范 / 定位参数	左侧（Left）			左右差（Cross）	右侧（Right）			调整提示（Adjusting）
	最小值（Min.）	理想值（Pref.）	最大值（Max.）		最小值（Min.）	理想值（Pref.）	最大值（Max.）	
车轮外倾角（Camber）	−0°12′	0′	0°12′	0°12′	−0°12′	0′	0°12′	
单侧前束角（Individual Toe）	−0°03′	0′	0°03′		−0°03′	0′	0°03′	
总前束角（Total Toe）			最小值（Min.）−0°06′	理想值（Pref.）0′	最大值（Max.）0°06′			
最大推进角（Max Thrust Angle）				0°15′				
车身高度（Ride Height）/mm	—	—	—		—	—	—	
车轴偏角（Setback）/mm	−8	0	8		−8	0	8	

2. 进行定位调整

与 1998 款富利卡车型调整方法相同。

第 23 章 广 东 三 星

23.1 捷龙

1993 款捷龙车型

1. 车轮定位规范
1993 款捷龙车轮定位规范见表 23-1。

表 23-1 1993 款捷龙车轮定位数据表

前车轮（Front）：

定位规范 定位参数	左侧（Left）			左右差 （Cross）	右侧（Right）			调整提示 （Adjusting）
	最小值 （Min.）	理想值 （Pref.）	最大值 （Max.）		最小值 （Min.）	理想值 （Pref.）	最大值 （Max.）	
主销后倾角（Caster）	0°18′	1°18′	2°18′	—	0°18′	1°18′	2°18′	
车轮外倾角（Camber）	−0°12′	0°18′	0°48′	—	−0°12′	0°18′	0°48′	
主销内倾角（SAI）	11°30′	12°30′	13°30′		11°30′	12°30′	13°30′	
单侧前束角 （Individual Toe）	0′	0°04′	0°08′		0′	0°04′	0°08′	
总前束角（Total Toe）			最小值 （Min.）	理想值 （Pref.）	最大值 （Max.）			
			0′	0°08′	0°15′			
包容角（Included Angle）	—	—	—		—	—	—	
转向前展角 （Toe Out On Turns）	—	—	—		—	—	—	
车轮最大内转角 （Max Turn Inside）	—	—	—		—	—	—	
车轮最大外转角 （Max Turn Outside）	—	—	—		—	—	—	
前束曲线调整 （Toe Curve Adjust）	—	—	—		—	—	—	
前束曲线控制 （Toe Curve Control）	—	—	—		—	—	—	
车身高度（Ride Height）/mm	—	—	—		—	—	—	
车轴偏角（Setback）/mm	−8	0	8		−8	0	8	

后车轮（Rear）：

定位规范 定位参数	左侧（Left）			左右差 （Cross）	右侧（Right）			调整提示 （Adjusting）
	最小值 （Min.）	理想值 （Pref.）	最大值 （Max.）		最小值 （Min.）	理想值 （Pref.）	最大值 （Max.）	
车轮外倾角（Camber）	−0°48′	−0°12′	0°24′	—	−0°48′	−0°12′	0°24′	
单侧前束角 （Individual Toe）	−0°18′	0′	0°18′		−0°18′	0′	0°18′	

（续）

后车轮(Rear)：

定位规范 定位参数	左侧(Left)			左右差 (Cross)	右侧(Right)			调整提示 (Adjusting)
	最小值 (Min.)	理想值 (Pref.)	最大值 (Max.)		最小值 (Min.)	理想值 (Pref.)	最大值 (Max.)	
总前束角(Total Toe)			最小值 (Min.)	理想值 (Pref.)	最大值 (Max.)			
			−0°36′	0′	0°36′			
最大推进角 (Max Thrust Angle)				0°15′				
车身高度(Ride Height)/mm	—	—	—		—	—	—	
车轴偏角(Setback)/mm	−8	0	8		−8	0	8	

2. 进行定位调整

制造商未提供或不涉及此项目。

23.2　太空

1993 款太空车型

1. 车轮定位规范

1993 款太空车轮定位规范见表 23-2。

表 23-2　1993 款太空车轮定位数据表

前车轮(Front)：

定位规范 定位参数	左侧(Left)			左右差 (Cross)	右侧(Right)			调整提示 (Adjusting)
	最小值 (Min.)	理想值 (Pref.)	最大值 (Max.)		最小值 (Min.)	理想值 (Pref.)	最大值 (Max.)	
主销后倾角(Caster)	1°30′	2°12′	2°48′	—	1°30′	2°12′	2°48′	
车轮外倾角(Camber)	−0°12′	0°18′	0°48′	—	−0°12′	0°18′	0°48′	
主销内倾角(SAI)	12°48′	13°48′	14°48′		12°48′	13°48′	14°48′	
单侧前束角 (Individual Toe)	−0°09′	0′	0°09′		−0°09′	0′	0°09′	
总前束角(Total Toe)			最小值 (Min.)	理想值 (Pref.)	最大值 (Max.)			
			−0°18′	0′	0°18′			
包容角(Included Angle)	—	—	—		—	—	—	
转向前展角 (Toe Out On Turns)	—	—	—		—	—	—	
车轮最大内转角 (Max Turn Inside)	—	—	—		—	—	—	
车轮最大外转角 (Max Turn Outside)	—	—	—		—	—	—	
前束曲线调整 (Toe Curve Adjust)	—	—	—		—	—	—	
前束曲线控制 (Toe Curve Control)	—	—	—		—	—	—	
车身高度(Ride Height)/mm	—	—	—		—	—	—	
车轴偏角(Setback)/mm	−8	0	8		−8	0	8	

（续）

后车轮（Rear）：

定位参数 \ 定位规范	左侧（Left）			左右差（Cross）	右侧（Right）			调整提示（Adjusting）
	最小值（Min.）	理想值（Pref.）	最大值（Max.）		最小值（Min.）	理想值（Pref.）	最大值（Max.）	
车轮外倾角（Camber）	−1°00′	−0°30′	0′	—	−1°00′	−0°30′	0′	
单侧前束角（Individual Toe）	0′	0°06′	0°12′		0′	0°06′	0°12′	
总前束角（Total Toe）				最小值（Min.）	理想值（Pref.）	最大值（Max.）		
				0′	0°12′	0°24′		
最大推进角（Max Thrust Angle）				0°15′				
车身高度（Ride Height）/mm	—	—	—					
车轴偏角（Setback）/mm	−8	0	8		−8	0	8	

2. 进行定位调整

制造商未提供或不涉及此项目。

23.3 三星

23.3.1 1993 款三星 SX6440 车型

1. 车轮定位规范

1993 款三星 SX6440 车轮定位规范见表 23-3。

表 23-3　1993 款三星 SX6440 车轮定位数据表

前车轮（Front）：

定位参数 \ 定位规范	左侧（Left）			左右差（Cross）	右侧（Right）			调整提示（Adjusting）
	最小值（Min.）	理想值（Pref.）	最大值（Max.）		最小值（Min.）	理想值（Pref.）	最大值（Max.）	
主销后倾角（Caster）	1°10′	2°00′	2°50′	—	1°10′	2°00′	2°50′	
车轮外倾角（Camber）	−0°20′	0°30′	1°20′	—	−0°20′	0°30′	1°20′	
主销内倾角（SAI）	8°10′	9°00′	10°50′		8°10′	9°00′	10°50′	
单侧前束角（Individual Toe）	0′	0°15′	0°30′		0′	0°15′	0°30′	
总前束角（Total Toe）				最小值（Min.）	理想值（Pref.）	最大值（Max.）		
				0′	0°30′	1°00′		
包容角（Included Angle）	—	—	—		—	—	—	
转向前展角（Toe Out On Turns）	—	—	—		—	—	—	
车轮最大内转角（Max Turn Inside）	—	—	—		—	—	—	
车轮最大外转角（Max Turn Outside）	—	—	—		—	—	—	
前束曲线调整（Toe Curve Adjust）	—	—	—		—	—	—	
前束曲线控制（Toe Curve Control）	—	—	—		—	—	—	

(续)

前车轮(Front):

定位规范 / 定位参数	左侧(Left)			左右差(Cross)	右侧(Right)			调整提示(Adjusting)
	最小值(Min.)	理想值(Pref.)	最大值(Max.)		最小值(Min.)	理想值(Pref.)	最大值(Max.)	
车身高度(Ride Height)/mm	—	—	—		—	—	—	
车轴偏角(Setback)/mm	−8	0	8		−8	0	8	

后车轮(Rear):

定位规范 / 定位参数	左侧(Left)			左右差(Cross)	右侧(Right)			调整提示(Adjusting)
	最小值(Min.)	理想值(Pref.)	最大值(Max.)		最小值(Min.)	理想值(Pref.)	最大值(Max.)	
车轮外倾角(Camber)	—	—	—		—	—	—	
单侧前束角(Individual Toe)	—	—	—		—	—	—	
总前束角(Total Toe)	最小值(Min.)	理想值(Pref.)	最大值(Max.)					
	0′	0′	0′					
最大推进角(Max Thrust Angle)				0°15′				
车身高度(Ride Height)/mm	—	—	—		—	—	—	
车轴偏角(Setback)/mm	−8	0	8		−8	0	8	

2. 进行定位调整

制造商未提供或不涉及此项目。

23.3.2 1993 款三星 SX6451/SX6490 车型

1. 车轮定位规范

1993 款三星 SX6451/SX6490 车轮定位规范见表 23-4。

表 23-4 1993 款三星 SX6451/SX6490 车轮定位数据表

前车轮(Front):

定位规范 / 定位参数	左侧(Left)			左右差(Cross)	右侧(Right)			调整提示(Adjusting)
	最小值(Min.)	理想值(Pref.)	最大值(Max.)		最小值(Min.)	理想值(Pref.)	最大值(Max.)	
主销后倾角(Caster)	−0°50′	0′	0°50′	—	−0°50′	0′	0°50′	
车轮外倾角(Camber)	0′	0°30′	1°00′	—	0′	0°30′	1°00′	
主销内倾角(SAI)	11°10′	12°00′	12°50′		11°10′	12°00′	12°50′	
单侧前束角(Individual Toe)	0′	0°15′	0°30′		0′	0°15′	0°30′	
总前束角(Total Toe)	最小值(Min.)	理想值(Pref.)	最大值(Max.)					
	0′	0°30′	1°00′					
包容角(Included Angle)	—	—	—		—	—	—	
转向前展角(Toe Out On Turns)								
车轮最大内转角(Max Turn Inside)								
车轮最大外转角(Max Turn Outside)								
前束曲线调整(Toe Curve Adjust)								

（续）

前车轮（Front）：

定位规范 / 定位参数	左侧（Left）			左右差（Cross）	右侧（Right）			调整提示（Adjusting）
	最小值（Min.）	理想值（Pref.）	最大值（Max.）		最小值（Min.）	理想值（Pref.）	最大值（Max.）	
前束曲线控制（Toe Curve Control）	—	—	—		—	—	—	
车身高度（Ride Height）/mm	—	—	—		—	—	—	
车轴偏角（Setback）/mm	-8	0	8		-8	0	8	

后车轮（Rear）：

定位规范 / 定位参数	左侧（Left）			左右差（Cross）	右侧（Right）			调整提示（Adjusting）
	最小值（Min.）	理想值（Pref.）	最大值（Max.）		最小值（Min.）	理想值（Pref.）	最大值（Max.）	
车轮外倾角（Camber）	—	—	—		—	—	—	
单侧前束角（Individual Toe）	—	—	—		—	—	—	
总前束角（Total Toe）				最小值（Min.）0′	理想值（Pref.）0′	最大值（Max.）0′		
最大推进角（Max Thrust Angle）				0°15′				
车身高度（Ride Height）/mm	—	—	—		—	—	—	
车轴偏角（Setback）/mm	-8	0	8		-8	0	8	

2. 进行定位调整

制造商未提供或不涉及此项目。

23.3.3 1993 款三星 SXZ6451/SXZ 车型

1. 车轮定位规范

1993 款三星 SXZ6451/SXZ 车轮定位规范见表 23-5。

表 23-5 1993 款三星 SXZ6451/SXZ 车轮定位数据表

前车轮（Front）：

定位规范 / 定位参数	左侧（Left）			左右差（Cross）	右侧（Right）			调整提示（Adjusting）
	最小值（Min.）	理想值（Pref.）	最大值（Max.）		最小值（Min.）	理想值（Pref.）	最大值（Max.）	
主销后倾角（Caster）	1°00′	1°30′	2°00′	—	1°00′	1°30′	2°00′	
车轮外倾角（Camber）	0′	0°30′	1°00′	—	0′	0°30′	1°00′	
主销内倾角（SAI）	11°30′	12°30′	13°30′		11°30′	12°30′	13°30′	
单侧前束角（Individual Toe）	0′	0°08′	0°17′		0′	0°08′	0°17′	
总前束角（Total Toe）				最小值（Min.）0′	理想值（Pref.）0°17′	最大值（Max.）0°34′		
包容角（Included Angle）	—	—	—		—	—	—	
转向前展角（Toe Out On Turns）	—	—	—		—	—	—	
车轮最大内转角（Max Turn Inside）	—	—	—		—	—	—	
车轮最大外转角（Max Turn Outside）	—	—	—		—	—	—	

（续）

前车轮(Front)：

定位规范 定位参数	左侧(Left)			左右差 (Cross)	右侧(Right)			调整提示 (Adjusting)
	最小值 (Min.)	理想值 (Pref.)	最大值 (Max.)		最小值 (Min.)	理想值 (Pref.)	最大值 (Max.)	
前束曲线调整 (Toe Curve Adjust)	—	—	—		—	—	—	
前束曲线控制 (Toe Curve Control)	—	—	—		—	—	—	
车身高度(Ride Height)/mm								
车轴偏角(Setback)/mm	-8	0	8		-8	0	8	

后车轮(Rear)：

定位规范 定位参数	左侧(Left)			左右差 (Cross)	右侧(Right)			调整提示 (Adjusting)
	最小值 (Min.)	理想值 (Pref.)	最大值 (Max.)		最小值 (Min.)	理想值 (Pref.)	最大值 (Max.)	
车轮外倾角(Camber)	—	—	—		—	—	—	
单侧前束角(Individual Toe)	—	—	—		—	—	—	
总前束角(Total Toe)				最小值 (Min.)	理想值 (Pref.)	最大值 (Max.)		
				—	—	—		
最大推进角 (Max Thrust Angle)				0°15′				
车身高度(Ride Height)/mm	—							
车轴偏角(Setback)/mm	-8	0	8		-8	0	8	

2. 进行定位调整

制造商未提供或不涉及此项目。

第 24 章 广 州 本 田

24.1 雅阁

24.1.1 2008 款雅阁 2.0L/2.4L(2 门)车型

1. 车轮定位规范

2008 款雅阁 2.0L/2.4L(2 门)车轮定位规范见表 24-1。

表 24-1 2008 款雅阁 2.0L/2.4L(2 门)车轮定位数据表

前车轮(Front):

定位规范 / 定位参数	左侧(Left)			左右差(Cross)	右侧(Right)			调整提示(Adjusting)
	最小值(Min.)	理想值(Pref.)	最大值(Max.)		最小值(Min.)	理想值(Pref.)	最大值(Max.)	
主销后倾角(Caster)	2°42′	3°47′	4°12′	—	2°42′	3°47′	4°12′	
车轮外倾角(Camber)	−0°45′	0′	0°30′	—	−0°45′	0′	0°30′	见定位调整(1)
主销内倾角(SAI)	—	—	—	—	—	—	—	
单侧前束角(Individual Toe)	−0°05′	0′	0°05′	—	−0°05′	0′	0°05′	见定位调整(2)
总前束角(Total Toe)	最小值(Min.) −0°10′	理想值(Pref.) 0′	最大值(Max.) −0°10′					
包容角(Included Angle)	—	—	—		—	—	—	
转向前展角(Toe Out On Turns)	—	—	—		—	—	—	
车轮最大内转角(Max Turn Inside)	37°00′	39°00′	41°00′		37°00′	39°00′	41°00′	
车轮最大外转角(Max Turn Outside)	—	31°50′	—		—	31°50′	—	
前束曲线调整(Toe Curve Adjust)	—	—	—		—	—	—	
前束曲线控制(Toe Curve Control)	—	—	—		—	—	—	
车身高度(Ride Height)/mm	—	—	—		—	—	—	
车轴偏角(Setback)/mm	−8	0	8		−8	0	8	

后车轮(Rear):

定位规范 / 定位参数	左侧(Left)			左右差(Cross)	右侧(Right)			调整提示(Adjusting)
	最小值(Min.)	理想值(Pref.)	最大值(Max.)		最小值(Min.)	理想值(Pref.)	最大值(Max.)	
车轮外倾角(Camber)	−1°45′	−1°00′	−0°30′	—	−1°45′	−1°00′	−0°30′	
单侧前束角(Individual Toe)	0′	0°05′	0°10′		0′	0°05′	0°10′	见定位调整(3)

（续）

后车轮(Rear)：

定位规范 / 定位参数	左侧(Left)			左右差(Cross)	右侧(Right)			调整提示(Adjusting)
	最小值(Min.)	理想值(Pref.)	最大值(Max.)		最小值(Min.)	理想值(Pref.)	最大值(Max.)	
总前束角(Total Toe)			最小值(Min.)	理想值(Pref.)	最大值(Max.)			
			0′	0°10′	0°20′			
最大推进角(Max Thrust Angle)				0°15′				
车身高度(Ride Height)/mm	—	—	—		—	—	—	
车轴偏角(Setback)/mm	−8	0	8		−8	0	8	

2. 进行定位调整

制造商未提供或不涉及此项目。

24.1.2　2008 款雅阁 2.0L/2.4L(4 门)车型

1. 车轮定位规范

2008 款雅阁 2.0L/2.4L(4 门)车轮定位规范见表 24-2。

表 24-2　2008 款雅阁 2.0L/2.4L(4 门)车轮定位数据表

前车轮(Front)：

定位规范 / 定位参数	左侧(Left)			左右差(Cross)	右侧(Right)			调整提示(Adjusting)
	最小值(Min.)	理想值(Pref.)	最大值(Max.)		最小值(Min.)	理想值(Pref.)	最大值(Max.)	
主销后倾角(Caster)	2°43′	3°48′	4°13′	0′	2°43′	3°48′	4°13′	
车轮外倾角(Camber)	−0°45′	0′	0°30′	0′	−0°45′	0′	0°30′	见定位调整(1)
主销内倾角(SAI)								
单侧前束角(Individual Toe)	−0°05′	0′	0°05′		−0°05′	0′	0°05′	见定位调整(2)
总前束角(Total Toe)			最小值(Min.)	理想值(Pref.)	最大值(Max.)			
			−0°10′	0′	−0°10′			
包容角(Included Angle)	—	—	—		—	—	—	
转向前展角(Toe Out On Turns)								
车轮最大内转角(Max Turn Inside)	37°00′	39°00′	41°00′		37°00′	39°00′	41°00′	
车轮最大外转角(Max Turn Outside)		31°50′				31°50′		
前束曲线调整(Toe Curve Adjust)	—	—	—		—	—	—	
前束曲线控制(Toe Curve Control)	—	—	—		—	—	—	
车身高度(Ride Height)/mm								
车轴偏角(Setback)/mm	−8	0	8		−8	0	8	

（续）

后车轮（Rear）：

定位规范 定位参数	左侧（Left）			左右差 （Cross）	右侧（Right）			调整提示 （Adjusting）
	最小值 （Min.）	理想值 （Pref.）	最大值 （Max.）		最小值 （Min.）	理想值 （Pref.）	最大值 （Max.）	
车轮外倾角（Camber）	−1°45′	−1°00′	−0°30′	—	−1°45′	−1°00′	−0°30′	
单侧前束角 （Individual Toe）	0′	0°05′	0°10′		0′	0°05′	0°10′	见定位调整 （3）
总前束角（Total Toe）				最小值 （Min.）	理想值 （Pref.）	最大值 （Max.）		
				0′	0°10′	0°19′		
最大推进角 （Max Thrust Angle）				0°15′				
车身高度（Ride Height）/mm	—	—	—		—	—	—	
车轴偏角（Setback）/mm	−8	0	8		−8	0	8	

2. 进行定位调整

制造商未提供或不涉及此项目。

24.1.3　2008款雅阁3.5L（2门，17″车轮）车型

1. 车轮定位规范

2008款雅阁3.5L（2门，17″车轮）车轮定位规范见表24-3。

表24-3　2008款雅阁3.5L（2门，17″车轮）车轮定位数据表

前车轮（Front）：

定位规范 定位参数	左侧（Left）			左右差 （Cross）	右侧（Right）			调整提示 （Adjusting）
	最小值 （Min.）	理想值 （Pref.）	最大值 （Max.）		最小值 （Min.）	理想值 （Pref.）	最大值 （Max.）	
主销后倾角（Caster）	2°42′	3°47′	4°12′	—	2°42′	3°47′	4°12′	
车轮外倾角（Camber）	−0°45′	0′	0°30′	—	−0°45′		0°30′	见定位调整 （1）
主销内倾角（SAI）	—	—	—		—	—	—	
单侧前束角 （Individual Toe）	−0°05′	0′	0°05′		−0°05′	0′	0°05′	见定位调整 （2）
总前束角（Total Toe）				最小值 （Min.）	理想值 （Pref.）	最大值 （Max.）		
				−0°10′	0′	−0°10′		
包容角（Included Angle）	—	—	—		—	—	—	
转向前展角 （Toe Out On Turns）	—	—	—		—	—	—	
车轮最大内转角 （Max Turn Inside）	37°00′	39°00′	41°00′		37°00′	39°00′	41°00′	
车轮最大外转角 （Max Turn Outside）	—	31°50′	—		—	31°50′	—	
前束曲线调整 （Toe Curve Adjust）								
前束曲线控制 （Toe Curve Control）								
车身高度（Ride Height）/mm	—	—	—		—	—	—	
车轴偏角（Setback）/mm	−8	0	8		−8	0	8	

（续）

后车轮(Rear)：

定位规范 定位参数	左侧(Left)			左右差 (Cross)	右侧(Right)			调整提示 (Adjusting)
	最小值 (Min.)	理想值 (Pref.)	最大值 (Max.)		最小值 (Min.)	理想值 (Pref.)	最大值 (Max.)	
车轮外倾角(Camber)	-1°45′	-1°00′	-0°30′	—	-1°45′	-1°00′	-0°30′	
单侧前束角 (Individual Toe)	0′	0°05′	0°10′		0′	0°05′	0°10′	见定位调整 (3)
总前束角(Total Toe)	最小值 (Min.)	理想值 (Pref.)	最大值 (Max.)					
	0′	0°10′	0°19′					
最大推进角 (Max Thrust Angle)		0°15′						
车身高度(Ride Height)/mm	—	—	—		—	—	—	
车轴偏角(Setback)/mm	-8	0	8		-8	0	8	

2. 进行定位调整

制造商未提供或不涉及此项目。

24.1.4 2008 款雅阁 3.5L(4 门,17″车轮)车型

1. 车轮定位规范

2008 款雅阁 3.5L(4 门,17″车轮)车轮定位规范见表24-4。

表 24-4 2008 款雅阁 3.5L(4 门,17″车轮)车轮定位数据表

前车轮(Front)：

定位规范 定位参数	左侧(Left)			左右差 (Cross)	右侧(Right)			调整提示 (Adjusting)
	最小值 (Min.)	理想值 (Pref.)	最大值 (Max.)		最小值 (Min.)	理想值 (Pref.)	最大值 (Max.)	
主销后倾角(Caster)	2°43′	3°48′	4°13′	—	2°43′	3°48′	4°13′	
车轮外倾角 (Camber)	-0°45′	0′	0°30′	—	-0°45′	0′	0°30′	见定位调整 (1)
主销内倾角(SAI)	—	—	—		—	—	—	
单侧前束角 (Individual Toe)	-0°05′	0′	0°05′		-0°05′	0′	0°05′	见定位调整 (2)
总前束角(Total Toe)	最小值 (Min.)	理想值 (Pref.)	最大值 (Max.)					
	-0°10′	0′	-0°10′					
包容角(Included Angle)	—	—	—		—	—	—	
转向前展角 (Toe Out On Turns)								
车轮最大内转角 (Max Turn Inside)	37°00′	39°00′	41°00′		37°00′	39°00′	41°00′	
车轮最大外转角 (Max Turn Outside)		31°50′	—			31°50′	—	
前束曲线调整 (Toe Curve Adjust)								
前束曲线控制 (Toe Curve Control)								
车身高度(Ride Height)/mm	—	—	—		—	—	—	
车轴偏角(Setback)/mm	-8	0	8		-8	0	8	

（续）

后车轮（Rear）：

定位规范 / 定位参数	左侧（Left）			左右差（Cross）	右侧（Right）			调整提示（Adjusting）
	最小值（Min.）	理想值（Pref.）	最大值（Max.）		最小值（Min.）	理想值（Pref.）	最大值（Max.）	
车轮外倾角（Camber）	−1°45′	−1°00′	−0°30′	—	−1°45′	−1°00′	−0°30′	
单侧前束角（Individual Toe）	0′	0°05′	0°10′		0′	0°05′	0°10′	见定位调整（3）
总前束角（Total Toe）		最小值（Min.）	理想值（Pref.）	最大值（Max.）				
		0′	0°10′	0°19′				
最大推进角（Max Thrust Angle）			0°15′					
车身高度（Ride Height）/mm	—	—	—	—	—	—	—	
车轴偏角（Setback）/mm	−8	0	8		−8	0	8	

2. 进行定位调整

制造商未提供或不涉及此项目。

24.1.5 2008 款雅阁 3.5L（2 门，18″车轮）车型

1. 车轮定位规范

2008 款雅阁 3.5L（2 门，18″车轮）车轮定位规范见表 24-5。

表 24-5 2008 款雅阁 3.5L（2 门，18″车轮）车轮定位数据表

前车轮（Front）：

定位规范 / 定位参数	左侧（Left）			左右差（Cross）	右侧（Right）			调整提示（Adjusting）
	最小值（Min.）	理想值（Pref.）	最大值（Max.）		最小值（Min.）	理想值（Pref.）	最大值（Max.）	
主销后倾角（Caster）	2°42′	3°47′	4°12′	—	2°42′	3°47′	4°12′	
车轮外倾角（Camber）	−0°50′	−0°05′	0°25′	—	−0°50′	−0°05′	0°25′	见定位调整（1）
主销内倾角（SAI）	—							
单侧前束角（Individual Toe）	−0°05′	0′	0°05′		−0°05′	0′	0°05′	见定位调整（2）
总前束角（Total Toe）		最小值（Min.）	理想值（Pref.）	最大值（Max.）				
		−0°10′	0′	−0°10′				
包容角（Included Angle）	—							
转向前展角（Toe Out On Turns）	—							
车轮最大内转角（Max Turn Inside）	35°00′	37°00′	39°00′		35°00′	37°00′	39°00′	
车轮最大外转角（Max Turn Outside）	—	30°20′	—			30°20′		
前束曲线调整（Toe Curve Adjust）								
前束曲线控制（Toe Curve Control）								
车身高度（Ride Height）/mm	—	—	—		—	—	—	
车轴偏角（Setback）/mm	−8	0	8		−8	0	8	

（续）

后车轮(Rear)：

定位规范 定位参数	左侧(Left)			左右差 (Cross)	右侧(Right)			调整提示 (Adjusting)
	最小值 (Min.)	理想值 (Pref.)	最大值 (Max.)		最小值 (Min.)	理想值 (Pref.)	最大值 (Max.)	
车轮外倾角(Camber)	−2°04′	−1°19′	−0°49′	—	−2°04′	−1°19′	−0°49′	
单侧前束角 (Individual Toe)	0′	0°05′	0°10′		0′	0°05′	0°10′	见定位调整 (3)
总前束角(Total Toe)		最小值 (Min.)	理想值 (Pref.)	最大值 (Max.)				
		0′	0°10′	0°19′				
最大推进角 (Max Thrust Angle)			0°15′					
车身高度(Ride Height)/mm	—	—	—		—	—	—	
车轴偏角(Setback)/mm	−8	0	8		−8	0	8	

2. 进行定位调整

制造商未提供或不涉及此项目。

24.1.6　2008 款雅阁 3.5L(4 门, 18″车轮)车型

1. 车轮定位规范

2008 款雅阁 3.5L(4 门, 18″车轮)车轮定位规范见表 24-6。

表 24-6　2008 款雅阁 3.5L(4 门, 18″车轮)车轮定位数据表

前车轮(Front)：

定位规范 定位参数	左侧(Left)			左右差 (Cross)	右侧(Right)			调整提示 (Adjusting)
	最小值 (Min.)	理想值 (Pref.)	最大值 (Max.)		最小值 (Min.)	理想值 (Pref.)	最大值 (Max.)	
主销后倾角(Caster)	2°43′	3°48′	4°13′	—	2°43′	3°48′	4°13′	
车轮外倾角(Camber)	−0°50′	−0°05′	0°25′	—	−0°50′	−0°05′	0°25′	见定位调整 (1)
主销内倾角(SAI)	—				—			
单侧前束角 (Individual Toe)	−0°05′	0′	0°05′		−0°05′	0′	0°05′	见定位调整 (2)
总前束角(Total Toe)		最小值 (Min.)	理想值 (Pref.)	最大值 (Max.)				
		−0°10′	0′	−0°10′				
包容角(Included Angle)								
转向前展角 (Toe Out On Turns)								
车轮最大内转角 (Max Turn Inside)	35°00′	37°00′	39°00′		35°00′	37°00′	39°00′	
车轮最大外转角 (Max Turn Outside)	—	30°20′	—			30°20′	—	
前束曲线调整 (Toe Curve Adjust)								
前束曲线控制 (Toe Curve Control)								
车身高度(Ride Height)/mm	—	—	—		—	—	—	
车轴偏角(Setback)/mm	−8	0	8		−8	0	8	

（续）

后车轮（Rear）：

定位规范 定位参数	左侧（Left）			左右差 （Cross）	右侧（Right）			调整提示 （Adjusting）
	最小值 （Min.）	理想值 （Pref.）	最大值 （Max.）		最小值 （Min.）	理想值 （Pref.）	最大值 （Max.）	
车轮外倾角（Camber）	$-2°04'$	$-1°19'$	$-0°49'$	—	$-2°04'$	$-1°19'$	$-0°49'$	
单侧前束角 （Individual Toe）	$0'$	$0°05'$	$0°10'$		$0'$	$0°05'$	$0°10'$	见定位调整 （3）
总前束角（Total Toe）				最小值 （Min.）	理想值 （Pref.）	最大值 （Max.）		
				$0'$	$0°10'$	$0°19'$		
最大推进角 （Max Thrust Angle）				$0°15'$				
车身高度（Ride Height）/mm	—	—	—					
车轴偏角（Setback）/mm	-8	0	8		-8	0	8	

2. 进行定位调整

制造商未提供或不涉及此项目。

24.1.7　2007 款雅阁 2.0L 车型

1. 车轮定位规范

2007 款雅阁 2.0L（AT,标准版/舒适版）车轮定位规范见表 24-7。

表 24-7　2007 款雅阁 2.0L（AT,标准版/舒适版）车轮定位数据表

前车轮（Front）：

定位规范 定位参数	左侧（Left）			左右差 （Cross）	右侧（Right）			调整提示 （Adjusting）
	最小值 （Min.）	理想值 （Pref.）	最大值 （Max.）		最小值 （Min.）	理想值 （Pref.）	最大值 （Max.）	
主销后倾角（Caster）	$2°18'$	$3°00'$	$3°48'$	—	$2°18'$	$3°00'$	$3°48'$	
车轮外倾角（Camber）	$-0°42'$	$0°06'$	$0°54'$	—	$-0°42'$	$0°06'$	$0°54'$	见定位调整 （1）
主销内倾角（SAI）	—	—	—		—	—	—	
单侧前束角 （Individual Toe）	$-0°05'$	$0'$	$0°05'$		$-0°05'$	$0'$	$0°05'$	见定位调整 （2）
总前束角（Total Toe）				最小值 （Min.）	理想值 （Pref.）	最大值 （Max.）		
				$-0°10'$	$0'$	$0°10'$		
包容角（Included Angle）	—	—	—		—	—	—	
转向前展角 （Toe Out On Turns）	—	$0'$	—		—	$0'$	—	
车轮最大内转角 （Max Turn Inside）	$37°00'$	$39°00'$	$41°00'$		$37°00'$	$39°00'$	$41°00'$	
车轮最大外转角 （Max Turn Outside）	—	$31°50'$				$31°50'$		
前束曲线调整 （Toe Curve Adjust）								
前束曲线控制 （Toe Curve Control）								
车身高度（Ride Height）/mm	—	—	—		—	—	—	
车轴偏角（Setback）/mm	-8	0	8		-8	0	8	

（续）

后车轮(Rear)：

定位规范 定位参数	左侧(Left)			左右差(Cross)	右侧(Right)			调整提示(Adjusting)
	最小值(Min.)	理想值(Pref.)	最大值(Max.)		最小值(Min.)	理想值(Pref.)	最大值(Max.)	
车轮外倾角(Camber)	−1°18′	−0°48′	−0°18′	—	−1°18′	−0°48′	−0°18′	
单侧前束角(Individual Toe)	0′	0°05′	0°10′		0′	0°05′	0°10′	见定位调整(3)
总前束角(Total Toe)				最小值(Min.)	理想值(Pref.)	最大值(Max.)		
				0′	0°10′	0°20′		
最大推进角(Max Thrust Angle)				0°15′				
车身高度(Ride Height)/mm	—	—	—		—	—	—	
车轴偏角(Setback)/mm	−8	0	8		−8	0	8	

2. 进行定位调整

（1）前车轮外倾角调整

1）调整指导。拆下并更换滑柱与转向节固定螺栓，按照更换螺栓制造商推荐，选择更换螺栓并按相应扭紧力矩规范拧紧，见图24-1。

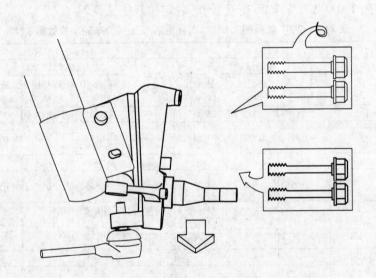

图24-1　前车轮外倾角调整

2）调整所及部件。指定的细径螺栓规格及零件号如下：

Toyota 零件号	尺寸/mm	角度改变/(°)
15004	13.9	±0.25
15005	13.3	±0.50
15006	12.4	±0.75
17003	15.9	±0.25
17004	15.0	±0.50

17005	14.0	± 0.75
14146	13.0	± 0.25
14147	12.0	± 0.50

3）专用工具：使用常规工具，无需专用工具。

（2）前轮前束调整（可调式横拉杆）

1）调整指导。调整前束角时，拧松转向拉杆锁止螺母，用扳手转动转向拉杆直至获得满意的前束角读数，见图24-2。

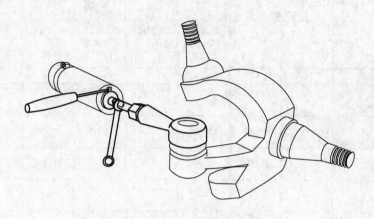

图24-2　前轮前束调整（可调式横拉杆）

2）调整所及部件：无备件需求，无需更改零件。

3）专用工具：使用常规工具，无需专用工具。

（3）后轮前束调整

1）调整指导。调整单侧前束时：

① 拧松联接臂偏心凸轮螺栓（图24-3）。

② 顺时针或逆时针转动偏心凸轮，直至达到想要的前束值。

③ 拧紧偏心凸轮螺栓。

2）调整所及部件：无备件需求，无需更改零件。

3）专用工具：使用常规工具，无需专用工具。

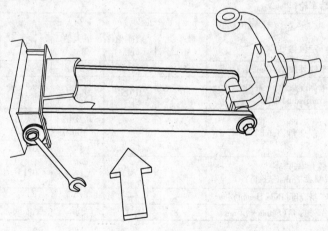

图24-3　后轮前束调整

24.1.8　2007 款雅阁 2.0L 车型

1. 车轮定位规范

2007 款雅阁 2.0L（MT，普通版）车轮定位规范见表24-8。

表 24-8 2007 款雅阁 2.0L(MT,普通版)车轮定位数据表

前车轮(Front):

定位规范　　　定位参数	左侧(Left)			左右差(Cross)	右侧(Right)			调整提示(Adjusting)
	最小值(Min.)	理想值(Pref.)	最大值(Max.)		最小值(Min.)	理想值(Pref.)	最大值(Max.)	
主销后倾角(Caster)	2°18′	3°00′	3°48′	—	2°18′	3°00′	3°48′	
车轮外倾角(Camber)	−0°42′	0°06′	0°54′	—	−0°42′	0°06′	0°54′	见定位调整(1)
主销内倾角(SAI)	—	—	—	—	—	—	—	
单侧前束角(Individual Toe)	−0°05′	0′	0°05′	—	−0°05′	0′	0°05′	见定位调整(2)
总前束角(Total Toe)		最小值(Min.)	理想值(Pref.)	最大值(Max.)				
		−0°10′	0′	0°10′				
包容角(Included Angle)	—	—	—		—	—	—	
转向前展角(Toe Out On Turns)								
车轮最大内转角(Max Turn Inside)	37°00′	39°00′	41°00′		37°00′	39°00′	41°00′	
车轮最大外转角(Max Turn Outside)	—	31°50′			—	31°50′		
前束曲线调整(Toe Curve Adjust)	—	—	—		—	—	—	
前束曲线控制(Toe Curve Control)	—	—	—		—	—	—	
车身高度(Ride Height)/mm								
车轴偏角(Setback)/mm	−8	0	8		−8	0	8	

后车轮(Rear):

定位规范　　　定位参数	左侧(Left)			左右差(Cross)	右侧(Right)			调整提示(Adjusting)
	最小值(Min.)	理想值(Pref.)	最大值(Max.)		最小值(Min.)	理想值(Pref.)	最大值(Max.)	
车轮外倾角(Camber)	−1°18′	−0°48′	−0°18′	—	−1°18′	−0°48′	−0°18′	
单侧前束角(Individual Toe)	0′	0°05′	0°10′		0′	0°05′	0°10′	见定位调整(3)
总前束角(Total Toe)		最小值(Min.)	理想值(Pref.)	最大值(Max.)				
		0′	0°10′	0°20′				
最大推进角(Max Thrust Angle)			0°15′					
车身高度(Ride Height)/mm	—	—	—		—	—	—	
车轴偏角(Setback)/mm	−8	0	8		−8	0	8	

2. 进行定位调整

与 2007 款雅阁 2.0L 车型调整方法相同。

24.1.9 2007 款雅阁 2.4L 车型

1. 车轮定位规范

2007 款雅阁 2.4L(AT,舒适版/豪华版-带导航)车轮定位规范见表 24-9。

表24-9 **2007 款雅阁2.4L(AT,舒适版/豪华版-带导航)车轮定位数据表**

前车轮(Front):

定位规范 定位参数	左侧(Left)			左右差 (Cross)	右侧(Right)			调整提示 (Adjusting)
	最小值 (Min.)	理想值 (Pref.)	最大值 (Max.)		最小值 (Min.)	理想值 (Pref.)	最大值 (Max.)	
主销后倾角(Caster)	2°18′	3°00′	3°48′	—	2°18′	3°00′	3°48′	
车轮外倾角(Camber)	−0°42′	0°06′	0°54′	—	−0°42′	0°06′	0°54′	见定位调整 (1)
主销内倾角(SAI)	—	—	—		—	—	—	
单侧前束角 (Individual Toe)	−0°05′	0′	0°05′		−0°05′	0′	0°05′	见定位调整 (2)
总前束角(Total Toe)			最小值 (Min.)	理想值 (Pref.)	最大值 (Max.)			
			−0°10′	0′	0°10′			
包容角(Included Angle)	—	—	—		—	—	—	
转向前展角 (Toe Out On Turns)	—	—	—		—	—	—	
车轮最大内转角 (Max Turn Inside)	37°00′	39°00′	41°00′		37°00′	39°00′	41°00′	
车轮最大外转角 (Max Turn Outside)	—	31°50′	—		—	31°50′	—	
前束曲线调整 (Toe Curve Adjust)	—	—	—		—	—	—	
前束曲线控制 (Toe Curve Control)	—	—	—		—	—	—	
车身高度(Ride Height)/mm	—	—	—		—	—	—	
车轴偏角(Setback)/mm	−8	0	8		−8	0	8	

后车轮(Rear):

定位规范 定位参数	左侧(Left)			左右差 (Cross)	右侧(Right)			调整提示 (Adjusting)
	最小值 (Min.)	理想值 (Pref.)	最大值 (Max.)		最小值 (Min.)	理想值 (Pref.)	最大值 (Max.)	
车轮外倾角(Camber)	−1°18′	−0°48′	−0°18′	—	−1°18′	−0°48′	−0°18′	
单侧前束角 (Individual Toe)	0′	0°05′	0°10′		0′	0°05′	0°10′	见定位调整 (3)
总前束角(Total Toe)			最小值 (Min.)	理想值 (Pref.)	最大值 (Max.)			
			0′	0°10′	0°20′			
最大推进角 (Max Thrust Angle)				0°15′				
车身高度(Ride Height)/mm	—	—	—		—	—	—	
车轴偏角(Setback)/mm	−8	0	8		−8	0	8	

2. 进行定位调整

与 2007 款雅阁2.0L 车型调整方法相同。

24.1.10　2007 款雅阁3.0 V6 车型

1. 车轮定位规范

2007 款雅阁 3.0L V6 AT 豪华版(带导航)车轮定位规范见表24-10。

表 24-10 2007 款雅阁 3.0 V6 AT 豪华版(带导航)车轮定位数据表

前车轮(Front):

定位规范 / 定位参数	左侧(Left) 最小值(Min.)	左侧 理想值(Pref.)	左侧 最大值(Max.)	左右差(Cross)	右侧(Right) 最小值(Min.)	右侧 理想值(Pref.)	右侧 最大值(Max.)	调整提示(Adjusting)
主销后倾角(Caster)	2°18′	3°00′	3°48′	—	2°18′	3°00′	3°48′	
车轮外倾角(Camber)	−0°42′	0°06′	0°54′		−0°42′	0°06′	0°54′	见定位调整(1)
主销内倾角(SAI)	—	—	—		—	—	—	
单侧前束角(Individual Toe)	−0°05′	0′	0°05′		−0°05′	0′	0°05′	见定位调整(2)
总前束角(Total Toe)		最小值(Min.) −0°10′	理想值(Pref.) 0′	最大值(Max.) 0°10′				
包容角(Included Angle)	—	—	—		—	—	—	
转向前展角(Toe Out On Turns)								
车轮最大内转角(Max Turn Inside)	37°00′	39°00′	41°00′		37°00′	39°00′	41°00′	
车轮最大外转角(Max Turn Outside)		31°50′				31°50′		
前束曲线调整(Toe Curve Adjust)	—	—	—		—	—	—	
前束曲线控制(Toe Curve Control)								
车身高度(Ride Height)/mm								
车轴偏角(Setback)/mm	−8	0	8		−8	0	8	

后车轮(Rear):

定位规范 / 定位参数	左侧(Left) 最小值(Min.)	左侧 理想值(Pref.)	左侧 最大值(Max.)	左右差(Cross)	右侧(Right) 最小值(Min.)	右侧 理想值(Pref.)	右侧 最大值(Max.)	调整提示(Adjusting)
车轮外倾角(Camber)	−1°18′	−0°48′	−0°18′	—	−1°18′	−0°48′	−0°18′	
单侧前束角(Individual Toe)	0′	0°05′	0°10′		0′	0°05′	0°10′	见定位调整(3)
总前束角(Total Toe)		最小值(Min.) 0′	理想值(Pref.) 0°10′	最大值(Max.) 0°20′				
最大推进角(Max Thrust Angle)		0°15′						
车身高度(Ride Height)/mm	—				—			
车轴偏角(Setback)/mm	−8	0	8		−8	0	8	

2. 进行定位调整

与 2007 款雅阁 2.0L 车型调整方法相同。

24.1.11 2003 款雅阁车型

1. 车轮定位规范

2003 款雅阁车轮定位规范见表 24-11。

表 24-11   2003 款雅阁车轮定位数据表

前车轮（Front）：

定位规范 / 定位参数	左侧（Left）			左右差（Cross）	右侧（Right）			调整提示（Adjusting）
	最小值（Min.）	理想值（Pref.）	最大值（Max.）		最小值（Min.）	理想值（Pref.）	最大值（Max.）	
主销后倾角（Caster）	2°18′	3°00′	3°48′	—	2°18′	3°00′	3°48′	
车轮外倾角（Camber）	−0°42′	0°06′	0°54′		−0°42′	0°06′	0°54′	见定位调整（1）
主销内倾角（SAI）	—	—	—		—	—	—	
单侧前束角（Individual Toe）	−0°05′	0′	0°05′		−0°05′	0′	0°05′	见定位调整（2）
总前束角（Total Toe）		最小值（Min.）	理想值（Pref.）	最大值（Max.）				
		−0°10′	0′	0°10′				
包容角（Included Angle）	—	—	—		—	—	—	
转向前展角（Toe Out On Turns）								
车轮最大内转角（Max Turn Inside）	37°00′	39°00′	41°00′		37°00′	39°00′	41°00′	
车轮最大外转角（Max Turn Outside）	—	31°50′				31°50′		
前束曲线调整（Toe Curve Adjust）	—	—	—		—	—	—	
前束曲线控制（Toe Curve Control）	—	—	—		—	—	—	
车身高度（Ride Height）/mm								
车轴偏角（Setback）/mm	−8	0	8		−8	0	8	

后车轮（Rear）：

定位规范 / 定位参数	左侧（Left）			左右差（Cross）	右侧（Right）			调整提示（Adjusting）
	最小值（Min.）	理想值（Pref.）	最大值（Max.）		最小值（Min.）	理想值（Pref.）	最大值（Max.）	
车轮外倾角（Camber）	−1°18′	−0°48′	−0°18′	—	−1°18′	−0°48′	−0°18′	
单侧前束角（Individual Toe）	0′	0°05′	0°10′		0′	0°05′	0°10′	见定位调整（3）
总前束角（Total Toe）		最小值（Min.）	理想值（Pref.）	最大值（Max.）				
		0′	0°10′	0°20′				
最大推进角（Max Thrust Angle）			0°15′					
车身高度（Ride Height）/mm	—	—	—		—	—	—	
车轴偏角（Setback）/mm	−8	0	8		−8	0	8	

2. 进行定位调整

与 2007 款雅阁 2.0L 车型调整方法相同。

24.1.12 2001 款雅阁车型

1. 车轮定位规范

2001 款雅阁车轮定位规范见表 24-12。

表 24-12　2001 款雅阁车轮定位数据表

前车轮(Front):

定位规范 定位参数	左侧(Left)			左右差 (Cross)	右侧(Right)			调整提示 (Adjusting)
	最小值 (Min.)	理想值 (Pref.)	最大值 (Max.)		最小值 (Min.)	理想值 (Pref.)	最大值 (Max.)	
主销后倾角(Caster)	2°00′	3°00′	4°00′	1°00′	2°00′	3°00′	4°00′	
车轮外倾角(Camber)	0°12′	0°30′	0°48′	0°18′	0°12′	0°30′	0°48′	
主销内倾角(SAI)	—	—	—		—	—	—	
单侧前束角 (Individual Toe)	0′	0°02′	0°04′		0′	0°02′	0°04′	
总前束角(Total Toe)			最小值 (Min.)	理想值 (Pref.)	最大值 (Max.)			
			0′	0°04′	0°08′			
包容角(Included Angle)	—	—	—		—	—	—	
转向前展角 (Toe Out On Turns)	—	—	—		—	—	—	
车轮最大内转角 (Max Turn Inside)	—	—	—		—	—	—	
车轮最大外转角 (Max Turn Outside)	—	—	—		—	—	—	
前束曲线调整 (Toe Curve Adjust)	—	—	—		—	—	—	
前束曲线控制 (Toe Curve Control)	—	—	—		—	—	—	
车身高度(Ride Height)/mm	—	—	—		—	—	—	
车轴偏角(Setback)/mm	-8	0	8		-8	0	8	

后车轮(Rear):

定位规范 定位参数	左侧(Left)			左右差 (Cross)	右侧(Right)			调整提示 (Adjusting)
	最小值 (Min.)	理想值 (Pref.)	最大值 (Max.)		最小值 (Min.)	理想值 (Pref.)	最大值 (Max.)	
车轮外倾角(Camber)	-1°30′	-0°30′	0°30′	1°00′	-1°30′	-0°30′	0°30′	
单侧前束角 (Individual Toe)	-0°06′	0′	0°06′		-0°06′	0′	0°06′	
总前束角(Total Toe)			最小值 (Min.)	理想值 (Pref.)	最大值 (Max.)			
			-0°12′	0′	0°12′			
最大推进角 (Max Thrust Angle)				0°15′				
车身高度(Ride Height)/mm	—	—	—		—	—	—	
车轴偏角(Setback)/mm	-8	0	8		-8	0	8	

2. 进行定位调整

制造商未提供或不涉及此项目。

24.1.13　2000 款雅阁车型

1. 车轮定位规范

2000 款雅阁(2.2L/2.3L/3.0L)车轮定位规范见表 24-13。

表 24-13　**2000 款雅阁(2.2L/2.3L/3.0L)车轮定位数据表**

前车轮(Front):

定位规范 / 定位参数	左侧(Left)			左右差 (Cross)	右侧(Right)			调整提示 (Adjusting)
	最小值 (Min.)	理想值 (Pref.)	最大值 (Max.)		最小值 (Min.)	理想值 (Pref.)	最大值 (Max.)	
主销后倾角(Caster)	1°45′	2°45′	3°45′	1°00′	1°45′	2°45′	3°45′	见定位调整 (1)
车轮外倾角(Camber)	−1°00′	0′	1°00′	1°00′	−1°00′	0′	1°00′	
主销内倾角(SAI)	—	—	—		—	—	—	
单侧前束角 (Individual Toe)	−0°05′	0′	0°05′		−0°05′	0′	0°05′	见定位调整 (2)
总前束角(Total Toe)		最小值 (Min.)	理想值 (Pref.)	最大值 (Max.)				
		−0°10′	0′	0°10′				
包容角(Included Angle)	—	—	—		—	—	—	
转向前展角 (Toe Out On Turns)	—	—	—		—	—	—	
车轮最大内转角 (Max Turn Inside)	37°32′	38°32′	39°32′		37°32′	38°32′	39°32′	
车轮最大外转角 (Max Turn Outside)	—	31°03′	—		—	31°03′	—	
前束曲线调整 (Toe Curve Adjust)	—	—	—		—	—	—	
前束曲线控制 (Toe Curve Control)	—	—	—		—	—	—	
车身高度(Ride Height)/mm	—	—	—		—	—	—	
车轴偏角(Setback)/mm	−8	0	8		−8	0	8	

后车轮(Rear):

定位规范 / 定位参数	左侧(Left)			左右差 (Cross)	右侧(Right)			调整提示 (Adjusting)
	最小值 (Min.)	理想值 (Pref.)	最大值 (Max.)		最小值 (Min.)	理想值 (Pref.)	最大值 (Max.)	
车轮外倾角(Camber)	−1°00′	−0°30′	0′	0°30′	−1°00′	−0°30′	0′	
单侧前束角 (Individual Toe)	0′	0°05′	0°10′			0°05′	0°10′	见定位调整 (3)
总前束角(Total Toe)		最小值 (Min.)	理想值 (Pref.)	最大值 (Max.)				
		0′	0°10′	0°19′				
最大推进角 (Max Thrust Angle)				0°15′				
车身高度(Ride Height)/mm	—	—	—		—	—	—	
车轴偏角(Setback)/mm	−8	0	8		−8	0	8	

2. 进行定位调整

(1) 主销后倾角调整(可调式纵向拉杆)

1) 调整指导:

调整主销后倾角时,拆下纵向拉杆,增加或拆除调整垫片,见图 24-4。

要减小主销后倾角,需在纵向拉杆上增加调整垫片。

要增大主销后倾角，需从纵向拉杆上拆下调整垫片。

提示：垫片的位置因车型而异。

2）调整所及部件：需使用OEM推荐或指定的调整垫片。无需更改零件。

3）专用工具：使用常规工具，无需专用工具。

（2）前轮前束调整（可调式横拉杆）

1）调整指导。调整前束角时，拧松转向拉杆锁止螺母，用扳手转动转向拉杆直至获得满意的前束角读数，见图24-2。

2）调整所及部件：无备件需求，无需更改零件。

3）专用工具：使用常规工具，无需专用工具。

（3）后车轮前束调整

1）调整指导。调整单侧前束时：

① 拧松联接臂偏心凸轮螺栓（图24-3）。

② 顺时针或逆时针转动偏心凸轮，直至达到想要的前束值。

③ 拧紧偏心凸轮螺栓。

2）调整所及部件：无备件需求，无需更改零件。

3）专用工具：使用常规工具，无需专用工具。

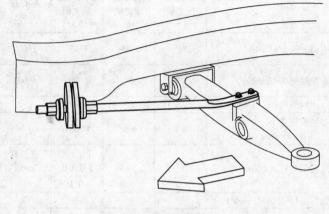

图24-4　主销后倾角调整（可调式纵向拉杆）

24. 1. 14　1999 款雅阁 2. 2L 车型

1. 车轮定位规范

1999 款雅阁 2.2L 车轮定位规范见表 24-14。

表 24-14　1999 款雅阁 2.2L 车轮定位数据表

前车轮（Front）: 定位规范　　定位参数	左侧（Left）			左右差（Cross）	右侧（Right）			调整提示（Adjusting）
	最小值（Min.）	理想值（Pref.）	最大值（Max.）		最小值（Min.）	理想值（Pref.）	最大值（Max.）	
主销后倾角（Caster）	−0°30′	0′	0°30′	0°30′	−0°30′	0′	0°30′	
车轮外倾角（Camber）	−1°00′	0′	1°00′	1°00′	−1°00′	0′	1°00′	
主销内倾角（SAI）	—	—	—		—	—	—	
单侧前束角（Individual Toe）	−0°05′	0′	0°05′		−0°05′	0′	0°05′	
总前束角（Total Toe）	最小值（Min.）	理想值（Pref.）	最大值（Max.）					
	−0°10′	0′	0°10′					
包容角（Included Angle）	—	—	—					

（续）

前车轮（Front）：

定位规范 定位参数	左侧（Left）			左右差 （Cross）	右侧（Right）			调整提示 （Adjusting）
	最小值 （Min.）	理想值 （Pref.）	最大值 （Max.）		最小值 （Min.）	理想值 （Pref.）	最大值 （Max.）	
转向前展角 （Toe Out On Turns）	—	—	—		—	—	—	
车轮最大内转角 （Max Turn Inside）	—	—	—		—	—	—	
车轮最大外转角 （Max Turn Outside）	—	—	—		—	—	—	
前束曲线调整 （Toe Curve Adjust）	—	—	—		—	—	—	
前束曲线控制 （Toe Curve Control）	—	—	—		—	—	—	
车身高度（Ride Height）/mm	—	—	—		—	—	—	
车轴偏角（Setback）/mm	−8	0	8		−8	0	8	

后车轮（Rear）：

定位规范 定位参数	左侧（Left）			左右差 （Cross）	右侧（Right）			调整提示 （Adjusting）
	最小值 （Min.）	理想值 （Pref.）	最大值 （Max.）		最小值 （Min.）	理想值 （Pref.）	最大值 （Max.）	
车轮外倾角（Camber）	−1°00′	−0°30′	0′	0°30′	−1°00′	−0°30′	0′	
单侧前束角 （Individual Toe）	0′	0°05′	0°10′		0′	0°05′	0°10′	
总前束角（Total Toe）	最小值 （Min.）	理想值 （Pref.）	最大值 （Max.）					
	0′	0°10′	0°19′					
最大推进角 （Max Thrust Angle）		0°15′						
车身高度（Ride Height）/mm	—	—	—		—	—	—	
车轴偏角（Setback）/mm	−8	0	8		−8	0	8	

2. 进行定位调整

制造商未提供或不涉及此项目。

24.2　奥德赛

24.2.1　2007 款奥德赛车型

1. 车轮定位规范

2007 款奥德赛（普通版/标准版/舒适版/豪华版）车轮定位规范见表 24-15。

表 24-15　2007 款奥德赛车轮定位数据表

前车轮（Front）：

定位规范 定位参数	左侧（Left）			左右差 （Cross）	右侧（Right）			调整提示 （Adjusting）
	最小值 （Min.）	理想值 （Pref.）	最大值 （Max.）		最小值 （Min.）	理想值 （Pref.）	最大值 （Max.）	
主销后倾角（Caster）	3°55′	4°40′	5°25′	—	3°55′	4°40′	5°25′	

（续）

前车轮（Front）：

定位规范　　定位参数	左侧（Left）			左右差（Cross）	右侧（Right）			调整提示（Adjusting）
	最小值（Min.）	理想值（Pref.）	最大值（Max.）		最小值（Min.）	理想值（Pref.）	最大值（Max.）	
车轮外倾角（Camber）	−0°45′	—	0°45′	—	−0°45′	0′	0°45′	
主销内倾角（SAI）	—	—	—		—	—	—	
单侧前束角（Individual Toe）	−0°05′	0′	0°05′		−0°05′	0′	0°05′	
总前束角（Total Toe）			最小值（Min.） −0°10′	理想值（Pref.） 0′	最大值（Max.） 0°10′			
包容角（Included Angle）	—	—	—		—	—	—	
转向前展角（Toe Out On Turns）	—	—	—		—	—	—	
车轮最大内转角（Max Turn Inside）	—	—	—		—	—	—	
车轮最大外转角（Max Turn Outside）	—	—	—		—	—	—	
前束曲线调整（Toe Curve Adjust）	—	—	—		—	—	—	
前束曲线控制（Toe Curve Control）	—	—	—		—	—	—	
车身高度（Ride Height）/mm	—	—	—		—	—	—	
车轴偏角（Setback）/mm	−8	0	8		−8	0	8	

后车轮（Rear）：

定位规范　　定位参数	左侧（Left）			左右差（Cross）	右侧（Right）			调整提示（Adjusting）
	最小值（Min.）	理想值（Pref.）	最大值（Max.）		最小值（Min.）	理想值（Pref.）	最大值（Max.）	
车轮外倾角（Camber）	−1°45′	−1°00′	−0°15′	—	−1°45′	−1°00′	−0°15′	
单侧前束角（Individual Toe）	−0°05′	0′	0°05′		−0°05′	0′	0°05′	
总前束角（Total Toe）			最小值（Min.） −0°10′	理想值（Pref.） 0′	最大值（Max.） 0°10′			
最大推进角（Max Thrust Angle）				0°15′				
车身高度（Ride Height）/mm	—	—	—		—	—	—	
车轴偏角（Setback）/mm	−8	0	8		−8	0	8	

2. 进行定位调整

制造商未提供或不涉及此项目。

24.2.2　2005 款奥德赛 2.4L 车型

1. 车轮定位规范

2005 款奥德赛 2.4L 车轮定位规范见表 24-16。

表 24-16 2005 款奥德赛 2.4L 车轮定位数据表

前车轮(Front)：

定位规范 定位参数	左侧(Left)			左右差 (Cross)	右侧(Right)			调整提示 (Adjusting)
	最小值 (Min.)	理想值 (Pref.)	最大值 (Max.)		最小值 (Min.)	理想值 (Pref.)	最大值 (Max.)	
主销后倾角(Caster)	3°55′	4°40′	5°25′	—	3°55′	4°40′	5°25′	
车轮外倾角(Camber)	−0°45′	0′	0°45′	—	−0°45′	0′	0°45′	
主销内倾角(SAI)	—	—	—		—	—	—	
单侧前束角 (Individual Toe)	−0°05′	0′	0°05′		−0°05′	0′	0°05′	
总前束角(Total Toe)			最小值 (Min.)	理想值 (Pref.)	最大值 (Max.)			
			−0°10′	0′	0°10′			
包容角(Included Angle)	—	—	—		—	—	—	
转向前展角 (Toe Out On Turns)	—	—	—		—	—	—	
车轮最大内转角 (Max Turn Inside)	—	—	—		—	—	—	
车轮最大外转角 (Max Turn Outside)	—	—	—		—	—	—	
前束曲线调整 (Toe Curve Adjust)	—	—	—		—	—	—	
前束曲线控制 (Toe Curve Control)	—	—	—		—	—	—	
车身高度(Ride Height)/mm	—	—	—		—	—	—	
车轴偏角(Setback)/mm	−8	0	8		−8	0	8	

后车轮(Rear)：

定位规范 定位参数	左侧(Left)			左右差 (Cross)	右侧(Right)			调整提示 (Adjusting)
	最小值 (Min.)	理想值 (Pref.)	最大值 (Max.)		最小值 (Min.)	理想值 (Pref.)	最大值 (Max.)	
车轮外倾角(Camber)	−1°45′	−1°00′	−0°15′	—	−1°45′	−1°00′	−0°15′	
单侧前束角 (Individual Toe)	−0°05′	0′	0°05′		−0°05′	0′	0°05′	
总前束角(Total Toe)			最小值 (Min.)	理想值 (Pref.)	最大值 (Max.)			
			−0°10′	0′	0°10′			
最大推进角 (Max Thrust Angle)				0°15′				
车身高度(Ride Height)/mm	—	—	—		—	—	—	
车轴偏角(Setback)/mm	−8	0	8		−8	0	8	

2. 进行定位调整

制造商未提供或不涉及此项目。

24.2.3 2004 款奥德赛车型

1. 车轮定位规范

2004 款奥德赛车轮定位规范见表24-17。

表 24-17　2004 款奥德赛车轮定位数据表

前车轮(Front)：

定位规范 定位参数	左侧(Left)			左右差 (Cross)	右侧(Right)			调整提示 (Adjusting)
	最小值 (Min.)	理想值 (Pref.)	最大值 (Max.)		最小值 (Min.)	理想值 (Pref.)	最大值 (Max.)	
主销后倾角(Caster)	2°18′	3°00′	3°48′	—	2°18′	3°00′	3°48′	见定位调整 (1)
车轮外倾角(Camber)	−0°42′	0°06′	0°54′	—	−0°42′	0°06′	0°54′	
主销内倾角(SAI)	—	—	—		—	—	—	
单侧前束角 (Individual Toe)	−0°05′	0′	0°05′		−0°05′	0′	0°05′	见定位调整 (2)
总前束角(Total Toe)			最小值 (Min.)	理想值 (Pref.)	最大值 (Max.)			
			−0°10′	0′	0°10′			
包容角(Included Angle)	—	—	—		—	—	—	
转向前展角 (Toe Out On Turns)	—	—	—		—	—	—	
车轮最大内转角 (Max Turn Inside)	37°00′	39°00′	41°00′		37°00′	39°00′	41°00′	
车轮最大外转角 (Max Turn Outside)	—	31°50′	—		—	31°50′	—	
前束曲线调整 (Toe Curve Adjust)	—	—	—		—	—	—	
前束曲线控制 (Toe Curve Control)	—	—	—		—	—	—	
车身高度(Ride Height)/mm	—	—	—		—	—	—	
车轴偏角(Setback)/mm	−8	0	8		−8	0	8	

后车轮(Rear)：

定位规范 定位参数	左侧(Left)			左右差 (Cross)	右侧(Right)			调整提示 (Adjusting)
	最小值 (Min.)	理想值 (Pref.)	最大值 (Max.)		最小值 (Min.)	理想值 (Pref.)	最大值 (Max.)	
车轮外倾角(Camber)	−1°18′	−0°48′	−0°18′	—	−1°18′	−0°48′	−0°18′	
单侧前束角 (Individual Toe)	0′	0°05′	0°10′		0′	0°05′	0°10′	见定位调整 (3)
总前束角(Total Toe)			最小值 (Min.)	理想值 (Pref.)	最大值 (Max.)			
			0′	0°10′	0°20′			
最大推进角 (Max Thrust Angle)				0°15′				
车身高度(Ride Height)/mm	—	—	—		—	—	—	
车轴偏角(Setback)/mm	−8	0	8		−8	0	8	

2. 进行定位调整

与 2007 款雅阁 2.0L 车型调整方法相同。

24.2.4　2001 款奥德赛车型

1. 车轮定位规范

2001 款奥德赛车轮定位规范见表 24-18。

表 24-18 2001 款奥德赛车轮定位数据表

前车轮（Front）：

定位规范 / 定位参数	左侧（Left）			左右差（Cross）	右侧（Right）			调整提示（Adjusting）
	最小值（Min.）	理想值（Pref.）	最大值（Max.）		最小值（Min.）	理想值（Pref.）	最大值（Max.）	
主销后倾角（Caster）	1°54′	2°54′	3°54′	0′	1°54′	2°54′	3°54′	见定位调整（1）
车轮外倾角（Camber）	−1°00′	0′	1°00′	0′	−1°00′	0′	1°00′	
主销内倾角（SAI）	—	—	—		—	—	—	
单侧前束角（Individual Toe）	−0°05′	0′	0°05′		−0°05′	0′	0°05′	见定位调整（2）
总前束角（Total Toe）			最小值（Min.）	理想值（Pref.）	最大值（Max.）			
			−0°10′	0′	0°10′			
包容角（Included Angle）	—	—	—		—	—	—	
转向前展角（Toe Out On Turns）	—	2°00′	—		—	2°00′	—	
车轮最大内转角（Max Turn Inside）	—	—	—		—	—	—	
车轮最大外转角（Max Turn Outside）								
前束曲线调整（Toe Curve Adjust）								
前束曲线控制（Toe Curve Control）								
车身高度（Ride Height）/mm	—	—	—		—	—	—	
车轴偏角（Setback）/mm	−8	0	8		−8	0	8	

后车轮（Rear）：

定位规范 / 定位参数	左侧（Left）			左右差（Cross）	右侧（Right）			调整提示（Adjusting）
	最小值（Min.）	理想值（Pref.）	最大值（Max.）		最小值（Min.）	理想值（Pref.）	最大值（Max.）	
车轮外倾角（Camber）	−1°00′	−0°30′	0′	0′	−1°00′	−0°30′	0′	
单侧前束角（Individual Toe）	0′	0°05′	0°10′		0′	0°05′	0°10′	见定位调整
总前束角（Total Toe）			最小值（Min.）	理想值（Pref.）	最大值（Max.）			
			0′	0°10′	0°20′			
最大推进角（Max Thrust Angle）				0°15′				
车身高度（Ride Height）/mm	—	—	—		—	—	—	
车轴偏角（Setback）/mm	−8	0	8		−8	0	8	

2. 进行定位调整

与 2007 款雅阁 2.0L 车型调整方法相同。

24.3 思迪

24.3.1 2006 款思迪 1.3L 车型

1. 车轮定位规范

2006 款思迪 1.3L 车轮定位规范见表 24-19。

表 24-19 2006 款思迪 1.3L 车轮定位数据表

前车轮(Front):

定位参数＼定位规范	左侧(Left) 最小值(Min.)	理想值(Pref.)	最大值(Max.)	左右差(Cross)	右侧(Right) 最小值(Min.)	理想值(Pref.)	最大值(Max.)	调整提示(Adjusting)
主销后倾角(Caster)	1°06′	2°06′	3°06′	1°00′	1°06′	2°06′	3°06′	
车轮外倾角(Camber)	−0°54′	0°06′	1°06′	1°00′	−0°54′	0°06′	1°06′	见定位调整(1)
主销内倾角(SAI)	—	12°45′	—		—	12°45′	—	
单侧前束角(Individual Toe)	−0°06′	0°03′	0°12′		−0°06′	0°03′	0°12′	见定位调整(2)
总前束角(Total Toe)			最小值(Min.) −0°13′	理想值(Pref.) 0°06′	最大值(Max.) 0°25′			
包容角(Included Angle)	—	—	—		—	—	—	
转向前展角(Toe Out On Turns)	—	—	—		—	—	—	
车轮最大内转角(Max Turn Inside)	—	—	—		—	—	—	
车轮最大外转角(Max Turn Outside)	—	—	—		—	—	—	
前束曲线调整(Toe Curve Adjust)	—	—	—		—	—	—	
前束曲线控制(Toe Curve Control)	—	—	—		—	—	—	
车身高度(Ride Height)/mm	—	—	—		—	—	—	
车轴偏角(Setback)/mm	−8	0	8		−8	0	8	

后车轮(Rear):

定位参数＼定位规范	左侧(Left) 最小值(Min.)	理想值(Pref.)	最大值(Max.)	左右差(Cross)	右侧(Right) 最小值(Min.)	理想值(Pref.)	最大值(Max.)	调整提示(Adjusting)
车轮外倾角(Camber)	−2°00′	−1°00′	0′	—	−2°00′	−1°00′	0′	
单侧前束角(Individual Toe)	0°03′	0°08′	0°12′		0°03′	0°08′	0°12′	
总前束角(Total Toe)			最小值(Min.) 0°06′	理想值(Pref.) 0°15′	最大值(Max.) 0°25′			
最大推进角(Max Thrust Angle)				0°15′				
车身高度(Ride Height)/mm	—	—	—		—	—	—	
车轴偏角(Setback)/mm	−8	0	8		−8	0	8	

2. 进行定位调整

（1）车轮外倾角调整

1）调整指导。拆下并更换滑柱与转向节固定螺栓，按照更换螺栓制造商推荐，选择更换螺栓并按相应扭紧力矩规范拧紧（图 24-1）。

2）调整所及部件：指定的细径螺栓，无需更改零件。

3）专用工具：使用常规工具，无需专用工具。

（2）前轮前束调整（可调式横拉杆）

1）调整指导。调整前束角时，拧松转向拉杆锁止螺母，用扳手转动转向拉杆直至获得满意的前束角读数，见图 24-2。

2）调整所及部件：无备件需求，无需更改零件。

3）专用工具：使用常规工具，无需专用工具。

24.3.2　2006 款思迪 1.5L 车型

1. 车轮定位规范

2006 款思迪 1.5L 车轮定位规范见表 24-20。

表 24-20　2006 款思迪 1.5L 车轮定位数据表

前车轮（Front）：

定位规范 / 定位参数	左侧（Left）			左右差（Cross）	右侧（Right）			调整提示（Adjusting）
	最小值（Min.）	理想值（Pref.）	最大值（Max.）		最小值（Min.）	理想值（Pref.）	最大值（Max.）	
主销后倾角（Caster）	1°06′	2°06′	3°06′	1°00′	1°06′	2°06′	3°06′	
车轮外倾角（Camber）	−0°54′	0°06′	1°06′	1°00′	−0°54′	0°06′	1°06′	见定位调整（1）
主销内倾角（SAI）	—	12°45′	—		—	12°45′	—	
单侧前束角（Individual Toe）	−0°06′	0°03′	0°12′		−0°06′	0°03′	0°12′	见定位调整（2）
总前束角（Total Toe）			最小值（Min.）	理想值（Pref.）	最大值（Max.）			
			−0°13′	0°06′	0°25′			
包容角（Included Angle）	—	—	—	—	—	—	—	
转向前展角（Toe Out On Turns）	—	—	—	—	—	—	—	
车轮最大内转角（Max Turn Inside）	—	—	—	—	—	—	—	
车轮最大外转角（Max Turn Outside）	—	—	—	—	—	—	—	
前束曲线调整（Toe Curve Adjust）	—	—	—	—	—	—	—	
前束曲线控制（Toe Curve Control）	—	—	—	—	—	—	—	
车身高度（Ride Height）/mm	—	—	—	—	—	—	—	
车轴偏角（Setback）/mm	−8	0	8		−8	0	8	

（续）

后车轮(Rear)：

定位参数	定位规范 左侧(Left)			左右差 (Cross)	右侧(Right)			调整提示 (Adjusting)
	最小值 (Min.)	理想值 (Pref.)	最大值 (Max.)		最小值 (Min.)	理想值 (Pref.)	最大值 (Max.)	
车轮外倾角(Camber)	-2°00′	-1°00′	0′	—	-2°00′	-1°00′	0′	
单侧前束角 (Individual Toe)	0°03′	0°08′	0°12′		0°03′	0°08′	0°12′	
总前束角(Total Toe)			最小值 (Min.)	理想值 (Pref.)	最大值 (Max.)			
			0°06′	0°15′	0°25′			
最大推进角 (Max Thrust Angle)				0°15′				
车身高度(Ride Height)/mm	—	—	—		—	—	—	
车轴偏角(Setback)/mm	-8	0	8		-8	0	8	

2. 进行定位调整

与 2006 款思迪 1.3L 车型调整方法相同。

24.4 飞度

24.4.1 2006 款飞度 1.3L 车型

1. 车轮定位规范

2006 款飞度 1.3L 车轮定位规范见表 24-21。

表 24-21 2006 款飞度 1.3L 车轮定位数据表

前车轮(Front)：

定位参数	定位规范 左侧(Left)			左右差 (Cross)	右侧(Right)			调整提示 (Adjusting)
	最小值 (Min.)	理想值 (Pref.)	最大值 (Max.)		最小值 (Min.)	理想值 (Pref.)	最大值 (Max.)	
主销后倾角(Caster)	1°06′	2°06′	3°06′	1°00′	1°06′	2°06′	3°06′	
车轮外倾角(Camber)	-0°54′	0°06′	1°06′	1°00′	-0°54′	0°06′	1°06′	见定位调整 (1)
主销内倾角(SAI)	—	12°45′	—		—	12°45′	—	
单侧前束角 (Individual Toe)	-0°06′	0°03′	0°12′		-0°06′	0°03′	0°12′	见定位调整 (2)
总前束角(Total Toe)			最小值 (Min.)	理想值 (Pref.)	最大值 (Max.)			
			-0°13′	0°06′	0°25′			
包容角(Included Angle)	—	—	—		—	—	—	
转向前展角 (Toe Out On Turns)								
车轮最大内转角 (Max Turn Inside)	—	—	—		—	—	—	
车轮最大外转角 (Max Turn Outside)	—	—	—		—	—	—	
前束曲线调整 (Toe Curve Adjust)	—	—	—		—	—	—	

（续）

前车轮（Front）：

定位规范 / 定位参数	左侧（Left）			左右差（Cross）	右侧（Right）			调整提示（Adjusting）
	最小值（Min.）	理想值（Pref.）	最大值（Max.）		最小值（Min.）	理想值（Pref.）	最大值（Max.）	
前束曲线控制（Toe Curve Control）	—	—	—		—	—	—	
车身高度（Ride Height）/mm	—	—	—		—	—	—	
车轴偏角（Setback）/mm	−8	0	8		−8	0	8	

后车轮（Rear）：

定位规范 / 定位参数	左侧（Left）			左右差（Cross）	右侧（Right）			调整提示（Adjusting）
	最小值（Min.）	理想值（Pref.）	最大值（Max.）		最小值（Min.）	理想值（Pref.）	最大值（Max.）	
车轮外倾角（Camber）	−2°00′	−1°00′	0′		−2°00′	−1°00′	0′	
单侧前束角（Individual Toe）	0°03′	0°08′	0°12′		0°03′	0°08′	0°12′	
总前束角（Total Toe）				最小值（Min.） 0°06′	理想值（Pref.） 0°15′	最大值（Max.） 0°25′		
最大推进角（Max Thrust Angle）				0°15′				
车身高度（Ride Height）/mm	—	—	—		—	—	—	
车轴偏角（Setback）/mm	−8	0	8		−8	0	8	

2. 进行定位调整

与2006款思迪1.3L车型调整方法相同。

24.4.2 2006款飞度1.5L车型

1. 车轮定位规范

2006款飞度1.5L车轮定位规范见表24-22。

表24-22 2006款飞度1.5L车轮定位数据表

前车轮（Front）：

定位规范 / 定位参数	左侧（Left）			左右差（Cross）	右侧（Right）			调整提示（Adjusting）
	最小值（Min.）	理想值（Pref.）	最大值（Max.）		最小值（Min.）	理想值（Pref.）	最大值（Max.）	
主销后倾角（Caster）	1°06′	2°06′	3°06′	1°00′	1°06′	2°06′	3°06′	
车轮外倾角（Camber）	−0°54′	0°06′	1°06′	1°00′	−0°54′	0°06′	1°06′	见定位调整（1）
主销内倾角（SAI）	—	12°45′	—		—	12°45′	—	
单侧前束角（Individual Toe）	−0°06′	0°03′	0°12′		−0°06′	0°03′	0°12′	见定位调整（2）
总前束角（Total Toe）				最小值（Min.） −0°13′	理想值（Pref.） 0°06′	最大值（Max.） 0°25′		
包容角（Included Angle）	—	—	—		—	—	—	
转向前展角（Toe Out On Turns）								

（续）

前车轮(Front)：

定位规范 定位参数	左侧(Left)			左右差 (Cross)	右侧(Right)			调整提示 (Adjusting)
	最小值 (Min.)	理想值 (Pref.)	最大值 (Max.)		最小值 (Min.)	理想值 (Pref.)	最大值 (Max.)	
车轮最大内转角 (Max Turn Inside)	—	—	—		—	—	—	
车轮最大外转角 (Max Turn Outside)	—	—	—		—	—	—	
前束曲线调整 (Toe Curve Adjust)	—	—	—		—	—	—	
前束曲线控制 (Toe Curve Control)	—	—	—		—	—	—	
车身高度(Ride Height)/mm	—	—	—		—	—	—	
车轴偏角(Setback)/mm	-8	0	8		-8	0	8	

后车轮(Rear)：

定位规范 定位参数	左侧(Left)			左右差 (Cross)	右侧(Right)			调整提示 (Adjusting)
	最小值 (Min.)	理想值 (Pref.)	最大值 (Max.)		最小值 (Min.)	理想值 (Pref.)	最大值 (Max.)	
车轮外倾角(Camber)	-2°00′	-1°00′	0′	—	-2°00′	-1°00′	0′	
单侧前束角 (Individual Toe)	0°03′	0°08′	0°12′		0°03′	0°08′	0°12′	
总前束角(Total Toe)			最小值 (Min.)	理想值 (Pref.)	最大值 (Max.)			
			0°06′	0°15′	0°25′			
最大推进角 (Max Thrust Angle)				0°15′				
车身高度(Ride Height)/mm	—	—	—		—	—	—	
车轴偏角(Setback)/mm	-8	0	8		-8	0	8	

2. 进行定位调整

与 2006 款思迪 1.3L 车型调整方法相同。

24.4.3　2003 款飞度 FIT 车型

1. 车轮定位规范

2003 款飞度 FIT 车轮定位规范见表24-23。

表 24-23　2003 款飞度 FIT 车轮定位数据表

前车轮(Front)：

定位规范 定位参数	左侧(Left)			左右差 (Cross)	右侧(Right)			调整提示 (Adjusting)
	最小值 (Min.)	理想值 (Pref.)	最大值 (Max.)		最小值 (Min.)	理想值 (Pref.)	最大值 (Max.)	
主销后倾角(Caster)	1°06′	2°06′	3°06′	1°00′	1°06′	2°06′	3°06′	
车轮外倾角(Camber)	-0°54′	0°06′	1°06′	1°00′	-0°54′	0°06′	1°06′	见定位调整 (1)
主销内倾角(SAI)	—	12°45′	—		—	12°45′	—	
单侧前束角 (Individual Toe)	-0°06′	0°03′	0°12′		-0°06′	0°03′	0°12′	见定位调整 (2)

（续）

前车轮（Front）：

定位规范 / 定位参数	左侧（Left）			左右差（Cross）	右侧（Right）			调整提示（Adjusting）
	最小值（Min.）	理想值（Pref.）	最大值（Max.）		最小值（Min.）	理想值（Pref.）	最大值（Max.）	
总前束角（Total Toe）			最小值（Min.）	理想值（Pref.）	最大值（Max.）			
			−0°13′	0°06′	0°25′			
包容角（Included Angle）	—	—	—		—	—	—	
转向前展角（Toe Out On Turns）	—	—	—		—	—	—	
车轮最大内转角（Max Turn Inside）	—	—	—		—	—	—	
车轮最大外转角（Max Turn Outside）	—	—	—		—	—	—	
前束曲线调整（Toe Curve Adjust）	—	—	—		—	—	—	
前束曲线控制（Toe Curve Control）	—	—	—		—	—	—	
车身高度（Ride Height）/mm	—	—	—		—	—	—	
车轴偏角（Setback）/mm	−8	0	8		−8	0	8	

后车轮（Rear）：

定位规范 / 定位参数	左侧（Left）			左右差（Cross）	右侧（Right）			调整提示（Adjusting）
	最小值（Min.）	理想值（Pref.）	最大值（Max.）		最小值（Min.）	理想值（Pref.）	最大值（Max.）	
车轮外倾角（Camber）	−2°00′	−1°00′	0′	—	−2°00′	−1°00′	0′	
单侧前束角（Individual Toe）	0°03′	0°08′	0°12′		0°03′	0°08′	0°12′	
总前束角（Total Toe）			最小值（Min.）	理想值（Pref.）	最大值（Max.）			
			0°06′	0°15′	0°25′			
最大推进角（Max Thrust Angle）				0°15′				
车身高度（Ride Height）/mm	—	—	—		—	—	—	
车轴偏角（Setback）/mm	−8	0	8		−8	0	8	

2. 进行定位调整

与 2006 款思迪 1.3L 车型调整方法相同。

24.5 时韵

2001 款时韵（STREAM）车型

1. 车轮定位规范

2001 款 STREAM 车轮定位规范见表 24-24。

表 24-24　2001 款 STREAM 车轮定位数据表

前车轮(Front)：

定位规范 定位参数	左侧(Left)			左右差 (Cross)	右侧(Right)			调整提示 (Adjusting)
	最小值 (Min.)	理想值 (Pref.)	最大值 (Max.)		最小值 (Min.)	理想值 (Pref.)	最大值 (Max.)	
主销后倾角(Caster)	0°25′	1°25′	2°25′	1°00′	0°25′	1°25′	2°25′	
车轮外倾角(Camber)	−0°45′	0′	0°45′	0°18′	−0°45′	0′	0°45′	
主销内倾角(SAI)	—	—	—		—	—	—	
单侧前束角 (Individual Toe)	−0°14′	0′	0°15′		−0°14′	0′	0°15′	
总前束角(Total Toe)			最小值 (Min.)	理想值 (Pref.)	最大值 (Max.)			
			−0°29′	0′	0°29′			
包容角(Included Angle)	5°30′	6°30′	7°30′		5°30′	6°30′	7°30′	
转向前展角 (Toe Out On Turns)	—	—	—		—	—	—	
车轮最大内转角 (Max Turn Inside)	—	—	—		—	—	—	
车轮最大外转角 (Max Turn Outside)	—	—	—		—	—	—	
前束曲线调整 (Toe Curve Adjust)	—	—	—		—	—	—	
前束曲线控制 (Toe Curve Control)	—	—	—		—	—	—	
车身高度(Ride Height)/mm	—	—	—		—	—	—	
车轴偏角(Setback)/mm	−8	0	8		−8	0	8	

后车轮(Rear)：

定位规范 定位参数	左侧(Left)			左右差 (Cross)	右侧(Right)			调整提示 (Adjusting)
	最小值 (Min.)	理想值 (Pref.)	最大值 (Max.)		最小值 (Min.)	理想值 (Pref.)	最大值 (Max.)	
车轮外倾角(Camber)	−1°45′	−1°00′	−0°15′	0°45′	−1°45′	−1°00′	−0°15′	
单侧前束角 (Individual Toe)	0°05′	0°10′	0°20′		0°05′	0°10′	0°20′	
总前束角(Total Toe)			最小值 (Min.)	理想值 (Pref.)	最大值 (Max.)			
			0°10′	0°19′	0°39′			
最大推进角 (Max Thrust Angle)				0°15′				
车身高度(Ride Height)/mm	—	—	—		—	—	—	
车轴偏角(Setback)/mm	−8	0	8		−8	0	8	

2. 进行定位调整

制造商未提供或不涉及此项目。

第 25 章　广 州 标 致

25.1　标致 505

25.1.1　1995 款标致 505 车型

1. 车轮定位规范

1995 款标致 505 车轮定位规范见表 25-1。

表 25-1　1995 款标致 505 车轮定位数据表

前车轮（Front）：

定位参数	左侧（Left）最小值（Min.）	理想值（Pref.）	最大值（Max.）	左右差（Cross）	右侧（Right）最小值（Min.）	理想值（Pref.）	最大值（Max.）	调整提示（Adjusting）
主销后倾角（Caster）	8°24′	9°00′	9°36′	0°36′	8°24′	9°00′	9°36′	
车轮外倾角（Camber）	−0°36′	−0°18′	0′	0°18′	−0°36′	−0°18′	0′	
主销内倾角（SAI）	—	—	—		—	—	—	
单侧前束角（Individual Toe）	0°07′	0°09′	0°12′		0°07′	0°09′	0°12′	
总前束角（Total Toe）			最小值（Min.） 0°13′	理想值（Pref.） 0°18′	最大值（Max.） 0°23′			
包容角（Included Angle）	—	—	—		—	—	—	
转向前展角（Toe Out On Turns）	—	—	—		—	—	—	
车轮最大内转角（Max Turn Inside）	—	—	—		—	—	—	
车轮最大外转角（Max Turn Outside）	—	—	—		—	—	—	
前束曲线调整（Toe Curve Adjust）	—	—	—		—	—	—	
前束曲线控制（Toe Curve Control）	—	—	—		—	—	—	
车身高度（Ride Height）/mm	—	—	—		—	—	—	
车轴偏角（Setback）/mm	−8	0	8		−8	0	8	

后车轮（Rear）：

定位参数	左侧（Left）最小值（Min.）	理想值（Pref.）	最大值（Max.）	左右差（Cross）	右侧（Right）最小值（Min.）	理想值（Pref.）	最大值（Max.）	调整提示（Adjusting）
车轮外倾角（Camber）	−0°12′	0′	0°12′	0°12′	−0°12′	0′	0°12′	
单侧前束角（Individual Toe）	−0°03′	0′	0°03′		−0°03′	0′	0°03′	
总前束角（Total Toe）			最小值（Min.） −0°06′	理想值（Pref.） 0′	最大值（Max.） 0°06′			

（续）

后车轮(Rear)：

定位规范 / 定位参数	左侧(Left) 最小值(Min.)	理想值(Pref.)	最大值(Max.)	左右差(Cross)	右侧(Right) 最小值(Min.)	理想值(Pref.)	最大值(Max.)	调整提示(Adjusting)
最大推进角(Max Thrust Angle)				0°15′				
车身高度(Ride Height)/mm	—	—	—		—	—	—	
车轴偏角(Setback)/mm	−8	0	8		−8	0	8	

2. 进行定位调整

制造商未提供或不涉及此项目。

25.1.2 1995款标致505 DC车型

1. 车轮定位规范

1995款标致505 DC车轮定位规范见表25-2。

表25-2 1995款标致505 DC车轮定位数据表

前车轮(Front)：

定位规范 / 定位参数	左侧(Left) 最小值(Min.)	理想值(Pref.)	最大值(Max.)	左右差(Cross)	右侧(Right) 最小值(Min.)	理想值(Pref.)	最大值(Max.)	调整提示(Adjusting)
主销后倾角(Caster)	1°50′	2°20′	2°50′	0°30′	1°50′	2°20′	2°50′	
车轮外倾角(Camber)	−1°30′	−1°23′	−1°15′	0°07′	−1°30′	−1°23′	−1°15′	
主销内倾角(SAI)	—	—	—		—	—	—	
单侧前束角(Individual Toe)	0°02′	0°05′	0°08′		0°02′	0°05′	0°08′	
总前束角(Total Toe)	最小值(Min.) 0°04′	理想值(Pref.) 0°10′	最大值(Max.) 0°16′					
包容角(Included Angle)	—	—	—		—	—	—	
转向前展角(Toe Out On Turns)	—	—	—		—	—	—	
车轮最大内转角(Max Turn Inside)	—	—	—		—	—	—	
车轮最大外转角(Max Turn Outside)	—	—	—		—	—	—	
前束曲线调整(Toe Curve Adjust)	—	—	—		—	—	—	
前束曲线控制(Toe Curve Control)	—	—	—		—	—	—	
车身高度(Ride Height)/mm	—	—	—		—	—	—	
车轴偏角(Setback)/mm	−8	0	8		−8	0	8	

后车轮(Rear)：

定位规范 / 定位参数	左侧(Left) 最小值(Min.)	理想值(Pref.)	最大值(Max.)	左右差(Cross)	右侧(Right) 最小值(Min.)	理想值(Pref.)	最大值(Max.)	调整提示(Adjusting)
车轮外倾角(Camber)	−2°00′	−1°45′	−1°30′	0°15′	−2°00′	−1°45′	−1°30′	
单侧前束角(Individual Toe)	−0°01′	0°02′	0°06′		−0°01′	0°02′	0°06′	

（续）

后车轮（Rear）：

定位规范　　　定位参数	左侧（Left）最小值（Min.）	理想值（Pref.）	最大值（Max.）	左右差（Cross）	右侧（Right）最小值（Min.）	理想值（Pref.）	最大值（Max.）	调整提示（Adjusting）
总前束角（Total Toe）			最小值（Min.）−0°01′	理想值（Pref.）0°05′	最大值（Max.）0°11′			
最大推进角（Max Thrust Angle）				0°15′				
车身高度（Ride Height）/mm	—	—	—		—	—	—	
车轴偏角（Setback）/mm	−8	0	8		−8	0	8	

2. 进行定位调整

制造商未提供或不涉及此项目。

25.1.3　1995 款标致 505 PU 车型

1. 车轮定位规范

1995 款标致 505 PU 车轮定位规范见表 25-3。

表 25-3　1995 款标致 505 PU 车轮定位数据表

前车轮（Front）：

定位规范　　　定位参数	左侧（Left）最小值（Min.）	理想值（Pref.）	最大值（Max.）	左右差（Cross）	右侧（Right）最小值（Min.）	理想值（Pref.）	最大值（Max.）	调整提示（Adjusting）
主销后倾角（Caster）	0°30′	1°00′	1°30′	0°30′	0°30′	1°00′	1°30′	
车轮外倾角（Camber）	0°33′	0°45′	0°57′	0°12′	0°33′	0°45′	0°57′	
主销内倾角（SAI）	—	—	—		—	—	—	
单侧前束角（Individual Toe）	−0°08′	−0°05′	−0°02′		−0°08′	−0°05′	−0°02′	
总前束角（Total Toe）			最小值（Min.）−0°16′	理想值（Pref.）−0°10′	最大值（Max.）−0°04′			
包容角（Included Angle）	—	—	—		—	—	—	
转向前展角（Toe Out On Turns）	—	—	—		—	—	—	
车轮最大内转角（Max Turn Inside）	—	—	—		—	—	—	
车轮最大外转角（Max Turn Outside）	—	—	—		—	—	—	
前束曲线调整（Toe Curve Adjust）	—	—	—		—	—	—	
前束曲线控制（Toe Curve Control）	—	—	—		—	—	—	
车身高度（Ride Height）/mm	—	—	—		—	—	—	
车轴偏角（Setback）/mm	−8	0	8		−8	0	8	

（续）

后车轮(Rear)：

定位规范 定位参数	左侧(Left)			左右差 (Cross)	右侧(Right)			调整提示 (Adjusting)
	最小值 (Min.)	理想值 (Pref.)	最大值 (Max.)		最小值 (Min.)	理想值 (Pref.)	最大值 (Max.)	
车轮外倾角(Camber)	−0°12′	0′	0°12′	0°12′	−0°12′	0′	0°12′	
单侧前束角 (Individual Toe)	−0°03′	0′	0°03′		−0°03′	0′	0°03′	
总前束角(Total Toe)				最小值 (Min.) −0°06′	理想值 (Pref.) 0′	最大值 (Max.) 0°06′		
最大推进角 (Max Thrust Angle)				0°15′				
车身高度(Ride Height)/mm	—	—	—		—	—	—	
车轴偏角(Setback)/mm	−8	0	8		−8	0	8	

2. 进行定位调整

制造商未提供或不涉及此项目。

25.1.4 1995 款车标致 505 SW8/SX 规范及调整

1. 车轮定位规范

1995 款标致 505 SW8/SX 车轮定位规范见表 25-4。

表 25-4 1995 款标致 505 SW8/SX 车轮定位数据表

前车轮(Front)：

定位规范 定位参数	左侧(Left)			左右差 (Cross)	右侧(Right)			调整提示 (Adjusting)
	最小值 (Min.)	理想值 (Pref.)	最大值 (Max.)		最小值 (Min.)	理想值 (Pref.)	最大值 (Max.)	
主销后倾角(Caster)	1°30′	2°00′	2°30′	0°30′	1°30′	2°00′	2°30′	
车轮外倾角(Camber)	−1°12′	−1°00′	−0°48′	0°12′	−1°12′	−1°00′	−0°48′	
主销内倾角(SAI)	—	—	—		—	—	—	
单侧前束角 (Individual Toe)	0°07′	0°10′	0°14′		0°07′	0°10′	0°14′	
总前束角(Total Toe)				最小值 (Min.) 0°15′	理想值 (Pref.) 0°21′	最大值 (Max.) 0°27′		
包容角(Included Angle)	—	—	—		—	—	—	
转向前展角 (Toe Out On Turns)								
车轮最大内转角 (Max Turn Inside)								
车轮最大外转角 (Max Turn Outside)								
前束曲线调整 (Toe Curve Adjust)								
前束曲线控制 (Toe Curve Control)								
车身高度(Ride Height)/mm	—	—	—		—	—	—	
车轴偏角(Setback)/mm	−8	0	8		−8	0	8	

（续）

后车轮（Rear）：

定位规范／定位参数	左侧（Left）			左右差（Cross）	右侧（Right）			调整提示（Adjusting）
	最小值（Min.）	理想值（Pref.）	最大值（Max.）		最小值（Min.）	理想值（Pref.）	最大值（Max.）	
车轮外倾角（Camber）	−0°12′	0′	0°12′	0°12′	−0°12′	0′	0°12′	
单侧前束角（Individual Toe）	−0°03′	0′	0°03′		−0°03′	0′	0°03′	
总前束角（Total Toe）			最小值（Min.）	理想值（Pref.）	最大值（Max.）			
			−0°06′	0′	0°06′			
最大推进角（Max Thrust Angle）				0°15′				
车身高度（Ride Height）/mm	—	—	—		—	—	—	
车轴偏角（Setback）/mm	−8	0	8		−8	0	8	

2. 进行定位调整

制造商未提供或不涉及此项目。

25.1.5　1995 款标致 505 SX2 车型

1. 车轮定位规范

1995 款标致 505 SX2 车轮定位规范见表 25-5。

表 25-5　1995 款标致 505 SX2 车轮定位数据表

前车轮（Front）：

定位规范／定位参数	左侧（Left）			左右差（Cross）	右侧（Right）			调整提示（Adjusting）
	最小值（Min.）	理想值（Pref.）	最大值（Max.）		最小值（Min.）	理想值（Pref.）	最大值（Max.）	
主销后倾角（Caster）	1°50′	2°20′	2°50′	0°30′	1°50′	2°20′	2°50′	
车轮外倾角（Camber）	−1°30′	−1°23′	−1°15′	0°07′	−1°30′	−1°23′	−1°15′	
主销内倾角（SAI）	—	—	—		—	—	—	
单侧前束角（Individual Toe）	0°02′	0°05′	0°08′		0°02′	0°05′	0°08′	
总前束角（Total Toe）			最小值（Min.）	理想值（Pref.）	最大值（Max.）			
			0°04′	0°10′	0°16′			
包容角（Included Angle）	—				—			
转向前展角（Toe Out On Turns）	—	—	—		—	—	—	
车轮最大内转角（Max Turn Inside）	—	—	—		—	—	—	
车轮最大外转角（Max Turn Outside）	—	—	—		—	—	—	
前束曲线调整（Toe Curve Adjust）	—	—	—		—	—	—	
前束曲线控制（Toe Curve Control）	—	—	—		—	—	—	
车身高度（Ride Height）/mm	—	—	—		—	—	—	
车轴偏角（Setback）/mm	−8	0	8		−8	0	8	

(续)

后车轮(Rear):

定位规范 定位参数	左侧(Left)			左右差 (Cross)	右侧(Right)			调整提示 (Adjusting)
	最小值 (Min.)	理想值 (Pref.)	最大值 (Max.)		最小值 (Min.)	理想值 (Pref.)	最大值 (Max.)	
车轮外倾角(Camber)	−2°00′	−1°45′	−1°30′	0°15′	−2°00′	−1°45′	−1°30′	
单侧前束角 (Individual Toe)	−0°01′	0°02′	0°06′		−0°01′	0°02′	0°06′	
总前束角(Total Toe)			最小值 (Min.)	理想值 (Pref.)	最大值 (Max.)			
			−0°01′	0°05′	0°11′			
最大推进角 (Max Thrust Angle)				0°15′				
车身高度(Ride Height)/mm	—	—	—		—	—	—	
车轴偏角(Setback)/mm	−8	0	8		−8	0	8	

2. 进行定位调整

制造商未提供或不涉及此项目。

25.1.6　1993 款标致 505 GL 车型

1. 车轮定位规范

1993 款标致 505 GL 车轮定位规范见表 25-6。

表 25-6　1993 款标致 505 GL 车轮定位数据表

前车轮(Front):

定位规范 定位参数	左侧(Left)			左右差 (Cross)	右侧(Right)			调整提示 (Adjusting)
	最小值 (Min.)	理想值 (Pref.)	最大值 (Max.)		最小值 (Min.)	理想值 (Pref.)	最大值 (Max.)	
主销后倾角(Caster)	1°30′	2°00′	2°30′	0°30′	1°30′	2°00′	2°30′	
车轮外倾角(Camber)	−1°00′	−0°30′	0′	0°30′	−1°00′	−0°30′	0′	
主销内倾角(SAI)	—	—	—		—	—	—	
单侧前束角 (Individual Toe)	0°09′	0°10′	0°12′		0°09′	0°10′	0°12′	
总前束角(Total Toe)			最小值 (Min.)	理想值 (Pref.)	最大值 (Max.)			
			0°18′	0°20′	0°23′			
包容角(Included Angle)	—	—	—		—	—	—	
转向前展角 (Toe Out On Turns)	—	—	—		—	—	—	
车轮最大内转角 (Max Turn Inside)	—	—	—		—	—	—	
车轮最大外转角 (Max Turn Outside)	—	—	—		—	—	—	
前束曲线调整 (Toe Curve Adjust)	—	—	—		—	—	—	
前束曲线控制 (Toe Curve Control)	—	—	—		—	—	—	
车身高度(Ride Height)/mm	—	—	—		—	—	—	
车轴偏角(Setback)/mm	−8	0	8		−8	0	8	

（续）

后车轮（Rear）：

定位参数 / 定位规范	左侧（Left）			左右差（Cross）	右侧（Right）			调整提示（Adjusting）
	最小值（Min.）	理想值（Pref.）	最大值（Max.）		最小值（Min.）	理想值（Pref.）	最大值（Max.）	
车轮外倾角（Camber）	−1°30′	−1°00′	−0°30′	0°30′	−1°30′	−1°00′	−0°30′	
单侧前束角（Individual Toe）	0°05′	0°08′	0°10′		0°05′	0°08′	0°10′	
总前束角（Total Toe）		最小值（Min.）0°10′	理想值（Pref.）0°16′	最大值（Max.）0°21′				
最大推进角（Max Thrust Angle）				0°15′				
车身高度（Ride Height）/mm	—	—	—		—	—	—	
车轴偏角（Setback）/mm	−8	0	8		−8	0	8	

2. 进行定位调整

制造商未提供或不涉及此项目。

25.1.7 1992 款标致 505 车型

1. 车轮定位规范

1992 款标致 505（DC/GL/PU/SW5/SW8/SX/SX2）车轮定位规范见表 25-7。

表 25-7 1992 款标致 505（DC/GL/PU/SW5/SW8/SX/SX2）车轮定位数据表

前车轮（Front）：

定位参数 / 定位规范	左侧（Left）			左右差（Cross）	右侧（Right）			调整提示（Adjusting）
	最小值（Min.）	理想值（Pref.）	最大值（Max.）		最小值（Min.）	理想值（Pref.）	最大值（Max.）	
主销后倾角（Caster）	2°10′	2°40′	3°10′	0°30′	2°10′	2°40′	3°10′	
车轮外倾角（Camber）	−1°15′	−0°45′	−0°15′	0°30′	−1°15′	−0°45′	−0°15′	
主销内倾角（SAI）	—	—	—		—	—	—	
单侧前束角（Individual Toe）	0°05′	0°08′	0°10′		0°05′	0°08′	0°10′	
总前束角（Total Toe）		最小值（Min.）0°10′	理想值（Pref.）0°16′	最大值（Max.）0°21′				
包容角（Included Angle）	—	—	—		—	—	—	
转向前展角（Toe Out On Turns）	—	—	—		—	—	—	
车轮最大内转角（Max Turn Inside）	—	—	—		—	—	—	
车轮最大外转角（Max Turn Outside）	—	—	—		—	—	—	
前束曲线调整（Toe Curve Adjust）	—	—	—		—	—	—	
前束曲线控制（Toe Curve Control）	—	—	—		—	—	—	
车身高度（Ride Height）/mm	—	—	—		—	—	—	
车轴偏角（Setback）/mm	−8	0	8		−8	0	8	

（续）

后车轮(Rear)： 定位参数 \ 定位规范	左侧(Left)			左右差 (Cross)	右侧(Right)			调整提示 (Adjusting)
	最小值 (Min.)	理想值 (Pref.)	最大值 (Max.)		最小值 (Min.)	理想值 (Pref.)	最大值 (Max.)	
车轮外倾角(Camber)	−1°30′	−1°00′	−0°30′	0°30′	−1°30′	−1°00′	−0°30′	
单侧前束角 (Individual Toe)	0°05′	0°08′	0°10′		0°05′	0°08′	0°10′	
总前束角(Total Toe)			最小值 (Min.)	理想值 (Pref.)	最大值 (Max.)			
			0°10′	0°16′	0°21′			
最大推进角 (Max Thrust Angle)				0°15′				
车身高度(Ride Height)/mm	—	—	—		—	—	—	
车轴偏角(Setback)/mm	−8	0	8		−8	0	8	

2. 进行定位调整

制造商未提供或不涉及此项目。

25.2　标致405

1992 款标致 405 车型

1. 车轮定位规范

1992～1997 年标致 405 车轮定位规范见表25-8。

表25-8　1992～1997 年标致 405 车轮定位数据表

前车轮(Front)： 定位参数 \ 定位规范	左侧(Left)			左右差 (Cross)	右侧(Right)			调整提示 (Adjusting)
	最小值 (Min.)	理想值 (Pref.)	最大值 (Max.)		最小值 (Min.)	理想值 (Pref.)	最大值 (Max.)	
主销后倾角(Caster)	1°40′	2°10′	2°40′	0°30′	1°40′	2°10′	2°40′	
车轮外倾角(Camber)	−0°30′	0′	0°30′	5°00′	−0°30′	0′	0°30′	
主销内倾角(SAI)	—	—	—		—	—	—	
单侧前束角 (Individual Toe)	−0°03′	0′	0°03′		−0°03′	0′	0°03′	
总前束角(Total Toe)			最小值 (Min.)	理想值 (Pref.)	最大值 (Max.)			
			−0°06′	0′	0°06′			
包容角(Included Angle)	—	—	—		—	—	—	
转向前展角 (Toe Out On Turns)	—	—	—		—	—	—	
车轮最大内转角 (Max Turn Inside)	—	—	—		—	—	—	
车轮最大外转角 (Max Turn Outside)	—	—	—		—	—	—	
前束曲线调整 (Toe Curve Adjust)	—	—	—		—	—	—	

（续）

前车轮(Front)：

定位规范 / 定位参数	左侧(Left)			左右差(Cross)	右侧(Right)			调整提示(Adjusting)
	最小值(Min.)	理想值(Pref.)	最大值(Max.)		最小值(Min.)	理想值(Pref.)	最大值(Max.)	
前束曲线控制(Toe Curve Control)	—	—	—		—	—	—	
车身高度(Ride Height)/mm	—	—	—		—	—	—	
车轴偏角(Setback)/mm	−8	0	8		−8	0	8	

后车轮(Rear)：

定位规范 / 定位参数	左侧(Left)			左右差(Cross)	右侧(Right)			调整提示(Adjusting)
	最小值(Min.)	理想值(Pref.)	最大值(Max.)		最小值(Min.)	理想值(Pref.)	最大值(Max.)	
车轮外倾角(Camber)	−2°00′	−1°30′	−1°00′	0°30′	−2°00′	−1°30′	−1°00′	
单侧前束角(Individual Toe)	−0°03′	0′	0°03′		−0°03′	0′	0°03′	
总前束角(Total Toe)			最小值(Min.) −0°06′	理想值(Pref.) 0′	最大值(Max.) 0°06′			
最大推进角(Max Thrust Angle)				0°15′				
车身高度(Ride Height)/mm	—	—	—		—	—	—	
车轴偏角(Setback)/mm	−8	0	8		−8	0	8	

2. 进行定位调整

制造商未提供或不涉及此项目。

第26章 广州丰田

26.1 2006款凯美瑞(16″轮辋)车型

1. 车轮定位规范

2006款凯美瑞(16″轮辋)车轮定位规范见表26-1。

表26-1 2006款凯美瑞(16″轮辋)车轮定位数据表

前车轮(Front):

定位规范 / 定位参数	左侧(Left)			左右差 (Cross)	右侧(Right)			调整提示 (Adjusting)
	最小值 (Min.)	理想值 (Pref.)	最大值 (Max.)		最小值 (Min.)	理想值 (Pref.)	最大值 (Max.)	
主销后倾角(Caster)	2°00′	2°45′	3°30′	0°45′	2°00′	2°45′	3°30′	
车轮外倾角(Camber)	−1°15′	−0°30′	0°15′	0°45′	−1°15′	−0°30′	0°15′	见定位调整(1)
主销内倾角(SAI)	11°10′	11°55′	12°40′		11°10′	11°55′	12°40′	
单侧前束角 (Individual Toe)	−0°08′	0′	0°08′		−0°08′	0′	0°08′	见定位调整(2)
总前束角(Total Toe)	最小值 (Min.)	理想值 (Pref.)	最大值 (Max.)					
	−0°16′	0′	0°16′					
包容角(Included Angle)	—	—	—		—	—	—	
转向前展角 (Toe Out On Turns)	—	—	—		—	—	—	
车轮最大内转角 (Max Turn Inside)	34°43′	36°43′	38°43′		34°43′	36°43′	38°43′	
车轮最大外转角 (Max Turn Outside)		32°07′				32°07′		
前束曲线调整 (Toe Curve Adjust)	—	—	—		—	—	—	
前束曲线控制 (Toe Curve Control)	—	—	—		—	—	—	
车身高度 (Ride Height)/mm	—	124	—		—	124	—	
车轴偏角(Setback)/mm	−8	0	8		−8	0	8	

后车轮(Rear):

定位规范 / 定位参数	左侧(Left)			左右差 (Cross)	右侧(Right)			调整提示 (Adjusting)
	最小值 (Min.)	理想值 (Pref.)	最大值 (Max.)		最小值 (Min.)	理想值 (Pref.)	最大值 (Max.)	
车轮外倾角(Camber)	−2°09′	−1°24′	−0°39′	0°45′	−2°09′	−1°24′	−0°39′	
单侧前束角 (Individual Toe)	0′	0°11′	0°22′		0′	0°11′	0°22′	见定位调整(3)
总前束角(Total Toe)	最小值 (Min.)	理想值 (Pref.)	最大值 (Max.)					
	0′	0°22′	0°44′					

（续）

后车轮(Rear)：

定位参数 \ 定位规范	左侧(Left)			左右差(Cross)	右侧(Right)			调整提示(Adjusting)
	最小值(Min.)	理想值(Pref.)	最大值(Max.)		最小值(Min.)	理想值(Pref.)	最大值(Max.)	
最大推进角(Max Thrust Angle)				0°15′				
车身高度(Ride Height)/mm	—	57	—		—	57	—	
车轴偏角(Setback)/mm	−8	0	8		−8	0	8	

2. 进行定位调整

（1）车轮外倾角调整

1）调整指导。拆下并更换滑柱与转向节固定螺栓，按照更换螺栓制造商推荐，选择更换螺栓并按相应扭紧力矩规范拧紧（图26-1）。

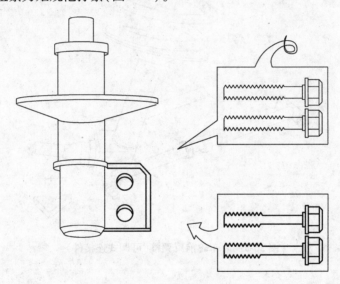

图 26-1　车轮外倾角调整

2）调整所及部件：指定的细径螺栓。无需更改零件。

3）专用工具：使用常规工具，无需专用工具。

（2）前车轮前束调整（可调式转向横拉杆）

1）调整指导。调整前束角时，拧松转向拉杆锁止螺母，用扳手转动转向拉杆直至获得满意的前束角读数，见图26-2。

2）调整所及部件：无备件需求，无需更改零件。

3）专用工具：使用常规工具，无需专用工具。

（3）后车轮前束调整（可调式联接件）

1）调整指导。调整单侧前束时，拧松连接杆上的锁止螺母，转动中间调整螺栓直至得到满意的前束值，见图26-3。

2）调整所及部件：无备件需求，无需更改零件。

3）专用工具：使用常规工具，无需专用工具。

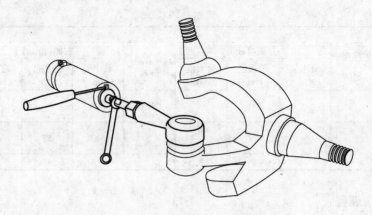

图 26-2　前车轮前束调整(可调式转向横拉杆)

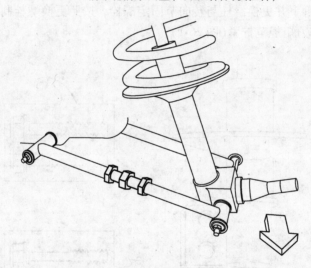

图 26-3　后车轮前束调整(可调式连接件)

26.2　2006 款凯美瑞(17″轮辋)车型

1. 车轮定位规范

2006 款凯美瑞(17″轮辋)车轮定位规范见表 26-2。

表 26-2　2006 款凯美瑞(17″轮辋)车轮定位数据表

前车轮(Front)：

定位规范　　定位参数	左侧(Left)			左右差 (Cross)	右侧(Right)			调整提示 (Adjusting)
	最小值 (Min.)	理想值 (Pref.)	最大值 (Max.)		最小值 (Min.)	理想值 (Pref.)	最大值 (Max.)	
主销后倾角(Caster)	2°00′	2°45′	3°30′	0°45′	2°00′	2°45′	3°30′	
车轮外倾角(Camber)	−1°15′	−0°30′	0°15′	0°45′	−1°15′	−0°30′	0°15′	见定位 调整(1)
主销内倾角(SAI)	10°46′	11°31′	12°16′		10°46′	11°31′	12°16′	
单侧前束角 (Individual Toe)	−0°06′	0′	0°06′		−0°06′	0′	0°06′	见定位 调整(2)

（续）

前车轮(Front)：

定位参数 \ 定位规范	左侧(Left)			左右差(Cross)	右侧(Right)			调整提示(Adjusting)
	最小值(Min.)	理想值(Pref.)	最大值(Max.)		最小值(Min.)	理想值(Pref.)	最大值(Max.)	
总前束角(Total Toe)				最小值(Min.)	理想值(Pref.)	最大值(Max.)		
				−0°12′	0′	0°12′		
包容角(Included Angle)	—	—	—		—	—	—	
转向前展角(Toe Out On Turns)	—	—	—		—	—	—	
车轮最大内转角(Max Turn Inside)	34°43′	36°43′	38°43′		34°43′	36°43′	38°43′	
车轮最大外转角(Max Turn Outside)	—	32°07′	—		—	32°07′	—	
前束曲线调整(Toe Curve Adjust)	—	—	—		—	—	—	
前束曲线控制(Toe Curve Control)	—	—	—		—	—	—	
车身高度(Ride Height)/mm	—	124	—		—	124	—	
车轴偏角(Setback)/mm	−8	0	8		−8	0	8	

后车轮(Rear)：

定位参数 \ 定位规范	左侧(Left)			左右差(Cross)	右侧(Right)			调整提示(Adjusting)
	最小值(Min.)	理想值(Pref.)	最大值(Max.)		最小值(Min.)	理想值(Pref.)	最大值(Max.)	
车轮外倾角(Camber)	−2°09′	−1°24′	−0°39′	0°45′	−2°09′	−1°24′	−0°39′	
单侧前束角(Individual Toe)	0°06′	0°12′	0°18′		0°06′	0°12′	0°18′	见定位调整(3)
总前束角(Total Toe)				最小值(Min.)	理想值(Pref.)	最大值(Max.)		
				0°12′	0°24′	0°36′		
最大推进角(Max Thrust Angle)				0°15′				
车身高度(Ride Height)/mm	—	57	—		—	57	—	
车轴偏角(Setback)/mm	−8	0	8		−8	0	8	

2. 进行定位调整

与 2006 款凯美瑞(16″轮辋)车型调整方法相同。

第 27 章 贵 州 航 空

27.1 1992 款云雀 GHK7060(12)车型

1. 车轮定位规范

1992 款云雀 GHK7060(12)车轮定位规范见表 27-1。

表 27-1 1992 款云雀 GHK7060(12)车轮定位数据表

前车轮(Front)：

定位规范 / 定位参数	左侧(Left)			左右差(Cross)	右侧(Right)			调整提示(Adjusting)
	最小值(Min.)	理想值(Pref.)	最大值(Max.)		最小值(Min.)	理想值(Pref.)	最大值(Max.)	
主销后倾角(Caster)	2°10′	3°10′	4°10′	1°00′	2°10′	3°10′	4°10′	
车轮外倾角(Camber)	−0°15′	0°30′	1°15′	0°45′	−0°15′	0°30′	1°15′	
主销内倾角(SAI)	—	—	—		—	—	—	
单侧前束角(Individual Toe)	−0°02′	0′	0°02′		−0°02′	0′	0°02′	
总前束角(Total Toe)		最小值(Min.)	理想值(Pref.)	最大值(Max.)				
		−0°04′	0′	0°04′				
包容角(Included Angle)	2°18′	3°18′	4°18′		2°18′	3°18′	4°18′	
转向前展角(Toe Out On Turns)	—	—	—		—	—	—	
车轮最大内转角(Max Turn Inside)	—	—	—		—	—	—	
车轮最大外转角(Max Turn Outside)	—	—	—		—	—	—	
前束曲线调整(Toe Curve Adjust)	—	—	—		—	—	—	
前束曲线控制(Toe Curve Control)	—	—	—		—	—	—	
车身高度(Ride Height)/mm	—	—	—		—	—	—	
车轴偏角(Setback)/mm	−8	0	8		−8	0	8	

后车轮(Rear)：

定位规范 / 定位参数	左侧(Left)			左右差(Cross)	右侧(Right)			调整提示(Adjusting)
	最小值(Min.)	理想值(Pref.)	最大值(Max.)		最小值(Min.)	理想值(Pref.)	最大值(Max.)	
车轮外倾角(Camber)	−1°10′	−0°25′	0°20′	0°45′	−1°10′	−0°25′	0°20′	
单侧前束角(Individual Toe)	−0°02′	0′	0°02′		−0°02′	0′	0°02′	
总前束角(Total Toe)		最小值(Min.)	理想值(Pref.)	最大值(Max.)				
		−0°04′	0′	0°04′				

（续）

后车轮（Rear）：

定位规范＼定位参数	左侧（Left）			左右差（Cross）	右侧（Right）			调整提示（Adjusting）
	最小值（Min.）	理想值（Pref.）	最大值（Max.）		最小值（Min.）	理想值（Pref.）	最大值（Max.）	
最大推进角（Max Thrust Angle）				0°15′				
车身高度（Ride Height）/mm	—	—	—		—	—	—	
车轴偏角（Setback）/mm	− 8	0	8		− 8	0	8	

2. 进行定位调整

制造商未提供或不涉及此项目。

27.2　1992 款云雀 GHK7070(12)车型

1. 车轮定位规范

1992 款云雀 GHK7070(12)车轮定位规范见表 27-2。

表 27-2　1992 款云雀 GHK7070(12)车轮定位数据表

前车轮（Front）：

定位规范＼定位参数	左侧（Left）			左右差（Cross）	右侧（Right）			调整提示（Adjusting）
	最小值（Min.）	理想值（Pref.）	最大值（Max.）		最小值（Min.）	理想值（Pref.）	最大值（Max.）	
主销后倾角（Caster）	2°10′	3°10′	4°10′	1°00′	2°10′	3°10′	4°10′	
车轮外倾角（Camber）	− 0°15′	0°30′	1°15′	0°45′	− 0°15′	0°30′	1°15′	
主销内倾角（SAI）	—	—	—		—	—	—	
单侧前束角（Individual Toe）	− 0°02′	0′	0°02′		− 0°02′	0′	0°02′	
总前束角（Total Toe）			最小值（Min.）	理想值（Pref.）	最大值（Max.）			
			− 0°04′	0′	0°04′			
包容角（Included Angle）	2°18′	3°18′	4°18′		2°18′	3°18′	4°18′	
转向前展角（Toe Out On Turns）	—	—	—		—	—	—	
车轮最大内转角（Max Turn Inside）	—	—	—		—	—	—	
车轮最大外转角（Max Turn Outside）	—	—	—		—	—	—	
前束曲线调整（Toe Curve Adjust）	—	—	—		—	—	—	
前束曲线控制（Toe Curve Control）	—	—	—		—	—	—	
车身高度（Ride Height）/mm	—	—	—		—	—	—	
车轴偏角（Setback）/mm	− 8	0	8		− 8	0	8	

后车轮（Rear）：

定位规范＼定位参数	左侧（Left）			左右差（Cross）	右侧（Right）			调整提示（Adjusting）
	最小值（Min.）	理想值（Pref.）	最大值（Max.）		最小值（Min.）	理想值（Pref.）	最大值（Max.）	
车轮外倾角（Camber）	− 1°10′	− 0°25′	0°20′	0°45′	− 1°10′	− 0°25′	0°20′	

（续）

后车轮(Rear)：

定位规范 定位参数	左侧(Left)			左右差 (Cross)	右侧(Right)			调整提示 (Adjusting)
	最小值 (Min.)	理想值 (Pref.)	最大值 (Max.)		最小值 (Min.)	理想值 (Pref.)	最大值 (Max.)	
单侧前束角 (Individual Toe)	−0°02′	0′	0°02′		−0°02′	0′	0°02′	
总前束角(Total Toe)			最小值 (Min.) −0°04′	理想值 (Pref.) 0′	最大值 (Max.) 0°04′			
最大推进角 (Max Thrust Angle)				0°15′				
车身高度(Ride Height)/mm	—	—	—		—	—	—	
车轴偏角(Setback)/mm	−8	0	8		−8	0	8	

2. 进行定位调整

制造商未提供或不涉及此项目。

27.3 1990 款云雀 GHK7070(12)车型

1. 车轮定位规范

1990 ~ 2002 年云雀 GHK7070(12)车轮定位规范见表 27-3。

表 27-3 1990 ~ 2002 年云雀 GHK7070(12)车轮定位数据表

前车轮(Front)：

定位规范 定位参数	左侧(Left)			左右差 (Cross)	右侧(Right)			调整提示 (Adjusting)
	最小值 (Min.)	理想值 (Pref.)	最大值 (Max.)		最小值 (Min.)	理想值 (Pref.)	最大值 (Max.)	
主销后倾角(Caster)	1°00′	2°30′	4°10′	1°30′	1°00′	2°30′	4°10′	
车轮外倾角(Camber)	1°00′	2°00′	3°00′	1°00′	1°00′	2°00′	3°00′	
主销内倾角(SAI)	—	—	—		—	—	—	
单侧前束角 (Individual Toe)	0′	0°03′	0°06′		0′	0°03′	0°06′	
总前束角(Total Toe)			最小值 (Min.) 0′	理想值 (Pref.) 0°06′	最大值 (Max.) 0°12′			
包容角(Included Angle)	2°18′	3°18′	4°18′		2°18′	3°18′	4°18′	
转向前展角 (Toe Out On Turns)	—	—	—		—	—	—	
车轮最大内转角 (Max Turn Inside)	—	—	—		—	—	—	
车轮最大外转角 (Max Turn Outside)	—	—	—		—	—	—	
前束曲线调整 (Toe Curve Adjust)								
前束曲线控制 (Toe Curve Control)								
车身高度(Ride Height)/mm	—	—	—		—	—	—	
车轴偏角(Setback)/mm	−8	0	8		−8	0	8	

（续）

后车轮（Rear）：

定位规范 定位参数	左侧（Left）			左右差 （Cross）	右侧（Right）			调整提示 （Adjusting）
	最小值 （Min.）	理想值 （Pref.）	最大值 （Max.）		最小值 （Min.）	理想值 （Pref.）	最大值 （Max.）	
车轮外倾角（Camber）	1°00′	2°00′	3°00′	1°00′	1°00′	2°00′	3°00′	
单侧前束角 （Individual Toe）	0°05′	0°08′	0°12′		0°05′	0°08′	0°12′	
总前束角（Total Toe）			最小值 （Min.）	理想值 （Pref.）	最大值 （Max.）			
			0°10′	0°17′	0°25′			
最大推进角 （Max Thrust Angle）				0°15′				
车身高度（Ride Height）/mm	—	—	—		—	—	—	
车轴偏角（Setback）/mm	-8	0	8		-8	0	8	

2. 进行定位调整

制造商未提供或不涉及此项目。

第28章 哈飞汽车

28.1 赛豹

2004 款赛豹车型

1. 车轮定位规范

2004 款赛豹车轮定位规范见表 28-1。

表 28-1 2004 款赛豹车轮定位数据表

前车轮(Front)：

定位参数 / 定位规范	左侧(Left)			左右差(Cross)	右侧(Right)			调整提示(Adjusting)
	最小值(Min.)	理想值(Pref.)	最大值(Max.)		最小值(Min.)	理想值(Pref.)	最大值(Max.)	
主销后倾角(Caster)	2°18′	2°48′	3°18′	—	2°18′	2°48′	3°18′	
车轮外倾角(Camber)	−0°30′	0′	0°30′	—	−0°30′	0′	0°30′	
主销内倾角(SAI)	11°18′	12°18′	13°18′		11°18′	12°18′	13°18′	
单侧前束角(Individual Toe)	−0°03′	0°03′	0°09′		−0°03′	0°03′	0°09′	
总前束角(Total Toe)			最小值(Min.)	理想值(Pref.)	最大值(Max.)			
			−0°06′	0°06′	0°18′			
包容角(Included Angle)	2°18′	3°18′	4°18′		2°18′	3°18′	4°18′	
转向前展角(Toe Out On Turns)	—	—	—		—	—	—	
车轮最大内转角(Max Turn Inside)	—	—	—		—	—	—	
车轮最大外转角(Max Turn Outside)	—	—	—		—	—	—	
前束曲线调整(Toe Curve Adjust)	—	—	—		—	—	—	
前束曲线控制(Toe Curve Control)	—	—	—		—	—	—	
车身高度(Ride Height)/mm	—	—	—		—	—	—	
车轴偏角(Setback)/mm	−8	0	8		−8	0	8	

后车轮(Rear)：

定位参数 / 定位规范	左侧(Left)			左右差(Cross)	右侧(Right)			调整提示(Adjusting)
	最小值(Min.)	理想值(Pref.)	最大值(Max.)		最小值(Min.)	理想值(Pref.)	最大值(Max.)	
车轮外倾角(Camber)	−1°12′	−0°42′	−0°12′	—	−1°12′	−0°42′	−0°12′	
单侧前束角(Individual Toe)	0°03′	0°09′	0°14′		0°03′	0°09′	0°14′	
总前束角(Total Toe)			最小值(Min.)	理想值(Pref.)	最大值(Max.)			
			0°06′	0°17′	0°29′			

（续）

后车轮（Rear）：

定位参数＼定位规范	左侧（Left）			左右差（Cross）	右侧（Right）			调整提示（Adjusting）
	最小值（Min.）	理想值（Pref.）	最大值（Max.）		最小值（Min.）	理想值（Pref.）	最大值（Max.）	
最大推进角（Max Thrust Angle）				0°15′				
车身高度（Ride Height）/mm	—	—	—		—	—	—	
车轴偏角（Setback）/mm	−8	0	8		−8	0	8	

2. 进行定位调整

制造商未提供或不涉及此项目。

28.2 路宝

2003 款路宝（LOBO）车型

1. 车轮定位规范

2003 款路宝（LOBO）车轮定位规范见表 28-2。

表 28-2 2003 款路宝（LOBO）车轮定位数据表

前车轮（Front）：

定位参数＼定位规范	左侧（Left）			左右差（Cross）	右侧（Right）			调整提示（Adjusting）
	最小值（Min.）	理想值（Pref.）	最大值（Max.）		最小值（Min.）	理想值（Pref.）	最大值（Max.）	
主销后倾角（Caster）	3°30′	4°30′	5°30′	1°00′	3°30′	4°30′	5°30′	
车轮外倾角（Camber）	−0°08′	0°22′	0°52′	1°00′	−0°08′	0°22′	0°52′	
主销内倾角（SAI）	10°56′	11°56′	12°56′		10°56′	11°56′	12°56′	
单侧前束角（Individual Toe）	−0°05′	0°02′	0°10′		−0°05′	0°02′	0°10′	见定位调整
总前束角（Total Toe）	最小值（Min.）−0°10′	理想值（Pref.）0°05′	最大值（Max.）0°19′					
包容角（Included Angle）	—	—	—		—	—	—	
转向前展角（Toe Out On Turns）	—	—	—		—	—	—	
车轮最大内转角（Max Turn Inside）	—	—	—		—	—	—	
车轮最大外转角（Max Turn Outside）	—	—	—		—	—	—	
前束曲线调整（Toe Curve Adjust）	—	—	—		—	—	—	
前束曲线控制（Toe Curve Control）	—	—	—		—	—	—	
车身高度（Ride Height）/mm	—	—	—		—	—	—	
车轴偏角（Setback）/mm	−8	0	8		−8	0	8	

(续)

后车轮(Rear):

定位规范 定位参数	左侧(Left)			左右差 (Cross)	右侧(Right)			调整提示 (Adjusting)
	最小值 (Min.)	理想值 (Pref.)	最大值 (Max.)		最小值 (Min.)	理想值 (Pref.)	最大值 (Max.)	
车轮外倾角(Camber)	−1°00′	0′	1°00′	0°30′	−1°00′	0′	1°00′	
单侧前束角 (Individual Toe)	−0°15′	0′	0°15′		−0°15′	0′	0°15′	
总前束角(Total Toe)			最小值 (Min.) −0°30′	理想值 (Pref.) 0′	最大值 (Max.) 0°30′			
最大推进角 (Max Thrust Angle)				0°15′				
车身高度(Ride Height)/mm	—	—	—		—	—	—	
车轴偏角(Setback)/mm	−8	0	8		−8	0	8	

2. 进行定位调整

前车轮前束调整(可调式转向横拉杆)

1)调整指导。调整前束角时,拧松转向拉杆锁止螺母,用扳手转动转向拉杆直至获得满意的前束角读数,见图 28-1。

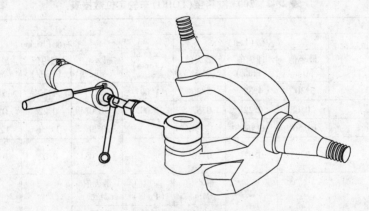

图 28-1   前轮前束调整(可调式转向横拉杆)

2)调整所及部件:无备件需求,无需更改零件。

3)专用工具:使用常规工具,无需专用工具。

28.3   民意

2003 款民意车型

1. 车轮定位规范

2003 款民意车轮定位规范见表 28-3。

表28-3 2003款民意车轮定位数据表

前车轮（Front）：

定位参数	左侧（Left）			左右差（Cross）	右侧（Right）			调整提示（Adjusting）
	最小值（Min.）	理想值（Pref.）	最大值（Max.）		最小值（Min.）	理想值（Pref.）	最大值（Max.）	
主销后倾角（Caster）	2°30′	3°00′	3°30′	1°00′	2°30′	3°00′	3°30′	
车轮外倾角（Camber）	1°00′	1°30′	2°00′	1°00′	1°00′	1°30′	2°00′	
主销内倾角（SAI）	11°00′	12°00′	13°00′		11°00′	12°00′	13°00′	
单侧前束角（Individual Toe）	0°05′	0°08′	0°12′		0°05′	0°08′	0°12′	见定位调整
总前束角（Total Toe）		最小值（Min.）	理想值（Pref.）	最大值（Max.）				
		0°09′	0°17′	0°24′				
包容角（Included Angle）	—	—	—	—	—	—	—	
转向前展角（Toe Out On Turns）	—	—	—	—	—	—	—	
车轮最大内转角（Max Turn Inside）	—	—	—	—	—	—	—	
车轮最大外转角（Max Turn Outside）	—	—	—	—	—	—	—	
前束曲线调整（Toe Curve Adjust）	—	—	—	—	—	—	—	
前束曲线控制（Toe Curve Control）	—	—	—	—	—	—	—	
车身高度（Ride Height）/mm	—	—	—		—	—	—	
车轴偏角（Setback）/mm	−8	0	8		−8	0	8	

后车轮（Rear）：

定位参数	左侧（Left）			左右差（Cross）	右侧（Right）			调整提示（Adjusting）
	最小值（Min.）	理想值（Pref.）	最大值（Max.）		最小值（Min.）	理想值（Pref.）	最大值（Max.）	
车轮外倾角（Camber）	−1°00′	0′	1°00′	0°30′	−1°00′	0′	1°00′	
单侧前束角（Individual Toe）	−0°15′	0′	0°15′		−0°15′	0′	0°15′	
总前束角（Total Toe）		最小值（Min.）	理想值（Pref.）	最大值（Max.）				
		−0°30′	0′	0°30′				
最大推进角（Max Thrust Angle）				0°15′				
车身高度（Ride Height）/mm	—	—	—		—	—	—	
车轴偏角（Setback）/mm	−8	0	8		−8	0	8	

2. 进行定位调整

与2003款路宝（LOBO）车型调整方法相同。

28.4 赛马

28.4.1 2002款赛马车型

1. 车轮定位规范

2002款赛马车轮定位规范见表28-4。

表 28-4　2002 款赛马车轮定位数据表

前车轮（Front）:

定位规范 定位参数	左侧（Left）			左右差 （Cross）	右侧（Right）			调整提示 （Adjusting）
	最小值 （Min.）	理想值 （Pref.）	最大值 （Max.）		最小值 （Min.）	理想值 （Pref.）	最大值 （Max.）	
主销后倾角（Caster）	2°20′	2°50′	3°20′	0°30′	2°20′	2°50′	3°20′	
车轮外倾角（Camber）	−0°30′	0′	0°30′	0°30′	−0°30′	0′	0°30′	
主销内倾角（SAI）	—	12°20′	—		—	12°20′	—	
单侧前束角 （Individual Toe）	−0°02′	0°02′	0°07′		−0°02′	0°02′	0°07′	见定位 调整(1)
总前束角（Total Toe）	最小值 （Min.）	理想值 （Pref.）	最大值 （Max.）					
	−0°05′	0°05′	0°14′					
包容角（Included Angle）	2°18′	3°18′	4°18′		2°18′	3°18′	4°18′	
转向前展角 （Toe Out On Turns）	—	—	—		—	—	—	
车轮最大内转角 （Max Turn Inside）	—	—	—		—	—	—	
车轮最大外转角 （Max Turn Outside）	—	—	—		—	—	—	
前束曲线调整 （Toe Curve Adjust）	—	—	—		—	—	—	
前束曲线控制 （Toe Curve Control）	—	—	—		—	—	—	
车身高度（Ride Height）/mm	—	—	—		—	—	—	
车轴偏角（Setback）/mm	−8	0	8		−8	0	8	

后车轮（Rear）:

定位规范 定位参数	左侧（Left）			左右差 （Cross）	右侧（Right）			调整提示 （Adjusting）
	最小值 （Min.）	理想值 （Pref.）	最大值 （Max.）		最小值 （Min.）	理想值 （Pref.）	最大值 （Max.）	
车轮外倾角（Camber）	−1°10′	−0°40′	−0°10′	0°30′	−1°10′	−0°40′	−0°10′	见定位 调整(2)
单侧前束角 （Individual Toe）	0°02′	0°07′	0°12′		0°02′	0°07′	0°12′	见定位 调整(2)
总前束角（Total Toe）	最小值 （Min.）	理想值 （Pref.）	最大值 （Max.）					
	0°05′	0°14′	0°24′					
最大推进角 （Max Thrust Angle）		0°15′						
车身高度（Ride Height）/mm	—	—	—					
车轴偏角（Setback）/mm	−8	0	8		−8	0	8	

2. 进行定位调整

（1）前车轮前束调整（可调式转向横拉杆）

1）调整指导。调整前束角时，拧松转向拉杆锁止螺母，用扳手转动转向拉杆直至获得满意的前束角读数，见图 28-1。

2）调整所及部件：无备件需求，无需更改零件。

3）专用工具：使用常规工具，无需专用工具。

（2）后车轮外倾角/前束调整（可调式双连杆）

1）调整指导。

调整单侧前束时，拧松前连杆前端，转动凸轮螺栓直至获得满意的前束读数，见图28-2。

调整外倾角时，拧松车架端后连杆，转动凸轮螺栓直至获得满意的外倾角读数。

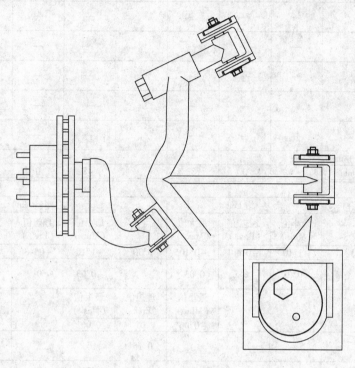

图28-2 后车轮外倾角/前束调整（可调式双连杆）

2）调整所及部件：无备件需求，无需更改零件。

3）专用工具：使用常规工具，无需专用工具。

28.4.2 1999 款赛马车型

1. 车轮定位规范

1999~2003 年赛马车轮定位规范见表28-5。

表28-5 1999~2003 年赛马车轮定位数据表

前车轮（Front）：

定位规范 定位参数	左侧（Left）			左右差 （Cross）	右侧（Right）			调整提示 （Adjusting）
	最小值 （Min.）	理想值 （Pref.）	最大值 （Max.）		最小值 （Min.）	理想值 （Pref.）	最大值 （Max.）	
主销后倾角（Caster）	2°20′	2°50′	3°20′	0°30′	2°20′	2°50′	3°20′	
车轮外倾角（Camber）	−0°30′	0′	0°30′	0°30′	−0°30′	0′	0°30′	
主销内倾角（SAI）	—	12°20′	—		—	12°20′	—	
单侧前束角 （Individual Toe）	−0°02′	0°02′	0°07′		−0°02′	0°02′	0°07′	
总前束角（Total Toe）		最小值 （Min.） −0°05′	理想值 （Pref.） 0°05′	最大值 （Max.） 0°14′				
包容角（Included Angle）	2°18′	3°18′	4°18′		2°18′	3°18′	4°18′	

(续)

前车轮(Front):

定位参数 / 定位规范	左侧(Left) 最小值(Min.)	理想值(Pref.)	最大值(Max.)	左右差(Cross)	右侧(Right) 最小值(Min.)	理想值(Pref.)	最大值(Max.)	调整提示(Adjusting)
转向前展角(Toe Out On Turns)	—	—	—		—	—	—	
车轮最大内转角(Max Turn Inside)	—	—	—		—	—	—	
车轮最大外转角(Max Turn Outside)	—	—	—		—	—	—	
前束曲线调整(Toe Curve Adjust)	—	—	—		—	—	—	
前束曲线控制(Toe Curve Control)								
车身高度(Ride Height)/mm	—	—	—		—	—	—	
车轴偏角(Setback)/mm	−8	0	8		−8	0	8	

后车轮(Rear):

定位参数 / 定位规范	左侧(Left) 最小值(Min.)	理想值(Pref.)	最大值(Max.)	左右差(Cross)	右侧(Right) 最小值(Min.)	理想值(Pref.)	最大值(Max.)	调整提示(Adjusting)
车轮外倾角(Camber)	−1°10′	−0°40′	−0°10′	0°30′	−1°10′	−0°40′	−0°10′	
单侧前束角(Individual Toe)	−0°03′	0′	0°03′		−0°03′	0′	0°03′	
总前束角(Total Toe)		最小值(Min.) −0°06′	理想值(Pref.) 0′	最大值(Max.) 0°06′				
最大推进角(Max Thrust Angle)				0°15′				
车身高度(Ride Height)/mm	—	—	—		—	—	—	
车轴偏角(Setback)/mm	−8	0	8		−8	0	8	

2. 进行定位调整

制造商未提供或不涉及此项目。

28.5 百利

2000 款百利车型

1. 车轮定位规范

2000 款百利车轮定位规范见表 28-6。

表 28-6 2000 款百利车轮定位数据表

前车轮(Front):

定位参数 / 定位规范	左侧(Left) 最小值(Min.)	理想值(Pref.)	最大值(Max.)	左右差(Cross)	右侧(Right) 最小值(Min.)	理想值(Pref.)	最大值(Max.)	调整提示(Adjusting)
主销后倾角(Caster)	2°35′	3°35′	4°35′	—	2°35′	3°35′	4°35′	
车轮外倾角(Camber)	−0°30′	0°30′	1°30′	—	−0°30′	0°30′	1°30′	见定位调整(1)

（续）

前车轮（Front）：

定位参数 \ 定位规范	左侧（Left）最小值（Min.）	理想值（Pref.）	最大值（Max.）	左右差（Cross）	右侧（Right）最小值（Min.）	理想值（Pref.）	最大值（Max.）	调整提示（Adjusting）
主销内倾角（SAI）	11°30′	12°30′	13°30′	—	11°30′	12°30′	13°30′	
单侧前束角（Individual Toe）	−0°02′	0°02′	0°07′		−0°02′	0°02′	0°07′	见定位调整（2）
总前束角（Total Toe）	最小值（Min.）−0°05′	理想值（Pref.）0°05′	最大值（Max.）0°14′					
包容角（Included Angle）	—	—	—		—	—	—	
转向前展角（Toe Out On Turns）	—	—	—		—	—	—	
车轮最大内转角（Max Turn Inside）	—	—	—		—	—	—	
车轮最大外转角（Max Turn Outside）	—	—	—		—	—	—	
前束曲线调整（Toe Curve Adjust）	—	—	—		—	—	—	
前束曲线控制（Toe Curve Control）	—	—	—		—	—	—	
车身高度（Ride Height）/mm	—	—	—		—	—	—	
车轴偏角（Setback）/mm	−8	0	8		−8	0	8	

后车轮（Rear）：

定位参数 \ 定位规范	左侧（Left）最小值（Min.）	理想值（Pref.）	最大值（Max.）	左右差（Cross）	右侧（Right）最小值（Min.）	理想值（Pref.）	最大值（Max.）	调整提示（Adjusting）
车轮外倾角（Camber）	—	—	—		—	—	—	
单侧前束角（Individual Toe）								
总前束角（Total Toe）	最小值（Min.）—	理想值（Pref.）—	最大值（Max.）—					
最大推进角（Max Thrust Angle）				0°15′				
车身高度（Ride Height）/mm	—	—	—		—	—	—	
车轴偏角（Setback）/mm	−8	0	8		−8	0	8	

2. 进行定位调整

（1）前车轮外倾角调整（可调式上滑柱支架）

1）调整指导。调整车轮外倾角时，拧松上滑柱支架固定螺栓，移动支架达到理想的校正位置，见图28-3。

2）调整所及部件：无备件需求，无需更改零件。

3）专用工具：使用常规工具，无需专用工具。

（2）前车轮前束调整

1）调整指导。拧松横拉杆锁紧螺母，转动内侧横拉杆至正确前束（图28-4）。

提示：相关固定夹紧件可能必须松开，防止损坏胶套。

2）调整所及部件：无备件需求，无需更改零件。

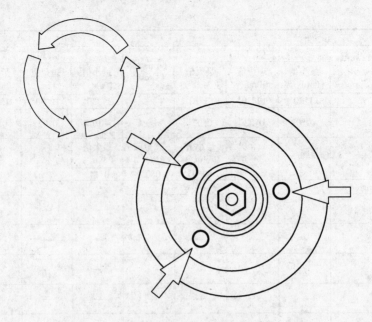

图 28-3　前车轮外倾角调整(可调式上滑柱支架)

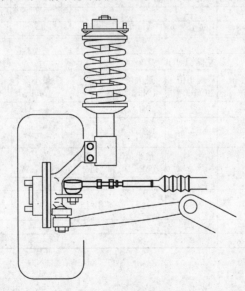

图 28-4　前车轮前束调整

3）专用工具：使用常规工具，无需专用工具。

28.6　中意

1999 款松花江中意 HFJ6351 车型

1. 车轮定位规范

1999 款松花江中意 HFJ6351 车轮定位规范见表 28-7。

表 28-7　1999 款松花江中意 HFJ6351 车轮定位数据表

前车轮(Front)：

定位规范 / 定位参数	左侧(Left)			左右差 (Cross)	右侧(Right)			调整提示 (Adjusting)
	最小值 (Min.)	理想值 (Pref.)	最大值 (Max.)		最小值 (Min.)	理想值 (Pref.)	最大值 (Max.)	
主销后倾角(Caster)	5°30′	6°00′	6°30′	0°30′	5°30′	6°00′	6°30′	
车轮外倾角(Camber)	−0°30′	0′	0°30′	0°30′	−0°30′	0′	0°30′	
主销内倾角(SAI)	11°00′	12°00′	13°00′		11°00′	12°00′	13°00′	
单侧前束角 (Individual Toe)	0′	0°06′	0°12′		0′	0°06′	0°12′	见定位 调整
总前束角(Total Toe)	最小值 (Min.)	理想值 (Pref.)	最大值 (Max.)					
	0′	0°12′	0°24′					
包容角(Included Angle)	2°18′	3°18′	4°18′		2°18′	3°18′	4°18′	
转向前展角 (Toe Out On Turns)	—	—	—		—	—	—	
车轮最大内转角 (Max Turn Inside)	—	—	—		—	—	—	
车轮最大外转角 (Max Turn Outside)	—	—	—		—	—	—	
前束曲线调整 (Toe Curve Adjust)	—	—	—		—	—	—	
前束曲线控制 (Toe Curve Control)	—	—	—		—	—	—	
车身高度(Ride Height)/mm	—	—	—		—	—	—	
车轴偏角(Setback)/mm	−8	0	8		−8	0	8	

后车轮(Rear)：

定位规范 / 定位参数	左侧(Left)			左右差 (Cross)	右侧(Right)			调整提示 (Adjusting)
	最小值 (Min.)	理想值 (Pref.)	最大值 (Max.)		最小值 (Min.)	理想值 (Pref.)	最大值 (Max.)	
车轮外倾角(Camber)	−1°00′	0′	1°00′	0°30′	−1°00′	0′	1°00′	
单侧前束角 (Individual Toe)	−0°15′	0′	0°15′		−0°15′	0′	0°15′	
总前束角(Total Toe)	最小值 (Min.)	理想值 (Pref.)	最大值 (Max.)					
	−0°30′	0′	0°30′					
最大推进角 (Max Thrust Angle)				0°15′				
车身高度(Ride Height)/mm	—	—	—		—	—	—	
车轴偏角(Setback)/mm	−8	0	8		−8	0	8	

2. 进行定位调整

与 2003 款路宝(LOBO)车型调整方法相同。

28.7　松花江

28.7.1　1995 款松花江 WJ1010 车型

1. 车轮定位规范

1995 款松花江 WJ1010 车轮定位规范见表 28-8。

表 28-8　1995 款松花江 WJ1010 车轮定位数据表

前车轮（Front）：

定位规范　定位参数	左侧（Left）			左右差（Cross）	右侧（Right）			调整提示（Adjusting）
	最小值（Min.）	理想值（Pref.）	最大值（Max.）		最小值（Min.）	理想值（Pref.）	最大值（Max.）	
主销后倾角（Caster）	1°48′	2°18′	2°48′	0°30′	1°48′	2°18′	2°48′	
车轮外倾角（Camber）	1°06′	1°18′	1°30′	0°12′	1°06′	1°18′	1°30′	
主销内倾角（SAI）	—	—	—		—	—	—	
单侧前束角（Individual Toe）	0°28′	0°34′	0°39′		0°28′	0°34′	0°39′	
总前束角（Total Toe）		最小值（Min.）	理想值（Pref.）	最大值（Max.）				
		0°57′	1°07′	1°18′				
包容角（Included Angle）	—	—	—		—	—	—	
转向前展角（Toe Out On Turns）	—	—	—		—	—	—	
车轮最大内转角（Max Turn Inside）	—	—	—		—	—	—	
车轮最大外转角（Max Turn Outside）	—	—	—		—	—	—	
前束曲线调整（Toe Curve Adjust）	—	—	—		—	—	—	
前束曲线控制（Toe Curve Control）	—	—	—		—	—	—	
车身高度（Ride Height）/mm	—	—	—		—	—	—	
车轴偏角（Setback）/mm	−8	0	8		−8	0	8	

后车轮（Rear）：

定位规范　定位参数	左侧（Left）			左右差（Cross）	右侧（Right）			调整提示（Adjusting）
	最小值（Min.）	理想值（Pref.）	最大值（Max.）		最小值（Min.）	理想值（Pref.）	最大值（Max.）	
车轮外倾角（Camber）	−0°12′	0′	0°12′	0°12′	−0°12′	0′	0°12′	
单侧前束角（Individual Toe）	−0°03′	0′	0°03′		−0°03′	0′	0°03′	
总前束角（Total Toe）		最小值（Min.）	理想值（Pref.）	最大值（Max.）				
		−0°06′	0′	0°06′				
最大推进角（Max Thrust Angle）			0°15′					
车身高度（Ride Height）/mm	—	—	—		—	—	—	
车轴偏角（Setback）/mm	−8	0	8		−8	0	8	

2. 进行定位调整

制造商未提供或不涉及此项目。

28.7.2　1995 款松花江 WJ120 车型

1. 车轮定位规范

1995 ~ 2000 年松花江 WJ120 车轮定位规范见表 28-9。

表 28-9　1995～2000 年松花江 WJ120 车轮定位数据表

前车轮(Front)：

定位规范　定位参数	左侧(Left)			左右差(Cross)	右侧(Right)			调整提示(Adjusting)
	最小值(Min.)	理想值(Pref.)	最大值(Max.)		最小值(Min.)	理想值(Pref.)	最大值(Max.)	
主销后倾角(Caster)	2°00′	2°30′	3°00′	0°30′	2°00′	2°30′	3°00′	
车轮外倾角(Camber)	1°18′	1°30′	1°42′	0°12′	1°18′	1°30′	1°42′	
主销内倾角(SAI)	—	—	—		—	—	—	
单侧前束角(Individual Toe)	0°16′	0°18′	0°21′		0°16′	0°18′	0°21′	
总前束角(Total Toe)	最小值(Min.)　0°31′	理想值(Pref.)　0°37′	最大值(Max.)　0°43′					
包容角(Included Angle)	—	—	—		—	—	—	
转向前展角(Toe Out On Turns)								
车轮最大内转角(Max Turn Inside)								
车轮最大外转角(Max Turn Outside)								
前束曲线调整(Toe Curve Adjust)	—	—	—		—	—	—	
前束曲线控制(Toe Curve Control)	—	—	—		—	—	—	
车身高度(Ride Height)/mm	—	—	—		—	—	—	
车轴偏角(Setback)/mm	−8	0	8		−8	0	8	

后车轮(Rear)：

定位规范　定位参数	左侧(Left)			左右差(Cross)	右侧(Right)			调整提示(Adjusting)
	最小值(Min.)	理想值(Pref.)	最大值(Max.)		最小值(Min.)	理想值(Pref.)	最大值(Max.)	
车轮外倾角(Camber)	−0°12′	0′	0°12′	0°12′	−0°12′	0′	0°12′	
单侧前束角(Individual Toe)	−0°03′	0′	0°03′		−0°03′	0′	0°03′	
总前束角(Total Toe)	最小值(Min.)　−0°06′	理想值(Pref.)　0′	最大值(Max.)　0°06′					
最大推进角(Max Thrust Angle)				0°15′				
车身高度(Ride Height)/mm	—	—	—		—	—	—	
车轴偏角(Setback)/mm	−8	0	8		−8	0	8	

2. 进行定位调整

制造商未提供或不涉及此项目。

28.7.3　1985 款微客 HFJ6350 车型

1. 车轮定位规范

1985 款微客 HFJ6350 车轮定位规范见表 28-10。

表 28-10 1985 款微客 HFJ6350 车轮定位数据表

前车轮(Front):

定位参数 \ 定位规范	左侧(Left)			左右差(Cross)	右侧(Right)			调整提示(Adjusting)
	最小值(Min.)	理想值(Pref.)	最大值(Max.)		最小值(Min.)	理想值(Pref.)	最大值(Max.)	
主销后倾角(Caster)	5°30′	6°00′	6°30′	1°00′	5°30′	6°00′	6°30′	
车轮外倾角(Camber)	−0°30′	0′	0°30′	1°00′	−0°30′	0′	0°30′	
主销内倾角(SAI)	11°00′	12°00′	13°00′		11°00′	12°00′	13°00′	
单侧前束角(Individual Toe)	0′	0°05′	0°10′		0′	0°05′	0°10′	见定位调整
总前束角(Total Toe)				最小值(Min.)	理想值(Pref.)	最大值(Max.)		
				0′	0°10′	0°19′		
包容角(Included Angle)	—	—	—		—	—	—	
转向前展角(Toe Out On Turns)	—	—	—		—	—	—	
车轮最大内转角(Max Turn Inside)	—	—	—		—	—	—	
车轮最大外转角(Max Turn Outside)	—	—	—		—	—	—	
前束曲线调整(Toe Curve Adjust)	—	—	—		—	—	—	
前束曲线控制(Toe Curve Control)	—	—	—		—	—	—	
车身高度(Ride Height)/mm	—	—	—		—	—	—	
车轴偏角(Setback)/mm	−8	0	8		−8	0	8	

后车轮(Rear):

定位参数 \ 定位规范	左侧(Left)			左右差(Cross)	右侧(Right)			调整提示(Adjusting)
	最小值(Min.)	理想值(Pref.)	最大值(Max.)		最小值(Min.)	理想值(Pref.)	最大值(Max.)	
车轮外倾角(Camber)	−1°00′	0′	1°00′	0°30′	−1°00′	0′	1°00′	
单侧前束角(Individual Toe)	−0°15′	0′	0°15′		−0°15′	0′	0°15′	
总前束角(Total Toe)				最小值(Min.)	理想值(Pref.)	最大值(Max.)		
				−0°30′	0′	0°30′		
最大推进角(Max Thrust Angle)				0°15′				
车身高度(Ride Height)/mm	—	—	—		—	—	—	
车轴偏角(Setback)/mm	−8	0	8		−8	0	8	

2. 进行定位调整

与 2003 款路宝(LOBO)车型调整方法相同。

第 29 章　海南马自达

29.1　福美来

29.1.1　2007 款福美来-2 代 1.6L 车型

1. 车轮定位规范

2007 款福美来-2 代 1.6L(DX/GL/GLS/GLX/GX/SDX/STD)车轮定位规范见表 29-1。

表 29-1　2007 款福美来-2 代 1.6L(DX/GL/GLS/GLX/GX/SDX/STD)车轮定位数据表

前车轮(Front):

定位规范 定位参数	左侧(Left)			左右差 (Cross)	右侧(Right)			调整提示 (Adjusting)
	最小值 (Min.)	理想值 (Pref.)	最大值 (Max.)		最小值 (Min.)	理想值 (Pref.)	最大值 (Max.)	
主销后倾角(Caster)	0°45′	1°45′	2°45′	1°00′	0°45′	1°45′	2°45′	
车轮外倾角(Camber)	−1°18′	−0°48′	−0°18′	0°30′	−1°18′	−0°48′	−0°18′	
主销内倾角(SAI)	—	—	—			—		
单侧前束角 (Individual Toe)	−0°02′	0°02′	0°07′		−0°02′	0°02′	0°07′	
总前束角(Total Toe)			最小值 (Min.)	理想值 (Pref.)	最大值 (.Max.)			
			−0°05′	0°05′	0°15′			
包容角(Included Angle)	11°34′	12°34′	13°34′		11°34′	12°34′	13°34′	
转向前展角 (Toe Out On Turns)	—	—	—		—	—	—	
车轮最大内转角 (Max Turn Inside)	—	—	—		—	—	—	
车轮最大外转角 (Max Turn Outside)	—	—	—		—	—	—	
前束曲线调整 (Toe Curve Adjust)	—	—	—		—	—	—	
前束曲线控制 (Toe Curve Control)	—	—	—		—	—	—	
车身高度(Ride Height)/mm	—	—	—		—	—	—	
车轴偏角(Setback)/mm	−8	0	8		−8	0	8	

后车轮(Rear):

定位规范 定位参数	左侧(Left)			左右差 (Cross)	右侧(Right)			调整提示 (Adjusting)
	最小值 (Min.)	理想值 (Pref.)	最大值 (Max.)		最小值 (Min.)	理想值 (Pref.)	最大值 (Max.)	
车轮外倾角(Camber)	−0°57′	−0°24′	0°10′	0°33′	−0°57′	−0°24′	0°10′	
单侧前束角 (Individual Toe)	−0°02′	0°02′	0°07′		−0°02′	0°02′	0°07′	

（续）

后车轮(Rear)：

定位规范 / 定位参数	左侧(Left)			左右差(Cross)	右侧(Right)			调整提示(Adjusting)
	最小值(Min.)	理想值(Pref.)	最大值(Max.)		最小值(Min.)	理想值(Pref.)	最大值(Max.)	
总前束角(Total Toe)				最小值(Min.) −0°05′	理想值(Pref.) 0°05′	最大值(Max.) 0°15′		
最大推进角(Max Thrust Angle)				0°15′				
车身高度(Ride Height)/mm	—	—	—		—	—	—	
车轴偏角(Setback)/mm	−8	0	8		−8	0	8	

2. 进行定位调整

制造商未提供或不涉及此项目。

29.1.2　2006 款福美来(新动力 1.6L)车型

1. 车轮定位规范

2006 款福美来-新动力 1.6L(豪华/舒适)车轮定位规范见表 29-2。

表 29-2　2006 款福美来-新动力 1.6L(豪华/舒适)车轮定位数据表

前车轮(Front)：

定位规范 / 定位参数	左侧(Left)			左右差(Cross)	右侧(Right)			调整提示(Adjusting)
	最小值(Min.)	理想值(Pref.)	最大值(Max.)		最小值(Min.)	理想值(Pref.)	最大值(Max.)	
主销后倾角(Caster)	0°45′	1°45′	2°45′	1°00′	0°45′	1°45′	2°45′	
车轮外倾角(Camber)	−1°18′	−0°48′	−0°18′	0°30′	−1°18′	−0°48′	−0°18′	
主销内倾角(SAI)	—	—	—		—	—	—	
单侧前束角(Individual Toe)	−0°02′	0°02′	0°07′		−0°02′	0°02′	0°07′	
总前束角(Total Toe)				最小值(Min.) −0°05′	理想值(Pref.) 0°05′	最大值(Max.) 0°15′		
包容角(Included Angle)	11°34′	12°34′	13°34′		11°34′	12°34′	13°34′	
转向前展角(Toe Out On Turns)	—	—	—		—	—	—	
车轮最大内转角(Max Turn Inside)	—	—	—		—	—	—	
车轮最大外转角(Max Turn Outside)	—	—	—		—	—	—	
前束曲线调整(Toe Curve Adjust)								
前束曲线控制(Toe Curve Control)	—	—	—		—	—	—	
车身高度(Ride Height)/mm	—	—	—		—	—	—	
车轴偏角(Setback)/mm	−8	0	8		−8	0	8	

（续）

后车轮（Rear）：

定位规范 定位参数	左侧（Left）			左右差 （Cross）	右侧（Right）			调整提示 （Adjusting）
	最小值 （Min.）	理想值 （Pref.）	最大值 （Max.）		最小值 （Min.）	理想值 （Pref.）	最大值 （Max.）	
车轮外倾角（Camber）	-0°57′	-0°24′	0°10′	0°33′	-0°57′	-0°24′	0°10′	
单侧前束角 （Individual Toe）	-0°02′	0°02′	0°07′		-0°02′	0°02′	0°07′	
总前束角（Total Toe）			最小值 （Min.）	理想值 （Pref.）	最大值 （Max.）			
			-0°05′	0°05′	0°15′			
最大推进角 （Max Thrust Angle）				0°15′				
车身高度（Ride Height）/mm	—	—	—		—	—	—	
车轴偏角（Setback）/mm	-8	0	8		-8	0	8	

2. 进行定位调整

制造商未提供或不涉及此项目。

29.1.3　2006 款福美来-心动版车型

1. 车轮定位规范

2006 款福美来-心动版（MT,标准/豪华/舒适）车轮定位规范见表 29-3。

表 29-3　2006 款福美来-心动版（MT,标准/豪华/舒适）车轮定位数据表

前车轮（Front）：

定位规范 定位参数	左侧（Left）			左右差 （Cross）	右侧（Right）			调整提示 （Adjusting）
	最小值 （Min.）	理想值 （Pref.）	最大值 （Max.）		最小值 （Min.）	理想值 （Pref.）	最大值 （Max.）	
主销后倾角（Caster）	0°45′	1°45′	2°45′	1°00′	0°45′	1°45′	2°45′	
车轮外倾角（Camber）	-1°18′	-0°48′	-0°18′	0°30′	-1°18′	-0°48′	-0°18′	
主销内倾角（SAI）	—	—	—		—	—	—	
单侧前束角 （Individual Toe）	-0°02′	0°02′	0°07′		-0°02′	0°02′	0°07′	
总前束角（Total Toe）			最小值 （Min.）	理想值 （Pref.）	最大值 （Max.）			
			-0°05′	0°05′	0°15′			
包容角（Included Angle）	11°34′	12°34′	13°34′	—	11°34′	12°34′	13°34′	
转向前展角 （Toe Out On Turns）	—	—	—		—	—	—	
车轮最大内转角 （Max Turn Inside）	—	—	—		—	—	—	
车轮最大外转角 （Max Turn Outside）	—	—	—		—	—	—	
前束曲线调整 （Toe Curve Adjust）								
前束曲线控制 （Toe Curve Control）								
车身高度（Ride Height）/mm	—	—	—		—	—	—	
车轴偏角（Setback）/mm	-8	0	8		-8	0	8	

（续）

后车轮（Rear）：

定位规范 定位参数	左侧（Left）			左右差 （Cross）	右侧（Right）			调整提示 （Adjusting）
	最小值 （Min.）	理想值 （Pref.）	最大值 （Max.）		最小值 （Min.）	理想值 （Pref.）	最大值 （Max.）	
车轮外倾角（Camber）	−0°57′	−0°24′	0°10′	0°33′	−0°57′	−0°24′	0°10′	
单侧前束角 （Individual Toe）	−0°02′	0°02′	0°07′		−0°02′	0°02′	0°07′	
总前束角（Total Toe）		最小值 （Min.）	理想值 （Pref.）	最大值 （Max.）				
		−0°05′	0°05′	0°15′				
最大推进角 （Max Thrust Angle）				0°15′				
车身高度（Ride Height）/mm	—	—	—		—	—	—	
车轴偏角（Setback）/mm	−8	0	8		−8	0	8	

2. 进行定位调整

制造商未提供或不涉及此项目。

29.1.4　2002 款福美来车型

1. 车轮定位规范

2002 款福美来车轮定位规范见表 29-4。

表 29-4　2002 款福美来车轮定位数据表

前车轮（Front）：

定位规范 定位参数	左侧（Left）			左右差 （Cross）	右侧（Right）			调整提示 （Adjusting）
	最小值 （Min.）	理想值 （Pref.）	最大值 （Max.）		最小值 （Min.）	理想值 （Pref.）	最大值 （Max.）	
主销后倾角（Caster）	1°15′	2°00′	2°45′	—	1°15′	2°00′	2°45′	见定位 调整(1)
车轮外倾角（Camber）	−1°35′	−0°50′	−0°05′	—	−1°35′	−0°50′	−0°05′	见定位 调整(1)
主销内倾角（SAI）	—	12°40′	—		—	12°40′	—	
单侧前束角 （Individual Toe）	0′	0°06′	0°12′		0′	0°06′	0°12′	见定位 调整(2)
总前束角（Total Toe）		最小值 （Min.）	理想值 （Pref.）	最大值 （Max.）				
		0′	0°12′	0°24′				
包容角（Included Angle）	—	12°00′	—		—	12°00′	—	
转向前展角 （Toe Out On Turns）	—	—	—		—	—	—	
车轮最大内转角 （Max Turn Inside）	—	—	—		—	—	—	
车轮最大外转角 （Max Turn Outside）	—	—	—		—	—	—	
前束曲线调整 （Toe Curve Adjust）	—	—	—		—	—	—	
前束曲线控制 （Toe Curve Control）	—	—	—		—	—	—	
车身高度（Ride Height）/mm	—	—	—		—	—	—	
车轴偏角（Setback）/mm	−8	0	8		−8	0	8	

（续）

后车轮（Rear）：

定位参数＼定位规范	左侧（Left）			左右差（Cross）	右侧（Right）			调整提示（Adjusting）
	最小值（Min.）	理想值（Pref.）	最大值（Max.）		最小值（Min.）	理想值（Pref.）	最大值（Max.）	
车轮外倾角（Camber）	−1°25′	−0°40′	0°05′	0′	−1°25′	−0°40′	0°05′	
单侧前束角（Individual Toe）	0′	0°06′	0°12′		0′	0°06′	0°12′	见定位调整（3）
总前束角（Total Toe）		最小值（Min.）	理想值（Pref.）	最大值（Max.）				
		0′	0°12′	0°24′				
最大推进角（Max Thrust Angle）			0°15′					
车身高度（Ride Height）/mm	—	—	—		—	—	—	
车轴偏角（Setback）/mm	−8	0	8		−8	0	8	

2. 进行定位调整

（1）外倾角及主销后倾角调整（可调式上滑柱支架）

1）调整指导。调整主销后倾角和车轮外倾角时，拆下上滑柱支架固定螺栓，向下压动上滑柱支架，转动至满意的定位位置，见图 29-1。图 29-1 中 A、B、C 各位置的调整作用如下：

位置　　　　　　　　作用　　　　　　　　　　　　　　　　角度改变

A. . . . . 增大主销后倾角 . . . . 5/16°

B. . . . . 增大主销后倾角和车轮外倾角 . . . . 5/16°

C. . . . . 增大车轮外倾角 . . . . 5/16°

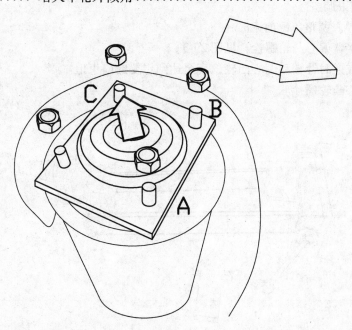

图 29-1　外倾角及主销后倾角调整（可调式上滑柱支架）

2）调整所及部件：无备件需求。

3)专用工具:使用常规工具,无需专用工具。

提示:

① 小箭头指向字母标识所处位置。

② 大箭头指向车辆正前方。

(2)前轮前束调整(可调式转向横拉杆)

1)调整指导。调整前束角时,拧松转向拉杆锁止螺母,用扳手转动转向拉杆直至获得满意的前束角读数,见图29-2。

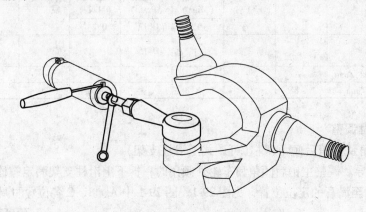

图29-2 前轮前束调整(可调式转向横拉杆)

2)调整所及部件:无备件需求,无需更改零件。

3)专用工具:使用常规工具,无需专用工具。

(3)后轮前束调整

1)调整指导。调整单侧前束时:

① 拧松连接臂偏心凸轮螺栓,见图29-3。

② 顺时针或逆时针转动偏心凸轮,直至达到想要的前束值。

③ 拧紧偏心凸轮螺栓。

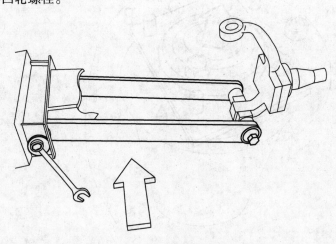

图29-3 后轮前束调整

2)调整所及部件:无备件需求,无需更改零件。

3）专用工具：使用常规工具，无需专用工具。

29.1.5　2001 款福美来车型

1. 车轮定位规范

2001 款福美来车轮定位规范见表 29-5。

表 29-5　2001 款福美来车轮定位数据表

前车轮（Front）：

定位规范 定位参数	左侧（Left）			左右差 （Cross）	右侧（Right）			调整提示 （Adjusting）
	最小值 （Min.）	理想值 （Pref.）	最大值 （Max.）		最小值 （Min.）	理想值 （Pref.）	最大值 （Max.）	
主销后倾角（Caster）	0°45′	1°45′	2°45′	1°00′	0°45′	1°45′	2°45′	
车轮外倾角（Camber）	−1°18′	−0°48′	−0°18′	0°30′	−1°18′	−0°48′	−0°18′	
主销内倾角（SAI）								
单侧前束角 （Individual Toe）	−0°02′	0°02′	0°07′		−0°02′	0°02′	0°07′	
总前束角（Total Toe）			最小值 （Min.）	理想值 （Pref.）	最大值 （Max.）			
			−0°05′	0°05′	0°15′			
包容角（Included Angle）	11°34′	12°34′	13°34′		11°34′	12°34′	13°34′	
转向前展角 （Toe Out On Turns）	—	—	—		—	—	—	
车轮最大内转角 （Max Turn Inside）	—	—	—		—	—	—	
车轮最大外转角 （Max Turn Outside）	—	—	—		—	—	—	
前束曲线调整 （Toe Curve Adjust）	—	—	—		—	—	—	
前束曲线控制 （Toe Curve Control）	—	—	—		—	—	—	
车身高度（Ride Height）/mm	—							
车轴偏角（Setback）/mm	−8	0	8		−8	0	8	

后车轮（Rear）：

定位规范 定位参数	左侧（Left）			左右差 （Cross）	右侧（Right）			调整提示 （Adjusting）
	最小值 （Min.）	理想值 （Pref.）	最大值 （Max.）		最小值 （Min.）	理想值 （Pref.）	最大值 （Max.）	
车轮外倾角（Camber）	−0°57′	−0°24′	0°10′	0°33′	−0°57′	−0°24′	0°10′	
单侧前束角 （Individual Toe）	−0°02′	0°02′	0°07′		−0°02′	0°02′	0°07′	
总前束角（Total Toe）			最小值 （Min.）	理想值 （Pref.）	最大值 （Max.）			
			−0°05′	0°05′	0°15′			
最大推进角 （Max Thrust Angle）				0°15′				
车身高度（Ride Height）/mm	—	—	—		—	—	—	
车轴偏角（Setback）/mm	−8	0	8		−8	0	8	

2. 进行定位调整

制造商未提供或不涉及此项目。

29.2 普利马

29.2.1 2006 款新普利马车型

1. 车轮定位规范

2006 款新普利马(5 座/6 座/7 座/8 座)车轮定位规范见表 29-6。

表 29-6 2006 款新普利马(5 座/6 座/7 座/8 座)车轮定位数据表

前车轮(Front):

定位参数 / 定位规范	左侧(Left) 最小值(Min.)	理想值(Pref.)	最大值(Max.)	左右差(Cross)	右侧(Right) 最小值(Min.)	理想值(Pref.)	最大值(Max.)	调整提示(Adjusting)
主销后倾角(Caster)	1°35′	2°35′	3°35′	1°00′	1°35′	2°35′	3°35′	
车轮外倾角(Camber)	-1°45′	-0°47′	0°12′	0°59′	-1°45′	-0°47′	0°12′	
主销内倾角(SAI)	—							
单侧前束角(Individual Toe)	-0°03′	0°03′	0°09′		-0°03′	0°03′	0°09′	
总前束角(Total Toe)	最小值(Min.) -0°06′	理想值(Pref.) 0°06′	最大值(Max.) 0°18′					
包容角(Included Angle)	11°40′	12°30′	13°20′		11°40′	12°30′	13°20′	
转向前展角(Toe Out On Turns)	—	—	—		—	—	—	
车轮最大内转角(Max Turn Inside)	—	—	—		—	—	—	
车轮最大外转角(Max Turn Outside)	—	—	—		—	—	—	
前束曲线调整(Toe Curve Adjust)	—	—	—		—	—	—	
前束曲线控制(Toe Curve Control)	—	—	—		—	—	—	
车身高度(Ride Height)/mm	—	—	—		—	—	—	
车轴偏角(Setback)/mm	-8	0	8		-8	0	8	

后车轮(Rear):

定位参数 / 定位规范	左侧(Left) 最小值(Min.)	理想值(Pref.)	最大值(Max.)	左右差(Cross)	右侧(Right) 最小值(Min.)	理想值(Pref.)	最大值(Max.)	调整提示(Adjusting)
车轮外倾角(Camber)	—	—	—	—	—	—	—	
单侧前束角(Individual Toe)								
总前束角(Total Toe)	最小值(Min.)	理想值(Pref.)	最大值(Max.)					
最大推进角(Max Thrust Angle)				0°15′				
车身高度(Ride Height)/mm	—	—	—		—	—	—	
车轴偏角(Setback)/mm	-8	0	8		-8	0	8	

2. 进行定位调整

制造商未提供或不涉及此项目。

29.2.2 2002款普利马车型

1. 车轮定位规范

2002款普利马车轮定位规范见表29-7。

表29-7 2002款普利马车轮定位数据表

前车轮(Front):

定位参数＼定位规范	左侧(Left)			左右差(Cross)	右侧(Right)			调整提示(Adjusting)
	最小值(Min.)	理想值(Pref.)	最大值(Max.)		最小值(Min.)	理想值(Pref.)	最大值(Max.)	
主销后倾角(Caster)	1°35′	2°35′	3°35′	1°00′	1°35′	2°35′	3°35′	
车轮外倾角(Camber)	−1°45′	−0°47′	0°12′	0°59′	−1°45′	−0°47′	0°12′	
主销内倾角(SAI)								
单侧前束角(Individual Toe)	−0°03′	0°03′	0°09′		−0°03′	0°03′	0°09′	
总前束角(Total Toe)			最小值(Min.) −0°06′	理想值(Pref.) 0°06′	最大值(Max.) 0°18′			
包容角(Included Angle)	11°40′	12°30′	13°20′		11°40′	12°30′	13°20′	
转向前展角(Toe Out On Turns)	—	—	—		—	—	—	
车轮最大内转角(Max Turn Inside)	—	—	—		—	—	—	
车轮最大外转角(Max Turn Outside)	—	—	—		—	—	—	
前束曲线调整(Toe Curve Adjust)	—	—	—		—	—	—	
前束曲线控制(Toe Curve Control)	—	—	—		—	—	—	
车身高度(Ride Height)/mm	—	—	—		—	—	—	
车轴偏角(Setback)/mm	−8	0	8		−8	0	8	

后车轮(Rear):

定位参数＼定位规范	左侧(Left)			左右差(Cross)	右侧(Right)			调整提示(Adjusting)
	最小值(Min.)	理想值(Pref.)	最大值(Max.)		最小值(Min.)	理想值(Pref.)	最大值(Max.)	
车轮外倾角(Camber)	—	—	—		—	—	—	
单侧前束角(Individual Toe)	—	—	—		—	—	—	
总前束角(Total Toe)			最小值(Min.) —	理想值(Pref.) —	最大值(Max.) —			
最大推进角(Max Thrust Angle)				0°15′				
车身高度(Ride Height)/mm	—	—	—		—	—	—	
车轴偏角(Setback)/mm	−8	0	8		−8	0	8	

2. 进行定位调整

制造商未提供或不涉及此项目。

29.2.3 2000 款普利马车型

1. 车轮定位规范

2000 款普利马车轮定位规范见表 29-8。

表 29-8　2000 款普利马车轮定位数据表

前车轮(Front)：

定位规范 定位参数	左侧(Left)			左右差 (Cross)	右侧(Right)			调整提示 (Adjusting)
	最小值 (Min.)	理想值 (Pref.)	最大值 (Max.)		最小值 (Min.)	理想值 (Pref.)	最大值 (Max.)	
主销后倾角(Caster)	1°00′	2°00′	3°00′	1°30′	1°00′	2°00′	3°00′	见定位 调整(1)
车轮外倾角(Camber)	−1°50′	−0°50′	0°10′	1°30′	−1°50′	−0°50′	0°10′	见定位 调整(1)
主销内倾角(SAI)	—	12°50′	—		—	12°50′	—	
单侧前束角 (Individual Toe)	−0°06′	0°06′	0°18′		−0°06′	0°06′	0°18′	见定位 调整(2)
总前束角(Total Toe)			最小值 (Min.) −0°13′	理想值 (Pref.) 0°13′	最大值 (Max.) 0°37′			
包容角(Included Angle)	11°40′	12°30′	13°20′		11°40′	12°30′	13°20′	
转向前展角 (Toe Out On Turns)	—				—			
车轮最大内转角 (Max Turn Inside)	34°00′	37°00′	40°00′		34°00′	37°00′	40°00′	
车轮最大外转角 (Max Turn Outside)	30°00′	33°00′	36°00′		30°00′	33°00′	36°00′	
前束曲线调整 (Toe Curve Adjust)	—				—			
前束曲线控制 (Toe Curve Control)	—				—			
车身高度(Ride Height)/mm	—	—	—		—	—	—	
车轴偏角(Setback)/mm	−8	0	8		−8	0	8	

后车轮(Rear)：

定位规范 定位参数	左侧(Left)			左右差 (Cross)	右侧(Right)			调整提示 (Adjusting)
	最小值 (Min.)	理想值 (Pref.)	最大值 (Max.)		最小值 (Min.)	理想值 (Pref.)	最大值 (Max.)	
车轮外倾角(Camber)	−1°50′	−0°50′	0°10′	1°30′	−1°50′	−0°50′	0°10′	
单侧前束角 (Individual Toe)	−0°06′	0°06′	0°18′		−0°06′	0°06′	0°18′	见定位 调整(3)
总前束角(Total Toe)			最小值 (Min.) −0°13′	理想值 (Pref.) 0°13′	最大值 (Max.) 0°37′			
最大推进角 (Max Thrust Angle)				0°15′				
车身高度(Ride Height)/mm	—	—	—		—	—	—	
车轴偏角(Setback)/mm	−8	0	8		−8	0	8	

2. 进行定位调整

与 2002 款福美来车型调整方法相同。

29.3　海马 3

2006 款海马 3 车型

1. 车轮定位规范

2006 款海马 3 车轮定位规范见表 29-9。

表 29-9　2006 款海马 3 车轮定位数据表

前车轮（Front）：

定位规范 定位参数	左侧（Left）			左右差 （Cross）	右侧（Right）			调整提示 （Adjusting）
	最小值 （Min.）	理想值 （Pref.）	最大值 （Max.）		最小值 （Min.）	理想值 （Pref.）	最大值 （Max.）	
主销后倾角（Caster）	1°15′	2°00′	2°45′	—	1°15′	2°00′	2°45′	见定位 调整（1）
车轮外倾角（Camber）	−1°35′	−0°50′	−0°05′		−1°35′	−0°50′	−0°05′	见定位 调整（1）
主销内倾角（SAI）	—	12°40′	—			12°40′	—	
单侧前束角 （Individual Toe）	0′	0°06′	0°12′		0′	0°06′	0°12′	见定位 调整（2）
总前束角（Total Toe）			最小值 （Min.） 0′	理想值 （Pref.） 0°12′	最大值 （Max.） 0°24′			
包容角（Included Angle）	—	12°00′	—			12°00′	—	
转向前展角 （Toe Out On Turns）	—	—	—					
车轮最大内转角 （Max Turn Inside）	—	—	—					
车轮最大外转角 （Max Turn Outside）	—	—	—					
前束曲线调整 （Toe Curve Adjust）	—	—	—					
前束曲线控制 （Toe Curve Control）	—	—	—					
车身高度（Ride Height）/mm	—	—	—					
车轴偏角（Setback）/mm	−8	0	8		−8	0	8	

后车轮（Rear）：

定位规范 定位参数	左侧（Left）			左右差 （Cross）	右侧（Right）			调整提示 （Adjusting）
	最小值 （Min.）	理想值 （Pref.）	最大值 （Max.）		最小值 （Min.）	理想值 （Pref.）	最大值 （Max.）	
车轮外倾角（Camber）	−1°25′	−0°40′	0°05′	—	−1°25′	−0°40′	0°05′	
单侧前束角 （Individual Toe）	0′	0°06′	0°12′		0′	0°06′	0°12′	见定位 调整（3）
总前束角（Total Toe）			最小值 （Min.） 0′	理想值 （Pref.） 0°12′	最大值 （Max.） 0°24′			
最大推进角 （Max Thrust Angle）				0°15′				
车身高度（Ride Height）/mm	—	—	—		—	—	—	
车轴偏角（Setback）/mm	−8	0	8		−8	0	8	

2. 进行定位调整

与 2002 款福美来车型调整方法相同。

29.4　海马

29.4.1　1995 款海马 HMC6440 车型

1. 车轮定位规范

1995 款海马 HMC6440 轻型客车车轮定位规范见表 29-10。

表 29-10　1995 款海马 HMC6440 轻型客车车轮定位数据表

前车轮(Front)：

定位参数 \ 定位规范	左侧(Left)			左右差(Cross)	右侧(Right)			调整提示(Adjusting)
	最小值(Min.)	理想值(Pref.)	最大值(Max.)		最小值(Min.)	理想值(Pref.)	最大值(Max.)	
主销后倾角(Caster)	3°22′	3°52′	4°22′	0°30′	3°22′	3°52′	4°22′	
车轮外倾角(Camber)	−0°42′	−0°30′	−0°18′	0°12′	−0°42′	−0°30′	−0°18′	
主销内倾角(SAI)	—	—	—		—	—	—	
单侧前束角(Individual Toe)	−0°01′	0°02′	0°05′		−0°01′	0°02′	0°05′	
总前束角(Total Toe)		最小值(Min.)	理想值(Pref.)	最大值(Max.)				
		−0°02′	0°04′	0°10′				
包容角(Included Angle)	—	—	—		—	—	—	
转向前展角(Toe Out On Turns)	—	—	—		—	—	—	
车轮最大内转角(Max Turn Inside)	—	—	—		—	—	—	
车轮最大外转角(Max Turn Outside)	—	—	—		—	—	—	
前束曲线调整(Toe Curve Adjust)	—	—	—		—	—	—	
前束曲线控制(Toe Curve Control)	—	—	—		—	—	—	
车身高度(Ride Height)/mm	—	—	—		—	—	—	
车轴偏角(Setback)/mm	−8	0	8		−8	0	8	

后车轮(Rear)：

定位参数 \ 定位规范	左侧(Left)			左右差(Cross)	右侧(Right)			调整提示(Adjusting)
	最小值(Min.)	理想值(Pref.)	最大值(Max.)		最小值(Min.)	理想值(Pref.)	最大值(Max.)	
车轮外倾角(Camber)	−1°26′	−1°13′	−1°00′	0°13′	−1°26′	−1°13′	−1°00′	
单侧前束角(Individual Toe)	−0°02′	0°01′	0°04′		−0°02′	0°01′	0°04′	
总前束角(Total Toe)		最小值(Min.)	理想值(Pref.)	最大值(Max.)				
		−0°04′	0°02′	0°08′				
最大推进角(Max Thrust Angle)			0°15′					
车身高度(Ride Height)/mm	—	—	—		—	—	—	
车轴偏角(Setback)/mm	−8	0	8		−8	0	8	

2. 进行定位调整

制造商未提供或不涉及此项目。

29.4.2　1995 款海马 HMC6450 车型

1. 车轮定位规范

1995 款海马 HMC6450 轻型客车车轮定位规范见表 29-11。

表 29-11　1995 款海马 HMC6450 轻型客车车轮定位数据表

前车轮（Front）：

定位规范／定位参数	左侧（Left）			左右差（Cross）	右侧（Right）			调整提示（Adjusting）
	最小值（Min.）	理想值（Pref.）	最大值（Max.）		最小值（Min.）	理想值（Pref.）	最大值（Max.）	
主销后倾角（Caster）	−0°30′	0′	0°30′	0°30′	−0°30′	0′	0°30′	
车轮外倾角（Camber）	−0°08′	0°22′	0°52′	0°30′	−0°08′	0°22′	0°52′	
主销内倾角（SAI）	—				—			
单侧前束角（Individual Toe）	0°02′	0°06′	0°11′		0°02′	0°06′	0°11′	
总前束角（Total Toe）		最小值（Min.）	理想值（Pref.）	最大值（Max.）				
		0°03′	0°12′	0°22′				
包容角（Included Angle）	—	—	—		—	—	—	
转向前展角（Toe Out On Turns）								
车轮最大内转角（Max Turn Inside）								
车轮最大外转角（Max Turn Outside）								
前束曲线调整（Toe Curve Adjust）								
前束曲线控制（Toe Curve Control）								
车身高度（Ride Height）/mm	—	—	—		—	—	—	
车轴偏角（Setback）/mm	−8	0	8		−8	0	8	

后车轮（Rear）：

定位规范／定位参数	左侧（Left）			左右差（Cross）	右侧（Right）			调整提示（Adjusting）
	最小值（Min.）	理想值（Pref.）	最大值（Max.）		最小值（Min.）	理想值（Pref.）	最大值（Max.）	
车轮外倾角（Camber）	−0°12′	0′	0°12′	0°12′	−0°12′	0′	0°12′	
单侧前束角（Individual Toe）	−0°03′	0′	0°03′		−0°03′	0′	0°03′	
总前束角（Total Toe）		最小值（Min.）	理想值（Pref.）	最大值（Max.）				
		−0°06′	0′	0°06′				
最大推进角（Max Thrust Angle）			0°15′					
车身高度（Ride Height）/mm	—	—	—		—	—	—	
车轴偏角（Setback）/mm	−8	0	8		−8	0	8	

2. 进行定位调整

制造商未提供或不涉及此项目。

29.4.3 1992 款海马 HMC6440 车型

1. 车轮定位规范

1992 款海马 HMC6440 车轮定位规范见表 29-12。

表 29-12 1992 款海马 HMC6440 车轮定位数据表

前车轮(Front):

定位参数 \ 定位规范	左侧(Left)			左右差(Cross)	右侧(Right)			调整提示(Adjusting)
	最小值(Min.)	理想值(Pref.)	最大值(Max.)		最小值(Min.)	理想值(Pref.)	最大值(Max.)	
主销后倾角(Caster)	3°41′	4°26′	5°11′	0°45′	3°41′	4°26′	5°11′	
车轮外倾角(Camber)	−0°21′	0°24′	1°09′	0°45′	−0°21′	0°24′	1°09′	
主销内倾角(SAI)	—	—	—		—	—	—	
单侧前束角(Individual Toe)	0′	0°05′	0°09′		0′	0°05′	0°09′	
总前束角(Total Toe)			最小值(Min.)	理想值(Pref.)	最大值(Max.)			
			0′	0°09′	0°19′			
包容角(Included Angle)	—	—	—		—	—	—	
转向前展角(Toe Out On Turns)	—	—	—		—	—	—	
车轮最大内转角(Max Turn Inside)	—	—	—		—	—	—	
车轮最大外转角(Max Turn Outside)	—	—	—		—	—	—	
前束曲线调整(Toe Curve Adjust)	—	—	—		—	—	—	
前束曲线控制(Toe Curve Control)								
车身高度(Ride Height)/mm	—	—	—		—	—	—	
车轴偏角(Setback)/mm	−8	0	8		−8	0	8	

后车轮(Rear):

定位参数 \ 定位规范	左侧(Left)			左右差(Cross)	右侧(Right)			调整提示(Adjusting)
	最小值(Min.)	理想值(Pref.)	最大值(Max.)		最小值(Min.)	理想值(Pref.)	最大值(Max.)	
车轮外倾角(Camber)	−1°13′	−0°43′	−0°13′	0°30′	−1°13′	−0°43′	−0°13′	
单侧前束角(Individual Toe)	0′	0°05′	0°09′		0′	0°05′	0°09′	
总前束角(Total Toe)			最小值(Min.)	理想值(Pref.)	最大值(Max.)			
			0′	0°09′	0°19′			
最大推进角(Max Thrust Angle)				0°15′				
车身高度(Ride Height)/mm	—	—	—		—	—	—	
车轴偏角(Setback)/mm	−8	0	8		−8	0	8	

2. 进行定位调整

制造商未提供或不涉及此项目。

29.4.4 1992 款海马 HMC6450 车型

1. 车轮定位规范

1992 款海马 HMC6450 车轮定位规范见表 29-13。

表 29-13 1992 款海马 HMC6450 车轮定位数据表

前车轮(Front)：

定位参数	左侧(Left) 最小值(Min.)	左侧(Left) 理想值(Pref.)	左侧(Left) 最大值(Max.)	左右差(Cross)	右侧(Right) 最小值(Min.)	右侧(Right) 理想值(Pref.)	右侧(Right) 最大值(Max.)	调整提示(Adjusting)
主销后倾角(Caster)	−0°30′	0′	0°30′	0°30′	−0°30′	0′	0°30′	
车轮外倾角(Camber)	−0°08′	0°22′	0°52′	0°30′	−0°08′	0°22′	0°52′	
主销内倾角(SAI)	—	—	—		—	—	—	
单侧前束角(Individual Toe)	0°02′	0°06′	0°10′		0°02′	0°06′	0°10′	
总前束角(Total Toe)			最小值(Min.) 0°03′	理想值(Pref.) 0°12′	最大值(Max.) 0°20′			
包容角(Included Angle)	—	—	—		—	—	—	
转向前展角(Toe Out On Turns)	—	—	—		—	—	—	
车轮最大内转角(Max Turn Inside)	—	—	—		—	—	—	
车轮最大外转角(Max Turn Outside)	—	—	—		—	—	—	
前束曲线调整(Toe Curve Adjust)	—	—	—		—	—	—	
前束曲线控制(Toe Curve Control)								
车身高度(Ride Height)/mm	—	—	—		—	—	—	
车轴偏角(Setback)/mm	−8	0	8		−8	0	8	

后车轮(Rear)：

定位参数	左侧(Left) 最小值(Min.)	左侧(Left) 理想值(Pref.)	左侧(Left) 最大值(Max.)	左右差(Cross)	右侧(Right) 最小值(Min.)	右侧(Right) 理想值(Pref.)	右侧(Right) 最大值(Max.)	调整提示(Adjusting)
车轮外倾角(Camber)	−0°12′	0′	0°12′	0°12′	−0°12′	0′	0°12′	
单侧前束角(Individual Toe)	−0°03′	0′	0°03′		−0°03′	0′	0°03′	
总前束角(Total Toe)			最小值(Min.) −0°06′	理想值(Pref.) 0′	最大值(Max.) 0°06′			
最大推进角(Max Thrust Angle)				0°15′				
车身高度(Ride Height)/mm	—	—	—		—	—	—	
车轴偏角(Setback)/mm	−8	0	8		−8	0	8	

2. 进行定位调整

制造商未提供或不涉及此项目。

29.5　海马323

29.5.1　2003款海马323车型

1. 车轮定位规范

2003款海马323车轮定位规范见表29-14。

表29-14　2003款海马323车轮定位数据表

前车轮(Front)：

定位规范 定位参数	左侧(Left)			左右差 (Cross)	右侧(Right)			调整提示 (Adjusting)
	最小值 (Min.)	理想值 (Pref.)	最大值 (Max.)		最小值 (Min.)	理想值 (Pref.)	最大值 (Max.)	
主销后倾角(Caster)	0°54′	1°54′	2°54′	1°00′	0°54′	1°54′	2°54′	
车轮外倾角(Camber)	−1°48′	−0°45′	0°18′	1°03′	−1°48′	−0°45′	0°18′	
主销内倾角(SAI)	—	—	—		—	—	—	
单侧前束角 (Individual Toe)	0′	0°05′	0°10′		0′	0°05′	0°10′	
总前束角(Total Toe)		最小值 (Min.)	理想值 (Pref.)	最大值 (Max.)				
		0′	0°10′	0°20′				
包容角(Included Angle)	—	—	—		—	—	—	
转向前展角 (Toe Out On Turns)	—	—	—		—	—	—	
车轮最大内转角 (Max Turn Inside)	—	—	—		—	—	—	
车轮最大外转角 (Max Turn Outside)	—	—	—		—	—	—	
前束曲线调整 (Toe Curve Adjust)	—	—	—		—	—	—	
前束曲线控制 (Toe Curve Control)	—	—	—		—	—	—	
车身高度(Ride Height)/mm	—	—	—		—	—	—	
车轴偏角(Setback)/mm	−8	0	8		−8	0	8	

后车轮(Rear)：

定位规范 定位参数	左侧(Left)			左右差 (Cross)	右侧(Right)			调整提示 (Adjusting)
	最小值 (Min.)	理想值 (Pref.)	最大值 (Max.)		最小值 (Min.)	理想值 (Pref.)	最大值 (Max.)	
车轮外倾角(Camber)	−1°48′	−0°48′	0°12′	1°00′	−1°48′	−0°48′	0°12′	
单侧前束角 (Individual Toe)	−0°03′	0′	0°03′		−0°03′	0′	0°03′	
总前束角(Total Toe)		最小值 (Min.)	理想值 (Pref.)	最大值 (Max.)				
		−0°06′	0′	0°06′				
最大推进角 (Max Thrust Angle)			0°15′					
车身高度(Ride Height)/mm	—	—	—		—	—	—	
车轴偏角(Setback)/mm	−8	0	8		−8	0	8	

2. 进行定位调整

制造商未提供或不涉及此项目。

29.5.2　2002 款海马323 车型

1. 车轮定位规范

2002 款海马323 车轮定位规范见表29-15。

表 29-15　2002 款海马323 车轮定位数据表

前车轮(Front)：

定位规范 / 定位参数	左侧(Left) 最小值(Min.)	理想值(Pref.)	最大值(Max.)	左右差(Cross)	右侧(Right) 最小值(Min.)	理想值(Pref.)	最大值(Max.)	调整提示(Adjusting)
主销后倾角(Caster)	1°15′	2°00′	2°45′	—	1°15′	2°00′	2°45′	见定位调整(1)
车轮外倾角(Camber)	−1°35′	−0°50′	−0°05′	—	−1°35′	−0°50′	−0°05′	见定位调整(1)
主销内倾角(SAI)	—	12°40′				—	12°40′	—	
单侧前束角(Individual Toe)	0′	0°06′	0°12′		0′	0°06′	0°12′	见定位调整(2)
总前束角(Total Toe)	最小值(Min.) 0′	理想值(Pref.) 0°12′	最大值(Max.) 0°24′					
包容角(Included Angle)	—	12°00′				—	12°00′	—	
转向前展角(Toe Out On Turns)	—	—	—			—	—	—	
车轮最大内转角(Max Turn Inside)	—	—	—			—	—	—	
车轮最大外转角(Max Turn Outside)	—	—	—			—	—	—	
前束曲线调整(Toe Curve Adjust)	—	—	—			—	—	—	
前束曲线控制(Toe Curve Control)	—	—	—			—	—	—	
车身高度(Ride Height)/mm	—	—	—			—	—	—	
车轴偏角(Setback)/mm	−8	0	8			−8	0	8	

后车轮(Rear)：

定位规范 / 定位参数	左侧(Left) 最小值(Min.)	理想值(Pref.)	最大值(Max.)	左右差(Cross)	右侧(Right) 最小值(Min.)	理想值(Pref.)	最大值(Max.)	调整提示(Adjusting)
车轮外倾角(Camber)	−1°25′	−0°40′	0°05′	—	−1°25′	−0°40′	0°05′	
单侧前束角(Individual Toe)	0′	0°06′	0°12′		0′	0°06′	0°12′	见定位调整(3)
总前束角(Total Toe)	最小值(Min.) 0′	理想值(Pref.) 0°12′	最大值(Max.) 0°24′					
最大推进角(Max Thrust Angle)				0°15′				
车身高度(Ride Height)/mm	—	—	—			—	—	—	
车轴偏角(Setback)/mm	−8	0	8			−8	0	8	

2. 进行定位调整

与 2002 款福美来车型调整方法相同。

29.5.3 1990 款海马 323 车型

1. 车轮定位规范

1990 款海马 323 车轮定位规范见表 29-16。

表 29-16 1990 款海马 323 车轮定位数据表

前车轮(Front):

定位参数 \ 定位规范	左侧(Left)			左右差(Cross)	右侧(Right)			调整提示(Adjusting)
	最小值(Min.)	理想值(Pref.)	最大值(Max.)		最小值(Min.)	理想值(Pref.)	最大值(Max.)	
主销后倾角(Caster)	0°55′	1°55′	2°55′	—	0°55′	1°55′	2°55′	
车轮外倾角(Camber)	−1°50′	−0°50′	0°10′	—	−1°50′	−0°50′	0°10′	见定位调整(1)
主销内倾角(SAI)	—	12°25′	—		—	12°25′	—	
单侧前束角(Individual Toe)	0′	0°05′	0°10′	—	0′	0°05′	0°10′	见定位调整(2)
总前束角(Total Toe)		最小值(Min.)	理想值(Pref.)	最大值(Max.)				
		0′	0°10′	0°20′				
包容角(Included Angle)	—	12°00′	—		—	12°00′	—	
转向前展角(Toe Out On Turns)	—	—	—		—	—	—	
车轮最大内转角(Max Turn Inside)	—	—	—		—	—	—	
车轮最大外转角(Max Turn Outside)	—	—	—		—	—	—	
前束曲线调整(Toe Curve Adjust)	—	—	—		—	—	—	
前束曲线控制(Toe Curve Control)	—	—	—		—	—	—	
车身高度(Ride Height)/mm	—	—	—		—	—	—	
车轴偏角(Setback)/mm	−8	0	8		−8	0	8	

后车轮(Rear):

定位参数 \ 定位规范	左侧(Left)			左右差(Cross)	右侧(Right)			调整提示(Adjusting)
	最小值(Min.)	理想值(Pref.)	最大值(Max.)		最小值(Min.)	理想值(Pref.)	最大值(Max.)	
车轮外倾角(Camber)	−1°20′	−0°50′	−0°20′	—	−1°20′	−0°50′	−0°20′	
单侧前束角(Individual Toe)	0′	0°05′	0°10′		0′	0°05′	0°10′	见定位调整(3)
总前束角(Total Toe)		最小值(Min.)	理想值(Pref.)	最大值(Max.)				
		0′	0°10′	0°20′				
最大推进角(Max Thrust Angle)			0°15′					
车身高度(Ride Height)/mm	—	—	—		—	—	—	
车轴偏角(Setback)/mm	−8	0	8		−8	0	8	

2. 进行定位调整

(1) 前车轮外倾角调整(可调式上滑柱支架)

1）调整指导。调整车轮外倾角时，拆下上滑柱支架固定螺栓，向下推动上滑柱支架，旋转 180°，外侧位置标记将产生正外倾角变化（图 29-4）。

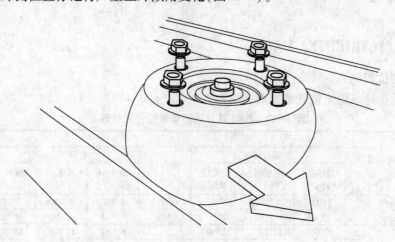

图 29-4 前车轮外倾角调整（可调式上滑柱支架）

2）调整所及部件：无备件需求，无需更改零件。

3）专用工具：使用常规工具，无需专用工具。

（2）前轮前束调整（可调式转向横拉杆）

1）调整指导。调整前束角时，拧松转向拉杆锁止螺母，用扳手转动转向拉杆直至获得满意的前束角读数（图 29-2）。

2）调整所及部件：无备件需求，无需更改零件。

3）专用工具：使用常规工具，无需专用工具。

（3）后车轮前束调整（可调式连接件）

1）调整指导。调整前束角时，拧松转向拉杆锁止螺母，用扳手转动转向拉杆直至获得满意的前束角读数（图 29-5）。

2）调整所及部件：无备件需求，无需更改零件。

3）专用工具：使用常规工具，无需专用工具。

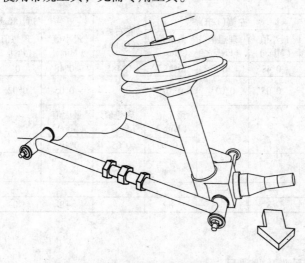

图 29-5 后车轮前束调整（可调式连接件）

29.6 丘比特

2003 款丘比特(TRIBUTE)车型

1. 车轮定位规范

2003 款丘比特车轮定位规范见表29-17。

表 29-17　2003 款丘比特车轮定位数据表

前车轮(Front):

定位参数 \ 定位规范	左侧(Left)			左右差(Cross)	右侧(Right)			调整提示(Adjusting)
	最小值(Min.)	理想值(Pref.)	最大值(Max.)		最小值(Min.)	理想值(Pref.)	最大值(Max.)	
主销后倾角(Caster)	1°00′	1°48′	2°30′	0°45′	1°00′	1°48′	2°30′	
车轮外倾角(Camber)	−1°18′	−0°30′	0°18′	0°48′	−1°18′	−0°30′	0°18′	
主销内倾角(SAI)	10°00′	11°00′	12°00′		10°00′	11°00′	12°00′	
单侧前束角(Individual Toe)	−0°10′	−0°02′	0°05′		−0°10′	−0°02′	0°05′	
总前束角(Total Toe)				最小值(Min.)	理想值(Pref.)	最大值(Max.)		
				−0°19′	−0°05′	0°10′		
包容角(Included Angle)	—	—	—		—	—	—	
转向前展角(Toe Out On Turns)	—	—	—		—	—	—	
车轮最大内转角(Max Turn Inside)	—	—	—		—	—	—	
车轮最大外转角(Max Turn Outside)	—	—	—		—	—	—	
前束曲线调整(Toe Curve Adjust)	—	—	—		—	—	—	
前束曲线控制(Toe Curve Control)	—	—	—		—	—	—	
车身高度(Ride Height)/mm	—	—	—		—	—	—	
车轴偏角(Setback)/mm	−8	0	8		−8	0	8	

后车轮(Rear):

定位参数 \ 定位规范	左侧(Left)			左右差(Cross)	右侧(Right)			调整提示(Adjusting)
	最小值(Min.)	理想值(Pref.)	最大值(Max.)		最小值(Min.)	理想值(Pref.)	最大值(Max.)	
车轮外倾角(Camber)	−0°48′	0′	0°48′	0°48′	−0°48′	0′	0°48′	
单侧前束角(Individual Toe)	−0°05′	0°02′	0°10′		−0°05′	0°02′	0°10′	
总前束角(Total Toe)				最小值(Min.)	理想值(Pref.)	最大值(Max.)		
				−0°10′	0°05′	0°19′		
最大推进角(Max Thrust Angle)				0°15′				
车身高度(Ride Height)/mm	—	—	—		—	—	—	
车轴偏角(Setback)/mm	−8	0	8		−8	0	8	

2. 进行定位调整

制造商未提供或不涉及此项目。

第30章 华晨宝马

30.1 宝马525

30.1.1 2007 款宝马525i 车型

1. 车轮定位规范

2007 款宝马525i 导航版车轮定位规范见表30-1。

表 30-1　2007 款宝马525i 导航版车轮定位数据表

前车轮(Front)：

定位规范 / 定位参数	左侧(Left)			左右差(Cross)	右侧(Right)			调整提示(Adjusting)
	最小值(Min.)	理想值(Pref.)	最大值(Max.)		最小值(Min.)	理想值(Pref.)	最大值(Max.)	
主销后倾角(Caster)	5°58′	6°28′	6°58′	0°30′	5°58′	6°28′	6°58′	
车轮外倾角(Camber)	−0°43′	−0°13′	0°17′	0°40′	−0°43′	−0°13′	0°17′	
主销内倾角(SAI)								
单侧前束角(Individual Toe)	−0°02′	0°02′	0°07′		−0°02′	0°02′	0°07′	见定位调整(1)
总前束角(Total Toe)			最小值(Min.)	理想值(Pref.)	最大值(Max.)			
			−0°05′	0°05′	0°14′			
包容角(Included Angle)	—	—			—	—	—	
转向前展角(Toe Out On Turns)	—	20°00′	—		—	20°00′	—	
车轮最大内转角(Max Turn Inside)	—	42°00′	—		—	42°00′	—	
车轮最大外转角(Max Turn Outside)	—	33°30′	—		—	33°30′	—	
前束曲线调整(Toe Curve Adjust)	—	—	—		—	—	—	
前束曲线控制(Toe Curve Control)	—	—	—		—	—	—	
车身高度(Ride Height)/mm	569	579	589		569	579	589	
车轴偏角(Setback)/mm	−8	0	8		−8	0	8	

后车轮(Rear)：

定位规范 / 定位参数	左侧(Left)			左右差(Cross)	右侧(Right)			调整提示(Adjusting)
	最小值(Min.)	理想值(Pref.)	最大值(Max.)		最小值(Min.)	理想值(Pref.)	最大值(Max.)	
车轮外倾角(Camber)	−2°09′	−2°04′	−1°59′	0°15′	−2°09′	−2°04′	−1°59′	见定位调整(2)
单侧前束角(Individual Toe)	0°09′	0°11′	0°13′		0°09′	0°11′	0°13′	见定位调整(3)

（续）

后车轮(Rear)：

定位规范 定位参数	左侧(Left)			左右差 (Cross)	右侧(Right)			调整提示 (Adjusting)
	最小值 (Min.)	理想值 (Pref.)	最大值 (Max.)		最小值 (Min.)	理想值 (Pref.)	最大值 (Max.)	
总前束角(Total Toe)				最小值 (Min.)	理想值 (Pref.)	最大值 (Max.)		
				0°19′	0°22′	0°26′		
最大推进角 (Max Thrust Angle)				0°12′				
车身高度(Ride Height)/mm	537	547	557		537	547	557	
车轴偏角(Setback)/mm	−8	0	8		−8	0	8	

2. 进行定位调整

（1）前车轮前束调整(可调式转向横拉杆)

1）调整指导。调整前束角时，拧松转向拉杆锁止螺母，用扳手转动转向拉杆直至获得满意的前束角读数，见图30-1。

2）调整所及部件：无备件需求，无需更改零件。

3）专用工具：使用常规工具，无需专用工具。

（2）后车轮外倾角调整(偏心式凸轮)

1）调整指导。调整车轮外倾角时，拧松下轴调整螺栓，转动偏心凸轮直至得到满意的读数，见图30-2。

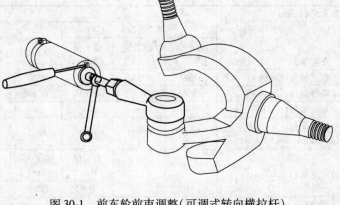

图30-1　前车轮前束调整(可调式转向横拉杆)

提示：过度使用调整螺栓时，需要更换锁止螺母。

2）调整所及部件。无备件需求，无需更改零件。

3）专用工具：使用常规工具，无需专用工具。

（3）后车轮前束调整

1）调整指导。调整单侧前束时：

① 拧松连接臂偏心凸轮螺栓，见图30-3。

② 顺时针或逆时针转动偏心凸轮，直至达到想要的前束值。

③ 拧紧偏心凸轮螺栓。

2）调整所及部件：无备件需求，无需更改零件。

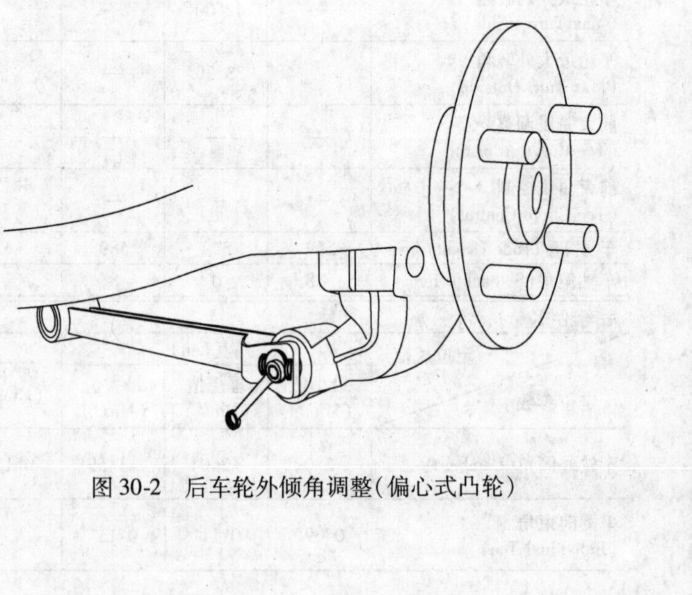

图30-2　后车轮外倾角调整(偏心式凸轮)

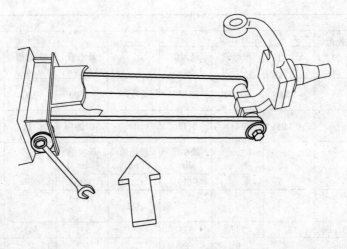

图 30-3　后车轮前束调整

3）专用工具：使用常规工具，无需专用工具。

30.1.2　2007 款宝马 525Li 车型

1. 车轮定位规范

2007 款宝马 525Li 典雅版车轮定位规范见表 30-2。

表 30-2　2007 款宝马 525Li 典雅版车轮定位数据表

前车轮（Front）： 　　　定位规范 定位参数	左侧（Left）			左右差 （Cross）	右侧（Right）			调整提示 （Adjusting）
	最小值 （Min.）	理想值 （Pref.）	最大值 （Max.）		最小值 （Min.）	理想值 （Pref.）	最大值 （Max.）	
主销后倾角（Caster）	5°58′	6°28′	6°58′	0°30′	5°58′	6°28′	6°58′	
车轮外倾角（Camber）	−0°43′	−0°13′	0°17′	0°40′	−0°43′	−0°13′	0°17′	
主销内倾角（SAI）	—							
单侧前束角 （Individual Toe）	−0°02′	0°02′	0°07′		−0°02′	0°02′	0°07′	见定位调整（1）
总前束角（Total Toe）		最小值 （Min.）	理想值 （Pref.）	最大值 （Max.）				
		−0°05′	0°05′	0°14′				
包容角（Included Angle）	—	—	—		—	—	—	
转向前展角 （Toe Out On Turns）	—	20°00′	—		—	20°00′	—	
车轮最大内转角 （Max Turn Inside）	—	42°00′	—		—	42°00′	—	
车轮最大外转角 （Max Turn Outside）	—	33°30′	—		—	33°30′	—	
前束曲线调整 （Toe Curve Adjust）	—	—	—		—	—	—	
前束曲线控制 （Toe Curve Control）	—	—	—		—	—	—	
车身高度（Ride Height）/mm	569	579	589		569	579	589	
车轴偏角（Setback）/mm	−8	0	8		−8	0	8	

（续）

后车轮（Rear）：

定位规范 定位参数	左侧（Left）			左右差 （Cross）	右侧（Right）			调整提示 （Adjusting）
	最小值 （Min.）	理想值 （Pref.）	最大值 （Max.）		最小值 （Min.）	理想值 （Pref.）	最大值 （Max.）	
车轮外倾角（Camber）	-2°09′	-2°04′	-1°59′	0°15′	-2°09′	-2°04′	-1°59′	见定位调整（2）
单侧前束角 （Individual Toe）	0°09′	0°11′	0°13′		0°09′	0°11′	0°13′	见定位调整（3）
总前束角（Total Toe）				最小值 （Min.）	理想值 （Pref.）	最大值 （Max.）		
				0°19′	0°22′	0°26′		
最大推进角 （Max Thrust Angle）				0°12′				
车身高度（Ride Height）/mm	537	547	557		537	547	557	
车轴偏角（Setback）/mm	-8	0	8		-8	0	8	

2. 进行定位调整

与 2007 款宝马 525i 车型调整方法相同。

30.1.3　2004 款宝马 525i 车型

1. 车轮定位规范

2004 款宝马 525i 车轮定位规范见表 30-3。

表 30-3　2004 款宝马 525i 车轮定位数据表

前车轮（Front）：

定位规范 定位参数	左侧（Left）			左右差 （Cross）	右侧（Right）			调整提示 （Adjusting）
	最小值 （Min.）	理想值 （Pref.）	最大值 （Max.）		最小值 （Min.）	理想值 （Pref.）	最大值 （Max.）	
主销后倾角（Caster）	5°58′	6°28′	6°58′	0°30′	5°58′	6°28′	6°58′	
车轮外倾角（Camber）	-0°43′	-0°13′	0°17′	0°40′	-0°43′	-0°13′	0°17′	
主销内倾角（SAI）	—				—			
单侧前束角 （Individual Toe）	-0°02′	0°02′	0°07′		-0°02′	0°02′	0°07′	见定位调整（1）
总前束角（Total Toe）				最小值 （Min.）	理想值 （Pref.）	最大值 （Max.）		
				-0°05′	0°05′	0°14′		
包容角（Included Angle）	—	—	—		—	—	—	
转向前展角 （Toe Out On Turns）	—	20°00′	—		—	20°00′	—	
车轮最大内转角 （Max Turn Inside）	—	42°00′	—		—	42°00′	—	
车轮最大外转角 （Max Turn Outside）	—	33°30′	—		—	33°30′	—	
前束曲线调整 （Toe Curve Adjust）								
前束曲线控制 （Toe Curve Control）	—	—	—		—	—	—	
车身高度（Ride Height）/mm	569	579	589		569	579	589	

（续）

前车轮（Front）：

定位规范 定位参数	左侧（Left）			左右差 （Cross）	右侧（Right）			调整提示 （Adjusting）
	最小值 （Min.）	理想值 （Pref.）	最大值 （Max.）		最小值 （Min.）	理想值 （Pref.）	最大值 （Max.）	
车轴偏角（Setback）/mm	-8	0	8		-8	0	8	

后车轮（Rear）：

定位规范 定位参数	左侧（Left）			左右差 （Cross）	右侧（Right）			调整提示 （Adjusting）
	最小值 （Min.）	理想值 （Pref.）	最大值 （Max.）		最小值 （Min.）	理想值 （Pref.）	最大值 （Max.）	
车轮外倾角（Camber）	-2°09′	-2°04′	-1°59′	0°15′	-2°09′	-2°04′	-1°59′	见定位调整（2）
单侧前束角 （Individual Toe）	0°09′	0°11′	0°13′		0°09′	0°11′	0°13′	见定位调整（3）
总前束角（Total Toe）		最小值 （Min.） 0°19′	理想值 （Pref.） 0°22′	最大值 （Max.） 0°26′				
最大推进角 （Max Thrust Angle）			0°12′					
车身高度（Ride Height）/mm	537	547	557		537	547	557	
车轴偏角（Setback）/mm	-8	0	8		-8	0	8	

2. 进行定位调整

与 2007 款宝马 525i 车型调整方法相同。

30.2　宝马 530

30.2.1　2007 款宝马 530 车型

1. 车轮定位规范

2007 款宝马 530i/宝马 530Li/宝马 530Li 典雅版车轮定位规范见表 30-4。

表 30-4　2007 款宝马 530i/宝马 530Li/宝马 530Li 典雅版车轮定位数据表

前车轮（Front）：

定位规范 定位参数	左侧（Left）			左右差 （Cross）	右侧（Right）			调整提示 （Adjusting）
	最小值 （Min.）	理想值 （Pref.）	最大值 （Max.）		最小值 （Min.）	理想值 （Pref.）	最大值 （Max.）	
主销后倾角（Caster）	5°45′	6°15′	6°45′	0°30′	5°45′	6°15′	6°45′	
车轮外倾角（Camber）	-0°17′	0°13′	0°43′	0°40′	-0°17′	0°13′	0°43′	
主销内倾角（SAI）	—	—	—		—	—	—	
单侧前束角 （Individual Toe）	-0°02′	0°02′	0°07′		-0°02′	0°02′	0°07′	见定位调整（1）
总前束角（Total Toe）		最小值 （Min.） -0°05′	理想值 （Pref.） 0°05′	最大值 （Max.） 0°14′				
包容角（Included Angle）	—	—	—		—	—	—	
转向前展角 （Toe Out On Turns）	—	20°00′	—		—	20°00′	—	

(续)

前车轮(Front):

定位参数 \ 定位规范	左侧(Left)			左右差(Cross)	右侧(Right)			调整提示(Adjusting)
	最小值(Min.)	理想值(Pref.)	最大值(Max.)		最小值(Min.)	理想值(Pref.)	最大值(Max.)	
车轮最大内转角(Max Turn Inside)	—	43°00′	—	—	—	43°00′	—	
车轮最大外转角(Max Turn Outside)	—	34°00′	—	—	—	34°00′	—	
前束曲线调整(Toe Curve Adjust)	—	—	—	—	—	—	—	
前束曲线控制(Toe Curve Control)	—	—	—	—	—	—	—	
车身高度(Ride Height)/mm	—	—	—	—	—	—	—	
车轴偏角(Setback)/mm	−8	0	8		−8	0	8	

后车轮(Rear):

定位参数 \ 定位规范	左侧(Left)			左右差(Cross)	右侧(Right)			调整提示(Adjusting)
	最小值(Min.)	理想值(Pref.)	最大值(Max.)		最小值(Min.)	理想值(Pref.)	最大值(Max.)	
车轮外倾角(Camber)	−2°09′	−2°04′	−1°59′	0°15′	−2°09′	−2°04′	−1°59′	见定位调整(2)
单侧前束角(Individual Toe)	0°09′	0°11′	0°13′		0°09′	0°11′	0°13′	见定位调整(3)
总前束角(Total Toe)			最小值(Min.) 0°19′	理想值(Pref.) 0°22′	最大值(Max.) 0°26′			
最大推进角(Max Thrust Angle)				0°12′				
车身高度(Ride Height)/mm	—	—	—	—	—	—	—	
车轴偏角(Setback)/mm	−8	0	8		−8	0	8	

2. 进行定位调整

与2007款宝马525i车型调整方法相同。

30.2.2 2004款宝马530i车型

1. 车轮定位规范

2004款宝马530i车轮定位规范,参见表30-5。

表30-5 2004款宝马530i车轮定位数据表

前车轮(Front):

定位参数 \ 定位规范	左侧(Left)			左右差(Cross)	右侧(Right)			调整提示(Adjusting)
	最小值(Min.)	理想值(Pref.)	最大值(Max.)		最小值(Min.)	理想值(Pref.)	最大值(Max.)	
主销后倾角(Caster)	5°45′	6°15′	6°45′	0°30′	5°45′	6°15′	6°45′	
车轮外倾角(Camber)	−0°17′	0°13′	0°43′	0°40′	−0°17′	0°13′	0°43′	
主销内倾角(SAI)	—	—	—	—	—	—	—	
单侧前束角(Individual Toe)	−0°02′	0°02′	0°07′		−0°02′	0°02′	0°07′	见定位调整(1)

（续）

前车轮（Front）：

定位规范　　定位参数	左侧（Left）			左右差（Cross）	右侧（Right）			调整提示（Adjusting）
	最小值（Min.）	理想值（Pref.）	最大值（Max.）		最小值（Min.）	理想值（Pref.）	最大值（Max.）	
总前束角（Total Toe）			最小值（Min.）　−0°05′	理想值（Pref.）　0°05′	最大值（Max.）　0°14′			
包容角（Included Angle）	—	—	—	—	—	—	—	
转向前展角（Toe Out On Turns）	—	20°00′	—	—	—	20°00′	—	
车轮最大内转角（Max Turn Inside）	—	43°00′	—	—	—	43°00′	—	
车轮最大外转角（Max Turn Outside）	—	34°00′	—	—	—	34°00′	—	
前束曲线调整（Toe Curve Adjust）								
前束曲线控制（Toe Curve Control）								
车身高度（Ride Height）/mm	—	—	—		—	—	—	
车轴偏角（Setback）/mm	−8	0	8		−8	0	8	

后车轮（Rear）：

定位规范　　定位参数	左侧（Left）			左右差（Cross）	右侧（Right）			调整提示（Adjusting）
	最小值（Min.）	理想值（Pref.）	最大值（Max.）		最小值（Min.）	理想值（Pref.）	最大值（Max.）	
车轮外倾角（Camber）	−2°09′	−2°04′	−1°59′	0°15′	−2°09′	−2°04′	−1°59′	见定位调整（2）
单侧前束角（Individual Toe）	0°09′	0°11′	0°13′		0°09′	0°11′	0°13′	见定位调整（3）
总前束角（Total Toe）			最小值（Min.）　0°19′	理想值（Pref.）　0°22′	最大值（Max.）　0°26′			
最大推进角（Max Thrust Angle）				0°12′				
车身高度（Ride Height）/mm	—	—	—		—	—	—	
车轴偏角（Setback）/mm	−8	0	8		−8	0	8	

2. 进行定位调整

与 2007 款宝马 525i 车型调整方法相同。

30.3　新宝马 325i

2007 款新宝马 325i 车型

1. 车轮定位规范

2007 款新宝马 325i（时尚版/领先版）车轮定位规范见表 30-6。

表 30-6　2007 款新宝马 325i(时尚版/领先版)车轮定位数据表

前车轮(Front)：

定位规范 定位参数	左侧(Left)			左右差 (Cross)	右侧(Right)			调整提示 (Adjusting)
	最小值 (Min.)	理想值 (Pref.)	最大值 (Max.)		最小值 (Min.)	理想值 (Pref.)	最大值 (Max.)	
主销后倾角(Caster)	4°15′	4°45′	5°15′	—	4°15′	4°45′	5°15′	
车轮外倾角(Camber)	−0°56′	−0°39′	−0°22′	—	−0°56′	−0°39′	−0°22′	
主销内倾角(SAI)	—	—	—	—	—	—	—	
单侧前束角(Individual Toe)	0°06′	0°09′	0°13′		0°06′	0°09′	0°13′	
总前束角(Total Toe)		最小值 (Min.)	理想值 (Pref.)	最大值 (Max.)				
		0°11′	0°18′	0°26′				
包容角(Included Angle)	—	—	—	—	—	—	—	
转向前展角 (Toe Out On Turns)	—	—	—	—	—	—	—	
车轮最大内转角 (Max Turn Inside)	—	—	—	—	—	—	—	
车轮最大外转角 (Max Turn Outside)	—	—	—	—	—	—	—	
前束曲线调整 (Toe Curve Adjust)	—	—	—	—	—	—	—	
前束曲线控制 (Toe Curve Control)	—	—	—	—	—	—	—	
车身高度(Ride Height)/mm	—	—	—	—	—	—	—	
车轴偏角(Setback)/mm	−8	0	8		−8	0	8	

后车轮(Rear)：

定位规范 定位参数	左侧(Left)			左右差 (Cross)	右侧(Right)			调整提示 (Adjusting)
	最小值 (Min.)	理想值 (Pref.)	最大值 (Max.)		最小值 (Min.)	理想值 (Pref.)	最大值 (Max.)	
车轮外倾角(Camber)	−1°50′	−1°17′	−0°45′	—	−1°50′	−1°17′	−0°45′	
单侧前束角(Individual Toe)	0°09′	0°12′	0°15′		0°09′	0°12′	0°15′	
总前束角(Total Toe)		最小值 (Min.)	理想值 (Pref.)	最大值 (Max.)				
		0°18′	0°24′	0°30′				
最大推进角 (Max Thrust Angle)			0°15′					
车身高度(Ride Height)/mm	—	—	—		—	—	—	
车轴偏角(Setback)/mm	−8	0	8		−8	0	8	

2. 进行定位调整

制造商未提供或不涉及此项目。

30.4　宝马 318

2004 款宝马 318 车型

1. 车轮定位规范

2004 款宝马 318 车轮定位规范见表 30-7。

表 30-7　2004 款宝马 318 车轮定位数据表

前车轮（Front）：

定位规范 定位参数	左侧（Left）			左右差 （Cross）	右侧（Right）			调整提示 （Adjusting）
	最小值 （Min.）	理想值 （Pref.）	最大值 （Max.）		最小值 （Min.）	理想值 （Pref.）	最大值 （Max.）	
主销后倾角（Caster）	4°54′	5°24′	5°54′	0°30′	4°54′	5°24′	5°54′	
车轮外倾角（Camber）	−0°42′	−0°18′	0°06′	0°24′	−0°42′	−0°18′	0°06′	见定位调整（1）
主销内倾角（SAI）	—	—	—		—	—	—	
单侧前束角 （Individual Toe）	0°03′	0°07′	0°11′		0°03′	0°07′	0°11′	见定位调整（2）
总前束角（Total Toe）		最小值 （Min.）	理想值 （Pref.）	最大值 （Max.）				
		0°06′	0°14′	0°22′				
包容角（Included Angle）	—	—	—		—	—	—	
转向前展角 （Toe Out On Turns）	1°52′	1°58′	2°52′		1°52′	1°58′	2°52′	
车轮最大内转角 （Max Turn Inside）	—	43°36′	—		—	43°36′	—	
车轮最大外转角 （Max Turn Outside）	—	35°36′	—		—	35°36′	—	
前束曲线调整 （Toe Curve Adjust）	—	—	—		—	—	—	
前束曲线控制 （Toe Curve Control）	—	—	—		—	—	—	
车身高度（Ride Height）/mm								
车轴偏角（Setback）/mm	−8	0	8		−8	0	8	

后车轮（Rear）：

定位规范 定位参数	左侧（Left）			左右差 （Cross）	右侧（Right）			调整提示 （Adjusting）
	最小值 （Min.）	理想值 （Pref.）	最大值 （Max.）		最小值 （Min.）	理想值 （Pref.）	最大值 （Max.）	
车轮外倾角（Camber）	−1°48′	−1°30′	−1°12′	0°18′	−1°48′	−1°30′	−1°12′	见定位调整（3）
单侧前束角 （Individual Toe）	0°05′	0°08′	0°11′		0°05′	0°08′	0°11′	见定位调整（4）
总前束角（Total Toe）		最小值 （Min.）	理想值 （Pref.）	最大值 （Max.）				
		0°10′	0°16′	0°22′				
最大推进角 （Max Thrust Angle）			0°06′					
车身高度（Ride Height）/mm	—	—	—		—	—	—	
车轴偏角（Setback）/mm	−8	0	8		−8	0	8	

2. 进行定位调整

（1）前车轮外倾角调整

1）调整指导（图 30-4）：

① 拆下并丢弃定位销，拆除螺母 1。

② 将螺母 3 旋松 1.5 圈。

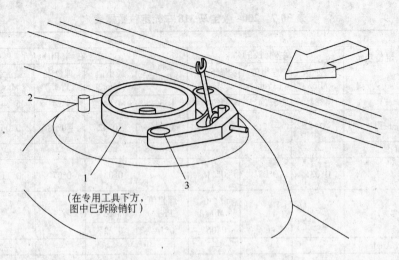

（在专用工具下方，
图中已拆除销钉）

图 30-4　前车轮外倾角调整

③ 在螺母 3 上插入制造商提供的专用工具。通过转动专用工具上的螺母来调整车轮外倾角至规范值。

④ 车轮外倾角最大变化范围是 ±18′。

⑤ 更换并拧紧螺母 2，拆除专用工具。

⑥ 更换并拧紧螺母 3。

2）调整所及部件：无备件需求。需要使用定位销拆除器。

3）专用工具：需要使用 BMW AG 提供的编号为 323140 的专用工具。

（2）前车轮前束调整（可调式转向横拉杆）

1）调整指导。调整前束角时，拧松转向拉杆锁止螺母，用扳手转动转向拉杆直至获得满意的前束角读数（图 30-1）。

2）调整所及部件：无备件需求，无需更改零件。

3）专用工具：使用常规工具，无需专用工具。

（3）后车轮外倾角调整（偏心式凸轮）

1）调整指导。调整车轮外倾角时，拧松下轴调整螺栓，转动偏心凸轮直至得到满意的读数（图 30-2）。

提示：过度使用调整螺栓时，需要更换锁止螺母。

2）调整所及部件：无备件需求，无需更改零件。

3）专用工具：使用常规工具，无需专用工具。

（4）后轮前束调整

1）调整指导（图 30-5）：

① 将安全板螺栓拧松大约 1.5 圈。

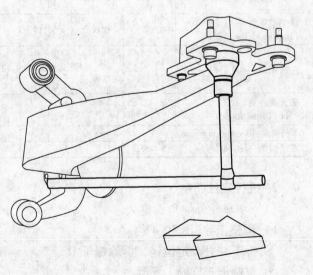

图 30-5　后轮前束调整

② 将专用工具安装在螺栓头上，安装上接杆工具。

③ 转动调整前束的专用工具，使后轮前束达到规范值。

④ 拧紧安全板螺栓。

2) 调整所及部件：无备件需求，无需更改零件。

3) 专用工具：需要使用 BMW AG 提供的编号为 323030 或 323080 的专用工具。

30.5 宝马 325

2004 款宝马 325 车型

1. 车轮定位规范

2004 款宝马 325 车轮定位规范见表 30-8。

表 30-8 2004 款宝马 325 车轮定位数据表

前车轮(Front)：

定位规范 / 定位参数	左侧(Left)			左右差 (Cross)	右侧(Right)			调整提示 (Adjusting)
	最小值 (Min.)	理想值 (Pref.)	最大值 (Max.)		最小值 (Min.)	理想值 (Pref.)	最大值 (Max.)	
主销后倾角(Caster)	4°15′	4°45′	5°15′	—	4°15′	4°45′	5°15′	
车轮外倾角(Camber)	−0°56′	−0°39′	−0°22′	—	−0°56′	−0°39′	−0°22′	
主销内倾角(SAI)				—	—	—	—	
单侧前束角(Individual Toe)	0°06′	0°09′	0°13′		0°06′	0°09′	0°13′	
总前束角(Total Toe)			最小值 (Min.) 0°11′	理想值 (Pref.) 0°18′	最大值 (Max.) 0°26′			
包容角(Included Angle)	—	—	—		—	—	—	
转向前展角 (Toe Out On Turns)	—	—	—		—	—	—	
车轮最大内转角 (Max Turn Inside)	—	—	—		—	—	—	
车轮最大外转角 (Max Turn Outside)	—	—	—		—	—	—	
前束曲线调整 (Toe Curve Adjust)								
前束曲线控制 (Toe Curve Control)	—	—	—		—	—	—	
车身高度(Ride Height)/mm	—	—	—		—	—	—	
车轴偏角(Setback)/mm	−8	0	8		−8	0	8	

后车轮(Rear)：

定位规范 / 定位参数	左侧(Left)			左右差 (Cross)	右侧(Right)			调整提示 (Adjusting)
	最小值 (Min.)	理想值 (Pref.)	最大值 (Max.)		最小值 (Min.)	理想值 (Pref.)	最大值 (Max.)	
车轮外倾角(Camber)	−1°50′	−1°17′	−0°45′	0′	−1°50′	−1°17′	−0°45′	
单侧前束角(Individual Toe)	0°09′	0°12′	0°15′		0°09′	0°12′	0°15′	
总前束角(Total Toe)			最小值 (Min.) 0°18′	理想值 (Pref.) 0°24′	最大值 (Max.) 0°30′			

(续)

后车轮(Rear)：

定位规范　定位参数	左侧(Left)			左右差(Cross)	右侧(Right)			调整提示(Adjusting)
	最小值(Min.)	理想值(Pref.)	最大值(Max.)		最小值(Min.)	理想值(Pref.)	最大值(Max.)	
最大推进角(Max Thrust Angle)				0°15′				
车身高度(Ride Height)/mm	—	—	—		—	—	—	
车轴偏角(Setback)/mm	-8	0	8		-8	0	8	

2. 进行定位调整

制造商未提供或不涉及此项目。

30.6　宝马520i

2004款宝马520i车型

1. 车轮定位规范

2004款宝马520i车轮定位规范见表30-9。

表30-9　2004款宝马520i车轮定位数据表

前车轮(Front)：

定位规范　定位参数	左侧(Left)			左右差(Cross)	右侧(Right)			调整提示(Adjusting)
	最小值(Min.)	理想值(Pref.)	最大值(Max.)		最小值(Min.)	理想值(Pref.)	最大值(Max.)	
主销后倾角(Caster)	5°58′	6°28′	6°58′	0°30′	5°58′	6°28′	6°58′	
车轮外倾角(Camber)	-0°43′	-0°13′	0°17′	0°40′	-0°43′	-0°13′	0°17′	
主销内倾角(SAI)	—	—	—		—	—	—	
单侧前束角(Individual Toe)	-0°02′	0°02′	0°07′		-0°02′	0°02′	0°07′	见定位调整(1)
总前束角(Total Toe)		最小值(Min.)	理想值(Pref.)	最大值(Max.)				
		-0°05′	0°05′	0°14′				
包容角(Included Angle)	—	—	—		—	—	—	
转向前展角(Toe Out On Turns)	—	20°00′	—		—	20°00′	—	
车轮最大内转角(Max Turn Inside)	—	42°00′	—		—	42°00′	—	
车轮最大外转角(Max Turn Outside)	—	33°30′	—		—	33°30′	—	
前束曲线调整(Toe Curve Adjust)	—	—	—		—	—	—	
前束曲线控制(Toe Curve Control)	—	—	—		—	—	—	
车身高度(Ride Height)/mm	569	579	589		569	579	589	
车轴偏角(Setback)/mm	-8	0	8		-8	0	8	

（续）

后车轮（Rear）：

定位参数 \ 定位规范	左侧（Left）			左右差（Cross）	右侧（Right）			调整提示（Adjusting）
	最小值（Min.）	理想值（Pref.）	最大值（Max.）		最小值（Min.）	理想值（Pref.）	最大值（Max.）	
车轮外倾角（Camber）	−2°09′	−2°04′	−1°59′	0°15′	−2°09′	−2°04′	−1°59′	见定位调整（2）
单侧前束角（Individual Toe）	0°09′	0°11′	0°13′		0°09′	0°11′	0°13′	见定位调整（3）
总前束角（Total Toe）	最小值（Min.）	理想值（Pref.）	最大值（Max.）					
	0°19′	0°22′	0°26′					
最大推进角（Max Thrust Angle）				0°12′				
车身高度（Ride Height）/mm	537	547	557		537	547	557	
车轴偏角（Setback）/mm	−8	0	8		−8	0	8	

2. 进行定位调整

与 2007 款宝马 525i 车型调整方法相同。

30.7 宝马 3 系

30.7.1 2006 款宝马 3 系（E92）车型

1. 车轮定位规范

2006 款宝马 3 系（E92）车轮定位规范见表 30-10。

表 30-10 2006 款宝马 3 系（E92）车轮定位数据表

前车轮（Front）：

定位参数 \ 定位规范	左侧（Left）			左右差（Cross）	右侧（Right）			调整提示（Adjusting）
	最小值（Min.）	理想值（Pref.）	最大值（Max.）		最小值（Min.）	理想值（Pref.）	最大值（Max.）	
主销后倾角（Caster）	6°35′	7°05′	7°35′	—	6°35′	7°05′	7°35′	
车轮外倾角（Camber）	−0°38′	−0°18′	0°02′	0°30′	−0°38′	−0°18′	0°02′	见定位调整（1）
主销内倾角（SAI）	—							
单侧前束角（Individual Toe）	0°02′	0°07′	0°12′		0°02′	0°07′	0°12′	见定位调整（2）
总前束角（Total Toe）	最小值（Min.）	理想值（Pref.）	最大值（Max.）					
	0°04′	0°14′	0°24′					
包容角（Included Angle）	—							
转向前展角（Toe Out On Turns）	1°10′	1°40′	2°10′		1°10′	1°40′	2°10′	
车轮最大内转角（Max Turn Inside）	—	41°05′	—		—	41°05′	—	
车轮最大外转角（Max Turn Outside）	—	33°18′	—		—	33°18′	—	

(续)

前车轮(Front):

定位参数 \ 定位规范	左侧(Left)			左右差(Cross)	右侧(Right)			调整提示(Adjusting)
	最小值(Min.)	理想值(Pref.)	最大值(Max.)		最小值(Min.)	理想值(Pref.)	最大值(Max.)	
前束曲线调整(Toe Curve Adjust)	—	—	—	—	—	—	—	
前束曲线控制(Toe Curve Control)	—	—	—		—	—	—	
车身高度(Ride Height)/mm	—	—	—		—	—	—	
车轴偏角(Setback)/mm	−8	0	8		−8	0	8	

后车轮(Rear):

定位参数 \ 定位规范	左侧(Left)			左右差(Cross)	右侧(Right)			调整提示(Adjusting)
	最小值(Min.)	理想值(Pref.)	最大值(Max.)		最小值(Min.)	理想值(Pref.)	最大值(Max.)	
车轮外倾角(Camber)	−1°45′	−1°30′	−1°15′	0°30′	−1°45′	−1°30′	−1°15′	见定位调整(3)
单侧前束角(Individual Toe)	0°06′	0°09′	0°12′		0°06′	0°09′	0°12′	见定位调整(4)
总前束角(Total Toe)		最小值(Min.)	理想值(Pref.)	最大值(Max.)				
		0°12′	0°18′	0°24′				
最大推进角(Max Thrust Angle)			0°12′					
车身高度(Ride Height)/mm	—	—	—		—	—	—	
车轴偏角(Setback)/mm	−8	0	8		−8	0	8	

2. 进行定位调整

（1）前车轮外倾角调整

1）调整指导(图30-4)：

① 拆下并丢弃定位销，拆除螺母。

② 将螺母3旋松1.5圈。

③ 在螺母3上插入制造商提供的专用工具。通过转动专用工具上的螺母来调整车轮外倾角至规范值。

④ 车轮外倾角最大变化范围是±18′。

⑤ 更换并拧紧螺母2。拆除专用工具。

⑥ 更换并拧紧螺母3。

2）调整所及部件：无备件需求。需要使用定位销拆除器。

3）专用工具：需要使用BMW AG提供的编号为323140的专用工具。

（2）前车轮前束调整(可调式转向横拉杆)

1）调整指导。调整前束角时，拧松转向拉杆锁止螺母，用扳手转动转向拉杆直至获得满意的前束角读数(图30-1)。

2）调整所及部件：无备件需求，无需更改零件。

3）专用工具：使用常规工具，无需专用工具。

（3）后车轮外倾角调整(偏心式凸轮)

1）调整指导。调整车轮外倾角时，拧松下轴调整螺栓，转动偏心凸轮直至得到满意的读数（图 30-2）。

提示：过度使用调整螺栓时，需要更换锁止螺母。

2）调整所及部件：无备件需求，无需更改零件。

3）专用工具：使用常规工具，无需专用工具。

（4）后车轮前束调整

1）调整指导。调整单侧前束时（图 30-3）：

① 拧松连接臂偏心凸轮螺栓。

② 顺时针或逆时针转动偏心凸轮，直至达到想要的前束值。

③ 拧紧偏心凸轮螺栓。

2）调整所及部件：无备件需求，无需更改零件。

3）专用工具：使用常规工具，无需专用工具。

30.7.2　2005 款宝马 3 系（E91）车型

1. 车轮定位规范

2005 款宝马 3 系（E91）车轮定位规范见表 30-11。

表 30-11　2005 款宝马 3 系（E91）车轮定位数据表

前车轮（Front）: 定位参数 \ 定位规范	左侧（Left）			左右差（Cross）	右侧（Right）			调整提示（Adjusting）
	最小值（Min.）	理想值（Pref.）	最大值（Max.）		最小值（Min.）	理想值（Pref.）	最大值（Max.）	
主销后倾角（Caster）	6°35′	7°05′	7°35′	—	6°35′	7°05′	7°35′	
车轮外倾角（Camber）	−0°38′	−0°18′	0°02′	0°30′	−0°38′	−0°18′	0°02′	见定位调整（1）
主销内倾角（SAI）	—	—	—		—	—	—	
单侧前束角（Individual Toe）	0°02′	0°07′	0°12′		0°02′	0°07′	0°12′	见定位调整（2）
总前束角（Total Toe）	最小值（Min.）	理想值（Pref.）	最大值（Max.）					
	0°04′	0°14′	0°24′					
包容角（Included Angle）	—	—	—		—	—	—	
转向前展角（Toe Out On Turns）	1°10′	1°40′	2°10′		1°10′	1°40′	2°10′	
车轮最大内转角（Max Turn Inside）	—	41°05′	—		—	41°05′	—	
车轮最大外转角（Max Turn Outside）	—	33°18′	—		—	33°18′	—	
前束曲线调整（Toe Curve Adjust）	—							
前束曲线控制（Toe Curve Control）	—							
车身高度（Ride Height）/mm	—	—	—		—	—	—	
车轴偏角（Setback）/mm	−8	0	8		−8	0	8	

(续)

后车轮(Rear)：

定位规范 / 定位参数	左侧(Left)			左右差(Cross)	右侧(Right)			调整提示(Adjusting)
	最小值(Min.)	理想值(Pref.)	最大值(Max.)		最小值(Min.)	理想值(Pref.)	最大值(Max.)	
车轮外倾角(Camber)	-1°45′	-1°30′	-1°15′	0°30′	-1°45′	-1°30′	-1°15′	见定位调整(3)
单侧前束角(Individual Toe)	0°06′	0°09′	0°12′		0°06′	0°09′	0°12′	见定位调整(4)
总前束角(Total Toe)	最小值(Min.)	理想值(Pref.)	最大值(Max.)					
	0°12′	0°18′	0°24′					
最大推进角(Max Thrust Angle)				0°12′				
车身高度(Ride Height)/mm	—	—	—		—	—	—	
车轴偏角(Setback)/mm	-8	0	8		-8	0	8	

2. 进行定位调整

与2006款宝马3系(E92)车型调整方法相同。

30.7.3　2004款宝马3系(E46)车型

1. 车轮定位规范

2004款宝马3系(E46)车轮定位规范见表30-12。

表30-12　2004款宝马3系(E46)车轮定位数据表

前车轮(Front)：

定位规范 / 定位参数	左侧(Left)			左右差(Cross)	右侧(Right)			调整提示(Adjusting)
	最小值(Min.)	理想值(Pref.)	最大值(Max.)		最小值(Min.)	理想值(Pref.)	最大值(Max.)	
主销后倾角(Caster)	4°54′	5°24′	5°54′	0°30′	4°54′	5°24′	5°54′	
车轮外倾角(Camber)	-0°42′	-0°18′	0°06′	0°24′	-0°42′	-0°18′	0°06′	见定位调整(1)
主销内倾角(SAI)	—	—	—		—	—	—	
单侧前束角(Individual Toe)	0°03′	0°07′	0°11′		0°03′	0°07′	0°11′	见定位调整(2)
总前束角(Total Toe)	最小值(Min.)	理想值(Pref.)	最大值(Max.)					
	0°06′	0°14′	0°22′					
包容角(Included Angle)	—	—	—		—	—	—	
转向前展角(Toe Out On Turns)	1°52′	1°58′	2°52′		1°52′	1°58′	2°52′	
车轮最大内转角(Max Turn Inside)	—	43°36′	—		—	43°36′	—	
车轮最大外转角(Max Turn Outside)	—	35°36′	—		—	35°36′	—	
前束曲线调整(Toe Curve Adjust)	—	—	—		—	—	—	
前束曲线控制(Toe Curve Control)	—	—	—		—	—	—	

（续）

前车轮（Front）：

定位规范 / 定位参数	左侧（Left）			左右差（Cross）	右侧（Right）			调整提示（Adjusting）
	最小值（Min.）	理想值（Pref.）	最大值（Max.）		最小值（Min.）	理想值（Pref.）	最大值（Max.）	
车身高度（Ride Height）/mm	—	—	—		—	—	—	
车轴偏角（Setback）/mm	−8	0	8		−8	0	8	

后车轮（Rear）：

定位规范 / 定位参数	左侧（Left）			左右差（Cross）	右侧（Right）			调整提示（Adjusting）
	最小值（Min.）	理想值（Pref.）	最大值（Max.）		最小值（Min.）	理想值（Pref.）	最大值（Max.）	
车轮外倾角（Camber）	−1°48′	−1°30′	−1°12′	0°18′	−1°48′	−1°30′	−1°12′	见定位调整（3）
单侧前束角（Individual Toe）	0°05′	0°08′	0°11′		0°05′	0°08′	0°11′	见定位调整（4）
总前束角（Total Toe）				最小值（Min.） 0°10′	理想值（Pref.） 0°16′	最大值（Max.） 0°22′		
最大推进角（Max Thrust Angle）				0°06′				
车身高度（Ride Height）/mm	—	—	—		—	—	—	
车轴偏角（Setback）/mm	−8	0	8		−8	0	8	

2. 进行定位调整

与 2004 款宝马 318 车型调整方法相同。

30.7.4　2004 款宝马 3 系（E90）车型

1. 车轮定位规范

2004 款宝马 3 系（E90）车轮定位规范见表 30-13。

表 30-13　2004 款宝马 3 系（E90）车轮定位数据表

前车轮（Front）：

定位规范 / 定位参数	左侧（Left）			左右差（Cross）	右侧（Right）			调整提示（Adjusting）
	最小值（Min.）	理想值（Pref.）	最大值（Max.）		最小值（Min.）	理想值（Pref.）	最大值（Max.）	
主销后倾角（Caster）	6°35′	7°05′	7°35′	—	6°35′	7°05′	7°35′	
车轮外倾角（Camber）	−0°38′	−0°18′	0°02′	0°30′	−0°38′	−0°18′	0°02′	见定位调整（1）
主销内倾角（SAI）	—	—	—		—	—	—	
单侧前束角（Individual Toe）	0°02′	0°07′	0°12′		0°02′	0°07′	0°12′	见定位调整（2）
总前束角（Total Toe）				最小值（Min.） 0°04′	理想值（Pref.） 0°14′	最大值（Max.） 0°24′		
包容角（Included Angle）	—	—	—		—	—	—	
转向前展角（Toe Out On Turns）	1°10′	1°40′	2°10′		1°10′	1°40′	2°10′	
车轮最大内转角（Max Turn Inside）		41°05′				41°05′		

(续)

前车轮(Front):

定位规范 定位参数	左侧(Left)			左右差 (Cross)	右侧(Right)			调整提示 (Adjusting)
	最小值 (Min.)	理想值 (Pref.)	最大值 (Max.)		最小值 (Min.)	理想值 (Pref.)	最大值 (Max.)	
车轮最大外转角 (Max Turn Outside)	—	33°18′	—		—	33°18′		
前束曲线调整 (Toe Curve Adjust)								
前束曲线控制 (Toe Curve Control)								
车身高度(Ride Height)/mm	—	—	—		—	—	—	
车轴偏角(Setback)/mm	-8	0	8		-8	0	8	

后车轮(Rear):

定位规范 定位参数	左侧(Left)			左右差 (Cross)	右侧(Right)			调整提示 (Adjusting)
	最小值 (Min.)	理想值 (Pref.)	最大值 (Max.)		最小值 (Min.)	理想值 (Pref.)	最大值 (Max.)	
车轮外倾角(Camber)	-1°45′	-1°30′	-1°15′	0°30′	-1°45′	-1°30′	-1°15′	见定位调整(3)
单侧前束角 (Individual Toe)	0°06′	0°09′	0°12′		0°06′	0°09′	0°12′	见定位调整(4)
总前束角(Total Toe)	最小值 (Min.) 0°12′	理想值 (Pref.) 0°18′	最大值 (Max.) 0°24′					
最大推进角 (Max Thrust Angle)		0°12′						
车身高度(Ride Height)/mm	—	—	—		—	—	—	
车轴偏角(Setback)/mm	-8	0	8		-8	0	8	

2. 进行定位调整

与2006款宝马3系(E92)车型调整方法相同。

30.8 宝马5系

30.8.1 2004款宝马5系(E39)车型

1. 车轮定位规范

2004款宝马5系(E39)车轮定位规范见表30-14。

表30-14 2004款宝马5系(E39)车轮定位数据表

前车轮(Front):

定位规范 定位参数	左侧(Left)			左右差 (Cross)	右侧(Right)			调整提示 (Adjusting)
	最小值 (Min.)	理想值 (Pref.)	最大值 (Max.)		最小值 (Min.)	理想值 (Pref.)	最大值 (Max.)	
主销后倾角(Caster)	5°48′	6°18′	6°48′	0°30′	5°48′	6°18′	6°48′	
车轮外倾角(Camber)	-0°43′	-0°13′	0°17′	0°30′	-0°43′	-0°13′	0°17′	
主销内倾角(SAI)								

（续）

前车轮（Front）：

定位规范 定位参数	左侧（Left）			左右差 （Cross）	右侧（Right）			调整提示 （Adjusting）
	最小值 （Min.）	理想值 （Pref.）	最大值 （Max.）		最小值 （Min.）	理想值 （Pref.）	最大值 （Max.）	
单侧前束角 （Individual Toe）	0°02′	0°07′	0°12′		0°02′	0°07′	0°12′	见定位调整（1）
总前束角（Total Toe）			最小值 （Min.）	理想值 （Pref.）	最大值 （Max.）			
			0°04′	0°14′	0°23′			
包容角（Included Angle）	—	—	—	—	—	—	—	
转向前展角 （Toe Out On Turns）	—	20°00′	—	—	—	20°00′	—	
车轮最大内转角 （Max Turn Inside）	—	42°00′	—	—	—	42°00′	—	
车轮最大外转角 （Max Turn Outside）	—	32°36′	—	—	—	32°36′	—	
前束曲线调整 （Toe Curve Adjust）	—	—	—	—	—	—	—	
前束曲线控制 （Toe Curve Control）								
车身高度（Ride Height）/mm								
车轴偏角（Setback）/mm	−8	0	8		−8	0	8	

后车轮（Rear）：

定位规范 定位参数	左侧（Left）			左右差 （Cross）	右侧（Right）			调整提示 （Adjusting）
	最小值 （Min.）	理想值 （Pref.）	最大值 （Max.）		最小值 （Min.）	理想值 （Pref.）	最大值 （Max.）	
车轮外倾角（Camber）	−2°09′	−2°04′	−1°59′	0°15′	−2°09′	−2°04′	−1°59′	见定位调整（2）
单侧前束角 （Individual Toe）	0°09′	0°11′	0°13′		0°09′	0°11′	0°13′	见定位调整（3）
总前束角（Total Toe）			最小值 （Min.）	理想值 （Pref.）	最大值 （Max.）			
			0°19′	0°22′	0°26′			
最大推进角 （Max Thrust Angle）				0°12′				
车身高度（Ride Height）/mm	—	—	—		—	—	—	
车轴偏角（Setback）/mm	−8	0	8		−8	0	8	

2. 进行定位调整

与 2007 款宝马 525i 车型调整方法相同。

30.8.2　2004 款宝马 5 系（E60）车型

1. 车轮定位规范

2004 款宝马 5 系（E60）车轮定位规范见表 30-15。

表 30-15　2004 款宝马 5 系（E60）车轮定位数据表

前车轮（Front）：

定位规范〈br〉定位参数	左侧（Left）			左右差〈br〉（Cross）	右侧（Right）			调整提示〈br〉（Adjusting）
	最小值〈br〉（Min.）	理想值〈br〉（Pref.）	最大值〈br〉（Max.）		最小值〈br〉（Min.）	理想值〈br〉（Pref.）	最大值〈br〉（Max.）	
主销后倾角（Caster）	7°21′	7°51′	8°21′	0°30′	7°21′	7°51′	8°21′	
车轮外倾角（Camber）	−0°32′	−0°12′	0°08′	0°30′	−0°32′	−0°12′	0°08′	见定位调整（1）
主销内倾角（SAI）	—	—	—		—	—	—	
单侧前束角〈br〉（Individual Toe）	0°01′	0°06′	0°11′		0°01′	0°06′	0°11′	见定位调整（2）
总前束角（Total Toe）			最小值〈br〉（Min.）〈br〉0°02′	理想值〈br〉（Pref.）〈br〉0°12′	最大值〈br〉（Max.）〈br〉0°22′			
包容角（Included Angle）	—	—	—		—	—	—	
转向前展角〈br〉（Toe Out On Turns）	1°11′	1°41′	2°11′		1°11′	1°41′	2°11′	
车轮最大内转角〈br〉（Max Turn Inside）	—	43°22′	—		—	43°22′	—	
车轮最大外转角〈br〉（Max Turn Outside）	—	34°00′	—		—	34°00′	—	
前束曲线调整〈br〉（Toe Curve Adjust）								
前束曲线控制〈br〉（Toe Curve Control）								
车身高度（Ride Height）/mm	—	—	—		—	—	—	
车轴偏角（Setback）/mm	−8	0	8		−8	0	8	

后车轮（Rear）：

定位规范〈br〉定位参数	左侧（Left）			左右差〈br〉（Cross）	右侧（Right）			调整提示〈br〉（Adjusting）
	最小值〈br〉（Min.）	理想值〈br〉（Pref.）	最大值〈br〉（Max.）		最小值〈br〉（Min.）	理想值〈br〉（Pref.）	最大值〈br〉（Max.）	
车轮外倾角（Camber）	−2°30′	−2°00′	−1°30′	0°30′	−2°30′	−2°00′	−1°30′	见定位调整（3）
单侧前束角〈br〉（Individual Toe）	0°04′	0°09′	0°14′		0°04′	0°09′	0°14′	见定位调整（4）
总前束角（Total Toe）			最小值〈br〉（Min.）〈br〉0°08′	理想值〈br〉（Pref.）〈br〉0°18′	最大值〈br〉（Max.）〈br〉0°28′			
最大推进角〈br〉（Max Thrust Angle）				0°12′				
车身高度（Ride Height）/mm	—	—	—		—	—	—	
车轴偏角（Setback）/mm	−8	0	8		−8	0	8	

2. 进行定位调整

　　与 2006 款宝马 3 系（E92）车型调整方法相同。

30.8.3　2004 款宝马 5 系（E61）车型

1. 车轮定位规范

　　2004 款宝马 5 系（E61）车轮定位规范见表 30-16。

表 30-16　2004 款宝马 5 系（E61）车轮定位数据表

前车轮（Front）:

定位规范／定位参数	左侧（Left）			左右差（Cross）	右侧（Right）			调整提示（Adjusting）
	最小值（Min.）	理想值（Pref.）	最大值（Max.）		最小值（Min.）	理想值（Pref.）	最大值（Max.）	
主销后倾角（Caster）	7°21′	7°51′	8°21′	0°30′	7°21′	7°51′	8°21′	
车轮外倾角（Camber）	−0°40′	−0°20′	0°10′	0°30′	−0°40′	−0°20′	0°10′	见定位调整（1）
主销内倾角（SAI）	—	—			—	—		
单侧前束角（Individual Toe）	0°01′	0°06′	0°11′		0°01′	0°06′	0°11′	见定位调整（2）
总前束角（Total Toe）		最小值（Min.）0°02′	理想值（Pref.）0°12′	最大值（Max.）0°22′				
包容角（Included Angle）	—	—			—	—		
转向前展角（Toe Out On Turns）	1°23′	1°53′	2°23′		1°23′	1°53′	2°23′	
车轮最大内转角（Max Turn Inside）	—	39°42′	—		—	39°42′	—	
车轮最大外转角（Max Turn Outside）	—	31°38′	—		—	31°38′	—	
前束曲线调整（Toe Curve Adjust）								
前束曲线控制（Toe Curve Control）								
车身高度（Ride Height）/mm	—	—						
车轴偏角（Setback）/mm	−8	0	8		−8	0	8	

后车轮（Rear）:

定位规范／定位参数	左侧（Left）			左右差（Cross）	右侧（Right）			调整提示（Adjusting）
	最小值（Min.）	理想值（Pref.）	最大值（Max.）		最小值（Min.）	理想值（Pref.）	最大值（Max.）	
车轮外倾角（Camber）	−2°20′	−2°00′	−1°40′	0°30′	−2°20′	−2°00′	−1°40′	见定位调整（3）
单侧前束角（Individual Toe）	0°04′	0°09′	0°14′		0°04′	0°09′	0°14′	见定位调整（4）
总前束角（Total Toe）		最小值（Min.）0°08′	理想值（Pref.）0°18′	最大值（Max.）0°28′				
最大推进角（Max Thrust Angle）				0°12′				
车身高度（Ride Height）/mm	—	—	—					
车轴偏角（Setback）/mm	−8	0	8		−8	0	8	

2. 进行定位调整

与 2006 款宝马 3 系（E92）车型调整方法相同。

第31章 华晨金杯

31.1 金杯-阁瑞斯

2003 款金杯-阁瑞斯车型

1. 车轮定位规范

2003 款金杯-阁瑞斯车轮定位规范见表 31-1。

表 31-1 2003 款金杯-阁瑞斯车轮定位数据表

前车轮（Front）：

定位参数 \ 定位规范	左侧（Left）最小值（Min.）	理想值（Pref.）	最大值（Max.）	左右差（Cross）	右侧（Right）最小值（Min.）	理想值（Pref.）	最大值（Max.）	调整提示（Adjusting）
主销后倾角（Caster）	1°00′	1°45′	2°30′	0°30′	1°00′	1°45′	2°30′	见定位调整（1）
车轮外倾角（Camber）	−0°45′	0′	0°45′	0°30′	−0°45′	0′	0°45′	见定位调整（2）
主销内倾角（SAI）	—	10°35′	—			10°35′	—	
单侧前束角（Individual Toe）	−0°03′	0°03′	0°08′		−0°03′	0°03′	0°08′	见定位调整（3）
总前束角（Total Toe）		最小值（Min.）−0°05′	理想值（Pref.）0°05′	最大值（Max.）0°16′				
包容角（Included Angle）	—	—	—			—	—	
转向前展角（Toe Out On Turns）	—	—	—			—	—	
车轮最大内转角（Max Turn Inside）	—	—	—			—	—	
车轮最大外转角（Max Turn Outside）	—	—	—			—	—	
前束曲线调整（Toe Curve Adjust）	—	—	—			—	—	
前束曲线控制（Toe Curve Control）	—	—	—			—	—	
车身高度（Ride Height）/mm	—	—	—			—	—	
车轴偏角（Setback）/mm	−8	0	8		−8	0	8	

后车轮（Rear）：

定位参数 \ 定位规范	左侧（Left）最小值（Min.）	理想值（Pref.）	最大值（Max.）	左右差（Cross）	右侧（Right）最小值（Min.）	理想值（Pref.）	最大值（Max.）	调整提示（Adjusting）
车轮外倾角（Camber）	−0°30′	0°15′	1°00′	0°15′	−0°30′	0°15′	1°00′	

（续）

后车轮（Rear）：

定位规范　　　定位参数	左侧（Left）			左右差（Cross）	右侧（Right）			调整提示（Adjusting）
	最小值（Min.）	理想值（Pref.）	最大值（Max.）		最小值（Min.）	理想值（Pref.）	最大值（Max.）	
单侧前束角（Individual Toe）	0′	0°05′	0°10′		0′	0°05′	0°10′	见定位调整（4）
总前束角（Total Toe）		最小值（Min.）	理想值（Pref.）	最大值（Max.）				
		0′	0°10′	0°20′				
最大推进角（Max Thrust Angle）			0°15′					
车身高度（Ride Height）/mm	—	—	—		—	—	—	
车轴偏角（Setback）/mm	−8	0	8		−8	0	8	

2. 进行定位调整

（1）主销后倾角调整（可调式纵向拉杆）

1）调整指导（图 31-1）。

增大后倾角时，拧松纵向拉杆衬套固定螺栓（内侧箭头），缩短纵向拉杆。

减小后倾角时，拧松纵向拉杆衬套固定螺栓（内侧箭头），伸长纵向拉杆。

2）调整所及部件：有些车辆可能会需要使用备件。有关备件改动，见套件说明。

3）专用工具：使用常规工具，无需专用工具。

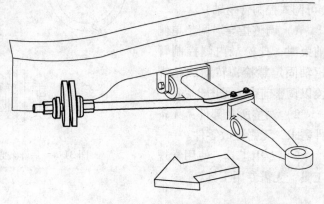

图 31-1　主销后倾角调整（可调式纵向拉杆）

（2）下控制臂调整外倾角（可调式单偏心轮）

1）调整指导（图 31-2）。

减小外倾角时，拧松控制臂枢轴固定螺栓，向外转动偏心螺栓直至得到想要的外倾角值。

增大外倾角时，拧松控制臂枢轴固定螺栓，向内转动偏心螺栓直至得到想要的外倾角值。

2）调整所及部件：有些车型可能需要使用偏心轮套件。根据套件制造商的说明修改备件。

3）专用工具：使用常规工具，无需专用工具。

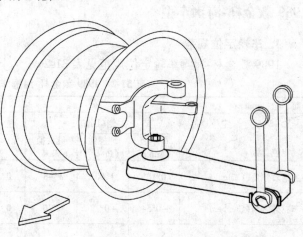

图 31-2　下控制臂调整外倾角（可调式单偏心轮）

有些备件、套件或改动件是否适合法规要求，在改动悬架系统前请查询相关法规。

（3）前车轮前束调整（可调式转向横拉杆）

1）调整指导。调整前束角时，拧松转向拉杆锁止螺母，用扳手转动转向拉杆直至获得满意的前束角读数，见图31-3。

2）调整所及部件：无备件需求，无需更改零件。

3）专用工具：使用常规工具，无需专用工具。

（4）后车轮前束调整（可调式控制臂枢轴）

1）调整指导。调整单侧前束时，拧松最内侧控制臂枢轴固定螺栓，转动凸轮螺栓以调整前束，见图31-4。

2）调整所及部件：无备件需求，无需更改零件。

3）专用工具：使用常规工具，无需专用工具。

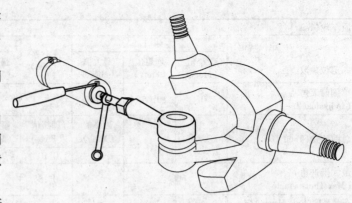

图31-3　前车轮前束调整（可调式转向横拉杆）

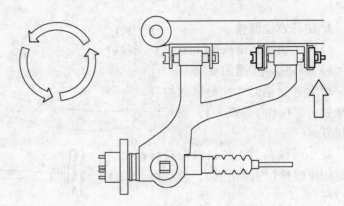

图31-4　后车轮前束调整（可调式控制臂枢轴）

31.2　金杯-海狮

1989 款金杯-海狮车型

1. 车轮定位规范

1989 款金杯-海狮车轮定位规范见表31-2。

表31-2　1989 款金杯-海狮车轮定位数据表

前车轮(Front)：

定位规范 / 定位参数	左侧(Left)			左右差(Cross)	右侧(Right)			调整提示(Adjusting)
	最小值(Min.)	理想值(Pref.)	最大值(Max.)		最小值(Min.)	理想值(Pref.)	最大值(Max.)	
主销后倾角(Caster)	0°18′	1°00′	1°48′	0°30′	0°18′	1°00′	1°48′	见定位调整(1)
车轮外倾角(Camber)	-0°54′	-0°12′	0°36′	0°30′	-0°54′	-0°12′	0°36′	见定位调整(2)
主销内倾角(SAI)	—	10°40′	—		—	10°40′	—	

（续）

前车轮（Front）：

定位规范　定位参数	左侧（Left）			左右差（Cross）	右侧（Right）			调整提示（Adjusting）
	最小值（Min.）	理想值（Pref.）	最大值（Max.）		最小值（Min.）	理想值（Pref.）	最大值（Max.）	
单侧前束角（Individual Toe）	− 0°02′	0°02′	0°08′		− 0°02′	0°02′	0°08′	见定位调整（3）
总前束角（Total Toe）			最小值（Min.）	理想值（Pref.）	最大值（Max.）			
			− 0°05′	0°05′	0°16′			
包容角（Included Angle）	—	—	—		—	—	—	
转向前展角（Toe Out On Turns）	—	—	—		—	—	—	
车轮最大内转角（Max Turn Inside）	—	—	—		—	—	—	
车轮最大外转角（Max Turn Outside）	—	—	—		—	—	—	
前束曲线调整（Toe Curve Adjust）	—	—	—		—	—	—	
前束曲线控制（Toe Curve Control）	—	—	—		—	—	—	
车身高度（Ride Height）/mm								
车轴偏角（Setback）/mm	− 8	0	8		− 8	0	8	

后车轮（Rear）：

定位规范　定位参数	左侧（Left）			左右差（Cross）	右侧（Right）			调整提示（Adjusting）
	最小值（Min.）	理想值（Pref.）	最大值（Max.）		最小值（Min.）	理想值（Pref.）	最大值（Max.）	
车轮外倾角（Camber）	− 1°00′	0′	1°00′	0°15′	− 1°00′	0′	1°00′	
单侧前束角（Individual Toe）	− 0°15′	0′	0°15′		− 0°15′	0′	0°15′	
总前束角（Total Toe）			最小值（Min.）	理想值（Pref.）	最大值（Max.）			
			− 0°30′	0′	0°30′			
最大推进角（Max Thrust Angle）				0°15′				
车身高度（Ride Height）/mm	—	—	—		—	—	—	
车轴偏角（Setback）/mm	− 8	0	8		− 8	0	8	

2. 进行定位调整

（1）主销后倾角调整（可调式纵向拉杆）

1）调整指导（图 31-1）。

增大后倾角时，拧松纵向拉杆衬套固定螺栓（内侧箭头），缩短纵向拉杆。

减小后倾角时，拧松纵向拉杆衬套固定螺栓（内侧箭头），伸长纵向拉杆。

2）调整所及部件：有些车辆可能会需要使用备件。有关备件改动，见套件说明。

3）专用工具：使用常规工具，无需专用工具。

（2）下控制臂调整外倾角（可调式单偏心轮）

1）调整指导（图 31-2）。

减小外倾角时，拧松控制臂枢轴固定螺栓，向外转动偏心螺栓直至得到想要的外倾角值。

增大外倾角时，拧松控制臂枢轴固定螺栓，向内转动偏心螺栓直至得到想要的外倾角值。

2）调整所及部件：有些车型可能需要使用偏心轮套件。根据套件制造商的说明修改备件。

3）专用工具：使用常规工具，无需专用工具。

提示：有些备件、套件或改动件是否适合法规要求，在改动悬架系统前请查询相关法规。

（3）前车轮前束调整（可调式转向横拉杆）

1）调整指导（图31-3）。调整前束角时，拧松转向拉杆锁止螺母，用扳手转动转向拉杆直至获得满意的前束角读数。

2）调整所及部件：无备件需求，无需更改零件。

3）专用工具：使用常规工具，无需专用工具。

第32章 华晨汽车

32.1 骏捷

32.1.1 2006款骏捷1.6L车型

1. 车轮定位规范

2006款骏捷1.6L车轮定位规范见表32-1。

表 32-1　2006 款骏捷 1.6L 车轮定位数据表

前车轮（Front）：

定位规范 / 定位参数	左侧（Left）			左右差（Cross）	右侧（Right）			调整提示（Adjusting）
	最小值（Min.）	理想值（Pref.）	最大值（Max.）		最小值（Min.）	理想值（Pref.）	最大值（Max.）	
主销后倾角（Caster）	4°06′	5°36′	7°06′	—	4°06′	5°36′	7°06′	
车轮外倾角（Camber）	−0°02′	0°28′	0°58′	—	−0°02′	0°28′	0°58′	
主销内倾角（SAI）	—	—	—		—	—	—	
单侧前束角（Individual Toe）	0°01′	0°05′	0°10′		0°01′	0°05′	0°10′	
总前束角（Total Toe）				最小值（Min.）	理想值（Pref.）	最大值（Max.）		
				0°02′	0°11′	0°20′		
包容角（Included Angle）	—	—	—	—	—	—		
转向前展角（Toe Out On Turns）	—	—	—	—	—	—		
车轮最大内转角（Max Turn Intside）	—	—	—	—	—	—		
车轮最大外转角（Max Turn Outside）	—	—	—	—	—	—		
前束曲线调整（Toe Curve Adjust）	—	—	—	—	—	—		
前束曲线控制（Toe Curve Control）	—	—	—	—	—	—		
车身高度（Ride Height）/mm	—	—	—	—	—	—		
车轴偏角（Setback）/mm	−8	0	8		−8	0	8	

后车轮（Rear）：

定位规范 / 定位参数	左侧（Left）			左右差（Cross）	右侧（Right）			调整提示（Adjusting）
	最小值（Min.）	理想值（Pref.）	最大值（Max.）		最小值（Min.）	理想值（Pref.）	最大值（Max.）	
车轮外倾角（Camber）	−1°20′	−0°50′	−0°20′	—	−1°20′	−0°50′	−0°20′	
单侧前束角（Individual Toe）	0′	0°05′	0°09′		0′	0°05′	0°09′	

（续）

后车轮（Rear）：

定位参数 ＼ 定位规范	左侧（Left）			左右差（Cross）	右侧（Right）			调整提示（Adjusting）
	最小值（Min.）	理想值（Pref.）	最大值（Max.）		最小值（Min.）	理想值（Pref.）	最大值（Max.）	
总前束角（Total Toe）				最小值（Min.）0′	理想值（Pref.）0°09′	最大值（Max.）0°18′		
最大推进角（Max Thrust Angle）				0°15′				
车身高度（Ride Height）/mm	—	—	—		—	—	—	
车轴偏角（Setback）/mm	−8	0	8		−8	0	8	

2. 进行定位调整

制造商未提供或不涉及此项目。

32.1.2　2006 款骏捷 1.8L 车型

1. 车轮定位规范

2006 款骏捷 1.8L 车轮定位规范见表 32-2。

表 32-2　2006 款骏捷 1.8L 车轮定位数据表

前车轮（Front）：

定位参数 ＼ 定位规范	左侧（Left）			左右差（Cross）	右侧（Right）			调整提示（Adjusting）
	最小值（Min.）	理想值（Pref.）	最大值（Max.）		最小值（Min.）	理想值（Pref.）	最大值（Max.）	
主销后倾角（Caster）	4°06′	5°36′	7°06′	—	4°06′	5°36′	7°06′	
车轮外倾角（Camber）	−0°02′	0°28′	0°58′	—	−0°02′	0°28′	0°58′	
主销内倾角（SAI）	—	—	—		—	—	—	
单侧前束角（Individual Toe）	0°01′	0°05′	0°10′		0°01′	0°05′	0°10′	
总前束角（Total Toe）				最小值（Min.）0°02′	理想值（Pref.）0°11′	最大值（Max.）0°20′		
包容角（Included Angle）	—	—	—		—	—	—	
转向前展角（Toe Out On Turns）	—	—	—		—	—	—	
车轮最大内转角（Max Turn Inside）	—	—	—		—	—	—	
车轮最大外转角（Max Turn Outside）	—	—	—		—	—	—	
前束曲线调整（Toe Curve Adjust）	—	—	—		—	—	—	
前束曲线控制（Toe Curve Control）	—	—	—		—	—	—	
车身高度（Ride Height）/mm	—	—	—		—	—	—	
车轴偏角（Setback）/mm	−8	0	8		−8	0	8	

（续）

后车轮（Rear）：

定位规范 定位参数	左侧（Left）			左右差 （Cross）	右侧（Right）			调整提示 （Adjusting）
	最小值 （Min.）	理想值 （Pref.）	最大值 （Max.）		最小值 （Min.）	理想值 （Pref.）	最大值 （Max.）	
车轮外倾角（Camber）	-1°20′	-0°50′	-0°20′	—	-1°20′	-0°50′	-0°20′	
单侧前束角 （Individual Toe）	0′	0°05′	0°09′		0′	0°05′	0°09′	
总前束角（Total Toe）			最小值 （Min.）	理想值 （Pref.）	最大值 （Max.）			
			0′	0°09′	0°18′			
最大推进角 （Max Thrust Angle）				0°15′				
车身高度（Ride Height）/mm	—	—	—		—	—	—	
车轴偏角（Setback）/mm	-8	0	8		-8	0	8	

2. 进行定位调整

制造商未提供或不涉及此项目。

32.1.3 2006 款骏捷 1.8T 车型

1. 车轮定位规范

2006 款骏捷 1.8T 车轮定位规范见表 32-3。

表 32-3 2006 款骏捷 1.8T 车轮定位数据表

前车轮（Front）：

定位规范 定位参数	左侧（Left）			左右差 （Cross）	右侧（Right）			调整提示 （Adjusting）
	最小值 （Min.）	理想值 （Pref.）	最大值 （Max.）		最小值 （Min.）	理想值 （Pref.）	最大值 （Max.）	
主销后倾角（Caster）	4°06′	5°36′	7°06′	—	4°06′	5°36′	7°06′	
车轮外倾角（Camber）	-0°02′	0°28′	0°58′	—	-0°02′	0°28′	0°58′	
主销内倾角（SAI）	—	—	—		—	—	—	
单侧前束角 （Individual Toe）	0°01′	0°05′	0°10′		0°01′	0°05′	0°10′	
总前束角（Total Toe）			最小值 （Min.）	理想值 （Pref.）	最大值 （Max.）			
			0°02′	0°11′	0°20′			
包容角（Included Angle）	—	—	—		—	—	—	
转向前展角 （Toe Out On Turns）	—	—	—		—	—	—	
车轮最大内转角 （Max Turn Inside）	—	—	—		—	—	—	
车轮最大外转角 （Max Turn Outside）	—	—	—		—	—	—	
前束曲线调整 （Toe Curve Adjust）	—	—	—		—	—	—	
前束曲线控制 （Toe Curve Control）	—	—	—		—	—	—	
车身高度（Ride Height）/mm	—	—	—		—	—	—	
车轴偏角（Setback）/mm	-8	0	8		-8	0	8	

（续）

后车轮(Rear)：

定位规范 定位参数	左侧(Left)			左右差 (Cross)	右侧(Right)			调整提示 (Adjusting)
	最小值 (Min.)	理想值 (Pref.)	最大值 (Max.)		最小值 (Min.)	理想值 (Pref.)	最大值 (Max.)	
车轮外倾角(Camber)	−1°20′	−0°50′	−0°20′	—	−1°20′	−0°50′	−0°20′	
单侧前束角 (Individual Toe)	0′	0°05′	0°09′		0′	0°05′	0°09′	
总前束角(Total Toe)		最小值 (Min.)	理想值 (Pref.)	最大值 (Max.)				
		0′	0°09′	0°18′				
最大推进角 (Max Thrust Angle)				0°15′				
车身高度(Ride Height)/mm	—	—	—		—	—	—	
车轴偏角(Setback)/mm	−8	0	8		−8	0	8	

2. 进行定位调整

制造商未提供或不涉及此项目。

32.1.4 2006 款骏捷 2.0L 车型

1. 车轮定位规范

2006 款骏捷 2.0L 车轮定位规范见表 32-4。

表 32-4　2006 款骏捷 2.0L 车轮定位数据表

前车轮(Front)：

定位规范 定位参数	左侧(Left)			左右差 (Cross)	右侧(Right)			调整提示 (Adjusting)
	最小值 (Min.)	理想值 (Pref.)	最大值 (Max.)		最小值 (Min.)	理想值 (Pref.)	最大值 (Max.)	
主销后倾角(Caster)	4°06′	5°36′	7°06′	—	4°06′	5°36′	7°06′	
车轮外倾角(Camber)	−0°02′	0°28′	0°58′	—	−0°02′	0°28′	0°58′	
主销内倾角(SAI)	—							
单侧前束角 (Individual Toe)	0°01′	0°05′	0°10′		0°01′	0°05′	0°10′	
总前束角(Total Toe)		最小值 (Min.)	理想值 (Pref.)	最大值 (Max.)				
		0°02′	0°11′	0°20′				
包容角(Included Angle)	—	—	—		—	—	—	
转向前展角 (Toe Out On Turns)	—	—	—		—	—	—	
车轮最大内转角 (Max Turn Inside)	—	—	—		—	—	—	
车轮最大外转角 (Max Turn Outside)	—	—	—		—	—	—	
前束曲线调整 (Toe Curve Adjust)	—	—	—		—	—	—	
前束曲线控制 (Toe Curve Control)	—	—	—		—	—	—	
车身高度(Ride Height)/mm	—	—	—		—	—	—	
车轴偏角(Setback)/mm	−8	0	8		−8	0	8	

（续）

后车轮（Rear）：

定位规范 定位参数	左侧（Left）			左右差 （Cross）	右侧（Right）			调整提示 （Adjusting）
	最小值 （Min.）	理想值 （Pref.）	最大值 （Max.）		最小值 （Min.）	理想值 （Pref.）	最大值 （Max.）	
车轮外倾角（Camber）	−1°20′	−0°50′	−0°20′	—	−1°20′	−0°50′	−0°20′	
单侧前束角 （Individual Toe）	0′	0°05′	0°09′		0′	0°05′	0°09′	
总前束角（Total Toe）			最小值 （Min.）	理想值 （Pref.）	最大值 （Max.）			
			0′	0°09′	0°18′			
最大推进角 （Max Thrust Angle）			0°15′					
车身高度（Ride Height）/mm	—	—	—		—	—	—	
车轴偏角（Setback）/mm	−8	0	8		−8	0	8	

2. 进行定位调整

制造商未提供或不涉及此项目。

32.2 中华

32.2.1 2005 款中华-尊驰 1.8T 车型

1. 车轮定位规范

2005 款中华-尊驰 1.8T（标准版/舒适版/行政版/豪华版）车轮定位规范见表32-5。

表 32-5 2005 款中华-尊驰 1.8T 车轮定位数据表

前车轮（Front）：

定位规范 定位参数	左侧（Left）			左右差 （Cross）	右侧（Right）			调整提示 （Adjusting）
	最小值 （Min.）	理想值 （Pref.）	最大值 （Max.）		最小值 （Min.）	理想值 （Pref.）	最大值 （Max.）	
主销后倾角（Caster）	4°06′	5°36′	7°06′	0°30′	4°06′	5°36′	7°06′	
车轮外倾角（Camber）	−0°48′	−0°09′	0°30′	0°30′	−0°48′	−0°09′	0°30′	
主销内倾角（SAI）	7°06′	8°36′	10°06′		7°06′	8°36′	10°06′	
单侧前束角 （Individual Toe）	0′	0°04′	0°08′		0′	0°04′	0°08′	见定位 调整(1)
总前束角（Total Toe）			最小值 （Min.）	理想值 （Pref.）	最大值 （Max.）			
			0°01′	0°08′	0°16′			
包容角（Included Angle）	—	—	—		—	—	—	
转向前展角 （Toe Out On Turns）	—	—	—		—	—	—	
车轮最大内转角 （Max Turn Inside）	—	—	—		—	—	—	
车轮最大外转角 （Max Turn Outside）	—	—	—		—	—	—	
前束曲线调整 （Toe Curve Adjust）								

（续）

前车轮(Front)：

定位规范 定位参数	左侧(Left)			左右差(Cross)	右侧(Right)			调整提示(Adjusting)
	最小值(Min.)	理想值(Pref.)	最大值(Max.)		最小值(Min.)	理想值(Pref.)	最大值(Max.)	
前束曲线控制(Toe Curve Control)	—	—	—	—	—	—	—	
车身高度(Ride Height)/mm	—	—	—	—	—	—	—	
车轴偏角(Setback)/mm	−8	0	8		−8	0	8	

后车轮(Rear)：

定位规范 定位参数	左侧(Left)			左右差(Cross)	右侧(Right)			调整提示(Adjusting)
	最小值(Min.)	理想值(Pref.)	最大值(Max.)		最小值(Min.)	理想值(Pref.)	最大值(Max.)	
车轮外倾角(Camber)	−1°36′	−1°06′	−0°36′	0°30′	−1°36′	−1°06′	−0°36′	
单侧前束角(Individual Toe)	−0°08′	−0°07′	−0°04′		−0°08′	−0°07′	−0°04′	见定位调整(2)
总前束角(Total Toe)	最小值(Min.) −0°17′	理想值(Pref.) −0°13′	最大值(Max.) −0°08′					
最大推进角(Max Thrust Angle)				0°15′				
车身高度(Ride Height)/mm	—	—	—		—	—	—	
车轴偏角(Setback)/mm	−8	0	8		−8	0	8	

2. 进行定位调整

（1）前车轮前束调整(可调式转向横拉杆)

1）调整指导。调整前束角时，拧松转向拉杆锁止螺母，用扳手转动转向拉杆直至获得满意的前束角读数，见图32-1。

2）调整所及部件：无备件需求，无需更改零件。

3）专用工具：使用常规工具，无需专用工具。

（2）后车轮前束调整

1）调整指导。拧松横拉杆锁紧螺母，转动内侧横拉杆至正确前束，见图32-2。

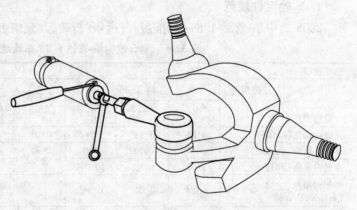

图32-1　前车轮前束调整(可调式转向横拉杆)

提示：相关固定夹紧件可能必须松开，防止损坏胶套。

2）调整所及部件：无备件需求，无需更改零件。

3）专用工具：使用常规工具，无需专用工具。

32.2.2　2005 款中华-尊驰 2.0L 车型

1. 车轮定位规范

2005 款中华-尊驰 2.0L(标准版/舒适版/豪华版)车轮定位规范见表 32-6。

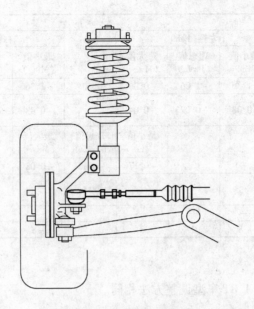

图 32-2 后车轮前束调整

表 32-6 2005 款中华-尊驰 2.0L 车轮定位数据表

前车轮(Front)：

定位规范 定位参数	左侧(Left)			左右差 (Cross)	右侧(Right)			调整提示 (Adjusting)
	最小值 (Min.)	理想值 (Pref.)	最大值 (Max.)		最小值 (Min.)	理想值 (Pref.)	最大值 (Max.)	
主销后倾角(Caster)	4°06′	5°36′	7°06′	0°30′	4°06′	5°36′	7°06′	
车轮外倾角(Camber)	−0°48′	−0°09′	0°30′	0°30′	−0°48′	−0°09′	0°30′	
主销内倾角(SAI)	7°06′	8°36′	10°06′		7°06′	8°36′	10°06′	
单侧前束角 (Individual Toe)	0′	0°04′	0°08′		0′	0°04′	0°08′	见定位 调整(1)
总前束角(Total Toe)		最小值 (Min.) 0°01′	理想值 (Pref.) 0°08′	最大值 (Max.) 0°16′				
包容角(Included Angle)	—	—	—		—	—	—	
转向前展角 (Toe Out On Turns)	—	—	—		—	—	—	
车轮最大内转角 (Max Turn Inside)	—	—	—		—	—	—	
车轮最大外转角 (Max Turn Outside)	—	—	—		—	—	—	
前束曲线调整 (Toe Curve Adjust)	—	—	—		—	—	—	
前束曲线控制 (Toe Curve Control)	—	—	—		—	—	—	
车身高度(Ride Height)/mm	—	—	—		—	—	—	
车轴偏角(Setback)/mm	−8	0	8		−8	0	8	

（续）

后车轮（Rear）：

定位规范 定位参数	左侧（Left）			左右差 （Cross）	右侧（Right）			调整提示 （Adjusting）
	最小值 （Min.）	理想值 （Pref.）	最大值 （Max.）		最小值 （Min.）	理想值 （Pref.）	最大值 （Max.）	
车轮外倾角（Camber）	−1°36′	−1°06′	−0°36′	0°30′	−1°36′	−1°06′	−0°36′	
单侧前束角 （Individual Toe）	−0°08′	−0°07′	−0°04′		−0°08′	−0°07′	−0°04′	见定位 调整（2）
总前束角（Total Toe）	最小值 （Min.） −0°17′	理想值 （Pref.） −0°13′	最大值 （Max.） −0°08′					
最大推进角 （Max Thrust Angle）				0°15′				
车身高度（Ride Height）/mm	—	—	—		—	—	—	
车轴偏角（Setback）/mm	−8	0	8		−8	0	8	

2. 进行定位调整

与 2005 款中华-尊驰 1.8T 车型调整方法相同。

32.2.3　2005 款中华-尊驰 2.4L 车型

1. 车轮定位规范

2005 款中华-尊驰 2.4L（尊贵版）车轮定位规范见表 32-7。

表 32-7　2005 款中华-尊驰 2.4L 车轮定位数据表

前车轮（Front）：

定位规范 定位参数	左侧（Left）			左右差 （Cross）	右侧（Right）			调整提示 （Adjusting）
	最小值 （Min.）	理想值 （Pref.）	最大值 （Max.）		最小值 （Min.）	理想值 （Pref.）	最大值 （Max.）	
主销后倾角（Caster）	4°06′	5°36′	7°06′	0°30′	4°06′	5°36′	7°06′	
车轮外倾角（Camber）	−0°48′	−0°09′	0°30′	0°30′	−0°48′	−0°09′	0°30′	
主销内倾角（SAI）	7°06′	8°36′	10°06′		7°06′	8°36′	10°06′	
单侧前束角 （Individual Toe）	0′	0°04′	0°08′		0′	0°04′	0°08′	见定位 调整（1）
总前束角（Total Toe）	最小值 （Min.） 0°01′	理想值 （Pref.） 0°08′	最大值 （Max.） 0°16′					
包容角（Included Angle）	—	—	—		—	—	—	
转向前展角 （Toe Out On Turns）	—	—	—		—	—	—	
车轮最大内转角 （Max Turn Inside）	—	—	—		—	—	—	
车轮最大外转角 （Max Turn Outside）	—	—	—		—	—	—	
前束曲线调整 （Toe Curve Adjust）	—	—	—		—	—	—	
前束曲线控制 （Toe Curve Control）	—	—	—		—	—	—	
车身高度（Ride Height）/mm	—	—	—		—	—	—	
车轴偏角（Setback）/mm	−8	0	8		−8	0	8	

（续）

后车轮（Rear）：

定位参数 \ 定位规范	左侧（Left）			左右差（Cross）	右侧（Right）			调整提示（Adjusting）
	最小值（Min.）	理想值（Pref.）	最大值（Max.）		最小值（Min.）	理想值（Pref.）	最大值（Max.）	
车轮外倾角（Camber）	−1°36′	−1°06′	−0°36′	0°30′	−1°36′	−1°06′	−0°36′	
单侧前束角（Individual Toe）	−0°08′	−0°07′	−0°04′		−0°08′	−0°07′	−0°04′	见定位调整（2）
总前束角（Total Toe）				最小值（Min.）	理想值（Pref.）	最大值（Max.）		
				−0°17′	−0°13′	−0°08′		
最大推进角（Max Thrust Angle）				0°15′				
车身高度（Ride Height）/mm	—	—	—		—	—	—	
车轴偏角（Setback）/mm	−8	0	8		−8	0	8	

2. 进行定位调整

与 2005 款中华-尊驰 1.8T 车型调整方法相同。

32.2.4 2002 款中华-晨风车型

1. 车轮定位规范

2002～2004 年中华-晨风车轮定位规范见表 32-8。

表 32-8　2002～2004 年中华-晨风车轮定位数据表

前车轮（Front）：

定位参数 \ 定位规范	左侧（Left）			左右差（Cross）	右侧（Right）			调整提示（Adjusting）
	最小值（Min.）	理想值（Pref.）	最大值（Max.）		最小值（Min.）	理想值（Pref.）	最大值（Max.）	
主销后倾角（Caster）	4°06′	5°36′	7°06′	0°30′	4°06′	5°36′	7°06′	
车轮外倾角（Camber）	0′	0°30′	1°00′	0°30′	0′	0°30′	1°00′	
主销内倾角（SAI）	7°06′	8°36′	10°06′		7°06′	8°36′	10°06′	
单侧前束角（Individual Toe）	0°01′	0°05′	0°10′		0°01′	0°05′	0°10′	见定位调整（1）
总前束角（Total Toe）				最小值（Min.）	理想值（Pref.）	最大值（Max.）		
				0°02′	0°11′	0°20′		
包容角（Included Angle）	8°06′	9°06′	10°06′		8°06′	9°06′	10°06′	
转向前展角（Toe Out On Turns）	—	—	—		—	—	—	
车轮最大内转角（Max Turn Inside）	—	—	—		—	—	—	
车轮最大外转角（Max Turn Outside）	—	—	—		—	—	—	
前束曲线调整（Toe Curve Adjust）	—	—	—		—	—	—	
前束曲线控制（Toe Curve Control）	—	—	—		—	—	—	
车身高度（Ride Height）/mm	—	—	—		—	—	—	
车轴偏角（Setback）/mm	−8	0	8		−8	0	8	

（续）

后车轮（Rear）：

定位规范 定位参数	左侧（Left）			左右差 （Cross）	右侧（Right）			调整提示 （Adjusting）
	最小值 （Min.）	理想值 （Pref.）	最大值 （Max.）		最小值 （Min.）	理想值 （Pref.）	最大值 （Max.）	
车轮外倾角（Camber）	-0°24′	0°06′	0°36′	—	-0°24′	0°06′	0°36′	
单侧前束角 （Individual Toe）	0′	0°03′	0°06′		0′	0°03′	0°06′	见定位 调整（2）
总前束角（Total Toe）	最小值 （Min.） 0′	理想值 （Pref.） 0°06′	最大值 （Max.） 0°12′					
最大推进角 （Max Thrust Angle）		0°15′						
车身高度（Ride Height）/mm	—	—	—		—	—	—	
车轴偏角（Setback）/mm	-8	0	8		-8	0	8	

2. 进行定位调整

与 2005 款中华-尊驰 1.8T 车型调整方法相同。

32.2.5　2001 款中华车型

1. 车轮定位规范

2001 款中华车轮定位规范见表 32-9。

表 32-9　2001 款中华车轮定位数据表

前车轮（Front）：

定位规范 定位参数	左侧（Left）			左右差 （Cross）	右侧（Right）			调整提示 （Adjusting）
	最小值 （Min.）	理想值 （Pref.）	最大值 （Max.）		最小值 （Min.）	理想值 （Pref.）	最大值 （Max.）	
主销后倾角（Caster）	4°00′	5°30′	7°00′	1°30′	4°00′	5°30′	7°00′	
车轮外倾角（Camber）	0′	0°30′	1°00′	0°30′	0′	0°30′	1°00′	
主销内倾角（SAI）	7°36′	8°36′	9°36′		7°36′	8°36′	9°36′	
单侧前束角（Individual Toe）	0°01′	0°05′	0°10′		0°01′	0°05′	0°10′	
总前束角（Total Toe）	最小值 （Min.） 0°02′	理想值 （Pref.） 0°11′	最大值 （Max.） 0°20′					
包容角（Included Angle）	8°06′	9°06′	10°06′		8°06′	9°06′	10°06′	
转向前展角 （Toe Out On Turns）	—	—	—		—	—	—	
车轮最大内转角 （Max Turn Inside）	—	—	—		—	—	—	
车轮最大外转角 （Max Turn Outside）	—	—	—		—	—	—	
前束曲线调整 （Toe Curve Adjust）	—	—	—		—	—	—	
前束曲线控制 （Toe Curve Control）	—	—	—		—	—	—	
车身高度（Ride Height）/mm	—	—	—		—	—	—	
车轴偏角（Setback）/mm	-8	0	8		-8	0	8	

（续）

后车轮（Rear）：

定位规范 定位参数	左侧（Left）			左右差 （Cross）	右侧（Right）			调整提示 （Adjusting）
	最小值 （Min.）	理想值 （Pref.）	最大值 （Max.）		最小值 （Min.）	理想值 （Pref.）	最大值 （Max.）	
车轮外倾角（Camber）	0°05′	0°20′	0°35′	0°15′	0°05′	0°20′	0°35′	
单侧前束角 （Individual Toe）	0′	0°04′	0°09′		0′	0°04′	0°09′	
总前束角（Total Toe）		最小值 （Min.）	理想值 （Pref.）	最大值 （Max.）				
		0′	0°09′	0°18′				
最大推进角 （Max Thrust Angle）			0°15′					
车身高度（Ride Height）/mm	—	—	—		—	—	—	
车轴偏角（Setback）/mm	−8	0	8		−8	0	8	

2. 进行定位调整

制造商未提供或不涉及此项目。

第 33 章 华 泰 现 代

33.1 圣达菲

33.1.1 2005 款圣达菲 SDH6453FA(标准版)车型

1. 车轮定位规范

2005 款圣达菲-柴油 SDH6453FA(VGT 四驱自动,标准版)车轮定位规范见表 33-1。

表 33-1 2005 款圣达菲-柴油 SDH6453FA(VGT 四驱自动,标准版)车轮定位数据表

前车轮(Front):

定位规范 / 定位参数	左侧(Left)			左右差(Cross)	右侧(Right)			调整提示(Adjusting)
	最小值(Min.)	理想值(Pref.)	最大值(Max.)		最小值(Min.)	理想值(Pref.)	最大值(Max.)	
主销后倾角(Caster)	2°00′	2°30′	3°00′	0°30′	2°00′	2°30′	3°00′	
车轮外倾角(Camber)	−0°30′	0′	0°30′	0°30′	−0°30′	0′	0°30′	
主销内倾角(SAI)	11°54′	12°54′	13°54′		11°54′	12°54′	13°54′	
单侧前束角(Individual Toe)	−0°08′	0′	0°08′		−0°08′	0′	0°08′	
总前束角(Total Toe)	最小值(Min.)	理想值(Pref.)	最大值(Max.)					
	−0°16′	0′	0°16′					
包容角(Included Angle)	—	—	—		—	—	—	
转向前展角(Toe Out On Turns)	—	—	—		—	—	—	
车轮最大内转角(Max Turn Inside)	—	—	—		—	—	—	
车轮最大外转角(Max Turn Outside)	—	—	—		—	—	—	
前束曲线调整(Toe Curve Adjust)	—	—	—		—	—	—	
前束曲线控制(Toe Curve Control)	—	—	—		—	—	—	
车身高度(Ride Height)/mm	—	—	—		—	—	—	
车轴偏角(Setback)/mm	−8	0	8		−8	0	8	

后车轮(Rear):

定位规范 / 定位参数	左侧(Left)			左右差(Cross)	右侧(Right)			调整提示(Adjusting)
	最小值(Min.)	理想值(Pref.)	最大值(Max.)		最小值(Min.)	理想值(Pref.)	最大值(Max.)	
车轮外倾角(Camber)	0′	0°30′	1°00′	0°30′	0′	0°30′	1°00′	
单侧前束角(Individual Toe)	−0°08′	0′	0°08′		−0°08′	0′	0°08′	

（续）

后车轮（Rear）：

定位参数＼定位规范	左侧（Left）			左右差（Cross）	右侧（Right）			调整提示（Adjusting）
	最小值（Min.）	理想值（Pref.）	最大值（Max.）		最小值（Min.）	理想值（Pref.）	最大值（Max.）	
总前束角（Total Toe）			最小值（Min.） −0°16′	理想值（Pref.） 0′	最大值（Max.） 0°16′			
最大推进角（Max Thrust Angle）				0°15′				
车身高度（Ride Height）/mm	—	—	—		—	—	—	
车轴偏角（Setback）/mm	−8	0	8		−8	0	8	

2. 进行定位调整

制造商未提供或不涉及此项目。

33.1.2　2005 款圣达菲 SDH6453FA（豪华版）车型

1. 车轮定位规范

2005 款圣达菲-柴油 SDH6453FA（VGT 四驱自动，豪华版）车轮定位规范见表 33-2。

表 33-2　2005 款圣达菲-柴油 SDH6453FA（VGT 四驱自动，豪华版）车轮定位数据表

前车轮（Front）：

定位参数＼定位规范	左侧（Left）			左右差（Cross）	右侧（Right）			调整提示（Adjusting）
	最小值（Min.）	理想值（Pref.）	最大值（Max.）		最小值（Min.）	理想值（Pref.）	最大值（Max.）	
主销后倾角（Caster）	2°00′	2°30′	3°00′	0°30′	2°00′	2°30′	3°00′	
车轮外倾角（Camber）	−0°30′	0′	0°30′	0°30′	−0°30′	0′	0°30′	
主销内倾角（SAI）	11°54′	12°54′	13°54′		11°54′	12°54′	13°54′	
单侧前束角（Individual Toe）	−0°08′	0′	0°08′		−0°08′	0′	0°08′	
总前束角（Total Toe）			最小值（Min.） −0°16′	理想值（Pref.） 0′	最大值（Max.） 0°16′			
包容角（Included Angle）	—	—	—		—	—	—	
转向前展角（Toe Out On Turns）	—	—	—		—	—	—	
车轮最大内转角（Max Turn Inside）	—	—	—		—	—	—	
车轮最大外转角（Max Turn Outside）	—	—	—		—	—	—	
前束曲线调整（Toe Curve Adjust）								
前束曲线控制（Toe Curve Control）								
车身高度（Ride Height）/mm	—	—	—		—	—	—	
车轴偏角（Setback）/mm	−8	0	8		−8	0	8	

(续)

后车轮(Rear):

定位规范 定位参数	左侧(Left)			左右差 (Cross)	右侧(Right)			调整提示 (Adjusting)
	最小值 (Min.)	理想值 (Pref.)	最大值 (Max.)		最小值 (Min.)	理想值 (Pref.)	最大值 (Max.)	
车轮外倾角(Camber)	0′	0°30′	1°00′	0°30′	0′	0°30′	1°00′	
单侧前束角 (Individual Toe)	−0°08′	0′	0°08′		−0°08′	0′	0°08′	

总前束角(Total Toe)	最小值 (Min.)	理想值 (Pref.)	最大值 (Max.)
	−0°16′	0′	0°16′

最大推进角 (Max Thrust Angle)	0°15′	
车身高度(Ride Height)/mm	—	—	—		—	—	—	
车轴偏角(Setback)/mm	−8	0	8		−8	0	8	

2. 进行定位调整

制造商未提供或不涉及此项目。

33.1.3　2005款圣达菲SDH6450F(标准版)车型

1. 车轮定位规范

2005款圣达菲-汽油SDH6450F(四驱自动,标准版)车轮定位规范见表33-3。

表33-3　2005款圣达菲-汽油SDH6450F(四驱自动,标准版)车轮定位数据表

前车轮(Front):

定位规范 定位参数	左侧(Left)			左右差 (Cross)	右侧(Right)			调整提示 (Adjusting)
	最小值 (Min.)	理想值 (Pref.)	最大值 (Max.)		最小值 (Min.)	理想值 (Pref.)	最大值 (Max.)	
主销后倾角(Caster)	2°00′	2°30′	3°00′	0°30′	2°00′	2°30′	3°00′	
车轮外倾角(Camber)	−0°30′	0′	0°30′	0°30′	−0°30′	0′	0°30′	
主销内倾角(SAI)	11°54′	12°54′	13°54′		11°54′	12°54′	13°54′	
单侧前束角 (Individual Toe)	−0°08′	0′	0°08′		−0°08′	0′	0°08′	

总前束角(Total Toe)	最小值 (Min.)	理想值 (Pref.)	最大值 (Max.)
	−0°16′	0′	0°16′

定位参数	左侧(Left)				右侧(Right)			调整提示
包容角(Included Angle)	—	—	—		—	—	—	
转向前展角 (Toe Out On Turns)	—	—	—		—	—	—	
车轮最大内转角 (Max Turn Inside)	—	—	—		—	—	—	
车轮最大外转角 (Max Turn Outside)	—	—	—		—	—	—	
前束曲线调整 (Toe Curve Adjust)	—	—	—		—	—	—	
前束曲线控制 (Toe Curve Control)	—	—	—		—	—	—	
车身高度(Ride Height)/mm	—	—	—		—	—	—	
车轴偏角(Setback)/mm	−8	0	8		−8	0	8	

（续）

后车轮（Rear）：

定位参数＼定位规范	左侧（Left）			左右差（Cross）	右侧（Right）			调整提示（Adjusting）
	最小值（Min.）	理想值（Pref.）	最大值（Max.）		最小值（Min.）	理想值（Pref.）	最大值（Max.）	
车轮外倾角（Camber）	0′	0°30′	1°00′	0°30′	0′	0°30′	1°00′	
单侧前束角（Individual Toe）	−0°08′	0′	0°08′		−0°08′	0′	0°08′	
总前束角（Total Toe）			最小值（Min.）	理想值（Pref.）	最大值（Max.）			
			−0°16′	0′	0°16′			
最大推进角（Max Thrust Angle）				0°15′				
车身高度（Ride Height）/mm	—	—	—		—	—	—	
车轴偏角（Setback）/mm	−8	0	8		−8	0	8	

2. 进行定位调整

制造商未提供或不涉及此项目。

33.1.4　2005 款圣达菲 SDH6450F（豪华版）车型

1. 车轮定位规范

2005 款圣达菲-汽油 SDH6450F（四驱自动,豪华版）车轮定位规范见表33-4。

表 33-4　2005 款圣达菲-汽油 SDH6450F（四驱自动,豪华版）车轮定位数据表

前车轮（Front）：

定位参数＼定位规范	左侧（Left）			左右差（Cross）	右侧（Right）			调整提示（Adjusting）
	最小值（Min.）	理想值（Pref.）	最大值（Max.）		最小值（Min.）	理想值（Pref.）	最大值（Max.）	
主销后倾角（Caster）	2°00′	2°30′	3°00′	0°30′	2°00′	2°30′	3°00′	
车轮外倾角（Camber）	−0°30′	0′	0°30′	0°30′	−0°30′	0′	0°30′	
主销内倾角（SAI）	11°54′	12°54′	13°54′		11°54′	12°54′	13°54′	
单侧前束角（Individual Toe）	−0°08′	0′	0°08′		−0°08′	0′	0°08′	
总前束角（Total Toe）			最小值（Min.）	理想值（Pref.）	最大值（Max.）			
			−0°16′	0′	0°16′			
包容角（Included Angle）	—	—	—		—	—	—	
转向前展角（Toe Out On Turns）	—	—	—		—	—	—	
车轮最大内转角（Max Turn Inside）	—	—	—		—	—	—	
车轮最大外转角（Max Turn Outside）	—	—	—		—	—	—	
前束曲线调整（Toe Curve Adjust）	—	—	—		—	—	—	
前束曲线控制（Toe Curve Control）	—	—	—		—	—	—	
车身高度（Ride Height）/mm	—	—	—		—	—	—	
车轴偏角（Setback）/mm	−8	0	8		−8	0	8	

(续)

后车轮(Rear):

定位规范 定位参数	左侧(Left)			左右差 (Cross)	右侧(Right)			调整提示 (Adjusting)
	最小值 (Min.)	理想值 (Pref.)	最大值 (Max.)		最小值 (Min.)	理想值 (Pref.)	最大值 (Max.)	
车轮外倾角(Camber)	0′	0°30′	1°00′	0°30′	0′	0°30′	1°00′	
单侧前束角 (Individual Toe)	−0°08′	0′	0°08′		−0°08′	0′	0°08′	
总前束角(Total Toe)			最小值 (Min.)	理想值 (Pref.)	最大值 (Max.)			
			−0°16′	0′	0°16′			
最大推进角 (Max Thrust Angle)				0°15′				
车身高度(Ride Height)/mm	—	—	—		—	—	—	
车轴偏角(Setback)/mm	−8	0	8		−8	0	8	

2. 进行定位调整

制造商未提供或不涉及此项目。

33.1.5 2003 款圣达菲 SANTAFE 车型

1. 车轮定位规范

2003~2004 年圣达菲 SANTAFE 车轮定位规范见表 33-5。

表 33-5 2003~2004 年圣达菲 SANTAFE 车轮定位数据表

前车轮(Front):

定位规范 定位参数	左侧(Left)			左右差 (Cross)	右侧(Right)			调整提示 (Adjusting)
	最小值 (Min.)	理想值 (Pref.)	最大值 (Max.)		最小值 (Min.)	理想值 (Pref.)	最大值 (Max.)	
主销后倾角(Caster)	2°00′	2°30′	3°00′	0°30′	2°00′	2°30′	3°00′	
车轮外倾角(Camber)	−0°30′	0′	0°30′	0°30′	−0°30′	0′	0°30′	
主销内倾角(SAI)	11°54′	12°54′	13°54′		11°54′	12°54′	13°54′	
单侧前束角 (Individual Toe)	−0°08′	0′	0°08′		−0°08′	0′	0°08′	
总前束角(Total Toe)			最小值 (Min.)	理想值 (Pref.)	最大值 (Max.)			
			−0°16′	0′	0°16′			
包容角(Included Angle)	—	—	—		—	—	—	
转向前展角 (Toe Out On Turns)	—	—	—		—	—	—	
车轮最大内转角 (Max Turn Inside)	—	—	—		—	—	—	
车轮最大外转角 (Max Turn Outside)	—	—	—		—	—	—	
前束曲线调整 (Toe Curve Adjust)	—	—	—		—	—	—	
前束曲线控制 (Toe Curve Control)	—	—	—		—	—	—	
车身高度(Ride Height)/mm	—	—	—		—	—	—	
车轴偏角(Setback)/mm	−8	0	8		−8	0	8	

（续）

后车轮（Rear）：

定位参数	左侧（Left）最小值（Min.）	理想值（Pref.）	最大值（Max.）	左右差（Cross）	右侧（Right）最小值（Min.）	理想值（Pref.）	最大值（Max.）	调整提示（Adjusting）
车轮外倾角（Camber）	0′	0°30′	1°00′	0°30′	0′	0°30′	1°00′	
单侧前束角（Individual Toe）	−0°08′	0′	0°08′		−0°08′	0′	0°08′	
总前束角（Total Toe）			最小值（Min.）−0°16′	理想值（Pref.）0′	最大值（Max.）0°16′			
最大推进角（Max Thrust Angle）				0°15′				
车身高度（Ride Height）/mm	—	—	—	—	—	—	—	
车轴偏角（Setback）/mm	−8	0	8		−8	0	8	

2. 进行定位调整

制造商未提供或不涉及此项目。

33.2 特拉卡

33.2.1 2005 款特拉卡 2.10CRDi 车型

1. 车轮定位规范

2005 款特拉卡 2.10CRDi 车轮定位规范见表 33-6。

表 33-6 2005 款特拉卡 2.10CRDi 车轮定位数据表

前车轮（Front）：

定位参数	左侧（Left）最小值（Min.）	理想值（Pref.）	最大值（Max.）	左右差（Cross）	右侧（Right）最小值（Min.）	理想值（Pref.）	最大值（Max.）	调整提示（Adjusting）
主销后倾角（Caster）	2°35′	3°05′	3°35′	0°30′	2°35′	3°05′	3°35′	
车轮外倾角（Camber）	−0°30′	0′	0°30′	0°30′	−0°30′	0′	0°30′	
主销内倾角（SAI）	12°30′	13°00′	13°30′		12°30′	13°00′	13°30′	
单侧前束角（Individual Toe）	0′	0°08′	0°17′		0′	0°08′	0°17′	见定位调整
总前束角（Total Toe）			最小值（Min.）0′	理想值（Pref.）0°17′	最大值（Max.）0°34′			
包容角（Included Angle）	—	—	—		—	—	—	
转向前展角（Toe Out On Turns）								
车轮最大内转角（Max Turn Inside）	—	—	—		—	—	—	
车轮最大外转角（Max Turn Outside）	—	—	—		—	—	—	
前束曲线调整（Toe Curve Adjust）								

（续）

前车轮(Front)：

定位规范 定位参数	左侧(Left)			左右差 (Cross)	右侧(Right)			调整提示 (Adjusting)
	最小值 (Min.)	理想值 (Pref.)	最大值 (Max.)		最小值 (Min.)	理想值 (Pref.)	最大值 (Max.)	
前束曲线控制 (Toe Curve Control)	—	—	—		—	—	—	
车身高度(Ride Height)/mm	—	—	—		—	—	—	
车轴偏角(Setback)/mm	−8	0	8		−8	0	8	

后车轮(Rear)：

定位规范 定位参数	左侧(Left)			左右差 (Cross)	右侧(Right)			调整提示 (Adjusting)
	最小值 (Min.)	理想值 (Pref.)	最大值 (Max.)		最小值 (Min.)	理想值 (Pref.)	最大值 (Max.)	
车轮外倾角(Camber)	−1°00′	0′	1°00′	—	−1°00′	0′	1°00′	
单侧前束角(Individual Toe)	−0°15′	0′	0°15′		−0°15′	0′	0°15′	
总前束角(Total Toe)	最小值 (Min.)	理想值 (Pref.)	最大值 (Max.)					
	−0°30′	0′	0°30′					
最大推进角 (Max Thrust Angle)		0°15′						
车身高度(Ride Height)/mm	—	—	—		—	—	—	
车轴偏角(Setback)/mm	−8	0	8		−8	0	8	

2. 进行定位调整

前车轮前束调整(可调式转向横拉杆)

1）调整指导。调整前束角时，拧松转向拉杆锁止螺母，用扳手转动转向拉杆直至获得满意的前束角读数，见图33-1。

2）调整所及部件：无备件需求，无需更改零件。

3）专用工具：使用常规工具，无需专用工具。

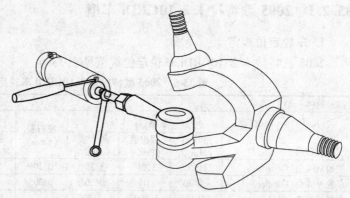

图33-1 前车轮前束调整(可调式转向横拉杆)

33.2.2 2005 款特拉卡 2.5TCi 车型

1. 车轮定位规范

2005 款特拉卡 2.5TCi(4×4)车轮定位规范见表33-7。

表 33-7 2005 款特拉卡 2.5TCi(4×4)车轮定位数据表

前车轮(Front)：

定位规范 定位参数	左侧(Left)			左右差 (Cross)	右侧(Right)			调整提示 (Adjusting)
	最小值 (Min.)	理想值 (Pref.)	最大值 (Max.)		最小值 (Min.)	理想值 (Pref.)	最大值 (Max.)	
主销后倾角(Caster)	2°35′	3°05′	3°35′	0°30′	2°35′	3°05′	3°35′	
车轮外倾角(Camber)	−0°30′	0′	0°30′	0°30′	−0°30′	0′	0°30′	

（续）

前车轮（Front）：

定位规范　　　定位参数	左侧（Left）			左右差（Cross）	右侧（Right）			调整提示（Adjusting）
	最小值（Min.）	理想值（Pref.）	最大值（Max.）		最小值（Min.）	理想值（Pref.）	最大值（Max.）	
主销内倾角（SAI）	12°30′	13°00′	13°30′		12°30′	13°00′	13°30′	
单侧前束角（Individual Toe）	0′	0°08′	0°17′		0′	0°08′	0°17′	见定位调整
总前束角（Total Toe）	最小值（Min.）	理想值（Pref.）	最大值（Max.）					
	0′	0°17′	0°34′					
包容角（Included Angle）	—	—	—		—	—	—	
转向前展角（Toe Out On Turns）	—	—	—		—	—	—	
车轮最大内转角（Max Turn Inside）	—	—	—		—	—	—	
车轮最大外转角（Max Turn Outside）	—	—	—		—	—	—	
前束曲线调整（Toe Curve Adjust）	—	—	—		—	—	—	
前束曲线控制（Toe Curve Control）	—	—	—		—	—	—	
车身高度（Ride Height）/mm	—	—	—		—	—	—	
车轴偏角（Setback）/mm	−8	0	8		−8	0	8	

后车轮（Rear）：

定位规范　　　定位参数	左侧（Left）			左右差（Cross）	右侧（Right）			调整提示（Adjusting）
	最小值（Min.）	理想值（Pref.）	最大值（Max.）		最小值（Min.）	理想值（Pref.）	最大值（Max.）	
车轮外倾角（Camber）	−1°00′	0′	1°00′	—	−1°00′	0′	1°00′	
单侧前束角（Individual Toe）	−0°15′	0′	0°15′		−0°15′	0′	0°15′	
总前束角（Total Toe）	最小值（Min.）	理想值（Pref.）	最大值（Max.）					
	−0°30′	0′	0°30′					
最大推进角（Max Thrust Angle）		0°15′						
车身高度（Ride Height）/mm	—	—	—		—	—	—	
车轴偏角（Setback）/mm	−8	0	8		−8	0	8	

2. 进行定位调整

与 2005 款特拉卡 2.10CRDi 车型调整方法相同。

33.2.3　2005 款特拉卡 2.9CRDi 车型

1. 车轮定位规范

2005 款特拉卡 2.9CRDi 车轮定位规范见表 33-8。

表 33-8　2005 款特拉卡 2.9CRDi 车轮定位数据表

前车轮(Front):

定位规范 定位参数	左侧(Left) 最小值 (Min.)	理想值 (Pref.)	最大值 (Max.)	左右差 (Cross)	右侧(Right) 最小值 (Min.)	理想值 (Pref.)	最大值 (Max.)	调整提示 (Adjusting)
主销后倾角(Caster)	2°35′	3°05′	3°35′	0°30′	2°35′	3°05′	3°35′	
车轮外倾角(Camber)	−0°30′	0′	0°30′	0°30′	−0°30′	0′	0°30′	
主销内倾角(SAI)	12°30′	13°00′	13°30′		12°30′	13°00′	13°30′	
单侧前束角 (Individual Toe)	0′	0°08′	0°17′		0′	0°08′	0°17′	见定位 调整
总前束角(Total Toe)		最小值 (Min.) 0′	理想值 (Pref.) 0°17′	最大值 (Max.) 0°34′				
包容角(Included Angle)	—	—	—			—	—	
转向前展角 (Toe Out On Turns)	—	—	—			—	—	
车轮最大内转角 (Max Turn Inside)	—	—	—			—	—	
车轮最大外转角 (Max Turn Outside)	—	—	—			—	—	
前束曲线调整 (Toe Curve Adjust)	—	—	—			—	—	
前束曲线控制 (Toe Curve Control)	—	—	—			—	—	
车身高度(Ride Height)/mm	—	—	—			—	—	
车轴偏角(Setback)/mm	−8	0	8		−8	0	8	

后车轮(Rear):

定位规范 定位参数	左侧(Left) 最小值 (Min.)	理想值 (Pref.)	最大值 (Max.)	左右差 (Cross)	右侧(Right) 最小值 (Min.)	理想值 (Pref.)	最大值 (Max.)	调整提示 (Adjusting)
车轮外倾角(Camber)	−1°00′	0′	1°00′	—	−1°00′	0′	1°00′	
单侧前束角 (Individual Toe)	−0°15′	0′	0°15′		−0°15′	0′	0°15′	
总前束角(Total Toe)		最小值 (Min.) −0°30′	理想值 (Pref.) 0′	最大值 (Max.) 0°30′				
最大推进角 (Max Thrust Angle)			0°15′					
车身高度(Ride Height)/mm	—					—		
车轴偏角(Setback)/mm	−8	0	8		−8	0	8	

2. 进行定位调整

与 2005 款特拉卡 2.10CRDi 车型调整方法相同。

33.2.4　2005 款特拉卡 3.5L 车型

1. 车轮定位规范

2005 款特拉卡 3.5L 车轮定位规范见表 33-9。

表33-9 2005款特拉卡3.5L车轮定位数据表

前车轮（Front）：

定位规范 定位参数	左侧（Left）			左右差 （Cross）	右侧（Right）			调整提示 （Adjusting）
	最小值 （Min.）	理想值 （Pref.）	最大值 （Max.）		最小值 （Min.）	理想值 （Pref.）	最大值 （Max.）	
主销后倾角（Caster）	2°35′	3°05′	3°35′	0°30′	2°35′	3°05′	3°35′	
车轮外倾角（Camber）	−0°30′	0′	0°30′	0°30′	−0°30′	0′	0°30′	
主销内倾角（SAI）	12°30′	13°00′	13°30′		12°30′	13°00′	13°30′	
单侧前束角 （Individual Toe）	0′	0°08′	0°17′		0′	0°08′	0°17′	见定位 调整
总前束角（Total Toe）		最小值 （Min.）	理想值 （Pref.）	最大值 （Max.）				
		0′	0°17′	0°34′				
包容角（Included Angle）	—	—	—	—	—	—	—	
转向前展角 （Toe Out On Turns）								
车轮最大内转角 （Max Turn Inside）								
车轮最大外转角 （Max Turn Outside）								
前束曲线调整 （Toe Curve Adjust）								
前束曲线控制 （Toe Curve Control）								
车身高度（Ride Height）/mm	—	—	—		—	—	—	
车轴偏角（Setback）/mm	−8	0	8		−8	0	8	

后车轮（Rear）：

定位规范 定位参数	左侧（Left）			左右差 （Cross）	右侧（Right）			调整提示 （Adjusting）
	最小值 （Min.）	理想值 （Pref.）	最大值 （Max.）		最小值 （Min.）	理想值 （Pref.）	最大值 （Max.）	
车轮外倾角（Camber）	−1°00′	0′	1°00′	—	−1°00′	0′	1°00′	
单侧前束角 （Individual Toe）	−0°15′	0′	0°15′		−0°15′	0′	0°15′	
总前束角（Total Toe）		最小值 （Min.）	理想值 （Pref.）	最大值 （Max.）				
		−0°30′	0′	0°30′				
最大推进角 （Max Thrust Angle）			0°15′					
车身高度（Ride Height）/mm	—	—	—		—	—	—	
车轴偏角（Setback）/mm	−8	0	8		−8	0	8	

2. 进行定位调整

与2005款特拉卡2.10CRDi车型调整方法相同。

33.2.5 2003款特拉卡车型

1. 车轮定位规范

2003款特拉卡车轮定位规范见表33-10。

表 33-10 2003 款特拉卡车轮定位数据表

前车轮(Front):

定位参数 \ 定位规范	左侧(Left)			左右差(Cross)	右侧(Right)			调整提示(Adjusting)
	最小值(Min.)	理想值(Pref.)	最大值(Max.)		最小值(Min.)	理想值(Pref.)	最大值(Max.)	
主销后倾角(Caster)	2°35′	3°05′	3°35′	0°30′	2°35′	3°05′	3°35′	
车轮外倾角(Camber)	−0°30′	0′	0°30′	0°30′	−0°30′	0′	0°30′	
主销内倾角(SAI)	12°30′	13°00′	13°30′		12°30′	13°00′	13°30′	
单侧前束角(Individual Toe)	0′	0°08′	0°17′		0′	0°08′	0°17′	见定位调整
总前束角(Total Toe)				最小值(Min.)	理想值(Pref.)	最大值(Max.)		
				0′	0°17′	0°34′		
包容角(Included Angle)	—	—	—	—	—	—	—	
转向前展角(Toe Out On Turns)	—	—	—	—	—	—	—	
车轮最大内转角(Max Turn Inside)	—	—	—	—	—	—	—	
车轮最大外转角(Max Turn Outside)	—	—	—	—	—	—	—	
前束曲线调整(Toe Curve Adjust)								
前束曲线控制(Toe Curve Control)								
车身高度(Ride Height)/mm	—	—	—		—	—	—	
车轴偏角(Setback)/mm	−8	0	8		−8	0	8	

后车轮(Rear):

定位参数 \ 定位规范	左侧(Left)			左右差(Cross)	右侧(Right)			调整提示(Adjusting)
	最小值(Min.)	理想值(Pref.)	最大值(Max.)		最小值(Min.)	理想值(Pref.)	最大值(Max.)	
车轮外倾角(Camber)	−1°00′	0′	1°00′	—	−1°00′	0′	1°00′	
单侧前束角(Individual Toe)	−0°15′	0′	0°15′		−0°15′	0′	0°15′	
总前束角(Total Toe)				最小值(Min.)	理想值(Pref.)	最大值(Max.)		
				−0°30′	0′	0°30′		
最大推进角(Max Thrust Angle)				0°15′				
车身高度(Ride Height)/mm	—	—	—		—	—	—	
车轴偏角(Setback)/mm	−8	0	8		−8	0	8	

2. 进行定位调整

与 2005 款特拉卡 2.10CRDi 车型调整方法相同。

33.3 吉田

1999 款吉田 GALLPOER 车型

1. 车轮定位规范

1999～2004 年吉田 GALLPOER 车轮定位规范见表 33-11。

表 33-11　1999～2004 年吉田 GALLPOER 车轮定位数据表

前车轮（Front）：

定位规范 / 定位参数	左侧（Left）			左右差（Cross）	右侧（Right）			调整提示（Adjusting）
	最小值（Min.）	理想值（Pref.）	最大值（Max.）		最小值（Min.）	理想值（Pref.）	最大值（Max.）	
主销后倾角（Caster）	2°00′	2°48′	3°36′	0°48′	2°00′	2°48′	3°36′	见定位调整（1）
车轮外倾角（Camber）	0°12′	1°00′	1°48′	0°48′	0°12′	1°00′	1°48′	见定位调整（2）
主销内倾角（SAI）	9°30′	10°30′	11°30′		9°30′	10°30′	11°30′	
单侧前束角（Individual Toe）	0°05′	0°12′	0°19′		0°05′	0°12′	0°19′	见定位调整（3）
总前束角（Total Toe）	最小值（Min.）0°10′	理想值（Pref.）0°24′	最大值（Max.）0°38′					
包容角（Included Angle）	—	—	—		—	—	—	
转向前展角（Toe Out On Turns）	—	—	—		—	—	—	
车轮最大内转角（Max Turn Inside）	—	—	—		—	—	—	
车轮最大外转角（Max Turn Outside）	—	—	—		—	—	—	
前束曲线调整（Toe Curve Adjust）	—	—	—		—	—	—	
前束曲线控制（Toe Curve Control）	—	—	—		—	—	—	
车身高度（Ride Height）/mm	—	—	—		—	—	—	
车轴偏角（Setback）/mm	−8	0	8		−8	0	8	

后车轮（Rear）：

定位规范 / 定位参数	左侧（Left）			左右差（Cross）	右侧（Right）			调整提示（Adjusting）
	最小值（Min.）	理想值（Pref.）	最大值（Max.）		最小值（Min.）	理想值（Pref.）	最大值（Max.）	
车轮外倾角（Camber）	−1°00′	0′	1°00′	1°00′	−1°00′	0′	1°00′	
单侧前束角（Individual Toe）	−0°15′	0′	0°15′		−0°15′	0′	0°15′	
总前束角（Total Toe）	最小值（Min.）−0°30′	理想值（Pref.）0′	最大值（Max.）0°30′					
最大推进角（Max Thrust Angle）		0°15′						
车身高度（Ride Height）/mm	—	—	—		—	—	—	
车轴偏角（Setback）/mm	−8	0	8		−8	0	8	

2. 进行定位调整

（1）主销后倾角调整（更换下臂支架）

1）调整指导。需使用 TOYOTA 更换支架，无需更改零件。A、B、C、D 位置参数为：（图 33-2）

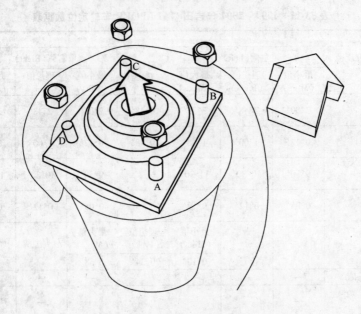

图 33-2　主销后倾角调整（更换下臂支架）

位置　　车轮外倾角　　主销后倾角

A. . . . . 0°. . . . . 0°

B. . . . . 0°. . . . . 1.5°

C. . . . . 1.5°. . . . . 1.5°

D. . . . . 1.5°. . . . . 0°

2）调整所及部件：无备件需求。

3）专用工具：使用常规工具，无需专用工具。

（2）前轮外倾角调整（内侧垫组）

1）调整指导（图 33-3）。

减小车轮外倾角时，需增加垫片。

增大车轮外倾角时，需拆除垫片。

2）调整所及部件：需使用 OEM 推荐或指定的车轮外倾角调整垫片。无需更改零件。

3）专用工具：使用常规工具，无需专用工具。

（3）前轮前束调整

1）调整指导。拧松横拉杆锁紧螺母，转动内侧横拉杆至正确前束，见图 33-4。

提示：相关固定夹紧件可能必须松开，防止损坏胶套。

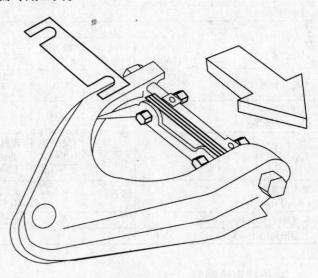

图 33-3　前轮外倾角调整（内侧垫组）

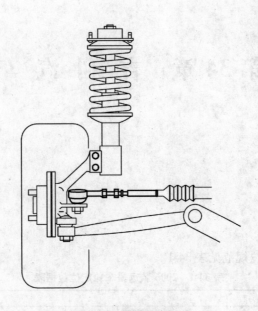

图33-4 前轮前束调整

2）调整所及部件：无备件需求，无需更改零件。

3）专用工具：使用常规工具，无需专用工具。

第34章 吉利汽车

34.1 远景

2006 款远景车型

1. 车轮定位规范

2006 款远景车轮定位规范见表 34-1。

表 34-1 2006 款远景车轮定位数据表

前车轮(Front)：

定位规范 定位参数	左侧(Left)			左右差 (Cross)	右侧(Right)			调整提示 (Adjusting)
	最小值 (Min.)	理想值 (Pref.)	最大值 (Max.)		最小值 (Min.)	理想值 (Pref.)	最大值 (Max.)	
主销后倾角(Caster)	1°57′	2°42′	3°27′	0°30′	1°57′	2°42′	3°27′	
车轮外倾角(Camber)	−1°16′	−0°31′	0°14′	0°30′	−1°16′	−0°31′	0°14′	
主销内倾角(SAI)	8°45′	9°45′	10°45′		8°45′	9°45′	10°45′	
单侧前束角 (Individual Toe)	−0°03′	0′	0°06′		−0°03′	0′	0°06′	
总前束角(Total Toe)			最小值 (Min.) −0°06′	理想值 (Pref.) 0′	最大值 (Max.) 0°12′			
包容角(Included Angle)	—	—	—		—	—	—	
转向前展角 (Toe Out On Turns)	—	—	—		—	—	—	
车轮最大内转角 (Max Turn Inside)	—	—	—		—	—	—	
车轮最大外转角 (Max Turn Outside)	—	—	—		—	—	—	
前束曲线调整 (Toe Curve Adjust)	—	—	—		—	—	—	
前束曲线控制 (Toe Curve Control)	—	—	—		—	—	—	
车身高度(Ride Height)/mm	—	—	—		—	—	—	
车轴偏角(Setback)/mm	−8	0	8		−8	0	8	

后车轮(Rear)：

定位规范 定位参数	左侧(Left)			左右差 (Cross)	右侧(Right)			调整提示 (Adjusting)
	最小值 (Min.)	理想值 (Pref.)	最大值 (Max.)		最小值 (Min.)	理想值 (Pref.)	最大值 (Max.)	
车轮外倾角(Camber)	−2°12′	−1°27′	−0°42′	0°30′	−2°12′	−1°27′	−0°42′	
单侧前束角 (Individual Toe)	−0°01′	0°03′	0°08′		−0°01′	0°03′	0°08′	

（续）

后车轮（Rear）：

定位规范 定位参数	左侧（Left）			左右差 （Cross）	右侧（Right）			调整提示 （Adjusting）
	最小值 （Min.）	理想值 （Pref.）	最大值 （Max.）		最小值 （Min.）	理想值 （Pref.）	最大值 （Max.）	
总前束角（Total Toe）			最小值 （Min.）	理想值 （Pref.）	最大值 （Max.）			
			−0°03′	0°06′	0°15′			
最大推进角 （Max Thrust Angle）				0°15′				
车身高度（Ride Height）/mm	—	—	—		—	—	—	
车轴偏角（Setback）/mm	−8	0	8		−8	0	8	

2. 进行定位调整

制造商未提供或不涉及此项目。

34.2 金刚

2006 款金刚车型

1. 车轮定位规范

2006 款金刚（1.5L/1.6L/1.8L）车轮定位规范见表34-2。

表34-2 2006 款金刚（1.5L/1.6L/1.8L）车轮定位数据表

前车轮（Front）：

定位规范 定位参数	左侧（Left）			左右差 （Cross）	右侧（Right）			调整提示 （Adjusting）
	最小值 （Min.）	理想值 （Pref.）	最大值 （Max.）		最小值 （Min.）	理想值 （Pref.）	最大值 （Max.）	
主销后倾角（Caster）	1°01′	1°46′	2°31′	0°30′	1°01′	1°46′	2°31′	
车轮外倾角（Camber）	−1°15′	−0°30′	0°15′	0°30′	−1°15′	−0°30′	0°15′	
主销内倾角（SAI）	9°09′	9°54′	10°39′		9°09′	9°54′	10°39′	
单侧前束角 （Individual Toe）	0′	0°03′	0°05′		0′	0°03′	0°05′	
总前束角（Total Toe）			最小值 （Min.）	理想值 （Pref.）	最大值 （Max.）			
			0′	0°05′	0°11′			
包容角（Included Angle）								
转向前展角 （Toe Out On Turns）	—	—	—		—	—	—	
车轮最大内转角 （Max Turn Inside）	—	—	—		—	—	—	
车轮最大外转角 （Max Turn Outside）	—	—	—		—	—	—	
前束曲线调整 （Toe Curve Adjust）	—	—	—		—	—	—	
前束曲线控制 （Toe Curve Control）	—	—	—		—	—	—	
车身高度（Ride Height）/mm	—	—	—		—	—	—	
车轴偏角（Setback）/mm	−8	0	8		−8	0	8	

（续）

后车轮(Rear):

定位规范 定位参数	左侧(Left)			左右差 (Cross)	右侧(Right)			调整提示 (Adjusting)
	最小值 (Min.)	理想值 (Pref.)	最大值 (Max.)		最小值 (Min.)	理想值 (Pref.)	最大值 (Max.)	
车轮外倾角(Camber)	$-1°41'$	$-0°56'$	$-0°11'$	$0°30'$	$-1°41'$	$-0°56'$	$-0°11'$	
单侧前束角 (Individual Toe)	$0'$	$0°05'$	$0°09'$		$0'$	$0°05'$	$0°09'$	
总前束角(Total Toe)			最小值 (Min.)	理想值 (Pref.)	最大值 (Max.)			
			$0'$	$0°09'$	$0°18'$			
最大推进角 (Max Thrust Angle)				$0°15'$				
车身高度(Ride Height)/mm	—	—	—		—	—	—	
车轴偏角(Setback)/mm	-8	0	8		-8	0	8	

2. 进行定位调整

制造商未提供或不涉及此项目。

34.3 自由舰

2005 款自由舰车型

1. 车轮定位规范

2005 款自由舰(1.3L/1.5L/1.6L)车轮定位规范见表34-3。

表 34-3　2005 款自由舰(1.3L/1.5L/1.6L)车轮定位数据表

前车轮(Front):

定位规范 定位参数	左侧(Left)			左右差 (Cross)	右侧(Right)			调整提示 (Adjusting)
	最小值 (Min.)	理想值 (Pref.)	最大值 (Max.)		最小值 (Min.)	理想值 (Pref.)	最大值 (Max.)	
主销后倾角(Caster)	$1°53'$	$2°23'$	$2°53'$	$0°30'$	$1°53'$	$2°23'$	$2°53'$	
车轮外倾角(Camber)	$-0°30'$	0	$0°30'$	$0°30'$	$-0°30'$	0	$0°30'$	见定位 调整(1)
主销内倾角(SAI)	$11°44'$	$12°14'$	$12°44'$		$11°44'$	$12°14'$	$12°44'$	
单侧前束角 (Individual Toe)	$-0°07'$	0	$0°07'$		$-0°07'$	0	$0°07'$	见定位 调整(2)
总前束角(Total Toe)			最小值 (Min.)	理想值 (Pref.)	最大值 (Max.)			
			$-0°14'$	$0'$	$0°14'$			
包容角(Included Angle)	—	—	—		—	—	—	
转向前展角 (Toe Out On Turns)	—	$1°06'$	—		—	$1°06'$	—	
车轮最大内转角 (Max Turn Inside)								
车轮最大外转角 (Max Turn Outside)								

（续）

前车轮(Front)：

定位规范 定位参数	左侧(Left)			左右差 (Cross)	右侧(Right)			调整提示 (Adjusting)
	最小值 (Min.)	理想值 (Pref.)	最大值 (Max.)		最小值 (Min.)	理想值 (Pref.)	最大值 (Max.)	
前束曲线调整 (Toe Curve Adjust)	—	—	—		—	—	—	
前束曲线控制 (Toe Curve Control)	—	—	—		—	—	—	
车身高度(Ride Height)/mm	—	—	—		—	—	—	
车轴偏角(Setback)/mm	−8	0	8		−8	0	8	

后车轮(Rear)：

定位规范 定位参数	左侧(Left)			左右差 (Cross)	右侧(Right)			调整提示 (Adjusting)
	最小值 (Min.)	理想值 (Pref.)	最大值 (Max.)		最小值 (Min.)	理想值 (Pref.)	最大值 (Max.)	
车轮外倾角(Camber)	−0°50′	−0°20′	0°10′	0°30′	−0°50′	−0°20′	0°10′	见定位 调整(3)
单侧前束角 (Individual Toe)	0°02′	0°07′	0°12′		0°02′	0°07′	0°12′	见定位 调整(4)
总前束角(Total Toe)	最小值 (Min.)	理想值 (Pref.)	最大值 (Max.)					
	0°05′	0°14′	0°24′					
最大推进角 (Max Thrust Angle)				0°15′				
车身高度(Ride Height)/mm	—	—	—		—	—	—	
车轴偏角(Setback)/mm	−8	0	8		−8	0	8	

2. 进行定位调整

（1）前车轮外倾角调整（下滑柱支架凸轮）

1）调整指导。调整车轮外倾角时，拧松滑柱与转向节固定螺栓，转动凸轮螺栓（图34-1）。有些车辆有长孔，没有凸轮螺栓。调整滑柱时需要用到专用工具。

2）调整所及部件：有些车辆可能要求使用凸轮螺栓套件。无需更改零件。

3）专用工具：有些车辆无凸轮螺栓。

提示：在安装任何备件前，请查询是否符合法规要求。

（2）前车轮前束调整（可调式转向横拉杆）

1）调整指导。调整前束角时，拧松转向拉杆锁止螺母，用扳手转动转向拉杆直至获得满意的前束角读数，见图34-2。

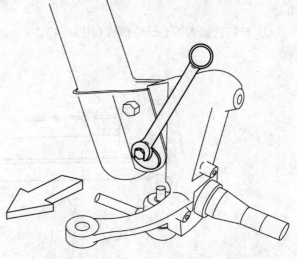

图34-1 前车轮外倾角调整（下滑柱支架凸轮）

2）调整所及部件：无备件需求，无需更改零件。

3）专用工具：使用常规工具，无需专用工具。

（3）后车轮外倾角备件调整（下滑柱支架偏心件）

1）调整指导。调整外倾角时，准备好偏心套件备件，如果需要，可根据套件制造商的说明将滑柱与转向节的安装孔进行加长扩孔。插入偏心件和偏心螺栓到扩展孔中，通过转动偏心螺栓来调整外倾角（图34-3）。

提示：对有些车辆，备件可能安装在上部螺栓位置。

2）调整所及部件：需要使用偏心凸轮套件。需要对滑柱安装孔进行扩孔。

3）专用工具：需使用圆形锉刀。

有些备件套件或改动件是否适合法规要求，在改动悬架系统前请查询相关法规。

（4）后车轮前束调整

1）调整指导。调整单侧前束时：

① 拧松连接臂偏心凸轮螺栓（图34-4）。

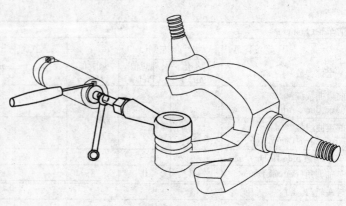

图34-2　前车轮前束调整(可调式转向横拉杆)

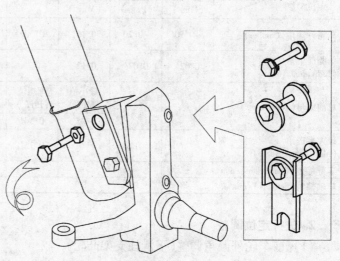

图34-3　外倾角备件调整(下滑柱支架偏心件)

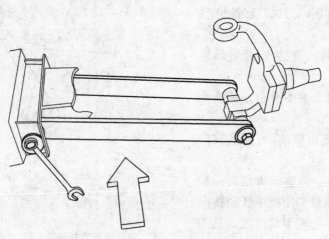

图34-4　后车轮前束调整

② 顺时针或逆时针转动偏心凸轮,直至达到想要的前束值。

③ 拧紧偏心凸轮螺栓。

2)调整所及部件:无备件需求,无需更改零件。

3)专用工具:使用常规工具,无需专用工具。

34.4 美人豹

2004 款美人豹车型

1. 车轮定位规范

2004 款美人豹 1.5L 车轮定位规范见表 34-4。

表 34-4 2004 款美人豹 1.5L 车轮定位数据表

前车轮(Front):								
定位规范 定位参数	左侧(Left)			左右差 (Cross)	右侧(Right)			调整提示 (Adjusting)
	最小值 (Min.)	理想值 (Pref.)	最大值 (Max.)		最小值 (Min.)	理想值 (Pref.)	最大值 (Max.)	
主销后倾角(Caster)	0°45′	1°30′	2°15′	0°20′	0°45′	1°30′	2°15′	
车轮外倾角(Camber)	−0°30′	0′	0°30′	0°20′	−0°30′	0′	0°30′	见定位 调整(1)
主销内倾角(SAI)	—	12°00′	—		—	12°00′	—	
单侧前束角 (Individual Toe)	−0°03′	0°02′	0°05′		−0°03′	0°02′	0°05′	见定位 调整(2)
总前束角(Total Toe)	最小值 (Min.)	理想值 (Pref.)	最大值 (Max.)					
	−0°05′	0°03′	0°11′					
包容角(Included Angle)	11°30′	12°00′	12°30′		11°30′	12°00′	12°30′	
转向前展角 (Toe Out On Turns)	—	1°06′	—		—	1°06′	—	
车轮最大内转角 (Max Turn Inside)	—	—	—		—	—	—	
车轮最大外转角 (Max Turn Outside)	—	—	—		—	—	—	
前束曲线调整 (Toe Curve Adjust)								
前束曲线控制 (Toe Curve Control)								
车身高度(Ride Height)/mm	—	—	—		—	—	—	
车轴偏角(Setback)/mm	−8	0	8		−8	0	8	

后车轮(Rear):								
定位规范 定位参数	左侧(Left)			左右差 (Cross)	右侧(Right)			调整提示 (Adjusting)
	最小值 (Min.)	理想值 (Pref.)	最大值 (Max.)		最小值 (Min.)	理想值 (Pref.)	最大值 (Max.)	
车轮外倾角(Camber)	−1°30′	−0°45′	0′	0°20′	−1°30′	−0°45′	0′	见定位 调整(3)
单侧前束角 (Individual Toe)	0°11′	0°14′	0°17′		0°11′	0°14′	0°17′	见定位 调整(4)

（续）

后车轮(Rear)：

定位规范　定位参数	左侧(Left)			左右差(Cross)	右侧(Right)			调整提示(Adjusting)
	最小值(Min.)	理想值(Pref.)	最大值(Max.)		最小值(Min.)	理想值(Pref.)	最大值(Max.)	
总前束角(Total Toe)			最小值(Min.)	理想值(Pref.)	最大值(Max.)			
			0°22′	0°28′	0°34′			
最大推进角(Max Thrust Angle)				0°15′				
车身高度(Ride Height)/mm	—	—	—		—	—	—	
车轴偏角(Setback)/mm	−8	0	8		−8	0	8	

2. 进行定位调整

与2005款自由舰车型调整方法相同。

34.5　豪情

2003款豪情车型

1. 车轮定位规范

2003款豪情(1.0L/1.3L/1.5L)车轮定位规范见表34-5。

表34-5　2003款豪情(1.0L/1.3L/1.5L)车轮定位数据表

前车轮(Front)：

定位规范　定位参数	左侧(Left)			左右差(Cross)	右侧(Right)			调整提示(Adjusting)
	最小值(Min.)	理想值(Pref.)	最大值(Max.)		最小值(Min.)	理想值(Pref.)	最大值(Max.)	
主销后倾角(Caster)	1°50′	2°20′	2°50′	0°20′	1°50′	2°20′	2°50′	
车轮外倾角(Camber)	−0°20′	0°20′	1°00′	0°20′	−0°20′	0°20′	1°00′	见定位调整(1)
主销内倾角(SAI)	—	12°00′	—		—	12°00′	—	
单侧前束角(Individual Toe)	−0°03′	0°01′	0°05′		−0°03′	0°01′	0°05′	见定位调整(2)
总前束角(Total Toe)			最小值(Min.)	理想值(Pref.)	最大值(Max.)			
			−0°05′	0°02′	0°10′			
包容角(Included Angle)	11°30′	12°00′	12°30′		11°30′	12°00′	12°30′	
转向前展角(Toe Out On Turns)		1°06′	—		—	1°06′	—	
车轮最大内转角(Max Turn Inside)	—	—	—		—	—	—	
车轮最大外转角(Max Turn Outside)	—	—	—		—	—	—	
前束曲线调整(Toe Curve Adjust)								
前束曲线控制(Toe Curve Control)								

（续）

前车轮（Front）：

定位规范 / 定位参数	左侧（Left）			左右差（Cross）	右侧（Right）			调整提示（Adjusting）
	最小值（Min.）	理想值（Pref.）	最大值（Max.）		最小值（Min.）	理想值（Pref.）	最大值（Max.）	
车身高度（Ride Height）/mm	—	—	—		—	—	—	
车轴偏角（Setback）/mm	−8	0	8		−8	0	8	

后车轮（Rear）：

定位规范 / 定位参数	左侧（Left）			左右差（Cross）	右侧（Right）			调整提示（Adjusting）
	最小值（Min.）	理想值（Pref.）	最大值（Max.）		最小值（Min.）	理想值（Pref.）	最大值（Max.）	
车轮外倾角（Camber）	−1°15′	−0°33′	0°10′	0°20′	−1°15′	−0°33′	0°10′	见定位调整（3）
单侧前束角（Individual Toe）	0°05′	0°08′	0°10′		0°05′	0°08′	0°10′	见定位调整（4）
总前束角（Total Toe）	最小值（Min.）	理想值（Pref.）	最大值（Max.）					
	0°10′	0°15′	0°20′					
最大推进角（Max Thrust Angle）		0°15′						
车身高度（Ride Height）/mm	—	—	—		—	—	—	
车轴偏角（Setback）/mm	−8	0	8		−8	0	8	

2. 进行定位调整

与 2005 款自由舰车型调整方法相同。

34.6 优利欧

2000 款优利欧车型

1. 车轮定位规范

2000 款优利欧（1.0L/1.3L）车轮定位规范见表 34-6。

表 34-6 2000 款优利欧（1.0L/1.3L）车轮定位数据表

前车轮（Front）：

定位规范 / 定位参数	左侧（Left）			左右差（Cross）	右侧（Right）			调整提示（Adjusting）
	最小值（Min.）	理想值（Pref.）	最大值（Max.）		最小值（Min.）	理想值（Pref.）	最大值（Max.）	
主销后倾角（Caster）	2°25′	2°55′	3°25′	0°30′	2°25′	2°55′	3°25′	
车轮外倾角（Camber）	0′	0°30′	1°00′	0°30′	0′	0°30′	1°00′	见定位调整（1）
主销内倾角（SAI）	—	12°00′	—		—	12°00′		
单侧前束角（Individual Toe）	0′	0°02′	0°05′		0′	0°02′	0°05′	见定位调整（2）
总前束角（Total Toe）	最小值（Min.）	理想值（Pref.）	最大值（Max.）					
	0′	0°05′	0°10′					
包容角（Included Angle）	—							

（续）

前车轮(Front):

定位规范 / 定位参数	左侧(Left)			左右差 (Cross)	右侧(Right)			调整提示 (Adjusting)
	最小值 (Min.)	理想值 (Pref.)	最大值 (Max.)		最小值 (Min.)	理想值 (Pref.)	最大值 (Max.)	
转向前展角 (Toe Out On Turns)	—	1°06′	—		—	1°06′	—	
车轮最大内转角 (Max Turn Inside)	—	—	—		—	—	—	
车轮最大外转角 (Max Turn Outside)	—	—	—		—	—	—	
前束曲线调整 (Toe Curve Adjust)	—	—	—		—	—	—	
前束曲线控制 (Toe Curve Control)	—	—	—		—	—	—	
车身高度(Ride Height)/mm	—	—	—		—	—	—	
车轴偏角(Setback)/mm	-8	0	8		-8	0	8	

后车轮(Rear):

定位规范 / 定位参数	左侧(Left)			左右差 (Cross)	右侧(Right)			调整提示 (Adjusting)
	最小值 (Min.)	理想值 (Pref.)	最大值 (Max.)		最小值 (Min.)	理想值 (Pref.)	最大值 (Max.)	
车轮外倾角(Camber)	-1°03′	-0°28′	0°07′	0°30′	-1°03′	-0°28′	0°07′	见定位调整(3)
单侧前束角 (Individual Toe)	0°02′	0°05′	0°07′		0°02′	0°05′	0°07′	见定位调整(4)
总前束角(Total Toe)			最小值 (Min.) 0°05′	理想值 (Pref.) 0°10′	最大值 (Max.) 0°14′			
最大推进角 (Max Thrust Angle)				0°15′				
车身高度(Ride Height)/mm	—	—	—		—	—	—	
车轴偏角(Setback)/mm	-8	0	8		-8	0	8	

2. 进行定位调整

与 2005 款自由舰车型调整方法相同。

34.7 美日

1998 款美日车型

1. 车轮定位规范

1998 款美日 MR6370 车轮定位规范见表 34-7。

表 34-7 1998 款美日 MR6370 车轮定位数据表

前车轮(Front)：

定位参数 \ 定位规范	左侧(Left) 最小值(Min.)	理想值(Pref.)	最大值(Max.)	左右差(Cross)	右侧(Right) 最小值(Min.)	理想值(Pref.)	最大值(Max.)	调整提示(Adjusting)
主销后倾角(Caster)	2°25′	2°55′	3°25′	0°30′	2°25′	2°55′	3°25′	
车轮外倾角(Camber)	0′	0°20′	1°00′	0°30′	0′	0°20′	1°00′	见定位调整(1)
主销内倾角(SAI)	—	12°00′	—			12°00′	—	
单侧前束角(Individual Toe)	0′	0°02′	0°05′		0′	0°02′	0°05′	见定位调整(2)
总前束角(Total Toe)		最小值(Min.) 0′	理想值(Pref.) 0°05′	最大值(Max.) 0°10′				
包容角(Included Angle)	—	—	—		—	—	—	
转向前展角(Toe Out On Turns)	—	1°06′	—		—	1°06′	—	
车轮最大内转角(Max Turn Inside)	—	—	—		—	—	—	
车轮最大外转角(Max Turn Outside)	—	—	—		—	—	—	
前束曲线调整(Toe Curve Adjust)	—	—	—		—	—	—	
前束曲线控制(Toe Curve Control)	—	—	—		—	—	—	
车身高度(Ride Height)/mm	—	—	—		—	—	—	
车轴偏角(Setback)/mm	−8	0	8		−8	0	8	

后车轮(Rear)：

定位参数 \ 定位规范	左侧(Left) 最小值(Min.)	理想值(Pref.)	最大值(Max.)	左右差(Cross)	右侧(Right) 最小值(Min.)	理想值(Pref.)	最大值(Max.)	调整提示(Adjusting)
车轮外倾角(Camber)	−1°03′	−0°28′	0°07′	0°30′	−1°03′	−0°28′	0°07′	见定位调整(3)
单侧前束角(Individual Toe)	0°02′	0°05′	0°07′		0°02′	0°05′	0°07′	见定位调整(4)
总前束角(Total Toe)		最小值(Min.) 0°05′	理想值(Pref.) 0°10′	最大值(Max.) 0°14′				
最大推进角(Max Thrust Angle)			0°15′					
车身高度(Ride Height)/mm	—	—	—		—	—	—	
车轴偏角(Setback)/mm	−8	0	8		−8	0	8	

2. 进行定位调整

与 2005 款自由舰车型调整方法相同。

34.8 吉利

1998 款吉利 HQ6360/HL7131 车型

1. 车轮定位规范

1998 款吉利 HQ6360/HL7131 车轮定位规范见表34-8。

表 34-8 1998 款吉利 HQ6360/HL7131 车轮定位数据表

前车轮(Front):

定位参数	最小值(Min.)	理想值(Pref.)	最大值(Max.)	左右差(Cross)	最小值(Min.)	理想值(Pref.)	最大值(Max.)	调整提示(Adjusting)
	左侧(Left)				右侧(Right)			
主销后倾角(Caster)	2°10′	2°55′	3°40′	0°30′	2°10′	2°55′	3°40′	
车轮外倾角(Camber)	0′	0°20′	1°00′	0°30′	0′	0°20′	1°00′	见定位调整(1)
主销内倾角(SAI)	—	12°00′	—		—	12°00′	—	
单侧前束角(Individual Toe)	-0°02′	0°02′	0°07′		-0°02′	0°02′	0°07′	见定位调整(2)
总前束角(Total Toe)	最小值(Min.) -0°04′	理想值(Pref.) 0°05′	最大值(Max.) 0°14′					
包容角(Included Angle)	—	—	—		—	—	—	
转向前展角(Toe Out On Turns)	—	1°06′	—		—	1°06′	—	
车轮最大内转角(Max Turn Inside)	—	—	—		—	—	—	
车轮最大外转角(Max Turn Outside)	—	—	—		—	—	—	
前束曲线调整(Toe Curve Adjust)	—	—	—		—	—	—	
前束曲线控制(Toe Curve Control)	—	—	—		—	—	—	
车身高度(Ride Height)/mm								
车轴偏角(Setback)/mm	-8	0	8		-8	0	8	

后车轮(Rear):

定位参数	最小值(Min.)	理想值(Pref.)	最大值(Max.)	左右差(Cross)	最小值(Min.)	理想值(Pref.)	最大值(Max.)	调整提示(Adjusting)
	左侧(Left)				右侧(Right)			
车轮外倾角(Camber)	-1°15′	-0°40′	-0°05′	0°30′	-1°15′	-0°40′	-0°05′	见定位调整(3)
单侧前束角(Individual Toe)	0°10′	0°14′	0°19′		0°10′	0°14′	0°19′	见定位调整(4)
总前束角(Total Toe)	最小值(Min.) 0°19′	理想值(Pref.) 0°28′	最大值(Max.) 0°37′					

（续）

后车轮(Rear)：

定位规范 定位参数	左侧(Left)			左右差 (Cross)	右侧(Right)			调整提示 (Adjusting)
	最小值 (Min.)	理想值 (Pref.)	最大值 (Max.)		最小值 (Min.)	理想值 (Pref.)	最大值 (Max.)	
最大推进角 (Max Thrust Angle)				0°15′				
车身高度(Ride Height)/mm	—	—	—		—	—	—	
车轴偏角(Setback)/mm	−8	0	8		−8	0	8	

2. 进行定位调整

与2005款自由舰车型调整方法相同。

第35章 江北机械厂

35.1 江北奥拓

35.1.1 1995 款江北奥拓 JJ7080 车型

1. 车轮定位规范

1995 款江北奥拓 JJ7080 车轮定位规范见表 35-1。

表 35-1 1995 款江北奥拓 JJ7080 车轮定位数据表

前车轮(Front):

定位规范 / 定位参数	左侧(Left)			左右差(Cross)	右侧(Right)			调整提示(Adjusting)
	最小值(Min.)	理想值(Pref.)	最大值(Max.)		最小值(Min.)	理想值(Pref.)	最大值(Max.)	
主销后倾角(Caster)	3°00′	3°30′	4°00′	0°30′	3°00′	3°30′	4°00′	
车轮外倾角(Camber)	0°18′	0°30′	0°42′	0°12′	0°18′	0°30′	0°42′	
主销内倾角(SAI)	—	—	—		—	—	—	
单侧前束角(Individual Toe)	−0°06′	−0°02′	0°01′		−0°06′	−0°02′	0°01′	
总前束角(Total Toe)			最小值(Min.) −0°11′	理想值(Pref.) −0°05′	最大值(Max.) 0°01′			
包容角(Included Angle)	8°44′	9°44′	10°44′		8°44′	9°44′	10°44′	
转向前展角(Toe Out On Turns)	—	—	—		—	—	—	
车轮最大内转角(Max Turn Inside)	—	—	—		—	—	—	
车轮最大外转角(Max Turn Outside)	—	—	—		—	—	—	
前束曲线调整(Toe Curve Adjust)	—	—	—		—	—	—	
前束曲线控制(Toe Curve Control)	—	—	—		—	—	—	
车身高度(Ride Height)/mm	—	—	—		—	—	—	
车轴偏角(Setback)/mm	−8	0	8		−8	0	8	

后车轮(Rear):

定位规范 / 定位参数	左侧(Left)			左右差(Cross)	右侧(Right)			调整提示(Adjusting)
	最小值(Min.)	理想值(Pref.)	最大值(Max.)		最小值(Min.)	理想值(Pref.)	最大值(Max.)	
车轮外倾角(Camber)	−0°12′	0′	0°12′	0°12′	−0°12′	0′	0°12′	
单侧前束角(Individual Toe)	−0°03′	0′	0°03′		−0°03′	0′	0°03′	

（续）

后车轮(Rear)：

定位规范＼定位参数	左侧(Left)			左右差(Cross)	右侧(Right)			调整提示(Adjusting)
	最小值(Min.)	理想值(Pref.)	最大值(Max.)		最小值(Min.)	理想值(Pref.)	最大值(Max.)	
总前束角(Total Toe)			最小值(Min.)	理想值(Pref.)	最大值(Max.)			
			$-0°06'$	$0'$	$0°06'$			
最大推进角(Max Thrust Angle)				$0°15'$				
车身高度(Ride Height)/mm	—	—	—		—	—	—	
车轴偏角(Setback)/mm	-8	0	8		-8	0	8	

2. 进行定位调整

制造商未提供或不涉及此项目。

35.1.2　1995 款江北奥拓 ZZ7080 车型

1. 车轮定位规范

1995 款江北奥拓 ZZ7080 车轮定位规范见表 35-2。

表 35-2　1995 款江北奥拓 ZZ7080 车轮定位数据表

前车轮(Front)：

定位规范＼定位参数	左侧(Left)			左右差(Cross)	右侧(Right)			调整提示(Adjusting)
	最小值(Min.)	理想值(Pref.)	最大值(Max.)		最小值(Min.)	理想值(Pref.)	最大值(Max.)	
主销后倾角(Caster)	$0'$	$1°45'$	$3°30'$	$0°30'$	$0'$	$1°45'$	$3°30'$	
车轮外倾角(Camber)	$0'$	$0°15'$	$0°30'$	$0°15'$	$0'$	$0°15'$	$0°30'$	
主销内倾角(SAI)	—	—	—		—	—	—	
单侧前束角(Individual Toe)	$-0°01'$	$0°01'$	$0°04'$		$-0°01'$	$0°01'$	$0°04'$	
总前束角(Total Toe)			最小值(Min.)	理想值(Pref.)	最大值(Max.)			
			$-0°02'$	$0°02'$	$0°08'$			
包容角(Included Angle)	$8°44'$	$9°44'$	$10°44'$		$8°44'$	$9°44'$	$10°44'$	
转向前展角(Toe Out On Turns)	—	—	—		—	—	—	
车轮最大内转角(Max Turn Inside)	—	—	—		—	—	—	
车轮最大外转角(Max Turn Outside)	—	—	—		—	—	—	
前束曲线调整(Toe Curve Adjust)	—	—	—		—	—	—	
前束曲线控制(Toe Curve Control)	—	—	—		—	—	—	
车身高度(Ride Height)/mm	—	—	—		—	—	—	
车轴偏角(Setback)/mm	-8	0	8		-8	0	8	

(续)

后车轮(Rear)：

定位参数 \ 定位规范	左侧(Left)			左右差(Cross)	右侧(Right)			调整提示(Adjusting)
	最小值(Min.)	理想值(Pref.)	最大值(Max.)		最小值(Min.)	理想值(Pref.)	最大值(Max.)	
车轮外倾角(Camber)	−0°12′	0′	0°12′	0°12′	−0°12′	0′	0°12′	
单侧前束角(Individual Toe)	−0°03′	0′	0°03′		−0°03′	0′	0°03′	
总前束角(Total Toe)			最小值(Min.)	理想值(Pref.)	最大值(Max.)			
			−0°06′	0′	0°06′			
最大推进角(Max Thrust Angle)				0°15′				
车身高度(Ride Height)/mm	—	—	—		—	—	—	
车轴偏角(Setback)/mm	−8	0	8		−8	0	8	

2. 进行定位调整

制造商未提供或不涉及此项目。

35.1.3　1992 款江北奥拓 JJ7080 车型

1. 车轮定位规范

1992 款江北奥拓 JJ7080 车轮定位规范见表 35-3。

表 35-3　1992 款江北奥拓 JJ7080 车轮定位数据表

前车轮(Front)：

定位参数 \ 定位规范	左侧(Left)			左右差(Cross)	右侧(Right)			调整提示(Adjusting)
	最小值(Min.)	理想值(Pref.)	最大值(Max.)		最小值(Min.)	理想值(Pref.)	最大值(Max.)	
主销后倾角(Caster)	3°00′	3°30′	4°00′	0°30′	3°00′	3°30′	4°00′	
车轮外倾角(Camber)	0′	0°30′	1°00′	0°30′	0′	0°30′	1°00′	
主销内倾角(SAI)	—	—	—		—	—	—	
单侧前束角(Individual Toe)	−0°02′	0°01′	0°04′		−0°02′	0°01′	0°04′	
总前束角(Total Toe)			最小值(Min.)	理想值(Pref.)	最大值(Max.)			
			−0°03′	0°03′	0°08′			
包容角(Included Angle)	8°44′	9°44′	10°44′		8°44′	9°44′	10°44′	
转向前展角(Toe Out On Turns)	—	—	—	—	—	—	—	
车轮最大内转角(Max Turn Inside)	—	—	—	—	—	—	—	
车轮最大外转角(Max Turn Outside)	—	—	—	—	—	—	—	
前束曲线调整(Toe Curve Adjust)	—	—	—	—	—	—	—	
前束曲线控制(Toe Curve Control)	—	—	—	—	—	—	—	
车身高度(Ride Height)/mm	—	—	—		—	—	—	
车轴偏角(Setback)/mm	−8	0	8		−8	0	8	

（续）

后车轮（Rear）：

定位参数　定位规范	左侧（Left）			左右差（Cross）	右侧（Right）			调整提示（Adjusting）
	最小值（Min.）	理想值（Pref.）	最大值（Max.）		最小值（Min.）	理想值（Pref.）	最大值（Max.）	
车轮外倾角（Camber）	−0°12′	0′	0°12′	0°12′	−0°12′	0′	0°12′	
单侧前束角（Individual Toe）	−0°03′	0′	0°03′		−0°03′	0′	0°03′	
总前束角（Total Toe）				最小值（Min.）	理想值（Pref.）	最大值（Max.）		
				−0°06′	0′	0°06′		
最大推进角（Max Thrust Angle）				0°15′				
车身高度（Ride Height）/mm	—	—	—		—	—	—	
车轴偏角（Setback）/mm	−8	0	8		−8	0	8	

2. 进行定位调整

制造商未提供或不涉及此项目。

35.2　吉林微型

1995 款吉林微型 JL6360 车型

1. 车轮定位规范

1995 款吉林微型 JL6360 车轮定位规范见表 35-4。

表 35-4　1995 款吉林微型 JL6360 车轮定位数据表

前车轮（Front）：

定位参数　定位规范	左侧（Left）			左右差（Cross）	右侧（Right）			调整提示（Adjusting）
	最小值（Min.）	理想值（Pref.）	最大值（Max.）		最小值（Min.）	理想值（Pref.）	最大值（Max.）	
主销后倾角（Caster）	2°00′	2°30′	3°00′	0°30′	2°00′	2°30′	3°00′	
车轮外倾角（Camber）	1°18′	1°30′	1°42′	0°12′	1°18′	1°30′	1°42′	
主销内倾角（SAI）	—	—	—		—	—	—	
单侧前束角（Individual Toe）	0°13′	0°16′	0°19′		0°13′	0°16′	0°19′	
总前束角（Total Toe）				最小值（Min.）	理想值（Pref.）	最大值（Max.）		
				0°25′	0°31′	0°37′		
包容角（Included Angle）	8°44′	9°44′	10°44′		8°44′	9°44′	10°44′	
转向前展角（Toe Out On Turns）	—	—	—		—	—	—	
车轮最大内转角（Max Turn Inside）	—	—	—		—	—	—	
车轮最大外转角（Max Turn Outside）	—	—	—		—	—	—	
前束曲线调整（Toe Curve Adjust）	—	—	—		—	—	—	

（续）

前车轮（Front）：

定位规范 定位参数	左侧（Left）			左右差 （Cross）	右侧（Right）			调整提示 （Adjusting）
	最小值 （Min.）	理想值 （Pref.）	最大值 （Max.）		最小值 （Min.）	理想值 （Pref.）	最大值 （Max.）	
前束曲线控制 （Toe Curve Control）	—	—	—		—	—	—	
车身高度（Ride Height）/mm	—	—	—		—	—	—	
车轴偏角（Setback）/mm	−8	0	8		−8	0	8	

后车轮（Rear）：

定位规范 定位参数	左侧（Left）			左右差 （Cross）	右侧（Right）			调整提示 （Adjusting）
	最小值 （Min.）	理想值 （Pref.）	最大值 （Max.）		最小值 （Min.）	理想值 （Pref.）	最大值 （Max.）	
车轮外倾角（Camber）	−0°12′	0′	0°12′	0°12′	−0°12′	0′	0°12′	
单侧前束角 （Individual Toe）	−0°03′	0′	0°03′		−0°03′	0′	0°03′	
总前束角（Total Toe）				最小值 （Min.）	理想值 （Pref.）	最大值 （Max.）		
				−0°06′	0′	0°06′		
最大推进角 （Max Thrust Angle）				0°15′				
车身高度（Ride Height）/mm	—	—	—		—	—	—	
车轴偏角（Setback）/mm	−8	0	8		−8	0	8	

2. 进行定位调整

制造商未提供或不涉及此项目。

35.3　吉林

35.3.1　1995 款吉林 JL110 车型

1. 车轮定位规范

1995 款吉林 JL110 车轮定位规范见表 35-5。

表 35-5　1995 款吉林 JL110 车轮定位数据表

前车轮（Front）：

定位规范 定位参数	左侧（Left）			左右差 （Cross）	右侧（Right）			调整提示 （Adjusting）
	最小值 （Min.）	理想值 （Pref.）	最大值 （Max.）		最小值 （Min.）	理想值 （Pref.）	最大值 （Max.）	
主销后倾角（Caster）	2°00′	2°30′	3°00′	0°30′	2°00′	2°30′	3°00′	
车轮外倾角（Camber）	1°18′	1°30′	1°42′	0°12′	1°18′	1°30′	1°42′	
主销内倾角（SAI）								
单侧前束角 （Individual Toe）	−0°03′	0′	0°03′		−0°03′	0′	0°03′	
总前束角（Total Toe）				最小值 （Min.）	理想值 （Pref.）	最大值 （Max.）		
				−0°06′	0′	0°06′		
包容角（Included Angle）	8°44′	9°44′	10°44′		8°44′	9°44′	10°44′	

（续）

前车轮（Front）：

定位参数 \ 定位规范	左侧（Left）			左右差（Cross）	右侧（Right）			调整提示（Adjusting）
	最小值（Min.）	理想值（Pref.）	最大值（Max.）		最小值（Min.）	理想值（Pref.）	最大值（Max.）	
转向前展角（Toe Out On Turns）	—	—	—		—	—	—	
车轮最大内转角（Max Turn Inside）	—	—	—		—	—	—	
车轮最大外转角（Max Turn Outside）	—	—	—		—	—	—	
前束曲线调整（Toe Curve Adjust）	—	—	—		—	—	—	
前束曲线控制（Toe Curve Control）	—	—	—		—	—	—	
车身高度（Ride Height）/mm	—	—	—		—	—	—	
车轴偏角（Setback）/mm	−8	0	8		−8	0	8	

后车轮（Rear）：

定位参数 \ 定位规范	左侧（Left）			左右差（Cross）	右侧（Right）			调整提示（Adjusting）
	最小值（Min.）	理想值（Pref.）	最大值（Max.）		最小值（Min.）	理想值（Pref.）	最大值（Max.）	
车轮外倾角（Camber）	−0°12′	0′	0°12′	0°12′	−0°12′	0′	0°12′	
单侧前束角（Individual Toe）	−0°03′	0′	0°03′		−0°03′	0′	0°03′	
总前束角（Total Toe）				最小值（Min.）	理想值（Pref.）	最大值（Max.）		
				−0°06′	0′	0°06′		
最大推进角（Max Thrust Angle）				0°15′				
车身高度（Ride Height）/mm	—	—	—		—	—	—	
车轴偏角（Setback）/mm	−8	0	8		−8	0	8	

2. 进行定位调整

制造商未提供或不涉及此项目。

35.3.2 1993 款吉林 JL1010 车型

1. 车轮定位规范

1993～2002 年吉林 JL1010 车轮定位规范见表 35-6。

表 35-6 1993～2002 年吉林 JL1010 车轮定位数据表

前车轮（Front）：

定位参数 \ 定位规范	左侧（Left）			左右差（Cross）	右侧（Right）			调整提示（Adjusting）
	最小值（Min.）	理想值（Pref.）	最大值（Max.）		最小值（Min.）	理想值（Pref.）	最大值（Max.）	
主销后倾角（Caster）	2°00′	2°30′	3°00′	0°30′	2°00′	2°30′	3°00′	
车轮外倾角（Camber）	1°00′	1°30′	2°00′	0°30′	1°00′	1°30′	2°00′	
主销内倾角（SAI）	—							

（续）

前车轮(Front)：

定位规范 定位参数	左侧(Left)			左右差 (Cross)	右侧(Right)			调整提示 (Adjusting)
	最小值 (Min.)	理想值 (Pref.)	最大值 (Max.)		最小值 (Min.)	理想值 (Pref.)	最大值 (Max.)	
单侧前束角 (Individual Toe)	0°05′	0°09′	0°13′		0°05′	0°09′	0°13′	
总前束角(Total Toe)			最小值 (Min.)	理想值 (Pref.)	最大值 (Max.)			
			0°10′	0°18′	0°26′			
包容角(Included Angle)	8°44′	9°44′	10°44′		8°44′	9°44′	10°44′	
转向前展角 (Toe Out On Turns)	—	—	—		—	—	—	
车轮最大内转角 (Max Turn Inside)	—	—	—		—	—	—	
车轮最大外转角 (Max Turn Outside)	—	—	—		—	—	—	
前束曲线调整 (Toe Curve Adjust)	—	—	—		—	—	—	
前束曲线控制 (Toe Curve Control)	—	—	—		—	—	—	
车身高度(Ride Height)/mm	—	—	—		—	—	—	
车轴偏角(Setback)/mm	-8	0	8		-8	0	8	

后车轮(Rear)：

定位规范 定位参数	左侧(Left)			左右差 (Cross)	右侧(Right)			调整提示 (Adjusting)
	最小值 (Min.)	理想值 (Pref.)	最大值 (Max.)		最小值 (Min.)	理想值 (Pref.)	最大值 (Max.)	
车轮外倾角(Camber)	-0°12′	0′	0°12′	0°12′	-0°12′	0′	0°12′	
单侧前束角 (Individual Toe)	-0°03′	0′	0°03′		-0°03′	0′	0°03′	
总前束角(Total Toe)			最小值 (Min.)	理想值 (Pref.)	最大值 (Max.)			
			-0°06′	0′	0°06′			
最大推进角 (Max Thrust Angle)				0°15′				
车身高度(Ride Height)/mm	—	—	—		—	—	—	
车轴偏角(Setback)/mm	-8	0	8		-8	0	8	

2. 进行定位调整

制造商未提供或不涉及此项目。

第36章 江淮汽车

36.1 瑞鹰

2007 款瑞鹰 2.4L/2.7L 车型

1. 车轮定位规范

2007 款瑞鹰 2.4L/2.7L 车轮定位规范见表 36-1。

表 36-1 2007 款瑞鹰 2.4L/2.7L 车轮定位数据表

前车轮(Front)：

定位规范 定位参数	左侧(Left)			左右差 (Cross)	右侧(Right)			调整提示 (Adjusting)
	最小值 (Min.)	理想值 (Pref.)	最大值 (Max.)		最小值 (Min.)	理想值 (Pref.)	最大值 (Max.)	
主销后倾角(Caster)	2°00′	2°30′	3°00′	0°30′	2°00′	2°30′	3°00′	
车轮外倾角(Camber)	−0°30′	0′	0°30′	0°30′	−0°30′	0′	0°30′	
主销内倾角(SAI)	—	12°59′	—		—	12°59′	—	
单侧前束角 (Individual Toe)	−0°16′	−0°08′	0′		−0°16′	−0°08′	0′	见定位 调整(1)
总前束角(Total Toe)			最小值 (Min.)	理想值 (Pref.)	最大值 (Max.)			
			−0°32′	−0°16′	0′			
包容角(Included Angle)	15°30′	16°00′	16°30′		15°30′	16°00′	16°30′	
转向前展角 (Toe Out On Turns)	—	—	—		—	—	—	
车轮最大内转角 (Max Turn Inside)	—	—	—		—	—	—	
车轮最大外转角 (Max Turn Outside)	—	—	—		—	—	—	
前束曲线调整 (Toe Curve Adjust)	—	—	—		—	—	—	
前束曲线控制 (Toe Curve Control)	—	—	—		—	—	—	
车身高度(Ride Height)/mm	—	—	—		—	—	—	
车轴偏角(Setback)/mm	−8	0	8		−8	0	8	

后车轮(Rear)：

定位规范 定位参数	左侧(Left)			左右差 (Cross)	右侧(Right)			调整提示 (Adjusting)
	最小值 (Min.)	理想值 (Pref.)	最大值 (Max.)		最小值 (Min.)	理想值 (Pref.)	最大值 (Max.)	
车轮外倾角(Camber)	−0°30′	0′	0°30′	0°45′	−0°30′	0′	0°30′	见定位 调整(2)
单侧前束角 (Individual Toe)	−0°08′	0′	0°08′		−0°08′	0′	0°08′	见定位 调整(2)

(续)

后车轮(Rear)：

定位规范　　　定位参数	左侧(Left)			左右差(Cross)	右侧(Right)			调整提示(Adjusting)
	最小值(Min.)	理想值(Pref.)	最大值(Max.)		最小值(Min.)	理想值(Pref.)	最大值(Max.)	
总前束角(Total Toe)				最小值(Min.)	理想值(Pref.)	最大值(Max.)		
				−0°16′	0′	0°16′		
最大推进角(Max Thrust Angle)				0°15′				
车身高度(Ride Height)/mm	—	—	—		—	—	—	
车轴偏角(Setback)/mm	−8	0	8		−8	0	8	

2. 进行定位调整

(1) 前轮前束调整(可调式横拉杆)

1) 调整指导。调整前束角时，拧松转向拉杆锁止螺母，用扳手转动转向拉杆直至获得满意的前束角读数，见图36-1。

2) 调整所及部件：无备件需求，无需更改零件。

3) 专用工具：使用常规工具，无需专用工具。

(2) 后轮外倾角/前束调整

1) 调整指导(图36-2)：

调整后轮外倾角时，拧松内侧连接枢轴凸轮。按相同方向(向内或向外)转动两个凸轮直至外倾角符合规范值。

调整后轮前束时，拧松内侧连接枢轴凸轮。按相反方向(向内或向外)转动两个凸轮直至前束角符合规范值。

2) 调整所及部件：无备件需求，无需更改零件。

3) 专用工具：使用常规工具，无需专用工具。

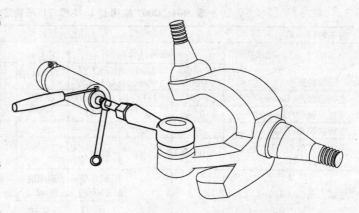

图36-1　前轮前束调整(可调式横拉杆)

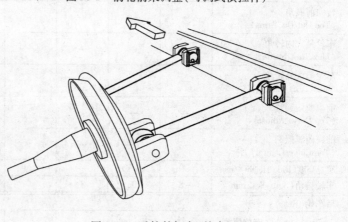

图36-2　后轮外倾角/前束调整

36.2 瑞风

36.2.1 2000 款瑞风车型

1. 车轮定位规范

2000～2003 年瑞风车轮定位规范见表 36-2。

表 36-2 2000～2003 年瑞风车轮定位数据表

前车轮（Front）：

定位规范　　定位参数	左侧（Left）			左右差（Cross）	右侧（Right）			调整提示（Adjusting）
	最小值（Min.）	理想值（Pref.）	最大值（Max.）		最小值（Min.）	理想值（Pref.）	最大值（Max.）	
主销后倾角（Caster）	2°30′	2°30′	3°00′	0°30′	2°30′	2°30′	3°00′	
车轮外倾角（Camber）	−0°30′	0′	0°30′	0°30′	−0°30′	0′	0°30′	
主销内倾角（SAI）	—	—	—		—	—	—	
单侧前束角（Individual Toe）	−0°07′	−0°02′	0°02′		−0°07′	−0°02′	0°02′	
总前束角（Total Toe）				最小值（Min.）	理想值（Pref.）	最大值（Max.）		
				−0°15′	−0°05′	0°05′		
包容角（Included Angle）	15°30′	16°00′	16°30′		15°30′	16°00′	16°30′	
转向前展角（Toe Out On Turns）	—	—	—		—	—	—	
车轮最大内转角（Max Turn Inside）	—	—	—		—	—	—	
车轮最大外转角（Max Turn Outside）	—	—	—		—	—	—	
前束曲线调整（Toe Curve Adjust）	—	—	—		—	—	—	
前束曲线控制（Toe Curve Control）	—	—	—		—	—	—	
车身高度（Ride Height）/mm	—	—	—		—	—	—	
车轴偏角（Setback）/mm	−8	0	8		−8	0	8	

后车轮（Rear）：

定位规范　　定位参数	左侧（Left）			左右差（Cross）	右侧（Right）			调整提示（Adjusting）
	最小值（Min.）	理想值（Pref.）	最大值（Max.）		最小值（Min.）	理想值（Pref.）	最大值（Max.）	
车轮外倾角（Camber）	—	—	—		—	—	—	
单侧前束角（Individual Toe）	—	—	—		—	—	—	
总前束角（Total Toe）				最小值（Min.）	理想值（Pref.）	最大值（Max.）		
				—	—	—		
最大推进角（Max Thrust Angle）				0°15′				
车身高度（Ride Height）/mm	—	—	—		—	—	—	
车轴偏角（Setback）/mm	−8	0	8		−8	0	8	

2. 进行定位调整

制造商未提供或不涉及此项目。

36.2.2 2002款瑞风车型

1. 车轮定位规范

2002款瑞风车轮定位规范见表36-3。

表36-3 2002款瑞风车轮定位数据表

前车轮(Front):

定位参数 \ 定位规范	左侧(Left)			左右差(Cross)	右侧(Right)			调整提示(Adjusting)
	最小值(Min.)	理想值(Pref.)	最大值(Max.)		最小值(Min.)	理想值(Pref.)	最大值(Max.)	
主销后倾角(Caster)	3°00′	3°30′	4°00′	0°30′	3°00′	3°30′	4°00′	
车轮外倾角(Camber)	−0°30′	0′	0°30′	0°30′	−0°30′	0′	0°30′	
主销内倾角(SAI)	—	15°40′	—		—	15°40′	—	
单侧前束角(Individual Toe)	−0°15′	0′	0°15′		−0°15′	0′	0°15′	见定位调整
总前束角(Total Toe)		最小值(Min.)	理想值(Pref.)	最大值(Max.)				
		−0°30′	0′	0°30′				
包容角(Included Angle)	15°30′	16°00′	16°30′		15°30′	16°00′	16°30′	
转向前展角(Toe Out On Turns)	—	—	—		—	—	—	
车轮最大内转角(Max Turn Inside)	—	—	—		—	—	—	
车轮最大外转角(Max Turn Outside)	—	—	—		—	—	—	
前束曲线调整(Toe Curve Adjust)	—	—	—		—	—	—	
前束曲线控制(Toe Curve Control)	—	—	—		—	—	—	
车身高度(Ride Height)/mm	—	—	—		—	—	—	
车轴偏角(Setback)/mm	−8	0	8		−8	0	8	

后车轮(Rear):

定位参数 \ 定位规范	左侧(Left)			左右差(Cross)	右侧(Right)			调整提示(Adjusting)
	最小值(Min.)	理想值(Pref.)	最大值(Max.)		最小值(Min.)	理想值(Pref.)	最大值(Max.)	
车轮外倾角(Camber)	−0°30′	0′	0°30′	0°20′	−0°30′	0′	0°30′	
单侧前束角(Individual Toe)	−0°15′	0′	0°15′		−0°15′	0′	0°15′	
总前束角(Total Toe)		最小值(Min.)	理想值(Pref.)	最大值(Max.)				
		−0°30′	0′	0°30′				
最大推进角(Max Thrust Angle)			0°15′					
车身高度(Ride Height)/mm	—	—	—		—	—	—	
车轴偏角(Setback)/mm	−8	0	8		−8	0	8	

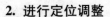

2. 进行定位调整

前轮前束调整(可调式横拉杆)

1)调整指导。调整前束角时,拧松转向拉杆锁止螺母,用扳手转动转向拉杆直至获得满意的前束角读数(图36-1)。

2)调整所及部件:无备件需求,无需更改零件。

3)专用工具:使用常规工具,无需专用工具。

36.3 轻卡

1990 款轻卡 HFC1061 车型

1. 车轮定位规范

1990 款轻卡 HFC1061 车轮定位规范见表36-4。

表36-4 1990 款轻卡 HFC1061 车轮定位数据表

前车轮(Front):

定位参数	左侧(Left)			左右差(Cross)	右侧(Right)			调整提示(Adjusting)
	最小值(Min.)	理想值(Pref.)	最大值(Max.)		最小值(Min.)	理想值(Pref.)	最大值(Max.)	
主销后倾角(Caster)	1°30′	2°00′	2°30′	0°30′	1°30′	2°00′	2°30′	
车轮外倾角(Camber)	1°00′	1°30′	2°00′	0°30′	1°00′	1°30′	2°00′	
主销内倾角(SAI)	6°00′	7°00′	8°00′		6°00′	7°00′	8°00′	
单侧前束角(Individual Toe)	0°10′	0°12′	0°14′		0°10′	0°12′	0°14′	
总前束角(Total Toe)	最小值(Min.)	理想值(Pref.)	最大值(Max.)					
	0°19′	0°24′	0°29′					
包容角(Included Angle)	15°30′	16°00′	16°30′		15°30′	16°00′	16°30′	
转向前展角(Toe Out On Turns)	—	—	—		—	—	—	
车轮最大内转角(Max Turn Inside)	—	—	—		—	—	—	
车轮最大外转角(Max Turn Outside)	—	—	—		—	—	—	
前束曲线调整(Toe Curve Adjust)	—	—	—		—	—	—	
前束曲线控制(Toe Curve Control)	—	—	—		—	—	—	
车身高度(Ride Height)/mm	—	—	—		—	—	—	
车轴偏角(Setback)/mm	-8	0	8		-8	0	8	

后车轮(Rear):

定位参数	左侧(Left)			左右差(Cross)	右侧(Right)			调整提示(Adjusting)
	最小值(Min.)	理想值(Pref.)	最大值(Max.)		最小值(Min.)	理想值(Pref.)	最大值(Max.)	
车轮外倾角(Camber)	-1°00′	0′	1°00′	0°30′	-1°00′	0′	1°00′	
单侧前束角(Individual Toe)	-0°15′	0′	0°15′		-0°15′	0′	0°15′	

（续）

后车轮(Rear)：

定位规范 定位参数	左侧(Left)			左右差 (Cross)	右侧(Right)			调整提示 (Adjusting)
	最小值 (Min.)	理想值 (Pref.)	最大值 (Max.)		最小值 (Min.)	理想值 (Pref.)	最大值 (Max.)	
总前束角(Total Toe)			最小值 (Min.)	理想值 (Pref.)	最大值 (Max.)			
			$-0°30'$	$0'$	$0°30'$			
最大推进角 (Max Thrust Angle)				$0°15'$				
车身高度(Ride Height)/mm	—	—	—		—	—	—	
车轴偏角(Setback)/mm	-8	0	8		-8	0	8	

2. 进行定位调整

制造商未提供或不涉及此项目。

第37章 江 铃 陆 风

2003 款陆风车型

1. 车轮定位规范

2003 款陆风车轮定位规范见表 37-1。

表 37-1 2003 款陆风车轮定位数据表

前车轮(Front):

定位规范 / 定位参数	左侧(Left)			左右差(Cross)	右侧(Right)			调整提示(Adjusting)
	最小值(Min.)	理想值(Pref.)	最大值(Max.)		最小值(Min.)	理想值(Pref.)	最大值(Max.)	
主销后倾角(Caster)	1°48′	2°36′	3°24′	0°30′	1°48′	2°36′	3°24′	
车轮外倾角(Camber)	−0°30′	0′	0°30′	0°20′	−0°30′	0′	0°30′	
主销内倾角(SAI)	11°30′	12°30′	13°30′		11°30′	12°30′	13°30′	
单侧前束角(Individual Toe)	−0°09′	0′	0°09′		−0°09′	0′	0°09′	
总前束角(Total Toe)		最小值(Min.)	理想值(Pref.)	最大值(Max.)				
		−0°18′	0′	0°18′				
包容角(Included Angle)	—	—	—		—	—	—	
转向前展角(Toe Out On Turns)	—	—	—		—	—	—	
车轮最大内转角(Max Turn Inside)	—	—	—		—	—	—	
车轮最大外转角(Max Turn Outside)	—	—	—		—	—	—	
前束曲线调整(Toe Curve Adjust)	—	—	—		—	—	—	
前束曲线控制(Toe Curve Control)	—	—	—		—	—	—	
车身高度(Ride Height)/mm	—	—	—		—	—	—	
车轴偏角(Setback)/mm	−8	0	8		−8	0	8	

后车轮(Rear):

定位规范 / 定位参数	左侧(Left)			左右差(Cross)	右侧(Right)			调整提示(Adjusting)
	最小值(Min.)	理想值(Pref.)	最大值(Max.)		最小值(Min.)	理想值(Pref.)	最大值(Max.)	
车轮外倾角(Camber)	−1°00′	0′	1°00′	0°30′	−1°00′	0′	1°00′	
单侧前束角(Individual Toe)	−0°15′	0′	0°15′		−0°15′	0′	0°15′	

（续）

后车轮(Rear)：

定位规范　　定位参数	左侧(Left)			左右差(Cross)	右侧(Right)			调整提示(Adjusting)
	最小值(Min.)	理想值(Pref.)	最大值(Max.)		最小值(Min.)	理想值(Pref.)	最大值(Max.)	
总前束角(Total Toe)			最小值(Min.)	理想值(Pref.)	最大值(Max.)			
			−0°30′	0′	0°30′			
最大推进角(Max Thrust Angle)				0°15′				
车身高度(Ride Height)/mm	—	—	—		—	—	—	
车轴偏角(Setback)/mm	−8	0	8		−8	0	8	

2. 进行定位调整

制造商未提供或不涉及此项目。

第 38 章 江 铃 汽 车

38.1 江铃皮卡

38.1.1 1998 款江铃皮卡 TFR10/TFR16/TFR54 车型

1. 车轮定位规范

1998～2001 年江铃皮卡 TFR10/TFR16/TFR54 车轮定位规范见表 38-1。

表 38-1 1998～2001 年江铃皮卡 TFR10/TFR16/TFR54 车轮定位数据表

前车轮(Front):

定位规范 / 定位参数	左侧(Left)			左右差 (Cross)	右侧(Right)			调整提示 (Adjusting)
	最小值 (Min.)	理想值 (Pref.)	最大值 (Max.)		最小值 (Min.)	理想值 (Pref.)	最大值 (Max.)	
主销后倾角(Caster)	0°50′	1°35′	2°20′	0°45′	0°50′	1°35′	2°20′	
车轮外倾角(Camber)	−0°30′	0°30′	1°30′	0°30′	−0°30′	0°30′	1°30′	
主销内倾角(SAI)	—	—	—		—	—	—	
单侧前束角 (Individual Toe)	0′	0°05′	0°10′		0′	0°05′	0°10′	
总前束角(Total Toe)			最小值 (Min.)	理想值 (Pref.)	最大值 (Max.)			
			0′	0°10′	0°20′			
包容角(Included Angle)	7°58′	8°58′	9°58′		7°58′	8°58′	9°58′	
转向前展角 (Toe Out On Turns)	—	—	—		—	—	—	
车轮最大内转角 (Max Turn Inside)	—	—	—		—	—	—	
车轮最大外转角 (Max Turn Outside)	—	—	—		—	—	—	
前束曲线调整 (Toe Curve Adjust)	—	—	—		—	—	—	
前束曲线控制 (Toe Curve Control)	—	—	—		—	—	—	
车身高度(Ride Height)/mm	—	—	—		—	—	—	
车轴偏角(Setback)/mm	−8	0	8		−8	0	8	

后车轮(Rear):

定位规范 / 定位参数	左侧(Left)			左右差 (Cross)	右侧(Right)			调整提示 (Adjusting)
	最小值 (Min.)	理想值 (Pref.)	最大值 (Max.)		最小值 (Min.)	理想值 (Pref.)	最大值 (Max.)	
车轮外倾角(Camber)	—	—	—		—	—	—	
单侧前束角 (Individual Toe)	—	—	—		—	—	—	

(续)

后车轮(Rear):

定位规范 定位参数	左侧(Left)			左右差 (Cross)	右侧(Right)			调整提示 (Adjusting)
	最小值 (Min.)	理想值 (Pref.)	最大值 (Max.)		最小值 (Min.)	理想值 (Pref.)	最大值 (Max.)	
总前束角(Total Toe)	最小值 (Min.) —	理想值 (Pref.) —	最大值 (Max.) —					
最大推进角 (Max Thrust Angle)				0°15′				
车身高度(Ride Height)/mm	—	—	—					
车轴偏角(Setback)/mm	−8	0	8		−8	0	8	

2. 进行定位调整

制造商未提供或不涉及此项目。

38.1.2 1998 款江铃皮卡 TFR55(长轴型)车型

1. 车轮定位规范

1998~2001 年江铃皮卡 TFR55(长轴型)车轮定位规范见表 38-2。

表 38-2 1998~2001 年江铃皮卡 TFR55(长轴型)车轮定位数据表

前车轮(Front):

定位规范 定位参数	左侧(Left)			左右差 (Cross)	右侧(Right)			调整提示 (Adjusting)
	最小值 (Min.)	理想值 (Pref.)	最大值 (Max.)		最小值 (Min.)	理想值 (Pref.)	最大值 (Max.)	
主销后倾角(Caster)	1°05′	1°50′	2°35′	0°45′	1°05′	1°50′	2°35′	
车轮外倾角(Camber)	−0°30′	0°30′	1°30′	1°00′	−0°30′	0°30′	1°30′	
主销内倾角(SAI)	—	—	—		—	—	—	
单侧前束角 (Individual Toe)	0′	0°05′	0°10′		0′	0°05′	0°10′	
总前束角(Total Toe)	最小值 (Min.) 0′	理想值 (Pref.) 0°10′	最大值 (Max.) 0°20′					
包容角(Included Angle)	7°58′	8°58′	9°58′		7°58′	8°58′	9°58′	
转向前展角 (Toe Out On Turns)	—	—	—		—	—	—	
车轮最大内转角 (Max Turn Inside)	—	—	—		—	—	—	
车轮最大外转角 (Max Turn Outside)	—	—	—		—	—	—	
前束曲线调整 (Toe Curve Adjust)	—	—	—		—	—	—	
前束曲线控制 (Toe Curve Control)	—	—	—		—	—	—	
车身高度(Ride Height)/mm	—	—	—		—	—	—	
车轴偏角(Setback)/mm	−8	0	8		−8	0	8	

（续）

后车轮（Rear）：

定位规范　　　定位参数	左侧（Left）最小值（Min.）	理想值（Pref.）	最大值（Max.）	左右差（Cross）	右侧（Right）最小值（Min.）	理想值（Pref.）	最大值（Max.）	调整提示（Adjusting）
车轮外倾角（Camber）	—	—	—	—	—	—	—	—
单侧前束角（Individual Toe）								
总前束角（Total Toe）			最小值（Min.）	理想值（Pref.）	最大值（Max.）			
最大推进角（Max Thrust Angle）				0°15′				
车身高度（Ride Height）/mm	—	—	—		—	—	—	
车轴偏角（Setback）/mm	−8	0	8		−8	0	8	

2. 进行定位调整

制造商未提供或不涉及此项目。

38.1.3　1995 款江铃皮卡 ISUZU 车型

1. 车轮定位规范

1995～2002 年江铃皮卡 ISUZU 车轮定位规范见表 38-3。

表 38-3　1995～2002 年江铃皮卡 ISUZU 车轮定位数据表

前车轮（Front）：

定位规范　　　定位参数	左侧（Left）最小值（Min.）	理想值（Pref.）	最大值（Max.）	左右差（Cross）	右侧（Right）最小值（Min.）	理想值（Pref.）	最大值（Max.）	调整提示（Adjusting）
主销后倾角（Caster）	3°45′	4°30′	5°15′	0°45′	3°45′	4°30′	5°15′	
车轮外倾角（Camber）	0′	0°20′	0°40′	0°20′	0′	0°20′	0°40′	
主销内倾角（SAI）	7°37′	8°37′	9°37′		7°37′	8°37′	9°37′	
单侧前束角（Individual Toe）	0′	0°02′	0°03′		0′	0°02′	0°03′	
总前束角（Total Toe）			最小值（Min.）　0′	理想值（Pref.）　0°03′	最大值（Max.）　0°06′			
包容角（Included Angle）	7°58′	8°58′	9°58′		7°58′	8°58′	9°58′	
转向前展角（Toe Out On Turns）	—	—	—		—	—	—	
车轮最大内转角（Max Turn Inside）	—	—	—		—	—	—	
车轮最大外转角（Max Turn Outside）	—	—	—		—	—	—	
前束曲线调整（Toe Curve Adjust）	—	—	—		—	—	—	
前束曲线控制（Toe Curve Control）	—	—	—		—	—	—	
车身高度（Ride Height）/mm	—	—	—		—	—	—	
车轴偏角（Setback）/mm	−8	0	8		−8	0	8	

（续）

后车轮(Rear)：

定位规范 定位参数	左侧(Left)			左右差 (Cross)	右侧(Right)			调整提示 (Adjusting)
	最小值 (Min.)	理想值 (Pref.)	最大值 (Max.)		最小值 (Min.)	理想值 (Pref.)	最大值 (Max.)	
车轮外倾角(Camber)	−0°12′	0′	0°12′	0°12′	−0°12′	0′	0°12′	
单侧前束角 (Individual Toe)	−0°03′	0′	0°03′		−0°03′	0′	0°03′	
总前束角(Total Toe)			最小值 (Min.)	理想值 (Pref.)	最大值 (Max.)			
			−0°06′	0′	0°06′			
最大推进角 (Max Thrust Angle)				0°15′				
车身高度(Ride Height)/mm	—	—	—		—	—	—	
车轴偏角(Setback)/mm	−8	0	8		−8	0	8	

2. 进行定位调整

制造商未提供或不涉及此项目。

38.2　宝典

1995 款宝典车型

1. 车轮定位规范

1995 款宝典车轮定位规范见表38-4。

表38-4　1995 款宝典车轮定位数据表

前车轮(Front)：

定位规范 定位参数	左侧(Left)			左右差 (Cross)	右侧(Right)			调整提示 (Adjusting)
	最小值 (Min.)	理想值 (Pref.)	最大值 (Max.)		最小值 (Min.)	理想值 (Pref.)	最大值 (Max.)	
主销后倾角(Caster)	0°50′	1°35′	2°20′	0°30′	0°50′	1°35′	2°20′	见定位 调整(1)
车轮外倾角(Camber)	−0°30′	0°30′	1°30′	0°30′	−0°30′	0°30′	1°30′	见定位 调整(1)
主销内倾角(SAI)	9°00′	10°00′	11°00′		9°00′	10°00′	11°00′	
单侧前束角 (Individual Toe)	0′	0°10′	0°20′		0′	0°10′	0°20′	见定位 调整(2)
总前束角(Total Toe)			最小值 (Min.)	理想值 (Pref.)	最大值 (Max.)			
			0′	0°20′	0°40′			
包容角(Included Angle)	—	—	—		—	—	—	
转向前展角 (Toe Out On Turns)	—	1°06′	—		—	1°06′	—	
车轮最大内转角 (Max Turn Inside)	—	—	—		—	—	—	
车轮最大外转角 (Max Turn Outside)	—	—	—		—	—	—	

（续）

前车轮（Front）：

定位规范＼定位参数	左侧（Left）			左右差（Cross）	右侧（Right）			调整提示（Adjusting）
	最小值（Min.）	理想值（Pref.）	最大值（Max.）		最小值（Min.）	理想值（Pref.）	最大值（Max.）	
前束曲线调整（Toe Curve Adjust）	—	—	—		—	—	—	
前束曲线控制（Toe Curve Control）	—	—	—		—	—	—	
车身高度（Ride Height）/mm	—	—	—		—	—	—	
车轴偏角（Setback）/mm	−8	0	8		−8	0	8	

后车轮（Rear）：

定位规范＼定位参数	左侧（Left）			左右差（Cross）	右侧（Right）			调整提示（Adjusting）
	最小值（Min.）	理想值（Pref.）	最大值（Max.）		最小值（Min.）	理想值（Pref.）	最大值（Max.）	
车轮外倾角（Camber）	−1°00′	0′	1°00′	0°30′	−1°00′	0′	1°00′	
单侧前束角（Individual Toe）	−0°15′	0′	0°15′		−0°15′	0′	0°15′	
总前束角（Total Toe）	最小值（Min.）	理想值（Pref.）	最大值（Max.）					
	−0°30′	0′	0°30′					
最大推进角（Max Thrust Angle）		0°15′						
车身高度（Ride Height）/mm	—	—	—		—	—	—	
车轴偏角（Setback）/mm	−8	0	8		−8	0	8	

2. 进行定位调整

（1）前车轮车架内侧双垫片调整

1）调整指导（图38-1）：

减小主销后倾角时，将调整垫片从后向前移动。

增大主销后倾角时，将调整垫片从前向后移动。

减小车轮外倾角时，在两个垫片组上等量增加调整垫片。

增大车轮外倾角时，在两个垫片组上等量拆除调整垫片。

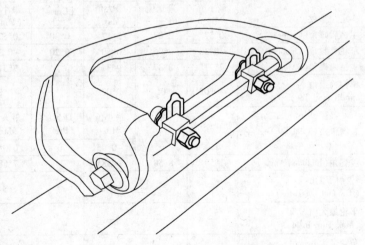

图38-1　前车轮车架内侧双垫片调整

2）调整所及部件：无备件需求。

3）专用工具：可选插座套件。

（2）前车轮前束调整（可调式横拉杆套管）

1）调整指导。调整单侧前束时，拧松横拉杆套筒夹块的锁紧螺栓，转动横拉杆套筒直至得到满意的前束值，见图38-2。

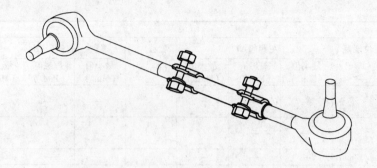

图 38-2　前车轮前束调整（可调式横拉杆套管）

2）调整所及部件：无备件需求，无需更改零件。

3）专用工具：使用常规工具，无需专用工具。

38.3　全顺

1995 款全顺 TRANSIT 车型

1. 车轮定位规范

1995～2002 年全顺 TRANSIT 车轮定位规范见表 38-5。

表 38-5　1995～2002 年全顺 TRANSIT 车轮定位数据表

前车轮（Front）：

定位规范 定位参数	左侧（Left）			左右差 （Cross）	右侧（Right）			调整提示 （Adjusting）
	最小值 （Min.）	理想值 （Pref.）	最大值 （Max.）		最小值 （Min.）	理想值 （Pref.）	最大值 （Max.）	
主销后倾角（Caster）	0°57′	2°07′	3°17′	0°30′	0°57′	2°07′	3°17′	
车轮外倾角（Camber）	−0°38′	0°06′	0°50′	0°20′	−0°38′	0°06′	0°50′	
主销内倾角（SAI）	7°37′	8°37′	9°37′		7°37′	8°37′	9°37′	
单侧前束角 （Individual Toe）	−0°02′	0′	0°02′		−0°02′	0′	0°02′	见定 位调整
总前束角（Total Toe）	最小值 （Min.）	理想值 （Pref.）	最大值 （Max.）					
	−0°05′	0′	0°05′					
包容角（Included Angle）	7°58′	8°58′	9°58′		7°58′	8°58′	9°58′	
转向前展角 （Toe Out On Turns）	—	—	—		—	—	—	
车轮最大内转角 （Max Turn Inside）	—	—	—		—	—	—	
车轮最大外转角 （Max Turn Outside）	—	—	—		—	—	—	
前束曲线调整 （Toe Curve Adjust）	—	—	—		—	—	—	
前束曲线控制 （Toe Curve Control）	—	—	—		—	—	—	
车身高度（Ride Height）/mm	—	—	—		—	—	—	
车轴偏角（Setback）/mm	−8	0	8		−8	0	8	

（续）

后车轮（Rear）：

定位规范 定位参数	左侧（Left）			左右差 （Cross）	右侧（Right）			调整提示 （Adjusting）
	最小值 （Min.）	理想值 （Pref.）	最大值 （Max.）		最小值 （Min.）	理想值 （Pref.）	最大值 （Max.）	
车轮外倾角（Camber）	−0°12′	0′	0°12′	0°12′	−0°12′	0′	0°12′	
单侧前束角 （Individual Toe）	−0°03′	0′	0°03′		−0°03′	0′	0°03′	
总前束角（Total Toe）			最小值 （Min.）	理想值 （Pref.）	最大值 （Max.）			
			−0°06′	0′	0°06′			
最大推进角 （Max Thrust Angle）				0°15′				
车身高度（Ride Height）/mm	—	—	—		—	—	—	
车轴偏角（Setback）/mm	−8	0	8		−8	0	8	

2. 进行定位调整

前车轮前束调整（可调式转向横拉杆）

1）调整指导。调整前束角时，拧松转向拉杆锁止螺母，用扳手转动转向拉杆直至获得满意的前束角读数，见图38-3。

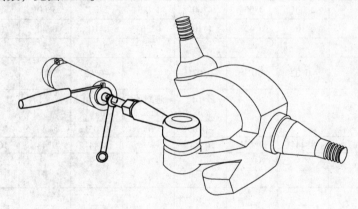

图38-3　前轮前束调整（可调式转向横拉杆）

2）调整所及部件：无备件需求，无需更改零件。

3）专用工具：使用常规工具，无需专用工具。

第 39 章　江　南　汽　车

39.1　猎豹吉普

1995 款猎豹吉普车型

1. 车轮定位规范

1995~2002 年猎豹吉普车轮定位规范见表 39-1。

表 39-1　1995~2002 年猎豹吉普车轮定位数据表

前车轮（Front）：

定位参数 \ 定位规范	左侧（Left）			左右差（Cross）	右侧（Right）			调整提示（Adjusting）
	最小值（Min.）	理想值（Pref.）	最大值（Max.）		最小值（Min.）	理想值（Pref.）	最大值（Max.）	
主销后倾角（Caster）	2°00′	3°00′	4°00′	1°00′	2°00′	3°00′	4°00′	
车轮外倾角（Camber）	0°10′	0°40′	1°10′	0°30′	0°10′	0°40′	1°10′	
主销内倾角（SAI）	—	—	—		—	—	—	
单侧前束角（Individual Toe）	−0°02′	0′	0°02′		−0°02′	0′	0°02′	
总前束角（Total Toe）			最小值（Min.）	理想值（Pref.）	最大值（Max.）			
			−0°05′	0′	0°05′			
包容角（Included Angle）	8°44′	9°44′	10°44′		8°44′	9°44′	10°44′	
转向前展角（Toe Out On Turns）	—	—	—		—	—	—	
车轮最大内转角（Max Turn Inside）	—	—	—		—	—	—	
车轮最大外转角（Max Turn Outside）	—	—	—		—	—	—	
前束曲线调整（Toe Curve Adjust）	—	—	—		—	—	—	
前束曲线控制（Toe Curve Control）	—	—	—		—	—	—	
车身高度（Ride Height）/mm	—	—	—		—	—	—	
车轴偏角（Setback）/mm	−8	0	8		−8	0	8	

后车轮（Rear）：

定位参数 \ 定位规范	左侧（Left）			左右差（Cross）	右侧（Right）			调整提示（Adjusting）
	最小值（Min.）	理想值（Pref.）	最大值（Max.）		最小值（Min.）	理想值（Pref.）	最大值（Max.）	
车轮外倾角（Camber）	−0°12′	0′	0°12′	0°12′	−0°12′	0′	0°12′	
单侧前束角（Individual Toe）	−0°03′	0′	0°03′		−0°03′	0′	0°03′	

（续）

后车轮（Rear）：

定位规范 定位参数	左侧（Left）			左右差 （Cross）	右侧（Right）			调整提示 （Adjusting）
	最小值 （Min.）	理想值 （Pref.）	最大值 （Max.）		最小值 （Min.）	理想值 （Pref.）	最大值 （Max.）	
总前束角（Total Toe）			最小值 （Min.）	理想值 （Pref.）	最大值 （Max.）			
			$-0°06'$	$0'$	$0°06'$			
最大推进角 （Max Thrust Angle）				$0°15'$				
车身高度（Ride Height）/mm	—	—	—		—	—	—	
车轴偏角（Setback）/mm	-8	0	8		-8	0	8	

2. 进行定位调整

制造商未提供或不涉及此项目。

39.2　江南奥拓

39.2.1　1995 款江南奥拓 JN7080 车型

1. 车轮定位规范

1995 款江南奥拓 JN7080 车轮定位规范见表 39-2。

表 39-2　1995 款江南奥拓 JN7080 车轮定位数据表

前车轮（Front）：

定位规范 定位参数	左侧（Left）			左右差 （Cross）	右侧（Right）			调整提示 （Adjusting）
	最小值 （Min.）	理想值 （Pref.）	最大值 （Max.）		最小值 （Min.）	理想值 （Pref.）	最大值 （Max.）	
主销后倾角（Caster）	$3°00'$	$3°30'$	$4°00'$	$0°30'$	$3°00'$	$3°30'$	$4°00'$	
车轮外倾角（Camber）	$0°18'$	$0°30'$	$0°42'$	$0°12'$	$0°18'$	$0°30'$	$0°42'$	
主销内倾角（SAI）	—	—	—		—	—	—	
单侧前束角 （Individual Toe）	$-0°06'$	$-0°02'$	$0°01'$		$-0°06'$	$-0°02'$	$0°01'$	
总前束角（Total Toe）			最小值 （Min.）	理想值 （Pref.）	最大值 （Max.）			
			$-0°11'$	$-0°05'$	$0°01'$			
包容角（Included Angle）	$8°44'$	$9°44'$	$10°44'$		$8°44'$	$9°44'$	$10°44'$	
转向前展角 （Toe Out On Turns）	—	—	—		—	—	—	
车轮最大内转角 （Max Turn Inside）	—	—	—		—	—	—	
车轮最大外转角 （Max Turn Outside）	—	—	—		—	—	—	
前束曲线调整 （Toe Curve Adjust）	—	—	—		—	—	—	
前束曲线控制 （Toe Curve Control）	—	—	—		—	—	—	
车身高度（Ride Height）/mm	—	—	—		—	—	—	
车轴偏角（Setback）/mm	-8	0	8		-8	0	8	

（续）

后车轮（Rear）：

定位规范 / 定位参数	左侧（Left）			左右差（Cross）	右侧（Right）			调整提示（Adjusting）
	最小值（Min.）	理想值（Pref.）	最大值（Max.）		最小值（Min.）	理想值（Pref.）	最大值（Max.）	
车轮外倾角（Camber）	−0°12′	0′	0°12′	0°12′	−0°12′	0′	0°12′	
单侧前束角（Individual Toe）	−0°03′	0′	0°03′		−0°03′	0′	0°03′	
总前束角（Total Toe）		最小值（Min.）	理想值（Pref.）	最大值（Max.）				
		−0°06′	0′	0°06′				
最大推进角（Max Thrust Angle）			0°15′					
车身高度（Ride Height）/mm	—	—	—		—	—	—	
车轴偏角（Setback）/mm	−8	0	8		−8	0	8	

2. 进行定位调整

制造商未提供或不涉及此项目。

39.2.2　1995 款江南奥拓 JN7080 车型

1. 车轮定位规范

1995 款江南奥拓 JN7080（微型）车轮定位规范见表 39-3。

表 39-3　1995 款江南奥拓 JN7080（微型）车轮定位数据表

前车轮（Front）：

定位规范 / 定位参数	左侧（Left）			左右差（Cross）	右侧（Right）			调整提示（Adjusting）
	最小值（Min.）	理想值（Pref.）	最大值（Max.）		最小值（Min.）	理想值（Pref.）	最大值（Max.）	
主销后倾角（Caster）	0′	1°45′	3°30′	0°45′	0′	1°45′	3°30′	
车轮外倾角（Camber）	0′	0°15′	0°30′	0°12′	0′	0°15′	0°30′	
主销内倾角（SAI）	—	—	—		—	—	—	
单侧前束角（Individual Toe）	−0°01′	0°01′	0°03′		−0°01′	0°01′	0°03′	
总前束角（Total Toe）		最小值（Min.）	理想值（Pref.）	最大值（Max.）				
		−0°02′	0°02′	0°06′				
包容角（Included Angle）	8°44′	9°44′	10°44′		8°44′	9°44′	10°44′	
转向前展角（Toe Out On Turns）	—	—	—		—	—	—	
车轮最大内转角（Max Turn Inside）	—	—	—		—	—	—	
车轮最大外转角（Max Turn Outside）	—	—	—		—	—	—	
前束曲线调整（Toe Curve Adjust）	—	—	—		—	—	—	
前束曲线控制（Toe Curve Control）	—	—	—		—	—	—	
车身高度（Ride Height）/mm	—	—	—		—	—	—	
车轴偏角（Setback）/mm	−8	0	8		−8	0	8	

（续）

后车轮（Rear）：

定位参数 \ 定位规范	左侧（Left）			左右差（Cross）	右侧（Right）			调整提示（Adjusting）
	最小值（Min.）	理想值（Pref.）	最大值（Max.）		最小值（Min.）	理想值（Pref.）	最大值（Max.）	
车轮外倾角（Camber）	−0°12′	0′	0°12′	0°12′	−0°12′	0′	0°12′	
单侧前束角（Individual Toe）	−0°03′	0′	0°03′		−0°03′	0′	0°03′	
总前束角（Total Toe）			最小值（Min.）	理想值（Pref.）	最大值（Max.）			
			−0°06′	0′	0°06′			
最大推进角（Max Thrust Angle）				0°15′				
车身高度（Ride Height）/mm	—	—	—		—	—	—	
车轴偏角（Setback）/mm	−8	0	8		−8	0	8	

2. 进行定位调整

制造商未提供或不涉及此项目。